# 華太平家傳

◉朱西甯／著

聯合文叢 248

# 目次

# 《華太平家傳》的作者與我

朱天心

啊，老船長死亡，時間到了！起錨吧！

——波特萊爾〈旅行〉

父親離開以後，最立即明顯的不慣就是，以前每隔幾天便要發生一次的：我在浴室裡大喊：「大，救命！」大是我們山東人喊父親，救命是隱形眼鏡在戴的過程中又不愼掉落哪兒了，這時，平日慢動作的父親，總在第一時間，擱下手邊正在寫著的《華太平家傳》，打把手電筒推門來解救。我扎煞著雙手、盡力保持鏡片掉時的姿勢、不敢挪移寸步，父親總非常耐心的搜尋我身上、洗手枱、水龍頭、乃至馬桶磁磚地上，在我很容易悲觀的「算了算了！大不了花錢重配！」聲中，父親總不發一言的爲我找到，從無例外。

不習慣的不只這些。沒出門的白日裡，大多是我和父親各盤據餐桌客廳遙遙相對，晚報來時，通常也是我們擱下書稿的下午茶、和我的時事評論時間，我總是邊看報邊批評，反倒像個火氣十足、不合時宜的老頭兒。父親總邊吃東西邊做我的好聽衆，同意我的說法時，便搖搖頭苦笑。

父親不在，沒有仰仗了，奇怪的是鏡片再沒掉過一次，但仍恍惚以爲，只要喊一聲「大，救命！」父親會奪門而入。仍老是看到報上CoCo的漫畫就本能望向父親的座位，父親每星期一次的把包括《商周》、《新新聞》上的CoCo漫畫剪收齊了寄給上海也愛看政治漫畫的親戚。

不適應的只有這些嗎？

過往，我們總是餐餐都像除夕團圓飯，一定擺妥了桌子，全家大小坐定了才一道吃，邊吃邊話講不完，不論忙閑，不論晴雨。在我們家住過兩三日的阿城就邊抽菸斗邊望我們一桌驚歎：「眞是山東農民！要下田幹活兒似的頓頓扎實！」阿城是餓了才吃。

材俊上班、盟盟上學，變化不大。我們女的幾個卻往往下午一兩點在吃早餐，飯桌空空，媽媽剛吃畢超市買的現成餃子，天文慢動作切水果丁佐優格，我以三塊（或更多）希爾頓黑巧克力配美心的特調紅茶……，「那時沒有王，人人任意而行。」

我們每天總會因觸景而憶憶父親，但都講的假假的，不關痛癢，因爲不約而同害怕極了誰誰眼中一閃眞情的淚光會當場引爆不能想像的場面。我們且把父親的骨灰盒擺在他與母親的臥室牀頭，未設任何案頭祭拜形式，每出遠門前會去摸摸它，覺得那只是一項與父親有關的紀念物，並不覺得父親在那裡。

我們且沒遵守任何規矩的遊盪好遠（雖然父親在時我們也常這麼做），天文先隨《海上花》去坎城，除了首映一步沒踏入與影展有關的任何場子，自己在鄰近小鎮遊盪半個月。夏天，我和媽媽盟盟去歐洲一整月，城與城之間搭火車，城裡鎮裡便用地鐵公車和走路，每天不到九點天黑是不回旅館的。我想試試看，能跑多遠。予好友的一封信裡，我曾試圖描述：父親不在後的最大不同，覺得自己像斷線風箏，可以無掛礙的四下亂跑，但我簡直不知如何形容這全新的感覺（是好是壞？）……

我走在黃昏長滿野花的古羅馬廢墟的巴拉丁丘，在西斯汀教堂仰望米開朗基羅的創世紀，在烏菲茲美術館看達文西、拉斐爾、喬托的聖母像和宗教畫，在羅浮宮看維洛內歐的迦納的婚禮……，一點感覺不出父親會在其中，因爲父親曾經回答人家詢問關於對死後世界的想望，基督徒的父親說，應該是在天國做他喜歡的事情例如寫作。我且走到了天涯海角（時差八小時，我到過的緯度最高地），站在凱爾特人昔年爲阻擋維京人所建的廢城牆垣上窮盡目力望向天邊，絲毫感覺不出父親可能的去蹤。

變得很幼稚、無知。過往所具備的一些知識、哲學、看待人生生死的老練……全部零蛋。我且老忙著打探親人好友有沒有夢到父親，其中勉強有的，也都沒一個令人滿意（有那夢中仍不知父親已死的，或很片斷恍惚的），我自己做的就也很不成個款。理智上，我們互相安慰，父親生前已少叮囑掛念，之後怎麼可能再來嘮叨交代什麼……，但，他眞的不想念我們了嗎？

於是天文說出很恐怖的話，她說人死了就是死了，不會再有什麼，我驚嚇極了，想說服她其實我也不能被現存的任何宗教所描述人死後的世界所說服，但我以爲它只是以一種我們完全無法想像的方式存在著，因為我一直相信，有一天我們在另一個時空裡一定還見得著，而且父親應該會說，關於他的後事種種，處理得挺好，簡單、不拘形式……，他滿喜歡。

眞的像是昨天早晨的事情，我們幫父親換穿上他平日慣穿的舒適外出服，暫時在太平間等候，而後我們與醫院附設的葬儀社老闆商量後事的處理，我們未交換一眼一語的在有數十項的葬儀服務細目表格上只勾選了三項，環保棺木、火葬費和運送棺木的車資。我們不讓父親穿戴令人陌生的壽衣壽帽，我們不讓化妝因為父親離去時的面容與平日無二，我們用在醫院守夜睡沙發椅牀共同蓋過的家常格子被取代殭屍片裡道士作法穿的道袍般的壽被……，這一切，女婿材俊形容，彷彿是父親在辦自己的後事，因為，有他生前清楚明朗的行事風格，才有我們不用討論、意見一致的應對各種無法想像又無經驗的狀況。例如父親去後的二三日，總統府某一局處電話來說總統要頒褒揚狀，接電話的我們之一回答：「謝謝不用，因為父親非常不同意總統的為人處事，而且一直以為文學的成就也不需政治人物來肯定。」次日，辦事人員尷尬的再打電話，請我們不要為難他只是一個替人工作的，因為褒揚狀已發下他必須傳到。我們沒有為難他，只在他遞給我們轉身離開後，隨即丟在門口舊報紙箱裡給收廢紙的載去垃圾回收了。父親告別式的前一日，也有市府人員打電話來表示市長陳水扁屆時將撥冗參加，我們回答：「先把不禮貌的話說在前，若市長有空跟所有人一樣教堂裡排排坐到底、容父親的友人晚輩台上追思，而他與其他政治人物不能上台，那，歡迎他來。」陳市長當然就不來了。告別式的會場，所有的花籃包括宋楚瑜的名條全取下，只遺憾懊惱會中那強出頭臨時插花跳上台的國民黨文工會主任，材俊差點兒把她拖下台。

我在意極了父親對我們處理後事的肯定，因爲，我唯恐只因父親一向行事的淡泊低調，會使得這一場、他的離去、他的文學成就、他的最後未竟的長篇小說，趁此被遺忘。

眞但願是我過慮了。

去夏，市政版上不起眼的一方小新聞，市府打算將中山南北路設計成文學步道，每隔數公尺立一文學看板，一面鐫刻作者生平簡介，另面是代表作中摘錄的文句。於是包括鄭清文、陳萬益在內的遴選小組選了四十七位對台灣文學有貢獻的作者，其中大約只二人是活著的（上述兩個數字全憑記憶，誤差應不大），父親，在台灣活過五十年，娶苗栗女子，作品近四十部，二十多年前就被張愛玲說「西甯的學生遍天下，都見起來還行。」……，這樣的父親、我的文學前輩，並不在四十多人之列，我眞希望有人告訴我，是因爲他的作品不夠多，不夠好，住得不夠久，不夠與台灣有關係，而不是，他是如此的政治不正確。

早已有跡可循。

還在三十年前或更久，與我們有親戚關係的吳濁流前輩（我的大舅媽是他的姪女）就告誡過父親：「多參加台灣人活動，少整天跟外省人一起。」外省人，不過是我們喊叔叔伯伯的司馬中原、段彩華、舒暢、洛夫、瘂弦這些同樣是軍職之外狂熱寫東西的人，父親飯桌上轉述這話與母親時，沉吟著。

喊過父親老師的衆多學生中，有一位尤令我印象深刻，他來家的很勤，飯桌上，他啞巴似的幾乎沒半句話，看不出聰明，父親與他談得特多，並對他帶來的小說手稿閱讀再三驚爲天人並四下推薦。我們做小孩的，記得的當然不是這些，每年中秋前夕，他會準時寄來一簍眞的好吃的麻豆文旦，我們叫他的本名、╳╳╳叔叔。他後來果然一書成名，並以取材他出身背景的小說屢被用來做爲方興未艾鄉土文學的上好範例。他漸漸沒來我們家了。有一年，父親趁南下演講去看在中油上班的他，他主動告訴父親，他彼時最被稱道有關勞資鬥爭題材的作品很多地方並不符實況，但爲了服務政治理念也只得如此。多年後，甚至就是今年初，我在報上讀到他檢討市長選戰爲何失利的文章，主要論點歸因於外省人的褊狹、不長進、不認同台灣……。我只想，他的「外省人」裡一定沒有父親的名字吧，早沒有了。

這類喊過父親老師的學生很多，大多有一個公式可循，大約他們在開始出書發表時就某個場合中開始稱朱西甯先生，再幾年（端視事業升遷的速度而定），便改口直呼其名。我可都記得清清楚楚。

這一切，父親卻並未看在眼裡，於是我長大到一個年紀時，開始不平則鳴，建議他把被學生佔去的時間留點給自己寫東西，並直言不要理誰誰誰、又某某某的作品根本沒那麼好……，父親總說，他始終記得在當流亡學生而又最對文學飢渴求知時，常想只要一個老師適時的隨便一些點撥，不知會有多大的長進。

其實，我哪也有資格批評計較他那些學生呢？很長一段時間裡，幾次我忍住質疑父親，爲什麼會隨國府來台？因爲在我看來，彼時絕大部分優秀的作家（尤其我喜歡的錢鍾書、沈從文、老舍）全都選擇留下，即使不爲了共產黨，也爲了它背後所代表三〇年代以降社會主義熱血青年追求的公平正義人道關懷等等……，我父親，爲何如此的政治不正確？儘管知道父親的大哥（北伐前在縣城裡以國民黨員身分辦報）、二哥都死在共產黨手裡，但這就足以支撐他做如此重大的抉擇嗎？

有一年，遠企Mall剛開不久，我們拉父親去吃吃逛逛（總是這樣，老要把父親拉離他的寫稿工作，老怕他不知「外頭」變成怎樣了）。回程車上，父親說，眞像當年南京的某個商場，當時的父親，正埋頭苦讀準備考清華工科，爲能參與日後可比田納西河谷水利計畫的揚子江水利計畫，但見四下裡處處歌舞昇平紙醉金迷，父親寄居六姊家的南京新街口附近一天便開了一家遠企般的新型大商場，其氣派奢華迹近威嚇，走在其中令人覺得寒傖和渺小無力，數日後，父親棄筆從軍。這回，我沒再問父親爲何從的是代表資本主義、代表那「商場」的國民黨軍，我漸漸看待一代之人不以事後之明的分法，例如不再惑於用意識形態、主義、信仰（及其所衍生的陣營立場）來簡單分出一代的「好人」「壞人」，我比較好奇於分辨出心熱的、充滿理想主義、利他的、肯思省的……，以及另一種冷漠的、現實的、只爲自己盤算的兩類人，前者，在任一時代，都有「站錯邊」的可能，而後者，當然是從不會「犯錯」、絕不會被歷史清算、最安全舒適的。——此中有高下嗎？求仁得仁而已。

然而這一切，與父親、與父親花了十數年時間而又居然沒寫完的五十五萬言《華太平家傳》有什麼關係呢？

父親晚年，在面對一些熱心詢問他長篇進度的人時曾說，已不考慮讀的人、不考慮發表、出版、已是「寫給上帝看的」，我一旁聽了直皺眉，聽不出淒涼、自慰、或單純的只是出於宗教信仰，畢竟沒有問是哪樣一種心情，因爲怕忍不住煩躁的會說：「這樣豈不太抬舉上帝了。」

爲此，十數年來都不肯看這「寫給上帝看」的作品，竟直至父親不在。

讀《華太平家傳》，好一幅緩緩展開的清明上河圖：天子下殿走、西南雨、望門妨、神拳、清明早露、糧草、老棉襖、躲伏、乘涼烤火、地瓜翻秧、風水、馬窩、黃河見底、魚鷹、打野、年三十兒……（皆《華》篇章題名），歷歷在目，然而，就算好看極了又與我們的當下有什麼關係呢？一邊讀著，一邊我分神想著日後出版必將會有的質疑聲，然而，更遙更遠另一個時空的《追憶似水年華》、《百年的孤寂》、《復活》……與我們發熱病似狂愛的「台灣當下」，簡直的也又有什麼關係呢？

父親的手稿中止於一〇六六頁，與他最後住了整整五十天的萬芳醫院一〇六六房數字恰巧一致。那第一〇六六頁，字跡一如首頁的整潔有力、意志滿滿，觀之給我莫大的撫慰，原先我害怕面對的那頁會是零亂渙散、或躍然紙上的不能罷休不甘終止……，但畢竟同樣作爲一名寫作同業的人，會否因爲未如作者原意結束而感到作品殘缺或竟至影響整體價值？我以爲某些人的創作方式或許會，但原計畫百萬言以上的《華太平家傳》則不會，較之前者西畫式的講求結構佈局嚴整，《華》比較接近一卷捲軸，好心情好風日好優閒時，可展全盡覽，若不，打開多少看多少，並無礙於賞讀的樂趣。

做爲一個讀者和寫作者，我這麼以爲。

對於「寫給上帝看的」這信念，我也稍後在班雅明的話裡稍稍釋然，班雅明說：「小說家則是封閉在孤立的境地之中，小說形成於孤獨個人的內心深處，而這個單獨的個人，不再知道如何對其所最執著之事物作出適合的判斷，其自身已無人給予勸告，更不知如何勸告他人。寫小説是要以盡可能的方法，寫出生命中無可比擬的事物……」

我永遠記得那無可比擬的夜晚，父親走前兩夜，病牀兩側我和天文一人睡一張沙發椅牀，天文是連日弄《海上花》電影字幕睏極了已倒下闔眼，父親便要我也趕快睡下，一貫的話：「累壞你們了。」

那夜的父親，反常的沒吃多少我帶去的鼎泰豐八寶飯，我有些擔心，便假裝躺下並不敢闔眼，留有夜燈的病房，我可以清楚看到躺著的父親睜著大眼四處打量，異於白日的因藥物和貧血而昏睡。父親確實清楚看到很多我無法看到的什麼，他鷹似的愛觀察的炯炯雙眼，焦距左右遠近不定的時時變換著，幾乎我可以聽到上好的單眼相機不斷咔嚓的按快門聲，但覺鷹眼就要掃到我時，便趕忙瞇上眼裝睡。整夜，父親沒睡，起來上廁所而我爲他披衣時，眞想問他看到了什麼。

那夜，父親在我的監視下不好離開，因爲次夜，天衣異於我的方式唸了一兩小時的聖經詩篇並隨即淺睡迴避，因爲事後她說，她覺得「死是一件很私密的事，無法當著即便是兒女的他人面前發生」，父親果在沉酣聲中離去。

父親是替我探路去了，他知道我怕黑、怕鬼、怕病痛、怕死，他常笑我「惡人沒膽」。

於是他有這樣一場演出，病中的平和，上路的泰然，父親的遺容，甚至是微笑著的，教我相信，遙遙未來的某一年某一日某一重要時刻，當我大喊一聲：「大，救命！」他一定會在第一時間裡，破門前來幫助我。

——一九九九、三、十七

# 揮別的手勢

## ——記父親走後一年

朱天文

父親對於後事，算是交代過一次。在榮總雙人病房裡，夜深人靜，聽見父親喚我過去，請我拿紙筆。他保持側臥的睡姿說，這兩天感覺很衰弱，一直要講些話卻不能集中精神，有時簡直喘不過氣，趁現在清醒想記下遺言。我蹲在牀邊屏息凝聽，父親重複說了兩聲遺言、遺言，我才明白他已開始口述，如同平常寫稿的定下標題，他看我寫好兩個大字遺言，始一字一字的口述如下：

一、喪禮以基督教儀式舉行，葬於五指山國軍示範公墓。登報周知。不發訃聞，不收奠儀。

二、所有動產不動產均為我與我妻所有直到兩人均逝。後者有分配財產權。

三、長篇寫作已完成部分五十五萬字交由子女整理出版。

這是一九九七年十二月二十六日晚上十二點半。父親住院檢查兩星期以來，始終笑語晏晏，聖誕節前才突然血壓偏低，低到必須輸血。在這之前，我曾聽他對姜弟兄引述約翰福音的章節，「我父做事到如今，我也做事」，他信守此言，活著的每一天都要做事，若一天不能寫稿看書，不能做事了，就也可以不必再活。即使還寫著的長篇未完，他亦對母親說，也許上帝認爲他所做的已有人做得更好，超過他所做的，那麼也可以了。母親的轉述，父親對上帝是說：「如果這次眞是該回天家了，希望不要太麻煩到小孩。」

三個月後父親去世，我們姊妹談起來，更加確認其實父親是聖誕節那次說走可以就走的，不走，是爲了讓我們盡盡孝道，讓我們以爲在人事上可以感到沒有遺憾。因爲病中，大多時候父親依然如阿城描寫的，「朱先生人幽默，隨口就是笑話，想起朱先生的笑話，就笑，就覺得朱先生還活著。」父親是爲的盛情難卻之下，多陪了我們三個月。事實上寫遺言次日，全家聚在牀邊吃飯，傳閱遺言，母親反對爲省錢而葬到國軍示範公墓，那裡又小又擠又難找墓碑，她寧願骨灰擺在家裡書桌上，待她身後骨灰併一處。姐妹們乾脆說破，無論誰死先都燒成灰裝罈，等齊了再違章建築的大家理一塊，看來是只得委託目前尚在念小學的盟盟代勞。精神好轉的父親點頭道：「盟盟辛苦了，一根扁擔兩肩挑（罈）。」

所以死亡是什麼呢？死亡不會令死者再死，死者已越過死亡走過去。死亡只對生者才起作用，因而生發出無與倫比的意義。

是因爲死亡，死者的存在才再度被發現，被賦與，如此鮮明，鮮明過他生前與我們同在時的幾千幾萬倍。這樣的存在，必然，伴隨著深深、深深的悲傷和懊悔。

記得奇士勞斯基提到他的父親，他是後來才知道父親是個睿智的人，影響了他一生。奇士勞斯基說這是殘酷的，父母最盛年美好的時候，小孩看不見，看見了也不知道；等小孩長大看見時，他只看到父母的衰頹，而對之充滿了不耐煩。他的女兒十七歲在外地，有事他會寫信給她，但他明白女兒一定不當是事，要到很久以後她或許偶爾翻閱再讀到，一切豁朗在前，半點不錯正如人生的悲哀永遠是事情過去之後才懂得，只是當時已惘然。

我們因此十分斤斤計較於別人的活長活短。一般而言，眾生大致是死一次，創作者呢，可能兩次。

較佳的例子也許是舞者，有一天，舞者不能直接用自己的身體表達了，體能之死，他經歷了第一次死亡。本來他是舞者，他也是編舞者，但他的身體勢必先死，餘下他的意念和技藝經由別人之身來言傳，他只能做編舞者了。瑪莎葛蘭姆強悍的跳到七十六歲，跳完《鷹之行列》，年老的特洛伊皇后海克芭看著她所愛之人一個一個死去，之後她不再跳舞，而繼續編舞，非常痛苦，她說：「非常，非常，非常不容易。」

令我訝異的是讀到《費瑪最後定理》，一串數學家現身說法，數學，原來是年輕人的事。數學中，因年歲增長而來的歷練深刻顯然不及年輕人的勇氣和直覺重要。哈代說：「我從未聽說過數學方面由年過五十的人開創重大進展的例子。」阿德勒說：「數學家的數學生命很短暫，二十五歲或三十歲以後少有更好的工作成果出現。如果到那個年齡還幾乎沒有什麼成就，就不再會有什麼成就了。」挪威的阿貝爾十九歲做出驚人貢獻，數學家評價說：「他留下的思想可供數學家們工作五百年。」中年數學家退居二線，教學或行政工作。「年輕人應該證明定理，而老年人應該寫書。」此因爲數學是一種最純粹的思維形式之故嗎？比任何藝術或科學都距離實際的世界更遠嗎？

年輕人是不觀察的，他渾然置身其中，觀察與被觀察一體。年輕人也不反省的，反省要有另一個眼光，但年輕人才正當他的眼光跟他的身體一起呢。

與此極端對照的，是今年元月李維史陀在一場故舊門生同僚爲他舉辦的研討會上發表的簡短談話。李維史陀九十歲了，他沒想會活到這把年紀，年老之盡頭，自己的存在成了一個罕見的驚奇。他說：「今日對我而言，存在著一個實際的我，不過是一個人的四分之一或一半，以及一個潛存虛擬的我，仍鮮活保存著對整體的觀察。虛擬的我樹立寫書計畫，構思安排好書中的章節，對實際的我說：『該你接手去做。』而實際的我，再也寫不動了，對虛擬的我說：『這是你的事，唯你可以一窺整體全貌。』我現在的生活就展開於此一非常奇異的對話中。」他說：「我非常感激你們，由於你們的出席和你們的友誼，暫讓這兩個慣常對話得以歇停，並有了新的接合。我很了解這個實際的我將繼續消溶，終至消解。但我感激你們對我伸出友誼之手，使我瞬間感覺到，它不只是消解而已。」

有生之年，我眞高興能聽見一位偉大創作者把他老之將盡的存在狀態，如此清晰的傳達於世人。我們大約並不能活到他那個年紀，所以是如此可珍惜的他讓我們明白，且等同親歷了那個我們大約走不到的長壽盡處。

最自覺的應該算卡爾維諾，他很早即著力於觀察者、被觀察者、媒介（南方朔的用辭是「想說」、「被說」、「說」），三者之間精準密合的問題。他生前出版最後一本著作《帕洛瑪先生》，索性將之標立為三，以數字1、2、3代表，繫於每篇小題之上。好比〈1.1.1.閱讀海浪〉，意味著此篇全部是視覺的描繪（數字1）到了像做科學紀錄的地步。〈1.2.1.烏龜之戀〉，意味著除了視覺資料外，也涉及語言敘述文化的元素（數字2）。〈2.1.3.椋鳥入侵〉，則表示有敘事，有描繪，有冥思（數字3）。我知道就有個叫唐諾的書迷，讀到後來他的樂趣之一是，遮住所繫數字，如香水大師葛奴乙般嗅辨香水的成分和揮發順序，據以標出數字，看是否與卡爾維諾所設定的吻合。他們是在搞數字研究了。六十二歲去世太早的卡爾維諾，更早就先已走進他自己的星空。

那麼米蘭昆德拉呢？十二星座中屬於初生嬰兒的牡羊座，總是跑得太快忘了把腦袋帶走，今年七十歲矣。他的新作《身分》，該怎麼說呢——同樣是牡羊座的小說家駱以軍，似乎特別有感的為我們摘出米蘭昆德拉自己的話語，用以體貼年老了的米蘭昆德拉：「從前，他只想佔有新結識的女人，今後他的慾望會受到往昔的煩擾……，他想回過身來，找回過去那些女人，再摟抱她們，一直走到底，凡是未加利用的都加以利用……。」

我看到張愛玲，她像年輕數學家在二十五歲前就完成了她的傳世傑作，淪陷區天空火樹銀花，她是其中引爆最亮的一束，在那光芒底下踽踽獨行，走到終點。「十年一覺迷考據，贏得紅樓夢魘名」。何止紅樓夢考據，她還英譯國語譯《海上花》，又十年工夫攢下去，對此她不無寂寞的嘆息：「張愛玲五詳紅樓夢，看官們三棄海上花。」是的，她的圖像，她回過身來，找回過去那些女人，再摟抱她們，一直走到底，凡是未加利用的都加以利用。

費里尼晚年拍《舞國》，黑澤明拍《夢》、拍《八月狂想曲》，那圖像是，一個虛擬的我，清明洞徹，觀察整體，好憐憫的看著一個實際的我越來越弱小，越來越衰竭，再見了這個可鍾愛可依戀的實際的我。

所以死亡是什麼呢？是那個虛擬的我宣告獨立存在了。而活人，以作品，以記憶，以綿綿不絕的懷念和詠歎，與其共處，至死方歇。

一年來，我仍不能適應這樣的與父親共處。我們還太新鮮，太生疏，以致我仍遲遲不願去相認。我害怕會失態大哭。

人們記得父親的《鐵漿》、《狼》、《破曉時分》時期，那是一次創作高峰。六〇年代中間他開始轉變，至七〇年代初寫出來《冶金者》、《現在幾點鐘》，他悄悄攀抵另一次高峰。但若不是去年底重讀，我根本忘記到了不知道的程度，不知父親曾經那樣敏銳和犀利。似乎八〇年代以後，父親與其做爲小説創作者，他選擇了去做一名供養人。

敦煌壁畫裡一列列擎花持寶的供養人，妙目天然。父親供養「三三」，供養胡蘭成的講學，供養自個兒念茲在茲的福音中國化，供養他認爲創作能量已經超過他了的兩個小説同業兼女兒。像《八又二分之一》裡馬斯楚安尼對一屋子囂鬧妻妾大叫「老的到樓上去……」父親把全部空間讓出來給我們，自己到樓上去。有時母親跟我們吵架淚汪汪的上樓告狀，父親安慰她：「不聾不啞，怎做翁姑。」他讓出發言權，最後十年埋頭著作《華太平家傳》。這一切，果然如人生的悲哀要到事過境遷之後才懂得，我也絲毫沒有例外。

所有雜塵漸漸沉底了，水深澄淨裡我看見，父女一場，我們好像男人與男人間的交情。米蘭昆德拉借香黛兒之口道出：「我的意思是説，友誼，是男人才會面臨的問題。男人的浪漫精神表現在這裡，我們女人不是。」

接著香黛兒與尚馬克展開一段關於友誼的辯論。友誼是怎麼產生的？當然是爲了對抗敵人而彼此結盟，若沒有這樣的結盟，男人面對敵人時將孤立無援。友誼的發源，可以推溯到遠古時代，男人出外打獵，相互援結。現代男人是不打獵了，可打獵的集體記憶以其他變貌出現，看球賽，呼乾啦，尋歡作樂一齊隱瞞老婆。於是從結盟衍生出來契約關係，秩序，文化結構，男人接受社會馴化的程度，比女人更久，更深，更內化爲男人的一部分。女人馴化程度淺，此所以公認是女人的直覺強，元氣足。千禧年來臨，女性論述大行其道，準備要顚覆男人數千年的典章制度，其勢可謂洶洶。

然我若有嚮往，男人間的友誼會是我嚮往的。它不是兄弟情誼（brotherhood），它比兄弟情誼昇華一些。它是綜合著男人最好的質感部分，放進時間之爐裡燃燒到白熱化時的焰青光輝，假如能找到一句現成的話形容，它是、君子之交淡如水。當然它也是、朋友十年不見，聞流言不信。這兩個，都要有強大的信念和價值觀做底，否則不足以支撐。那樣的底，我一點也不想要去顚覆它。

《華太平家傳》也許是一本違逆潮流的男性書寫，父親以這樣的書寫之姿向我們揮別。病中三個月，他不求，不問，也無所要交託，一如他平生待我們以男人的友誼，言簡意賅，如水湛然。

# 許願

華太平家傳

我就好脊後靠著牆，看東看西，不管靠的是屋裡隔間的板壁，還是泥過沒泥過的磚牆，腦袋一刻也不閑著的一傾一昂，讓後腦一下下碰撞牆壁。風帽後尾上盤龍銀飾那五條銀鍊和上面懸繫著的銀鈴兒，便跟著這一傾一昂，有板有眼兒的玎玲玲、玎玲玲、啍唧個不停，像在替我訴說心裡頭沒著沒落的冷清孤單。

那要等老爹打外頭回來，笑說：「老遠就聽到了，咱們太平又擱家裡練鐵頭功了不是？」那我就好跟進房裡，跟奶奶分享老爹打糧食袋一樣的袖籠裡抖出來的喫食，聽兩老拉聒兒。再不就得傍晚等媽進城來，撲過去，等不及的捉空兒叮奶。常時的冷清孤單，整日巴望和等待的，似乎盡在于此；也就只是這些。

那都是五歲前，我的家常日子。

我的記性一向不佳，勉強只可掛上個中等，還須偏低一些。壞是不至于壞到俗話所說：「屬老鼠的（我可是屬老虎的）——擱爪兒就忘。」可比起老鼠的記性，我也強不多少。就憑這樣差勁兒的記性，我倒又別有一種稟賦。人是絕多都在五歲前不大記事兒，記也僅僅記些沒頭沒尾的零星片斷，我偏不然。

多少煙塵歲月，邈遠飄忽，在我卻杳然清明，依稀若在眼前，任挑一樁五歲前的舊事，如何始，如何終，瑣瑣碎碎，我可都大半瞭然。要說何以就能辨別五歲那道界線，那倒頂頂簡單不過——五歲那年，我開蒙入學，也才斷奶，也就在那年，祖父去世。這樣就不必劃一道界線也一樣的前後分明；凡那些邈遠的舊事中，只須辨認出凡是我還未曾入學，未曾斷奶，或祖父尚在，即就足以肯定那都是我五歲前所留下來的遺事了。

這樣稟賦獨特的記性，已足爲千萬人所不及；更甚者，即使在我出生前，關乎我們華家上遡數代的盛衰滄桑，我也一如親歷其境，曉得夠多、夠眞、夠細緻——只不知是否這也算作記性；要不又該算作甚麼？算作異稟？老爹跟奶奶拉聒兒起關東或是祖籍那些陳年古代的老家舊事時，多半我都聽不大懂——至多才五歲的孩子罷，能解多少人事？可我就偶爾忍不住插嘴，提醒或添補遺漏的地方。起初祖父也很驚異，不過，到底還因是個讀書人罷，好思好想，把一直又喜又怕，逢人就說奇道怪的祖母按了按手，說是「咱倆兒陳芝麻爛豆子盡在這兒數來數去，遮不住這孩子朝天轉前轉後的，一旁一把把拾了些去，不定咱倆先前數過了多少遍，這再數時給數漏了，這孩子單巧幫你添一把兒……」奶奶聽了不知是心服口不服，還是口服心不服，仍舊逢人就講我這麼個小孫兒：「八成兒落了空兒，沒喝迷魂湯罷！」接下來要看那一曚子我在奶奶跟前是輪到得寵還是失寵。得寵我就是個神童，不然就給打成個來路不明的小妖怪。

照相信輪迴的講法兒，打那一世轉生這一世，閻羅殿上發配陽世時得逼你灌下忘盡前生前世的迷魂湯，才准投胎託生。奶奶好歹是位長老師娘，伴著老爹到處傳教大半輩子，敢是不信這些輪迴轉世甚麼的，可說還是這麼說了。

奶奶一輩子任性過來，老爹也都凡事依從她。

兒孫滿堂，若照常情，定規是老爹奶奶疼長孫，奶奶卻不盡然；過一曚子挑一個來寵，再過一曚子另挑一個。兒孫衆多，這樣輪換著寵愛倒也有趣——而且但凡寵愛到哪一個，喫好的也拉著你、拉聒兒也拉著你、出去串門子、走乾親戚、趕熱鬧——像是放河燈、划龍船、看出會或大把戲，全都拉你一道兒。這樣子也就非得輪換著不可，孫輩兒到我，上面已經兩個哥哥、七個姐姐，大哥且已結婚，我五歲時做了叔叔以後，便又四世同堂了。人丁那麼旺，南京的叔叔那邊哥哥姐姐都還不算，單是我父這一房的我們這一輩，捎上大嫂就已足足十一口，要是一同擠進奶奶房裡，分享她老人家私房喫食——茶食、點心、零嘴、喜果子甚麼的，慢說那得整簍整筐子才夠，只怕站都站不下。照這勢路，是眞得輪換著寵愛才行。可若是爲的這個，就不該派奶奶的任性了。

說奶奶任性，那也不止是輪換著寵愛很不公平——譬如說寵這個久些，寵那個短些；又譬如奶奶壓根兒就不是按照我們雁行排行順序來輪換，好在哥哥姐姐都很兄友弟恭，沒誰會在意老人家膝下爭寵，或彼此排擠、咬嫉貪伴兒；又也不止是奶奶要寵愛誰就寵愛誰，一向都太沒個準兒，主權完完全全操之于奶奶興之所至的好惡；眞正任性的還在奶奶無端的寵愛誰，一定也無端的同時把其他孫兒孫女統統一棒打落，往往打落得個個一無是處。

所以這樣子褒一而貶衆的作風，因爲無端，也就無常；昨天還把你捧到天上，今天倒你踩到腳下。不過也還並非完全無來由，看你順眼礙眼，也就夠了。再說罷，有端無端，也盡在祖母的嘴上，褒誰貶誰，不患無詞，也可說是一言興邦，一言喪邦。要問咱們奶奶去跟誰來論斷衆孫兒孫女，那可不愁沒人，除了給褒貶的當事人一律株連、以及與有榮焉或養教失責的咱們雙親大人、都得恭聽懿訓，此外尚有家裡的夥計、與咱們同租馬氏祠堂的衆房客、左鄰右舍、奶奶那些乾姊妹、乾閨女、路上遇見的熟人、禮拜堂的老姊妹等等——所憾者，咱們在尙佐縣這個小城落戶，到我出生也才三十個年頭，仍還孤門獨戶，無一族人，老親戚只有奶奶她親娘，這時也已過世多年；以及護送這位外曾祖母投奔祖父而來的奶奶娘家四叔——咱們喊做四老太的元房三代六口，住在四、五里外的西鄉。新親則只有打湖南跟過來的大嫂她母弟二人。要是放在關東，或膠東老家，同族和老親世誼，那就多得不可勝數，奶奶也就會擁有更爲廣大的聽衆了。說來奶奶的任性也還是挺不如意，發揮挺不夠盡興。

不管怎麼說，在祖母這種陰晴不定的性格下，獨有我這個雙親膝下的老疙瘩兒子，有幸有不幸。有幸的是母親早出晚歸，白天我得跟老爹奶奶過；母親須在城外養牛場幫父親照料牲口，幫夥計忙那一日三餐；哥哥姐姐上學去了；奶奶喜我惱我，都得照料我喫喝拉尿；出去家訪傳道串門子，除非老爹在家，還非得帶我到東到西不可。不幸的則是碰上奶奶沒好顏色，虐待是決不至于，可就得跟在身邊恭聽奶奶與人家數說我的罪狀；而基于「遠了香，近了髒」的道理，划算起來，大半我是承歡的少，討厭的多。

失寵的日子裡，能躲遠點兒也就罷了，卻還非得跟隨老人家去串門子不可，那就夠不是味道的了；可又還得一旁愣聽我那些罪狀不可，愣捱詬貶總不容插嘴申辯，敢情分外不是味道。

奶奶口裡的我那些罪狀，就算是確有其事，總也犯不著逢人就數說；況又多半都是奶奶編排的誣陷。譬如跟那些外四路不相干的閑人數落我都上五歲了還沒斷奶，全是爺娘慣壞了的——先我就心裡不服，哥哥姐姐跟我又不是喊爺娘，打大哥起就隨尙佐縣當地的喊法，喊大大媽媽。再就是五歲還沒斷奶，沒錯；慣我，沒那回事兒。

老疙瘩兒子罷——那是個北方，做針線活兒，線紉了針，理理順，線末尾綰個結兒，我就是那個疙瘩，雁行末了的一個么兒。媽媽四十一歲生的我，敢情也是縮了個結兒，想生也沒的再生。下邊既沒弟弟妹妹等奶喫，就由著我喫獨食喫下去。大大罷，凡事頂眞，「一言既出，駟馬難追」，君子得過了頭——只因鄉下王五娘專程上城來恭喜送大禮，說了句「天下爺娘疼么兒，將後來不曉要怎麼疼這個老疙瘩兒子了……」媽媽是害臊過了四十還生孩子——大哥都已二十二、大姐二十一、二姐二十了，就跟王五娘咬耳朵說：「還恭啥喜，命好都做奶奶姥娘了，還跟兒子閨女賽著生！眞沒臉……」大大敢情也有點兒害臊罷，把王五娘的恭喜噲回去，帶點兒賭氣味道啐了一聲：「甚麼疼么兒，偏不疼看看！」這一「看看」，便直到我十一歲那年，才看到大大對我現過一下笑臉。再就是哥哥姐姐都給父親抱過，還有的有幸騎在父親腿上，父親顚顚顚，給唱著的讚美詩打拍子。我可從來從來沒那福氣。

這樣子，奶奶還說我給爺娘慣壞了，有影兒嗎？單一個五歲，也就夠奶奶編排出整堆整垛的不是：五歲還尿牀，五歲還等人給他擦腚，五歲還不會穿鞋襪……「他姑娘五歲都繡花繡跟蘿蔔皮兒樣兒，細得找不出針眼兒。哼！哪是這臭小小子兒！瞧瞧，你都瞧瞧——」這就該扳轉我前前後後給人家看我頭上戴的風帽：「這些銀片子，一冬還沒過過一半，你都瞧瞧，沒一片不是給撞癟了撞裂了的。有的沒的，朝天就往牆上碰頭撞腦唄。有天撞死也罷了小敗類！銀子的哝，能給啥好的穿！隔代人了，罷罷，咱都裝看不見——眼不見心不煩不是……」人家多半回應是「小小孩這麼個躁性子？眞是的，哪天才躁到老！……」我得發誓，我是冷清孤單才碰碰腦袋解悶兒玩兒，才不是躁性子不躁性子。奶奶也明明曉得不是那回事兒，別人家弄擰了意思，她老人家卻存心將錯就錯。橫豎人家派了我的不是，正也迎合了奶奶稱心如意罷。老爹就誇讚我是練的鐵頭功。

壞就壞在人贓俱全，叫人抵賴不得；讓奶奶扳轉著給人看前看後，風帽上的銀飾果然癟的癟、裂的裂、走了樣兒的走了樣兒——有條銀鍊子斷了，連鍊頭上墜的小銀鈴也不知掉哪去了，奶奶眼勁不濟，還沒留意到呢。這樣子看在人家眼裡，難道不頭一個就想到這個臭小小子性子急躁，動不動就耍脾氣，砍頭拚命的亂撞牆。

風帽上不光是腦後琳琳瑯瑯的釘的有雲頭鎖片兒、下垂五條銀鍊子、條條鍊子墜著個小銀鈴；風帽當門上兩隻兔毛滾邊兒的虎耳朵下面，額上也釘的有一排銀飾，當央一塊比二十文銅板大些的盤龍，一邊兩個銀字兒，先前我戴的是「長命富貴」，今冬新帽子上是「開關通煞」。有的小孩風帽上是「長命百歲」、「天官賜福」甚麼的。

這都算是打扮，窮人家小孩兒風帽當門就只釘顆紅的、綠的琉璃珠，也還是腦後飄帶釘個銅鈴鐺。有個響兒隨時知道小孩兒跑哪裡。半天沒聽見鈴聲，就好去找一找，不定倒在哪兒睡著了。像我這樣不好瘋、不好亂跑的餒孤小孩兒，又隨時都玎玲玲、玎玲玲，撞著牆告訴大人我在哪兒，本該是個省心的乖小小子，可奶奶跟前一失寵，就八下裡都成了不是。

那樣子靠牆站著，東張西望的腦袋一仰一仰去碰牆，說不上甚麼好不好玩兒，頂多不過圖那玎玲玲、玎玲玲，一聲聲響著好玩兒罷。有時眼前沒甚麼好張望，或是又招奶奶數說了，就面壁過來，數著磚縫兒、板壁上的年輪或木結，找找這像甚麼，那像甚麼——多半找得出小人臉兒，正的、斜的、半邊的，還有倒過來的，有眼有鼻子，就跟這些小人臉兒講話忍忍躁兒，一面拿額頭一下下碰牆，不緊不慢，下不下勁兒都是一樣，都不覺得撞疼了哪亥兒。

那些子銀飾，都是銀樓師傅精工細活搥出來的，我見過，踮起腳尖搆在那張淨是坷楞凹疤的柏子邊口看，老半天才敲出一點模樣來，看得我腳脖都累疼了。銀龍銀字兒就是那麼凸肚兒亮晶晶的精細，反面兒可是凹進去，也不怎麼亮堂。說來那料子不是實心兒的，薄薄的怕還沒有花生殼兒那麼厚實，敢是經不起常川兒一下下碰撞。那銀鍊子也像細絲兒一樣，就算沒斷掉，也一個個圓環兒都給撞得長的長、歪的歪、瞎了孔的瞎了孔兒。

奶奶罵我「小敗類」、「小敗家星」，實說該是個「瘟敗類」、「敗家瘟星」；果若發脾氣耍性子鬧人，碰呀撞呀，拿銀子亂糟蹋，那也還算敗類敗得個轟轟烈烈，敗家也敗得個地動天搖了。

儘管這樣，可一旦輪到得寵，奶奶疼我又疼得過了頭，日夜都不許離開寸步。

平常總都媽媽帶我睡在東屋，賴奶嘛，不含著奶不肯睡。給奶奶寵上了就得硬生生的斷夜奶，哭哭泣泣的想奶想個沒完。奶奶就能不顧老爹勸告，解懷兒拿那觚子一樣長奶袋子來哄我，還心肝寶貝兒哄著，嘔得要命。苦倒不在咂乾奶——媽媽那裡也是嘓上老半天，嘓得嘴痠舌硬，也嘓不出幾口奶來；怕的還是奶奶身上的氣味不對勁兒。奶奶喜歡餵貓，奶奶身上就有小乾魚兒和樟腦丸那種腥爨腥爨的怪味兒。

屬于奶奶的氣味很多，一入夏就隨身裝一塊咱們小孩兒老認是冰糖的明礬，和一隻黃楊木鏇的帶蓋兒瓶子，裡面裝一根手指大小的薄荷錠。在得寵的日子裡，奶奶不光是時時刻刻不讓你離開一步，還照應你周身上下無微不至。別說身上沾了甚麼灰呀泥呀，連忙撲撲撣撣，抽抽打打，若是去不掉，立時換下來，立時親手搓搓洗洗，從來不怕麻煩勞累。萬一發現你讓蚊子叮了，那可像人家把她小孫兒戳了一刀，大呼小叫，趕緊捽住你，照那蚊子叮出來的小疙瘩上呸口唾沫，掏出白礬塊兒，就著唾沫上來回猛出溜兒。白礬稜稜角角的刮得肉疼還不說；唾沫窩在嘴裡甚麼氣味也聞不出來，可就是出不得口，出了口兒那氣道就不怎麼正了，更經不得塗塗抹抹。祖母滿口鑲的假牙，又刷得很勤，卻與呸出口的唾沫無干。唾沫已夠難聞了，怎堪白礬再來湊熱鬧，更別說叫人聞了要有多惡心。只是一聲落到祖母手裡，任你嚇得怎麼樣拉長了脖子想掙脫，也別想逃過那一劫。後來哥哥姐姐長大了，碰到一起但凡談起祖母，少不得都要提到這種極深刻而至沒齒難忘的祖蔭恩澤，也少不得笑上個半死。好似謎語揭底，原來哥哥姐姐也一個都沒躲掉那樣的澇災；唾沫和白礬雙料的惡臭。

跟奶奶睡，碰巧來尿，奶奶非但不惱，還笑得可憐，誇獎小孫兒眞叫孝順，「把奶奶漂起來，漂到青泥窪，又漂到貔子窩，回了老家一趟……」奶奶娘家在貔子窩。青泥窪是咱們太太太公——高祖父的父親——太祖、咱們華家闖關東的一世祖開馬棧發跡起來的地方。到了太公，正打算把青泥窪連碼頭帶海港一手買下來，不料叫俄國老毛子放黑鎗給撂了，華家打那就一塌糊塗敗落下來。大大講過，青泥窪是給日本小矮鬼兒佔了去，人小鬼大，才改叫大連；小日本也就打那自誇其得，改叫大日本兒。

反正不得寵時奶奶牀沿兒也休想沾沾，來沒來尿奶奶也不知道，也沒淹到，也沒漂走，逢人數說我五歲還尿牀，就有點兒揑造了——碰巧失寵沒跟奶奶睡的那陣子，反倒我連一滴滴也沒尿過牀，怎麼不是賴屈了我？

那要怎麼說？來尿泡濕了奶奶半邊身子，反給誇獎成孝子賢孫；待到一點點兒也沒沾上奶奶，壓根兒就沒來尿，倒又給誚貶得沒出息、沒章程、沒材料等等，簡直個兒給張揚得惡名四溢。祖母膝下承歡或討厭，就是這麼沒準兒。

二哥說跟在奶奶身邊兒打伴兒，「伴君如伴虎」。眞的，全沒準兒，由著奶奶「人嘴兩面皮兒」，上嘴皮兒動動，把你捧上九天雲霄；下嘴皮兒動動，可又把你打入十八層地獄了——這樣子天上地下，大起大落，眞叫人深感「天有不測風雲，人有旦夕禍福」，說變臉就變臉的無常。

只有祖父體恤人，時常幫忙咱們祖孫兩造開脫，跟奶奶是說：「隔代人啦，多享點兒清福，別理這幫小輩兒，少煩多少心……」跟咱們孫輩兒就勸勸哄哄：「老如頑童嘛——那邊兒跟他好了，這邊兒跟你惱了，就那麼回事兒唄……」

可老爹也已白鬍雪貼了，怎就不那麼頑童呢？我那六姐，姊妹裡最刁，只她頭一個想到，避過老爹奶奶偷偷說：「敢是啦，奶奶是老了，奶奶大老爹四歲不是嗎？」

這樣一算的話，我五歲那年，老爹大我整整一個甲子，奶奶好望古稀上爬了。孩兒家不免要問，是不是人要快上七十歲才算老？才算個頑童？——那也不一定罷，有時媽媽輪到失寵，受不了奶奶閑話、折磨，老爹瞞過奶奶勸說：「和平他媽，妳娘我是一輩子過來凡事都讓她，和平他大大也是一樣兒，這妳都再清楚不過，妳也就委屈委屈，看在爺這個份兒上，讓讓罷……」

照祖父那麼說來，一輩子任性過來了呢，奶奶就不是老來才如頑童了。

說輪到得寵，奶奶疼人也是疼過了頭，一點兒都不假。昨天才逢人就數說你十惡不赦，今兒倒誇獎成十全十美，那都太平常了。這樣子現鼻現眼的前言不對後話，奶奶可從來不管；昨兒罪狀，奶奶自個兒要忘就忘，忘得一乾二淨，不足爲奇，還得派定人家也跟著忘記，要聽信今天的爲是。

那些誇獎，也和抱怨一樣，大半都是任憑她老人家天馬行空揑造出來的。「迷魂湯」之說，就是一例。誇獎你是個神童還不算，一日忽發奇想，咬定我是孫中山轉世。

隆冬大雪，爹兒仨圍在焦炭爐旁烤火，奶奶一頭烤著大顆大顆紅鈴棗，疼得眼睛不離我這個小孫兒。瞧著瞧著，眼裡一閃，把顆冒煙又冒熱氣，脹得滚圓的棗子拿湯勺端給老爹，喜不自勝的說：「你瞧咱們這寶貝小孫子，瞧那個小模樣兒，不是活脫脫的孫中山？」

老爹忘了趁熱喫那香噴噴的烤棗子，瞄伺著我。老爹一雙眼利得很，到老都還是炯炯有神，少有人經得住老爹那樣盯著看的。奶奶一旁添斤添兩的說：「瞧那雙眼皮兒雙到兩頭兒，嘴唇兒削薄削薄的，還有嘴唇兒底下那道印兒，大拇指蓋掐出來的一樣兒，愈瞧你不覺著愈像，唵？……」

老爹八成不覺著像——奶奶但凡逢著甚麼興頭上，老爹總是八下兒湊趣兒去附和的。能有三分像，老爹也一定誇到十分。就連我也不信我像甚麼孫中山，媽就說我「眼皮兒一個單，一個雙，哪興這麼調皮！」每逢站在牀邊，媽給我穿衣，常就這麼又疼又怨的親親肥梆兒說。可見不像有的人剛睡醒頂著一對雙眼皮兒，過一會兒又恢復單的了。要說嘴唇兒削薄削薄，父親和叔叔還不也是，都像奶奶罷了。

老爹不得不湊趣兒，給奶奶一再一再敲邊鼓，滿口的「像、像、真像！」可剛剛跟上去，奶奶倒又嘣兒的一下子跳前去老遠，「你說怎著？這麼像法兒，遮不住就是孫中山轉世，託生咱們家來了。這往後……」老爹可給惹得笑嗆了，忙說：「遮不住、遮不住。這往後，光大門楣，榮宗耀祖，可不都叫咱們這個寶貝小孫子一肩挑了！」

紅鈴棗邊烤邊喫，總是老爹一顆我一顆，奶奶一顆我一顆，合著我一人喫倆份兒，得寵就有這麼享福。

奶奶可還有下文，「孫中山跟你都是丙寅年生，孫中山乙丑年過世，第二年不又是丙寅年咱們這頭小老虎出生了？這中間七天一殿，七七四十九天，走完七殿閻羅；再半年八殿閻羅，過後又該九殿閻羅了，不就要喝迷魂湯了？孫中山那麼個大人物，放在老年間不就是真命天子了？閻羅王見了都要下跪的，喝甚麼迷魂湯？還不是十殿閻羅都齊來恭送轉世？也選的是咱們華府上來投胎，天下再沒華府上這個好人家了……」

老爹又給笑嗆了，指頭點著奶奶，憋得臉紅大半天，咳完了才喚口氣兒說：「聽妳這麼活眞活現，八成妳走了陰差，親眼所見不是？」

奶奶沒搭理，愈說愈頂眞，叫老爹這就查查黃曆看，打孫中山過世，到寶貝小孫子出生，這中間是不是時候恰恰好——十殿閻羅將好走過來。說著就撲落撲落皮襖襟子上沾的烤棗子煳渣兒，要去找黃曆來。

老爹陪笑說：「瞧妳唄，聽見風就是雨，眞夠急躁。得提醒妳一提，這位孫中山可是信主之人，只受主審判，不受閻羅王審判，對不對，各歸各的不是？」

奶奶老早說的沒喝迷魂湯，一下子找到孫中山這個根由，入情入理，有憑有據，正自得意，喫老爹這一掃興，臉就板了下來。說也是的，好歹咱們一家子信主，照世俗講是在教，老爹又是位傳道長老，奶奶也是位公稱的華師娘，閻羅殿甚麼的，眞不好外頭去張揚。儘管老爹奶奶傳道，從沒取過教會分文，受過洋人一點好處，可就只傳道來說，不能自找嘴禿……老爹像給奶奶賠不是的低聲下氣，陪上半天好話。奶奶向來說了就算，敢是很在意，老半天都怏怏不樂。

就爲這個，老爹沒了頭兒一樣，一逕還在笑臉伺候奶奶顏色，話也多了起來：「挺有意思，虧妳頭等頭腦，我這個死腦子，打死了也想不到甚麼迷魂湯、甚麼孫中山、又還甚麼十殿閻羅，實在挺有意思。說眞個兒的，咱們來逗逗看，也還有的不大對榫，比方說罷，那孫中山沒喝迷湯就來投生了，咱們華家上去兩三代的陳年古事，他孫中山倒這麼清楚？只這麼點兒不大對榫，對罷？就只這麼點兒——如外都挺有意思。所以罷，說說解悶兒是眞的，像我這一頂眞，可就沒滋蠟味兒了不是？……」

奶奶還是不大悅意兒，噌了老爹說：「誰又不是說著玩兒啦？淨看你擱那亥兒蒜血子喝水兒——老頂鼻子兒！」

老爹故意笑得哆哆嗦嗦，袖籠裡掏出手捻子抹嘴，抹鬍子，看樣子是不要再喫烤棗子了——鐵列子上可還有十來個烤著的紅鈴棗，就算跟奶奶對半分，還有的吃呢。要報答老爹省下來給我，便連忙跑去老爹書桌，爬上椅子搆來水菸袋，雙手孝敬給老爹。

奶奶瞧著老爹顧自傻呵呵的啞巴了，敢是以爲老爹說不過她，遂又加把勁兒起來：「那孫中山，你不是說過也是個先知？先知不就啥事都知道？無所不知還不知道咱們家底子？……」奶奶得理不饒人，嘀咕個沒完兒。湯勺又舀了一顆冒煙兒的煳棗子給我，沒等我接，又擋回去，要笑不笑的審我：「你這個沒喝過迷魂湯的，說，是不是孫中山託生的，給奶奶從實招來！」

正給老爹點紙媒子，又忙去接奶奶手上湯勺，給這一嚇唬，兩下裡都頓住了。瞧奶奶假裝的厲害相，情知是逗人，還是順了奶奶，一連聲兒應了十個是。

這一來，把兩老都逗樂了。結果得了奶奶喜歡像什麼似的順手賞下倆揉頭，打得我兩踉蹌；這一邊得到老爹噌來一聲「個小馬屁精！」不過見我孝敬了水菸袋，爐口點著了紙媒子，可又誇獎了一聲：「個小鬼精靈！」

不想奶奶衝著手心在那兒直呵疼，直怨我沒戴風帽的光腦袋怎那麼硬法，像打在石榔頭上。

老爹一旁直拍大腿，乘勢兒取笑奶奶：「得得得！沒見過捱打的秋毫無損，打人的倒累著了，還打疼了爪子——妳又不是不知道咱們家寶貝孫子練就的鐵頭功。」

奶奶還在呵著手心兒，打眼角兒瞋老爹。只這當口兒，才覺老爹有點兒老，陪著奶奶老如頑童。那我這頑童敢也跟著順大流兒歡天喜地得要命。

可弄了半天孫中山不孫中山的，我也不大曉得是誰，好像有點兒熟。試著把紙媒子吹出活火頭兒來，噗突噗突的，這本事老學不會，老爹安好了菸絲兒，笑吟吟等我，「嗯，人兒燈一樣。小蒲包嘴兒不中用，來，老爹教你。」

愣瞧著老爺摻白鬍子底下糾起嘴兒，一吹口氣，緊跟住舌頭尖一堵門兒，噗突一聲紙媒子就死火上吐出活火舌頭，眞神！我問老爹：「孫中山是不是大哥大嫂，還有大姐他幾個常說的總理？大哥房裡還掛的有相片不是？……」

不過是閑問那麼一聲，一時老爹奶奶都給問得愣癡住了。哪犯得著那麼大驚小怪，我也給愣癡住了，弄不懂這麼一下下，怎就把老爹奶奶像喫紅芋給噎住了一樣。我是記得還有二姐跟四姐也常講甚麼總理長、總理短的，有時也說成孫總理，八成都是一個人兒罷。大哥大嫂住的對門兒馬愣子家東屋，牆上掛的半個黑臉半個白臉大相片，好像就是孫中山。

奶奶瞪緊我，不知有多頂眞的探問：「我說小太平兒，還記得你大姐？——見你都沒見過，別瞎扯了！」

我像給冤枉了，瞪大了眼申冤：「才不是瞎扯，我記得的，大姐呀，不是大姐嗎？跟三姐一模一樣，胖一點兒，怎不記得！」

老爹跟奶奶也斜看我，好像挺怕我一樣，臉色慌慌的一面小聲數算起來。照我一旁連聽加猜，合上我記得的拼湊到一道兒，敢莫是大姐在我出生前三年光景，就跟大哥下去南邊兒加入南軍了。約莫我出生那一年，大姐尋了個南軍廣東人的盧團長。這位大姐夫前兩年在江西打仗陣亡，大姐的下落有兩說，一是瘋了，不知去向；一是去了廣東夫家。到底流落到哪兒去了，還沒個眞信。王二舅下到南邊去打聽過，空空兩手回來，沒得到半點兒頭緒。

奶奶轉身揹緊我手，逼著我問：「那你大姐如今在哪亥兒？」我只覺好生奇怪，又不是我把大姐丟了，好像掉了甚麼東西反過來賴我偷了還是藏了。我說：「不是在廣東嗎？」

老爹攔住奶奶，怪奶奶幹嗎拿這問我一個小人家兒。

奶奶可不服，跟老爹反口：「小孩子口裡掏實話罷——況又這孩子知古老道精，但能探出點兒口風，也好讓她二舅有個眉目去再打聽，還有和平、鎮西、也都好有個線索不是？」

老爹擰緊眉心，微微搖頭，一副很不以爲然的神色。一旁我也有些惶惶的，像是扯了謊給捅出來，又像幹了甚麼壞事兒露了底子，淨等兩老商量要怎麼制我。

奶奶不顧老爹陪笑勸止，還是力逼活審的追問我一長串兒這個那個：「那你知道你大姐現下還好好的？那在哪亥兒？在廣東哪亥兒？是你大姐她婆家——那個海啥縣啦？海啥來……」老爹顧自咕嚕咕嚕喫水菸，裝假沒聽見。

手讓奶奶捽出汗兒了，奶奶像怕我掙跑掉，不肯鬆手，只顧逼問下去：「跟奶奶說呀，唵？現下你大姐眞還好好的？給你生了小外甥沒有？瞧你大哥四姐都得了兒子，你二姐也快了，你大姐早該做娘了不是？他盧家待你大姐怎樣？奶奶操心就操心你大姐那麼傻糊糊的——馬善讓人騎，人善讓人欺，你大姐又那麼死心眼兒，不定讓人怎麼欺負囉。你倒是說呀，知多知少都別瞞住奶奶……」

奶奶追問可是緊，問得熱起來把我摟到懷裡心肝寶貝的哄——一口貓味兒。熱烘到那樣，要不是十冬臘月裡三層外三層穿戴那麼厚實，奶奶一陣兒期切起來，眞就要敞開懷來餵我奶了。

半天，老爹才插進嘴來相勸，也是幫我開脫，「瞧妳疼咱們大孫女兒疼成這樣！也罷了，這小雲兒也算命薄沒福分。想這小雲兒心裡定規有主的，自會求主救苦救難，妳我還是交託在禱告裡。我看妳也別再難爲咱們這老疙瘩孫子了……」

老爹眞懂人，就是老爹看出我有多難爲。給看成沒喝迷魂湯眞沒甚麼好，叫奶奶逼成這樣，逼得人下不下蛋來，多不好受！這還逢上正得寵、正當令呢，就給逼到這個地步；要是碰上失寵，不吃奶奶上刑拷問那才怪。

別管沒喝迷魂湯是眞是假，有這樣子記性眞沒甚麼好，這樣子記性再強又當得甚麼呢？只能說是才無正用罷！我也常想，好記性若能正用到叫我過目不忘，別的先不說，至少至少罷，可粗通四國語言那是跑不了的——就算不作甚麼精不精通的奢想罷。

怎不呢？英、日、法、俄文全都下功夫學過，沒用，吃虧就在正用的記性反而壞極了。像學俄文罷，人都過過三十大幾兒還不知命——本就記性差，記憶力又與日俱衰，矻矻孜孜苦學了兩年，結果無疾而終，沒花兩年的工夫就全還給袁師。到如今只落下個拿國字注音的小小短句，「打倒俄羅斯亞」，意爲「我是個俄國人」。就這，也還因諧音上頭撿了點小便宜，才助我記到今天——似乎也會牢記下去，沒齒難忘。至于這小小短句俄文，如果重現眼前，十有八九的把握，連字母也會相見不相識。看看罷，一旦正用我這劣等記性，就有這麼慘法兒，老天！

別管怎麼說罷，曾祖叫俄國老毛子放黑鎗給打了，爲曾孫者學習俄文，其志雖壯，單字兒記不得一個，倒是獨獨記住這一筆早給年深日久湮圮了的國仇家恨，記住那個小小短句，可笑的替民族和家族煞了點氣兒，也算聊勝于無，像我五歲還在囒乾奶一樣。實則我是生性就不記仇的，記性很差嘛——當然，也常忘恩。

如今早已年逾半百，大半輩子過去了，一事無成。當年立誓打倒俄羅斯，所以苦學俄文，懷抱充任佔領軍指揮官的雄心壯志，也如健忘症，洗掉了多少影帶紀錄。

不過退一步想想，倒又無所謂。芸芸衆生還不是大半而又大半盡如我這樣的一事無成。遺憾的是自幼就讓人視爲生有異稟的我這超時空的絕頂記性，大半生過來都不曾派上用場。我已由懷疑而肯定——我是個蠢才。

一個人的擅長，基督教會的術語謂之「恩賜」。對這，我是弄不淸上帝把這超時空的記性，恩賜給我幹嗎。或許本當怪我自己，是我才不正用，一逕虧欠了這一恩賜。說實在的，又能派上甚麼用場？知過去而不知未來，過去又只限于咱們華家上遡數代，這算啥？可我發誓，決沒有絲毫抱怨過上帝白白恩賜我一件廢物，惠而不實。我也決沒有絲毫抱怨過這個人世讓我懷才不遇——想這人世還眞不可能有個甚麼等在那兒，等我空懷這樣子無用的偏才去際遇際遇；更別說還會碰上甚麼知遇。

人非聖賢，若問庸碌一生似我，總不免多少仍然有點兒自覺委屈，致生一些怨尤罷？對了，人之常情嘛。不過那也得看看要算到哪本子賬上。說眞個的，別的一無所怨，單只一樁，像我這樣小時了了，是眞；大未必佳，其罪在我。因也除了自怨何以長大成人之後，我的發育即告遲鈍下來。從來我都無意要自己開脫，轉移目標去怨這怨那——怨什麼家庭、學校、教會，怨社會、時代、國家等等小環境和大環境。況其對我生長其間的這一切種種，素來皆是我唯受無施，負而未酬，感恩圖報之不暇，又何來絲毫怨尤！

所謂發育遲鈍，依照咱們孔聖爲世人設定的個人生態紀錄標準——我不以爲那是夫子自道——對比之下，我總一步跟一步的落後到十年以上，以至于「吾三十而志于學，四十而立，五十而不惑」。這樣子遙遙忽忽老是跟不上趟兒，還不夠遲鈍！

所幸年逾半百，遲于蘇洵二十三，「始發憤，讀書籍」——不等于讀俄文；緊趕慢趕，不惑之餘竟得開竅，始知天命，可謂大器晚成；儘管大否成否尚在未定之天。

知天命，是悟得上帝所賞恩賜之義何在，也就是總算認知我這天賦異稟究有何用。天生我才必有用不是?自是大才有大用，小才有小用，我的偏才也自有偏用。

如此天啓至明，天命難爲，我的超前記性既比常人遠遡數代，任此天賦與我同朽，才眞是暴殄了天物。眼前這個世代雖則全人類都在抗拒甚至棄絕文字，我可還是堅信文字會比人壽長久。若得忠忠實實記述下我的所有記憶，寫成一部我這華太平家傳，至少可免白白糟蹋承自上天的恩賜，該是我人生一場唯一的價值奉獻了。想我半百之年文不成，武不就，書劍皆落得個不上不下，注定今生今世必將以無籍籍名終——就算是孫中山轉世，也徒然丟盡前生前世之臉。就算這華太平家傳勉強有成，又何干生民榮枯、家國盛衰、天下興亡?又豈非偏才偏用而何!

至于《華太平家傳》何以如此定名?這樣問我，實在說來，也並未有何用心，不過自量能力棉薄，多大的天地唯我自知；除題此名，別無選擇。

比如也曾有過「華族家史」較爲宏偉一些的抱負，且曾先後多番起稿，進行一二十萬言而中途廢棄，方悟我這天生超乎常人的記性，雖曾驚動過父祖上人，但在無止無盡、無涯無際的宇宙世界中，我這點兒超時空的記憶到底太過有限。就拿咱們家族來說，記憶中的悲歡歲月、沉浮滄桑、生死契闊，不過我前我後總共八、九世而已——這算得甚麼家史！再者，上遡至高祖、太祖那兩世，時間去我久遠，所記不詳；下追至曾孫、玄孫、來孫等三代，則空間既遙且隔，今欲一一稽考也都無從下手。如此掐頭去尾，能夠記述翔實豐富些的，也僅僅局限于中腰兒三、四世，歷時尚不及百年而已。因就只得老老實實以我華太平個人為轉軸兒，運會這周遭輻輳，就我親歷和記憶所及，據實留下時代中一個小輪所馳軌跡，如是罷了。

然而十載力耕，七度易稿，八度啓筆，去歲終得衝破三十萬言大關。只是進行中愈寫愈不甚對勁兒，漸至猶豫不決，不得不暫行擱下冷卻冷卻再計。這一放下便不覺年餘，曠日既久，難再拖延，待再翻將出來鑑定一下，以便定奪是存是廢，怎料六本原稿，竟讓白蟻佔領殖民，繁衍起——已不止是家族，按其數十萬衆計，當屬一原始遊群的氏族部落矣。看來比我的「家傳」規模偉哉壯哉得太多！

震驚之餘，當下即有覺悟，天心示警如斯，天意助我決心如斯，若不盡棄前功，另起爐灶而從頭再來，更待何如！

知天命就有這點吃虧——好在我今已屆耳順之年，非僅聞人言；即聞天言也已「知其微旨」矣。

只是遺憾我心有個疙瘩，是個信則大、不信則小的疙瘩。按命理有此一說，丙寅虎屬之人，陽壽僅得一甲子，養生得宜仍多不過六十有五。證諸中山先生與先祖父，信然——尚有我曾祖，雖屬非命之卒，何嘗不是天意？歷歷不爽，必也驗乎！

今我幸已闖過一甲子，比照我祖父大限，卻也來日無多，誠有時不我予之慨。頃九度起稿，歲次己巳，挑中九月初九重陽穀旦開筆。屢敗屢戰，數不過九，于此祝告上蒼，與我通融些個，大限之外假我十年，此家傳料可底成，以期不負上天恩賜；也見證得命理謬說之不足信，以釋世人之惑；且可爲適巧又遲我一甲子出生的吾孫，一解丙寅之虎這一生死大結。

這樣子的多重目標又多重功德，我若是上帝，既愛世人，自必欣然垂允。

似此挾這微不足道的甚麼家傳以自重，跡近貪生乞壽，思之不覺粲然！不過屆時萬一我志未酬，緣于上帝未便違其天地初始即已定下的法則，寧可成全國人所發明的命理之學；又或天意別有打算——依于天國祕密信息所透露：上帝係于世間藉世事操練世人，以供其國度所需人才，故而目的不在其人事功成敗，而在成材與否。據此證諸世間英才早折，大抵可信；天下英雄功敗垂成，亦可不必再淚灑滿襟。而上帝既不在意我所承受的恩賜得否施展，或至未喝迷魂湯也都白搭了，別管怎樣，那總是非我負天，可以無愧，我也該當含笑擲筆，憑恃操練滿分，瀟瀟灑灑物化而去，了無憾恨。

就這麼在此許願——

# 望門妨

時涵近百年的《華太平家傳》，于過去八度易稿的屢屢挫敗中，每爲究從何時起頭爲宜所困。這一回經過長年愼思熟慮，終而決意挑選這百年之半爲始，是即：

歲次庚子——

與此相關的紀年則爲：

黃帝紀元四五九八年

西元主後一九〇〇年

大清帝國光緒二六年

日本帝國明治三三年

斡羅斯帝國尼古拉二世七年

中華民國紀元前一二年

這是個多事之秋的一年，春夏之交，義和拳神團以扶清滅洋始，繼以八國聯軍打北京，西太后攜光緒帝亡命，西奔長安，而以翌年辛丑和約終。不過四萬萬五千萬兩白銀仍稱庚子賠款。這一項足令中國傾家蕩產的災難，單是善後便須四萬萬五千萬百姓，無分老弱婦孺按口承擔白銀一兩。

這些大事放在當年，我和四億多人口同樣的都不很清楚，我只知道我父那時十九歲，給莊子上大戶李府拉雇工，按月工錢一吊。李府寬厚待人，算是夠高，一吊即一千文，拿繩兒串起來也有二尺來長。兩文錢一個肉包子，挺管用的；可光喫肉包子，月逢大進一天十六個半，小月一天十七個，年輕力壯又幹的是出力氣活兒，每日一頓也不夠。還管莊戶人家哪興喫肉包子過日子的，又還得養家——儘管元房四口不全指望這一千文，祖父還有見月一石小麥、一石䅽糧的束脩。

我是只想大致算一算，這項賠款我家四口須得負擔多少。若按五千文換銀一兩計，四兩就合兩萬文，我父二十個月的工錢；二十串各兩尺多長共兩萬枚外圓內方的小制錢，數也把人數死了，揹了去完稅也把人累倒在路上。我父一年八個月的苦活兒算是白幹了。

這年春末，二麥都還在地裡。義和拳起事，大麥早個十幾二十天，這時才揚花兒；小麥也將將吐穗兒；大小秫秫鋤過頭一兩遍。農活兒鬆得很，可家家戶戶才夠忙著呢，農忙忙的是收大煙——大清早趁露水刮煙膏，緊趕慢趕的趕完了，接下來挨個挨個兒大煙葫蘆上，劃個三刀兩刀，趕明兒大清早再來刮膏子。十天半個月就這麼從早忙到黑兒。

有個四句頭兒的俗話極老實：「越熱越出汗兒，越冷越打戰兒，越窮越沒錢兒，越有越置田兒。」聽起來句句廢話，卻再也有道理不過。

種鴉片也是一樣兒，沒田沒地不用說，就是田地不多的人家，明知種鴉片發人，圖頭兒大了，可不種正經莊稼種鴉片，哪來喫的、燒的、餵牲口的、餵豬餵雞的？當眞賣掉大煙土回過頭來再買糧食、柴火、草料、䅽糧、紅芋、麥麩和糟糠、紅芋鮮葉子、乾葉子？那樣子折騰倒不怕，心裡不磁實才是眞的。

李府上總共一頃八十多畝地，只這樣人家才挪得出田來種鴉片。去年一放手就種上八十畝，還了偌大一筆債。李二老爹聽了我祖父旁敲側擊一番話裡有話的進言，今年就只種了四十畝（約合兩甲七分多），是爲的了結去年沒還淸的那筆債，不老少個尾數兒。

鴉片是種來不費事——除了種子細小如魚子，得拿乾糞末兒拌匀，老手撒種才撒得疏密宜當，耙鋤都省了。可收成起來又要人手又要趕活兒；要趕露水，還要趕那十天半個月。要緊還是大煙葫蘆難伺候，嫩點兒老點兒都不出膏，老陽兒晒久些那膏子就熇乾了巴在上頭，刮不利落。

一顆上頭刮不乾淨是不多，千顆萬顆殘存的乾渣兒可就許多了。煙土論兩賣，二三兩乾渣兒就上十來吊錢，那眞蝕耗不得。

四十畝鴉片，這十天半個月間，見天至少也總得十來個人手。李府上小哥們兒五個都正當年，那是沒錯兒；可就連老兩口、兩房媳婦兒、還搭不上手幹活兒的小妹子，外帶我父這個長工，幫忙灶上灶下的沈家大美姑娘，所有都打進去，只不過十二口。況又飯食茶水的要招呼，媳婦兒姑娘就夠忙活忙得手腳不失閑了，哪裡下得了湖——當地土話不知因何把下田叫做下湖。這樣就非得要些幫手不可。

所好李府上人緣兒好，小哥們兒幾個招攬的三朋四友也不缺，別說家下沒種鴉片，有那空兒；就是種個幾畝，只須家下人手夠，也都跑來幫忙。這幫吆呼來的幫手，盡是我父十八九歲一般的半樁大小子，不如說湊場連日熱鬧才是眞的。往後的年月裡，這些臭在一堆兒脫褲子比傢伙的鄉巴佬，可大半都跟我父換帖子結下生死之交——有的還種了咱們家的地，佃農，這地方土話叫「作戶」。

金蘭之交弟兄八人，習俗老規矩，「拜雙不拜單，拜單死老三」，還有個所謂「八拜之交」，這一夥兒把子弟兄可說是結交得合轍對榫，中規中矩。我父排行老四，依序那是：

老大　錢在仁　家在前陸莊　稱大爺
老二　季福祿　家在小沈莊　稱二大爺
老三　高壽山　家在沙莊　稱三大爺
老五　沙耀武　家在沙莊　稱五爺
老六　沈長貴　家在沙莊　稱六爺
老七　李嗣義　家在沙莊　稱七爺
老八　李永德　家在大李莊　稱老爺

咱們華家在這尙佐縣落戶才四個年頭，算是個外來戶，甚麼甚麼總得入境隨俗，對人也須依著當地人來稱呼，這裡頭都有考究，稱伯父母爲大爺大娘，爺和娘就得發輕聲，且常輕至省掉了；那該和稱呼父親大大或大都是成套兒的罷。稱叔嬸爲爺娘，則仍陽平發聲。四聲之別正所以長幼有序也；要不然，父執輩中長于父親者，讓你喊成幼于父親的了，豈不父子皆失禮了！爲此，我父稱祖父母爲爺娘，已改不了口，到得咱們這一輩兒，人家既是成套兒的，也就只好跟著整套兒稱呼，喊父母就喊大媽了。

收大煙有好幾端熱鬧，先就是那罌粟花別說有多鮮眉亮眼兒了，白的雪白，紅的銀紅、朱紅、桃紅，紫的雪青裡帶些藍尾子，配上綠葉兒，月白淨莛子，放眼四十畝地，那可是千針萬線精繡的花緞子。桃李怒放的花季，也比這失色多了。收割時節，滿眼早熟的罌粟果兒總有雞子兒大小，不等三五日這一波刮淨膏子，緊接著一波波花謝了，新結的葫蘆又跟上來。更還一波波盛開，一波波大大小小花菇朵等不及的後浪推前浪，十天半個月撐到臨了，也還是這一朵、那一朵、開個沒完，只是疏落得多，不大成器了。

就那麼的人跟蜜蜂蝴蝶一道兒忙活兒，年輕人穿梭花叢間，眼花花，心花花，笑臉兒也映上面花花。人過得滋暈自在，俗話說是「賞花看景的日子」，春濃嚮夏，年輕輕這般半樁大小子，可不就朝天過的這種好日子！

收大煙耗的時光多是多，可不是重活兒。大煙葫蘆拔有大半人高，除了脖子傾久些兒有點痠，劃縫兒、刮膏子間，手底下使的小刀兒得像剃頭匠子刮臉兒那麼小心輕重，說來眞累不著人。這在幹慣了出死力氣又盡是粗活兒的莊稼漢來說，倒像是姑娘家繡花繡朵兒，熬的是個耐性。悶著頭一熬可就是一整天，手腳不閑，閑下耳頭兒嘴頭兒拿啥來忍躁解悶兒，那可不愁，唱小調兒、俚說話講鬥嘴皮子、也有的伴在老人家身邊聽講講兒、拉拉聒兒。熱鬧就熱鬧在這，比方冬裡焐棉花柴烤火、老陽兒地裡蹲暖兒、暑夜看場看坡子乘涼……說實話罷，家常裡各忙各的活兒，哪閑工夫這麼齊全的湊到一堆兒，只有大正月裡連莊兒出會才有這麼熱鬧。

單衝這個，年輕人就能啥都放下，趕來湊趣兒。不光是莊子上的，鄰莊的幾個也都跑來了，天天過正月。大煙地萬紫千紅裡，只見打橫兒拉一長排，十幾二十個差不多一般歲數兒的這幫半樁大小子，一人管兩行，就那麼俚說話講，哼哼唱唱的一路刮煙膏刮過去，倆倆中間正夠你掏我一拳，我搯他一把，順手就搆得到的那麼遠近。有那老惹事兒的像沈長貴，刻薄挖苦，嘴上無德，撩了這個閃開，又撩那個躲走，淨見他縮脖子插到別人當中去。也有那想把甚麼新鮮兒事跟哪個咬耳朵的，湊過去情商換個空子。只上了年歲的，另外一排文文靜靜刮著煙膏，拉家常聒兒。

這樣子伸手幫撮，誰也不圖工錢不工錢，給工錢那可是罵人一樣兒。可怎麼說也不好叫人白白貼工又貼肚子，也就像麥口兒搶割小麥一般，酒飯魚肉伺候罷。跑來幫忙的，多是天不亮就起去，乾噎張把兩張煎餅捲鹹菜，水瓢插進水缸舀上半瓢，咕嘟咕嘟灌個足，這就趕了來。地裡茶水不斷，黑瓦罐子黑窰子碗，擱到地頭樹蔭涼裡。待到老陽兒一竿子高，刮膏子多半完事兒，就點心送到地頭上，不是綠豆麥粽子薄飯兒配鹹菜，就是搶鍋炸湯麵疙瘩，或就大秫粽子小米兒熬粥，有鹽有油的麵糊塗，過午還有一頓點心也是一樣兒。晌午飯是回來家裡用，無非雞魚肉蛋，晚飯才三花酒任憑放開量來灌。單這就天天都像過年過節。李府上待人厚道，飯食上頭就別說有多豐足，貧寒人家過年過節也未必及得上。

地頭上沈家大美挑來兩罐大葉子茶，差不多總是那個時節，小夥子眼尖，兩下裡隔那麼遠就瞭上了。一時間十幾二十張嘴，都拿這姑娘跟我父拉扯到一塊兒嚼咕起來。要不是礙著我父，這窩兒蜜蜂準就齊打夥兒藉口口渴奔去那朵富富泰泰大白牡丹花了。

大夥兒裡頭敢是只有我父一眼也沒瞧，一會兒工夫就獨自一個刮膏子刮到前頭去。大夥兒猛吆哄我父歇歇手，嚷嚷著嗓眼兒乾得貼死了，要不我父領頭兒誰也不方便去。

嚷嚷最緊的敢又是沈長貴，我父給膩猥煩兒了，回頭過來也不看他，衝著想起鬨老插不上嘴兒的高壽山招呼說：「結巴子，牲口乾成這樣，你不牽驢過去飲飲！」

高壽山說話不算太怎麼口吃，就只是一開口非連來幾聲「阿枯恰」不行。聽我父這麼一招呼，「阿枯恰」半天，沒「阿枯恰」出半句話來，索性順口呵呵的愣笑了。哥們兒裡數這壽山最高，沒姓錯，天生的揚場好手，一木銛連麥帶糠帶芒帶土不費勁兒揚上去，足比三層炮樓頂子還高，任是一點兒風絲兒也等不到的悶燠天氣，左等右等等死了揚場的，找他高壽山來幫一手，人家等不到地風，獨他搆得到天風，銛銛揚上去，滾滾一溜兒落下地，麥是麥、糠是糠、芒是芒、土是土，打了線一樣兒清楚，不含糊。

可那麼黑高粗大，頂天立地的壯個頭，讓俗話說個正中，「人大愣，狗大獃」，高壽山除了嘴上不順活兒，人也眞有三分愣，兩分獃，結結巴巴淨讓口上便宜給人佔，他那裡只有拾人一點剩笑的份兒。沒脾氣，至不濟「阿枯恰阿枯恰日你的！」再連上呵呵愣笑一陣子。

只是傻人傻福，沒到二十歲大就得了兒子，他那口子能言善道，補上了他這結巴毛病；手腳又靈活勤快，能得個要死——敢也是上頭沒公婆管，才那麼凡事不用高結巴子煩心，自由自在，啥都儘她作主。

誰知這一回倒讓他高壽山福至心靈，拾到個巧兒，我父看他傍著沈長貴近便，叫他當牲口牽去飲水，愣笑的工夫，蒲扇大的巴掌就近賞了沈長貴後腦勺兒一個焦薄脆，「阿枯恰阿枯恰俺日你，一筆寫不出——寫不出倆沈字兒，阿枯恰任誰都好拿大侉兒弟跟……跟沈家大美尋……尋開心，阿枯恰就你這個……這個大舅子怎……怎好跟人腚後瞎……瞎胡鬧！」

難得高結巴子也有冒出巧話兒這一天，大夥兒鬧嚷嚷的直叫好。打那往後，沈長貴這個少見的貧嘴小子，可就捱哥們兒喊大舅子給喊定了。

按說小夥子上了十九，閨女十六，萬不興到這個歲數兒還親事上沒個頭兒。就算不曾成親，也早該傳過喜，正式正道文定過了。

我父像我還沒斷奶這麼小就已訂親，那一頭是跟咱們家世代都有生意來往的金州富商。依照我祖父十五歲迎親，十七歲即生我父這個先例，上面曾祖母打三十一歲便寡居了半輩子過來，又家大業大，人丁不算旺，敢是巴不得盡早給我父這個大孫子帶媳婦兒，不定六十歲前就撈到個四世同堂，那可算上帝恩寵有加，又一回貼補她老人家早年喪偶那樣子不幸，這輩子也算過得去了。爲此，甲午那年我父才交十三歲，合家上下一開年就嘈嘈喝喝給我父張羅大禮。可就在那年，日本小鬼子平白炮火連天的打過來，咱們華家青泥窪大祖父的馬棧、普蘭店三祖父的天日鹽場、金州我父那個岳家的參行，牛莊曾祖母領著祖父主事的槽坊，全都旦夕之間給毀的毀、霸佔的霸佔，曾祖母落得個屍骨無存。直到咱們祖父這一房，先是逃進關內，再打膠東祖籍逃荒一般漂流到尙佐縣地，落戶到今四個年頭了，除了打聽到貔子窩祖母娘家一些信息，關東所有族戚可全都至今下落不明。就算金州那邊兒本當做咱們母親的姑娘家還全和，也都彼此斷了音訊；就算打聽到了，憑咱們眼下這光景，貧寒無依，哪兒還討得起媳婦兒，只好擱著再看了。

那沈家大美姑娘也是打小就定親，兩年前小女婿夭折了，這就成了「望門妨」的命——還沒過門就剋夫，看有多命硬，又多命薄。這樣的閨女往後只倆路好走，一是挑剔不了人家，管他窮的、醜的、殘廢的、不正幹的、沒出息的，能出得了閣就算不錯；要就是等呀等，等過了二十還沒找到頭兒，只得給人家娶去做塡房，進門就一大窩光腚丫頭小子等這個晚娘去拉拔。

我父跟這大美姑娘同是李府上雇工，倒是一主外，一主內。眞眞說來，李府上哪要這倆工，五個兒子三個都接手湖裡活兒了，小的兩個雖在我祖父館裡念四書，遇上農忙也都家裡家外搭幫上手。鍋上灶下針線茶飯，有二奶奶領倆媳婦兒，也就足夠了；忙是忙一些，婦道人家哪個又不是起五更、睡半夜的手腳不失閑。這就還是李府上二老爹心地仁慈，看中我父剛正肯幹，日後定有出息。眼前受窮受困，他李府別的也盡不上力，我父要能低就一下，跟他跟前小弟兄幾個下湖辛苦辛苦，習練習練，學點兒種地本事，總歸是莊戶人家應該應分的本行；日後就算不做莊稼人，這本事釘在身上也累不著；再還有日後置了地交給人種，懂得多些農事，總少讓人欺哄。要說工錢，儘管有限，多少總還能補貼點兒家下生計。李府二老爹便是這番心意。

饒是這樣盛情——人家本不需人手，倒爲此多用個人，多開銷高過一般三四成的工錢，人家也沒半點兒賞你口飯喫的意思。當初跟我祖父試個試個提這主意，李府二老爹倒還像是萬分對不住人，生怕屈費了我父——好歹總也是個不管背時不背時的舉人老爺家大公子罷；又開不得口，又連聲兒直告罪。

我祖父還有甚麼說的，實秉實的話，我父憑他才十六歲大，一斗的字不識半升（祖父尙不知我父在跟我叔偷偷學認字，是時新約聖經已唸完四福音書），不上不下，不單不合的，啥飯也喫不上。我祖父自是滿口稱謝，滿口答應了。只祖母難過了一陣子，眞眞的覺著家道落魄了。

那沈家大美姑娘也是一樣，李府二老爹憐這閨女給個「望門妨」罩得死死的，婆家斷了，娘家也把齷齪氣兒都出到這丫頭身上——說也難怪，辱沒家門，打這往後就得遙遙無期養個沒人要的老閨女。就爲這些個，坑得這丫頭沒好日子過，閑飯喫不下去，倒又一肚子閑氣撐死人。說實在的，人可沒閑著，朝天趕去五、六里外河東那邊兒割牲口草，一去一個長半天，賭氣啥也不帶，一副架筐挑子一把鐮刀，不喫不喝——家裡也聽由她空肚子去，空肚子回。靠那割來的七八十斤青草挑回家換頓晚飯，也還是喫著給數落著這不是，那不是，眼淚當鹹菜，就著薄飯唿嚕下肚。有那一天想不開，跳下黃河尋無常，得虧過路人給救上來，濕淋淋掛的送來家。不承望有過這一場，家裡人越發沒好顏色，合著又一回辱沒家門，招她奶奶媽媽更有的數落；丟人現眼的，喧騰得四鄰八舍看笑話，多有臉罷，死了也罷，外死外葬倒乾淨，怎又不死！……

小沈莊近在西鄰里把路，李府二老爹一趟一趟跑斷了腿兒，勸解沈家上兩代老的，末了就只好把這個才十三四歲的丫頭雇來家，按月六百錢拿回去，喫住都擱他李府，又允了日後給找個好人家。說說這都兩年過來了，日子過得順遂，丫頭出落得白大似胖的大姑娘一個了，人又勤快，又有眼色，手腳麻利，見人不笑不說話，一笑就是一個單酒窩兒。那人緣兒就別說有多好了。李府二老爹、二老奶奶都拿當親生閨女疼，下來哥們兒、媳婦兒幾個也是一樣兒，沒誰瞧這丫頭是個外人還是個下人。

我父早這大美姑娘兩年雇到李府上，先來後到都行的是一道車轍，兩人兒心知肚明，人家哪是裡外忙不過來急等著人手?就算巴望拉人幫工，也不興雇個十六歲生手小子下湖幹活兒、雇個十四歲也跟個生手差不多的小閨女辦甚麼針線茶飯。分明是拉拔你一把，幫襯幫襯，收攏你個安身之處罷。偏這兩人又一般樣兒臉軟心軟，受不得人家一點點兒好——況又是這樣子大恩大德，報答起人家連命都肯貼出去，敢是下死勁兒拚命幹活兒；份內的不消說，沒活兒還八下裡找活兒幹呢。

這樣便倆人兒不是同命也是同命了，那心眼兒裡自也躲不住兩相疼惜，明裡暗裡都難免不有個體貼照應。不單他倆兒心下有數兒，瞧在誰眼裡也該當是天配的一對，地生的一雙。

莊稼人嘛，任怎樣能言善道，嘴上話說不齊全心上話，祝呀願啊甚麼的，從沒那些個斯文；就算有的念過幾天書，肚子裡倒裝了點兒貨色，可也沒誰好意思盡在這不正經上頭正正經經跩起文兒來。再說罷，莊稼漢子啥都直來直往，小調子小曲兒唱的不錯，四季相思、嘆五更甚麼的，郎呀妹呀、情呀意呀，唱是那麼唱，照實說，到頭來還不是㞞慫得慌，圖的不就是偷偷摸摸摟到一堆兒玩那好事兒——粗說那是「幹」，跟大口大口猛往肚子裡噇饠是一個音兒，一個勢兒；不粗不細是說「弄」，文雅些的該說是「睡」——比方說：誰跟誰高粱地裡睡過了。可也還是夠嫌直勃攏捅。

我父好歹是生的念書人家，怎麼來粗的也還是比莊稼人斯文得多多，口裡便從沒有過村話。拿那好事兒撓亂人，尋尋開心，儘管存心是好，撮合人家好事兒，輪到這幫半椿大小子把我父和沈家大美拉扯到一堆兒當閑話嚼舌頭，也不好意思淨耍粗，終還是頂多到「睡」爲止；拉正經聒兒，也都啜哄我父「睡」了再說，「先養兒子後成家」不是沒有過。就這樣子文雅，我父也只作沒聽見，從不搭那個碴兒。哥們兒礙著我父，任拿大美怎麼嚼舌頭，也從不拉扯上自個兒或別個小子，這樣子嘴上留德，讓人姑娘家淸白乾淨，放在鄉下這還少見。

方才高壽山把沈長貴打發了，給大夥兒拍手打掌一嚷嚷，上了勁兒，瞧著地頭那邊沈家大美還沒走——約莫把剩茶折進新茶裡，他這一時興起，唱起了小唱兒，「手扶那欄杆苦嘆一更呀，大美妹想死了那有情的大侉哥呀……」唱起小唱兒就不用阿枯恰阿枯恰的結結巴巴了。虧他愣大個兒還又動了心眼兒，把個「小妹子」、「有情的郎」都給換了主兒。

大夥兒等著笑，愣著笑，一頭你一嘴我一舌的啜哄我父：大侉哥，趕忙去打個尖兒罷……大侉哥不乾吶？去濕濕嘴兒不好！……一準吶，懷揣著好吃的，急等俺大侉哥嘿！……得趁熱乎吃才香唄大侉哥……

實說起來，莊稼人嘴上這麼含著露著的，可夠斯文又斯文了，也只有衝我父才得這樣子乾淨細緻。

上下相去上十弓子遠，高結巴子愣大個兒，嗓子卻又細又尖，加上捏扁了的娘們兒腔，沈家大美敢是聽得到罷，不知聽不聽得淸大美妹，大侉哥甚麼的，急急的打樹下挑起空茶水黑罐子走去，白大布褂子給老陽兒照得反光刺眼。

這一鬧鬨，我父手底下沒停一下活兒，早把大夥兒丟到後頭好幾弓子遠。

大煙葫蘆約莫小雞子兒大，稍稍有那麼七、八道稜兒，得湊這稜上下刀，深淺得宜就切忌劃透了殼兒。今劃三兩道稜兒，隔夜刮膏子；等再剩下的稜兒上劃下三兩刀。一個葫蘆也就經得上三兩天劃劃刮刮。今已到七天了，那頭一兩波大煙葫蘆讓這幾天好風好陽兒一**䬋**一晒，大半都乾成醬黃醬黃的空殼兒，裡頭滿滿一下子種籽，搖起來像小孩兒玩的花棒槌一樣沙沙響，這就好順手摘下來，家去撿那壯實的留種，連梗子紮成把兒，吊到灶房屋頂笆上煙燻，免遭蟲子蛀。餘下的磕開來，細像針眼兒的種籽，粒粒一包油，摻上生鹽乾炒炒煳，再拿擀麵軸兒擀成細末兒，有油有鹽的，捲煎餅或沾饝兒喫，可比芝麻鹽那道菜還要香死人。

我祖母好這個——實說還是好事兒，好趕時令，凡事總好搶鮮，也是搶先。頭天晚上就丟了隻布插口給我父。可見到滿眼乾黃的大煙葫蘆，我父才記起那隻帶繫子的布插口忘在家裡。或許壓根兒就不樂意打人家地裡摘甚麼弄回家，也才沒把這個差事放在心上。

大煙葫蘆除了留種——那也不要多少，一顆葫蘆裡頭怕不有幾百粒籽兒，就算今秋還是要下四十畝的種，五十顆紮一把兒，三四把就足夠下個上百畝的種。餘下的誰要誰敞殼兒摘去家。儘管這樣，我父那種死也不沾人家一星星兒便宜的性子，打心底兒就膩猥把甚麼都往家裡扒扯。可慈命難違，老七嗣義肩挨肩，脊梁後揹個糞箕，我父摘了乾葫蘆就往那裡丟，只揀那癟的瘦的小不點兒的塞進褂兜兒裡，就這麼著，我父也還是滿心不舒坦的直嘀：湊合點兒嘗嘗鮮罷，哪還當飯喫不成！……

嗣義一向眼歡心活，人又厚道——李府二老爹跟前就數這二房有父風。一旁像瞧出我父心事，邊割劃大煙葫蘆邊小聲兒說：「瞧俺粗心，這才記起來。大哥，多揀點兒胖的壯的，給乾姥娘捎些子去𤊹芝麻鹽嘗嘗——乾姥娘喜歡嘗新鮮物……」祖母是收嗣義他媳婦兒認乾閨女，嗣義就比著跟前的小丫頭喊我祖母乾姥姥。

我父像給人抓到賊贓，好不窩囊，心上更加惱起我祖母——娘倆兒總是這些上頭老頂撞。我父火火兒的拍拍褂兜兒，板硬著臉兒說：「中了，意思意思罷，難道要當炒麵，整把兒朝嘴裡掩?少點才稀罕。」心裡不由得唸著，連這褂兜兒裡歪翹癟爪的一小堆兒待會兒也扔掉個乾淨，拼著家去給數落，沒甚麼了不得。

哥們兒見我父臉色不悅，猜不出怎麼了，也便把大美不大美的丟開，找別的嚼咕尋樂子。

天到這時刻，日頭早磨西了，可還火觸觸的晒人。

打起頭收大煙到今兒，一總都是這樣萬里無雲的響亮大晴天，熱得好像入夏了。憑這樣子一點也不費勁兒的輕快活兒，人一樣給悶出一身汗兒；只是一早一晚還是離不開棉。

莊稼人向來這樣，要就是棉，要就是單，扔下棉襖頭兒，便剩單褂兒，沒啥夾的厚些的襯在棉和單之間。這樣子還算不錯的，有那一冬過來，都是光脊梁頂件空殼襖，下頭單褲子外罩只有褲筒的棉套褲，圖的是幹活兒利落，不似棉褲那麼累哩累贅；可動不動一拱進灶房，先就衝鍋門口烤屁股——千層單不抵一層棉，況只一層單。

這時節，地裡不老少都是上身打赤膊，下頭老棉褲或套褲。老棉褲裡頭也是空殼兒，熱出一腿襠的汗兒只有忍著，從來沒長的短的襯褲那麼多講究，棉褲怎樣熓人，也敢是脫不得。那光脊蓋兒上，抓癢抓出一道道白絡子。一冬過來皮肉不見天日——實算算可不止一冬，秋後不久那根根汗毛就起始冬藏了，顧自螺絲轉兒似的一圈圈盤緊，盤像鯉魚子那麼大小，上面自生一層蒙皮兒蓋上，封個死死的，這跟牲口入秋便逐日換上又密又細的絨毛好過冬該是一個道理。待到春暖，牲口脫毛，拿銹斷的鋸條截下扠把長，釘個柄兒當耙子，給牲口理毛撓癢兒，一耙就梳下整把整把滾成氈餅子的絨毛。這時節人也該蛻層皮兒了——一出汗，根根盤成螺絲轉兒的汗毛悶在蒙皮下頭可就不安分了；加上光了脊粱叫風日一颼一晒，渾身上下沒一處不是刺刺鬧鬧；抓抓撓撓間，眼睜睜的根根汗毛醒過來一般，打著彎兒支楞起來，像打地底下冒出芽兒，不一刻兒就挺直了。

想必千年萬世都是這樣子，可到我父才頭一個看出這個竅門兒。不一定只是細心；要說細心那誰也比不過我叔叔。祖父說我父這是「能見人所未見」，極力誇獎之外，還拿來教導我叔叔：「記住要跟你哥學，念書也要在書裡見人所未見，才有出息。」李府二老爹看中我父也是這些，用這去教訓五個兒子：「要學學人家華大哥就沒錯兒，凡事都得有個心廑，得打心上好生過一過，品品滋味兒——休像豬八戒喫人參果兒，食而不知其味……」李府二老爹把這叫作「有心廑」，約莫就是好好用心的意思。日後我父每提到這位二老爹，總不忘讚歎一聲：「是位少見那麼有心廑的大賢人。」可說是我父與這位李府二老爹的知心所在罷。

我父受到這些子誇獎，大約只有一個人皺緊眉毛不自在，那是我祖母。只能說是母子無緣罷，祖母輪換著疼咱們孫輩兒，卻對倆兒子始終只疼叔叔，彌留時還豎豎兩個指頭，記掛遠在四川的二叔。平素跟我祖父磨嘴自有一套理兒：「一個瞎字兒都不認，還能比二房有出息?說給誰聽！」動起氣來就常嘔我祖父：「好罷，日後你就跟這個有出息兒子過唄！咱沒那福氣，只得跟沒出息老二拉根打狗棍兒去討飯……」祖母就是這樣的，非但容不得人家（包括祖父和叔叔）善待我父，即便說我父一句好話，也常惹祖母生氣。祖父也是兩難，堆著笑臉哄不好，裝聾沒聽見也不成——祖母會認定那是存心護著大房了。除非硬說老大比不上老二，方可罷兵；我祖父偏又倆兒子一樣疼，出心眼兒就不肯平白編排哪個兒子不是。

家下這些小爭小鬥，實在也不當甚麼，祖母可不管出了氣還是沒出到氣，都會照販給那般乾姊妹、乾親家、乾閨女，以至四鄰八舍。人家不信親娘對親子偏心到這樣，只犯疑我父不是祖母親生兒子——外鄉人罷，家世底細誰都知不道那許多。

不過怎樣家貧，祖母怎樣不顧惜我父衣食飢寒，到底還是一直「城裡人」過來的，我父倒沒落到扔掉老棉襖頭兒就得光脊梁那麼簡陋。但依祖母看來，我父是個敗家子，「啥好的到他身上不是三天兩頭這刮了個口子、那扯豁了襻兒，再不就又掙綻了線兒！穿啥好的？沒配那把命，穿鐵的才行……」為此，也便叫我父入鄉隨俗，一來學著人家莊稼戶，一單一棉就一年四季足夠了。二來江南暖和太多了（祖母總是只要在老家以南的地方，都叫江南，且常跟聖經裡上帝應許以色列人的「迦南美地」混為一談），又是幹的莊稼粗活兒，無須做大棉袍子；加上人又正貪長，大棉袍子今年長到腳面兒，農閑、過年，才穿穿，上身不兩回，明年就短到小腿肚子了，後年不定只到踣勒蓋兒上頭，不是白糟蹋了針線材料！就算還穿得出去，人家不笑兒子二百五，倒要罵做娘的甩料無能。三來罷，打跑反跑進關，隨身包袱帶得上路的一些冬夏家常衣物，老兩口湊合過來，沒添新的；叔叔這三、四年裡簡直個兒沒見長——人都說叔叔他人太聰明，叫心眼兒壓矮了；不過日後還是長了許多，沒我父高大，總算中等身材。叔叔是祖母替他想，既為祖父看守塾館，大學長，好歹是位小先生，不能不講究點體面，這樣四月天，便穿的夾袍子；入夏則是一襲白蔴布大褂子，秋後收單衣時才下水輕揉揉，去去汗氣。叔叔就是那麼天生的乾淨又惜物。這夾的單的可是新添的行頭，上身兩三年還像新的一樣。叔叔的不肯長個頭兒，遂也在祖母口裡誇獎作「多懂事啊！才多大的孩子，體貼家境拮据，他都不要長高。瞧誰有他這本事，連長不長高都管得住。」這話叔叔聽去都笑嗆了，偷跟我父咬耳朵：「眞的，誰有這本事？只有娘才行！」

一家四口，可就是我父那個個頭兒一股勁兒猛竄，也往橫裡猛發，惱得祖母帶長掛口上：「小祖宗爺，行行好罷，少上點兒大糞，猛餵個啥！人高不爲富，多穿二尺布！也跟你兄弟學學好！」那眞強人所難了。

帶進關的衣服早就上不得身了；短點兒還可湊合，瘦的、扁窄的、鈕釦兒逗不到頭，胳肢窩兒下褙給勒緊得倆胳膊垂不直，綑在身上像個打鬼的。想那光景，怎怪我父身上長牙，扯豁了扣襻兒，掙綻了線裂了縫兒；又怎怪從來不動針線活兒的祖母一陣兒惱起來，恨得咬牙切齒——祖母生來就是倒扣齒，下牙扣在上牙外，有的叫「地包天」，生氣起來配上三角眼兒，分外口得怕人，像要下口咬人一塊肉。只是待至我幼時輪到失寵，碰上這種臉色就不怎麼害怕了。祖母沒到六十歲，就換了全口假牙，不再見到原先下邊兒那兩顆又長又尖的虎牙。

說實在的，那時節眞的新衣添置不起。單爲哪一個添置還勉強湊合，哥倆兒一同的話，是眞張羅不來。「新老大，舊老二，補補縫縫是老三」，好樣兒人家也都是這樣，小的拾大的，按理給我父添新才划算，可這在祖母斤兩上，不是老大老二分個先後輕重，壞在我父是個祖母看來瞎字不識的老粗漢，用不著穿戴那麼體面，又有身上到處長牙專嗹衣裝的壞毛病，經他穿不上的衣服只怕屍骨都不存了，叔叔也沒的可拾。故此就揀祖父穿舊了的改給我父。

比方說，近晌午熱起來，我父脫下掛到地頭棗樹上的那件皀青棉襖頭，便原是祖父春秋二季家常穿的舊棉袍子，算算都上十來年了，鼠灰褪成魚白，前大襟兒給雙膝頂住的那兩片，後襟兒靠臀一帶，不光是駝絨裡子給磨研得綀像蔴袋一樣，色絨全光了，裡頭棉絮也成了豬網油——這尙佐縣叫做花油，迎空兒看，大塊大塊的透亮過兒。瞄那袍身大小，是比我父隨身穿進關來的棉袍子長一些——那時我父本就比祖父矮半個頭。可十七歲一拔高，就跟祖父身架兒差不上下了。壓一年，猛竄過祖父半個頭。憑這麼個出入，還想湊合給我父拾舊過冬，分明穿不上的，可祖母硬說行，誰也反不了轀。照祖母那個強梁法兒，這舊棉袍子敢不老老實實聽命，綳裂了也得趕緊掙長個尺兒八寸。

我祖父看不過去，好言好語一旁接腔，拉過我父挨肩兒比了比高，力言我父穿不上。叔叔也湊過去解圍，比比身高，說他要了。惹得祖母翻了臉：「不穿上身怎知大小？穿穿試試也會掉層肉！」

我父只得扒扯著往身上套，可怎樣小心又小心，還是撐得這兒那兒喀吧喀吧響兒。像穿紙糊的衣服，不定哪兒隨時都拐個口子，嗤拉個裂縫。待叔叔一旁幫忙，總算綳上身，可銅鈕子沒一顆扣得攏，下襬也只頂到半個小腿肚兒。祖父拍手叫好，「這可像紮糊店金童玉女燒貨了。」祖父意思還是嫌這老棉袍太老了，裡面棉絮不是死成硬板兒，就是扯花了，像塊網油，壓根不耐寒。可又不能照實說，那會惹奶奶疑心祖父派他不疼大兒子的不是。

末了，拗不過祖母，照祖父主意，折半兒，剪掉前後下襟兒，袍改襖，棉絮合起來彈彈鬆，鋪厚實些。身裡不夠寬敞，好在要全拆，面子裡子洗過染過洋青，前後中縫兒拿下襬剪下的布接個一兩寸寬——鞋不差分，衣不差寸，足夠了。這樣便湊合了兩冬——可那也只好說是一冬；一年過來，去秋再穿就收肚子縮肋巴骨，勉強扣得上幾個銅鈕子，領口就再也扣不上。那樣子連大氣都不敢喘，怎行！只好學莊稼人，一顆鈕子也不扣，把大襟子拉拉緊，包在小襟子外頭，攔腰一根搐腰帶，繞身三兩圈兒紮個緊，有那小襟子搭巴著三兩寸不夠的空子，倒比扣鈕釦子還貼身護暖。

可鄉下用的搐腰帶捨得很，理平了扯直，根本就是一匹十來尺的藍大布，一尺二寸寬，絡起來約莫手脖子粗，腰裡纏上幾圈兒怕不抵得上一兩層棉。只是咱們家哪有這玩意兒，我父截根蔴繩湊合，也覺不妥，直貢呢面子，勒久了傷到那麼細緻料子。還沒走出門，就叫祖母要了命的喊回頭，直吼我父：「你個討債的！催命的！你那不是存心咒你爺你娘！……」我父這才弄清怎麼回事，孝子身上孝袍子才拿蔴秠子勒腰。我父只怪自己粗心犯忌，忙回西間房找找看。叔叔已給吵醒，聽出是怎麼回事，手上提溜根挺粗的褲帶等在那兒。

這兄弟眞夠機靈！我父不接，問我叔叔：「你自個兒呢？」叔叔走前來說：「哥還怕咱提拉褲子上學屋？——得先試試看夠不夠長。」拉直褲帶兩頭，讓我父把老棉襖小襟兒往左拉緊，大襟兒再拉緊過來裹住小襟兒，叔叔把褲帶打後腰繞過來，兩頭一逗，哥倆兒都噴一聲笑，叔叔先打一道結兒，示意兩頭只剩大半寸，又煞煞緊，也只一寸多些些；「哥這樣兒虎背熊腰，瞧這只夠繫個死疙瘩了，怎辦？」我父急等去李府搶這天頭兩挑子水，就催叔叔：「管它死疙瘩、活疙瘩，幫我繫上就行！」叔叔生得一雙巧手，才把長的粗帶子頭居然還打成結兒，放在我父一雙粗手，連這死疙瘩也繫不成。可往後難道見天都得把兒弟喊醒幫他結疙瘩？……心下正自這麼尋思，叔叔拍拍那個死結，又止不住噴笑出來：「哥將就今兒一天罷，晚上找找零碎布條，給哥捽巴根長的。」

眞就將就了一天，晌午熱起來，穿不住，我父沒敢脫棉襖，直脖子悶汗兒，怕解了繫不回去，敞著大襟兒像啥？又不是琉璃球嘎褋子混事兒的。

到底女人心細眼尖，叫沈家大美瞧去了。晚飯放下飯碗，我父打算回家，走到大門口，不想給躲在過道裡的大美喊住，暗裡塞過一大摶兒似乎打個大結的甚麼，小小聲兒說：「俺大哥不嫌棄，拿去使罷——是俺大留下的，擱那亥兒也屈費了。」

我父估量著怕不方便理開來看看，手底下摸弄不清。這大美姑娘眼歡，忙添一聲：「搐腰帶啦，又不是甚麼好東西。」我父一愣，又一時感念得好生難過，連聲推辭：「這怎行！這怎行！……」口吃了起來，「妳……妳小根兒兄弟還不是早晚兒要使這個！」大美連忙推回來：「那還不知要等哪天啦！」好像這也不是一聲謝謝就算了事的，得跪下來磕個響頭才是——可那成嗎？別把人家姑娘家嚇死。「那妳娘可曉得？」大美兩手一齊擺：「不礙事！不礙事！歇晌午那陣兒，俺回家拿，俺媽也看到了。俺大哥，不礙事啦！」說說就跑走了。

咱們家就在李府背後東北角上，原本李府的老倉屋，外加蓋一小間灶房，前後圍上一圈兒小秫秫稭——也就是高粱桿兒的籬笆帳子。我父繞到李府後場上，四下無人，腰裡死結也不想去解，倒是把大美給的搐腰帶打開，纏一圈兒又一圈兒，三道還剩，夠結個活扣兒——死扣也無妨，這麼粗像小手脖兒的帶子頭好解得很。可大夥兒搐腰帶死扣活扣都不興打，只把兩頭拉拉緊，掖到箍緊的三道帶子裡層就成。我父還是生平頭一回勒這搐腰帶，挺生手。別看那麼簡單，纏來繞去，接頭弄到後腰不是回事兒；解了再來，又錯到一旁腰眼兒裡，也還是不宜當；如此反反復復，解了重勒，解了重勒，黑裡折騰許久，蠢哪！土啊！一頭啐著自個兒，總算把兩頭逗到肚子正中，塞進緊綳綳的帶子裡層，拍拍打打的撫摸著好生熨貼，這才挺挺腰桿兒，活絡活絡筋骨，只覺上下緊襯，渾身平空來了勁兒，這就飛簷走壁一身的輕功了。不怪戲台子上扮武生的單憑那副絲絛板帶一紮裹，便一身的結棍，跟頭連跟頭，旋子打個沒完兒，海裡蹦兒一般的歡兒上了天。

回到家，東間烏黑，天還早，祖母敢是串門子去了。西間亮著洋油燈，門簾一招，大辮子一扯，我父學那武生出場亮相兒，拉起山膀架勢，挺到兄弟臉前。一見叔叔攤開半牀條條碎碎的爛布絺，如今不用兄弟點燈熬油傷眼了，心中又是一樂，戲詞兒也出來了：「謝過賢弟，為兄的有了這個買賣兒，勿勞賢弟費心了！」叔叔一見我父扣不攏的小襖束緊大半尺寬這麼一副搐腰帶，忍不住手癢，左右開弓掏過來兩拳，人一樂，小丑的京白也冒出來：「我說大哥，怎的這一身榮耀！恭喜大哥、賀喜大哥。」待解下搐腰帶，燈下看個究竟，剩下細不拉秧的褲帶勒在腰間，單薄寒磣是不像樣子，解不開的死疙瘩等在那兒，分外見憐感恩——兄弟的一份情，大美姑娘也是見了這根兒小孩子褲帶繫在大漢子腰上太不襯，才生了那番體貼之意。就在這要解捨不得解、又解不開的眨眨眼兒工夫，叔叔眼歡兒，走上來解，還笑著湊趣兒說：「解鈴還要繫鈴人，兄弟我來効勞。」叔叔那麼靈巧的手，解了半天，還又下口齧了半天，齧鬆了才解開。

一條搐腰帶，把哥倆兒逗樂了半天，得了甚麼寶兒也未見得這麼興頭。叔叔沒問搐腰帶是誰的，我父也沒說，老巴望早日娶得個嫂嫂進門的這個小兄弟，要是知道誰送的，怕不樂瘋了。

搐腰帶紮裹得好的話，抵得上半拉兒襖，靠它一冬過來，硪實多了。奇的是祖母從沒關問一聲倒罷了，祖父和叔叔跟我父之間可算是很夠父慈子孝，兄友弟恭，卻也沒探問過一聲這搐腰帶是何來路。我父沒意思要隱瞞，也不想喳呼得盡人皆知，可還是希望同是一家人，多兩個人謝謝人家姑娘也是應該。

那條搐腰帶折上幾折，和老棉襖一起掛在地頭那棵彎棗兒樹上。可這天大煙地裡收工，大夥兒回到地頭上，拍拍打打，披襖的披襖，登鞋的登鞋。老陽一含山，身上便冷颼颼的，我父那件老棉襖不見了；搐腰帶倒是一搏腸子一樣，還掛在樹上。

那眞要我父的命。

# 老棉襖

華太平家傳

莊子裡傳來璜琅、璜琅串鈴響，那是我祖父牽驢出莊子。我父聽到那串鈴響著往東來，知道祖父要上城去，便招呼嗣義一聲，放下活兒，手指縫兒還夾著割大煙葫蘆的小削刀，走去北邊兒地頭上，等祖父路過看有甚麼吩咐。

蘆篾編的斗篷摘下來搧涼，老陽兒偏西，還是熱烘烘的，拿袖口兒抹了把汗，額頭上讓斗篷襯箍兒嘁出一道圓印子子。前半坡兒光頭上毛渣子青根根的，早晚兒該剃剃了——那都是哥倆兒你給我剃、我給你剃的。盤在頭頂的淌三髮大辮子鬆散了，像活的一樣兒，盤了條長蟲，顧自滑下一圈兒，停停，又再滑個半圈兒，塌在白竹布小褂子打了大塊坎肩兒的補靪上。白竹布小褂子也是祖父大褂子改的，兩脅放寬兩指多，還是緊裹在身上，領子扣不攏。白竹布也早都不白了，可烏油油大辮子拖下來，還是相襯得黑是黑，白是白。

莊子裡不可乘車騎牲口，誰都得守的禮。祖父拉著他那口跟「華長老」齊名的麥花小叫驢，走經地頭上，手搭涼棚兒瞧了瞧大煙地裡萬紫千紅，直歎：「好看，好看，織錦花緞也沒這麼鮮正兒！」也算是先出聲兒招呼了我父。好似一眼望不到邊兒的大煙地這麼美法兒，我父也給誇讚進去了。

我父微躬著腰身問道：「爺進城去？」說著貼近來，整了整驢鞍韂肚帶。祖父炯炯目光一直停在眼前迎日燦放的一片織錦花緞上，不當回事兒的說與我父：「風聲挺緊，弄不好，洋人怕都要跑走了，教會得出出主意——不定上天有意，看看不靠洋人，教會能不能自個兒站站走走，不用扶，不用攙。」

祖父說的風聲，敢是指的鬧義和拳。尚佐縣算是好的，耳傳只是南鄉、北鄉各有一處壇口，五里路外老城集也像有人開壇練拳——聽說背後撐腰的還是李府的一門親戚。可比起茌平縣八百處拳廠，就小小不言算不上一回事兒了。不過那都是去年入冬前的光景。打撫台毓賢奉召進京，拳徒失掉靠山還不說，袁大人來接巡撫，到任就下了一道通令，「嚴禁拳匪暫行章程」，俗稱「殺頭八大條」，先就認定這義和拳爲匪徒，練拳者殺、辦拳廠者殺、贊助拳廠者殺、縱火焚教堂與洋務機關者殺、傷害洋人洋務者殺……甚且犯者家產充公，以其半賞予報案告密者。這半年，神團師父吳經明、孟廣汶、吳方城、李潼關、龐燕木多名，尤其是家喻戶曉的大頭目朱紅燈，俱坐「盜匪嘯聚罪」，一一斬決，氣燄下去了許多；拳徒收山的收山、流走的流走、多半往北拉去直隸，也有的投奔今又放官山西巡撫的毓賢大人去了。

祖父每每十天半個月即打城裡攜回厚厚一疊子天津直報和上海申報，我父起先都是聽叔叔唸那一本本報子上的信息，漸漸認字多了，又覺得很有意思，磕磕絆絆的唸出味道來，早晚兒問問叔叔幾個冷字兒，多半都看得懂了，天下大事倒知道不少。當下忙問祖父：「這幾個月來咱們這一帶不是愈來愈平靜多了，怎又平空喫緊起來？」

或許不知從何說起，祖父咂了陣嘴兒，又搖搖頭：「難講，難講……儘管袁撫台雷厲風行，下面陽奉陰違還是不老少。就拿縣裡黎太爺來說，都還以爲是袁撫台帶來的人，鄉下幾處壇口，這位黎太爺不會知不道，可就是不管。現下都還摸不清太爺到底風朝哪颳，別的州縣且不管，這尙佐縣就誰也打不了保單。」

擱了半晌兒，我父看看老陽，請祖父上驢。臨去，祖父交代了一聲：「你娘不大利索，晚上就儘早家去照應照應。我這也說不定三更半夜才得回來，別等門兒了。」

白底子麥紅碎花小叫驢，是靠祖父聲望和李府二老爹幫忙掌眼兒淘換到的一口好樣兒走家。兩年多前到手時才只對牙兒，歲半光景。這頭毛驢兒說拗也是夠拗，沒騙過的叫驢莫不是牽牠不走、打牠倒退的彊脾氣；可說馴也夠馴，就只是服我祖父和我父爺倆兒，便是叔叔也近不得身。

祖父騙身上驢，立時又穩又快的小碎步，串鈴璜璜琅琅嘈響得金光閃閃，祖父也揹上一身西照，顚顚顚的，像笑抖著肩背，金光閃閃一路上城去。

小毛驢差不多上十吊文交的手，合著半買半送。賣主一知道是華長老要的牲口，方便四鄉八鎭去傳教，又頂著李府二老爹出面招呼，忙道一頭小驢駒子能値幾文，拱手送了。祖父哪裡肯依，硬請講行的出個價。講行的行佣都捨了，不成交易不出價，耍起嘴碼子：「長老造福地方，鄉民奉上四大馬都不爲過，可不是俺慷他人慨，理當這樣子……」賣主退讓，只索二十文一枚銅板，算是有個買賣意思。祖父也不依，說他縱有善行，上天自然賜福；受了人酬謝，善行也不成善行了。李府二老爹懂得祖父眞意，照行市丟下四塊銀洋。說死說活，賣主還是退還了兩塊，滿口賠上「貪財」，又添了副鞍韂，祖父也便不好盡拂人家一番眞心實意，千謝萬謝的身受了。

說的善行，祖父對此也老大不自在。行善不爲人知——基督比這還嚴格，叫人右手行善，別讓左手知道。可事關一方安危，衆人禍福，搗也搗不住。祖父藉著趕鬼驅邪，收伏了南鄉縣界鐵鎖鎭上大瓢把子，人稱毛鬍子朵把兒的花武標。打那以來，不光是朵把兒洗手歸農，鄰近三縣兩三百里方圓少一大害；朵把兒手下那般徒兒法孫也都一一招安的招安，良民的良民，南半個縣地就別說有多平靜安樂，人都說手上捧著白花花現洋走你的路。沒人打你主意，連個挖窟子搗洞兒小毛賊秧子也盡都絕了種。要這樣子善行瞞住人，那怎成！前任縣太爺頒下「福我百里」塗金黑匾一面，辦喜事一般的吹吹打打抬來鄉下，懸到塾館裡，祖父那個名聲不消說家傳戶喻，婦孺皆知，城鄉無人不曉。對此，教會裡的牧師長老都很喫味兒，洋人跟前爭不過這個功，又看我祖父是個窮外鄉人，傳教也才三四年，比誰資歷都淺得多，怎該說這樣子出頭露臉，難免就有閑話；可別的也指責不了我祖父，只好引用聖經上的話，說我祖父太高舉人、太榮耀自己，不知把耶穌放到哪去了。只是教會裡的牧師長老無不心知肚明，民間喜歡相信的就是這活眞活現的驅邪趕鬼，對教會辦的學堂、醫院，非但看不上眼兒，反而敵擋，亂放些捕風捉影的謠傳，說學堂專門教中國人數典忘祖，一心一意做二毛子；說醫院打著益世濟人之名，幹的是叫中國人斷子絕孫，亡國滅種之實。有的叫明了要信也信華長老傳的教，不信洋鬼子和二毛子的那一套。這都很讓我祖父爲難，生怕自個兒把教傳擰了、傳左了。

串鈴去遠了，祖父隱進東邊大李莊的樹林子裡。

我父回到地裡，趕上大夥兒一排，手底下分外加快割著大煙。一心記掛著祖父沒怎麼多言就透出來的信息，地方上又要不平靜了。

這事除非家去跟兄弟議論議論，眞還沒人可去訴說。儘管跟這幫哥們兒也算無話不說，只這種看不見、摸不到的事情，讓我父說個淸楚也挺難，哥們兒也都沒這個興致。鬧義和拳，大夥兒只當熱鬧打聽，早就高壽山幾個不知哪聽來的，老城集那邊有個私秘壇口，夜夜偷著練什麼紅燈照、黑燈照，一夥兒啜哄著李府哥兒幾個看怎麼套近乎，搆得上人，去瞧個究竟。

先前撫台大人毓賢，一力給義和拳撐腰，多少州縣當告示一樣貼徧神團昭帖，揭示神旨，足可套上西皮二黃唱出來：

神助拳，義和團，只因洋人鬧中原。
奉洋教，乃羈天，不敬神佛忘祖先。
不下雨，鬧荒旱，全是教堂得罪天。
神爺怒，仙爺厭，神仙下界把道傳。
非謠傳，非白譴，口頭咒語學眞言。
升黃表，焚香煙，請來各路大神仙。
神降壇，仙下山，普救人間把拳練。
兵法易，助學拳，要殺洋人不爲難。
挑鐵道，砍電桿，河上毀他火輪船。
日德法，心膽戰，英吉斡羅勢孤單。
一概洋人全殺淨，大清一統慶昇平。

那勢頭分明指名道姓跟各國洋人翻臉，對直對的叫陣搦戰了。那時節，城裡幾位洋牧師、洋教士就已沉不住氣，打算逃命了。還有洋碱店、洋油廠、洋布莊也都打算關門避避風頭。為此我祖父倒是奔忙了一陣兒，跟衙門接上頭，領著卜德生牧師幾個洋人去見太爺，當下得到太爺首肯，洋人住宅、學堂和其中的教堂、醫院、城外三處洋行，連同北關外的天主堂，俱都差派了一些團練洋鎗隊子分別護衛，才把一時危難穩了下來。洋行和教堂花了點銀子，也算破財消災了。

那時節我祖父便曾乘勢與教會進言，照義和拳昭帖看來，固然荒唐無知，可君子貴在自省吾身，求諸己，教會自身不是無過，該有醒悟。教會淑世，辦學堂、開醫院、放賑濟災，不無功德；卻不免梁武帝的造寺度僧，抄經說法。只一個根底子上化外于民，就不可單怪義和拳的扶清滅洋，與洋教為敵；教會的一筆抹殺華夏文明、經典聖哲、俗世民情，即就是與中國作對，則教會不是洋教也是洋教，百姓安得不反？又豈止義和拳？教會替天行道，救人救世，就先要救救義和拳，化敵為友。萬不可一頭鄙薄拳徒愚蠢迷信，不置一顧，一頭又把拳徒視為蛇蠍豺狼，張皇失措。如此一無對應之道，愛心哪裡去了？

洋人如卜德生牧師、任恩庚牧師、老姑娘周教士等，倒都很虛心領受我祖父進言，只是不知道該怎樣去行；那種領受也一如卜德生牧師的長袍馬褂，拖根三、四尺長的旱菸袋，到此為止，再往裡層進去一點兒，就又是一口牛羊羶騷、黃毛徧體粗膩膩的皮肉了。

令人著惱的還是康、唐、吳幾個長老，不知是裝糊塗還是眞糊塗，剛硬之心如埃及法老——這是祖父講與我父哥倆兒時打的比方。除了咬定義和拳即是撒旦徒衆，信徒本當與魔鬼為敵，此外便是把與百姓為敵的罪過推諉給見官加一級、惡霸一方、扶官衙欺壓善良的天主教。至言華夏文明，只不過俱是屬世而非屬靈的道理，故一則無生命可言。再則這地上既是撒旦的世界，凡屬世者，必都是屬魔鬼者，俗世民情自都在撒旦權勢之下。三則這地上屬靈者唯有聖經與教會，其他任何經典聖哲俱非屬靈。四則耶穌聖訓「愛人如己」，義和拳既屬撒旦徒衆，已屬非人，無須待以愛心；所以一定要是個人，方可打我左臉，右臉也讓他打，索我外衣，內衣也交把他去……。

大抵這也都言之成理罷，祖父要小哥倆兒習練習練看事。比起叔叔，我父鈍一些，也厚一些，凡事心裡過一過，前前後後總好想個周到。叔叔爲人機靈，小我父四歲就毛躁得多，一聽到教會把罪過推諉給天主教，一下子便崩了。叔叔並沒半點意思要護天主教，惱的還是教會瞪大眼睛自欺欺人，你儘管分出個天主教、耶穌教，洋教就是洋教，他義和拳才不管你這許多，你撇清撇得了嗎?合著洋人就是洋人，誰也分不清你天主教神父都是法國人、耶穌教的牧師都是美國人、教士又都是英國人。不光是義和拳，老百姓眼裡也一樣，洋鬼子沒一個好東西，反正「日德法，心膽戰，英吉斡羅勢孤單」，莫不是「一概洋人都殺淨」，一個也休想逃得過。

殺洋滅洋不是空口大話，肥城義和拳放火燒燬一所教堂，殺掉一個傳教的洋人卜克斯。高密義和拳洗劫鐵道機房，放火燒個乾乾淨淨。砍電報桿、扒鐵道、殺害在教的二毛子，更是時有所聞。像尙佐縣這麼個內地三等小縣，既無洋兵紮營，洋炮船甚麼的也遠在海上、大江大河上，進不來又窄又淺的這一段運河。故此縣裡傳教的、看病的、偶爾來去的經商人等一般洋人，平常無事儘管高人一等，官銜也總是買賬，一旦起了亂子，像那樣巡撫衙門都彰明較著的唆使義和拳對付洋人，可就身家性命難以自保，除非一逃。這一逃不打緊，人家洋人逃到大城或是海口，就像回到本國本土一樣，苦只苦了撇下的二毛子——喫洋教的和喫洋行的，可都成了沒娘孩子。

那陣子四鄉風起雲湧，你能我勝的比著開壇口、鬧拳廠，這兒興乾卦拳，那兒練震字拳，還有離字拳，坎字拳，陰陽八卦各顯神通，是人是鬼都冒出來，不是師父，就是師兄，一身戲班子行頭，還花麗狐哨打了花臉，集鎮上徒衆簇擁著，大馬金刀的亮相兒，鋪子攤子獻金獻銀，大放鞭炮，碰不巧有人認得：「那不是誰——不是敲梆子賣油的胡三兒貨郎！」千奇百怪，那都不大稀罕了。

城上的學堂、醫院、教堂、洋行、洋人，二毛子等總算得到縣衙太爺應允包庇，至于四鄉福音堂，教會自顧不暇，城門都少出爲妙，哪還有餘力聞問，唯有禱告交託，讓各福音堂自求多福去。這可又少不得我祖父不顧安危，一頭小毛驢奔東奔西，不停蹄兒這裡那裡去看望福音堂，安撫住堂長老、傳道、衆信徒。一面賣他那點兒面子，扒扯著拜候各個拳廠三頭目——師父、大師兄、二師兄，和那背後撐腰的鄉董人等，陪著人家拼酒的拼酒，歪大煙鋪的歪大煙鋪，地痞流氓也都攀攀交情，不管說通說不通，談攏談不攏，大夥兒看在這位脫籍的舉人老爺份兒上，太爺賜匾褒揚驅邪趕鬼的名聲上，糊弄著你不犯我，我不惹你，萬幸一逕都沒出事兒。一等袁大人上任燒起三把火——袁大人兵力也足，除了帶來武衛右軍，又將全省團練勇營三十多營編練武衛右軍先鋒隊，兩三個月下來，絕多拳廠總算明裡不敢聲張，個個收斂的收斂、拉走的拉走、散掉的散掉。

這其間，獨獨南鄉沒讓祖父操心，敢是仰仗有個花武標在那邊坐鎮。人稱朵爺的花武標，如今鐵鎖鎮上便住持了一所福音堂。打城上到鐵鎖鎮八十里地，半中腰裡東一個陽河，西一個卜子集，也各有一所福音堂，雖則洋人牧師也曾來過三兩回，鄉人只當稀罕景兒看，少有把福音堂算到洋教賬上。當地福音堂領會的長老俱是老員生出身，跑得最勤的祖父，不問是佈道、培靈，還是跟這般同工交通，無不致力把洋味道剔剔洗洗，炮製個愈土愈好。福音堂與鄉紳父老總還算融洽相處，沒甚麼猜忌。信徒和拳徒中都不乏當初毛鬍子朵把兒那般徒子徒孫，彼此叫明了井水不犯河水，故也相安無事。這南半邊縣境，歷經一場說大不大，說小不小的亂子，倒眞經得住患難，儘管外頭大風大雨，顧自還是風和日麗過他太平日子。

所有這些功德勞累，一來祖父從沒跟教會求援或邀功；二來教會裡中西人士即便曉得些實情，仍不免覺得我祖父盡走邪門歪道，逢迎世俗，只好裝聾扮啞，故作不知。好在我祖父唯向上天承擔差遣，敢也沒有若何計較。大約只有回得家來，祖母的抱怨鬧氣，才是頂頂不好受的緊箍咒。可那也難說，祖父任由祖母怎樣要小性子，無不是笑臉相迎，轉受氣為承歡，看上去似乎也不以之為苦。

這一向原都覺乎著一場沒鬧起來的亂子過去了，只除了還在流傳的俚謠孩童口裡唱來唱去：「這苦不算苦，二四加十五，滿街紅燈照，那時才眞苦。」聽來老叫人心裡怵怵的不硪實，而外再沒甚麼好叫人不寧。可祖父上城去，平空裡風聲這又喫緊起來，按理這義和拳罷，說怎麼再鬧亂子總也鬧不過去年那麼大；去年鬧成那樣子，洋人還是撐過來了，如今倒要打算逃走，叫我父不懂，八成自個兒對外界甚麼變故知道的還太有限……。回到地裡，我父一逕牽腸掛肚的悶在心裡，耳聽哥們兒依舊說說唱唱，戲嬉打鬧，心上卻自沉沉的老有個放不下心的甚麼。

義和拳對付洋教，我父只覺沒啥好怕，上有天父，下有人父，人家把教會看是洋教，沒看錯；可咱們華家沒喫洋教，沒靠洋人，沒沾一點點洋邊兒，怕誰？不比城上教會自欺欺人，把耶穌教跟天主教分家，就哄著自個兒不是洋教了。咱們華家元房四口，兄弟矻矻孜孜讀的是聖賢書；自個兒矻矻孜孜的下湖幹莊稼活兒；娘就是千般的不是，從沒像別的師娘老在洋教士、洋師娘前前後後打滴溜轉兒拾好處；爺更是從不買洋人的賬兒。滅洋滅洋，洋本就該滅，管他東洋還是西洋，沒一個好東西——關東人受盡了洋罪，沒那麼客氣，洋人，不是人，不配看作人，只有東洋鬼子、紅毛鬼子、老毛鬼子。沒經過屢屢家破人亡，不知道這般好像生來就該收拾中國人的鬼子有多魔鬼！

要說怕，要說憂苦，咱們家元房四口一條心，還在一開頭就看清了義和拳的胡鬧，指望義和拳去滅洋，只有「成事不足，敗事有餘」。可這義和拳也不是死定良心非要壞事兒不可，非要找死還再拐上衆人陪斬不可。那我祖父又非得費盡心思護住這個洋教還要不落好才行。我父牽腸掛肚，怕的就是這個，憂苦的也就是這個。一想到兩面兒都那麼無是無非，無情無義，祖父身在其中，眞眞受的是刑堂上的「夾板子」罪，我父便一刻也難心安。

人是少心無魂的跟著大夥兒收工回到地頭上來。

除了穿草鞋的用不著脫掉下地，樹下一雙雙的蒲鞋、蔴鞋、布鞋，居然還有雙驢毛窩兒。大夥兒拍拍打打清理鞋殼兒，大李莊李永德金雞獨立在往腳上套他的驢毛窩兒，又讓哥們兒笑罵一番，糟蹋他窮霉帶轉向，甚麼時令還六月天穿皮襖。李永德打十二三歲就那麼高，到今兒死不長，現成的渾名「碫磨釘」，也有人喊他大箇子。就像有的笑他「怨不得長不高，日你的，秧子熓蔫巴了！」也有的罵他「肏你的大箇子，貪長也不能單單保重你那對臭腳丫子！」

我父腳上是自個兒打的草鞋，藾草裡挑那靠心兒的，打得又細又密又緊，一雙頂上三雙那麼耐穿。來到地頭不用找鞋清理鞋殼兒，就對直去彎棗樹那兒取那老棉襖。一抬頭，樹椏上只塞著那摶沈家大美送的搐腰帶，不見老棉襖。忙低頭看看地上，不要是打樹椏上滑掉了下來。就近倒有幾件棉襖，一點兒也不疼惜的那麼撂在就地，可一件件不是老藍就是灰不留丟，大塊補靪，沒他那件青面兒駝絨裡子老棉襖，只覺奇怪，怎麼就平白不見了。

許是過于心慌了，適巧一陣兒小風溜過身邊兒，冷颼颼的起了雞皮疙瘩。取下搐腰帶，搭到肩膀子上，一頭留意別會給人家地上棉襖壓到底下了，一頭搓著手指頭上黏垢子，往回想是不是午飯過後，棉襖丟在李府上沒穿了來；可過午地頭上喝綠豆棋兒粥時，似乎還看到塞在彎棗樹椏子上。哥們兒多半收拾完了，老棉襖也不是啥小傢伙，就近地上樹上再沒瞧頭兒。思前想後越發甚麼也不記得了；記得的也信不過了。

眼看大夥兒這就回莊子去，我父不肯死心，又不肯張揚，推說找個東西，大步大步拉去南邊兒地頭，防著萬無一失，別會一陣兒迷糊，幹活兒幹到那一頭，身上熱烘起來，老棉襖一脫，順手撂在那邊兒地頭上了，不趕去找找死不了心。先還疑心哥們兒裡誰個促狹，把他老棉襖藏起來。可偌大一抱東西，不是鞋子首巾甚麼的，隨便塞到哪兒都夠人找一氣的。順著西邊陝溝奔到南頭，啥也沒有；又再順著東邊陝溝走回頭，沒著沒落，愈覺慌張。儘管屢屢閃過個念頭——不要叫人偷走了罷？可我父總急忙把這念頭搧到一邊兒去；再不就噌一聲「誰那麼無聊，偷那不值一文的玩意兒！」只是這念頭哪驅得走，就像夏天傍晚有種虻蟲子，老釘住人腦袋打轉兒繞，走哪跟哪。那件老棉襖，管怎麼舊，管怎麼這兒綻了線，那兒豁了襻兒，兩邊肩膀上也打了補靪，可夾在盡是粗大布的棉襖堆裡，單衝著青市布面兒，駝絨裡兒，就搶眼得很。過路行人存心要偷的也罷，臨時起意的也罷，要偷敢是偷這一件。果眞給偷走了，那算是丟了卵子——完蛋定了。

回頭李府路上，身上可眞冷颼颼的涼上來。這昝子只剩一個指望，或許大美姑娘好心，送茶去地頭上，見老棉襖哪個襻子豁了，哪裡針縫綻線兒了，老棉襖是誰的，敢是一眼就認出來，便不作聲拎了回來，抽空兒縫縫繚繚。她人生得靈利，能一眼就瞅見拿根細褲帶搐腰不像話，趁歇午忙趕家去，翻箱倒籠找出他爺遺留下的搐腰帶。這老棉襖敢就能順手花點兒針線功夫，幫忙整整破爛兒。衡衡情，倒不是甚麼癡心妄想。

時令正逢蒜苔市，院心兩張地八仙，一桌一大海碗蒜苔紅燒五花肉、一大洋盤蒜苔煨鱔子、搭配的還有蒜苔炒雞子兒、爆醃蒜苔、蒜苔涼拌、蒜苔肉片子汆湯……可眞掉進蒜苔窩兒裡了。蒜香加上三花白酒香，單憑這個就叫人像是一頭攮進喫熱喝辣，不要過日子的胡調裡了。

我父從不沾酒，只過年過節陪祖父喝兩盅。就這晚上，身子寒上來，打算多來兩口取取暖。

直到此刻，還沒有誰覺乎出我父丟了棉襖。季福祿是個齉鼻子，說話不像傷風也像將將哭過一場，只他留意到我父一身單，笑我父「賣膘」，謅示有多壯，有多好筋骨，也還是沒想到我父把棉襖丟了。高壽山見我父一口一盅灌酒，連連拼了三盅，結巴了半天直叫好：「阿枯恰阿枯恰，日他哥，怎挑今……今個好日子，開……開戒了！」沈長貴還是不忘記老拿沈家大美鬧我父：「有好事兒，準有好事兒，等會兒得釘住些大侉哥！」身爲小老板兒的嗣義，直衝一房招呼哥們兒喫喝的他大嫂叶呼：「妳瞧妳瞧，俺大侉哥喝水兒一樣，酒量這麼行！」那李府大媳婦掩口笑，沒趕上說甚麼，倒讓那旁二奶奶聽了去，直罵二兒子和大媳婦：「難得他大哥起了酒興，你倒是疼酒捨不得給人放量了！他大嫂妳還那兒愣笑，還不麻利把酒罈子搬來！……」

這一鬧鬨，我父連忙爬起來，直跟李府二奶奶打躬作揖的告罪，又跟李府大媳婦抱拳道不是，推說一時逗著耍猴兒，壓根兒就沒量，一面邀呼哥們兒齊聲攔住再添酒。經這一嘈喝，我父那連連下肚的三盅酒，三花白儘管只合四鍋頭、五鍋頭，挺淡的高粱，也還是胸口裡火炭兒一般滾燙起來；李府一家人又這麼熱烘烘張羅，加上哥們瞎起鬨；這樣子又是酒又是情意的，眞就醺醺的了。

可就是這樣，又該如何呢？想不到的平白把個棉襖丟了，別人敢是更加想不到我父這一身單衣，一勁兒灌酒，都只爲丟了件棉襖。彼此都太想不到了，也不好還再怪個甚麼「朋友有千萬，知心能幾人」了。

到這咎子，只剩下的那麼個指望，我父倒還沒有這就斷念。替沈家大美想，守著衆人，八成也不好意思捨著臉把收拾妥的老棉襖遞給他。大美一逕都拱在灶房裡忙活兒，也曾大盤大碗的上過菜，快腳快手的來來去去，水缸那旁花椒樹上挑著隻褪色紅燈籠，亮兒照不多遠，又不好盯著看，想能大美一張大白臉子上瞧出個甚麼神情，甚麼眼色，也無從瞧起——怪也是要怪的，這丫頭還是瞎聰明靈利，棉襖縫縫繚繚收拾妥了，何必等著沒人了再遞過來？掛到顯眼兒的院子裡哪根椿子柱子上，不就得了！

等著一個個酒醉飯飽，咂嘴剔牙的散了，我父假扯幫忙收拾桌子板凳，還有些零碎襍活兒，手腳不閑的忙忙，眞眞的還是愣等大美姑娘怎麼來打發。偏生灶房裡洗洗刷刷也不清閑，似乎一時半時大美還走不出灶房來的樣子。

所好收收拾拾的零碎散活兒倒挺暖身子，靠大美這副搖腰帶繞著單褂子纏高些，這陣子倒沒覺出怎麼冷。可院子裡也沒啥要收拾了，不能空倆手兒瞎磨蹭。嗣仁嗣義各自房裡出出進進，哄孩子的哄孩子，洗手洗腳的洗手洗腳，見我父就催著家去歇歇。等急了，只有撞進灶房去瞧瞧問問，「搬點兒柴火明兒早上好煮粥罷？」慌得嗣義媳婦兒和大美她倆兒直叫不用，「累了整天啦，他大爺，速速家去歇歇了。」大美也跟著嚷嚷，「夠燒的了，俺大哥，快廂家去了！」

蹭出李府大門，還指望大美追出來，可甚麼也沒等到。一繞過宅子東頭，便是莊子北口，沒遮沒攔的荒郊野湖，天上沒陰，地上沒風，只是迎頭一股子寒寒夜氣，直叫人打冷嗝顫。

咱們家跟逃荒不差甚麼的路過這沙莊，讓李府二老爹留下來落戶，打那時起，就住到李府宅子後這三間草屋。原本是李府後場邊兒上的一座三通間倉屋，李府上另圍了草園，把倉屋膽出來，隔出東西兩頭房，架起秫稭籬笆帳子，有個前後院兒，又加蓋了一間灶房，這就是咱們家定居尙佐縣的頭一個窩兒。難得的單家獨院兒，只是一入夜，一入冬，家家關門闔戶，就嫌好生冷清，孤凋凋蹲縮在整個莊子北口撂梢兒上，像是誰都不搭理，算不得這莊子上的人家。

可就憑這麼個癩癩疤疤小窩兒，也全都不是咱們自個兒纍得起來的。想那光景，上無片瓦，下無寸土，就是一把草，一銛泥，也沒哪兒取得來。

四年前，祖父領著元房四口，痛下狠心打祖籍灁陰縣流落南來。一掛獨輪兒小土車，被物行囊上頭坐的是走不遠路的小腳祖母，車底下嘀溜搭掛的鍋碗瓢勺一些喫飯傢伙。我父推車，虛歲才十六，咬牙咧嘴夠喫累的。叔叔肩一根繩纜前頭拉車，有的無的使點小勁兒罷了。祖父拄一根三尺來長斑竹旱菸袋，傍著車邊兒，跟祖母、我父，有一句沒一句的拉拉聒兒忍躁兒。日行多則七八十里，少則四五十里，早遇上可投宿的小廟、祠堂、空屋，就早早歇下來，埋鍋造飯，不定還撈到抹個澡，洗洗腳。有時老陽西沉了，都還上不巴村，下不巴店，那就多趕一程。也有過人家看坡兒老棚子裡湊合一宿。打算是打算到得江南，謀生較比容易些，料著路上不要個把月，也得二十來天。沒想到整整第十天，走過六七百里地，五月初的天，不該那麼熱法兒，晌午心兒裡，不說推車的汗如雨下，坐車的打個油紙傘也搪不住人給烤得紅蝦兒一樣。打北河底上來，撐到這個村兒，一株上百年的大皀角樹下趕緊歇下來，四隻熱雞兒，耷拉下翅膀，呼嘟呼嘟，張嘴直喘。叔叔身子生得嬌，更別說癱成啥樣兒，大遍金針菜墩子，倒到上頭直挺挺像害了大病。

先就找水，喝的洗的都急等著救命仙丹。村兒上正碰麥口，湖裡不少人割麥，村兒上人出盡了，看場的也都樹下歇午扯鼾，聽讓小雞兒偷麥粒兒喫。圍上來幾個上身小褂，下身光屁股小小子，請個大點兒的領路，我父拎隻小桶量子去找井。誰知看上去二三十戶人家的村子，就只一口土井——不是直上直下深進地底下的水井，不如說是一口大坑，打坑岸走下去，到了底兒才是個不大的水塘，倒不用多長的井繩。可那水混混黃黃的，這哪能喝！遲疑了一陣兒，問清那帶路的小小子，再沒別的地方打得到水，只得放下小桶量子上麂把長的繩子，繫下去打上大半桶的混水。

回到大皂角樹下，不知怎麼還有那麼多閑人圍上一圈兒。祖母一見水來了，忙就怨我父怎去那麼老半天，「還當你去海邊打水了呢！」待見到一桶黃泥水，差些兒要跳腳，一股子惱恨兒子存心跟娘作對的怨氣衝上來，「哪尋摸來的泥漿子，這麼混法兒，洗都下不下手，還喝！」反正我父一向習以爲常了，愣聽著懶得回嘴。一路上也都是難伺候，車子推快了嫌顚，慢了嫌晃得頭暈，早晚碰上個閃避不開的坑坑窪窪，來上個大顚大歪的，又少不得賞一頓：「乾脆你把娘掀下地得了，娘這把骨頭早晚讓你撞散了板兒才趁心不是?……」逢到這光景，祖父總暗中拍拍我父，捽捽我父胳膊肘子，盡在不言中；或是待會兒停下歇歇人，避開祖母，丟句話給我父：「娘就是那張嘴兒，有口無心……」

衝著這一小桶量子混水，祖父乾抹著脖子底下汗，笑笑的說：「別急別急，擺那垓兒澄澄看，澄澄就清了。」算是哄了祖母，也安撫了我父。

就這工夫，圍觀稀罕的大人小孩趔開來，一位赤紅大臉盤子，眼角吊梢兒自來笑的老漢，咬著老粗老粗玉嘴兒旱菸袋走近來，那是咱們家頭一眼見到的李府二老爹。

老漢拿下旱菸袋，跟我祖父拱拱手招呼。一見小桶量子混水，別過臉去打大人孩子裡喚了個大小子：「那誰——小四兒，把這桶水拎家去，倒到大缸裡，別糟蹋了。把水桶涮涮，舀桶清水來。」遂又跟我祖父抱拳道了不是，「見笑了，這水不拿白礬攪攪不能用。俺這一帶地脈深，又是沙灰地，存不住水，到今還找不到一處泉眼，苦就苦在這——水太珍貴了。」

我父儘管忙跟那個叫小四兒的大小子——李府小老四嗣智，爭提水桶去換水，還是很留神聽到李府二老爹這話，緊記在心。五年後，自助天助，我父終得在莊子上打了一口深井。沒爭過嗣智，只得跟了去李府。打這大皀角樹下往西不到百步，便是李府後場，一場曬著金光刺眼的麥棵子。場眞夠大，佔地一兩畝，敢是個大戶人家。我父跟這小四兒請教了尊姓大名，又挺用心的認清李府大門，感人家恩只能存心裡，或許來日混好了，再來報這一桶水的大恩。

小四兒也才十一歲，東莊私塾念書，這是放麥假在家。人小可懂事得很，小桶量子混水倒進一口約莫小圓桌大小的大水缸裡。缸沿上橫擔一根兩三尺長竹竿子，梢上劈開個叉叉，夾著塊冰糖一樣的明礬，敢是澄水用的。小四兒拱進南牆一溜沒前牆的敞屋裡，拎出一隻大花鼓桶，走去另外一口小一些的水缸那裡，掀開缸蓋子舀水。我父這才愣過來，忙說不用那麼多，一人喝幾口解解渴，頂多擦把臉就成了。可說是這麼說，相相咱們那隻小桶量子，就算盛滿了，也只合兩小臉盆水罷了。

倆人客氣了半天，我父還是拗不過這小四兒，大半下子花鼓桶淸水，小四兒心細，還把舀水瓢也放進桶裡，又問要不要帶隻銅臉盆去好洗臉。

倆人合拎了水桶回到大皀角樹下，李府二老爹跟我祖父蹲著吃菸，拉聒得老熟人一般，不知哪來的一大黑罐子茶，祖母坐一張咱們自家的蕪紮子，跟我叔叔一人一黑窰子碗，正喝著茶呢。叔叔添滿一碗茶給我父，去土車那裡掏臉盆，伺候祖母洗臉，等不及過來，喜孜孜告訴我父：「不定咱們就要留下這兒了。你瞧這位李伯伯，跟爺簡直個兒一見如故，愈拉愈熱烘兒——說不準有這緣分。」

沒料到就眞那麼落腳下來了。頂樂的敢是我父，十天下來，手腳都磨出水泡，一步一步咬緊牙硬撐過來。去江南少不得還有上千里地，撐到江南也是無親可投，無友可奔，單靠碰運氣罷了，那才多點兒指望！

一掛小土車推進李府大門。住是暫且住進東南角兒上三層炮樓，忙過麥口，便將後場邊兒上三通間倉屋騰空出來，屋頂拿新麥穰厚厚實實繕過，四壁內外重新泥上一遍，隔出三間兩頭房，外又蓋上一間灶房，院子裡連水磨也幫咱們支起來了。

莊稼人差不多的個個都會蓋屋，打牆、架樑、繕頂、泥牆，只除了門窗得找木匠師傅，沒一樁不拿手。也像收大煙一般，左鄰右舍不用去拉人，聞風都來掌掌眼兒，伸手幫幫閑，趁空兒亮一亮手藝有多行。那份兒熱鬧法兒，好似過年過節找樂子，聚到一堆兒練練高蹺、耍龍、小曲兒、鑼鼓傢伙、俚說話講，唱唱和和，不知多有興頭。這其間頂多擾擾菸茶，碰上時候跟著點點心；除非從頭到底頂住了幹活了兒的幾個，才好意思受李府酒飯招呼。

多少眼睛、多少主意、多少手腳，齊大夥兒一幫撮，老倉屋打扮一新。天乾物燥，不幾天就住得進人，桌椅牀凳多是李府勻出來的，祖母手上多多少少還有點兒私房，倒是爽爽快快挺出來一些，添置點兒家常裡褳裡估東。前後吃住李府上半個來月，也就搬進這整舊如新的三間兩頭房，單門獨戶過起日子來。

小秫稭編紮的籬笆門，裡外都開得。祖父還不曾回來，東間沒燈亮兒。西間裡叔叔還在寒窗小坐苦讀詩書。我父縮背抱胳膊索索的躲進院子，舒展一下脊梁，換了幾口氣，才裝得出沒事人兒走進西間來，房裡還是暖和多了。

問了聲叔叔娘怎樣了，我父便顧自上牀歪下來，眨巴眨巴的愣瞅著屋頂笆，念著那件老棉襖，十有十成是給人偷走定了，再沒一星星指望了。

一早一晚還這麼冷，這要熬到何時?俗話說：「吃過端午粽，才把棉襖橫」，到那時才無需棉衣，算算可還有二十來天的罪好受，總還抗得住罷。怕的倒是給娘看出來了，那不翻了天才怪。爲今之計，只有泥蘿蔔洗一段兒，喫一段兒，暫顧眼眉，能瞞一天是一天。捱冷挺腰桿，學那「老鴰子，是好漢，凍死了迎風站」，千萬別猥猥縮縮叫人看出來，笑他賣膘逞能就由人家笑罷……。

# 鳥窩

華太平家傳

洋人牧師和教士，是由煙台、威海衛那邊的領事館打電報召回去了，天主堂的神父也奔去青島了。我祖父帶頭和教會衆長老求見上任不久的知縣黎太爺，一直不得理會。

衡情量事，我祖父判定，儘管洋人都回去了，可不比去秋那一回喫緊，不必去求縣衙甚麼的。只是單巧有一對天津衛鄉下逃出來的陳牧師父子，全家十八口被拳徒無分老弱婦孺，殺掉十六口，教堂和連在一道的住家，也都一把火燒得片瓦不存。父子南逃路過這裡，投奔教會勾留了兩天，備述京津一帶義和拳燒殺搶掠種種。教會幫了陳氏父子盤纏，打發上路。道這麼一來，可就沉不住氣，齊釘住祖父，援去秋前例，求告縣太爺抽派些練丁護衛教會。道生碱店老板張長老，那麼個出名的「摳腚咂指頭」吝嗇鬼，爲了保住身家性命，也寧肯每個練丁日給三百文外快兒貼補貼補。我祖父說怎樣也推不掉，只得持帖一再拜託喫衙門飯的幾位熟識小吏從中幫忙疏通，卻總得不到回音，要緊怕還是太爺鐵了心兒不理這個碴兒。

此後不數日，祖父收得一大疊直報、申報，上頭報的盡是北國各地拳徒造亂的信息，這才方知大事不妙，怨不得各外國領事館那麼緊急，把行商傳教一概人等就近召回駐有洋兵把守的通商口岸。

當初年輕的美國牧師任恩庚，曾跟各長老執事提過，教會若有需要看報的話，可由他通知上海或天津衛那邊差會代購，經由郵傳寄來，需款有限，差會代墊那是小事一樁——就像差會替他幾個外國人代購的外國報一樣。

各長老執事沒誰對此熱心；非但如此，還好像藉機表功一般。長老中不乏童生秀士一干酸儒，誇口甚麼「秀才不出門，能知天下事」，用不著看報。也有的引洋經，據洋典，「信就是所望之事的實底，是未見之事的確據——希伯來書十一章一節。」以示信即一切，也透出聖經啃得有多滾瓜爛熟，不但能知天下事，還知天上事，該比秀才還神。又如涂長老，人下過江南，見多識廣，深知報冊也者，無非世俗之物，不是盜娼凶案不上報，甚而諸多論斷朝廷或譭謗西國人士者。故此，教會、尤其教友，似都不宜去碰這報冊。

這位美國差會的年輕牧師，才只三十出頭，小我祖父四歲，西人牧師中，官話地道，好得可以細談風土人情，也跟我祖父較為投契，來過咱們家探訪，見到供有「華氏門中先遠三代祖宗之神位」，非但不以為忤，還打躬作揖見禮了一番。這位任牧師平素便挺熱心于開啓民智，衆長老執事既都無意于此，報冊一事也就算了。我祖父不便太拂同工衆議，事後獨自找上任牧師，打聽了一下怎個情形。任恩庚大致的跟我祖父引述了個梗概，指說天津衛的直報傳送到此地較比快些，卻因直報為海關與洋行合辦，偏重商情，時事嫌少了一些。還是上海幾家，因有租界保護，頗多世界各國大事，于朝事也頗有論斷，值得一看。大致上這些南北各報日出一冊，約八文錢，郵傳外加十文。若得積十天郵傳一回，月按三十天計，約三百文不到。當下我祖父便自願出錢，託這任牧師代購南北兩報各一。任牧師還是決定讓差會代購，個人出錢反而麻煩。我祖父想想，自個兒從沒佔過教會一點好處，落個報冊看看也還算不得喫洋教。又且衆長老執事口說不須看報，眞正的報冊來了，還不是大夥兒同觀同賞，總不至只他獨享罷。

可這兩年下來，竟就我祖父一人獨享；衆長老執事不知是嘔口氣，心裡剛硬到底，還是眞的怕給俗世玷汙，潔身自愛，整疊整疊的報冊送到，沒誰去碰一碰。如今拳徒扶清滅洋到處造亂，報冊上日日皆有信息，主內的關注總該是情不自禁要知道一些，卻也還是沒誰搭理，也眞夠有志氣了。

郵傳局子嘈嘈喝喝多年了，小縣城也還是至今沒辦起來，暫且仍由老鏢局子傳送。這一趟報冊積有半個月光景，數數三十多本。直報三月底的這才到，比申報還遲得多，不止半個月，猜想八成旱路不平靜，走海上水路才會躭延這麼久。

依時間先後，所報義和拳信息，可眞夠瞧的了。

三月二十二：

拳徒潛入京城，徧布昭帖于各教堂，聲言月杪起事，勦滅教會。法國一教士，咨照步軍統領衙門。統領復照，以此昭帖查係無稽之言而罷。

三月二十六：

天津衛西南二百餘里之任邱縣，遭義和拳偷襲，官軍大敗。

四月初八：

距京西南二百里之來順村，天主教民住家房舍被焚，教徒遭害七十三人。

四月十九：

直隸淶水縣，天主堂被焚，中國教民爲拳徒殺害達六七十人之衆。

四月二十二：

直隸總督裕祿派副將楊福同領兵彈壓拳徒，于淶水、定興間大敗，楊副將遇難身亡。

各國使臣會商調兵護衛使館，教會人士逃京師避禍者日增。

拳匪大舉攻掠京師近郊蘆溝橋、琉璃河、長辛店等三處火車站，縱火焚盡車站、貨棧、及鐵道枕木，並將沿鐵道電線桿拔除付丙焚燬。拳匪並聲稱鐵道與電報皆屬洋人妖術，誓將剷除淨盡云云。

……………

信息大抵如此，就這勢頭推斷，可想京畿之地亂象已明。唯是令人不解者，一面朝廷宣旨，降罪義和拳爲亂國妖寇，稱之匪類，嚴飭各府道州縣速予敉平；一面當權的諸王爺，極謀借重義和神團滅盡維新餘黨及其靠山外洋列國。然而儘管如此，令人莫知所從，但就當權諸親王那樣得勢，足可左右朝廷觀之，只須哄得西太后寵信，認定「扶清滅洋，民心可用。肅清康黨，在此一舉。」義和拳之將爲當朝倚重，只怕是勢所必然。這就萬分可憂可懼。

我父昆仲二人看了報，也聽了祖父這番議論，放在普通人家，未必驚心；此去京津遠在天邊，只須本縣本州以至本省安靜無事，哪用憂懼那麼許多。咱們家也不是甚麼胸懷大志，心繫天下的憂國傷時之士，更非身在當朝，或作官爲宦，不可不有社稷家國之慮；只不過歷盡甲午戰火之毀，備嘗身家性命亡散而一無依恃的失國之痛，深知華夏金甌不容傷缺，哪怕遠在天邊地沿兒星星烽火，也勢必殃及神州萬民，無一地一人可逃劫毀。關東大敗于東洋鬼子，多少生靈塗炭，山河變色，賢能如李府二老爹，對此也聞所未聞，遑論其他鄉愚。可單是賠款二萬萬三千萬兩，他李府連褓褥子裡的奶孩兒一併算上，合家十二口，就要承擔六兩九錢銀子，折合制錢就是三十四吊五百文，該是我父三十四個半月不喫不喝攢下的工錢。朝廷耗損在打仗上的兵費——打百姓身上課去的田糧賦稅還不算。頂倒楣的還是台灣一行省，眞的是遠在天邊地沿兒，千萬省民惹誰欠誰了？還是關東大戰裡犯下甚麼滔天大罪——是淮軍喫了敗仗，就把淮地割給東洋鬼子賠罪罷；是湘軍喫了敗仗，就把湖南割給東洋鬼子賠罪罷；出兵關東的還有鄂軍、粵勇、桂勇、湘勇、旗人神機營、黑龍江鎭邊軍、東山獵戶……可就是沒有台軍一兵、台勇一卒，怎該把台灣割給了東洋鬼子賠罪，哪根筋扯得上台灣？

無怪乎馬關條約一經中、西報冊布露，參劾李中堂的奏章如雪片一般，乞請朝廷拒簽此約。只是，光緒帝還是苦于無能再戰，揮淚批准。

有這些血淚前車，雖義和拳滋事作亂遠在直隸京津，我祖父爺兒仨可都很知道厲害，敢是爲之憂懼不已。從這些信息，也才明白那般洋人牧師、敎士、以及神父，爲何一個個都被召回；去秋儘管鬧得那麼喫緊，不過還只限于地方，如今這勢頭弄得不好，竟又鬧成朝廷跟列國間要命的交惡，終局不敢設想。單是肥城敎堂被焚，省上就賠償九千兩庫銀。事情鬧大，朝廷呆定鬥不過東西洋列國，末了必又一一磕頭賠罪，賠銀子又賠地。銀子還不是又得黎民百姓承擔，地就不知道要割掉神州哪一方皇天后土。

如此在人事上頭，不是我祖父爺兒仨所能絲毫盡心盡意使得上勁兒，便只有仰求禱告，交託上天。而因淸楚大勢所趨，反而對城裡敎會與北鄉西鄉福音堂不去在意，不似去秋那一回那麼喫緊，求靠官廳護衛。

我祖父嗤的一聲，像衝著自個兒噌笑起來：「你都猜猜看爺打甚麼主意——爺倒想，看看能不能幫一把兒義和拳。」

我父哥倆兒聽了這個倒不驚怪，也像祖父一樣，只覺詫笑，事兒怎就顚三倒四變成這樣不上數兒，不上款兒。我祖父跟倆兒子說：「你都想想看，明眼人無不看得出來、也無不怪罪義和拳愚蠢無知，哪裡扶啥清、滅啥洋！別弄個反兒，白白滅了清、扶了洋！可愣睜睜的就是沒誰給義和拳幫上一把，幫他別那麼愚蠢無知。如今連咱們教會在內，大夥兒對待義和拳，要不是等熱鬧看、等笑話看，就是視若蛇蠍，怕個要死。像前任毓賢那位糊塗撫台、像這些報冊上的一些王公大臣，那樣一力給義和拳煽火、撐腰，可萬不是幫忙義和拳，是把義和拳朝火坑裡趕，弄得不好，怕還得把社稷安危，百姓禍福，也都一道給賠上去……」

難得這一晚上，爺兒仨齊齊全全聚到一堆兒，祖母不知哪兒串門子去了，可也好好兒盡興閑聊了個痛快。

義和拳鋪壇練功，十人有十人沒見識過，卻十人有十人道聽塗說都曉得不少；就像誰也沒見過鬼，誰都能隨時來段兒講鬼。我父那幫哥們兒，就天天、天天都有義和拳奇離古怪那許多新鮮傳聞。對這些，我父不是避開，就是極力不去搭話。那些個邪門兒歪道，一聽就知是胡扯瞎謅。可無憑無據的，大夥兒就信；你也是無憑無據，只得衡情奪理去把義和拳那個底兒給捅個亮兒，可偏就沒人信。

傳聞說義和拳是小閨女修練紅燈照，媳婦兒修練藍燈照，老娘們兒修練黑燈照，都是一手提隻燈籠，一手捽把芭蕉扇，搧著小碎步子走圈兒。先練的是黃窰子大盆裡盛上水，走那寸把寬的盆沿兒。走三天，盆裡舀出一瓢水；走三天，盆裡舀出一瓢水；等盆子裡水光了，走空盆子沿兒盆子不翻，功夫就差不多了。滿了七七四十九天，人就飛上天去。紅燈照「照到洋鎗洋鎗斷，照到洋炮洋炮軟，照到教堂教堂塌，照到火車火車翻。」

明明這太唬人了，可哥們兒信，各路神仙都來助陣罷，敢就有那麼神。哥們兒縱都知道咱們一家全在教，七天就上城去禮拜一趟——我父遇到活兒放不下手，就不去；叔叔守住塾館沒甚麼禮拜天，去也只趕一場上半天大禮拜；祖父祖母可是一趟也沒遢過。哥們兒沒誰反洋教，信義和拳那一套也只合是信那玩大把戲的繞眼法兒，貼上畫了符的黃表紙，一鑲子戳進肚子裡，鮮血橫飛，銅鑼翻過來要錢，「人命關天，人命關天，有錢幫個錢場，無錢幫個人場，爺台不能見死不救。那位二哥老腿站穩，別跑，跑了冤魂也追到府上討命……」等逗錢逗個差不多了，小鑲子拔出來，肚皮抹一抹，連個刀痕也不見。你倒是信不信呢？信那後一段不信前一段罷，沒那回事兒；下回再看，小鑲子活眞活現捅進肚子裡，只剩一截刀把子，瞧那腦門上黃豆大汗珠子，瞧那齜牙扭嘴痛的可憐樣，鮮血明明汪在塌進去足有一拳深的窪窪兒裡，是你眼睜睜瞪得個一清二楚，你能不信邪？熱乎義和拳那一套有多神乎其神，敢也就是這麼回事兒，頂多罷，等著看看土菩薩跟洋菩薩鬥法兒，管他哪邊兒贏，哪邊兒輸，橫豎一場熱鬧別讓遢過了沒趕上，給誰拍手叫好都一樣。

祖父聽了我父講的這一番，直誇兒子：「這得給你拊掌叫好！」叔叔機靈，立時給大哥拍手。祖父長嘆了一聲：「這就好，這比啥都好。爺虧待了你，怕就怕你幹粗活兒幹下去，把人也幹粗了。」叔叔趁空子忙跟祖父稟告：「爺或許還不知道，哥不聲不響把新約唸完了。現下舊約也都唸到出埃及記了。有天半夜醒過來，聽到蓆子上甚麼嗤啦嗤啦響，又不像老鼠，原來哥躺在那一頭，手指頭正在蓆子上寫字兒，默寫主禱文……。」

祖父耳聽叔叔訴說，直盯住我父看，聽著聽著，有一陣嘴角直往下撇拉，腮梆子搐了搐，眼也似乎紅了一圈兒。我父但覺心頭怵怵的，忽像自己個兒犯了甚麼，忙道：「這也是本分罷，應該的，一家人都讀書解字，總不好獨我一個睜眼瞎子，壞了門風。不肯進塾念書是我自作自受，怨不到爺娘。」

我父失寵于祖母，似乎打一出生就少見那麼一點也沒帶母子緣分來——就像叔叔講給我父聽的左傳故事：「初，鄭武公娶于申，曰武姜。生莊公及共叔段。莊公寤生，驚姜氏，故名曰寤生，遂惡之，愛共叔段。」叔叔刁鑽，千方百計套祖母的話，至少我父出生時，全沒鄭莊公出生時那等光景。聖經創世紀也有類似故事，以撒妻子利百加也是疼次子雅各，不喜歡長子以掃，沒有緣因。徧尋不出祖母爲何不喜我父，只好說古往名人就有這兩個例子，想來母子無情也並不稀罕罷。好在我父與叔叔手足情深，不致因母子不和，弄得兄弟反目。

就因這樣，我父出生沒等滿月，就給我外老太抱去貔子窩鄉下，花錢雇奶媽子餵奶，算是外曾祖母把我父撫養長大。鄉下私塾不那麼方便，外老太又太過驕縱我父，到得該上學年歲，我父不肯，外老太也就由著我父撒野。直到十一、二歲了，外曾祖父一過世，就只一個過繼的舅老爹，還因太小，沒有過過門來，祖母就把外老太和我父接去牛莊。十一、二歲再啓蒙也不是不可以，憑當年咱們家大業大，就算請位先生來家教教，叔叔又早已入塾了，教教小哥倆兒正好，眞太花得起那點小小不言的束脩銀子。可那時祖父正貪戀賭窩兒，祖母朝天在外跟一些七大姑娘八大姨的吃喝玩樂，誰還管這檔子事？祖母討厭我父依舊，一句話，「你存心不學好罷，就讓你趁心，就罰你個不准進塾，日後拖根打狗棍子討飯去！」那時節，曾祖母全心全意都放在槽坊和教堂上頭，又是隔代人，悉聽我祖母怎麼作主怎麼算——

要不然，「老爹奶奶疼長孫」，說啥也不會讓我父還沒滿月就扔給外曾祖母去撫養。

那樣子幼年失學，直到在這尙佐縣落戶下來，都已十五歲半樁小子了，斗大的字兒，我父還認不到半升。

爺仨兒又把話頭轉到義和拳神功上頭，祖父和叔叔一樣也聽到不少種種傳說，一個接一個講不完那麼些的荒謬絕倫，講得又可笑、又可惱、又可憂。

提到這些神功練得到刀槍不入的地步到底可不可信，祖父倒是講起「拒鐵丹」咱們家有過的寶物。那還是高祖父的年代，有個自稱華山眞人的道士登門化緣，高祖奉爲上賓，末了獻出一寶，華山五彩大菇煉成的拒鐵丹。那年間家下養有不少保鏢炮丁，專爲護衛趕有名駒的馬販子和大隊鹽車，上路之際，人呑一粒拒鐵丹，管得上一個對午時，渾身上下刀砍不傷，槍攮不進，洋鎗散彈也抗得住。世間無奇不有，故此我祖父並非全不相信義和拳神功，只不過童男子兒練個九九八十一天，坤道七七四十九天，就能練得那麼神乎其神，還是叫人犯疑。

叔叔到底還是個大孩子，胡天胡地的，興頭一下子釘上這拒鐵丹，喜孜孜追問這個那個，又說要是還有這種寶貝，如今倒可幫義和拳一把。要不然，通個風給義和拳，設法去華山尋那個祕方，想必那般高人道仙定肯幫助這義和拳。功夫加上拒鐵丹，多份兒本錢，對付洋人敢就多份兒勝算。

祖父只顧抽他的水菸，咕嚕嚕、咕嚕嚕、水泡泡兒像開了鍋，一袋又一袋，半晌兒才嘆口氣說：「提起這拒鐵丹，倒是千眞萬確的不含糊，可世代不是那個世代了。就說你老爹罷，大和尚坡給老毛子打了，家下人等都事後懊悔不迭，嘆你老爹太過仁厚，從無提防小人之心。出那趟遠門兒，又要正打千山過路，沒防老毛子，響馬鬍子總該防一防不是？要是服了拒鐵丹，多少總當回事兒。當時爺才五歲，人事啥也不懂，你兩房奶奶也都痛悔這個。那以後出過幾回事，才知拒鐵丹抗得了刀砍槍刺，洋鎗散彈，可抗不了快鎗快炮。要說拒鐵丹分量上多添些服下去，要服多少能抵得住快鎗快炮，敢是難說。我看，這是兩碼子事兒，配比說，鐵榆打的包鐵寨子門，那可刀槍不入；那圩子牆也是夠厚夠硬的，刀砍一定捲刃兒，槍刺也一定折了頭子，誰瘋了才拿刀槍跟圩子牆拼命。可快鎗把寨子門打得蜂窩一般，好樣兒圩子牆，快炮一打一個洞。血肉之軀哪是對手！要緊這快鎗快炮不光是鐵器，打得快，來得遠，那炸藥崩起來，冰凍三尺跟石頭沒兩樣兒地面兒，一炮就炸出個圓桌大小深坑。對人來，那不是指頭戳膩蟲子，碰碰就泥糊了！想想那一點兒氣功刀槍不入，碰上快鎗快炮，又何嘗不是螳臂擋車，碾個爛糊，魂兒也休想落下？想那晉子咱們都跑反下鄉，沒親身經歷，可回去牛莊，你哥倆兒不都見識了？那光景，人算甚麼？螻蟻不如的，就算你鋼頭鐵骨，當得個啥？……」

祖父避而不提曾祖母屍骨無存，可那片慘景，槽坊和住家兩百多間房屋，地場土平，寸草不留，爺兒仨都如在眼前一般的又過目了一徧，一時心神跟著洋油燈沉沉的暗將下來。

叔叔離座起來，說去拿油瓶子添油，也是不想這話頭再連下去。

洋油燈是拿洋醫院的藥水瓶子盛油，康熙通寶大明錢做蓋子，拿根大半拃長細銅管子打大明錢當央的方孔穿過去，再拿火紙媒子穿進細銅管子，兩頭露出來，一頭浸在洋油裡，一頭點火。點洋油是比菜油亮得多，也比菜油便宜些，就是煙子大，燈下靠近了念書做針活兒，久了鼻孔兒藏黑。銅管子是我父趕老城集，碎銅爛鐵地攤子上尋摸來的水菸袋嘴子，整個兒洋油燈也是我父在城裡人家見過，自個兒湊合出來的。故此莊子上只咱們一家使這洋油燈照亮兒，使慣了菜油燈的左右鄰居，一來咱們家，總有點兒喫驚的喳呼：「這麼亮法兒！」也有的嘆口氣：「唉，這洋玩意還是比俺老土貨高強！」

端午節這天，祖母嫌人少，不包粽子，老法子還是買來兩斤糯米下鍋煮乾飯，上鋪兩層蘆葉，圖那麥香味兒。盛到碗裡，洒上黃香鬆糖，喫起來還眞像粽子。

端午過午，是晌午這頓過節。午前我父便打李府收工家來。李府這季大煙收成好，煙土價也不錯，過節特賞了我父一吊文，外帶十隻一串兒的牛角粽子，糯小米兒包的，熱騰騰水淋淋的拎回來。

桌上倒都是應景兒世俗，雄黃酒、百草頭煮的白蛋、蒜泥醋拌白肉等等。酒過一巡，祖父跟叔叔便搶過牛角大粽來剝。黃亮亮的糯小米兒可比大白糯米香多了，倒把祖母煮的粽子飯給冷落到一旁。

祖母沒當回事兒的接過我父孝敬的一吊錢，本就沒活活臉兒，一見這光景可惱了，也不怨祖父跟叔叔搶喫粽子，倒怪我父不先招呼一聲李府上會送粽子，「早知道就不煮這勞什子，邋邋巴巴跑去北河底兒摘蘆葉，還不落好兒。不如倒給誰家餵豬去得了！」說著就動手收那盛在一碗碗裡的粽子飯，嚇得一個個護住飯碗。

祖父臉前攤開的黃粽子都已咬掉一個角角兒，連忙賠上笑臉哄祖母：「別介別介，過節罷，歡歡喜喜，喫這黏食兒可切忌一灌風，二生氣，存食兒就不好了。」叔叔也趕緊跟上去承歡：「娘別慌，先拿這餵人，等會兒再拿娘做的餵我這口豬。好的留著壓軸兒不是麼？」我父哪還敢去動李府拎回來的粽子？儘管啥也不貪，單就是視黏甜之食如命，卻也只好悶著頭，老老實實扒祖母做的粽子飯。

祖母儘管還在嘮嘮叨叨，甚麼「不是家貧包不起粽子嘛」，又是甚麼「甩料嘛，粽子都不會包」，可那麼大的牛角粽子，居然一口氣喫掉三個，自個兒煮的粽子飯，反而一粒也沒動。

別管怎麼說，端午粽子算是喫過了，一早一晚那個寒法兒，沒個棉襖還是架不住。老棉襖給人偷走大半個月了，日子可難捱得很。數著撐過來，怪的還是沒一人覺出我父少了件棉襖。慣找我父碴兒的祖母沒知覺，細心體恤如叔叔、如沈家大美，也都一點兒沒留意到我父這一睖子受的苦。

像我祖父那樣子最善體恤人，又因祖母太過偏心，就分外加意的關愛這個大兒子，可帶我父夜去老城集，也只臨上驢子，順口關問一聲：「要不要家去添件衣服？」我父回稱不冷，也就沒再放到心上，總還是想也沒想到我父的棉襖讓人偷走快上一個月了。

這天我父下湖鋤地，收工回到李府，便見到堂屋裡八仙桌兩頭，祖父正跟李二老爹對酌，一逕不住嘴兒在議論甚麼。

院子裡喫露天食，炸湯漿豆麥麵條，地八仙上放著乾醬豆子、蘿蔔乾兒、自家拐磨的辣椒醬等鹹菜。沒誰上桌，一人捧一大黑窰碗，摟點兒鹹菜放碗邊兒上，各自找個去處，蹲的蹲、坐的坐，唿嚕唿嚕的狼吞虎嚥，眨眨眼就又添一碗，整碗直倒進肚子似的那麼快法兒，就把一頓飯打發了。

一番喫熱喝辣，倒把人喫得滿面紅光，棉襖都褪掉不要了。我父沒棉襖可褪，胸口汗津津的，也就把搐腰帶鬆開，重新繞窄一點兒，一頭跟李府弟兄笑說：「鬆褲帶，窮舅舅。咱沒舅舅，窮不到誰。」是說吃撐了，不關乎冷熱，怕人覺出他棉襖怎麼不見了。那心事眞難說，一頭拿誰覺出他老棉襖丟了，誰才夠意思，來試試人情；一頭可又生怕讓人知道了去，撩人笑話——怎這麼大人還把棉襖丟了，眞夠甩。敢是更怕傳到祖母那兒去；小事兒都嘔上幾天的氣，丟了棉襖豈不要拚命！

我父坐到磨牀一頭，扳一條腿蜷在懷裡，等堂屋裡祖父。水磨上盤掀開晾著，斜靠到磨牀那一頭。磨齒溝兒裡刷洗不夠淨，糧食渣子透著些餿氣兒，家常過日子就這味道。堂屋背後沖天榆上，給晚霞映得金颯颯的喜鵲窩，敢是裡頭已下了蛋。春來眼看那一對喜鵲——這當地人叫牠花喜喜，一根根指頭粗的樹枝子啣了來架大樑。再一根根稍細的枝子纍牆、蓋頂。再後是極細的葉梗兒繕簷，繕牆。末了，時令正好牲口褪毛，淨見一對對這花喜喜落在牛背驢背上，下死勁兒扯起整片冬日過來絨毛擀成的氈子，想必那就是坐月子被褥了。連前帶後約莫個把月才算完工，沒甚麼鳥窩能像喜鵲窩這樣子的大興土木，費時又費工。憑那本事，去給牛郎織女天河上搭橋，那還有話說！

家，敢是要打平地幹起。每看這喜鵲窩，我父總慮著咱們這個家該誰來興。上人年紀不算大，祖母也才三十九還沒上四十；祖父三十五，該正當年。可兩老的都不是創業的幹家。

祖父創他的業是沒錯，只是一來念書人，求田問舍沒那個心，也沒那個本事，二來儘管落難到這個地步，祖父祖母都還不脫舊日大少爺少奶奶一些習性，從沒想到要口省肚摋積攢點兒，吃穿用度上頭但能有三分講究，就兩分也不要將就。眼前這樣日子，吃好的穿好的是沒有，可不缺吃、不缺穿，至少我祖父已感心滿意足。世俗爭名奪利固不在祖父意下，只是往後天長地久過日子，卻也從來一點點打算都沒有。祖母罷，吃好穿好慣了，這光景再湊合年把兩年約莫撐得過去，再壓兩年可就難免生怨，啜哄著搬進城裡去就不止一兩次了。下來小惠這個胞弟罷，也是個念書人，憑那人品、學識、聰明、相貌，沒錯兒，日後準要出人頭地。只是縱然念出個功名，不難輝煌騰達，光宗耀祖，再早那也得十年二十年後，那之前倒得多少安頓、多少供養、得多像樣兒個家世才出得起那麼個子弟！

帶常的這麼思來想去，成家立業這副千斤沉的挑子，爺娘胞弟都沒這個心，就只有擔在自個兒肩膀上，誰也使不上勁兒——要就只有討個賢能、又是個幹家的媳婦兒，千斤沉挑不動，兩人抬的話，不說一半一半兒，輕個兩三成，扁擔上的繫子往自個兒跟前摟近點兒，兩腿就挺得起來，走遠路也撐久些。

喜鵲窩那是眞講究，再沒別的鳥窩比得上，頂上有個屋頂，進進出出有個屋門兒。那裡頭足足有尺把兩尺深，風不透，雨不漏，可硪實。一個喜鵲窩，拆下來足足有上十斤，那功夫眞叫嚇人。這還不算，相傳喜鵲窩裡有靈芝草鋪底子，長蟲、黃鼠狼甚麼的都不敢進去偷蛋偷雛鳥。傳說罷，得趁熱聽個新鮮，涼了就沒幾人還信。可那窩門兒朝哪，這一年就哪邊來的雨多，這倒信得過。打李府二老爹跟我父講了這個，這兩年全都靈驗了。今年個個喜鵲窩都是門朝西南，莊稼戶最樂。照李府二老爹講法兒，打西南大湖上來的雨水，不光是甜，發莊稼；俗話且說「西南雨，大姑娘雨」，下起來斯斯文文，沒風沒雷暴。還說「西南雨，上不來，上來沒鍋台」，是說要下就下個足。東北雨、東南雨，都是海上來的雨，就沒西南雨那麼發莊稼。西北雨那可叫人害怕，先就大半個天黃上來，飛砂走石，雷公閃娘，狂風暴雨緊跟著來，樹木莊稼折的折，倒的倒，不定再饒上一場雹子，那可不止樹木莊稼，牲口飛鳥也都打得傷的傷，死的死，滿湖裡慘嚎。

要成個家嘛，也就像鳥壘個窩兒。我父的志氣高得很，要給爺娘胞弟壘個窩兒，除非沒那個本事，要壘就壘個喜鵲窩。我父心上的祖父叔叔都是尊貴人，都是公的，不是私的；依著基督徒來說，都該是事奉上帝的，要管地上俗事，屈費了，也沒本事管。那就自個兒來管私的、管地上的俗事罷——要管還得管個一等一，才算下不虧欠人，上不虧欠天。

咱們家得在異鄉重又爬起來，也就在我父這一念之間；一個棉襖遭竊，捱冷受凍苦撐著的窮小子立下的大志。

那樣子看著喜鵲窩上晚霞一點點褪色，我父也不時偷瞭一眼灶房那邊忙裡忙外的沈家大美姑娘。假當眼前這就是兩口子苦來的一片家業罷，用過飯了，他這當家的抱腿閑坐在磨牀上剔牙，媳婦兒還忙個不停，就是這麼個家常了。灶房裡那口頭號大鍋還在熬豬食，煙煙火火的人家挺興旺，能有這份兒安居樂業，無愁無慮，熱熱烘烘的日子，莊子上二三十戶也只這麼一家罷！

可這不成，我父心上的喜鵲窩不是這樣子。這又算啥一片家業？看不到的湖裡那兩頃

這一式兒。地，不光是我父不大心熱，我父斷定那對祖父、叔叔，也都不值甚麼。要槩的喜鵲窩總不是

眼前這是東西兩進院子，三層炮樓不算，約莫二十來間草頂土牆房子。草頂土牆沒甚麼不好，冬暖夏涼，厚重墩實，李府這些房子又都蓋得高大寬敞，紅草繕頂一尺厚，不愧是大戶人家。可這又怎樣？關東老家深宅大院都不用再提了，兩下裡根本不好作比；要緊還是我父凡事都先替祖父和叔叔著想罷。拿李府這片莊院家舍來配爺娘胞弟，只覺這也不合意，那也不稱心。

起初權且住進李府東南角上那座炮樓時節，是因路上十天餐風露雨，沒指沒望，乍乍得到安頓，住到三層樓裡，直似一步登天。可那興頭來得快，也去得快，一旦待下來，新鮮氣過了，就一點一點不自在起來。

炮樓底層牆厚五尺多，門洞小得只可走戲台上武大郎矮子步，蹲進蹲出。底層也沒一個窗口，單靠門洞和上樓去的梯門那裡透點兒亮兒進來，不當甚麼，黑得不點燈就伸手不見五指。樓上倒四壁都有一窗口，卻帶常裡一一關得嚴嚴的，要靠上三樓去的梯口透點兒亮兒進來。要是頂樓所有窗口也都關死，那這當中一層也不比底層能亮上多少。一面面都不到一尺見方的窗口就算是敞開來，只合是個鎗洞，牆有兩尺多厚，天光也得爬上半天才恍進來一些些。人住裡頭，可像下到大牢裡一樣。

炮樓之外，所有住房也都差不多，只是屋門高敞多了，當中一間明堂還好，左右兩間裡房也是單單一面不到一尺見方小窗洞，進不了多點兒亮兒。愈是響亮亮大白天，打外頭一進

房裡，總活像讓人照頭一悶棍夯下來，兩眼一黑，聽得到腦袋裡嚶　直響，得趕緊摸黑裡撈個甚麼抓頭撐一下。

莊戶人家，金科玉律守著古訓，「年年防賤，夜夜防賊」，怎樣太平年月，門戶總以緊襯爲貴。牆厚窗小，無非防的歹人；此外，暑氣寒氣也都捱得多了。要說房裡亮不亮堂，那倒不打緊，誰還拱進黑房裡繡花不成。

鄉下日子裡還有許多都是爺娘胞弟過不慣的，比方說，家家院子裡，定都有個偌大的沃圾坑。李府這兩進院子，就各有一口比圓桌面兒還大的沃圾坑，不光是打打掃掃的垃圾，洗洗弄弄的髒水，盡都倒進去，各房尿盆兒、夜壺、小孩兒隨處擺地攤兒的便溺、磨道驢糞甚麼的，無不戽到裡頭漚肥。清理不夠勤的話，就好堆成個小墳頭。天一暖起來，大大小小各式蒼蠅、虻蟲，趕集一般攏成團兒，轟——一陣兒驚散開來，轟——一陣兒驚散，稀爛得黑墨一樣的騷泥漿子，這兒那兒淨冒泡泡兒。

夏天晝長，莊稼人晚上這頓飯偏偏喜在院子裡喫露天食，院子再大，那沃圾坑總還是近在身旁，不說爺娘胞弟都是尊貴人，受不了這個，我父他自個兒打小兒雖是貑子窩鄉下長大的，自知是個粗賤人，也還是一時隨和不了——眼睛老離不開祖父和叔叔，祖父一皺眉，叔叔一苦臉，我父便不由得一旁就和著皺三皺，苦三苦。祖父、叔叔都是那麼自重的人，寄食人家那半個月裡，敢是沒好挑剔的；就那樣也忍不住皺眉苦臉，想情該多大的委屈。

可這沃圾坑才是種地人家的寶呢，莊稼靠這和大糞壯地，珍貴得很，怎樣騷法兒、臭法兒，也都忘了；忍慣了也就覺不出甚麼氣道，反而聞起來大有倉廩飽滿那麼一股子熟香。

沃圾坑約莫十天上下要清一回，挑去後場菜園外頭堆個山。這沃圾不去動它還好，一挖一剷那麼一攪和，就別說有多騷臭衝天。我父起初乍幹這髒活，常給熏得直冒眼淚。坑有大半人深，清除到底兒，木栝使不上勁兒，少不得跳進去一栝一栝剷了送上來。那滋味可更不好受。清一回總得十來挑子，一栝栝掏上來，瀝瀝落落裝到拉條架框子裡，一路瀝瀝落落挑到家後去。受不了那麼衝腦子爨法兒，得憋住氣兒，憋上半晌兒才得別過臉去，伸長了脖子喘口氣。那敢是要偷偷的喘，別讓人家瞧了去——你今種地為生還怕沃圾臭？那你就趕早別喫這行飯。

祖父半輩子過去了，叔叔這一生的世路也都明明白白擺在前頭，爺倆兒饒是再怎麼落難，也注定了跟種地這買賣兒無分兒。如此說來，那又何必日後還住這鄉下？

打算給爺娘胞弟纍個甚麼窩兒，我父總是怎想怎逗不對榫，待想通了，才知毛病出在這上頭——命定的城裡人，偏偏住在這鄉下過活，敢是諸處都不相宜。

祖母是老早就貪想住到城裡去。

祖母一向主意多，恰合俗話說的，「人心晝夜變，天變一時刻」，一天一夜間，不知多少個主意生出來。但凡又打了個主意，祖父唯有滿口應承：「好、好、好！」糊弄著對付，等那一陣兒熱頭冷一冷，祖母自個兒也都忘了，祖父才得私下裡直「阿們」不已。

住到城裡去，祖母熱頭一直不減，凡遇啥事兒跟這主意沾上一點點邊兒，祖母總不忘舊話重提。祖父「好、好、好」之外，不得不再添點兒作料：「慢慢來，一步一步來好罷！」我父對此原先很不以為然，漸漸不大在意，待自個兒想通了，才覺祖母多如牛毛的主意，只這個聽得入耳、入心、入情入理。不過我父也就只放到心底下暗藏起來，沒影兒的事兒，我父口緊得很，跟誰也不透一絲兒聲氣。這個性子也就祖母膝前討不得歡心；不像叔叔靈活，祖母吩咐個甚麼，不管可不可以，做不做得到，叔叔頂會學著祖父：「好、好、好！」一連三聲，又脆又響亮。祖母就是喜歡這樣，可不管後事如何，從不理會那吩咐倒有幾成兌了現。

大城大世面，我父不是沒見識過，可生性講究實在，從未貪得妄想過甚麼深宅大院，高樓大廈。關東那邊咱們華家三代創下的三處家業毀盡，我父自認他這一世怎樣拚命，也沒有重振當年家聲那份能耐。若拿鳥窩兒作比，能給爺娘胞弟纍個什麼窩兒，思來想去，頂多不過白頭翁那樣子個窩兒，不大不小，硪實牢靠、嚴絲合縫到風颳不透，雨打不漏，也就公雞呑花生——緊了力兒了。

好罷，白頭翁就白頭翁。按說，拿整個莊子比，李府上敢是個喜鵲窩，合家氣旺人也旺，個個勤快有條理，兩進大院子，餵兩口大尖牛、三五口豬、二三十隻大大小小雞，兩口沃圾坑，地上卻隨時都見掃帚掃過的道道紋路，鋤栝筐簍襍七襍八的傢什，無一不放的是個地方。少見有這麼乾淨齊整的莊戶人家。只好說甚麼鳥蹲甚麼窩，甚麼人住甚麼屋。懶斑鳩幾十根細枝兒也就纍成個窩，打地上看上去，窩裡下沒下蛋，抱沒抱出小斑鳩，全都瞧了一清二楚，可颳多大的風也摔不散，照樣生兒養女，一窩又一窩，也沒絕種。

打東院兒往這邊西屋走來的大美，老遠就笑過來。要能有天跟這個勤利能幹、又俊又俏、沒點兒好挑剔的姑娘白頭偕老，同心合意纍個白頭翁窩兒，想必纍得成罷？

大美姑娘迎面招呼過來：「俺大哥，還在等俺大爺呀？」我父忙放下腿，打磨牀上半蝦腰兒站一站，含糊回應了一聲。

這姑娘喊人總這麼親，俺甚麼俺甚麼的，合著就是「我一個人兒的大哥，我一個人兒的大爺」那股子味道。得懂得這姑娘，要不的話，瞎目瞪眼動起情來，那才丟人。

大美走到西屋門口又回頭來說：「俺大哥也不添件衣裳？清冷清冷的這天兒。」我父還是含糊的笑應了一聲，想說「大妹子還不是挺單」，沒好出口。

就這當口，李府二老爹送我祖父走出掌了燈的堂屋，天就快洒黑了。

# 神拳

華太平家傳

爺倆兒閑走到莊子當央路口上，路口也是風口，我父不由得抱起胳膊，可立時又放下，挺挺胸脯，偸瞥了祖父一眼。

三棵大白楊，無風也颯颯葉響，有點兒風就傻呵呵笑個不停，笑我父窮裝硬漢。大白楊樹下兩口青石板牛槽，有的無的散發一股股羶氣。

貼這路口往北，走咱們家東首，一條大路直通黃河灣子，長年都不須涉水便可過過旱河底兒，除非夏秋之交發大水才要擺渡過河。

往東去，二里外便是大李莊，穿過莊子橫在臉前的還是黃河，沒有北河灣子那麼寬闊。河上有座打算造反的孟石匠造的拱門五孔青石大橋。過橋便是縣城外郭的西圩子門。

打這路口南去五里，便是相傳黃河六遷，冲走大半個縣城剩下的故址，今稱老城集，三八五十這四天逢集。隔一天一集為小集，隔兩天一集為大集，其餘日子為閉集。這樣就逢大月可趕六大集、六小集；小月少個三十兒，少一回小集。大集各行各業出生意齊備，買賣大，趕集的人多；小集就買賣退板一些。閉集敢是一點兒市面也沒有，開店作舖的閉門合戶，大夥兒再去趕一七四九、二七四九別的集。

可這天又閉集、又天色這麼暗了，祖父倒要上舊城集去一趟，吩咐我父家去拉驢，「爺走去前頭等你。要不要家去添件衣服，跟爺一道兒走走？」

有這等好事！我父自是滿口答應，興興頭頭趕回家來。這時光祖母多半不在家，我父交代了一下叔叔，急忙抱起鞍韂，去後院兒備驢。套著轡頭還在想，娘不在家省多少口舌，爺也約莫害怕嚕嗦，才在莊頭上等著。拉起韁繩剛一轉身，只見祖母插腰堵在西山牆和籬笆帳子間窄窄的走道上，想必是板著臉生氣罷，天黑看不大淸。

祖母一站下來，就喜歡雙手插腰——大拇指朝前的那樣插法兒，別有一股架式，要人都聽她的。

我父側過臉去，灰心的吐口氣，興頭冷了大半。

祖母開話了：「你那是幹嗎？唉聲嘆氣的，聽著我就夠！好好家道兒經得住你幾聲嘆氣巴咳！……」

這樣子出口傷人，好像家業敗落到這個地步，其罪盡在這一聲嘆氣。我父也是受慣了，說怎樣總是親娘罷，只有一聲不吭的受著。

叔叔趕過來拉勸：「娘，又不是哥要用牲口，爺還外頭等著呢，總有事兒罷……」祖母可跳了起來，直衝我父嚷嚷：「你爺怎樣？你奉了聖旨不是？這就有價錢啦！……」

我父怕就怕的這個，說是無理取鬧也不爲過，爲人子的倒又能奈何呢？

多虧叔叔，說好說歹，把跳一腳就罵一罵的祖母哄回屋裡去。祖母雖非三寸金蓮，總也不到半尺的小腳，單靠腳跟著地那樣子一跳一跳，八成兒連腦袋也震得一昏一昏的，越發要氣躁心煩了。

我父把小叫驢拉到院心兒，眼看堂屋裡一盞洋油燈下，祖母拍桌打板凳的哭嚷成那樣子，不覺氣消了，心有不忍，雙腳粘在地上走不開。

祖母不管叔叔怎麼按住，掙過來站到當門，插腰斥罵：「你休想跟著半夜三更去遊魂！你給我趕緊回來挺屍！糧食浸上鍋了，你找誰來推磨？唵？想的可好，躲懶兒你躲得過？你休想……」

推磨研煎餅糊，敢都是我父的活兒。只須交代實在，別那麼漫空罵人，敢是啥都好辦。我父連連稱好的應著：「那就別管我啥時回來，包在天亮前下磨可行了罷！」便拉了驢子掉頭就走，不理背後我祖母又給惹著了甚麼，還在嚷嚷不休。

伺候我祖父上了驢，我父跟在一旁地上步躂兒。要說天冷，實在也沒冷到非穿棉襖不可那個地步。像祖父罷，裡面襯件夾襖，外罩夾袍，驢上颼著個小風兒，頂多有些涼陰陰罷。我父苦還是苦在沒件夾衣，光穿一身兒單褂子，總是要有意抗抗才行。

天黑路白，我父暗裡不時去摳摳驢尾巴根兒，驢子一護癢，蹄下就放快些，人跟著小跑兒，沒上一二里，身上就暖和多了。

祖父約莫只顧動心思，一路無話。我父跟在一旁緊一步，慢一步的追。這時刻兒趕去老城集，到底為的啥，祖父一聲兒也沒交代，我父只覺這情景挺像亞伯拉罕領著兒子以撒上山去獻祭。亞伯拉罕也是騎的驢子，也是啥都不說。背著柴火的以撒叮問再三，亞伯拉罕只說：「我兒，上帝必自己預備作燔祭的羊羔。」獻祭，敢是沒這個作興，基督業已把自個兒為世人獻上大祭了。可即便祖父要將他獻祭給上帝——我父不禁自問了一聲，你可甘願？想也不用想，只覺一股子心酸酸的喜出望外。能有幸撈著爺使喚，求都求不到的，就像冒冒的要他作伴兒來老城集，任叫幹啥都不興眉頭皺一皺。

五里路小跑下來，身上沒覺哪兒暖和些，到底是野湖上，跑起來呼呼拉風，人像小河裡洑水。倒是勒在好幾匝搐腰帶裡的胸口連著腰眼兒，有些汗溚溚的——合該是大美姑娘給人的熱烘。

登過河堤便是老城集。河身南北走，河堤卻是東西向，看出來是當年城北的護城堤防。傳說黃河沖走了大半個城，依這堤勢看來大約可信。那這河堤也就夠老了，少說也該五六百年。

集上一條長街通到底，黑漆漆不見多少燈亮兒。我父趕過不少趟集，黑裡大致也還熟識。

天還沒到外頭乘涼時節，也就長街上不見甚麼人影兒。祖父一到集頭上便已下驢步行，韁繩遞給我父拉著。街心三條長石鋪的車轍路，驢蹄子嘀嘀嗒嗒敲響青條石，時不時滑擦那麼一下。總算遇上個方便問路的，問清了尤二爺府上怎麼走。到此我父這才弄清楚祖父是來拜會人家的。可甚麼油二爺、鹽二爺的，從沒聽說過，也不曉得那是個啥人物。

找到後街尤府，打燈籠應門的兩小子裡，居然有個李府二房嗣義，地生人生的，乍見老熟人，一下子不知有多親和。我父這才記起，怪不得晚飯時沒見這傢伙。

兩小夥子給我祖父躬躬腰，打了個千兒請安，燈籠照路迎進去。早有個夥計接過我父手裡韁繩，拉驢去邊院兒上槽。

到底是集鎮上的大戶人家，別是一副架式，青磚青瓦房，地上也鋪的是站磚，穿穿道道三進院子，再進去似乎還有個後院。這可不是莊子上首戶李府上比得上的，不過跟咱們牛莊老家那又差得遠。

客人給讓進堂屋西間，祖父一進房就給請到煙炕上座。我父跟嗣義便請到貼南牆太師椅上落座。大煙鋪、大煙盤兒一套傢什，我父還是頭一回見識。

祖父跟這位尤二爺見過禮，都在敘舊何時在哪兒哪兒見過。想來是彼此都很知道，沒有交往，只是幾度碰面之緣。又聽嗣義稱呼二表叔，那口氣還很生疏，就算是一門表親，也未必很近、很有往來。

敬茶敬菸，寒暄一過，這位尤二爺待要談甚麼正經的樣子，四顧一下，像又算了一樣，招呼我祖父說：「來來來，長老，先歪一歪，俺給你燒個泡子，過它兩口解解乏。」一面跟我祖父圓說：「俺也沒癮，待客罷，應酬應酬玩玩兒就是。」

我父只覺這位尤二爺未免眞人面前說假話，明明一臉子煙色，方嘴薄唇黑青黑青的，像凍成那樣子。正自這麼想，嗣義貼耳過來說：「噯，眞是！大煙鬼子眞是十句話裡沒一句實言！」

看了嗣義一眼，我父好生心喜，又好生感念。這使我父得意自個兒挺有眼力，沒看錯這位尤二爺。再來是暗地裡才只這麼一想，嗣義就踩了一隻腳印跟上來；一個是憑眼力看出來尤二爺的爲人，一個是有憑據曉得這位表叔是個大煙鬼子，難得的還是這一時裡兩心如一心，怪不得李府昆仲五人，就數跟這嗣義頂合得來。俗話說「朋友有千萬，知心能幾人」，知心敢就是這個意思罷。

我祖父早就老乾痞味兒側躺下了，千層底兒淺口鞋褪在腳踏子上，打大煙盤子裡取根短桿兒旱菸袋，就著煙燈喫他的旱菸。尤二爺還有點兒疑思，煙盅握在手上，有一下沒一下的拿煙籤兒挑煙膏子。半晌兒自語說：「各然這樣……你哥倆兒擱那乾坐不行，他二表哥，各然喊你表兄弟來，找他陪你跟小華先去三元宮走走——」一語未了，適才打燈籠引路那小夥子掀開門帘進來。尤二爺撂過眼去：「正要請二表哥去喊你來——」小夥子斯斯文文的應道：「俺聽到了，去三元宮不是嗎？」我祖父一崛拉坐起來，跟尤二爺商量：「宜當嗎，讓他小孩子去看練功？」尤二爺欸——一聲，扭過臉去，脖子拉得更長，笑說：「長老你眞見外了！別說甚麼，就是再見不得亮兒，還好隱瞞你長老不成？你聽俺說，先讓他小哥們仨過去，招呼一聲，打點兒打點兒，俺爺們兒這裡聊聊，煙茶足了再過去看看——」我祖父忙說：「不是見外，是怕小孩子不知輕重，看了到處去亂張揚。所好咱跟前小犬別的長處沒有，就是一個口緊，交代一聲就行。他李二哥也甚麼……也忠厚老實。總歸你哥倆兒跟大兄弟過去，哪兒看，哪兒了；看啥都當沒看。可千萬千萬別漏一個字兒出去，哪怕親娘老子，誰也不可透一點點兒口風！」

祖父那一對眼睛烱烱閃亮，厲害起來誰也經不住兩瞪。連一旁尤二爺也似乎震了震。這對我父又是一回歷練，浮面兒上訓斥了自家小犬——嗣義也不是外人，祖母收了他媳婦兒做乾閨女。這邊既讓他尤二爺放心，又叫他驚心，明白這開壇練功有多私秘，萬一漏出去，後果可眞了不得。我父到此也才弄淸楚，祖父這一趟乘夜來老城集，可不是尋常拜客；更還想不到，謠傳老城集有個壇口，不料倒是眞的，又還恰巧是李府一門親戚——這位尤二爺主事。

尤府小表兄弟頭前帶路，臨要出房門，祖父當著尤二爺面，又緊叮了我父和嗣義一聲：「你哥倆兒務必記牢，走了風聲，拿你倆是問，那可是抹腦袋瓜的買賣！」尤二爺卻還在一旁打圓場說：「沒那麼喫緊，沒那麼喫緊。登科，你可得好好招呼著。」賓主二人似乎一個老往重處拉，一個淨朝輕處扯，有點討價還價味道。別人不知怎樣，我父盯住祖父和尤二爺兩人臉色看，倒不知爲何，好生記掛起來。

這位登科小老表，人生得細緻，心思也細密，出門不幾步，撂下一聲「等等」，掉頭跑回去，拎了件挺沉的大夾襖子給我父披上，搧起一股子風，也一股子腦油加汗性氣。

這太叫人意外，我父給弄得愣怔了半天才明白，連說：「不冷，不冷……」打脊梁上扯下來，推讓了一下，不得不道聲「多謝了」。嗣義旁加了一句：「披上罷，人家好意，又熱不到你。」我父倒給弄得靦腆起來。

捱冷受凍這些日子，可算只此一人又體貼到家，又不吭氣兒就這麼照顧到了，還又是個全不相干的生人，相識還不到一盞茶工夫。不用說，一股子打心底頂上來的感念勁兒，不下韓信受漂母施飯之恩。

走去三元宮的夜路上，我父一直都還在暗裡嘀嘀咕咕放不下心。此刻儘管弄清楚了祖父跑來老城集尤府上拜望，爲的義和拳是沒錯；可弄不清楚是要來幫一把，還是倒一把——就像那一夜父子三人爲了上海、天津衛報來的信息，憂心天下大事那般，夾在義和拳和洋人當央，到底要向著誰，對付誰，眞難說。兩下裡這樣子對上了，看看這一頭，看看那一頭，哪一頭都嫌也不是，憐也不是，叫人眞難拿捏。

我父挨了一陣，到底還是披上沉沉的大夾襖子。迎著長街盡頭溜湖颳來的風口兒，敢是暖和多了。披上身的工夫，儘量就著脊梁上輕悄悄扯弄，防著抖出氣味，卻仍搧摀了一股子褋八湊兒——不止是腦油、汗性、夾的有銜鼻子菸辣和大蒜溜味兒。想必是急匆匆奔家去，順手抓了件不知誰的衣服，萬不是這白漂素淨小兄弟自個兒的。不過暗裡摸摸弄弄一陣兒，舊是舊，倒有個細布面子，沒一塊補釘靪，不像幹粗活兒穿的粗衣。念這位小兄弟一片好心腸都念不夠，哪還嫌好識歹窮挑剔！任誰穿久些的舊衣服不都是自個兒聞不出甚麼氣味，別人才聞得出？連斗篷子也是。

單爲這位登科小兄弟——我父禱念著，但願我祖父肯幫尤府上一把，儘管連嗣義也對他那位大煙鬼子表叔老是齉鼻子。

三元宮遠在集鎮外，出街尾也還有大半里路。走著走著地勢陡然高上去。登科手上有盞上書一個又扁又胖的黑漆「尤」字紅燈籠照路，也只能照出前後兩三磴石台兒。一路拾級而上，黑地裡瞧不多遠，傾蚭傾蚭爬了半天，像要打這一直爬上天去，頂上該會一直通到南天門。

到頂兒其實也不過三四十磴，登科挑高紅燈籠，影影綽綽三面拱門，像座牌坊，大釘門可都緊閉住。正瞪大眼想能瞧淸楚些甚麼，右首大門轟轟轟恰是時候的從裡頭打開，好似有隔牆眼，看得到門外有人來。

那兩扇釘門先只開開一扇，立時門內好似一團紅霧，似明似暗，不見燈火，叫人疑心那裡面哪兒失火了，遠遠影照過來。

登科不等另一扇門打開，低喚一聲「俺都快點兒進去罷」，便領先超過足有尺多高的門塹，跨進門裡，轉身照亮高門塹，怕我父跟嗣義給絆倒。

一道門塹爲界，裡頭可像灶房一樣熱烘，滿眼盡是整排整排火把，多半一人高，根根豎在那裡，嘶嘶嘶的跳著一團團火舌頭，油鬍氣有點嗆人，又有點燻眼。

這裡是三面拱門內大開間的一溜敞廈，面北是一方夾在東西兩偏殿向低下去尺多深的挺大的天井，約莫不出多少幢幢人影，亂糟糟的卻奇怪一點點聲息也沒有，所以也才只聽出無數火把嗞嗞啦啦響，火舌頭時不時也會出聲兒，像是沒防著一口熱粥燙到了，突魯突魯彈彈舌頭。

來不及細看眼前這從未見過的巧奇古怪，一夥兒三、五人迎上來施禮，一式兒的手持紅哨棍，勒的紅首巾、紅腰帶，胸口紅絲子從肩到腰打個大叉兒。全身上下也都一式兒火光裡看得出來的鼠灰褲褂兒短打。側身可見脊後沒紮辮子，紅首巾尾梢兒蓋住一把長毛兒，披散到腰桿兒上下。爲首的拄著一把鋼刀，沒疼惜的聽讓刀尖刮在磚地上，人是生得胖活活的圓頭抹腦，登科給兩下裡引見，稱這矮胖子二師兄。

登科人雖年幼，生得嫩嫩巴巴，不過十五六歲，可又懂事兒，又應對老幹，當下給這二師兄交代說：「甚麼你都別打理，找小徒弟給俺三個備個坐處就中。老師那邊俺也不打攪，你二師兄趕緊去招呼正事兒。」矮胖兒二師兄也不虛讓，嘿嘿呵呵的怎麼說怎麼好，給三人一躬到底施個禮——也是瞄示常人來不了的那點兒功夫，兩腿打直，兩手對握一垂到地。隨即領那幾個十歲上下的小妖兒，踿踿踿踿的小碎步兒，風快走去西偏殿。

一條足可給木匠師傅做鉋牀的長板凳，兩名小徒弟小老鼠搬家一般，偷偷摸摸、匆匆忙忙搬過來，一放下就又闖了禍似的跑走。登科相相哪兒才合適，跟嗣義合抬起來，放到這敞廈偏角一個暗處，又挪了挪位子，打這兒大致可把天井看個周全，天井那邊明處看不大清這邊暗處，我父坐下來四下裡觀望一圈，不由得不心裡暗暗服了這位尤府上小少爺有眼色。

或許來的正是時候——無怪那位二師兄客氣得怎樣過意不去，也只得趕緊招呼了就走。三人一坐下來，就只見天井裡徒衆穿梭來去，忙著趕個甚麼。鋪磚地上似乎各有定位，漸次看出來一個個站開，橫捽住紅哨棍，前後左右試著彼此棍頭碰不到，慢慢就各自站定下來。這才我父看出頭緒，這麼多徒衆，但等各定各位不再有一人稍動，原來打橫、打直、打斜兒看過去，莫不成行，打了線一般齊整，倒像一些大戶陵地上的黑松林，橫成排、豎成行、斜成趟兒，全都一般粗細高矮。

說這登科小夥子行，越發的更神了，站起來跟坐在當央的我父換了個位兒，方便跟兩邊兒講話。登科可是啥都懂得，指指戳戳臉前擺開來的這個陣勢兒，靠近東配殿的是乾字小神團，這邊站成兩方陣的則是离字、坎字兩小神團。等這三陣小神團九九八十一天出師，接著還要修練紅燈照坤字小神團。每個小神團呆定二十五人，擺開陣來直四橫六，四六二十四，餘下的一個就是站在陣前當央的那位團頭，專管二十四名小將聚散進退……。

我父專心的邊聽登科像在說私房話，邊留神這個擺列成「品」字式兒陣仗的動靜；心中不住佩服這位跟叔叔一般年幼的小兄弟，凡事莫不心上有個賬本兒，一明二白。問清了這登科也是屬犬的，因想合該是丙戌年生人全都這樣聰明靈利——看來叔叔跟沈家大美盡是一路的了，只不過各居各位，各有本命才幹就是了。

眼看這麼多徒衆，連同一些護衛、打𧞣兒人等，怕不七八十來口人。想到牛莊槽坊，所有掌櫃的、站櫃的、槽把式師傅、夥計、學徒，也不過四十來張嘴喫飯。那樣子也就大灶房整天忙過了上頓忙下頓，天不亮忙到天大黑，就只爲一日三餐。再還有李府，遇上農忙也不過二十來張嘴喫飯，也都合家婆媳外帶那位手腳一個抵倆的沈家大美，也是灶上灶下，大籠大鏳子的忙茶飯。像眼前這般練拳腳把式的半大小子，怕比幹莊稼活兒有閑有使還要累人；又一個個盡是生在貧苦人家，年歲正當貪長又貪食，肚子可是無底深坑，得要多少糧食塡這七八十張嘴！我父止不住湊近登科小兄弟耳根兒說：「瞧這上百口子人，要多少花銷，府上這副挑子可眞沉不是？」

登科聽了，趔趔身，側過臉來看看我父，白淨子臉給火把燒紅了半邊，神色又是喜又是感念，好像可也碰上個人體恤到他府上難處，掩住口說：「那可不！沒法子說了。單講這燈籠火把，百斤大油簍，使不到十天。還算是使的棉籽油，省得多，可一簍棉籽油，毛要一石五小麥，這一折算就嚇人了。沒法子，當緊練這神拳不比尋常拳腳，非得起過二更，衆神下界，衆仙下凡，才撈得到眞本事，硬功夫……」

像這樣訴說難處，要不是透著誇富的味道，就一定弄成苦呵呵的哭窮，登科這小兄弟口氣就像他人一樣，乾乾淨淨，不沾一些些刺撓人的甚麼，叫人聽了受用。可就憑這樣透明透亮的一個玻璃人兒，怎的也深信神呀仙呀，這叫我父不免覺著有些可惜。登科又說了，挺自重的雙手攏在口上：「所好罷，九九八十一天，過去四十來天了，有個限期就 得過去。要不的話，八十來口子，見天要喫要喝，無頭到肚那麼要下去，慢說俺家這點兒家底子經不住啃，再十個二十個這樣家底子，也招架不了多少日子……」

天井裡一直沒動靜，徒衆一根根牲口樁子一般栽在那兒，不知老等甚麼。

登科像是生怕我父和嗣義枯等不耐煩，怠慢了客人，難爲他八下裡找聒兒拉，好忍忍躁兒，便又誇讚起種種神功。就中講到徒衆一旦出師，老師父只須一人賞給作過法的制錢二三十文，串了吊在腰裡，就走遍天下終生，喫喝用度使不盡，花不完——只要錢串兒上留個一兩文壓底子，不要花光，眨眨眼工夫就又是二三十文。神團神團，「兵馬未動，糧草先行」，神團不用備糧草，單憑這一手神功，出兵打仗就夠打遍天下無敵手了。

行說著這麼個透明透亮玻璃人兒，怎的就信些邪魔歪道，這可又來了。可見人是不定迷上哪一道兒，中了哪一邪；怎樣沒知沒識，也該曉得二三十文錢，一生一世用不盡，那可只能當作鬼話兒講，鬼話兒聽，哪有誰把這個當眞來著！只是虛心下來仔細想想，可也難說，聖經上跟這相仿的奇事也挺多，像是五個大餅、兩條魚，餵飽婦孺不算的五千口人，完了把些剩頭碎腦收拾收拾，還滿滿騰騰裝了十二筐子。總不好說，只准你洋教的奇事是眞，人家都是假；只你在教的都是「信」，輪到人家就是「迷」了。那不是太過強橫霸道了？……

或許我父太過喜歡登科這個小兄弟，弄得不忍心派誰的不是，反而心裡沒主兒了。

正這刻兒工夫，可也等來了動靜，三人一同朝東配殿那邊望去。東配殿一溜六扇花槅子門，當央兩扇籠著的一面竹簾子，讓一名揹大刀的拉起雙股繩，竹簾子嗤嗤嗤的捲上去。兩扇花槅子門洞開著，領頭出來四名灰衣的，一人手持一面引旛，戲台子上常見那個式兒的門槍旗，走下五磴石台，分頭往天井四個旮旯兒裡站定。隨後兩個黃衣的——一個是那位矮胖矮胖的二師兄，灰衣換了黃衣，大紅首巾紮額，多加了一頂黑紗罩，也是戲台子上高有大半尺的漁網巾。二人各拄一桿高出頭頂一兩尺的鑱鐮，月牙鏟兩頭朝天的尖尖上，扣的有幾圈兒鐵連環。鑱鐮一步一頓，鐵連環便隨著一嘩啦。鴉雀無聲裡，這凊冷冷的一聲一聲冰渣子嘣脆兒響，像是扣住板眼兒，一下一下搖鈴鐺，聽來倒是押赴刑場砍頭去的死囚腳上拖著大鐐，一步挨一步拖過青石大街。

這倆師兄走下石台，臉對三陣小神團，分站兩頭。不一刻兒工夫，竹簾子那裡，師父老師出來了。

這半天，我父都像看戲等著開台一樣，這師父一出來，就眞似出將入相那裡上了大角兒亮相。但見這細高䠷兒師父頭上戴的是戲台子上黃天霸花羅帽，插滿了銀紅絨球球和各色琉璃珠珠，一步一閃閃、一顫顫。穿的也是一身杏黃，胸前紅扁帶打叉兒束腰，卻不是短打褲褂，穿的斜領箭袖，和尙褊子那種左大襟兒長袍子，底襬左襟角子搠上來，掖進右腰間橘紅寬絲絛勒腰帶子底下，滴溜打掛兒帶幾分邋遢。手上拄的是呂布使的那桿方天畫戟，垂一繐大紅纓兒。不知是燈籠火把太過混混糊糊不夠亮，還是銀紅絨球球和杏黃長袍色氣都太嫩，襯得一張龍長臉黑陰陰的像個蕎麥角子，看不出究有多大歲數，敢也不年輕了，可也不很老就是。

擺開來的品字三方陣，師父師兄三人各據一方。幾十口子十歲上下童男子兒，一聲不聲，一動不動，過了好大半晌兒，這才師父、師兄一齊頓了頓手裡傢伙——沒留神數，似乎連連頓了三下。那師父沉沉的粗聲開唱起來，中氣聽來挺足：

「日出東天——是一點紅，驚動了弟兄——天下行……」

挺耳熟的關東口音，略帶上些膠東尾子，與咱們華家口音大半相近。說那是唱罷，不是唱戲、唱小調兒、小曲兒那個腔調，倒有些打號子那股味道。

「弟兄驚動李天王，李天王驚動楊二郎，楊二郎驚動封炮王，封炮王驚動老君顯靈來滅洋……」

唸過咒，方天畫戟再照磚地上頓三頓，兩位師兄手裡钂鐮也跟著頓三頓，鐵連環兒嘩啦嘩啦響三聲。沒防著只見所有徒衆猛可兒殭屍一般跳了三跳，半轉了身過來，張張臉子適好都衝著我父三人這邊。

尤府小兄弟機靈得很，約莫覺出我父收腿收胳膊不大安頓，忙貼近我父耳邊小聲說：「不礙事，不礙事，練功都是這麼著，得朝東南觀音菩薩普陀道場，可不是對俺三個來的……」

只這一點，登科的細心叫我父覺得過了頭，那體貼也給弄擰了。三陣小神團一下子轉身過來，我父還當是特意正對著他這三人練功獻技，只覺有些擔當不起，才不由得把坐得隨便了些的身子正一正，手腳也都規矩起來。不想這小兄弟誤認我父害怕這般徒衆要來對付他三個，「不礙事，不礙事」，我父懂得那是「不怕，不怕」的意思——這當地人就是這個說法兒；豈不是「褲襠放屁——兩岔去了」？

這樣子不管對誰都敬重人家三分的習性，我父也是不知不覺從上人那裡承受了來。往日跟在祖父身邊上戲園子，聽大戲、大鼓書或八角鼓甚麼的，莫不頭排當央籐椅座兒，逢上台子上角兒衝我祖父施禮，也有抓哏兒拿我祖父打趣、恭維的，祖父總是收攏下手腳，正正身子，算做還禮甚麼的，我父也就不覺間學了禮數兒。

場面上的分寸，我父也經歷過一些，像給咱們太公做冥壽、給普蘭店大太奶奶過七十（我祖父親生母是太公小房，合家公稱二奶奶）、戲班子請來家唱堂會戲；還有正月裡出會，槽坊門面前打樓上吊下來的千掛頭鞭爆煙火裡，抬閣架閣、高蹺、舞龍、輪換著耍來耍去獻吉祥；旱船、歪蚌精、舞獅子，更是湧進大宅院子裡，敲鑼打鼓玩上一通熱鬧。逢上這些場面，家下總是鞭爆迎、鞭爆送，正立正坐的觀賞，不興隨便打發，照例是當家主兒——大太奶奶、或二太奶奶、或我大祖父、祖父、三祖父出來行賞，恭恭敬敬把喜紅紙封的賞錢——擱在牛莊就常是一兩口貼上方福兒喜紅紙的整鑼燒刀子，親手捧給領頭會主兒，一再打躬作揖謝過人家，禮數上從不馬虎。眼前神團拉開陣仗，一派專給他這小哥們兒獻技的氣勢兒，怎不叫我父頓生敬重之意。

東西兩廊下，就地燒起金銀紙箔，廡廊這邊正對著當中廟門的一座大半人高三腳鼎銅香爐內，也焚起大把大把香火，咕嘟嘟冒起濃煙，一時燻得人張不開眼，嗆得我父拼命壓住咳嗽，脖子鼓像癩蝦蟆。想到俗話說的「小廟小鬼經不起大香火」，不由得笑自個兒只配是個小廟裡的小鬼。面前是來不及的兩眼趕著這裡那裡張望，要看個周全。只見西配殿左首甬巷裡，三個斜揹大刀片兒的傢伙，一人拎隻桶量子出來，分頭奔到師父老師和兩位師兄身旁伺候。

細高䠷兒師父接過長柄子木勺，舀起一舀子桶裡清水，試了試高低，擎上去對住爲首的團頭，潑潑洒洒的瀝落下來。就這工夫，徒衆齊聲唱起來：

「清清志心歸命理，奉請龍王三太子、奉請天光老師父、地光老師父、日光老師父、月光老師父、長棍老師父、短棍老師父、再請神仙哪吒三太子……」

重來重去這麼唸唸唱唱，師父和兩位師兄分在三陣小神團間，挨個挨個給徒衆一一澆水灌頂。

也跟打號子差不多的唱唱唸唸，唸唸唱唱，都還是又尖又嫩的小孩兒嗓子，沒變聲的童男子奶腔兒。一開頭那麼潑潑洒洒的灌頂，上身大半都淋濕了，我父止不住脊梁骨兒一寒一寒，夾襖披在身也還是止不住抱緊一下胳膊，有如身受。

也不知請來了多少仙家神佛，水澆完了，咒兒也停了，師父師兄分從陣後回到陣前來，看上去除了一身的打扮不襯，走道兒那架式兒倒像三個莊稼漢，澆完了三片菜園回到地頭上來，接下來就該蹲到一堆兒，安上一袋菸，打火喫菸歇歇腿兒。可師徒三人沒等換口氣，才一站定就又手裡的傢伙照磚地上頓三頓，肩膀子聳了又聳，往上提氣兒，比先前還要使足了勁兒，顫顫索索扯長聲兒吆呼起來：

「天靈靈，地靈靈，奉請祖師來顯聖！」

師父師兄一聲未了，徒衆緊跟著又再齊聲唱唸：

「一請唐僧豬八戒，二請沙僧孫悟空，三請二郎來顯靈，四請馬超老黃忠，五請濟公我佛祖，六請洞賓柳樹精，七請飛鏢黃三太，八請前朝冷子冰，九請華佗來治病，十請托塔天王金吒木吒哪吒三太子，率領天上十萬天將與天兵，齊來滅洋並扶清……」

這樣唱唱唸唸到半中腰兒，除了師父師兄豎在那兒不動，徒衆全都鼓臃起來，先弄不清怎的，稍稍過一會子才看出來，個個渾身上下索索打顫兒，總不至澆了冷水灌頂，凍成那樣。漸漸就有的單腳離地，一條腿原地趵著一蹦一蹦跳起來。一請二請，十請請完，個個都還那麼不停的打哆嗦，單腳趵趟兒趵個沒完兒，愈來愈快，喘氣也呴兒呴兒像給鹽齁到了，喘得愈粗愈重，腦袋到得自個兒作不了主兒的那麼猛搖，像個波浪鼓兒，又像得了搖頭瘋。那樣搖法兒，都該站不住腳才是。不用說，個個排立橫豎成行的三陣小神團，眼看歪歪散散，亂了正形兒。

這樣子夠久了，登科像怕我父跟他表兄不耐煩兒，給二人寬寬心說：「速了速了，就速下神了；但等個個口吐白沫，就見得出神功來。」

這時節，那三個揹刀的傢伙又從西配殿左首巷口子裡出來，一人抱一大捆紅漆木棒，根根七八尺長。瞧那樣兩胳膊儘了力兒抱得滿滿一懷木棒，該派挺沉的，人卻搖搖擺擺走過來，好像輕得全不當回事兒，可眞要點兒功夫底子——倒沒瞧得起這三個看來不過打褓兒的傢伙，脊後斜插花揹著大刀片兒，倒不是做樣子，個個都還眞的有點本事呢。

我父盯住爲首那個傢伙瞧，是那種走道兒一搖三踱的身架，一大抱棍棍棒棒，就算是分量頂輕的柳木棍罷，一根也有兩三斤重，二三十根總有八九十斤沉，卻沒礙到他那副頑怠相兒，眞叫人疑心他一頭幹這活兒，一頭肚子裡哼哼周姑子戲，才整個身子那麼跟著一扭三掉彎兒，骨頭沒四兩重。

待這個頑怠鬼走來廡廊底下，走過我父這三人面前一片空地上，像是一下子滑了手，大邋邋一鬆胳膊，棍棍棒棒戽水一般滾落下來。眨眼兒工夫，可嚇得我父忙擠緊了眼，像一個大閃把人眼睛都刺花了，接下來，縮著脖頸罄等那一聲照頭打下來的霹雷——眼前這麼悄悄無聲，一根綉花針落地都聽得見，哪經得住那一大抱二三十根棍棍棒棒那麼高的迸散開來，滾落到硬磚地上，那不是要天崩地陷的大動靜……卻不料空等了半天，耳旁只聞一小陣兒喊喊嚓嚓，像一小夥兒甚麼人，怕給人聽了去那樣的貼緊耳根兒爭說私房話，頂多也不過比作一陣兒小風颳來，嗖嗖嗖旋起地上落葉，連響聲都說不上。

待我父好生不解的張開眼來，那一堆散落的棍棒還有一兩根沒落實，單蹦兒滑滾下來，輕飄飄的著地，又輕飄飄的彈起，跳了跳再著地，人像是耳閉了，聽不見一聲響兒。一時弄不清這是啥的法術，還是那棍棍棒棒是啥的料子。

揹大刀片兒的那個傢伙，這再從大堆棍棒裡攬起一小抱，就地挾挾齊整，下到天井裡，給仍在打著哆嗦的徒衆一人搴一根。我父不方便過去搆一根來看個究竟，就著條凳上斜趔開身子，想湊近些認認。登科一旁扯了扯我父，笑笑說：「認不出來罷？——上了紅漆的蕒稭桿子，也有轉轉蓮兒桿子。神團就神在這上頭，別看不上眼兒這些空心桿子，師父老師作了法，使喚起來，一根根可都有孫悟空金箍狼牙棒那麼厲害。用這空心桿子，也是練輕功，等會就見識到，撐著翻跟頭、撂螃蟹，折不了。」

這當地人把向日葵喚作轉轉蓮，媳子窩外老太那邊卻叫照葵。我父忽然記起這照葵桿子不可玩兒——往日在姥姥家給慣得「要天許半個」，小孩兒玩啥都行，單就是不准拿這照葵桿子耍，怕戳傷到哪兒，見血就準得破皮瘋。我父忙把這個正告登科，囑咐了又囑咐：「眞的，大意不得。破皮瘋難治就難在不發便罷，發就來不及治……」誰知這尤家小兄弟異想天開，搗著嘴笑說：「那不正好！打得洋鬼子個個生了破皮瘋，不是齧等俺去收拾！」

我父聽了也覺挺有意思，跟著笑了笑，不過還是又叮了一聲：「可功沒練成，不留神先把自家人給傷了，還是太甚麼了不是？」登科先前雖那麼當作玩笑，卻也挺認眞的謝過，且應允要提醒那兩位師兄多留些神，再不然就索性全都改使躓稭桿子。

這當口，天井裡的徒衆拄住紅棍，叉開兩腿，仍舊在周身哆嗦，腦袋像蔫巴了的花兒朵兒，不再搖頭瘋那樣，只看不出來口吐白沫了沒有。不一刻工夫，師父老師頓了頓方天畫戟，立刻好似一聲令下，這天井大場子上動了起來，徒衆大夢初醒，一個個猴兒一樣，生龍活虎的「嘿！呵！哼！咳！……」喝聲四起，捉對兒廝打開來，只見揮挑刺擋，砸拐閃劈，硬碰硬的一來一往，路數有板有眼兒。煙火騰騰裡，愈覺殺得天昏地暗。

我父一旁直看得提心吊膽，儘管分明是一對對你進我退，我劈你擋，呆定的路數，可到底跟戲台子上全武行那些個招式還是兩碼子事兒，這可都打的是眞的，出的辣手，回的凶煞，除非練就了「銅頭鐵腦袋，越敲越自在」，要不的話，作過法的照葵桿子既賽似孫悟空金箍狼牙棒，一棍子夯下來，就足夠把個活人揍閉了氣，不定腦漿崩裂。破皮瘋不破皮瘋的，或許白操心了，作過法的棍棒，敢莫眞就不再是照葵桿子，邪門兒就邪在這上頭。這照葵桿子縱算挑那頂粗的，看似木鍁柄子那麼壯，可材料又脆又酥，空心兒裡盡是白棉團兒一般的瓤子，兩手打橫攥住，經不住照踣膝蓋兒上一磕，便一摧兩截兒。像這麼猛敲猛打了半天，沒見有哪根斷了，劈了。我父不能不信這個邪。撇開登科給他講的甚麼紅燈照、砂鍋罩、踏空術、封炮法、生火滅火咒兒，且都不去說它，單這親眼所見小小奇招兒，也就驚心義和拳不含糊，是有兩下子。

# 風水

華太平家傳

祖父東扯葫蘆西拉瓢，當作閑拉聒兒；那尤二爺過足煙癮，雲山霧罩，又猛吹猛侃；兩下一湊，我祖父總算套出一樁暗中官紳勾搭的不少行市。

原來縣裡黎太爺，到任不久，便由黃師爺出面，託付了地方上的鄉紳董事聯防，以行保境安民。但凡成起鄉勇，一經點驗屬實，滿三十名者賞哨官；滿百人者賞長夫。言明這成團放官，除非聯防相助，越鄉會剿匪徒；平時保安鄉里，概不移調外鄉或拉出縣境。這就無異拿人頭多寡以定捐官大小，首領及鄉勇家戶皆予蠲免錢糧，蹲在家裡爲官。如此大辦鄉勇，就算是守住清白，潔身自愛，不去作威作福，魚肉鄉民，可總是坐地一方，非比等閑。一般鄉紳董事，率多樂意從之。

說來也是這位新任黎太爺使弄權術，利誘鄉鎮有點頭臉的人物，搶著甘爲縣衙爪牙。可這位黃師爺官場老手，不著痕跡的暗自授意，不問原本爲紅槍會也罷，大刀會小刀會也罷，乃至不管甚麼幫會都成，只須有本事保境安民，一概不究既往。這般紳縉試以招募義和拳充當鄉勇，求教黃師爺是否可行，卻遭告誡：「義和拳也是提得的？就算你開起拳廠，看在撫台袁大人份兒上，你總不宜『謀身拙爲安蛇足，報國危曾捋虎鬚』，明目張膽搭台子玩兒罷你！……」

本來打了多年的捻子，所有紅槍會、大刀會、小刀會，也都受到連累，難以爲繼，逃的逃，散的散，眼睛放亮些的幫會，莫不讓官家招安，喫糧當軍了。因而說起民間起兵，還有個幫會甚麼的，差不多就只有這兩年才興起來的八卦拳，和這八卦拳分出來的這一支、那一派。眼前想要成起鄉勇，捨此義和拳，還眞別無可求。事後果驗得那位老滑頭黃師爺意在不言中的交代，待西鄉蔡家集開壇練功，縣上官差下去點驗，隨後就下官帖官印，放了辦拳廠的蔡某人一員長夫。打那便成了官家團勇，瞞省上不瞞縣下。恰恰撫台衙門也正通令各州縣就地籌辦綏境團練，保民安土，眞是時候。紳縉人等不能不歎服這位知縣太爺之善爲官，也推斷省上必定有人在內打點，以致才一上任，就在這大辦團練上頭，拔了各州縣頭籌。爲此，各鄉紳董事除了膽兒小怕事的、肉頭死眼子的、守財奴不肯爲地方花一文錢的，此外，沒有誰不是熱火火要辦團練的——明是公益鄰里，造福鄉梓，私下裡可不光是貪圖那一官半職——別看那長夫小不小的，比敘起官軍來也合一員管帶呢；有得這個地位，要緊還是跟縣衙門一下走得又近又親。掛上這麼個大鈎兒，不用花銷他衙門分文公帑，太爺反過來倒欠一筆情分；彼此幫撮，誰不靠誰呢？那就別說凡事多有仰仗、多有方便了。可這事兒也不是那麼一廂情願，還有下文。

閑拉聒兒裡，有一樁拉扯上風水的公案，挺惹我祖父打起興致。

也是那位受到衆鄉紳不知多少好處的黃師爺透出的口風，是說這位黎太爺善觀風水，到任後四處巡視，一眼就看出北關外的天主堂主剋城廂。那座足有六、七丈高的尖頂兒鐘樓，上豎個十字架，恰是一把尖刀抵住眞妙山龍脈咽喉，縣衙倚山臨水，倚的山叫尖刀抵住咽喉了，自也是極不利一縣之主。再還有北關內耶穌堂——本是廢棄的老考棚，給洋人強購了去盤用，裡頭不只造起一所洋教堂，還大興土木蓋了不少洋房，又是高小洋學堂、又是女子中等洋學堂、又是洋醫院，地勢全都高過縣衙。如此洋跟洋聲氣相通，恰與北關外天主堂裡應外合，又都位處縣衙正背後，隔斷眞妙山一路下來的靈氣，知縣太爺怎不如芒在背，寤寐難安！

餘外，如美孚洋油廠，樓高三層，城南地勢步步走低，就連不很打眼兒的外郭土圩子也都足以把它洋油廠給比了下去，這也罷了；可陽宅單巧講究的就是前滿後空——千家萬戶正堂無不朝陽，城郭大小南門也是正對離方，輪到要這洋油廠樓房高上去才是道理，偏又死狗攆不上牆，擇了個窪地起樓，豈不是有意拗著來，眞夠怎麼瞧怎麼不順眼。所幸總算前人經營縣城有些見識，以河堤爲地基的南圩牆，長達二里多不闢一門。只在東南、西南兩隅各開一皆非南向的小角門，這就順向得多，也便不必去計較洋油廠了。

再還有東城外，全城最熱鬧的東大街那所道生洋碱行，四層洋樓，猛過一溜東城牆兩堞子高，所幸尙未高出東城門樓，且是後門衝著城牆根，勉強還算不怎麼太犯沖，暫可放下不去理會——只是毛蟲爬腳面兒，不咬人也還是唬嗤人罷了。

太爺相過整個城廂，總括一句話，本縣風水盡遭洋人非傷即破了；不禁長嘆：洋人見官大一級，洋樓也都是高過民房官廳，乃至城樓、廟塔——像城東南那座奎星樓，三層寶塔也給道生洋碱行給比了下去。怎該事事物物人人盡比這些番邦洋鬼子矮上半截子？

撇開洋油廠、洋碱行不提——只是對付上頭有個緩急。北關外那所天主堂，先就風水上頭把全城給剋個死死的。又還不比北關裡耶穌堂，敞開大門由著敎民、病人、學生子進進出出，便是外四路啥樣閑人兒要進去也都不難，沒多少私密讓人猜疑。他天主堂那扇下邊帶輪兒大鐵門可整年整月莫不緊閉，不是望彌撒的敎民誰也進不去，誰知道那裡頭弄甚麼鬼！那座插天高的鐘樓，不定那上頭尖頂窗口直窺全城，衙門裡一動一靜全都一點兒不漏給瞧個盡。黃師爺只當是正事兒完了找點閑話說說，風水不風水的掩一點兒、露一點兒，沒怎麼明說，自也沒有若何吩咐。事後衆鄉紳董事集議，把黃師爺正話閑話前後一逗，縣太爺是個甚麼旨意，也就司馬昭之心，不難揣摩了。

爲這位黎太爺想，既恨洋人入骨，誓廢遠在北關外一、二里的天主堂不可，卻又諸般犯難——不問來文的，來武的，官家敢都出不得面，這倒誰都能體念；可總不宜這就全都推給地方罷，且又是個暗盤。地方上也不是沒能耐頂事兒，就這不可明來，只可暗去的手腕，縣裡未免太過滑頭，萬一事兒鬧大，誰頂？對付洋人，現成的義和拳，像這樣又怕省上的「死八條」，又不敢明讓地方上開壇，言下卻又透出拳廠可幹不可說那個味道，豈不出頭是他太爺的，砍頭盡歸小民了？

衆鄉紳董事經這麼一拼逗，一議論，便十有八九都打了退堂鼓。好在罷，你縣太爺既不願明來，拿不出明令壓人，又對衆家紳縉一無擔保，買不買賬那就由我了。

這檔子事兒說說也就四個月頭了，風傳東鄉西鄉都有多處壇口，他尤二爺起先也有些遲疑——說到這，尤二爺趕緊下了註腳：「俺可不是那般土肉頭裝孬，砍頭也不過碗口大的疤兒。要創就別怕，要怕就別創。俺這裡疑蹭是疑蹭的有沒能耐。不瞞你長老，舍下叫著十頃地，實秉實沒那麼多，上有老母親在，還有個寡嫂，承重孫大姪兒，這就三三分。要是分了家也罷了，任怎樣花銷，出在我那三頃來地裡。可總不成爲的練勇成團先分家，只好先跟家母寡嫂疏通，一回兩回疏不通，三回四回，末了也不知多少回，總算老母親點了頭，老嫂子也沒話講——各然也是命定罷還是緣緣湊巧，西瓜葫蘆秧子拉扯的親戚，搆上位八卦拳伏萬龍師父，這就水到渠成了……」

爲此，這個壇口起的晚，九九八十一天這才剛過一半兒單三天。他尤二爺可深以佔得地利自誇自得，人站到河涯頭上，便瞧見洋油廠一清二楚，三里路上倒有二里沙灰灘，一無水可涉，二無樹木家舍遮擋，功夫到了家，火丹一吐三、五里，衝那現鼻現眼兩座洋鬼鐵油倉鑽去，沾火就沒的救。再說天主堂，那可是縣太爺心腹之患，要廢天主堂鐘樓，也該數他尤二爺這三個小神團最得地利，打今兒再挨過三十來天，神功圓滿，黃河仍屬旱季，乘夜打乾河底子抄近路，直奔西北水門，連頭到尾不需一個時辰，即可逼近天主堂。如今晚兒，裡頭洋和尙逃走了，到時候未必回得來，沒的甚麼洋法術可抵擋，眞妙山上齊吐火丹，城廂內外一無驚擾，神不知鬼不覺就管叫它天主堂地塌土平，縣裡絲毫不擔一點兒風險，可就大功告成了。

尤二爺過足了大煙癮，呑雲吐霧可吹得熱鬧：「洋油廠、天主堂，弄不好捎上個道生碱店，一夜之間屌蛋精光，乾淨利落，漂漂亮亮。讓你長老說說，怕他縣太爺不賞個管帶——一名長夫，還帶俺爺們兒沒放眼裡，只恐他縣太爺也拿不出手罷！」

眞是吹牛吹得嗚嘟嘟響，可他尤二爺大把銀兩、大堆糧草丟進去，自有他正經和頂眞。吹是吹了些，拿當齋醮法螺又何嘗不是吹！

衝著對臉兒歪煙舖的我祖父這個耶穌教長老，大言滅洋，尤二爺敢是先有過交代：「一來，三歲小孩兒都曉得你華長老不是喫洋教的——那喫洋教的都叫洋教給使了，丟宗忘祖，敗壞孔孟，甘心做洋鬼子狗腿二毛子；唯獨你華長老使了洋教，不買洋賬，自家還開館傳燈孔孟。二來罷，你華府上遭到那樣子洋劫洋難，地地道道家破人亡，你華長老雖在洋教，俺說句配比的話，那也跟關老爺差不多，身在曹營，心存漢室，待機撥亂，打裡頭反出來。三來罷，那位黃師爺說的沒錯，耶穌堂跟縣衙門軋的是近鄰，到時節出了事兒，脫不了干係，丟官坐罪伍的，哪還有俺好果子喫？……」

儘管這位尤二爺自以為是，甚麼使了洋教、甚麼打裡頭反出來——那豈不成幹了奸細，臥洋人的底了？我祖父只是笑迷迷的不以為意，也未置然否。倒是從那風水不風水的閑談裡，看透了這位小財主眞眞心跡。

從縣上黎太爺的風水，尤二爺也順口提到他尤府祖陵也曾請人看過。那是年前有位南蠻子地理先生，路過城裡，因緣湊巧經人引薦，也便請來鄉下看看，陽宅是說平平，不料陰宅佳城，竟斷他尤氏祖塋與諡封文正公的曾滌生老大人家的龍脈相若。尤二爺說來頗有幾分得色，卻又力言不曾在意這事，討個吉祥罷了，哪就當眞？

可眞人面前休說假話，如何瞞得過我祖父？他曾文正公固屬編練鄉勇起家，以至創立湘軍，剿平長毛兒，封侯諡公，卻怎說人家也是進士出身，官至吏部侍郎，丁憂居鄉，始奉朝旨練勇，你尤老二憑的甚麼？——效法先賢固屬其志可嘉，可斷不是這樣子耽溺風水迷信。再說那位曾老大人，道德文章名震咸同兩朝，又哪裡是靠甚麼祖墳進身宦途，終為社稷重臣？況那個甚麼南蠻子地理先生，不定是個江湖郎中，湖南多山，這尙佐縣地一片平洋，兩下裡山水大異，哪裡好拉扯到一塊兒來般比？拿「坤峰卓拔旂旄樣，男為將軍女帥府」十四字批言，欺得這位鄉愚無知土財主暈頭轉向，眞是貪財造孽！不過，不定這位尤二爺也早存大志，不覺間透了口風，那江湖郎中順著大腿摸卵子，敢是要投其所好，以這句堪輿口訣來逢迎，可眞給他尤二爺架了勢兒。

當下我祖父還是一臉喜氣，給這位日後勢將以鄉勇管帶起家的尤二爺先道了喜，接著試上一試：「提起這堪輿相地，不才倒也略通一二，縣城風水未必盡如咱們這位黎太爺所見，破法兒也未必高明，況那——」果然這尤二爺眞熱這一套，歪著歪著撅拉一下坐起來，一臉喜色說：「你華長老眞眞的博學！有你這位高人在，早晚罷，就和長老有空兒，給俺祖陵看看。高人掌眼兒，看那個弄去俺二十兩銀子的地理先生準不準，值不值得。」

我祖父心想，你既喫這一套，就生得出點子。遂謙讓說：「咱這是野狐禪一個，你二爺不嫌棄的話，改天一定效命。」便又接上先前話頭：「咱們這位父母老大人，地理敢是個通家，只是時務上欠把火候，首先罷，就不明白這天主堂跟耶穌堂，非但合不來，根本就水火不相容，哪裡還甚麼聲氣相通？依耶穌堂看來，說句難聽的話，巴不得他天主堂給毀掉——儘管屬你二爺說的，我這個『使洋教的』，打根底兒就看不中這兩教幹嗎深仇似海，作鬩牆之鬥。起因是他們西洋人不合，咱們信教就信教，信的又都是皇天上帝，幹嗎要夾進他們洋人恩怨裡去淌那攤渾水？咱們是到得西漢也還甚麼教都沒有，也不用甚麼教，免得都是上帝子民，分出你我，彼此外氣了。可往後佛教也來，耶穌教——唐太宗李世民時叫做景教，還有袄教、回教，接二連三都來了，咱們自己也弄出個道教。儘管各教互不相容，總還是咱們中國人打古到今，厚厚道道，三教九流來者不拒，也看得最淸楚明白，教嘛，都好都好，教人做好人，教人行好事，何必你反兒我，我反兒你！咱們黎太爺那麼不明白，就是這一點。」

講起怎麼破法兒，我祖父笑說：「哪用勞動縣太爺那麼費盡心機！就算城外天主堂跟城裡耶穌堂互通聲氣，裡應外合，封死北門不就截了？況那北門本就是凶關，主尅縣令。天主堂位在艮方，艮爲山，平地且要立座高塔鎮一鎮北關才是，怎說天主堂鐘樓妨到縣衙？如今果眞把那座鐘樓給廢了，只怕首當其衝的倒是這位黎太爺——丟紗帽還算輕的，重的那就不必說了。念在令戚李府是舍下大恩人，你尤二爺可得恕我這樣子直言……」

那之後，到閏八月間，縣衙將北關封上，不單鐵打的城門上閂又上了鐵槓，貼城裡這邊門洞磚砌到頂。打那便只有繞道東西城門出入。儘管弄不清、也不曾打聽是否我祖父尤府這一夕之談，終至傳到縣太爺那兒，發覺北關果然大凶，至有此舉；不過我祖父也還是爲這個害得多少城內城外居民大不便而感歉然，提起來就不免自嘲：「一言喪關，可不愼乎！」終我祖父一生，這北關未再開啓，要到民國二十六年春，我大哥一位少時反日死黨主縣政，上任之後，一爲便民，二爲破除迷信，三爲時局日緊，斷定與東洋日本終將難辭一戰，屆時防空疏散，勢必城廂多闢生路，方始重啓封閉三十八個年頭的這座北關。只是抗日戰火隨即波及小城，十二架日機一日內輪番轟炸，生命財產廣受重創，縣民倒又怪罪起這位縣長觸犯凶煞，貽禍百姓遭此大劫。

此是後話，暫且慢表。再說我祖父究竟爲何要有這一趟夜訪老城集上的尤府。

起頭也是多方拍湊上了。先是尤府老奶奶爲兒子毀家練勇，愈來愈弄成個無底洞，且不說多少家業賠將進去——老奶奶一直蒙在鼓裡，不知厲害，一旦得知開壇練神拳原來觸犯朝廷王法，身家性命都要貼進去，就別說有多焦心破膽。奈何兒大不由娘，規勸也規勸過了，咒罵也咒罵過了，掉淚苦求也都沒法兒叫兒子回心轉意，便只好找到一向為人排難解紛無有不成的李府二老爹這位表親拿個主意，出面阻止。李府二老爹衡量這事難辦，找到我祖父從商。李府二老爹當笑話說：「尤家老表舅母也算信得過俺，才找上門來求救；也是病急亂投醫罷，顧不得走漏出去惹禍招災了。事兒本也容易，依袁大人『殺頭八條兒』，給省裡一舉發，就足可把事兒放倒，人給抓去砍頭，家產充公，俺這告密的還可得撈個充公家產一半兒，何樂不為！要不罷，讓給你長老去舉發，一事兩夠兒，滅洋滅洋，叫他自家先滅；再還又分他個幾頃地，夠俺大侄子種的——橫豎你長老外鄉人罷，不沾親，不帶故，怕連一面也沒見過，啥顧礙也沒有。再就是你不滅神團，神團滅你。啊？于情于理都說得過去不是嗎，俺的個長老？」

說得兩人都拍手打巴掌的笑開了。

這敢是祖父意想不到，求之不得的機緣——當然不是這當作笑話說說的告密舉發。教會自從所有的洋人一走，又對外面種種光景無知，便張皇失措不可終日。衆長老、執事、教友，皆一力催促我祖父，憑他人頭兒熟，援去年往例，去跟衙門交道，速速索要兵勇護衛醫院、學堂、禮拜堂，以便吃緊起來，教友躲進去避難。有的可對這沒指望——衙門只買洋人的賬不是？早已把兒女，甚至家眷、細軟，送去省城、青島、煙台、或江南大城市，反正有親投親，無親奔友，避避風頭。

依我祖父權衡，此番變故不過是洋人在那兒猛喫緊，實情沒到那一步——卜老牧師臨走也說，各國紛紛召回屬民，固然是甩給大清朝廷一點顏色看看，實裡也還是領事館對內地種種實情不明。照這位人情達練的老洋人看法兒，也與我祖父挺有同感，可怕的應是去秋巡撫毓賢主政時那樣全省鬧神拳。如今不問袁撫台的「八條殺戒」能否把義和拳整個兒壓下去，連根兒拔掉，到底剩下的有限幾處拳廠也還是化官爲私，化明爲暗，不敢公然招兵買馬，鋪壇練功。地方官也有省令壓在身上，不出事兒還則罷了，一旦出事兒也必連坐重罪。

祖父心存這個底子，內裡也實在多了。跟教會歷陳了得失利害，教會不受，便也樂得不再聞問這檔子事兒。本來這位黎太爺據悉與我祖父同科同年鄉試中舉，又都是同試于京師北闈，黎氏不過大挑得中，以知縣任用。若敘年誼，至親不過，不是不可求見請命，比跟上一任的知縣還說得上話。今既無須求告，他太爺又避不傳見，也便不去涉嫌巴結攀附，免欠份兒人情。

李府二老爹本意打算跟我祖父討討主意，祖父喜出望外有這個頭緒讓他弄懂一些義和拳內情，敢是熱心得很。可真正要爲李府這門親戚便是清官也難斷的家務事，謀求個避凶趨吉、家和人安之道，單憑尤府老舅奶奶吐的一肚子苦水，很難想出個法子來。祖父便跟李府二老爹提出不是主意的個主意，先打做兒子的尤二爺這邊聽聽根由——要緊還是想要兒子一方罷手不是？總不好對他這一方存心如何全不知情，就插進一腳去排解或者阻止不是？想要跟這位尤二爺碰面談談，還不宜他二老爹出面——他二老爹一出面，不是站在做娘的一頭，也是站在做娘的一頭了；想要摸清那位老表心事，也只怕得不到實情實話。這樣就不如讓我祖父藉故去拜訪，套話摸底，方便許多。但等弄清楚了他尤老二心意，那時再商量怎麼去對付，再由他二老爹出面也不遲。比方說萬一那位尤二爺執意不肯罷手拳廠，爲尤府老舅奶奶婆媳老小身家性命著想，出個下策，約上三老四少幫忙分家分產，各立門戶，出了事兒彼此無干，人也保住大半，家產也保住六、七成，雖下策也不失爲中策了。

李府二老爹沒加思慮，便極口誇讚是個上策。

從商既定，二老爹便著二房嗣義先一步上城，買兩拜盒茶食果子，到尤府上會知一聲，藉故我祖父想在集上開館前來討教拜會，一面私底下稟知表舅奶奶，串通好了裝作不知我祖父受託探聽拳廠內情，只當兒子這邊來客招呼即可，以免兒子見疑。

我祖父可沒有以說客自居，拍胸脯管保如何如何；本來也就只是爲的刺探一下尤二爺的心事，卻不料打這風水不風水上頭，掐住了蛇頭七寸，這就有得點子可出。清清楚楚的天助，不禁心中高聲感謝讚美上主。

祖父據實點破了縣裡黎太爺斷的風水，分明已叫尤二爺不禁動容，想必也動了心性。可那遠遠不足，爲這開壇練勇投進那麼多心血、銀錢、糧草，善財難捨，哪就輕易放手？打鐵趁熱，臨告辭時，二人都掏出了懷錶一看，都已小半夜十點一刻，便相約日子，上他尤府陵地看看陰宅祖塋，查驗一下那位南蠻子地理先生相的陰陽如何，看是眞本事還是江湖。

祖父回來，緊趕緊抱住兩本堪輿經翻了一遍，又偷偷趕去尤府陵地走了走。打周易衍生出來的堪輿這門學問，正經讀書人忙科舉趕考之不及，哪閑工夫碰這玩意。我祖父雖則是個讀書人，並無意仕途。二十歲時，納貲一百零八兩規銀，捐得一名監生，取到京官和地方官文結、地鄰甘結、同考互結，遠赴北京，于順天鄉試北闈奉天籍夾字號，得中乙酉正科舉人，卻也只爲不負父祖蔭佑，寡母養育，業師教誨，取個七品榮耀，不大不小功名報恩而已，便也到此爲止——親歷「三場辛苦磨成鬼，兩字功名誤煞人」之痛，也是無意再求甚麼會試之因，于是更與三科不第，六年一選的舉人大挑放官也就此無緣。打那往後樂得做個舉人少老爺，家居逍遙，遊樂之餘，閑書倒是翻閱不少，堪輿之學也曾涉獵，一度並曾熱中，深信其眞其驗，唯是悟得「盜天之術」與「以德通天」——基督教的「以信合天」，便只玩習玩習，不當甚麼信靠，想不到今天倒派上用場。手上的「龍經三卷」、「入地眼」刻本，也是閑逛城上教場，無意中估書堆裡翻到，順手買下，還不曾一閱，這也竟然有了用。如此愈覺上主巨細皆早有預備，也愈好一無顧礙，放手去做了。

此外又還有一巧，祖父攜去羅盤，偷偷看過尤府祖陵，以便回來從容翻書尋案，仔細琢磨——究竟不比行家老手，一肚子口訣爛熟。若不先蹓這一趟，到時候一陣兒勘察，一陣兒查書，先就叫人信他不過了。

量過位向記下，再在附近走走看看地脈，不意右首百步之外見一孟氏祖陵，黑森森的松林，佔地較尤府者小了些，柏樹卻古得多，而主墳位向似甚相近；經羅盤拉線一量，位向竟僅兩三分之差，不啻盡同。再細看那三座墓碑，三世墓碑上孝子署名「孟廣鑫」，一見即似曾相識——至少總挺耳熟。回來一問李府二老爹，正就是那位獨造黃河上五孔青石拱橋，以蓄謀造反之罪下牢的孟石匠。

五孔大橋的來歷，祖父只聽人約略的說過，李府二老爹所知甚詳，就手給我祖父講了個清楚。

這個孟家本靠做石匠起家，多少代相傳下來，成了遠近知名的孟大戶。儘管單靠百頃良田——合上萬畝，就已夠得上全縣數一數二的首富之家，可到得這孟廣鑫，也還是以石匠為業。說好罷，算是不忘本；再者，石匠幹到他孟家這麼興旺，單是石匠師傅就養上十幾二十口，夥計八九十，也敢是輕意放不下手；只不過他孟廣鑫這一輩子起，就已不拿破石的鏨子榔頭罷了。

單憑養得起那麼多師傅夥計，不說日進斗金嘛，日進斗銀可一定走不掉。千變萬變不離一個石頭，卻千變萬變的買賣兒就多了，家家戶戶少不得日常使喚的石磨、石磨盤、石碾子、石碓窩、石杵榔頭、石滾子、石磟碡、石井口、石井台、石牲口槽、石臼子、石研窩兒……還有那石門樓、石門楣、石門台、石門磴、石鼓墩子、石獅子、上馬石、石廊柱、石牌坊、石地界、石碑石龜、石供台——石瓶、石香爐、石燭台……數起來沒個完兒，早晚遇上修橋、鋪路、蓋廟、築廨等等，就更加幹起積年累月的大活兒。雖說石器傢什、營造材料，無不是一用幾百年的子孫貨，日常添置沒有多少，可一集一鎮一城所需不多，一縣一州一府俱來光顧他這遠近揚名的良工孟石匠，那可就無計其數了。

家道眞就是發旺到無邊無際、無可如何的地步，便合該有怪要作了——總也是天道無親、天道好還罷，所謂否極泰來，泰極否來；若不然，淨讓他孟石匠一家只盛不衰，只發不敗，財富都聚斂到他那裡，還有別人家的好日子過麼？——他孟廣鑫倒不是甚麼為富不仁，財勢欺壓善良的惡霸人家；仗義疏財，熱心公益，也是時有所聞；可單憑那月月放利、年年置地的發下去，高利肥田盡落他孟家門下，久而久之還是可畏可憂。

說來這好有三十年了，那孟廣鑫據傳是聽了哪位高人指點，斷他有九五之尊的眞龍天子之命，大淸朝廷氣數將盡，正是民間起兵千載難逢之機。不知怎麼給一煽火、一啜哄，竟然定意要造反起來。說甚麼以他河西白虎，必降河東靑龍，宜于秋日起兵。那位高人攛走重金，去爲他這位眞龍天子求才訪賢，招募天下豪傑，相約三年大橋造成，必有將相賢才領兵掩至，過河殺進縣城，一路打到北京，大事可成，王業可就，天下可得。

那孟廣鑫雖念過幾年書，卻是個沒頭腦的人，仗著財大氣粗，一下子迷上這謀反大事。想想也是道理，白虎興于秋，秋日則黃河必發大水，兵馬千萬總不可指望擺渡過河，遂依高人指點，拿出看家本領，先造石橋。

河寬約莫三里，全憑靑石造上這麼一座長橋，憑他萬貫家私，怕還眞難。幾經籌算，不得不打通關節──仗著財勢，修橋鋪路又是大善行，不難得到知縣太爺點頭，商定由他孟家獨造半里長石橋。兩頭塡土築路，東接外郭西圩門，西連西岸老河堤，統由縣衙徵用民伕，就河底取土築之。

這座至今快上三十年的靑石五孔大拱橋，容得兩掛雙拉大牛車挨肩併行那麼寬，橋高兩丈有餘，橋長沒有半里也該五六十丈遠。如此一座大橋，單靠民家獨力興造，可也算世間少有。再說，此地方圓百里內，有限幾處丘陵也盡是土山，須至百二十里外的官山拖來這大塊大塊靑滑石，單這材料搬運就很不得了──那橋面、橋基、橋孔內平底，動不動都是六、七尺長，二、三尺寬厚的巨石，打磨像鏡面兒一樣，好樣大車也只拖載個六、七方。憑此不難想見那位定意造反，要坐龍墩的孟石匠，眞是出了無大不大的錢財氣力在這座大橋上。

搶了兩個大半年的旱季，才將橋基橋墩立定，再一個大半年方始大功告成。石橋兩頭一通城上，一通西鄉的通道，恰似橫穿河身的長堤，由縣衙徵來城內和西鄉民伕動手，倒是頭一年即告完工。老天也挺架勢兒，一連三年，入秋漲水還是漲了，沒發大水就流沖不到甚麼。大路兩旁栽的柳行，兩三年就已成蔭，一片上好風光，更是小城一樁大事。

只是大橋竣工通行車馬之日，鞭爆聲裡，豬頭三牲大供未撤，孟廣鑫披彩掛紅一身榮耀尚自琳琅耀眼，卻風雲陡變，當場五花大綁，押進縣衙，就此下進大牢。

光是大橋還未興工，那孟廣鑫便已先自禮聘了幾位拳腳師傅，教習夥計家丁練功，那倒還算平常。等到另又招募鄉勇成起團練，雖曾跟縣衙報備，終因私買大批火鎗惹眼兒，叫人見疑，也犯了大忌。依這大橋竣工才抓人的路道看來，無人不疑猜官家早就在他孟家藏人臥底，不然沒那麼清楚，也掐準了正是時候——那樣子趁著孟家師傅、夥計、家丁、鎗勇，全都手無寸鐵，齊聚到大橋上慶功，祭告天地之際，縣太爺隨身二十幾名護衛俱攜快鎗，一小隊馬快變服夾在百姓裡，旗號一展，也都打太爺綠呢大轎內取出快鎗，大橋兩頭一攔，直堵個死。老城集孟家老窩，官軍也預先埋伏，圍個水洩不通，但聞河上鎗響，把個老窩兒兜底給端了，地窖子裡、炮樓裡、夾皮牆裡，上天下地抄個乾淨，起出刀械火鎗、彈丸鎗藥，少說也夠成起一標人馬。

造反這滔天大罪，除掉砍頭，沒二話可說——鬧不好要五馬分屍，再不就是凌遲萬剮，外帶滅九族。只是他孟大戶究非等閑，縱然家舍田畝悉數查抄充公；家私浮產也都經不住官家掘地三尺，刮個乾淨；大石材敢是沒人動，動不了，動了走也沒大用，所存現貨石琢傢什可就誰搶聽任誰搶了。縱然那樣無異洗劫一空，但那祠堂公產盡是他孟廣鑫獨家捐獻，錢莊蓄存的銀兩，外頭各方放利的借貸，都不是官家管得了的，可都爲數不少。孟家平日待人尙不算刻薄，人緣也還不賴——要打天下罷，敢是懂得諸處皆須要買人心；他孟廣鑫人在牢裡，傳出話來還是自有他的力道，又是個心上錢財賬目細大不遺的奇才，慨允並擔保皆跟官家不供不咬所有底細，私下傳出一帖單子，明列掌管或積欠那些錢財的百餘人頭，指名誰、誰挺出多少銀兩——只約合欠債一兩成而已；並指引如何打點衙門上下內外，那餘下的不問是銀是鈔、是租是貸、是典是藏，一筆勾銷，悉數捨了。

那百餘人頭無非都是遠近族人、親朋好友、鄰里街坊，正自害怕株連，不料卻得這等好事兒，歡天喜地自不必說——可也還是有憑良心、有不憑良心又不怕事兒的，侵吞的侵吞、分贓的分贓、趁火打劫的趁火打劫。饒是這樣，齊打夥兒湊了零頭，足夠把衙門裡層層關節打通。末了這孟廣鑫以姑念造橋功德澤及鄉縣，造反僅及謀算，未克遂行，判一個夫妻終身監禁。倒是拳腳師傅人等問斬了五名。如今那孟廣鑫猶自坐牢，使錢使到盡頭，大牢裡單單隔出個別院兒，夫婦竟在裡頭生兒育女，過起家常日子，算算也就三十年了。成年的兒女出來本靠四十畝陵地過活，卻也有在城裡拾起生意來的。大難不死，未必都有後福，可落得這樣子既保住了性命，還又子孫綿延，人人都說，別管怎樣，修橋鋪路到底還是積了大功厚德。

李府二老爹才一告知那墓碑上的孝男孟廣鑫即就是那個造橋造反的孟石匠，我祖父便拊掌大笑，喜道：「妙！妙！這可又是天助我也。」

黃河上那座壯偉的五孔青石大橋，祖父略聞過一些來歷，只覺天下哪有那等荒唐的蠢物蠢事，因不可信也就沒去在意。現經十來歲年幼時親眼所見大橋完工盛事，並孟石匠一干人等當場捉走，又凡事磁實可信的這位李府二老爹一番細說當年，愈聽愈像在給那位尤二爺推算八字。回過來再參照尤、孟兩家祖陵風水類同，看來自尚書所載周公營洛以後，三千年代代卓有偉猷的堪輿這門學問倒有多精準。

約定的日子，老城集尤府上差一頂轎子來接，我祖父推說看完地尚須進城一趟，還是騎自家麥花小叫驢去了。

天氣熱得可以，陵地遠看是一片黑森森的松林，走進去卻並不遮涼，柏樹總是枝葉齊向上長，蔽蔭不大；尤府陵地扁柏又且三十年不到，樹幹僅僅碗口粗細。當午烈日直下，密植的松林徒然擋風，別說有多悶燥。我祖父身著離皮離肉的蔴布褲褂，拿起羅盤拉線定向，走來走去，早就前後心兒全都汗濕貼身。那尤府小二房登科，手持墨盒紙筆，跟前跟後一一記下我祖父報出的位向盤度，也是揮汗如雨。尤二爺則緊隨一旁軋夥兒打扇，一面招呼夥計遞茶遞涼手巾，口口聲聲道著罪過，自個兒也是熱得夠嗆的。

兩座合葬主墳一一量畢，我祖父也不言吉凶，立在邊口兒樹下歇涼抹汗，邊拿平頂麥稭硬草帽搧涼兒，邊四下裡皺眼張望。指指百步外那片松林，問是誰家陵地。沒等涼快過來，我祖父把盤在頭頂的辮子整了整，戴上草帽，故作不大在意那是誰家陵地，說要走去看看，比對比對，遂領尤府主僕四人，也不擇路，穿過半人深的高粱、玉米田，對直走去。

孟家雖已敗落，照常人看來，七七四十九株二盆子粗細的老柏，氣勢還是不賴。可羅盤擺下來，打線一量那主墳，我祖父報出的位向盤度，尤家登科少爺記著記著就傻了，連呼一樣一樣，一面稱奇。

那尤二爺見兒子大驚小怪，不禁神色有些不對，沉不住氣的挨近來，看看羅盤，又看看二兒子手上摺子記的甚麼天干地支，懂是不懂，卻也覺出不妙。

這河西一帶人家陵地，相沿成習，盡都一本粗略一個位向，「頭枕眞妙山，腳蹬黃河灘」，少有請來陰陽先生看地，便逕自定向安葬，倒是一派樂天知命不作強求的泱泱民風。卻奇在這尤、孟二姓祖陵與衆鄉民幾近相反，同是亥卯未局，不是一位風水先生、也是一門師徒看的地。由是也可斷知財富之家才在這上頭講究，富而求貴，貪圖撈個發塚。可這亥卯未局，不過小康，不管這是風水先生道行不足還是居何存心，總是天道無親，常與善人，非與富人；若其不然，豈不富者恆富，貧者固貧！

兩家祖陵，一樣的俱是未山丑向，老黃河打西北往東橫走陵前，左水倒右。不是大地，卻也丑向最宜卯亥二水朝堂，算是一塊小小福地；不過要說甚麼官運、甚至王運，那就是江湖郎中唬人了。

起先我祖父在家，拿這兩家祖陵實地依理摳算，見出兩處陰宅相共一條辰戌線，這平洋之地一無起落，水向一變未變，不用細算也斷得同屬一局，不覺愣上一愣。如此一方小小福地，就算是像尤家老二那樣，憑此癡心求官，至多不過破財求不得官罷了，何至于犯到孟廣鑫那般大凶！百思不解，贸然間靈光一閃，方始想到「太歲不可向」，趕緊查查黃曆，果不其然，孟石匠何年造橋，何年竣工，一一落在大凶。喜的又是今年歲次庚子，前亥後丑，與孟家當年巧合得不能再巧，不怕他尤二爺不大徹大悟，懸崖勒馬，叫他尤府逃過一劫。

眼見這尤家爺兒倆惶惶怔怔，倆夥計也跟著木然一旁，我祖父忙笑笑說：「都是小福地，都好，倒跟那位南蠻子地理先生看的山向出入很大。咱們坐下來歇歇，消消停停兒拉拉。這家松林比府上的遮蔭，涼快些……」

陵地上栽的其實都是柏樹，大夥兒卻稱松林。這也有道理，緣因當地人沒柏樹這個詞兒，把葉子像給壓平了的柏樹喚作扁松，把松樹喚作針松。實則除掉葉形各異，所有樹幹、樹皮、林相、氣味、木料、長青耐寒、柏樹也流松香，兩者不放到一塊兒，還眞比不出有何分別。

祖父和尤二爺各自坐到碑前石案、石凳上，喫菸喝炒麥茶。倆夥計找棵樹根兒靠上去蹲地。那尤登科年輕喜動，騎上背馱石碑的石龜脖頸，兩腳懸空吊著盪盪。我祖父少不得裝作不知孟家如何如何，就近拍拍那石龜腦袋說：「這可是個小有功名人家罷——『螭首龜趺』，五品以上的官爺呢！」尤二爺笑道：「官兒?他孟家連個芝蔴綠豆官兒也沒出過一個。原來這上頭有講究?俺可只曉得『烏龜馱石碑』，以爲烏龜最經得住壓——巴掌那麼大的小烏龜，兩百斤沉的大漢站上去也休想踩垮可是?」我祖父把龍生九子之說講了講，指這馱碑之物並非烏龜，應喚霸下，又稱贔屓，無非多扯些閑話，故作不以這孟家爲意。及至聽說這是個石匠家的祖陵，子孫有的是上好石材、上好手藝，敢是樂意怎麼鑿、怎麼刻，由他隨心所欲。我祖父卻大不以爲然，衝那石碑厲色斥道：「那可不成，仗著自家勒石方便，不惜僭越禮法葬律，亂了綱紀，妄自封官，也虧官家一直沒有查察——其實也是官家失禮枉法罷。這碑有多少年了?——」說著待要勾頭去看立碑年月，先就發現碑臂這一側記有更碑歲次丁丑，光緒三年，算算倒有二十三四年了。

當下尤二爺沉不住氣，講起孟石匠造橋造反大案，又領我父繞到三世墓那裡，指出孝子孟廣鑫名民，說到此人現下仍在縣衙牢裡……我祖父不待尤二爺講個完全，忙說：「這我略知一二，沒想到這就是孟石匠他家祖墳。可這不大對路，斷不是凶險之地，山向也不犯煞……」遂將尤登科小二少爺手上所記摺子借來，反覆查閱，一面尋思。

那尤二爺一旁等不及的說：「將才一聽兩家祖墳一樣風水，可把俺嚇死了，這可……」祖父一心求解，只擺擺手回應尤二爺，那意思像是說「不妨事兒、不妨事兒」，又像要尤二爺先別打攪，且等求解。

打這裡往北偏西看去，也就是羅盤上的亥向，遙見黃河上那座五孔大橋。橋南貼近橋墩是口深潭，春旱遇上河底盡都乾枯朝天，唯獨這口佔地七、八畝大的深潭仍自清灩灩一泓碧澄，西城用水也便只有此處可取，婦人家也多來此齋齋大件兒被面褥單，擣衣振響橋孔回聲，空明似敲打金石。相去三、四里，孟家祖陵這裡，好像也聽得那多少棒槌此起彼落的擣衣聲；那一口深潭波光，也像明晃晃盪到眼底上來。

祖父看看手上摺子，看看左自城廂，右至戈壁一般的黃沙河灘，突有所悟，反手拍拍摺子笑說：「有了有了，毛病不在地下，倒在天上。」因與尤二爺求教了孟石匠造橋年月，把天時逗弄個對上榫頭，遂向這尤氏父子說說道理。

這亥卯未局是陰宅丑向，丑納于兌，兌屬金，正西之卦。水從亥向發源，走卯歸海。一發源，一收藏，點滴不漏。由此引出口訣來，我祖父把摺子還給尤登科，囑他記下：

「丑向震水旺丁財，庫守田莊最樂懷。

出入盡是田舍郎，若想衣冠何處來？」

這可好似對準了尤二爺說中了。

只是這孟石匠爲何犯上了凶煞，我祖父引用周易的「吉凶生于動」：「劉伯溫的堪輿要言也說：『太歲不可向』，所謂：『太歲爲一年之尊，不可沖犯。凶方宜靜，不動不作禍。』這也就是『時之爲用大矣哉』的道理。」

祖父深知世人識得易經者微乎其微，提起劉伯溫或劉伯溫燒餅歌，便是村夫村婦也無人不知，無人不曉。但凡劉伯溫怎麼說，也無人不信其靈驗，尤家這爺兒倆自是豎直了耳朵恭聽。

我祖父指東指西講給這父子二人去認，大橋是打光緒元年興工，是年太歲乙亥，大橋正置孟家祖陵亥方，動在凶方自必當凶；況且又是大興土石，幾百民伕塡路，幾十師徒築橋。修橋鋪路本當是大善積德，卻也抵消不得凶方大動則大凶。這還不止，主墓前五品官的龜趺，他石匠行業難道不知？明知故犯，豈不罪加一等！這一年又逢丁丑太歲，碑在丑向，不動無事，反可鎭煞；偏生又改豎越禮新碑，再度凶方沖犯，安得不火上加油，傾家蕩產，一干家小打進大牢！眞可說是神差鬼使，勢非大凶不可。

解理到此，祖父笑慰這對父子，地利一同，天時有異，君子知時運，識時務，善用時令，也便一秉人和，趨吉避凶了。

尤二爺不語，倒是他跟前小二爺人生得聰明靈利，約莫也比乃父多念些書，眨眨眼工夫，心上就有了成算，遂道：「俺大，這眞多虧長老大爺掌眼，不的話，多懸吶！」因又跟我祖父討教：「去年太歲己亥，明年辛丑，俺家祖墳是不是也正碰上坐煞？」

祖父狠狠誇獎了這小二爺了不得的聰明才智，既而順水推舟，就此落案，指出他尤府陰宅去年亥向，明年丑向，俱犯太歲，與孟家當年盡同。「兩煞夾一冬，四季不太平」，因之這夾在當中的庚子年，也還是沖煞，且屬凶方凶向雙犯，兩不可動。太歲方向既然宜靜不宜動，要靜就要安分守己度日，方可萬無一失。說到動，不止是不可動工、動土石，人事也不宜有甚麼興替更改。哪怕動個響兒，比如鞭爆、鑼鼓、起火、燒紙，鎗炮更不必說。

祖父急于進城，雖到飯時兒，尤二爺怎樣苦留不住。臨上驢了，祖父不能不假慈悲一番，私問一聲：「這麼一來，咱們神團這可是甚麼……」尤二爺儘管一直有些苦苦著臉，快快的打不起勁——不知是否煙癮上來了，還是感念的陪上笑臉，連稱：「再說、再說，不勞長老掛懷，俺會小心仔細，再說了……」

# 西南雨

華太平家傳

我父扛起鋤頭，就打樹底下急忙走回棒子地裡去。

背後嗣仁笑吟吟的還在叶呼：「話不是才半不落兒嗎，聽俺說全和啐……」

樹下歇午兒工夫，半醒半迷糊，嗣仁精神得很，直跟我父窮扯蛋，扯兒扯的就扯起沈家大美。要是有一半正經也罷了，我父靠在棵老榆幹上，還想再迷盹一會兒，合眼兒由他嚼舌頭，可越聽越不像話，說甚麼叫他家裡的跟大美說合說合，連牀讓出來都行，慷慨得夠意思了……這嗣仁白白頂個排行老大，鬼裡鬼氣沒一點老大樣子。聽著聽著，碎嘴子碎到下作個地步，「洗腳盆兒都給你倆對上水擱那亥兒，周到罷？」也都虧他個大男漢子出得了口。我父閉得上眼可閉不上耳朵，待委實聽不入耳，裝睡也裝不像了，只好爬起來，回地裡幹活兒去。

蘆篾新斗篷還掛在那邊樹上，再回去拿又得跟嗣仁臉碰臉，好在天陰得挺沉，不用斗篷也行。

嗣仁見我父頭也不回，就喊他收活兒：「大雨下定了——雨前栽秧雨後鋤，鋤也是白罷白！」

耳旁已聽到天邊兒悶悶的沉雷，到了地裡四望沒遮攔，才見到西南上鏂子底兒一般黑雲，一場大雨怕真憋不住了。

嗣仁說的倒是真話，趁雨前栽地瓜秧子，栽一根活一根，栽百根活百根。像這鋤四遍，一是鋤草，二是補補三遍培的土。待會果若來場大雨，連根兒淸掉的野草，趁勢兒可又紮回了根兒，培到棒子根兒四周的土垃，定又給雨水連打帶沖給散掉。整上午鋤過的十來畝地，那算白幹——正就是嗣仁說的土話「白罷白」。

莊稼人會說，老天爺難當，大旱十年，一旦下雨，還是有人怨。莊稼人一肚子老閱歷，「有錢難買五月旱，六月連陰喫飽飯」，麥口收麥打麥要好天。麥口早過了，地要雨了，可這場雨一來，哥倆兒白淌了一上半天汗，出了一上半天力——早就燥雨了，近晌午時越發悶熱，簡直個兒汗都把人淌得虛虛的，末了落個白罷白。

眼看颼颼小風兒搖起青苗子颯颯響，俗話是說「風來到，雨來速」，起的是東北風，催的是西南雨，就靠這「頂風雨，順風船」，來斷哪一方起老雲，上不上得到頭上來。人是憑老閱歷，代代相傳；可那喜鵲比人還靈，窩門朝西南，眼看天都黑下來了，今年這頭場大雨可不就給牠算準了？比人還行；人得靠一代代閱歷，編成多少順口俗語，一代代傳下來，碰巧兒不定都準。

我父沒打算這就聽嗣仁的，可也有點兒疑思，棒子地裡走走停下來，回頭瞧過去，一叢叢遮住莊子的黑葱葱樹行、樹林，風大起來，打遠到近大事翻騰，路上也一旋一旋的揚起黃沙。那頂新斗篷，帶子鉤在一棵小麥楡斷枝小橛子上，給風攪和得直打滴溜轉兒，像隻尾巴嫌輕了的風箏，打圈圈兒猛撞頭。

新斗篷是立夏那天買的，襯圈兒、襻帶兒，都得自家加上去。要圖耐久些，六個角兒和尖頂都易磨散，頂好拿零碎布頭給蒙個邊兒，粗針大線縫縫，便牢靠多了。那沈家大美倒用的是出過蠶蛾的繭子替代布頭，敢是分外堅實。眼看還沒戴夠一個月的新斗篷，上面又有大美姑娘千針萬線縫進去的情意，風裡跟樹幹亂撞亂砍，瞧看挺叫人心疼。不管收不收活兒，先把斗篷護住是眞的。

雨一下下來，雨點打在硬地上足有銅子兒大，沙土地上像從地底下冒上來的一股股小黃煙。

兩人猷在樹底下，雨點打斜裡哆得人還沒處閃，使壞的狠勁兒打在斗篷上，可又只撒了一把，遂又停了，眞逗。雨打斗篷，跟耳根貼太近，動靜大得像要存心把斗篷搩出一個個窟窿。平空揚起香噴噴的土性氣，挺爽人。還有陣陣野風助勢兒，吹散了雨星星掃上光脊梁，涼簌兒不是熱風了，涼陰陰兒別說有多給人提神。

湖裡早有人撒腿朝莊子奔，我父他倆對瞅了一眼，有些沉不住氣兒。斗篷罩住腦袋，不覺爲意間頭頂上黑重重像要墜到地面的烏雲已佈得勻勻淨淨見不到縫兒。眼前忽兒的抽下來金颯颯閃光，雷聲緊跟著打下，亮脆亮脆兒，魂兒都要崩散了。

雨淋敢是要脅不了人，反把嗣仁歇午時直挺地上沾滿那一脊梁的沙土沖了沖，只這打閃打雷不是好惹的，給劈死了還不落好名聲。滿湖裡又一波扛著傢伙，有的揚鞭趕著牲口，喳呼拉叫的撒奔子往莊子裡跑，不知有多樂和的逃命。我父他倆兒交個眼神，拔腿罷，鋤口朝上拖在地上跑。長柄鋤頭大半截兒都是亮黃亮黃的拉條桿子，莊戶人家也都懂得雷天閃地裡別讓鐵器近身。

我父撒開兩條長腿奔到前頭，路過家邊，踐了下腳，籬笆門枷上了——其實手打夾縫兒彎進去，摸弄到打橫的攔門槓子，長點兒勁一挑也就開了。可好像連那點磨蹭也等不及，索性加快幾大步，連蹦加跳，也就竄到前面李府高宅子上。

將才嗣仁蹽在後頭，大聲喊呼，叫我父鋤頭扔下給他，自管家去換換衣裳，照應照應家下。那意思像是這場雨就許淹水淹進屋了，不定風大把屋頂給掀了；不的話，要啥照應！

一個大閃像打進大院心兒，眼前一矇，我父躍進大門敞屋裡。捱過一聲擂到頭頂顱門子的響雷，探首出去，只見嗣仁像隻大鵝，刺ㄨ刺ㄨ的這才轉過宅子拐角，短褲祚裹緊在身上，乍看像通體都光著身子。接著打正對面也沒命般的跑來倆漢子，泥水四濺，鋤頭也是拖在地上，是南湖裡回來的嗣義嗣智弟兄倆，一時門裡笑鬧成一窩，都還有小孩玩水那樣子樂和。腳底下乾土地，經不住四條光身漢子滴滴落落，眼看和起稀泥。

雨像是不分點兒的直朝下戽。等不得雨小一些，嗣仁一悶頭，先就竄去東院兒他房裡去。接著老二、老三也分頭奔去西堂屋和西屋。嗣仁是得趕緊去換衣裳才行，半長的短褲頭兒，料子又是布絲兒絡絡的鬆紗白大布，淋濕了越發扁窄，緊裹身上就像光腚一樣，前頭一大嘟嚕零碎兒，全都露臉亮相了，人再怎麼撒村厚臉，家下婦道小女的好歹還是得避避的。可不管有理沒理，丟下我父一人兒愣在這一溜兒三敞間過道裡，坐沒坐處，蹲也蹲不下來，拉扯著貼在身上的短褲，愣等滴水，跟滿敞間裡聳肩翹首，一身濕答答，沒著沒落的大雞小雞一樣，只差沒啾啾亂嘈嘈。看來還是讓嗣仁喊呼對了；家去換衣裳，不過就換件褲頭罷，可沒的換就得像這些淋了雨的小雞一樣，支愣在這亥兒，濕褲子淒在身上，愣等著不知哪年哪月才晾得乾。

可家去也不是滋味兒，爺是十有八成沒回來，兄弟也準在學屋，單蹦兒一個跟娘臉碰臉，「陰天打孩子——閑著也是閑著」，一身的不是，侷在小屋裡出不去，那可得罄讓娘數落了。

我父身上的短褲時不時還在滴水，一時糊塗著不知怎辦。屋簷水條條道道直瀉有冰琉琉那麼粗。偏地小雞沒淋成人這樣——放野也只家前屋後打轉轉兒，腿快搭上翅膀搧揔，一下子就跑回家來，給雨打濕了表面兒一層毛罷了，剛這一會工夫也就乾個五成了，只見一隻隻盡都勾著小腦袋偏身剔毛，剔一陣兒，抖抖毛再剔。沒衣裳可換，憑這忙操操的剔剔抖抖，倒也湊合著乾鬆多了。人還不如這扁毛畜牲，我父苦笑了笑，遂站到大門塹外頭，扯開一邊褲角糾成團兒擰一擰，再扯開又一邊褲角糾起來擰擰，眞還像帚手巾一樣，帚下不少水滴子。來去擰了幾番，也學著小雞，扯開來抖抖，倒是好多了，總是不再老貼在皮肉上淒得難過了。

大門裡這一溜三敞間，頂東頭支有一架磨麵磨粿子的旱磨，那木板磨台像面大圓桌。靠西這兩間，堆靠些犁耙銛叉土車種地幹活的傢伙。平素莫不各歸各位，整整齊齊都是個地方，從來不興幹完了活兒順手亂扔。泥地上也是隨時打掃，一天裡不知多少遍，大掃帚、小苕帚，誰見誰拉過來抓幾下。李府二老爹就是這麼起家治家的，這也都叫我父懂得一個人家興旺，不在家大業大，得靠這些襍七襍八家常零碎全得有個規矩條理。李府上拉了四年的雇工，自不止是學上種地本事和那月入一吊文不薄的工錢；起家治家的心塵，才是畢生受用不盡的寶貝。

一陣子大雨潑下來，屋簷水從粗粗的冰琉琉柱兒一一併作整片子水簾。我父輪換著伸出腳去沖淨泥沙草末，也把給汗水漚得一股醃臢氣的手巾就著這水簾子搓搓洗洗。回進大門裡來，一面擦臉抹身子，一面四處睸伺著看有甚麼傢伙沒放到地方。東西兩院兒所有屋門前，盡是盆盆桶桶罐罐放地上接雨，稍歇了一下雨勢，便滿耳都是雨水屋簷水打響這些盆盆罐罐的吵鬧聲。草頂的屋簷水黃橙橙的含著碱分，洗衣裳褪灰，省得化碱水，不退板灶灰濾的灰湯水。祖母那麼樣的不懂得儉省，也跟莊戶人家學會了這些會過日子的德性。

我父正自一個人這麼摸摸弄弄的，一揮眼兒見得靠到南牆上的一掛土車後頭，有口似乎久沒使喚的大黑罐子，待要繞過去，看看裡頭要沒盛甚麼，就搬過來涮涮乾淨，擱到露天去接水——用水艱難，橫豎不怕水存的多；沒想到這半天都沒留意到這三間敞屋裡還有個人，不禁小小喫了一驚。

原來早磨上頭，一綑金黃亮亮麥稭箇子，遮住了磨後李二老爹，光著上身披一條濕手巾，正自就著圓桌一般的磨台在做細活兒——把那麥稭管兒一劈兩篾，編草帽辮子。

我父忙打了個千兒請安，挨過去的工夫，匆匆回思了一下將才這一刻兒，獨自一個目中無人，有沒有甚麼失了檢點，讓這位二大爺冷眼瞧了去。

看樣子下雨前二大爺就在這兒做這玩意兒了，那一邊已酥就了一堆麥稭籛子，精細，勻淨，了不起的頭等手藝活兒。

亮閃閃的麥稭莛子，足有兩尺多長，不知怎麼尋摸來的。我父輕輕抽出一根來，理在兩手上端詳，讚不絕口。我父頂清楚不過，這位二大爺心地仁慈，置地盡是薄沙田，賠進怎樣的大肥，整根麥棵也長不過二尺半，莛子也休想上尺。我祖父喫的水菸多半是「上品皮絲」，也有人送過「極品金絲」，該是頂尖兒菸絲了。我父半蹲下來，趴到台盤一旁問道：

「像這樣少見的長莛子，該叫極品金絲了，怕只有湖麥才長得到這麼壯罷？」

李府二老爹等把一根莛子酥到底，這才放下手來，含豁含豁的笑笑：「嗯，在行，識貨。沒錯，北湖來的——去誰……去二房屋裡找條乾的換換罷，多不舒服凄在身上！」說著就衝西堂屋那邊，提提氣要大聲喊誰的樣子，我父怕擾人家，忙站起來抖抖長到膝上的褲筒兒：「不用不用，熓差不多了。」

這李二老爹打草帽辮兒的手藝，眞是沒的可說。用的是刮煙土那種削刀，打麥稭粗的一頭一劃到梢兒，剖成兩根一樣寬窄的篾子。那刀口著力只要偏個一絲一毫，篾子就不均勻，編出來的草帽辮也便厚薄不一；再盤釘成草帽可更保不住板正，不是癟一窩，就是鼓一綹，愣靠帽楦子硬撐，那就來不及了。我父知道李二老爹年輕時，與寡母二人沒地沒產，便單靠編草帽辮討日子，才慢慢發跡，想來那老太太的手藝更不知有多精到。如今這位二老爹時不時還切弄這個細活兒，已不是爲的生計，八成還是念舊，不忘出身貧寒孤苦罷。

李二老爹放下活兒，撲撲手，摸過小旱菸袋來安菸。看看各房都給大雨堵在屋裡，不見人影兒，想使喚誰都不方便——鬧鬨鬨的這種礴沱雨，盆盆罐罐又嘈嘈湊熱鬧，便是張口喊誰，也有點兒呼天不應，叫地不靈了。簷底下賣獃了一會兒，二老爹才回身過，地上拾起棒子纓兒火繩，把菸點上，扯腔兒唸起來：「西南雨，上不來，上來沒鍋台。」

老閱歷的話頭了，指的是西南起雲，大半雨都下不過來；可一旦臨頭，定是下得溝滿河平。好在房屋蓋在自家地上，總是墊起兩三尺高的宅基。只有自家沒田地，種人家地的佃戶，小家小道起在老板地上，才都平地打牆，遇上雨下急了，就許屋裡進水。不過莊子這一帶盡是沙地，喫水得很，稀泥都少見，故此俗話說得好：「大雨歇一歇，大姐穿花鞋」。只是苦也苦在這上頭，一場大雨過後，難得的坑坑窪窪存滿了水，卻不出三、五天，便涸得乾底兒朝天，空留一層游泥，龜裂成一片片翹邊兒乾泥餅子。

跟李二老爹閑拉聒工夫，只見嗣義打西堂屋裡頂著件毛刺刺的簑衣，冒大雨闖過來，大步大步蹦起水花，敞間小雞給驚得撲打亂竄，唧喳鬼叫，慌張得竄到院子去。剔毛抖毛半天才收拾個差不多，可又淋濕了。

嗣義一頭鑲進這又是大門過道，又是南屋的敞間裡來，挺挺身子，聽由簑衣打脊梁上滑下來，簑衣便像個半截人兒直立到地上。蘋草編的簑衣，刺蝟的樣子，根根芒刺上挑一滴水珠珠。嗣義抖開懷裡揣來的一條白長褲，直叫我父頂上簑衣，到他西堂屋的房裡去換褲子。

我父推辭了，抖抖身上半長不短的濕褲子給嗣義看，問他是不是就快乾了。不想旱磨那邊二老爹數落起兒子：「還當你是現紡紗、現織布、現裁、現繚，才趕出條褲子來。」那是怪兒子拱在房裡磨蹭過久了。我父怕再推託，只有給嗣義招煩兒，忙說：「好好好，我來換，我來換……」

這一溜三敞間，沒處可遮攔，沒哪兒好換褲子。西堂屋儘管三間兩頭房，嗣義他媳婦兒準在裡頭，那有多不方便哪！天生的臉薄罷，我父就算小時在姥姥家當野孩子，打記事兒起，就沒有人前光過身子。祖父帶他小兄弟倆下澡堂子，也都是拿手巾遮前擋後，學不來人家大人小子光眼子搖來擺去。這莊子上一些小子都好十三四歲了，還是一入夏渾身上下一絲兒不掛的過日子。要是跑去北河涯洑水，更是不分大小，一律赤條條的打打鬧，厚臉厚得不知有多瘋、有多樂。我父跟叔叔都來不了那一套，穿著褲頭下水反而惹人笑話，只好玩別的。河邊兒蘆子生得旺，便摘蘆葉裹響唄，比誰都裹得長，兩三尺不稀罕，吹起來憋得臉紅脖子粗，吽吽兒牛叫一般，像喇嘛僧吹的長號筒子。

正自爲難，我父忽想到東南角炮樓，就算樓門上了鎖，那門洞四尺多上五尺深，足夠躲進去換褲子了。遂將白長褲往胳肢窩兒一夾，頂上簑衣，丟下一聲「我去炮樓了」，一納頭便衝進雨地，穿過二門，打那滿地盆盆罐罐兒間繞過去，拱進只有兩尺來高的炮樓門洞裡。

包鐵厚門的門鼻子上，虛扣著黑鐵荷包大鎖，要進去很方便，我父怕帶進水跡子，弄得裡頭潮糊爛醬的，終年不見天日的這樓底下，不知哪天才乾得了，便把褪下的簑衣立在洞口擋住，喘口氣兒看看怎麼個換法兒。

門頂兒眞矮，人蹲在裡頭，腦袋像給按住直不起來，窩窩蹩蹩還眞不知怎麼安排手腳才脫得下褲子，穿得上褲子——有點兒像叫人給看了瓜。莊戶孩子沒的玩了，就合夥兒整一個，把雙手反剪綁了，腦袋搽進褲襠裡，褲腰綳緊了蒙到後脖兒頸，人便一動也動不得。臉子卡近襠裡小老二，就叫作「看瓜」。看緊一條黃瓜倆黃杏，休讓人偷了去。

蘋草厚簑衣立楞在洞口，就靠這個遮擋，人在裡頭來去，褪下了口說凄乾了卻還是潮糊糊扒在身上的半長褲頭，雙手攥住了伸到簑衣外頭使勁兒帚乾，把下身一遍遍狠擦了擦，再擦乾淨腳丫子。腳底下是光滑滑一整塊大青石，也把這石面振了振。人一直蜷著像隻小草蝦兒，挺費一番周章才算換上嗣義的乾褲子，再跪起來把褲子拉拉撐，扁緊褲腰兒。這也是到了這裡才跟人學會的，兩手將老寬老肥的褲腰朝前扯綳了再兩手一前一後分向左右扯緊，按貼到腰眼兒裡，吸口氣縮縮肚子，順手把折疊成四層的褲腰貼肉往下一搓，便滾成個軸子，可比褲帶繫腰還牢實，拉都拉不掉，眞絕。

當初一家人給李府留下來，先就是住進這炮樓裡，等那宅子後頭三間倉屋翻修。炮樓可是人家重地，裡頭好幾桿火鎗、兩架洋台炮、整包整包的炸藥，平白讓咱們一家外鄉生人住進來，他李府眞算得上大氣了。

炮樓上下三層，平素很少住人，除非風聲不好，地方上不大平靜，才男丁住進去守夜。底層現成一張緊緊卡住三面牆的欛大牀，二層有兩張拿舖板搭的獨睡牀。合家四口一路上流落過來，祖父母挺顧面子，躲開城市大集鎮，省得現眼現世。小點兒的集市又少有甚麼店子客棧，少不得小廟、人家過道兒、打個地舖，又或是人家地邊上看坡兒棚子蜷那麼一夜。炮樓上一下子睡到像樣兒牀舖，可憐我父小哥倆兒簡直個一步登天，樂得不知怎麼好。二天絕早起牀，二人偷偷把兩張獨睡薦提撜到三層樓去，各據一方打個地舖，再睡個早涼兒覺。頂上這一層有八口窗洞，四下兒來風，眞叫清爽。地舖上四腿拉叉挺直了身子，天下太平，一時再沒甚麼煩心了。稍稍翹起腦袋，打低矮的窗洞瞧去，一眼望得到天盡頭。這樣四面八方都好使眼睛、使火鎗，倒像繞了一周城牆垛子，上面多個屋頂。哥倆兒說小也不小了，卻鬼得不知怎好，跪著拿踣楞蓋兒走，一口口窗洞去張望。房屋樹木盡都矮下去一大截兒，好像大贏了甚麼一場那樣子開心。牛莊咱們家槽坊，臨街的店面頂上也有兩層樓，也常爬上去看街裡街外的景致，卻打小到大，到給炮火轟平了，從不曾像這樣子少見多怪過。那眞是我祖父常說的「享不盡的福，受不盡的罪」，貧富苦樂哪有個準兒！

門洞裡折騰老半天，我父總算把自己收拾利索了。可正待頂起簑衣出去，外頭冒冒失失一聲尖叫，把我父怔住。

雨還是不見小一些，約莫院子裡哪個婦人家滑倒了還是怎樣。「男跌陰，女跌晴，小孩兒跌倒放光明」，分明只是順口溜兒一句，還是有人信，雨可沒有要收收勢的意思。

我父忙打簑衣肩膀上小小空檔中窺■出去。門洞正對著灶房屋山，打斜裡只瞧得見這東院小半邊兒。這一看，我父不由得小小一驚；像斷了一股繫子，咔嗒一下，心掉了掉。灶房門前那兒可不是大美麼？——仇人一見，分外眼明，這喜歡的人也是一樣，那身段兒一眼就認出來，不用看到臉蛋兒也認得。

大雨裡，只見大美半蹲在那兒舀水，打接滿了雨水的等磨大木盆內，一下下往小桶量子裡舀。怕斗篷上的水滴上身，挺直了身子，像「大登殿」代戰公主行的番禮。看那一身淡青衣褲刮刮淨淨，不像泥地上滑倒過，方才那一聲沒聽出是不是大美叫的。

當院兒那口比圓桌稍小一圈的等磨盆，該說是大木桶，杉木板子拿兩道鐵箍兒箍成的。過年殺豬也用這個禿豬，秋裡抬去黃河採菱角。要是發大水，淹到河涯上秋莊稼，也少不得坐這等磨桶當船，划在水上扦那露出水面的高粱穗穗。等磨桶接的是可當吃水的天雨，淸灑灑那一大桶，跟得上兩缸水罷。眞是好雨，光這等磨盆，少說也省挑五、六挑子水。

瞧大美姑娘那副架式，不由得打心裡疼。頭上頂的斗篷，遮雨遮不嚴肩膀，舀那幾瓢水，淡青衣褲早就淋濕出斑斑黑青。將將忘了形跡的那一聲聒耳尖叫，不定就是她大美，不是斗篷沒繫帶子，滑歪了，就準是沒留心彎了腰身，那都會不提防給斗篷上冰涼的瀝水給澆進衣領裡，冒兒咕咚被渣著了。

人躲在暗裡，靠簑衣做擋頭，我父可把大美瞧個足。生得相貌富富泰泰，怎樣也不像個「望門妨」薄命姑娘。瞧那一副菩薩相，挺直著白白淨淨的脖兒頸，雙眼重成一道細縫兒，圓墩墩小下巴頦兒擠出兩溝痕兒，越發就是座重下巴觀世音菩薩像。那嘴角兒翹上去，乍看是笑著，上嘴唇差些兒就是翹到鼻尖上了，不定也是水淋濕了衣衫挺不是味道罷。儘管斗篷罩去小半邊臉兒，又雨星兒像上了霧，濛濛糊糊，可看上去還是紅是紅、白是白，一副鄉下姑娘少見的細緻、白淨，好一副俏模樣兒。

我父就那麼頂眞又心期的愣瞧著這個「大美」人兒，啥都沒了知覺，只巴望那隻小桶量沒底，就也舀不滿，一生一世舀下去，自個兒也一生一世拱在這兒愣守著。疼這姑娘疼得只覺心酸酸的螯人，就是要看她，永世看不夠。

大美戴的正是那頂新斗篷，尖頂兒跟六個角角都包上蠶繭殼兒，跟自個兒那一頂合該是天生一對，地生一雙……

置個斗篷本算不得甚麼，可我父幹農活兒三、四年過來，都是李府公份斗篷。人是自家身上腦油味、汗性氣，自個兒聞不出，戴公份斗篷就得忍忍那七襍八溷惡氣道。有了獨自個兒斗篷才知多清爽。還管這頂新斗篷與衆不同，有大美姑娘加把針線，又有我叔叔斗篷裡子上濃墨描了「華記」兩大字，且註上「置于庚子立夏」，像要戴上一生再傳給子孫的味道。

立夏那天置的斗篷，立夏那天大美姑娘跟我父儘管沒言沒語，卻心知肚明似乎彼此就那麼應了甚麼，允了甚麼。

立夏這天，年年都是按時行令兩事，一是騸牲口，大自尖牛、騷馬、叫驢，小到騷羊、公豬、母豬。二就是趁晌午前空肚子「約人」，大人小孩全都上秤稱稱身重。

差不多也就是莊子正當央，李府這塊宅子東，麥場南的空地，像座三層寶塔的百年老桑罩在頂上，也正是莊子裡東西和南北兩條大路交合的十字叉兒。莊子上有甚麼大事要公意從商時，正月出會練把式、練鑼鼓傢伙，都說「老桑底下見」。這「約人」敢是也都齊聚到這裡，老桑橫枝上也正好掛大秤。

秤鉤跟上豬肉架子掛鉤那麼壯實，稱糧稱草常都上千斤，敢是經得住至多兩百多斤的壯漢。秤鉤懸空離地三尺，方便小孩兒一伸兩手就攀到秤鉤子，再蜷起腿來懸空打滴溜兒，等那掌秤的報斤兩，看比去年、比一般大的別人重上多少。大人個頭兒高，就得一手打後腿彎子底下抄上來，兩手合吊到秤鉤上，兩腳才得離地；只是有點像綁了爪子上秤兒稱著賣的老母雞。

我父稱下來是一百四十四斤，比去年重了八斤。俗話說「男長二十三，女長十八只一竄」，他這還有三、四年可長呢。曾祖母老說我父相貌和身架活脫脫就是曾祖父；照那看來，等發足了個子，不知該怎麼黑大粗高了。

一夥兒姑娘家跟在我父後頭，大美姑娘領頭招呼說：「該俺幾個來約了罷？」這一聲，多少有些兒冒失，我父一驚，忙閃身讓開。

平日對這大美一動一靜，我父總是眼也亮，耳也尖，沒想到她人來到身旁不知多大會兒了。方才打大秤上落腳下來，恍兒惚之也沒見到她人在哪兒，眞像打天上掉下來。我父只管奇怪自個兒怎會木頭到這麼個地步。

姑娘家和婦道人上秤，不好跟小孩兒一樣打滴溜兒，敢也不方便學男子漢那樣仰八叉兒又拉ㄨ腿兒的半懸空裡吊著，得坐上兩頭繫上繩子的矮條凳兒，掛到秤鈎上，人坐上去像打鞦韆。我父心動了一下，原想幫忙把那矮條凳掛上秤鈎，卻臉上一燙，還是站到一旁去。

倒是嗣仁跑過去伺候，又搬凳子，幫姑娘家坐上去稱。矮腳長凳離地不高，待大美捽住兩邊重上好幾股的蕢繩坐上去，人家多是蜷著腿，只她聰明，兩腿併攏著平伸出去。肥褲腳落出一小截兒白像頭波麵的小腿肚子，下面是青布襪子，一雙綉上喜鵲穿牡丹的青布鞋，說有多俏就有多俏。

沈長貴是這樣子熱鬧當口定要湊上一腳的，連忙搶去掌秤，秤砣繫子標著秤星兒移來移去，乘勢兒耍貧嘴嚷嚷：「加十貴賣啦，誰要誰要，加十，加十。」反話惹得人鬧鬨鬨的笑罵，逗得幾個大小子喊呼：「俺要俺要！」

沈長貴也不理別人窮鬧窮叫呼，使壞的直瞅我父吆喝：「瞧俺那位大哥，豎起五根指頭了，怎說？加五是罷？中，加五就加五……」

大美咬緊嘴兒憋住笑，裝作沒聽見，忍不住問：「到底約了沒有？叫人家愣坐。」

沈長貴裝作這才想起來，連忙理秤，把秤桿子穩平了，鬆開手報道：「一百零五，去掉凳子繩子，一百斤整。加五該多少？誰幫忙算算。」一時好幾張嘴齊喳喳嚷呼。老跑來莊子上瞎混的磤磨釘李永德，人脞聲高，叫得最亮：「沈長貴兒，你眞蒲種一個，日他的！俺大侉哥早算出來了，加五敢是五十斤，合著一共一百五十斤。俺大侉哥擱那亥兒數錢哩！」

沈家大美還是假裝沒聽見，臉可止不住一紅，下了板凳，把偷偷滑到臉前來的烏油油大辮子給甩到後頭去，順口啐了聲「燒擔子！」沒看誰，敢也是沒衝的哪一個，沒生誰的氣；不的話，就該一扭頭走開了。

我父沒去理甚麼胡扯八謰的加五加十，只在心裡記住怎那麼恰巧的整一百斤，好似挺貴重。要問貴重的甚麼，可又說不上來；要末是凡屬大美的甚麼，總都是貴重的罷——眞鬧不懂。

上帝是頂叫人難懂的；說起來，這個大美不過是個鄉下姑娘，不識字兒。打他覺出心上老有點兒牽掛這個丫頭以後，見到大美就滿心歡喜，見不到大美就滿心空落落兒的，念著只要看到就好。這個姑娘家也叫人難懂起來。

難懂就聽讓她難懂罷，何苦要自尋煩惱！可人到這光景，就休想自個兒作主了。

照我父悶著頭，獨自個兒熓出來的道理看，約莫還是不脫俗話說的：「信者有，不信者無」。放眼這麼多人沒信上帝，也就沒誰要去懂上帝。敢是一樣道理，姑娘家還沒給喜歡上，敢是任隨她去；可一旦喜歡上了，那就不由人不千方百計，苦苦的要去懂她——那雙手是涼的、暖的、軟和的、粗硬的？那條長過後腰的辮子是緊的、鬆的、柔軟的、粗壯的？搽的是桂花油、鉋花水，還是甚麼也沒搽，天生就那麼烏溜溜、光滑滑？那辮子拆散了，人又該是個甚麼模樣兒？……就只這麼點兒「皮毛」，也一點都不懂，別說還有那鞋襪裡的、衣裳裡的、身子裡的、心眼裡的……都是非懂不可又不知該怎麼去懂。

說來眞的是叫人受苦，又苦得叫人心甘情願。

這跟要去懂上帝都是一樣的受苦。只是要懂上帝，好歹還有那些牧師、教士、長老、傳道，還有聖經、讚美詩、禮拜堂，都在那兒或多或少教人去懂上帝，可對這姑娘家，不懂就是不懂，沒誰幫誰，得獨自一個去受不懂的苦。除非——那要怎麼說？除非成親做了夫妻罷，就許要懂甚麼就懂甚麼。

一百斤整，「女長十八只一竄」，大美還有兩年好竄呢。不管兩年後再加多少斤，單這一百斤，我父就覺著不知有多貴重，抱得動的，這也算多懂了大美一分罷。配比說，人要能知道上帝上了大秤有多重，儘管不當啥，總也算多懂了上帝一分不是？

大美兀自跟幾個閨女在說說笑笑。大美不走，我父敢也有點捨不得離開。又或許我父在，大美捨不得這就走掉。儘管小子一夥兒，閨女一堆兒，兩下裡誰跟誰都不相干，只是但得那個人近在一旁，聽到聲音，不用聽清楚說的甚麼、笑的甚麼，只要這樣天長地久愣待下去就好。

按說誰都不老少的田裡活兒、家裡活兒等在那兒，不比十冬臘月農閑時節，經得起這麼閑蹲、閑站、閑磕牙兒。我父也自覺出這陣兒工夫，自個兒怎變得貧嘴聒舌起來，說話也好大聲。原來不光是要苦苦的去懂她大美，自個兒也似乎苦苦的想去讓她懂。

不過但凡來這上過秤的，差不多都還沒見走人，像是等會兒還有的是熱鬧瞧。

立夏稱人本不是甚麼大事，也說不上是個節氣，要好生歇歇活兒，好生喫喫喝喝過一過。可丟下活兒跑來，上秤只那麼稱一下就完事兒，有點不夠本兒，索性蹲下來打萬年樁，喫菸耍嘴頭子。見誰又趕來上秤了，無非重叨著賣豬了、賣小雞了，又是誰要了，討價還價之類乾笑話。有的帶小孩兒來的婦道，男人家不方便尋年輕媳婦兒開心，就嚇唬小孩兒：「媽媽上秤兒稱了賣給人家嘍，怎辦？跟誰呀？……」那邊有人噌過來：「人家老爹奶奶大大一大窩兒，跟誰也輪不到你個狗日的唄！」玩笑還是繞個彎兒開到小媳婦頭上，可那兩個人就許按倒地上廝鬧起來，村的來，葷的去，逗得一旁看二行的個個樂哈哈，像喫了歡喜糰兒。

將將才沾上夏天的邊兒，滿樹發足了新枝葉，都還是一片片嫩綠嫩綠。天也不頂熱，花花的樹蔭涼裡，可自在得很，不怪大人小孩兒一個個都那麼歡兒。

打這十字叉口兒往北去的牛車路，一直槓兒通到黃河崖，一個彎兒也不打。半天沒再有人來上秤，倒是這北去的路頂頭那裡，遠遠現出個人影兒，挑著不知啥玩意兒。老遠瞧過去，地氣迎著日頭，路上貼地一小片一小片亮閃閃的水汪，水起水落的游晃著。好似黃河漫上來了，那個人影兒也像淌著水走，人和擔子都沒了下半截兒。

大夥兒放下玩笑廝鬧，齊朝那邊望去。愈是瞧不清到底挑的甚麼玩意兒，愈都是一心要瞧個究竟，比比看誰個先猜出那是幹哪一行的挑子。

有人猜是賣炕雞兒的。算算時令是差不多，清明過後到穀雨，五天上一坑，二十一天出小雞，末一坑要到小滿，打這立夏過去還有半個月行市，眼前該還當令。

可再看看也就不對了。賣炕雞兒的挑子不是這樣子；啥行業也沒賣炕雞兒的挑子那副架式惹眼兒。挑子是一頭一落兩層的竹篾籮籠，足有喫酒席的圓桌那麼大小，裡面滿滿騰騰上千隻才出蛋殼的絨毛小炕雞兒——盡是等人領養的沒娘孩子，一個個無知無識，挺直脖子齊喳喳的只管叫天，老遠就聽到那嘈鬧。

爲那兩落籮籠太大，挑起來絆腿磕腳走不得，扁擔便非要奇長不可。只是儘管一頭頂多百十斤，重不到哪兒去，扁擔太長了還是保不住墜斷掉，因就乾脆用那銅匠挑子大彎弓款式，兩梢翹上天去的扁擔，像對老牯子尖牛角。那種扁擔軟溜得很，挑起來和著腳步，再趁住輕一下沉一下那股子活勁兒，有板有眼兒直搧摁，挺像正月裡出會耍的「花貨郎」高蹺。

我父試過，沙耀武家有一把沒那麼彎的兩頭翹扁擔，借來替李府挑一石綠豆去趕集。襍糧裡就數綠豆頂打秤，棒子米一斗十三斤，綠豆一斗卻重十八斤，一石就是一百八十斤。可拿這式兒扁擔挑起來，就不那麼死沉沉壓在肩膀頭，力氣省多了。照呆理來呆算的話，扁擔每一翹上去的工夫，肩膀像空了一樣，全沒一點點兒重頭。這一起一落合該各對半，挑上一百里，只合五十里。趕老城集只合挑上二里半。想那起始造這種扁擔的鏇木匠也眞夠聰明絕頂，給挑重走長路的苦漢子造福可不淺。

只是我父圖這輕省也喫過一個小苦頭。一回給沙耀武拉去幫忙收花生，也用的這兩頭翹扁擔，一頭兩口蔴袋。帶殼兒花生就算是新鮮多水份，比起啥糧食也還是輕多了——可壞就壞在這不夠重，地裡又盡是篩過花生的一墳墳小沙堆，腳底下一沒穩住，手也沒挽緊，冷不防扁擔翻了個箇兒，不巧又是朝裡翻過來，肩膀喫扁擔鋒楞狠歪了一記，跟鈍斧刃口重重捺了下不說，還彈起來直勃浪到腮板子骨拐上，虧我父溜活兒閃了閃腦袋，沒砍碎骨拐，可也青腫了一大塊，像起了豬痄腮。

一夥兒偷閑漢子猜那遠處淌著地氣的來人到底是何營生，猜是賣炕雞兒的破磨釘李永德，立時遭到大人小孩兒搶白，笑他人矮瞧不遠，打這就話頭淨在賣炕雞兒的怎麼個大籠籠、怎麼個兩頭翹長扁擔、怎麼個挑法兒、走法兒，爭著露露自個兒有多在行。人多時，我父素來不大插嘴講甚麼，卻爲大美姑娘在，不覺也饒舌了起來。我父敢是不講給兩頭翹扁擔砍了那一段兒，都是沈長貴那張壞嘴，哪壺不熱提哪壺，全給抖了出來，還又添油添醋帶做樣子，逗得大夥兒笑壞了，我父也忍不住笑紅了臉，直說「那可不比給人狠搧一嘴巴子輕！」倒是大美姑娘沒怎麼笑，勾過身子找我父肥骨看，眉心兒結起個小疙瘩——約莫是天生一雙肉眉的緣故。

姑娘家也眞會大驚小怪，該是大前年的老事了，傷要還留到今兒，那還得了！

可這拿一位十六歲小姑娘來說，多不容易！不光是那麼疼惜人，沒當笑話看，還又不顧這麼多的眼睛嘴瞧了去要怎麼嚼舌頭根兒，守著衆人這樣露出眞情。我父再一眼回過去謝她，卻見大美姑娘眉心兒小結沒解不說，一張嘴苦苦捽起，唇兒翹上去頂到鼻尖兒，一臉皺著喊疼的樣子，還在爲捱上那一扁擔替人難受呢。我父忍住笑，深深一眼謝過這個善心姑娘，也等到了大美飛快一個領了情的眼色——眞是聰靈靈透明透亮的玻璃人兒！可我父緊接著心裡一慌，連忙轉去看看南來的那個挑子，心上直記掛著不知這樣子是不是叫做眉來眼去；是的話，不是挺下賤？

等到那個挑子淌過一片片水汪兒，腿腳出來了，挑的傢伙也有個形兒了，到底挑的啥玩意兒，一時越發瞧不出個頭緒，猜這猜那都不對，有人躁得罵罵嚼嚼起來。

看上去，扁擔兩頭挑的是大半人高的圓墩子。要說是大鋸扯下來的樹幹木段子，像倒也像，只是沒那個道理。先就是不興那麼直豎著挑，那多撓肩兒，怕連腳步也拿不穩！再說，隔河過來，不問是淌水還是擺渡，少說也上十里腳程，河南岸這邊兒哪就缺那兩段兒木頭滾子？做啥用？要做斬墩子，該去賣給城裡人，鄉下可不稀罕這個。「千里不販粗」，十里也不用販這等粗貨不是？再看那個人影兒，趕路趕得好生輕快，那兩段大半人高，比人腰身還粗碩的圓墩子，果眞是木頭段子，就算鬆泡泡輕一些的柳木罷，兩段合起來怕也少不了三四百斤，哪還能走道兒那麼逍遙自在！

一個個都在那兒搶嘴，八下找理兒咬定那人挑的不是樹墩子，可還是沒一個人猜得出來，挑的是甚麼。我父眼明，冷笑笑說：「別猜了，準是個賣斗篷的挑子。」好似這半天都是我父破謎給大夥兒猜，看看沒誰猜得出來，把謎破出來。一時大夥兒又怨又樂起來，像都上了個當，又透了口氣，再盯向北去看了看，果不是的麼？轉回身來，你推我一把，我搡你一下，淨怪人家愣瓜、蒲種……

儘管這麼著，該把這個走莊子串村兒的挑販拿來出口氣，害人苦苦猜上這半天，可賣這玩意眞趕的是時候，大夥兒平白還是塡還了這個挑販。

蘆蔑編的斗篷，落成大半人高，兩落一百二十頂。整莊子人少有聚得這麼多的，夏天今兒才開頭，戴的都是老斗篷，不破也酥散了，多少張嘴打二十文還到十文，合著一個大銅子兒兩頂，倒像不要錢，爭著挑，犯了搶似的你兩頂，他三頂，不消多大工夫，五十頂、六十頂，賣主兒不知甚麼好運，去掉他半挑子。沈長貴又好來上俏皮話了：「你都把人家這一頭買光了，一頭輕，一頭重，怎麼挑啊！」眼見還有人要，又酸酸的說：「行行好啦，你都買光了，人家還賣甚麼？欺負人嘛！」不惹人笑就不自在，沈長貴就是這麼個人。

我父素來身上一個皮扣兒也沒有，工錢見月一吊，繩扣兒原樣兒不動交給祖母，祖母也從來想不到給個二、三十文零用錢。只早晚趕集，祖父給錢捎個皮絲菸、火媒子紙，找回來的錢總叫我父「裝身上罷」。這當口褲腰裡扁的有一個大子兒單幾文錢，斟酌了一下，自個兒開天闢地還沒有過一頂斗篷，淨戴人家公份兒的。等取出銅子兒來，先就想到大美，儘管姑娘家不大下湖幹活兒，還是家前屋後少不得一些零散收拾，場上翻翻草、攤攤糧食，都是常有的頂著大太陽活兒。就索性一買兩頂，免得找錢。待會兒回去再背著人給大美一頂。

新蘆篾有股粽子味兒，淸香鮮正，戴到頭上眞爽神。試著轉轉，不想刺刺刺犁了一下頭皮。後半個腦袋有髮有辮子敢是刮不著，前半落兒才剃過，刮得淨光，可經不起斗篷裡子粗扎扎那麼犁拉，忙摘下斗篷，輕輕摸試著看是不是拉破了還是扎了刺兒，要不怎麼頭皮上有點又癢又痛的不利索。卻沒防著大美頂到臉前來，提提腳跟兒，搆著要看我父頭頂，又是那副皺眉翹嘴兒叫疼的模樣，怨怨的笑說：「眞是的俺大哥，不收拾收拾就戴，哪行！給俺罷，裡裡外外這都要拿碗口磨磨的，不的話，不扎頭也扎手罷。」一面接去兩頂落在一道的斗篷。我父乍乍的不知怎麼好，忙道：「我懂我懂，不用勞妳神……」待要搶回斗篷，大美手快，藏回脊背後去說：「哪光是把刺磨掉，不釘個帽箍兒、襻帶兒，也戴得牢靠啊？眞是的！」

那晚收活兒回來，喫過晚飯待要回家，大美趕到門口來，把晌午買的那兩頂斗篷雙手送過來，兩旁沒人，反而害臊的扭扭身子說：「人家手蠢啦，俺大哥湊合使罷，別笑人家！」

我父滿心要謝卻忘了謝，作難該不該送一頂給大美，有點兒拿不出手，倉促間還是把一頂塞給大美：「我家就我一個用得著，這頂就是特爲大妹妳買的，咱們一人一頂正好。」那大美哪肯接下，推推攘攘，直說：「俺不，俺不，俺大哥，俺不……」我父有點兒急了，怕人看見，裝著厲害說：「嫌了是不是？妳大美送我那副搖腰帶，我可沒這麼推託不要。嫌也得妳收，不嫌更得妳收！」得了大美姑娘一聲「俺——大——哥——！」怨怨的還跺了下腳，沒再把斗篷推回來，我父才鬆口氣兒，忽爲將才那樣強派人家覺著不忍，慌張間不知怎樣換過當地土話跟人家道歉，只好丟下一聲「也沒預先讓妳挑挑，告罪告罪！」拍拍大美肉活活肩膀，逃出大門來。

也不知怕的是啥，我父拍了大美那兩下，壯起好大膽子才出得出手。像惹了匹還沒上轡頭的野馬——那是青泥窪咱們家馬棧常見的貨色，打海拉爾趕來的整溝子馬裡總有三、兩匹難馴的烈性子馬；再不就是惹了低下頭去翻瞪大白眼，時時翹起一對犄角要潑人的尖牛，還沒騙過的。可這惹的是一頭白白漂漂小綿羊，怎怕成這樣？放慢腳步走到家門口，心還砰咚砰咚猛跳。

二天早起再拾起新斗篷，疼惜的摸摸弄弄，果眞裡外都光滑溜溜，不扎手也不拉手。不光是帽箍兒襻帶都釘了，還六角和尖頂兒也都包了蠶繭。那帽箍也挺花功夫，硬靠子先做個圈兒，蒙層白布，細針細線縫合了再釘到斗篷裡。蠶繭敢還是舊年的，新繭得等半個月才有，哪兒去找舊繭，誰還攢那玩意兒！舊繭都是出過蠶蛾的，有個洞就抽不得絲，煮到鬆泡了，硬拿手給撕鬆散，小糰兒絲棉可讓老嬤嬤使捻線砣兒捻成絲線，比棉線結實多了；家裡有孩子上學屋，用來做墨盆兒瓤子也最好不過。留整藊子的眞不多，虧她尋摸到。再看那帽頂尖尖，蘆篾編到這裡都是折斷了再回頭，儘管摺上好幾層，還是斗篷頂容易破散之處。大美挑那又厚又大的藊子，橫裡豎裡兩剪，撳成花瓣兒樣子的十字帕，覆在頂尖上蓋住，再拿針線釘個結實，眞叫牢靠，好戴十年八年了。果若姻緣這就訂在一對斗篷上，蒙上帝成全了夫妻，不定孩子好大了還戴這斗篷。到那時眞該把這兩頂斗篷給供奉起來。

我父這才品索出此中甘苦，不覺好笑——人是一聲動了兒女私情，便就好的歹的盡都風吹草動莫不疑神疑鬼起來。尋常裡誰瘋了才把那麼瞧不上眼兒的斗篷看作天大；可明明這上頭是個好兆頭罷，比如說，聖人立的大禮，男主外，女主內，不就是這麼著？男子漢在外苦錢花錢，買東置西，坤道家在家針線茶飯，收乾晒濕，不是都藉這對斗篷透出兆頭來了！

好笑是回事兒，愛惜這新斗篷還是頂眞得要命。單爲別讓腦油灰垢浸黃了漂白漂白這個帽箍圈圈兒，我父三天兩頭就拆一回辮子洗一遍頭，不管多晚家來，打上皀角或胰子，嘩嘩啦啦洗一通，比搌澡兒還勤。

大雨兀自不停，這西南雨是大閨女雨，眞沒說錯，下了這半天，除了一開頭有點兒風，響過幾聲雷，一勁兒就是這麼規矩、正派，雨條條直上直下，不興打個斜。

大美姑娘舀滿了一桶量水，拎進灶房去，沒如我父心願多留一會兒——誰瘋了才在大雨裡磨蹭；就像巴不得那個桶量頂好沒底兒，誰瘋了才提溜個沒底兒桶量去取水。

大美一走，心也像給提走了，人閃了一下，忘了該拱出門洞去，就那麼愣住了。可還是有緣，沒想到大美重又回來舀水，依然那個架氣，番邦大禮，直直的身子半蹲下來。這一回正過來了一些，好似知道我父躲在炮樓門洞裡——俺大哥喜歡看人家，就給你看，看個足罷……

可哪裡看得足？看不夠的，看不懂的……果眞眼睜睜就讓這麼個叫人疼死的好姑娘去給人家做塡房？那可連老天也沒長眼睛！我父直嘀咕：別甚麼望門妨！我還不也是個望門妨？咱們命硬合上命硬罷……

# 卜筮

祖父一身鬆泡泡的白夏布短打兒，頭戴大涼帽。生蔴料子穿在身上雖說沒款式，袖子褲筒都像豬大腸那樣噗噗囊囊，可布眼兒織得綀，又不貼身，領子又是旗人那種剪裁，開領口不加站領。穿在身上像沒穿，還眞叫涼快。

騎驢行在黃河灘上，皇皇大日，天高地遠，四望無人無物，人和牲口越發的孑然孤寂；只是那樣的一望無邊，盡是黃沙，丘起丘伏如女體，天地間只此一人一驢，看上去卻又別是一派氣概——承天御地，唯人尊大。

祖父原是上城之先，繞道老城集拜望尤府，回謝前些時的重禮，就便也套套口風，看看拳壇散夥過了還有些甚麼善後可以幫得上忙。

十天前，尤府老奶奶領了掛騾車載來兩份重禮，分送李府和咱們祖父，答謝狠狠救了尤家一把的大恩大德。

同是一般的兩份禮，一家四匹四色洋布，四罈洋河大麴。禮是太重，不過極有誠意。洋布都是兩尺半門面，上海洋機出的細紗織布。漂白、天青兩色都是平織，老藍、皁青兩色則爲斜紋棉嗶嘰。拿鄉下來說，家居出客兩皆相宜，若是綾羅綢緞，那才是存心要送不受之禮。

李府推謝再三，只肯收下一罈大麴。依李府二老爹意思，祖父理應受之無愧，該當全受。我祖父還是標著李府，也只收受一罈大麴。

推脫辭讓間，很費了祖父祖母一番唇舌——識大體這上頭，祖母還是幫同祖父，知所輕重的；儘管誰見誰也難免眼熱那四匹四色洋布，不光是我家祖母會起貪念。可我祖父二十整年夫婦做過來，哪有不知祖母心事的道理？當然這也不足爲貴，知婦莫若夫不是？當緊還在怎麼對應罷。祖父十五歲成親，新娘子已是十九歲大姑娘了，敢是一輩子都注定了非得以老大姐伺候妻室不可，怕不怕老婆由不得你是個大聖大賢，還是英雄好漢。少年夫妻那段日子，祖父只有逃進書堆，爾後逃進賭窟、酒樓、大煙館、戲園子，只除了一個風月歡場不敢涉足罷了。可躲來閃去也只能減省一些碰頭撞臉時候，夫婦豈有不打照面兒之理，見了還是須有對應。本來凡事悉聽尊便，那在閨閣之中不難，可是人世日廣，人事日張，主意哪能盡從枕邊兒生？那就小事仍舊，關涉到別人又得有個是非的事，便要斟酌輕重了。只是素來唯唯諾諾，言聽計從慣了，哪容你反彊！這就逼使祖父一亮膽量，二用心機。後來一再得證硬來不行，膽量只有壞事兒；唯靠心機，誘得祖母自甘反起自個兒，才是上策。及至充任了教會傳道，祖母給人師娘師娘的尊稱起來，祖父一旁捧著撮著，哄得祖母不知東南西北，只知身爲師娘就該母儀天下。但凡提醒祖母是位師娘，便必凡事都照著正道而行。僅此一念，居然一通百通，任遇何事無往而不利，竟是上上策。

比如這一回，祖父煞住話頭，衝著尤府老奶奶說給我祖母聽：「妳老要是聽不入耳小輩兒說的這些，就請妳老問問咱們家眷——她可是位師娘，看她做師娘的怎麼說，看能不能收下這份兒嚇人的重禮。師娘要說能，我沒半個不字兒。」

祖母敢是不負重望，除了給祖父幫腔兒，且還懇懇親親的進勸起尤府老太太：「表姑奶奶，厚臉說句不中聽的話，果眞提到甚麼大恩大德要報答，咱們哪承當得起，都是上帝賞下的大恩大德。要報答上帝，信教就好，比啥報答都合上帝心意。今兒妳表姑奶奶沒工夫，改天挑個日子專程去府上拜望，再好生跟妳老叙叙怎麼個信法兒。……」

婦人家自有婦人家的體己話，跟爺們兒、哥們兒場面上來去那是另個路道。祖母傳道能有多大能耐，祖父敢是一清二楚，讓她起頭兒領人上道兒，偏不了路，也是看家本領。要說再進二道門兒、三道門兒、進而登堂入室，怕就不行了。憑祖母生性就喜跟人攀扯，也有叫人見了就親的天生好人緣兒，祖父倒是放心先把這尤府老奶奶託付給祖母了。

行想著祖母走不了又是那一套，不是認尤府老奶奶做乾娘，一準就是跟尤府倆媳婦裡哪一位結拜乾姊妹兒；祖父一進尤府，上上下下一條聲兒統稱「乾姑老爺」，果不其然，還是拜在人家老奶奶膝下了。前兩天尤府又拿小轎子去接我祖母，可祖母只告訴祖父，尤府老奶奶應允了上城去禮拜，隻字兒未提認乾娘這樁說小也不算小的好事。今乍乍讓人家稱呼一聲乾姑老爺，當下我祖父心裡不能不生點兒怨；一樁好事，也算樁喜事，瞞得他這樣子一無所知，敞著臉見新結的一門乾親，幸好祖父心眼兒轉得快，厚著臉給乾丈母娘乾乾的行了個大禮，抄在先頭自嘲了嘲：「瞧俺這空空倆手，眞是乾姑爺行乾禮！」虧這尤老奶奶不見外，閃身一旁，躲著不要身受大禮，還又收緊下巴假意斥道：「那是俺俗人俗世，只能行行俗禮。你長老老爺，舉人老爺，屈就俺俗人俗世，尊聲乾姑老爺就夠叫俺折福折壽了，哪還好身受大禮！」

可儘管這樣，儘管保住他尤府身家性命盡了心、盡了人事，不無小小功德，只是一則尤二爺這場大夢本爲上天安排，祖父自分不過是上天差遣了來拍拍醒尤二爺罷了，恩德自當在天。再則，單就人情來說，也只可以人家感恩圖報，自家怎可厚顏居功討賞！果若行善單爲圖的人世酬報，那豈不跟雇工圖的工錢無二？雇工憑力氣賣錢，哪還說得甚麼功德、甚麼善行？怕連本分不本分也都難講了。祖父怕的是祖母有這樣存心，天報遙不可及，只圖人報來得實惠。古訓教人行善不爲人知，貴在積陰騭，立功德。基督則更加嚴格，「左手行善休爲右手知覺」。誠然，既爲人知，既爲右手知覺了去，單這一個知，怎樣大的善行功德也便因得了工錢，盡都化爲日常裡幹活兒，落得個專爲自身罷了。

那尤二爺果眞就像才做了場好夢，醒來這許久了，還時不時老是讓未能成其好事的那點兒遺恨給纏綿住。能言善道的那副削嘴薄唇，愈比先前還要處處都在自抬身價的猛吹，離譜兒得一聽就知盡是虛假。不知旱煙喫過了頭，還是家人面前極力挽回敗家丟的面子；白白的給人一股俗話所說的「拉褲子蓋臉」荒涼之感。

先前聽尤家老奶奶訴說的，那般窮苦人家的丫頭小子散了回去，原曾一人給了兩百文——總共上二十吊。多少人家不那麼好打發，還是領著孩子找上門來算賬，爭的是當初一言爲定，說好了一等出師，人人都由師父老師賞給二三十文神錢，一輩子花用不完。如今說話不算數兒，雖則放給一人二百文，卻花一文少一文，分明是個死錢，從沒再長回去。爲此寧可不要這二百文——有的老實頭可憐，二百文拿回家去不知花掉多少，又東抓西借湊足整數兒來換那原先說定了的二十文神錢。

老奶奶送謝禮去的那一趟，訴說到這裡，我祖父一陣心酸，竟至含淚了。可今天拿這樁事探問他尤二爺，回的可眞方便：「那還經住嚇唬！討神錢不是？日他，跟師父老師走啊，闖天下去啊，你當你還有這個臭小子、臭丫頭？捨了罷——哏，當是給你一家栽培了一棵搖錢樹？做夢！」瞧那神情狠瞪著一彎套一彎的站磚鋪地直喝斥，像是那般貪圖神錢的鄉佬，一個個盡都給罵得無地自容，一個個理屈的矮下去、矮下去、順著磚縫兒地遁了。可一下子又換了張臉，笑盈盈衝我祖父樂和：「小事小事，不勞記掛。幹這些土頭土腦滋泥腿子，還不便宜！」

祖父關問起這個，也不是沒話找話，順便捎個嚼穀兒閑磕牙。打老奶奶講起那般練神拳練得半落兒給散掉的窮苦人家小小子、小丫頭，我祖父就心放不下，念起南關外湯機房要的大批婦孺人手，看看兩下裡怎麼接個頭兒，從商從商。

湯機房已是好幾代相傳織布、織絲、織線毯等爲業。如今這一代老闆，由祖父帶領了受洗歸主。是個才能精力兩皆過人的幹家。一則眼看俗稱「大布」的土布給門面寬、布眼細、價錢低的洋布佔了上風，終究不是對手；再則洋人牧師那裡打聽來關于洋紗、洋布、洋機等等見識；三則我祖父這邊每將報子上所見官民所營洋務中關乎織造商情，傳給湯弟兄以廣見聞。基此三者，湯家幾至處心積慮非要把祖傳的基業給振興起來不可。爲此，湯弟兄先後不知跑了多少回上海、南通州，終至買下十架二尺半寬門面的新式洋織機，秋後當可水路運到。紡紗洋機是打算緩個幾年再說，那都曾經過行家指點和仔細盤算，一來十架洋織機不需洋紡機供紗那個量，二來就地收棉，就算除籽、彈棉、手紡一起算上那手工錢，還是比價錢高過洋織機十倍也不止的洋紡機上算得多多。這樣算來，饒是壓幾年再說，到時候也還是寧可再買十架洋織機，也不要一架洋紡機。

雖說日後是將採棉和手紡包給近城四遭的農戶，還是一總都由機房雇工承擔，到今也尚未拿走，可湯弟兄老早就已託付了我祖父順傳道之便，代爲莊戶人家打探民情，看看包工跟雇工何者爲宜；那不光是考究工錢高低、本錢大小，要緊還在何者出活兒、何者出活兒快，又何者出好活兒。

祖父可並不是等到尤府老奶奶訴說了那些，這才想起那幫丫頭小子，掛起了心事。早在斷定這位尤二爺遲早不得不停了練功，把壇口給拆蹬掉，便已記掛那幫小妖兒日後會要怎麼終局。

依我祖父推想，這幫半吊子小妖兒若都悉數跟隨伏萬龍師父和師兄人等一道拉去外地，也就罷了，眼不見爲淨罷，亂世裡人命不值幾文，百把個孩子給弄去胡作非爲的瞎擺佈，誰管得著？生死有命，怪給天地不仁也未始不可。不過若那伏萬龍拍拍屁股一走了之，撇下這幫丫頭小子不管，可就扎手了。都是無知無識窮苦人家孩子，經那一番瘋瘋邪邪，鬧神弄鬼，不知天高地厚，怕就休想還能老實蹲在家下安分守己的男耕女織。要不妥善安排，高不成，低不就，終不免小則無補家計還不說，反而毀了家道；重則少不得滋擾善良，爲禍鄰舍鄉里。

可今天誠心誠意拿這來跟他尤二爺討教——討來的是不當回事兒的片兒湯。

只是這也難以盡怪他尤老二罔顧後患——當初募來這批童男童女，也曾個個都打發了三吊錢安家。練功中喫穿用度也供濟不薄，花的銀子如流水。末了，個個丫頭小子好歹還落個兩百文，他尤老二落的啥？南柯一夢，家產三停蕩去一停，母嫂面前無光，還叫他哪有工夫再稍盡善後之心！

祖父既有這樣體諒，好在湯機房那邊也還不曾敲定，空頭人情我祖父從來不賣，便找些閑話拉聒兒，看看時候不早，老陽快到正頂，遂起身告辭，給老奶奶婆媳二人再加把柴火，相約禮拜堂見。

這一告辭，惹起老奶奶跟大媳婦兒直怪罪，算起舊賬，前番留飯不肯賞臉，這一回千萬不讓走，又呵斥了老二怎不留住長老。老奶奶抓住我祖父雙手不鬆：「長老你看看天有多早晚！卡近飯時兒了，除非你長老嫌棄俺家——」祖父忙打斷老奶奶這麼激將，拿小輩兒稱呼：「尤奶奶、尤奶，你老聽我說：我是淌著口水也非走不可。城上有要事，敢是非去不可，又敢是不在這一頓飯耽擱。只這盛情款待，脹了一肚子雞魚肉蛋，酒醉飯飽，哪還趕得了路？走過熱沙灘，不中暑路斃那才沒天理嘿。改天，改天，專程來叨擾，好生嚐嚐府上大娘、二娘高手辦的佳餚美酒，跟咱們二爺對酌盡興，不醉無歸。唵？這樣好啵？」

尤府老奶奶一臉的爲難，抓住我祖父還是不肯鬆手。可臨時調度家事終有一手，回頭把兩個媳婦喚過來，一旁聽候吩咐，便與我祖父誠心誠意的說：「這大熱天，固屬要提防路上給日頭曬壞了，說實話，人是不大有胃口。俺看這樣，井底有現成冰冷冰冷的涼粉，找她妯娌倆給你大姑爺拌上一大碗，不用動火下鍋，眨眨眼兒就中了。保你又開胃，又涼快，又儘飽喫，不用愁路上怎樣。俺看就這麼著了，你長老千萬別再推辭了，就算墊墊飢，上城再喫好的去——說眞的，鄉下罷，粗茶淡飯，又是閉集，想大魚大肉招呼也不行……」

這樣子盛情，我祖父也只好隨和留下來。果眞沒多大工夫，一盅龍井沒喫完，尤府大娘便已親手捧來一大描花碗拌涼粉，滿得尖上去，淨是作料，不見涼粉。漓漓啦啦的芝蔴醬灌頂，澆在香豆乾丁兒、小蝦米、花椒葉兒、香椿末兒、芫荽碎兒那麼多的交頭上，調味的還有大蒜米兒、醃疙瘩丁兒、甜油、老醋、少許一些辣椒醬。合當又是菜又是飯了。

當下祖父也不客氣了，一面兜底把作料拌拌勻，一面又誇讚又道謝，撇著當地話：「俺這就不做假了——美味當前，果如尤奶奶說的，胃口大開；就怕不留神，口條兒都給帶下去了。」湊趣兒加上撇的當地土腔兒不怎麼地道，撩得一家老少都哈哈拍笑。

這當地壓根兒沒「客氣」這個詞兒，說了也聽不懂。主人讓客佈菜都口口聲聲的「別做假」「扨了喫」，意思最眞，只是聽不習慣的話，會覺得刺耳，未免太直來直往了。我祖父是眞的一點沒做假，唏哩呼啦的不一刻兒工夫，啯嚕個碗底朝天，作料根子也捧起大碗喝得一滴不剩，遂千恩萬謝了尤老奶奶和倆媳婦兒。

麥花小叫驢也給伺候得水料飽滿，撐得滾圓滾圓個大鼓肚兒，肚帶只剩寸把長，差些扣不上。祖父拍拍鞍韉下的驢肚子，笑道：「瞧，連牲口都『隔槽飯香』，何況人乎！」一一謝過尤府上老少，逕自上城去。

老城集，老早就連個城魂兒也找不到了，土圩子也只落下河堤上殘留一小段、一小段，給人老掉了牙之感。老黃河打西下來，遇城轉向南行，到老城集腳下復又轉個彎兒東去，故此這一帶大河彎子裡積沙又厚，又放眼瞧不到邊兒。想得出當年黃河黃滾滾流過這裡，裹帶多少多少泥沙，把個河槽填成高堆起來的沙丘。

若是繞向城西，走五孔大橋進城，沿路斷斷續續多有樹木遮蔭。可那樣得多繞二三里路，不如貫穿過沙灘，打西南圩門進城——一條路是弓背，一條路是弓弦，敢是要對直走過去。就便也看看差會打算蓋大醫院買下的地——祖父就是那麼好事兒，人家買地蓋醫院與他何干！眞是祖母抱怨的，人家螞蟻打仗，我祖父都要搶前去看個夠。

炎炎烈日下，沙灘白得耀眼。旗人管沙漠叫做「戈壁」，這片河灘可也是四下裡望不到邊兒，也是寸草不生。不過怎樣沒有生機，也還是偶爾見得一小遍稀稀朗朗，微含綠意的一兩寸長的苗茵，乍看錯當是蘆子、紅草之類剛冒出土的小筍尖尖。其實這種苗茵長到老也還是只有那麼高。苗茵剝開來，裡面是一綹白白嫩嫩的絲絲，細像銀髮，又還挺似洋人捲毛兒那樣，微打著波浪彎兒。城上居然有小販兒挎著籃子叫賣這玩意兒，紮成小把子哄小小孩兒的，嘦起來甜絲絲的嫩得不搪牙兒。大人多半不讓小小孩買來嘦，嚇唬說那是死人頭髮長出來的，似乎也能嚇得住孩子。誰都知道這苗茵出在河灘；更都知道，死囚總是拉到那裡行刑砍頭，是個髒地方——這在當地，意思可不是腌臢不潔的意思。說鬧鬼或甚麼凶地凶宅，都說是「髒地方」，或「那兒不乾淨」。

去歲長老教會美國差會買下這一帶近千畝荒地。官家的地產，沒人想要它，賣得再便宜也還是白賺了，洋人又不懂這塊地底細，算是佔了個大便宜。日後萬一出事兒，活該他洋鬼子倒楣。

地上莊稼是沒有一棵，地界和房基都已釘過樁子，單等明年開工，打算蓋上百間樓房，一面開醫院——把縣衙背後的醫院搬過來；另三成給北關內中等學堂遷到這裡來；另再一成留給牧師、教士、姑娘、大夫和家眷居住。

祖父曾與幾位西人牧師親蒞現地大致看過，儘管這地已在黃河東岸，地勢比沙灘高得多，發大水淹不淹到這裡，誰也卯不定。衙門是力保無事，可賣瓜的哪會說瓜苦？但看天意罷。再就是地界上與髒地方沙灘緊鄰，洋人哪有不知道之理？平心而論，這些洋鬼子縱有百般的不是，獨獨在這信德的修行上還是令人傾服，是眞的妖魔鬼怪全不在意。這拿國人來比的話，慢說一般教友，就是長老執事一輩，怕魔鬼還沒怕鬼怪那麼深。我祖父也差不多罷，給鐵鎖鎮花武標禱告趕鬼那咎子，臨到末後惡鬼母女現形拚上了，猛撞緊閉的屋門，十刀丟到磚地上噹啷啷響，不說花武標嚇個半死，我祖父也怕颯颯的抖個不停。說來也是五十步笑百步罷，可他洋人眞的就不在意這些，是壓根兒不信天地間有甚麼鬼怪，就是祖父趕鬼轟傳全縣，洋人牧師終還是認定那只是撒旦魔鬼。

打這裡舉目望去，縣城西郭就河堤上築的土圩牆，貼北邊兒順著堤勢一路迤邐過來，到這西南角上陡拐個彎兒折向正東而去，倒是跟老黃河走勢相伯仲。那座西南圩門便傲立在這堤身轉折的西南角上。

給尤府看祖墳風水，臨時現抓了兩本堪輿溫習溫習，過去並不曾專心探究，只是興之所至翻翻，待確知其出處信實，也就放心，沒再深一層去下功夫。沒想到這一回溫故而得許多新知，雖一點兒也未打算怎樣，興味還是未衰。摸一摸驢背上的褡褳，前番使用的羅盤還在裡頭，便取出來托在手上打量一番。日後這醫院大門敢是要對城而開若得坤山艮向，方始無礙有吉，也正合陽宅坐空朝滿之法。怕的是取正向，門對正東，酉山卯向，差偏四度即犯巽雞之煞，「八煞八煞，勾勾搭搭」，大小總是個凶。這醫院關乎千萬人的死生榮枯，不比平常人家，吉凶只不過一門一戶。日後究竟如何，風水還須看人氣。他美國差會開辦這醫院，只須心正，爲的是上帝與庶民，必定還是逢凶化吉，便八十煞也拗不過上天旨意。

當初我祖父玩味這堪輿之學，確知是周易衍生之術，便以其可信而放心，至于未再深入；其時祖父對基督教認識尙淺，兩口子之所以領洗歸主，十有十成爲的是哄著虔信的曾祖母歡心罷了。當時祖父秉持的是儒家「以德通天」，也便無意于枝節之術。及後認眞的信奉起基督教來，得到一個「因信稱義」之寶，適與「以德通天」相融會，越發不把以術謀福放在心上。爲此，祖父三十而立，便立的是舉凡周易所衍生的星相卜算，無一不予相信，唯是不作信靠，壹是以信德爲本。這樣便也修得個無忌無礙，無疑無惑的金剛不壞之身。

不過經與西人往來多了，祖父處處憐恤起西人的一向不解天道行于人世究是怎樣一個體統，總把中國所有星相卜算一概視爲交鬼、交邪靈，與魔鬼交道的迷信。

其實西人也只是知其一、不知其二。豈知猶太人一樣的也自古至今皆耽溺于星相卜算，否則也不容一一載之于聖經，如景星指引三高士尋得聖嬰朝拜；如約書亞記中祭司以利亞撒奉得上帝玉旨，聖諭以「烏陵」、「土明」、占卜問神；說實在的，整一部聖經，莫不是記載的天道運行于人世。奈何西人傳教愚而迂，猶太人星相卜算俱是眞道，他人行之便統皆怪力亂神，這叫誰服？

西人牧師中，只一位任恩庚，雖極年輕，卻能虛心，深知並珍重我祖父的學問，時或找著我祖父請益。不過那也眞難，誠所謂一部二十四史，不知從何說起。不過帶常的我祖父還是精簡又精簡，深入淺出把個太極、陰陽、五行、天干地支，給這位年輕的洋牧師解說了。我祖父自量經他這樣曲意解說，又是比喩，又是舉例，雖村夫村婦也該領悟，卻這樣一個聰明虛心的洋人，究竟能懂幾分，眞說不齊。就像那對碧綠眼珠子，瞧著你也像沒瞧著你，敢是這些粗淺的道理也會似懂非懂。

這任恩庚牧師眞算是西人中百不抽一的聰明人，可碰上中國學問，即就像個木頭人了；俗說隔行如隔山，這隔國敢莫是如隔重洋。只這任恩庚算出類拔萃了，要緊還在珍重中國，不知者不妄口拔舌亂開腔，別的西人連這一點德性也告乏，何況又笨。眞就無怪康熙帝在羅馬教化王克來孟十一世「登基通諭」上親筆硃批：「覽此告示，只說西洋人等小人，如何言得中國人之大理！況西洋人等無一人通漢書者，說言議論，令人可笑者多。今見來臣告示，竟與和尚道士異端小教相同。彼此亂言者，莫過如此。以後不必西洋人在中國行教，禁止可也，免得多事，欽此。」

可西洋外國，拿中國學問沒疼熱的胡亂糟蹋，看在不知者不為罪的份兒上，還算情有可原；每叫我祖父難過的還是教會中不乏知書達理、乃至秀士之輩，也都洋人怎麼說，怎麼是是是，那樣子一無氣節的讀書人，我祖父始終不信那能在上帝面前蒙恩。

關于星相卜算，我祖父並非一味的護短；尤以悟道之後，對這些過去都曾一一玩味過的物事，更有清明切中的分別辨正，那就是相信其理，而不信靠其用。在我祖父看來，這星相卜算非但不造就人，反而于人于事多有敗壞。總而言之，其用可信其效驗，信靠者卻只為的是不勞而獲。所謂德者得也，以德而得者正道；以術而得者皆非正道，是即不勞而獲。正信與迷信，也就在上面分曉了。

一回與任恩庚牧師論道，祖父便曾指出這正信與迷信如何分野。即以名教來說，哪個教都是好的，只是一旦落入人的私心，或是年深日久不免偏行，那就難免不出毛病。教會中人傳道，常拿這些毛病責難中國所有的學問。可那哪是講道？教會不也是常把教友帶領到偏路上去？

試以那位孟石匠作比，那個看地理風水的江湖郎中，不過打著陰陽風水幌子斂財，卻把孟大戶一家坑得悲絕慘絕。可那也算到堪天輿地這門學問的賬上？

依此推論，教會開辦的醫院，名爲仁濟醫院，可仁濟醫院不曾治死過人麼？——單說那位院主鮑達理大夫，也是位牧師，沒見過有那種脾氣暴躁的傳教士，病人還未斷氣，就大吼大叫的吩咐人抬去停屍間，眞的不把人當人。

可單憑那麼一位大夫，就能指說仁濟醫院不仁不義？甚而指說委實很有一套的西洋醫術無用，只能送人命不能救人命？

醫有害人的庸醫，卜有不靈驗的庸卜罷？然則，總不能因這庸醫，就責怪西洋醫術之不可信；同理，總也不能因這庸卜，就歸罪占卜皆爲迷信。

實則單就卜筮而言，中國也絕不是凡事依賴卜筮，除非有疑待決；且雖卜筮，也並非悉聽卜筮。尙書洪範七疇稽疑，便十分清楚的條理分明：

汝則從、龜從、筮從、卿士從、庶民從，是之謂大同。身其康強，子孫其逢，吉。

汝則從、龜從、筮從、卿士逆、庶民逆，吉。

卿士從、龜從、筮從、汝則逆、庶民逆，吉。

庶民從、龜從、筮從、汝則逆、卿士逆，吉。

汝則從、龜從、筮逆、卿士逆、庶民逆，作內，吉；作外，凶。

龜筮共違于人，用靜，吉；用作，凶。

原本天人之際，就是這樣子裕餘有親。

聖經于此有不勝列舉的紀事，俱是表明上帝已經立意如何如何，且已親自昭示或藉先知示警，唯經王、祭司、士師或先知、乃至于百姓，至誠求禱，上帝還是會收回成命；就像這洪範稽疑末了的一條，那便順從天心，靜而勿動。可聖經僅止于記事，昧于人事上尋求出一個可循之途。猶太的先知忠于傳信，究竟不若中國聖賢的聰明盡心。商周之世遠早于掃羅王的首建希伯來王國，那時就已將天人之際交合的路途，尋覓出「稽疑」這樣子一套規矩，周延齊備，可放四海，可傳萬世；不又怎能稱之爲「洪範大法」。

按說幾位長老中，康宏恩、唐重生二位秀士都必念過尙書，怎能不明這些道理，一棒打煞中國經典的那根棒子如何舉得起、又如何打得下手?這都叫我祖父不解。

若就事功而論的話，邦國或朝代之間，中國向來行之若素的「興滅國，繼絕世」，三代以降，除卻元、清兩朝乏此漢家王道之思，所有歷朝歷代莫不如是。縱有征伐，也一本人不犯我，我不犯人之旨。孔子雖有「以直報怨」之說，也還是比對「何以報德」而言，儒家的仁至義盡，到底仍無異于道家的「以德報怨」。

可基督教前身的猶太教如何?單是打進迦南地，奉上帝之名，滅人之國七，殺人之王三十有六，無一役不是不分老弱婦孺，乃至牲畜雞犬，趕盡殺絕，不留一個活口。以此來傳「上帝乃愛」，成麼？若非基督降世，以身殉道爲挽救祭，則何以證果「上帝愛世人」？

基督眞道無可質疑，然而其于事功如何？後世如英國，以基督教爲國教；它如法、德、意、斡、奧、美、荷、西、葡、比等所有西洋列國，無一不是信奉基督教或天主教的國度，可這些國度給教化得怎樣呢？慢說從不曾有「興滅國，繼絕世」的義行，反倒無一不以「滅興國，絕繼世」爲光榮。那樣的強橫霸道，殺人越貨，乃至謀人貨殖，奪人土地，亡人家國，滅人種族，教會能夠與之無干？教會若能將這些推卸個乾淨，則所有差會何不各在其本國本土重新宣教，老老實實先把自家的國王大臣官軍百姓教化上道兒，再赴別國傳道？否則，己不正，何以正人？己不救，何以救人？

如今，這般傳教士卻要千萬里外，千辛萬苦跑來中國，是要正中國，還是救中國？所傳的教，是教給中國人捱揍了左臉，再送過右臉去找揍？那豈不是教給中國，要趁安南、緬甸給人霸佔了去，再趕緊把兩廣之地也做個饒頭奉送過去？又豈不是教給中國，要趁海關給強佔了去，趕緊再把內地、大小關卡也都拱手讓人掌管？又豈不是教給中國，要趁上海、廣州、天津衛、威海衛等地給強劃了去的租界，趕緊再把北京、江寧、濟南、開封、西安等所有通都大邑全都劃地招租？……

但凡粗通事理，略曉國是的中國傳教士，所有這些左臉右臉、內衣外衣種種教義，儘管俱是大道，卻都此時此地講不出口。若說村夫村婦愚笨無知，不曉得洋人怎樣欺壓中國，可以不必顧礙，那才是欺人欺世，欺心而尤欺天。再說，村夫村婦當眞不知洋人爲非作歹，那又何來義和拳起而扶清滅洋？洋鬼子的惡跡昭展，已是盡人皆知，豈容傳教士一手盡掩天下人耳目？

爲此，聖經中的道理，我祖父傳教以來，便有斟酌衡量，有的傳，有的不傳。

在我祖父看來，一則，以色列人分明一賤民。而上帝所以以之爲選民，基督所以降生于此邦，皆旨在「明上帝之明德而親民」。聖經中在在表明上帝愛世人，甚至愛到即使如此賤民也拿當心肝寶貝的地步。以是之故，施予賤民的教訓，便不必盡施予經已教化有德之民。再則，以色列傳得一部大經，是上帝藉之示警，以期萬世萬方萬民切勿效其劣行。故以色列人所作所爲，俱屬惡例，儒家倡忠恕之道，本于隱惡揚善，因而聖經所載事蹟，不必盡傳。三則，舉凡不合國情禮法而被視爲洋風洋俗的種種，皆提也不可一提——如直呼至尊上帝之名耶和華、救主之名耶穌，就挺大逆不道；蠻夷未受教化者，才會那麼沒上沒下，不知尊卑長幼。

我祖父曾以此三者就教于諸牧師、教士、長老，也是除了任恩庚牧師肯于接納下來去思想，卜德生老牧師八面玲瓏，嘻嘻哈哈不置可否，其餘無論西人、國人，都似乎對此不值一顧，有的甚至驚懼上帝的選民應是聖民，怎可以稱之爲賤民——不言而喩，該是我祖父離經叛道了。

還有就是一個天道與人事的分際交融。

是凡名敎，依我祖父所略識者，無論爲道、爲釋、爲回回教門、基督教與天主教，莫不具有化世之功，也莫不缺乏治國之用；即所謂「國之要在政，天下之要在道」。一部聖經治天國有餘，治地上之國則迄無所成。何況以色列寡土小民——七個以色列也才抵得一個山東大——又凡百無能，悉賴上帝，人事素乏建樹，幾無經國治世之實學。外邦只須彈指之功，吹灰之力，即足亡之；且亡之又亡，復國無日。至今猶然遺民亡命于世界列邦——河南開封府即尚有俗稱「藍帽回回」或「挑筋教」的「一賜樂業人」，改從漢姓者有趙、金、高、艾等七姓遺民。今逢世界列強諸霸謀亡中國日急之秋；若欲奉天得力以養修齊治平之功，這救亡圖存，經國治世，終究還須求諸儒門之道。

教會中的行話，稱傳教爲傳道，這道敢是專指聖經之道。不過但凡稱之爲道者，道只有一，猶之天地主宰只有一位皇天上帝。這就是俗語所說的，「天無二日，國無二主」，至于有異，非指日有二，主有二。聖經有言：「日頭照好人，也照惡人」，也就是「天道無親」之意。唯這日頭照在乾沙灘上，穿了鞋子走在上頭還是燙腳；照在田土上就沒那麼燙法兒。以色列承恩于天，對應出一部聖經寶典；中國承恩于天，對應出不止五經，尚有無盡的諸子百家。這其間的差別，就我祖父所見，拿四書大學的首章來衡量，這聖經于明明德的功夫上，該是無與倫比——上帝親自明其明德不是？只是以色列有聞必錄而已，並未能轉化創造于親民，由是可知以色列虧欠于上帝者至深至重。

至于以色列的一無經國治世之學，根底上欠缺親民事功，倒也于他國他邦無傷，倒楣的也不過只限于他彈丸小國自身的盛衰興亡。可憐恤的卻是悲在其無能于親民，由而也不得眞知天命，自其始祖亞當一路下來，欺瞞詐騙，貪得無饜，其兇殘暴虐莫過于殺盡埃及全民長子，以及覬覦迦南之地，一再亡人之國，滅人之種，結果除了自身慘遭「亡人者人恆亡之」的惡報，且以其凶煞業根，誘人入罪；經由教會西傳，夾襍于明明德之道，假傳上帝玉旨于西洋列國，使之無不效尤以色列殺伐霸佔迦南的無道，分向弱小施暴侵佔，以至東來吞沒中國四鄰藩屬，進而豪奪疆土，垂涎中原，此豈上帝仁愛之道？這樣則聖經的道理安得盡傳？即便盡傳也仍欠缺親民之用。如此則何敢輕言傳道？傳之而又安得不備加怵惕誡愼！

祖父找到一遍苗茵，留下驢子啃草，自個兒標著眼前所見的這上千畝地界樁子，踏著多半盡是燙腳的沙地，約略走上一個內圈兒，只爲心上大致有個數兒。祖父頭上戴的是潔白麥稭辮涼帽，沒甚麼款式，像個小鍋兒覆在腦袋上。可這種涼帽上自朝廷命官、欽差重臣、封疆大吏，逢上暑日，莫不一律頭頂這種小鍋兒，只不過頂子上披一把紅絲縧繐子而已。

這一帶平洋之地，起伏有限，憑我祖父這點兒道行，不扳書本兒查來查去，還眞難摸出甚麼起脈走向，結果仍只在要開大門的所在，坐向方位有那麼點準兒。到此我祖父倒是無端生出一個小小惡念——星相卜算，你都不是看做甚麼邪靈、甚麼交鬼麼？連我祖父自己也不曾想到，一個「風水」就「杯酒釋兵權」，把個尤長夫、尤管帶的翎子給摘了；把個近在城根、早晚就要出事兒的拳廠給打散了。咱們就再邪靈一番，交鬼一番，讓這醫院大門犯沖八煞去！不見棺材不掉淚，到那時就管叫你洋鬼子、二毛子知道厲害了——這麼個小小惡念，祖父倒把自個兒給逗笑了。

佈道、傳教、培靈，敢都是明明德的功夫。這開學堂、開醫院、放賑放糧，該就是親民了。教會在這上頭僅能做的、又做得到的，不過就是禿頭上的蝨子，明擺著就這有限的幾樣兒，可人世龐襍紛紜，哪就這樣直勃籠統，粗枝大葉？洋人自以爲這都不知是多大施捨，已足令人生厭；教會中長老執事和教友，更都把這奉承爲無大不大的聖心善行，無上功德，則越發叫人惡心。這竟使我祖父跟咱們一家人早晚生個毛病，從不去醫院受施捨——按照民俗，甚麼便宜都可貪，唯獨看病喫藥不花錢這個便宜佔不得。也好在小病不愁家家戶戶都有現成的單方和草藥，祖父自個兒也跟所有讀書人一般，好歹總略通一些岐黃。大病倒是一家人誰也沒生過，就算生了大病也準是請先生按脈抓藥才算正道兒。爲此，男子女子學堂一再商請我祖父就任教席，我叔叔也挺可以進學堂去習習一些英國文、西算、博物等西學，我祖父也總是能推則推，能躲則躲，不愁沒有婉轉藉口。

濟人和育才，原本是大善事沒錯兒；可比起西洋打中國霸佔去的地、殺害掉的人、擠搾去的銀子、毀壞掉的產業，這善行再大，可又算得九牛一毛麼？以這些善行贖罪的話，罪是萬死莫贖的罪，罄竹難書的罪，可以贖的麼？捨此而以認罪悔改爲首要，爲信徒入教的不二法門，則備受洋鬼子欺凌殺戮的中國黎民，罪將安在？這又是傳教的一大難處。

數洋人之罪的話，義和拳要是清楚安南有多大、緬甸有多大、現又給霸佔了去的台灣有多大，還有一個條約給訛去了多少銀子、海關一年給吞去多少稅捐、洋油洋碱洋紗洋布洋鎗洋炮所有洋貨又給賺去多少暴利……義和拳要都清楚這些，那末燒幾所教堂、剝幾張洋人皮、凌遲幾個二毛子奸細，總也不過分罷，上帝都會插手幫忙罷——「我已把你的仇敵交在你手裡」，這可是上帝常對以色列民降下的諭旨。按說以色列民才受多少苦，上帝都肯幫忙叫埃及人害痔瘡。比對起來，中國百姓該受西洋人、東洋人多少苦——咱們家就是其一。上帝會強逼咱們先認罪再說麼?

君子貴乎責己，認罪悔改是要從這上頭來過，萬不是先就給貶爲芻狗，跪著爬著的罪該萬死，這是一。像咱們給東洋鬼子炮火連天，毀得家破人亡，祖父眞的是先就自責深負天恩、深負慈恩，痛悔前非，徹頭徹尾重生而換了另一個人。只是若那東洋人來個牧師——和尙也行，要我祖父就這一場血戰罪己，招認禍由自取，隻字不提他東洋人屠城略地，燒殺搶掠種種惡業，則這人間尙有天理乎!

想到適才臨時起意要讓這所醫院和學堂開個大凶門的一念，其實比義和拳也沒甚麼高明，同是受的君子害，同是報的小人仇，以直報怨到得這麼地步，也是夠慘的了。即使就是這麼點兒意思，也都成了惡念，不可再有下文。洋醫院究竟濟的是中國人，洋學堂也究竟育的是中國才。濟人育才既有功德，天道無親，常福善人。以德通天，因信稱義，堪輿神功到底還是盜天之術，非天所授，非德所得。

上西南圩門，須爬一段陡坡，祖父拉著驢子來到坡底，一仰首間，但見圩門那裡平空三、四名兵勇，揹刀荷鎗在走動，似乎頗不尋常。牽著驢子上坡，祖父心想，甚麼風聲緊到這樣，總不至于禁人進城罷……

# 妖孽

兩槅杉木槓子打造的柵欄門，只少許開啓一槅，空檔裡還拿鐵鍊扣住，只容得單身人兒出入。我祖父遠遠便認出這幾個兵勇都是大軍糧子快鎗隊，不是縣衙門管屬的團練士兵。

依我祖父所知，袁撫台履任是帶了自家練的新軍「武衛右軍」來的。只因握有兵權，遂將全省原本三十幾營的勇營收編，整頓出二十營的勁旅，綏靖保民。眼前這般兵勇敢就是駐紮南營盤的甚麼營罷。

看上海來的申報，時論有責難前任巡撫毓賢者，指其一手縱容義和拳，聽由坐大，以致橫生亂源。話是沒錯兒，也是實情，可內情不就那麼簡單。想那毓賢撫台任內，外有德國租去青島膠州灣，橫行膠東，一下子就半個省境都任由金毛鬼子作威作福；內則毓賢自身一無兵權，省內勇營率多陽奉陰違，不聽調遣。適好地方上有辦拳廠練神功的，總頭目朱紅燈願將一向「反清復明」旗號改爲「扶清滅洋」，命撫台大人。毓賢內外皆受轄制，伸展不得手腳，敢是樂意送上門來的義和拳，收編成團以供驅使，委實也是情非得已罷。設若新上任的袁撫台手上也無一兵一卒，膽敢虎皮交椅還沒坐暖，就把朱紅燈抓了砍頭，還又頒下那「死人條」？

還是怪天氣太熱，一段不怎麼長，也不太陡的斜坡，爬得我祖父居然有點兒喘呼，掏出手巾直擦汗。往常從沒見過城門圩門有這樣子把守森嚴，至多有過宵禁，可那也不曾一個小圩門就這麼些官軍把守。看樣子出入行人還要盤查的樣子。

祖父抹著脖子，回頭望一眼來處，白灼灼耀眼的沙灘直泛到天邊兒去。從那邊過來，連棵小樹秧子也沒有的大片光禿禿荒地上，全不見一個人渣巴，不覺心裡怵了一下。想剛才一個人獨自的走來，不知還在多老遠，就已給這坂頭上幾個兵爺子緊盯慢盯，直盯到他爬上斜坡來。平時敢是沒甚麼，誰還管著誰騎驢行路來著？可既然這樣放哨把守，不定出了甚麼大案子。適才單人獨個兒行路過來也就罷了，卻在那上千畝的荒地上繞來繞去，誰也猜不出他在那兒幹嗎。只怕早就惹得這般大軍糧子見疑，盯緊他不知打算怎麼樣圖謀不軌呢。

果然還未等到我祖父走近圩門，兩個兵勇便已捧著快鎗迎上來，一面喝問甚麼人、打哪來……那是個外鄉口音，弄不好還許是個關東人。

我祖父沒及時搭話，想要走近點兒再說，免得大聲拉叫，氣喘吁吁的還未平下來，叫人聽了倒疑心他心虛怕事兒。

先頭走來的兵勇沒理會我祖父，逕去我祖父脊後，搜查驢背上的鞍韉和捎碼子。沒提防耳後冒冒失失喳呼喊叫的：「嗬，你這位老鄉，眞是旗桿上紮雞毛——撣（膽）子大得可以！」

祖父給嚇了一跳，有啥犯忌的不成？急軸過身來，但見身後這個兵爺鎗托指著驢鞍韂，另一個忙繞過來看。我祖父一時還弄不清楚喳呼的甚麼，這才見到鎗托抵在鞍韂下墊的深青棉線粗毯當央，那上頭有個跳線織出的白十字架，那還是湯機房特意織造贈送的。跟過去的這第二個兵勇像看到甚麼難得一見的稀稀罕兒，提眉吊眼的叫道：「這不是洋教那玩意兒！」忙問我祖父：「帶這玩意兒你還敢鄉下去亂跑？」

這才祖父給逗笑了說：「沒啥敢不敢罷，傳教嘛哪城上鄉下之分？」

圩門柵欄那邊還有兩個兵爺，也三步兩步急忙湊過來，四個人一式兒神情，疑疑思思的你瞧我，我瞧你，不大肯相信我祖父是打鄉下上城來的樣子。祖父笑說：「起碼罷，老城集是啥事都沒，咱們傳教的還與扯謊賺人不成？」

四個兵爺大約見我祖父是個斯文細緩，有點學問的外鄉人，又是個傳洋教的，不免有幾分敬重，便沒再搜查。我祖父就有與人廣結善緣的天生本錢，人見人親，撩得幾個兵爺多嘴饒舌起來。柵欄門脫鍊打開，讓人跟牲口進來。祖父水菸袋有花武標孝敬的鳳台極品皮絲菸，火鐮頭打火，點燣了紙媒子，門樓陰涼裡讓幾個兵爺輪換著嚐嚐過癮。像要回報極品皮絲，一個個你能我勝的把甚麼甚麼全都抖露了出來。

打剛才這幾個兵爺衝著十字架大驚小怪那神情看來，我祖父已料得個六七成；幾個笨瓜經不住我祖父似問非問套來的口風，果就不出所料，大天白日來起這門禁甚麼的，眞就是對付義和拳來著。只是套來的這些口風，著實叫人訝異，簡直個兒在玩兒戲。

原來近日省上撫台衙門連連火急飭令，因據報尙佐縣南鄉有股拳匪蠢動，欲謀破城，于是嚴飭州府協鎭就近火速進剿具報，並重申中丞前頒「嚴禁拳匪暫行章程」——即官民大半皆知的俗稱「砍頭大八條」或「死八條」，並加令：匪首及重要從犯一經捕獲，驗明正身即行就地處決，不必押解進省。準此，本縣駐紮南營盤的官軍，奉得府裡協鎭軍令，除分兵把守城廂外，已派遣王副管帶率領一哨馬隊五十名，今兒絕早開拔，奔赴南鄉請剿。

這幾個兵勇知曉的、輾轉聽來的，大抵就是這麼些。是拿極品皮絲換來的，約莫有個七八成可靠。

我祖父先還替老城集尤府暗呼一聲「險！」繼而一琢磨，卻覺出這其中另有文章。

官軍協鎮受督撫節制指揮，原是常規。只是未見縣衙絲毫動靜，協鎮用兵也縣衙一無所知，看勢頭似乎撫台已把知縣怪罪下來。果若如此，上峰視這位縣令黎公知情不報，那可就要喫罪不起。

可這位黎太爺哪那麼簡單，看似抗命，自管暗盤弄他的團練其名，神團其實，挾地方勢力以自重，怕也斷不是甚麼血氣任事，意氣用事。做官爲宦者哪有拿烏紗帽不當事兒的胡要那個道理；況乎這位縣令舉人大挑任官，得之不易。這其中不定更有極高明的官場權術，跟要把戲的繞眼法兒那樣，看熱鬧的明知是假——像那大卸八塊兒，將個活人一塊一塊兒肢解，身首異處，那腦袋還自拉腔扯調兒大唱：「楊延輝，坐宮院……」瞧不出一點兒破綻，你倒是信還不信！

這幾名兵勇抖是確實抖出些信息，可有些推測和猜想卻一聽即知是道聽途說，大半無稽。若說縣衙給官軍甩了，玩兒了，那只怕是彎兒都不曾打一個的直勃籠統之想；究其竟誰給誰耍了，那可還在未定之天。

先說這四鄉，東、西、北鄉盡都難防沒有拳廠壇口，唯獨這南鄉，有個花武標坐鎮，徒子徒孫徧在，半個拳徒也萬萬容不得；可官軍大張旗鼓下去清剿，東、西、北鄉都不去管，單單偏揀這南鄉，這其中豈不大有文章！

且不說這般大軍糧子——這還是袁大人親手督練的新軍呢，居然瞎目瞪眼，地方上風吹草動一無所悉。兵法有謂「知此知彼，百戰不殆」，兵事至低的看家本領，這要怎麼說？無怪遼東一戰，主將雲集，兵員如山，火炮戰船種種俱強過東洋而竟遭全軍覆沒，「殆」得于情于理皆不通。五十騎的馬兵將何所獲？弄不好，抓兩個無辜回師交差罷？

這且不言，那是何人逕向省上舉發？而獨指南鄉有拳徒暴亂又是何用意？是何居心？

我祖父把這些打心上一過，便推測出十有九成是這位黎太爺弄鬼。躲不住暗中勾結鄉董紳縉，私練神團、私放黑官，紙包不住火，終爲省裡風聞。他黎太爺省裡打點得宜，信息靈通還又不愁無人爲之疏散，以至安排了一齣「空鄉計」。不會看戲的看熱鬧，鑼鼓喧天全武行，只看到黎知縣給人告發了，官軍給指使去南鄉清剿拳匪，但等此去端了個壇口，捉拿到首犯從犯一干拳徒，這縣令就有知情不報，縱容養奸之罪，必死無疑，何止丟頂紗帽。可會看戲的就該看出門道來，南鄉壓根兒連個拳徒渣巴也沒有，捉拿誰去？原本那個舉發就是謊報誣告，一經查明，淸者自淸，白者自白，他黎太爺落個還我淸白，穩保他正七品紫鴛鴦補袍，素金頂戴。能說他黎太爺萬不至出此上策保住官位麼？

這都不過是我祖父看事調理，自設一盤棋局罷了。只是官場上眞有這盤局，固算不得稀罕；就算不至有這麼一手，也未見得能給官場增光。想想自個兒逃進關來，落個脫籍的空頭舉人，也就罷了；派個啥官兒，那罪也不是人受的——要耗盡那麼多曲曲拐彎兒的心思！祖父因又想起當年中舉，一位藩台任上罷官的父執老前輩關問起何時會試，我祖父稟明並無意仕途，僅以鄉試得中一報父祖，二慰慈恩而已。那位老前輩稱許之餘，不禁慨嘆：「小世兄，這就是你的高明了。人貴澹泊明志，潔身自愛。說句村話，官兒這玩意兒，配比女陰，人人皆嫌其髒，人人偏又爲之貪享躭溺，生死以赴。能如你小世兄這樣淸心寡慾，置身事外，可說是千萬人中不一見的高人了……」

一位從二品的高官大吏，宦海沉浮，玩味仕途而至出此乍聽似甚荒謬之論，訴與小輩，也該當是肺腑之言了。只是話說回來，這位老長輩若非因案罷官，依然春風得意，怕也未必就有那等清明，不定猶在貪享躭溺難棄難捨的所謂女陰——村雖村，那可眞是妙喻。每想到這位老前輩，我祖父總不免莞爾一笑，也分外慶幸冥冥中上天早有揀選安排，保住人身。

臨去，祖父捏著涼帽簷兒，給兵爺們兒幾個一一弓腰施禮，道了辛苦。拉著驢待要下坡去，無意間掃過一眼，打這西南圩門裡小小犄角兒高崗上左右瞧去，沿土圩牆朝東朝北迤邐著長長河堤，隔不多遠便是一個兵勇，荷鎗把守一縱身即可躍過去的土圩牆。剛剛子午炮響，此刻正值當午，老陽直上直下的降火，可眞熱得夠瞧的。不比圩子門樓這裡，多少還有片兒陰涼躲躲；圩牆那裡一無遮攔，那土圩牆給下火的日頭烘烤生煙，怕有燒紅了的土灶鍋框那麼個燙法兒。喫糧的說也眞夠辛苦，那一身前後心兒都綄上個勇字的號衣，小領口兒，長袖籠，大辮子抵得上一條貂皮筒子，打脖頸後一路敷住脊梁骨兒蓋下來，不止暖火，該焐出整遍整遍痱子來。傷了風的話，來這兒獃上半個時辰，就不用扳火罐兒了。

可這麼喫苦受罪，所為何來?可可的就是「主將無能，累死三軍」。按理說，不管是不是這都給黎太爺的圈套給罩住了，堂堂的武衛右軍——也或許是勇營給收編了的武衛右軍先鋒營，竟對地方上民情這麼樣的兩眼烏黑，要這樣的大軍糧子中啥用!

其實這些也都不足為奇了。如今上從朝廷、中堂、下至撫軍衙門，哪不都是又聾又瞎?尤以這兵事上頭，耳不聽，目不明，打甚麼仗!兵法說得多嚴：「不知敵之情者，不仁之至也，非人之將也，非主之佐也，非勝之佐也。」是眞的枉受國恩，喫「冤枉糧」，無怪跟東西洋，一回又一回大喫敗仗。可從來只怨人家船堅炮利，照眼前這個光景看，分明就是蒙住倆眼去打義和拳。果若有個拳廠等在那兒打埋伏，你開去五十名馬隊當得了甚麼？一問三不知，給喫個乾淨還不知到了誰的肚子裡。沒的快鎗快炮敗給了義和拳，反叫義和拳不是神團也是神團了。

就拿東洋矮鬼子打遼東來說，北洋兵船比日本的大、比日本的多，船炮都比日本的船炮粗，出兵比日本出的多得多。單是旅順口那出名的八炮台，沒一處不是白石山、虎尾山、黃金山那些千年萬載的紅石、青石、愣鑿出來的深窟地道。裡頭囤的彈丸火藥糧草，打上個三五年也無需外援。連西洋紅毛鬼子都說過，炮台固若金湯，港口子小，港肚子大，嚴冬不結冰上凍，數盡西洋列國，沒一處軍港比得上旅順口這樣子天成。北洋水軍更是誇口旅順口天險配上築城，縱令三尺童子把守，也足保萬無一失。

不管那是漫口吹噓，還是實情，炮台軍港不可謂不是易守難攻。可那一仗眞打得祖宗八代的臉都給丟盡了——實則，仗在哪裡?仗打了沒有?鎮守旅順口的觀察使龔照璵大人，受不住日本水軍接連兩三天港外故佈疑陣，吊吊閑炮，就已膽戰心驚，電報四處求援。日兵繞過金州小路進軍，龔老爺也沒弄清敵手才只不過一支小隊，不足百人，鎗聲一響，就拔腿溜之乎也。龔觀察手下統領黃仕林大人，一聽說上官聞風逃遁，也就趕緊跑掉，空讓東洋小鬼子不傷一兵一卒，就輕而易舉拿下經營上百年的炮台船澳。

那個當口，旅順城裡都還一無所知呢，戲園子裡，名角小雲仙、朵朵紅，可還「後庭花」唱得滿堂彩，熱鬧非凡。水軍統領丁禹昌得到告急，才戲看到半中腰兒，退出包廂跑掉。

前後那麼一場趕鴨子大戰，未還一彈，打也不曾打的大敗仗，可說是「不戰而屈己之兵」，豈不盡是敗在既不知彼、也不知此，又聾又瞎這個毛病上？

祖父繞繞道道來至內城小南門，這裡也有兵勇把守，只是有點像虛設，僅僅兩名挎刀的卒子閑散無事，未閉城門，也似乎沒把來往行人看在眼裡。貼著城隍根兒，我祖父繞過大半邊城汪，慣常把驢子拴到汪崖一排石椿子上，獨自肩膀搭上揹碼子走開。

城汪一片膩綠，水面大半都讓絲苔和小浮萍給封死。靠近城隍根兒那一溜，倒是稀稀落落生些荷葉，長得不大起勁兒。人說「城門失火，殃及池魚」，果須打這城汪裡取水救火，儘可放心，這髒得可以的大塘裡管保一條小魚秧子也沒有。

順著比城汪還髒十分的文曲溝北走，橫在前頭的大街名喚衙前街，卻沒誰記得，也沒誰那麼斯文；打這文曲溝上的落魂橋起，往東那一段都統稱衙門口兒。文曲溝一溝的黑汙水是糟蹋了文曲星；落魂橋若不明就裡，還覺乎著有點詩情纏綿，卻不知指的是死囚押赴西城門外黃河灘去斬首，打衙門裡解出來，走過這座不打眼兒的小石橋，那魂靈兒就已脫身而去。

落魂橋頭的餛飩，倒是全城只此一家頂有名，貴在高湯，不靠醬油香油甚麼的調味提鮮兒，俗稱白湯餛飩；別家學不來那高湯濃淡，要不是過于油膩，就一定清湯刮水兒。好幾代傳下來的絕活兒，傳媳婦不傳閨女，沒招牌也不求發旺，一個「落魂橋餛飩」，就夠世代傳承，薪火不絕，天長地久。

整衙門口兒的喫食，差不多都是這樣子各有個拿手絕活兒，哪怕怎樣興旺，原本是個挑子、是個攤子，好似都忌諱忘本，世代相傳永久還是個挑子、攤子。像劉瘸子胡辣湯、鮑對眼兒豆腐腦、何麻子油煎包子、古和尚火食、丘禿子燻肉、黃狗豬頭肉……挑子攤子一旁也興擺兩桌地八仙、背後也興擠進去個小店堂，太陽大了或下雨天也興扯個油布篷子，可除了丘家燻肉店有個正式正道兩大間門面，高到屋頂的大鐺子鍋終年噴散燻香，老闆也是一代代中年即就敗頂敗得童山濯濯，此外所有各式兒喫食，莫不是自管挑子鍋、攤子鍋裡出貨，一天就只賣那一鍋。眼前這輩老闆，沒見誰是個瘸子、是個對眼兒、麻子，或刮個和尚頭，不知是隔有幾代的上人憑那諢號創出的招牌，不計那名目體不體面，生意做得俏就行，以至于流傳到今兒，口碑不衰。

我祖父啥都澹泊，就是有點貪食兒嘴饞這個毛病，衙門口兒三教九流熟識得很，教會裡也挺不滿祖父這樣子頗有同流合汙之嫌的附從世俗。「人活著不是單靠食物」爲耶穌斥退魔鬼的名訓，敢是也好援用到我祖父身上。

尤府上那一大描花瓷碗的涼粉挺壓餓，此刻還飽飽的一肚子。可祖父一走過落魂橋，順腿兒得很，還是餛飩鋪子口兒坐了下來歇腳。門旁一株彎柳，倒很陰涼兒。

說起這衙門口兒，丁字路兩條街，大半盡是客棧、煙館、娼館、菜館。衙門轅門正對面，高高影壁前那一方空場子上，大半讓些喫食挑子、攤子給佔了去。這一帶敢是享樂自在之地，可人一提起衙門口兒，只覺乎著那跟鄰近的城汪都是一般的一攤混水。

城汪周遭人家，常川划著等磨桶，撈那水面上永撈不盡的小浮萍來餵豬餵鴨子。官民人等裡那輩碎褋子琉璃球混事兒的，也是常川在衙門口兒這一口高湯大海碗裡，爭相下口啜那湯面兒上漂著的油花子。舉凡代人說事兒的、打點的、調停的、撮合私了的、打官司的、走門投路的，不用說，個個都得借這些吆喝玩樂打交道，各有好處可落——俗話說的「刮油水」。長久過來，「衙門口兒的」，也就成了一流人，多不過盡是成了人精的刀筆吏、衙役，給人喚作「黑墨嘴兒」的訟師。油水打臉前過，哪怕就只是一碗蔥花醬油拿開水一沖，再溜上兩滴香油的所謂神仙湯，也有本事尖起鳥嘴兒，啜盡那一圓一圓大小油花兒。

我祖父這個傳洋教的華長老，就該是位德高望重的正人君子，可衙門口兒也挺熟人熟事。若說是來來去去不過打個尖兒，胡亂吆點兒甚麼墊墊飢兒，卻有時也來壺酒，拿錫酒鱉子沒進開水裡熓得一股子熱香的二鍋頭，切一小盤兒燻滷下酒。這在縣城裡也不是別處沒有，像東門口兒、教軍場，多的是這一式兒的吆吆喝喝，價廉物美——雖說教軍場遠在城北，東門口兒也不很順路，可我祖父還是喜歡的衙門口兒吆喝之外別有個意思在；官家大事小事、三教九流各式兒人色、小城種種民情流風、乃至世俗怎麼看他這洋教……只須常打這兒過，泡泡拉拉，耳目不暇給，自是見多識廣。就說現下這位父母官黎太爺罷，有心打聽的話，今兒閑聊不出甚麼眉目，明兒就有人聞風跑來，專程給你來一段兒，精彩不下于說書。要這樣還嫌不周全，壓一天，不定連太爺的祖宗三代都有人給你細說個端詳。凡事不出三五天，包你前三皇，後五帝，啥都幫你刺探了來。

這位黎太爺雖則巧之又巧與我祖父同是乙酉中舉，我祖父也可攀上個年兒，只是年歲上差多了，如今業已年逾不惑。聽來的是這位太爺三科會試盡告落第，本已這輩子仕途無望，倒是幸逢聖上恩旨，疏通寒酸，年過四十還能碰上大挑得中這個機緣，還又獲放知縣，眞十不一見，也算尙走老運，又安得不謹愼怵惕，用盡心機保住前程。

依我祖父所知，舉人大挑概免書案筆試，唯重相貌氣宇以及應對機智。應大挑只須取具同鄉京官印結，呈報禮部，咨送吏部請旨差派親貴王爺、貝勒貝子等出任挑選。應大挑者按省分科，十名一班入場，跪報試官欽差，次第高聲自述履歷。典試大員先令不合格者退出，就合格者中挑選出一等者，以知縣任用，二等者爲教職學官。這位黎公太爺，想必是相貌堂皇，氣宇軒昂，顯得年輕煥發而又言詞應對卓異，不然則斷難列上一等。

就在這落魂橋餛飩舖子門口柳樹下，幾個喫衙門飯的當差小吏，聽了我祖父沒見過太爺卻推斷出太爺的相貌身架，言談舉止，莫不驚服這位華長老的神機妙算。

我祖父卻謙稱他這只不過按照「大挑八等」猜想猜想罷了，萬說不上甚麼神機，甚麼妙算。

這一干當差小吏都還聞所未聞甚麼「大挑八等」，鬧著我祖父教示一番。

祖父這才打捎碼子裡取出水菸袋安菸。火紙媒子才抽出來，便好幾隻手搶過來點火。拿火鐮頭打火的趕不上擦洋火的快，兩下裡惹起小一陣兒笑罵。

咕嚕了三袋菸——這有一說，富兩袋，貴三袋，窮倒楣的無數袋。祖父把火紙媒子戳回媒子管兒裡，吹起「大挑八等」來：

「這舉人大挑，說是六年一場，可同治年間到今兒，也都沒按時來辦。擱上三科不第，不許再考會試，又還要年力精壯才行，挑中的爲數不多，大半也不爲人知，無怪你各位爺台無所不知，偏對這個生疏。

「所謂這八等，大抵還是指相貌氣度來說，總共分出『同、田、貫、日』跟『氣、甲、由、申』八等。和光同塵的『同』，臉方體正，身架魁梧，是頭等相貌。田園將蕪的『田』，端正方厚，身架矮矬。融會貫通的『貫』，頭大面正，身架修長。日月星辰的『日』，骨骼精幹，高矮適中。這三種都挑得中，可只算得次等。酒色財氣的『氣』，是指形體面相都不正。甲乙丙丁的『甲』，長相是頭大身子小，上寬下削。情由事理的『由』，小頭大身子，上削下粗。申冤告狀的『申』，敢是上下皆細小，中腰鼓肚兒，打嗄嗄兒的青果相。這四者可就全不合格，十名一班進去，這四等就給試官欽差揮手叫退。故此俗話有說：『願生屣命，不生屣相』，大概給大挑挑剩下的舉人老爺，最爲痛心疾首的就是恨生一副屣相罷！

「其實眞個兒的，這也只是有此一說罷了。想那典試欽差未必就照這八等挑選。一母生九等，人心不同各如其面，又何止這八等來著！」

這一干小吏聽了，直把我祖父視作滿腹經綸，不知多有學問。有的跟老板急索筆墨，趕緊一一記下。有的比試相貌身材，你窩囊我，我挖苦你。有的空自不平，嘮叨這相貌身材父母所生，天地命定，哪是自個兒好意的！命再好也不管乎，這哪行！也有的奉迎起我祖父，誇讚我祖父相貌身材，推爲頭等；不報大挑委實可惜。惹我祖父大笑：「像我這樣地道的甲字屣相，次等也挨不上。人罷，貴在知命，呆定窮酸的，連會試也碰都不敢碰，勉得三科不第，大挑又給轟出來，不是祖宗臉都給丟了！」

跟這般當差小吏，我祖父敢是不提甚麼無意仕途，說了也沒人懂，更不必此輩面前賣甚麼清高澹泊。

屣不屣的，可是個村話，原是指的人獸雄精，雄是個好字眼兒，雄風、雄姿、雄兵、雄才大略，罵人罵不起來，轉個音還是指的那話兒，是髒是淨立分，罵人也罵得極狠了。

適才這干小吏中一名刑房的廝錄事，提到過黎太爺籍隸膠東文登，這一說起屣不屣的，我祖父頭腦轉得快，不由得一下子嗆笑了出來。想這文登人可是出了名的嘴髒，就是跟長輩、跟婦道人講話，也免不了一口一聲的「屄養的」，故此人皆稱文登人「文登屣」。文登人自個兒倒有辯解，說甚麼去關東做教書先生的都是文登人，「文登雄」該是「文登學」說走了音。

眾人不明所以，跟著詫笑，忍不住問我祖父笑的甚麼。敢是都覺得這位傳洋教的華長老，不光是跟那般死板板喫洋教的大不同，還是個市井間少見這麼挺有意思的飽學之士。

我祖父再讓這幫喫衙門飯的爭一回點火，這才問起那位廝錄事，黎太爺是不是滿嘴掛著「屄養的」這句口頭語兒。

這一問，遂又惹得眾小吏再一回把這位華長老看作活神仙，有的簡直要拜華長老爲師了。

我祖父沒再像「大挑八等」那樣露出「文登屣」底牌，含裡糊之的應付了一下，就讓這一夥視他爲活神仙得了。只跟那位廝錄事老爺半正經半不正經笑道：「玉藻兒，拜師罷我是授業、傳道、解惑，全都門門鬆；只要足下不怕信了洋教，數典忘祖就行……」

眾小吏居然有點賭咒發誓的味道，齊嘈嘈搶著說，要是跟他華長老在了教，萬不會洋里洋氣的跟自家人劃地絕交。一個個恭維起華長老，眞就像等著要來領洗入敎了。

敎也可以這樣傳的？別把那般西人牧師、敎士、國人長老、執事給嚇得沒魂兒了罷！走在路過馬號的上坡兒上，我祖父還再追問著自個兒——敎也可以這樣傳的？……

禮拜堂在縣衙門背後培賢學堂裡。打衙門東邊繞過去，抄近路須走馬號小敎場。

大太陽把徧地馬糞溫火蒸出一股股糞香，好似漫地盡是滾滾黃煙。

這附近人家約莫也都聞慣了。可就算是久而不聞其臭，怕也比不得我祖父聞著就有不知多親的老味兒。每走過這一帶，滾滾黃煙總像看到一片海市蜃樓，重現青泥窪那一眼望不到邊兒的馬棧，一長溜一長溜的馬棚，一長溜一長溜的紅石槽，一長溜一長溜的秣倉和草垛子，還有遠到海邊兒去的溜馬場。

這縣衙門的馬號裡，帶常不過二三十匹馬，還不夠一哨馬隊，比起咱們華家當年馬棧，動不動上千騎，又盡是海拉爾名馬，這馬號敢是十停還不到半停。可早晚有個馬糞聞聞，似乎也聊勝于無，當得了甚麼的樣子。我父也是見到騾馬牛驢大牲口就走不動路，是視大牲口如命，但凡進城、趕集，少不得總在馬號、四蹄行、西城門的牲口市這幾處多走走，多轉轉，要是可以，準會不喫不喝就獃在那兒一整天。人家路過這片訓馬小敎場，多半是讓馬號養的那幾隻避馬瘟的大馬猴給逗留住了，我父則是貪戀看馬，一看就沒個完兒。這樣子大有喜馬的祖風，祖父看在眼裡總是又酸心、又暗喜。儘管祖父自個兒也說不淸日後該當怎樣重振家道，可這拉扯上牲口的行業，他跟叔叔爺倆兒定規不是可承祖業的這式兒料子，除非我父親這個大房了。

考棚早遷到新蓋的眞妙山下一片房舍，跟樹人書院併在一道兒。這老考棚便由美國長老差會買下來，做了小學堂、中等女子學堂、醫院和禮拜堂。大體上應都還是原先的格局，頭門和龍門都未動，只中間兒一道原該是儀門的，連牆帶門樓都已拆除掉，讓頭進和二進院落合成一片空場，好給學生子下課活動，也安上了兩座三丈多高的鞦韆，比染坊晒布的高架還高、還粗壯。那鞦韆打起來，鐵鍊環磨得吱吱呀呀叫，外頭路上都聽得見。

龍門前空場原是考生點名之處，進去一條長甬道，兩旁號舍合約上百間，每間隔成六尺寬、四尺半深——這在南北各地府廳州縣，連關東晚近方准歲考科考也才新建的考棚號舍，可都是一個德性。

學堂把這些號舍隔間拆除，重分成每間可容三四十桌凳的課堂。此外制式的至公堂、聚奎堂，以及東西主考房、各廳、所，還都堪用，其一改作禮拜堂，另一改作學堂的公事房，不過也都加了護牆、護柱。而外是貼近北城隍根兒一帶空地，新蓋了整排兩層樓的長舍，供先生及女學生寢住。堂主、教士、醫院，也都是新建的洋樓，單家獨院，徧植花木，顏色式樣皆有中國宮室所不及之處。總共這些鳩工所費，據說遠超出購置整個考棚之資百倍。這一點不能不認他美國確是國富民強，單靠教友捐獻，就輕而易舉興起了這一大片產業。

儘管昔日考棚已都這樣的改頭換面了，可談起當年，唐重生長老和涂執事都是老秀才，吳長老則是位廩生，莫不慨嘆赴考之苦。歲試、科試，不住夜還好，府城鄉試不單是小號舍裡連宿兩夜，還都正值八月秋老虎當令，窩在那樣「立不能直腰，睡不能伸腳」的小牢房裡三天兩宿，暴疾非命者幾至場場皆有，那滋味兒合是噩夢，足夠件人一生，莫怪昔人有詩詠嘆：

「三場辛苦磨成鬼，兩字功名誤煞人。」

這大片房舍，去秋義和拳鬧得厲害時，教會即曾打算風聲一旦喫緊，把教友都聚到這裡做避難所，也都請准了縣衙門差派團勇把守。如今西人逃走了，那兩棟隱蔽樹叢裡兩位英國教士住的小洋房也都空空的深鎖。所好學堂裡仍然弦誦不輟，熱烘烘還挺尋常無事。

祖父來至禮拜堂邊間一溜小平房，分作藏書、會務、晨更禱、開會之所。守堂的聞弟兄給我祖父倒茶、遞蒲扇、還打了盆才出井的涼水洗臉。隨即把積有大半個月的申報、直報捧過來，一本本落得齊齊整整，有的切口還沒裁開，一瞧便知沒人看過。

祖父匆匆抹了遍臉，謝過聞弟兄，便等不及走來翻閱，先按日子順了順，可就這工夫，未及細看，只才掃過兩眼便處處叫人怵目驚心，禁不住嘖嘖咂咂自語：「亂了，亂子大了！……國之將亡，必出妖孽，這不是要天下大亂了！」嚇得一旁聞弟兄立愣著眼，滿臉驚慌：

「怎麼了這是，長老？」

攤在臉前四五十本的報冊，其中且夾有幾本上海新聞報，題頭大字最刺眼，也很沒忌諱，祖父挑了些義和拳鬧事兒的信息，唸給不識多少字兒的聞弟兄聽：

**四月廿九**

拳眾將京畿附近盧溝橋、琉璃河、長辛店三處火車站縱火燒光，沿鐵道電報線桿均被砍倒或拔除。

五月初一

拳團以「洋兵將至，神團代守」爲由，攻佔直隸涿州城。知州被軟禁，憤而絕食。

五月初二

直隸豐台火車站及京津鐵道，均被拳徒焚燬或拆除近半。

五月初三

拳衆扒斷盧保鐵道。

五月初六

刑部尚書趙舒翹與順天府知府何乃瑩，奉旨赴涿州遣散拳團。至則爲拳團所俘，勒令燒香跪拜拳師，加入拳團。

五月初十

協辦大學士剛毅奏准前往涿州平亂，至則燒香跪拜，亦行加入拳團。回京後朝奏太后，力保義和神團足可滅洋。

五月十三

太后自頤和園回鑾皇城，拳衆沿途擺隊護駕。太后大悅，賞銀二千兩，面召神團入城。英國使館繙譯生，于京彰儀門外西人跑馬場與拳徒齟齬，鎗殺拳徒一名。事端發生後，英國公使竇納樂，立即向其國駐天津水軍提督西摩爾求援，增兵保護使館。

五月十四

拳團先鋒百餘名奉旨入城，一隊執刀，一隊執矛，一隊執钂，紅布裹首，率皆十二三歲童男，最長者不足二十。尾隨者千餘名拳衆湧至，當即于城内各處廟寺設立拳廠，每一街道鋪壇者一至五、六所不等。

朝旨已特命反洋最力者端郡王載漪殿下，接任李鴻章中堂所遺管理各國事務總理衙門大臣。

安徽提督姚氏上京，進城後路見拳徒嘯聚，凡見打洋傘、穿洋襪、或佩洋筆者，皆當衆捕殺，遂勒馬斥責，不料即遭拳衆圍毆，拉下坐騎上綁。拳徒爲其焚化香表驗身。依義和拳神法，若點香不燃，焚紙不盡，即必爲洋人同黨。當下連同隨從護勇營官，一併斬首棄市。

五月十五

日本國公使館書記杉山彬，于京永定門外，爲甘軍統領董福祥屬下所殺。

列國救援縱隊入京，與拳衆戰于廊房。自天津衛租界出兵者計：英國軍九一五名、德國軍五四〇名、斡國軍三一二名、法國軍一五八名、美國軍一一二名、日國軍五四名、意國軍四〇名、奥國軍二三名，合計八國共出兵兩千一百五十四名。

五月十六

拳徒縱火京彰儀門外西人跑馬場。外城姚家井一帶教民家舍亦盡被焚燬，教民已逃入東交民巷謀得保護。

五月十七

直隷北通州及武清縣地各教堂及教民住家，悉遭縱火，化爲灰燼。教民被殺害者甚衆。

太后任命莊親王載勳殿下及協辦大學士剛毅，爲義和神團總統、副統，率領拳團會同甘軍董福祥所屬，始攻東交民巷列國使館。拳徒首即戰亡八名。拳衆于京右安門内，將教民無分男女老幼屠戮淨盡，家宅俱燬。復于當夜燒燬崇文門内教堂，殺教民三百餘衆。

五月十八

拳徒縱火順治門外教堂，大柵欄洋貨店鋪數家同遭回祿。

五月十九

義和團集衆攻打奥國公使館，被鎗殺甚夥，已證符咒無驗矣。

拳團于京内徧設拳廠，初僅市井游民紛紛加入，繼則身家殷實者，甚而上自王公卿相，下至倡優隸卒，愈多入團，幾至無人不團，無地不團矣。據傳甘軍董福祥統領，已與神團總首領李來中結拜金蘭。輔國公載瀾殿下，身著短打窄袖，腰束紅巾，儼然拳徒裝扮云云。

五月二十

自本月十五日迄今，列國救援縱隊與拳衆及甘軍交戰，雙方皆傷亡甚衆，互無進展。英國水軍提督西摩爾下令撤軍回津。于此六日間，列國援軍計已戰死六十二名，傷二三八名。拳衆與甘軍則傷亡不計其數，估量當爲列國洋兵五、六倍。

太常寺卿袁昶朝奏，慷慨歔欷，苦苦進諫，極言拳團不可恃，並力主保護列國使臣爲要。

法國駐津領事杜世蘭以最後通牒照會總理衙門及大沽炮台，限戍軍于翌日午前二時交出炮台。

是夜，拳徒復縱火大柵欄，焚老德記西藥房，月黑風高，延燒至前門大街與內城正陽門，殃及城樓並煤市街、西河沿、荷包胡同等處。水會救火受阻于拳衆，計焚燬商舖民房四千餘家。

五月二十一

戶部尚書立山，面奏太后，力諫驅除拳民，迅與列國使臣修好。

大沽口守將羅榮光于子夜四十五分，下令開炮，力阻列國兵船駛入。戰至晨六時三十分棄守。日、斡、法及多國　軍等戰死六十四名，負傷八十九名。

五月二十二

內閣學士聯元，苦諫出兵救平拳亂，嚴究拳頭禍首，並保護東交民巷列國使館，速修舊好。

五月二十三

德國公使克德林，遭拳徒聚衆殺害于單牌樓。郵傳部尚書盛宣懷策動，聯同兩江總督劉坤一、湖廣總督張之洞、山東巡撫袁世凱等封疆大吏，一致通電上奏，不從「盡殺洋人、盡滅洋教」之旨。

# 信以爲假

華太平家傳

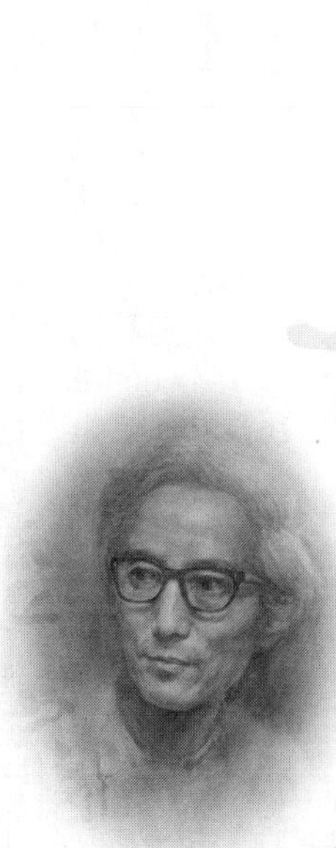

祖父唸報唸到後來，差不多也像起那位太常寺卿袁昶袁大人，歔歔欷欷，咽喉直打噎，兩眼也一陣陣熱。抬頭一見聞弟兄——還有不知何時也站在一旁的聞弟兄他家裡，老公母倆兒都頂著張苦臉，自個兒頓覺有些難以爲情。我祖父是心知這老公母倆兒未必如自個兒一樣，憂是憂國，傷也是傷時；興許聽了半天也只一知半解，只是見我祖父泣然淚下，情不自禁跟著難過而已。

我祖父連忙陪笑說：「你都瞧我這麼沒章程兒！男子漢眼淚貴如金，輕易就掉起尿汁子起來……」忙把報冊收拾收拾，好像都怪這堆紙惹得人沒出息，別再提它了。

可看起來這聞弟兄老兩口兒不見得就全然無知無識，那聞姊妹有些好說，一張嘴叭叭兒的，說著還拳頭叩著手心兒：「這得感謝袁大人哪，虧他老保境安民哪，俺可都要給這位袁大人多多禱告，求主多多恩待他老，得多多禱告。你長老禱告最有用，一遍都頂得上俺這些人十遍……」這樣一再唸叨著，一再也叮她男人要多多禱告；提起義和拳鬧事兒，倒是一臉惜憐苦皺，越發拳頭緊搗手心兒，外帶身子一哆嗦、一哆嗦：「想想多叫可憐，不都是才十二三歲小小子嘛，懂得甚麼跟甚麼，哪懂得天多高、地多厚呢！都是怎麼屎一把、尿一把才拉把這麼大的，驅去捱洋炮子子兒。俺看這老太后，不該說的，不是老得暈頭轉向犯窮霉了，也是痰迷心竅兒，按歲數兒這幫小鬼渣巴不該是小曾孫子了嘛，怎就忍心這麼糟蹋孩子……」

一雙小腳稍久一些便站不穩，老像踩高蹺的，原地挪挪搗搗。許是生兒養女一個也沒落住，盡都夭折了，才分外這麼心疼小孩兒。

可就憑這麼個無知無識老婦人，口口聲聲眞心的感念袁大人——八成也把那位九卿袁大人都算作一個人兒了罷——就夠懂事明理的了，又對那般給看作匪類無惡不作的拳徒，也竟存不忍之心，愈是叫人感佩。這些莫不強似多少有知有識的長老執事教友人等那麼深惡痛絕義和拳；這聞弟兄老公母倆兒還是寬厚多了，也有人味兒多了。

挺令我祖父慨嘆的就是教會傳教傳得有偏頗，彷彿人一信教，就只可感恩上帝，敬重上帝，人世間便不准對人有感恩，有敬重。

天生地養的恩典來自上帝，誰也深信不疑；不光是聖經如是我云，五經四書也無一處不見——單是尙書，上帝顯現二十五回，詩經三十四回，其稱帝稱天者，尤不計其數。人之施恩于人，相形之下自是微乎其微。

救贖之恩來自基督耶穌，基督徒敢是誰也不配自居施救恩于人，原本這意思就是要基督徒活出基督的模樣——謙卑柔順，獻身事奉于天于人。

唯是人世間從未有人不曾受恩于人、受助于人，受誨于人，受益于人，則怎可不存感恩圖報之心，敬重仰慕之意？而唯其不准對人有感恩、有敬重，遂也對先聖先賢，列祖列宗也一概貶之爲迷信偶像，這可眞是差之毫釐，謬之千里了。故言基督徒于人世間無情無義，這樣的譏諷也殊不爲過。

譬如咱們一家受恩于李府二老爹，固屬天意成全我華家起先這元房四口落居在這塊地面上，日後上帝于我祖父、父叔，將有許多差遣。只是如若依此而視李府二老爹不過是受命于天，不得不爾；供濟咱們父祖兩代四口安家落戶，免于飄泊無定之苦，皆是他李府應該應分，而一無感恩圖報之心，敬重仰慕之意，豈不人世間再無情義了？

對待義和拳，教會是仇之如魔鬼，畏之如蛇蠍，哪裡還說得上忠恕包容，似聞弟兄老公母倆兒這樣尙有體恤之情，寧是更合上帝的心意罷？

我祖父每覺猶太人對其始祖亞當夏娃的怪罪實實的過分，已到刻薄無情的地步，確乎不孝不敬至極。而大小先知之差中國聖賢垂敎固遠，即連聞弟兄愚夫愚婦這樣的厚道也都大不及也。

想那亞當夏娃干犯天條之際，尙在赤身露體也還不知羞恥的髫齔之年，何忍苛責如是？又何忍將後世其族所遭天譴悉皆歸罪于其始祖以至如是？那個歲數兒不也差不多就是眼前義和拳、紅燈照這般童男童女麽？上帝將之驅出樂園，旨在令其自立，與貓狗老母雞一旦不須哺乳翼護即行丟窩兒並無二致——那貓狗給雛兒斷奶極嚴，不惜猙獰叱咬相對；老母雞也是一樣，不容雛兒近身，甚而邊追邊啄，頗有趕盡殺絕之勢。所有的飛禽走獸莫不如是，應是上帝所立律法，最最自然不過。猶太人的祖先唯其無明，所以視那種猙獰、不容近身，皆爲上帝的震怒；視那種叱咬、邊追邊啄爲懲罰；以至完全不識那都是上帝的慈愛，而非不慈不愛。不遵上帝這項律法的父母只會溺愛子女，民間有個故事，講一個死囚幼時吃奶吃到五歲，刑場上索母最後一面，還是要咂一口奶，那母親還眞就解開懷來奶之；也眞就無怪那個犯下死罪的兒子一口咬掉不慈不愛，只管溺愛的老娘奶頭：「你就這樣慣我，才害我今天跪在這裡砍頭！」

一回大正月裡，教會按例開培靈佈道奮興大會，輪到祖父，開講創世紀第三章，便是這樣舉例和比喻，得自天啓，從聖經所載史乘就事論事，探求上帝本心，而捨棄猶太史筆中所有史論，以及西洋神學所有釋義，並加規正，末了證以「哪興女子戀慕丈夫這樣宜室宜家的美事，會當作一種懲罰治罪？又哪興男子下田耕耘這樣安身立命的正事，也會當作一種懲罰治罪？沒有那個道理。那只不過上帝爲這一對童男童女斷伊甸園之奶，並正告其應如何男女有別，是啓三綱之本，以開萬世太平，以立萬代倫常。」

大會從初一到上元，爲期半月，祖父方期三日後再度輪值證道，續講創世紀第四章，將引老子的「反者道之動」，及周易乾卦文言「先天而天弗違，後天而奉天時」，以釋亞當次子亞伯的反上帝而偏得上帝獨鍾其祭物之疑。不意教會換了司講，爾後全年皆不輪派祖父在大禮拜中講道。那在祖父來說，並沒有甚麼好去在意，只是若有所失；西人國人諸神僕，竟無一人來與我祖父辯疑疏義，就那麼暗動手腳以示懲誡。

如今對這義和拳不問是仇是畏，教會中人豈不應關切備至？這麼一大匋報冊，卻無人聞問，到頭來倒只聞弟兄老兩口來一共憂傷，卻也是不期而然的碰上。看來相與一同憂國傷時者，就唯有自家一對犬子了——可衆人不憂不傷，你那是幹嗎？——祖父又不免質疑起自個兒來。

說來也是正宗的大道，慢說同工，就是所有教友也都當以天國爲重；這地上既是魔鬼的天下，家國也自屬魔鬼的家國，朝廷官府、官軍團練、山河疆土，乃至芸芸衆生世間的身家性命，也都盡屬魔鬼，則你以一名基督徒，又是一名神僕長老，你憂的啥國？傷的啥時？

祖父是眞的僅能與兩兒子相共，一通聲氣。父子三人湊在下了學的塾館裡，互傳那一大劄報冊來看。

晝長夜短，我父打李府飯罷出來，老陽還沒落地，老大一顆紅得冒油的鹹蛋黃，愣掛在大美姑娘她莊子的柳樹行裡。

沒見大美姑娘忙飯喫飯，人是家下有事回去了還是怎樣，我父不由自主就兩腳出了李府大門朝西走去。並沒一點意思要沈莊走走，也至今都不清楚大美她家在沈莊哪裡，心裡只是有點兒疑思，碰巧碰不巧，就許大美姑娘打沈莊她家回來，現成的關問一聲，不必沒話找話說——那在我父可是很不樂意的差事。

誰知這麼打個彎兒走走，莊西繞到莊前口兒，老遠就瞧見麥花小叫驢拴在那棵老柿子樹底下，塾館門兒敞著。難得早就下學了，祖父跟叔叔還未回家，心中一喜，把那大美姑娘也一丟腦後，放快了腳趕去塾館。

這塾館原是王氏祠堂，倒的倒、塌的塌、僅餘下較晚蓋的三間土房，本也就是三通向，老早就廢了的空屋。李府二老爹替我祖父成起塾館，商得子弟最多的沙家，借用了沙家公產的這三間空屋，裡裡外外修繕一番，又拿石灰泥白了三間裡牆，倒挺像樣子。

莊子原稱王莊，本是王家大戶世居的田莊。王家人丁數代不旺，末世一代只有一女，招贅了沙耀武他曾祖，立據言明後人中一支從王姓，延續香火，餘外各支子孫三代後任憑歸宗沙氏。還因王家待這入贅女婿太苛，又只生一子，雖從王姓，卻但等王氏曾祖母一去世，王家別無族人，沙耀武他祖父即行歸宗，生得三個兒子，便是沙家的老三房。沙耀武他父親排行老末，兩兄作古，因也位居今之沙家老長輩，不是族長也是族長了。那王家祠堂敢是早就廢了，連同陵地都算是老三房分家時留下的有限一點兒公產，無利可圖，遂也無人理會。慢說那不到三分的陵地任由𣗳樹叢生，幾堆老墳風雨蝕耗已都一一相連，荒蕪覆蓋，連矮丘也幾乎不存；這祠堂三間空屋，地堂上都生出荒草來。如今開起塾館，可算是抬舉了老廢的空屋，眼前這輩青青子衿總也算是得享了古早那王氏一門僅遺的餘蔭了。

我父雖已識字不少，可還像那啓蒙唸書的孩童，看報看得喫力不說，不免尚要唸出聲來，手指也得從旁幫忙，指一字唸一字，不出聲兒像就唸不進肚子裡。只是唸著唸著，播播溮子，忍不住冒出一句：「還好，朝裡還是有人！」

祖父和叔叔都爲這一聲愣住了，齊看過來。我父這才自覺冒失，忙摀住嘴。遂又覺乎著眼角兒濕濕的，越發難以爲情，就近跨出門去，大拇指堵住一個鼻孔，噌一聲擤去溮子；再按住另一個鼻孔，也擤了個乾淨，順手又揉揉眼角兒。沒甚麼好傷心難過的，一點也不明白怎會這樣抽抽搭搭沒出息起來。

祖父一一看在眼裡，說不出的又喜又驚，有甚于先前從叔叔那裡得知我父如何下苦功夫唸聖經學識字兒。祖父反被大兒子提醒，原來唸報給聞弟兄聽，弄得眼熱鼻酸，不光是憂國傷時，也還有喜極而泣之意，自個兒倒沒細察出來。本也是實實的憂傷太后攝政，幽閉皇上，弄得朝中無人，昏佞當道。不想値此存亡急危之秋，尙有多位諍諫朝臣，並一干通達文明的封疆大吏，合同挺身抗旨，忠烈可欽，正氣可感。照此看來，家國天下猶有可救。安得不爲此感泣而潸然落淚。

祖父靜靜瞧看又回到座位上嘁嘁嚓嚓唸報的這個大兒子，不覺間又自譴、又自得，乃又自問，不知是否平日沒大留神，老嘆老嘆朝中無人，竟把兒子也都帶得好像沒巴望了。爲此，聽得我父眞情冒出一聲「朝裡還是有人」，頗有絕處逢生的味道，倒使祖父暗嘆聲慚愧了。老大這樣于家國有情，不光是心眼兒聰慧，還該算是有見識了。識書未必達理的人，比比皆是，那是念的死書。當下祖父出神了半晌未發一言。心中喜不自勝，外表反而分外文靜。

實則人也不一定識書才得達理，大仁大智如李府二老爹，豈是絕多的讀書人所可企及。一直祖父都爲我父淪爲得靠出死力氣維生的粗漢，以至內疚至深；及聞我父也竟暗自用功向學認字，才心中稍安，卻仍難釋然；今見我父識書縱有限，而至如此達理，達理又不次于識書甚多的叔叔，自是喜極而不禁大感天恩獨鍾。

落戶沙莊這幾年，叔叔都是從祖父攻書，待在私塾裡常川照顧，順理成章的是位大學長。開講是祖父的事——實則從小四書、大四書，乃至幼學瓊林、龍文鞭影，若讓叔叔開講，也挺能勝任。只不過位分所在，祖父還是單讓叔叔專管教唸、背誦、批批大小仿兒。也須這樣，才不負學生家父兄將子弟交給一個舉人老爺教書的心願。不過二十多上三十名的學生及其家人，沒有誰叫叔叔大學長，背地或當面莫不稱呼祖父大華先生，叔叔小華先生。

供奉「大成至聖先師孔子之神位」的條几前，那張籐圈椅，我祖父不在時，誰也不敢僭位，好像也是個神位。叔叔另有他自個兒桌椅，斜拉著放置在祖父位子和衆學生書桌當間兒，算是半向先生，半向諸生。

平日祖父列館，遇上這樣熱天，總有當值學生張羅茶盞、涼手巾把子、白鵝毛扇，一旁先給先生搧一陣兒那面大芭蕉扇子。小華先生就該把各生課業如何如何，一一唱名稟告給大華先生，某生某書唸到哪裡，背到哪裡，末了不忘批上一語：「長進」，或是：「退步」。

我祖父總是一臉的含笑，可那亮星一般的眼神，隨著叔叔稟告，一一盯向某生，誰給盯住了誰就不由得渾身一緊。一雙濤眉底下，深進去彎彎朝下的月牙溝兒，緊兜住烏豆豆兒像能打裡頭亮出來的黑眼珠子，沒誰經得住盯能不轉眼看看別處的。要說是害怕我祖父，這位大華先生可一點兒也不厲害，不罵不打學生，那把戒尺就從來也沒用過，恭籤筒子也都一直放在小華先生案頭，反而叔叔命誰背書背不上來時，在使喚那把沉沉的戒尺。叫人發怵的還是怵的我祖父那雙眼睛好似能把人心思瞧個透亮過兒，啥都休想瞞住他——就只是一回到家裡，一衝著我祖母，那雙眼睛就不怎麼亮了。

叔叔則自有他自個兒才能，上三十名學生的課業，誰勤誰荒，全都隨時緊記個一清二楚，沒一個同窗不服他。當著祖父跟前，我叔叔是灶王爺朝見玉皇大帝，有一句說一句，不向著誰，也不染著誰。只是那麼又聰明，又認眞，放在鄉下守住個塾館，實則也沒甚麼好施展。

莊戶人家少有把子弟上學當回事兒的，饒是有現成的塾館，現成的高明先生，多半也僅男丁多一些的人家，挑那生得靦腆細緻些的，不定老幾，家裡也是不大指望他幹嘐力的苦活兒，就送來塾館上個三兩年學屋，識點字兒，學點個斤求兩、兩求斤，摳得動算盤珠子，早晚查查黃曆，宜啥忌啥，挑個婚喪嫁娶或支灶上樑好日子，自家或幫忙家邦親鄰打個竹報平安家書，這些也就足夠是個識文解字的體面人了。

這樣子唸到十一二歲，就該老老實實書桌凳子搬回家，老老實實下湖幹莊稼活兒；少有一直槓兒再唸上去的。除非孩子身子骨兒生來就不怎麼硬棒，念書念得越發單薄，莊稼活兒生疏抓不大起來，才有託人搭搭瓜葛，送去集鎮上或城上買賣人家當學徒，學生意。若得先生識才，這學生聰明又肯下功夫，是塊念書的料兒，三家村先生教書教到四書已到了頂兒，自會引薦到集鎮上或城上去拜師，那怕就要從此身不由己，求取功名，步上仕途。可這種光景少之又少，一個村兒十年八年不知出不出一個。

依這樣鄉情來說，只才三十戶人家不到的這個沙莊，本當起不成一間塾館，常川裡莊子上不過五、六個孩童上學，往日都是上莊東二里路的大李莊一位吳先生私塾。李府二老爹爲我祖父起這個館，還是憑他老人家這一帶地面上人望，鄰近的錢莊、沈莊、馬陸莊去勸學，打著先生是位舉人老爺名聲，李府自家也把老四、老五全都算上，這樣也才湊上將近三十名大小學生。先生束脩是冬夏二季各十石糧食左右，一個學童半年繳個四斗糧食罷了，貧苦些的也就不收了。

如此束脩，多是不多，可要是拿沙莊這一帶畝收不及一石的薄田來說，也跟上二十多畝的人家了。論家計的話，加以我父拉雇工月得一吊現錢——折算約合三斗多小麥。家下頂實算來，不過兩口半人喫飯，食量又都小得很，稍稍撙節些兒過日子，會是個小小殷實戶了。

實說起來，祖父但得顧惜到日子過得再好一些，遷就遷就老會，便垂手可得多少補貼。再者，尙有崇實和培賢一男一女兩間中等學堂，均曾數度情商，敦請出任教席，如願應聘，進項可更豐厚。家計寬裕和教書方便，合家即可遷居城內。那樣的話，頂趁心的當屬貪享安樂、喜歡熱鬧排場、而又羞爲鄉下土佬的祖母了；祖父也可因之圖個耳根子淸淨。

只是祖父自有他執意不移之志。我祖父深知教會是因旣不可無他這個長老，卻又諸般厭煩其不受約制，始欲以這些些優遇牢籠之。

實則我祖父並非天生腦後有何反骨，只不過與西人、國人同工之間，以一念之異而生差別。教會的正宗是視以色列人旣爲上帝選民，亦即是上帝的聖民，以色列所承傳的天諭也就是一切，其他所有各國各民也該是得自天啓的道理，卻都不值一顧，且須力除淨盡。殊不知以色列人得于明德之道與生命之光者確屬無限，卻在人世上的親民、倫常和務實則極嫌匱乏不足；還須取于中國修齊治平的千百路程交相輝映，始可蔚然匯集爲天上人間康莊大道。我祖父自幸深獲天恩獨寵，屢見異象，上帝明示今欲動用其在東方華夏之土與世人合同經營所蓄貲產，期與聖經所傳者合而爲一，俾得截長補短，適足以旣明明德而復親民，方可止於至善之境。

旣然如此，自不可只爲日子好過，妻兒自在，甘受教會轄制，棄上天異象與信息而不傳。

其次乃是李府二老爹的一番恩情，報之猶嫌難報，怎可見到哪裡得利，拔腳就走？禽獸尙知報恩，況爲人乎？又況基督徒不可敗此名聲——雖則基督徒依于教會教導，人間施恩者只合當是上帝施恩所使的器皿，受恩者不必感恩于人。而這也正就是人一喫上洋教，便六親不認、數典忘祖的病之所在。

我祖父的執意不移之志，唯一時受搖動者，約莫只有閫闈之中我祖母一人了。祖母羞爲鄉下土佬，也是一言難盡。祖母本就是地道的鄉下大妞，可她人天生的嬌巧白淨，細嫩斯文，實實的拿尺棒子量量，金蓮不出四寸，只能說是生錯了地方；祖母因也一向自認命主富貴，斷非久困窮山窩子裡的一個農婦。實則外老太家雖不怎麼富足，單憑就她這麼一個寶貝閨女，打小到大，躭在娘家可沒受過一點兒委屈。十九歲出閣，嫁到咱們大富之家，十五歲的小丈夫凡事無不聽從于她。曾祖母裡裡外外一人肩挑，寵得她這個媳婦兒伸手不拿四兩，油瓶倒了都不興去扶起來。進門後連生二子，越發有了身價。就算是兵禍一場，逃進關內又遭咱們祖籍那般族人翻臉無情，吞盡上三代遺置的大片祖業，重又異鄉漂泊，一生當中或就數這段日子受了苦，卻連前帶後不過個把兩個月光景。這就慣得我祖母比信上帝還篤定，日常掛在嘴邊的「有福之人不要忙，無福之人跑斷腸」，再不就是「有福之人人服侍，無福之人服侍人」。祖母是眞的篤信她自身是個天生好命的有福之人。驗之祖母的後半生，直到八十二高齡去世，不問家國天下屢遭大小劫難，眞的是一生不曾喫過甚麼苦，受過甚麼罪，一點兒也不錯，是個地地道道有福之人。

鄉居這四年，起先還好，人海茫茫終獲安家落戶了罷。可近一兩年來，便日益難耐鄉下這冷清寒磣又一時沒啥巴望的日子。對待這麼個始終年長四歲的大姐姐妻室，我祖父自個兒也始終是個十五歲長不大的小弟弟郎君，儘管還不至于慘到「十八歲大姐九歲郎，夜夜招呼你別尿牀。若不是公婆雙雙在，管保揍得你叫親娘。」可祖父外頭那麼風光，廣受敬重，又那麼的執意不移其志，所有這些，到得祖母面前可都一文不值。何況夫妻牀頭無是非，不必白搭唇舌，嚕嗦緊了，只有哄我祖母再委屈個一兩年。恐口無憑的話，祖父便拿倆兒子作當頭——那也是實情，倆兒子猷在鄉下決非長久之計，不如等兒子再大一兩歲，叔叔可赴丑年童試、寅年科考。順遂的話，不定大後年趕得上卯年鄉試——這些雖則都是哄我祖母的好話，至多有些一廂情願，卻又並非憑空誑人。再就是大房兒，終不能老那麼拉雇工，來年也該城上去碰碰，弄個行業，找個事情做做。倆兒子既非如此不可，也就順理成章合家搬進城去，才對這鄉鄰都有個交代，于心可安。

可我祖母雖常冒出些三歲孩童的不經之言，到底假精明還是很有些個小聰明，不那麼輕易哄得過去。一陣子煩起來，總是認定祖父跟我父存心要在鄉下打了萬年樁。「橫豎你爺倆兒都跟城上有仇是的，我跟小惠可陪不起你爺倆兒蹲在鄉下生霉。你也少把他弟兄倆拉扯到一堆兒。既是個幹粗活兒的命，又是個幹粗活兒的料，就由他罷，城裡有啥飯等他去喫？挑賣水還是挑大糞？——還壓兩年！壓了幾個兩年了？至不濟，鄉下你教個一輩子窮書罷，不仗你，我也教會裡擠得上人，先給二房兒謀個洋差事，再不就找教會賙濟兩年，一路趕考上去，得個功名，讓你爺倆兒眼紅都來不及。我說這話先放這亥兒擱位，不信你就等著瞧罷——還靠你去趕考？日落西山啦不是？……』

這種話可連三歲孩童也說不出口——那不成了大房兒是他做爺的一個人兒子，二房兒才是她做娘的一個人兒子，哪興這樣子分家的？不明內情的生人聽來，還誤當她做親娘的倒像個晚娘，老大該是前房撇下的眼中釘，連做爺的也像把老大當作個沒娘疼的前房兒子，盡向著、盡護著這個失恃的哀子。

像祖母那種任性的孩子話說來，好似功名富貴在叔叔這邊就該是自家地裡長的蘿蔔，下手便拔過來。

論起叔叔學業，四書五經早就滾瓜爛熟，五言六韻試帖詩、乃至策論這些應試的玩意兒，也都難不倒他，「聖諭廣訓」尤屬餘事。就算本地落籍甚淺，憑祖父人頭兒熟，尋得五童互結連坐也不難——好在這一套也在去年廢了，所需廩生具結，認保確無冒籍、無匿丁憂、無頂替冒名、非娼優皀隸子孫、未曾犯案或操賤業等等，廩生既不難覓，身家清白也不怕人家作難。要不是新舊任知縣交接，二月不及縣試，暫佇一歲，不定也就禮房報取童試了。

唯是就算萬事俱備到了頂兒，也只合五成罷，另一半還得聽由考運，其中又大半得看考官並閱卷諸房師，出入挺大。一般更把這應試走不走運，歸之于神差鬼使，甚麼奇巧古怪都有，而率皆信以爲眞，總說考生一入考棚，即臨因果報應緊要關頭，有恩報恩，有仇報仇，硬要上溯幾代祖宗積德還是積惡，結賬俱在今朝。

其實這千餘年科舉，于今也已岌岌可危，存廢或在旦夕間。前年百日維新若成，科舉就已廢了。維新未成，可大勢所趨，學堂之興，非止外國差會，朝廷新政也都在大辦學堂，顯與科舉已成爪鉤剃頭——兩路。我祖母敢是還不知這個光景。

叔叔眞眞的是個罕見的唸書料子，十五歲的小子正貪玩兒，少有像叔叔那樣子手不釋卷的坐得住，求著他去外頭走一走、皮一皮，也總求不動。這樣的賢孝兒子，走徧天下哪裡去找？又哪個爲人爺娘的瞧著咱們華家這樣子弟能不眼饞？祖母耳根子就別說受到多少誇讚恭維了。

祖母這個人，看起來精明能幹得厲害，蹲在鄉下沒別的好，坤道間，祖母就是個見多識廣的頭兒。實則也只是好攬事兒，好給人出主意，偏又總是很少成得了事兒，敢還是瞎精明、瞎能。耳聽那些離了譜兒的奉承，也都消受得很，順著人家豎到跟來的竿兒往上爬，虛讓也不虛讓一下：「可不是說，塾館兒裡罷，實秉實不都是這二房兒在那兒教書？束脩罷，實秉實不也是這二房兒賺的？家罷，實秉實也敢是這二房兒在養。還他爺吶，朝天不沾家，見不到他人影兒，塾館兒等他教？哏，還膠，早散板兒了。大房兒罷，打那一嘎嘎小兒就是個野鬼，也是朝天不見個魂兒，指望他養家？鐵鍋早掛上牆了罷……」

這樣子順嘴溜兒，影兒都沒有的，叔叔有時也在一旁，聽了好生刺耳，一等人走了，便忙規勸娘別再那樣子妄口拔舌，不實在的話說了又傷爺，又傷哥。捏造出家醜，外揚給人家當笑話聽，所爲何來呢？因將這其中誰都該懂得的理路，溫溫和和的說給祖母聽：「人家是衝舉人老爺才湊得成這個館的，我這毛頭小子，哼，才脫掉開檔褲子幾天，就算開個館，鬼來啊？舉人老爺來做教書先生，夠屈就了。就算爺不用去四鄉八鎮傳道，常時不在家，按分兒也用不著爺打早到晚兒守在那三間老屋裡看老堆兒呀。人家稍稍明點理兒，懂點事兒，豈不心裡暗笑娘又愣又傻，太沒心眼兒了？……」

叔叔是抓住祖母最喜人家稱讚她精明能幹這個嗜好，拿又傻又愣又沒心眼兒來投其所惡。祖母就是那種人，要是給人家看成愣子、傻子、少人一個心眼兒，那可比耳括子搧到臉上還要她命。

說來祖母也有點兒邪，任誰衝她口出逆耳之言都受不了——祖父更得順著毛兒撲擼，哪還敢戧著來？可就是唯獨我叔叔，平常敢也是專揀好消受的哄著祖母伺候，碰上數落到這麼重法兒，祖母也從來不惱，反而陪笑說：「談閑心談閑心唄，哪好這麼較眞兒！娘也萬沒那麼愣、那麼傻不是？……」

可娘就是娘，又是偏心疼著自個兒，還能拿娘怎麼長、怎麼短麼？叔叔只有安撫安撫自個兒，好在整天待在塾館裡，耳不聽，心不煩，萬不得已也才會早晚這樣數落數落祖母。

其實這小哥倆兒都很能細意委屈的體恤娘親，只不過我父爲人太過耿直悍戇，這體恤上頭就差叔叔一半，因也僅止于心意而已；祖母的任性、無理、偏心、一張嘴整天雲山霧罩，盡拉聒些不經之談——俗話說的吹牛，或謂賣嘮藥，我父對這些任是多反、多拗、多惱、聽了多扎耳，可總念到親生之母罷，還能把她怎樣，也就細意委屈的體恤了。只是下一步想要像叔叔那樣湊趣逗樂子承歡膝下，嘴裡哄著百依百順，那在我父親千難萬難了。

好在我父倒明知是自個兒死心眼兒，總把凡事不分青紅皀白，盡都聽從祖母——又只是嘴頭子上虛言應承，那怎麼不是詭詐？又好在明知叔叔爲的是娛親，斷無誆親之心；自個兒又何嘗不想學學叔叔，爲人靈活一些？卻說是難——該是俗話說的，「江山易改，秉性難移」。也好在弟兄之間各有這樣子體諒，做哥哥的又總視兄弟強過自個兒一等，如此也才無傷無礙哥倆兒兄友弟恭，手足情重。

這爺仨兒把整大落的報冊子幾本幾本分開，換來換去瀏覽個差不多了，祖父咕嚕著水菸袋，望著漸暗的屋頂笆，在想甚麼，又像在等甚麼。

我父因須一字兒一字兒唸出來，又時遇短路給梗住。說是看個差不多了，臉前積的報冊卻還落得比祖父叔叔的高，差的較多。可看在祖父眼裡，似乎不知有多知足。一開頭父子三人分開來看，我父是向來不問甚麼，都讓先給爺娘兄弟慣了，也便從一大落報冊頂底下抽出幾本，坐到靠門一張位子上去唸唸有詞。因也還未見到義和拳怎麼個亂法兒，先就爲朝中幾位命官大臣冒死進諫，喜得淚汪汪，情不自禁歎出一聲「朝裡還是有人」，不單叫人詫異了一下，還提醒了爲父者心思未及之處，也讓祖父意想不到的察知這個種地漢兒子粗中有細、卑中有尊、俗中有情、該算是無知的，卻有家國天下的懷抱與見識。

許是喜出望外的這麼心滿意足，歷經多少劫難，備感人世無常的祖父，省思之餘，「滿則招損」之念深入肺腑，時時皆給自個兒儆惕，便把俗語引來自嘲：「老婆是人家的好，兒子是自家的好。」老子看兒子好，算數兒嗎？那可差得遠。

我父敢是無從猜起祖父此刻所懷的甚麼心事，只覺爺跟兄弟那麼快法兒就把大落大落的報冊看完了，不免有些心慌。像是喫酒席，賓主都已人人放下筷子，只剩自個兒還在扒扒扠扠貪喫個沒完兒，好生難堪。只好把喫得半落胡碴的玩意兒縮手縮腳暗暗放下，看祖父等在那兒待要說講些甚麼。一面還眞就像好喫那麼回事兒，貪饞得很，不時偸瞟一眼臉前剩下的三、五本報冊。「人前喫人後，還嫌喫不夠」，還沒喫飽不是？或許飽是飽了，肚飽眼不飽，難得早晚撈上一頓犒賞，饞饞的眞捨不得湯湯水水還剩下那許多。

祖父放下水菸袋，問起我父：「照你親眼所見三元宮那個壇口練功，不是挺多神奇麼？可那才不過是個入不入流都還可疑的小小土壇口兒，照你講的那些，左不過盡是些花拳綉腿。只是到得那些大馬金刀已成氣候的大股神團，本事足以把涿州城拿下來，知州、知府、尚書也都給擄去加入神團，還又神氣活現給老太后護起駕來，堂堂開進北京城，從一品的提台大人都拉下馬來砍了祭刀，敢是眞的神乎其神，可不簡單！要不然的話，以協辦大學士那麼又飽學、又權重，以親王郡王之尊，能說不是親眼所見奇門神功，信服其神勇無敵，也才那麼不單力保神團足以滅洋，還又出任神團總統、副統！可見這輩王公大臣，也並不是憑空生出事端，無知糊塗。你弟兄倆是怎麼看這事？咱們不妨閑聊聊。」

我父聽著聽著，就覺自個兒得搶許多不是。那一夜陪著爺去老城集尤府，回來路上盡把一些三元宮所見所聞——聞的是沈府登科小兄弟可信可疑的吹了不老少——一一稟知我祖父。就像看了場變戲法兒，稀罕得大驚小怪。說是不信，明明看在眼裡，活眞活現的不由你不信；信罷，又信的是那些全都是假的，就只是想不通怎能把假的弄得跟眞的一個樣兒，怎麼找碴兒找不出一點點破綻來。

稟告是一五一十據實稟告了爺，可倒又不如說是一口一聲在追問爺，到底那都是個甚麼邪門兒。祖父是用心的聽，卻只管「嗯！嗯！嗯！」的應著，也像是挺驚怪，再不就是「嗯？嗯？嗯？」也都跟兒子一樣，不知要問誰。不管是怎麼個「嗯」法兒，總都讓我父愈講愈興頭。爺肯這麼聽，這麼當回正事兒的頂眞，比獨獨領他去老城集敢還是更加受寵，弄得像牲口跑熱了蹄兒，收不住腿腳；我父這是講熟了嘴兒，自覺口沫橫飛，嗓管兒都有點兒啞叉叉的了。可一直講到家門口，祖父除了「嗯、嗯、嗯」，頂多問一聲「後來怎樣？」「結果怎樣？」再沒二話。

那一夜祖母是眞的浸了大半鍋玉米、淘了一大黃窰子二盆小麥。我父只有老老實實推上半夜磨。等把煎餅糊子刮淨了，磨刷清了，上磨盤也掀起半邊兒，粲進木楦子晾著。收拾利落了，天也矇矓亮兒了。

回家來的夜路上，祖父既未置一語解疑，我父只有死心眼兒納著頭，獨自個兒苦思苦想。推磨橫豎不用頭腦，耳朵嘴巴鼻子眼全都用不著，磨棍兒橫著頂在肚子上，就只管撥拉兩條腿，繞著磨打圈子，包定岔不出磨道。這樣子整一個半夜走下來，十幾二十里路也有了，能想多少心事罷。只是人一熬到五更天，沒有不是掉了半個魂兒一樣，要不是每繞三圈兒就得舀上半勺糧食餵磨，真就能敞殼兒睡一大覺，照睡照推磨，好歹不用張開倆眼兒看路罷。

只合半個小半夜，三元宮所見所聞，著實給我父挺大的驚怪。盤在心頭那麼多疑難，腦醒心清都理不出個頭緒，雞鳴五更，一遍一遍，吵醒睡著了的人，反把醒著的催得直想倒頭便睡。人一迷糊，想啥都起個頭兒就斷了，才起個頭兒又斷了。一個盹兒打下來，人還在沒住腳兒走，漏了餵磨，沒防著娘就站到當門兒，插腰兒數說過來：「你不情願，就丟下磨棍兒挺屍去，別要壞心眼兒坑人——研空磨，研得滿糊子裡都是石末子，要把人磣死不是？橫豎你也不吃家裡飯不是？人沒良心屌沒肋巴骨的！……」

空磨實磨哪就聽得出，人又是躺在東間房裡牀鋪上，不是存心找碴也不會豎著耳朵聽磨聲，遮不住人躲到外間門旁偷聽老半天了。我父經這一數落，清醒多了，生怕忍不住頂嘴過去：「放著好好覺不睡，幹嗎啦！」趕緊找個事兒想想，防著搭那個碴兒。

整整那一個下半夜，磨道上要是走有二十里的話，少說也想了有十里。可苦思苦想有啥用，沒哪條路走得通。一根紅布裹的照葵竿兒劈下去，能把一落五塊土墼打上到下塊塊劈成兩半個，就任你去想罷；不是死力氣也不是巧勁兒，中間隔這根兒一摧就斷的照葵竿兒，這一頭使上多大多巧的力氣也夯不折，那一頭碰上硬土墼也砸不劈，奇就奇在這根兒竿兒上，能說沒法術麼？五塊土墼落起來尺把厚，土墼沒磚頭硬，可也不像磚頭那麼脆，想把一塊三寸厚，拿黏泥摻了麥穰，大漢子不知踩上多少腳踩成的土墼給分成兩半兒，不用鋸子慢慢兒鋸，也得柴刀砍上老半天。玩把式的手劈磚，也不是沒見過，要知道血肉之手練得成鐵砂掌，十年二十年的功夫不稀罕；瓦匠老手砌牆，葺刀略一敲，一塊新磚硬一分兩塊，更是不稀罕；可那根兒不打眼兒的照葵竿兒倒有那麼厲害的法力，就算他洋人皮厚肉韌，犯到義和拳的法棍下，總抵不上五塊土墼還經得住揍罷？

我父是鐵了心兒，又緊叮了嗣義，千萬不要把三元宮所見所聞透半個字給要好得換腦袋瓜兒都成的哥們兒。明是重了又重我祖父嚴命不可漏出鋪壇練功這樁私密，實則還是怕哥們兒這些傢伙無知無識，聽了去便信以爲眞，不疑有僞，這是一。信以爲眞，不疑有僞，也不能全都歸罪給無知無識，倒是莊戶人家有這個好，你說啥，他信啥；可那些個神功，跟哥們兒要講就講個活眞活現，末了又再來說那些都是假，豈不無憑無據又無道理？自打耳括子總也要打得脆酥響亮罷？這是二。再就是信教這上頭，合家四口，外表看來，就數我父不冷不熱。人家莊稼戶，哪興甚麼禮拜天，開春忙到秋後，天不亮忙到天洒黑兒，逢到麥口或秋收，搶老陽，搶風雨，大夜裡都得睡到場邊上看場。除非冬裡農閑——那也得天天挑水打掃，時不時趕石滾子壓麥苗、護場、繕樹、劈柴、搓蔴繩，只須人勤快，就有幹不完的活兒；又除非大正月裡初一到十五，才眞正甚麼都歇了，幹活兒反而犯忌諱。不然的話，人家忙活兒，你信洋教的倒躲懶兒上城去，又是上半天大禮拜、又是下半天小禮拜，別叫人家一沾上你洋教就忙不出活兒來罷。這樣子一來，敢是我父獨獨的向來不守禮拜天了。可我父自問熱心信主不落人後，少說也有甚于祖母和叔叔。聖經是無一日間斷過每天唸上一章半章的，禱告也是每天晨夜各一回。虔信到這個地步，不用說，「有福同享，有難同當」，也多巴望能跟一夥兒哥們兒同享天恩。不問怎樣罷，講不清啥道，說不明啥理，祖父行的神蹟奇事，倒是道不盡，也正合這般哥們兒胃口；而外這行事爲人，敢是也有不少可跟哥們兒傳講傳講。就這些我父也都還覺著不大用得上力氣，有虧天恩，怎可再把所見所聞那些神功講給這般不大能分得清青紅皀白的哥們兒？豈不是「長他人威風，滅自家志氣」？連自個兒都還調理不過來的半信半疑，抖了出去，那才自搬石頭砸自腳，這是三。

我父就是這種人，凡事都得弄個放心才成。調理不過來義和拳那一套邪魔歪道，又一直湊不上空兒再跟祖父提出來追問追問。叔叔書是念了不少，通情達理得多，不比那班哥們兒，可到底還太年輕罷，又是大白紙一張，落點甚麼上去就湮開了。也爲的是獨自一人悶在心口兒老憋著，求告無門，才不得不找兄弟討教討教。

叔叔聽了那些驚怪離奇也沒的說處，只是還好，跟我父一般樣兒，不是信以爲眞，是信以爲假；可也跟我父一般樣兒，一時也調理不清那麼些咕咕丟兒。壓過一天，弟兄倆上牀閑拉，叔叔給我父講了一段兒三國演義黃巾賊。講完了才說，自古到今走邪門兒的總成不了事；眞正替天行道的反而不沾這些邪魔歪道，全憑以德行政，以才治世，才終得天下。叔叔也給我父倒數了歷來行邪術的，直到近世的白蓮教、長毛、捻子。儘管叔叔也自認邪魔歪道他也弄不懂，卻還是叫我父心裡頭實在多了。「邪不勝正」，「一正鎮百邪」，就這，也夠叫人安心了。

不過事隔好有大半個月了，祖父冒猛子又舊話重提起來，我父一聽也冒猛子愣住了，怎這樣給冤枉了？好像爺派定他對義和拳那套邪術魔法兒一向深信不疑，甚而多少還有些心服的味道。這可叫人有冤沒地方去訴了。不過爺還是挺體恤人罷，要不的話，幹嗎接著又提到甚麼王公大臣——那意思好像說，連飽學之士、親王郡王之尊，也都那麼賞識神團，想必他義和拳還是挺有兩下子罷？這麼一說，我父親算是服了他義和拳，也沒啥不該了。

可我父一時仍然不知該怎麼應對祖父那麼一問。

# 躲伏

華太平家傳

一伏餃子二伏麵，三伏烙餅炒雞蛋。

夏至過後三庚日起，每十天一伏，差不多也就正當小暑、大暑、立秋三個節氣之間。夏日炎炎的大熱天，人都胃口不暢，殃殃的懶食兒，不問貧富，也不問粗食細食，就得三餐兩點上不時換換花樣兒，開開胃口，才撐得住這段兒時節裡，打高粱葉、地瓜翻秧鋤草、收割玉米高粱、打場兒、垛草、收蘼蕒，連連不絕的一應重活兒。

伏天裡養生，不光是飲食，還有男女。

夏至陽極而陰生，五男才得伺候一個壯女。招架不得，索性遵禮歸寧，年輕媳婦回娘家躲伏三十天。回到娘家就成做客的姑娘，不用照家常儉省過日子，油鹽醬醋沒大疼熱，手頭兒大多了，就正好有事無事擺弄些喫食，何止餃子麵條烙餅；角子、包子、盒子、魚子、棋子、片子、貓耳朵、玉帶麵，餅子就更多，發麵餅、死麵餅、湯麵餅、油鹽餅、酸煎餅、夾餡臕煎餅、鍋貼餅、溜糊子餅……就算餐餐不一樣，也足夠十天一輪換。麵可不限定頭箥上白麵兒，蕎麥角子、綠豆棋子、漿豆玉帶麵、豌豆黃饅頭、綠豆麵條、玉米餅子、地瓜粉條、地瓜麵饠上高粱麵蒸的饝、玉米饅頭……都比細白麵還香還甜。餡兒也不必葷的，韭菜、瓠子、南瓜、蘿蔔、大葱、花椒葉兒、小茴香，菜地裡伸手就是，頂多長上兩把粉條，打兩個雞子兒。都說鄉下佬逢年過節，才得喫點兒好的拉拉饞，就是富點兒、殷實點兒人家也不興天天見葷腥兒，要不的話，那可要給左鄰右舍罵個死。只這頭伏、中伏、末伏三十天，喫食上才眞的是過好日子，做殼兒擺弄三餐兩點見天五頓去。

回娘家躲伏的年輕媳婦兒，倒也不盡是閑得沒事兒淨擺弄些喫食。興許就是要提防人太閑了，不定要出事兒，臨回娘家，包袱裡少不得合家大小的鞋樣子、鞋面兒布、鞋裡兒布、整綑靠子、整把整把蔴線，要是事前忙不過來，少不得再一大包袱零碎破衣破布，大綑蔴紕，回到娘家再打靠子，搓蔴線。三十天裡得給婆家人人至少做一雙鞋。回娘家時，不問騎牲口、坐獨輪小土車、還是步蹚兒，既帶這麼些家當，又逢青紗帳起，敢是得男人送了去，三十天出伏再去接人，接來整串整串新鞋。

躲伏是個習俗，眞眞的還是個禮兒。可禮是禮，還帶禮兒管不著的，人之常情罷，年少夫妻三十天瞧不到、摸不著，好不得，又不興三十天裡小兩口子見個面，都是二十三十郎當歲兒，送時先就心裡慌，接時又已憋得慌，顧不得青紗帳裡莊稼蒸出的熱氣跟灶房一般樣兒，好在倆人兒熱頭兒上，賽過兩口大灶都出了火。一路上進進出出青紗帳不知多少回。靠近路邊兒的高粱地裡，不愁不常見高粱棵子一倒就是一路，一倒就是一大遍。一看也就斷定那小兩口子是騎的牲口、坐的小土車，還是步蹚兒。

照他高壽山供出來的，去他丈人家十二里，靠得住是去也五下子，來也五下子。孩子扔在一旁，找根啞巴稭啃啃就打發了。沈長貴可笑他：「聽你牛屄吹得嗚嘟嘟響，日你的還走得動路？」只他高結巴子人大愣，狗大獃，頂眞了起來：「阿枯恰何止走路？不……不是還車子上推她娘倆兒？阿枯恰阿枯恰誰像……像你瘦乾狼子，幹……幹一下子，阿枯恰要……要躲你奶奶的三天三夜！」

照這樣子大夥兒一算，沙耀武搶先把賬算出來了：「壽山，你他娘的躲甚麼伏？三十天，你一頭一尾通了十回，慌天忙地的，不划上三天一回，還有味道？」結巴子可不服氣：

「阿枯恰不……不是餓急了?人餓急了甚麼都好拾扨一肚子，阿枯恰你奶奶的還講味道！」

這也說不上啥划不划算了，大夥兒只有砍頭拼命笑罵他高壽山比騷公雞還賽。獨季福祿不服氣：「騷公雞那算啥本事！趴上去放個悶屁兒不是?」齉鼻子又加上酸酸的慢言慢語兒，數他季瞎鼻子最逗人笑：「肏他，你那是吐唾沫，十二里，吐上百口也肏他的算本事?」

大夥兒笑罷了一陣兒，轉過來再欺負老實人，逼他高壽山招供一回能多久，沈長貴叮著問：「你丈人的，總比公雞擀茸多撐一會子罷?」

說他高壽山半吊子——這當地土話叫做「六葉子」，牛肺六葉，有此一說，那是罵人蠢牛了——還眞五百文不少一個皮扣子，人家吹葷的，自家牀上如何從來都是守口如瓶，偏他阿枯恰、阿枯恰的啥都抖得出來。大夥兒也沒怎麼逼供，他高壽山合當是投案來了，結結巴巴連賣帶送加上外饒，筐腳子都不留。說那小土車活活就是卡著婦道家仰臉朝上躺下來，罄等男人上馬那樣子做的，頭枕車頭，兩腿叉開，腳蹬倆車把兒，「阿枯恰你奶奶的，不……不是要多得勁兒就有多得勁兒！阿枯恰、阿枯恰、鋪上也沒那麼經日，怎不……不耐久?還公雞擀茸了又！阿枯恰你奶奶的……」

可眞把大夥兒逗樂得東倒西歪，鼻子眼淚都像屁滾尿流的一般。沈長貴小嗓兒又尖又細，笑岔了氣兒，嗽嗽兒叫心口疼，聽來又像號喪，又像鬼哭。

高壽山自個兒倒只落個愣笑的份兒，傻傻的揭著一口老長的驢牙，看看這個，瞧瞧那個，似還不大相信怎會惹得大夥兒一個個樂成這副屣樣兒。

哥們兒裡，只我父跟大李莊破磨釘李永德二人還沒成親，葷的只有聽的份兒；我父潔身自好慣了，素來也都得不湊這些熱鬧就不湊這些熱鬧，可單憑高結巴子那副草驢反槽的騷相，就夠叫人捧腹，憋不住笑得渾身哆嗦失了聲兒，也憋不住撩起高壽山，撇著當地土音打趣兒：「大箇子，各然你那張大舖拆蹬掉算了，推一掛小土車擱房裡不省事兒！」

一時大夥兒起鬨，搶著要去他高家拆牀。也就有高壽山那麼個六葉子，張起兩長胳膊左攔右擋，阿枯恰了半天，才掙出急話來：「睡女人再久也有限，睡覺才是常川，人哪能一天沒舖？」

沈長貴扳開那根長胳膊，這就要一頭衝過去的架勢兒：「那這樣好了，哥們兒誰不幫撮誰呢，肏你丈人的，俺去幫你推掛小土車，擱到你舖頭前，完事兒再爬上舖兒，挺你丈人屌，不是兩全其美！」

壽山硬是頂眞到底兒，胳膊也該抬瘦了，還張在那兒擋著：「阿枯恰你休胡來，你想叫俺家裡……阿枯恰把俺嚼死？你奶奶的不……不安好心眼兒，想害俺吶？」那神情當眞得有點兒哀哀上告味道，跟他頂天立地那麼大的箇頭兒眞不襯。

高壽山這話沒錯兒——這當地土話，嚼人就是罵人，他女人一應都跟他恰恰反過來，小箇兒，削嘴薄唇兒生就的能言善道，心思又巧，罵起人來都是論套兒的，哪是他愣大箇兒，直心眼兒，嘴拙又結巴的大漢子招架得了的，果要罵起人來不把他嚼個稀爛糊才有鬼。

跟手大夥兒就又硬派他這小土車上跳槽，定是他女人敎他的，憑他高結巴子愣哩巴怔，哪琢磨得出這麼個使巧勁兒幹的巧活兒。這回高壽山就不嘴硬了，好似福至心靈，避得巧也轉得巧，調過頭來衝著我父跟李小矮子愣笑起來：「阿枯恰、阿枯恰你大侉哥、破磨釘兒，阿枯恰等你倆成親時，俺他奶奶的啥都不……不送，阿枯恰是單送你倆一人一掛小土車。才叫是味兒，說你不……不信！」

我父沒搭碴兒，李永德憋不住，給了回馬槍：「信、信、信，日你妹子誰說不信了？留你自己個兒受用罷，鋪頭上一掛，鍋屋裡一掛——喫著喫的，飯碗一放就來你妹子一下。俺想想看，還有一掛擱到哪合適……」

沈長貴笑起這李小矮子來：「說你人矮是給心眼兒壓的，丈人羔子你心眼兒哪去了？哪掛車子沒有輪兒，輪兒是作啥用的？推到哪不就哪？除非罷，炮樓他丈人的推不上去。插上大門兒就他兩口子，丈人的，哪都照弄，當院兒也中啊！」沙耀武也插進嘴來，裝著做好人，好言相勸的味道：「俺日他，有那冤種要封禮小土車給你，就敞殼收下罷，還作假個甚麼勁兒。要嫌小土車太高了，湊不上去，日他的，你是死人吶，把倆車腿兒鋸短點兒不就行了？」沈長貴接過巧話兒：「要疼新車下不了鋸，破磨釘兒，你丈人的，腳底墊兩塊土墼不就湊合了？」

……………………

大夥兒這麼你嘴我舌，反把這東莊跑來湊熱鬧的李永德給數落得無味臘八。

一場笑鬧胡調，小土車兒，便成了哥們兒暗話，不多久也都傳進各房媳婦兒間。出伏天去接媳婦兒，除非丈人家太近，不成話事。可推了小土車去接，心虛，得用點兒心機彼此避避。只是同一個莊子，碰頭卡臉哪兒遇不見？避過清早推著空車去接人，避不過過午車上推著人回來。去時若給攔到，那可好有一頓胡纏取鬧，只有招架，無可反口。回來要給遇上的話，不單兩口子遭殃，一受明罪，一喫悶虧，要比鬧房還難對付；完了還有的賬算，定給逼供逼得下不出蛋來，怎麼招都跳進黃河也洗不清。這等屣事兒臨到誰，誰都少不得要罵他高壽山一聲罪魁禍首。就算是受用得很，也還是要消遣他高壽山幫大夥兒幹了椿人事兒——功勞敢還是他女人的。

反正這三十個伏天裡，哥們兒無分成沒成親，一律都是沒媳婦兒的光桿兒，像都回頭過起年少日子，幹完了活兒，一放下飯碗兒，就都湊到一堆兒消遣。平日其實就是成了親的，也沒誰作興蹲在家下陪媳婦兒——別惹人笑掉了牙罷！不過莊戶人家早睡慣了，過過一更天上牀的都少有。上了牀不管怎的，摸摸弄弄媳婦敢也是家常便飯，乍乍的撲一撲涼蓆平平的，摟一摟懷裡空空的，摸一摸長枕清清的，就不如外頭遊魂去，三朋四友碰到一堆閑嗑牙兒，瞎胡纏，不到二三更天不肯散，家來摸上鋪兒倒頭就睡，一覺大天光，省多少嚕嗦。

哥們兒頂喜歡沙耀武家才蓋成的新炮樓，頂上一層露天，四周大半人高的磚牆帶城垛子，腳下是糯米漿和的三合土，泥得光滑滑像個鏡面兒，也有磨光的青石那麼硬，略微有些斜坡好流雨水，光脊梁挺在上頭，就別說有多滋暈又自在。沙耀武又喜歡照應人，大壺大葉子茶、大罐兒旱菸絲兒，整斗子炒花生；沙家三大娘又好客，又頂疼這個正直正幹的兒子，只要大夥兒沒散就淨聽她三大娘一會兒喊耀武下去添茶上來，一會兒喊耀武下去捧一匾子林檎上來，再不就是青棗兒、拿井水冰的綠豆湯、鹹水煮的嫩棒子。叫人念著這位沙三大娘單就爲兒子這幫狐朋狗友，老在那兒盤算怎麼掏心扒肺，才能讓小夥子嘴別閑著，肚子別虧倒。灶房裡煙燻火燎就夠受的了，烏漆嗎黑還去菜園裡打青棗、打林檎。那嫩棒子就不知道是不是現到地裡摸黑兒掰來的。到他沙家炮樓上來乘涼，總就是喫喝不盡；三層樓上那麼高，任怎麼胡唚亂開腔兒，管保沒人看了去，聽了去，也惹不著誰，撩不著誰。

嗣仁嗣義弟兄倆兒也是一放下飯碗，抹抹嘴，就拖住我父一路去沙耀武家。意思是挺有意思，日笑三聲，沒災沒病，就只是太葷太騷了。葷騷不可交，不是指的這個；可這樣子葷騷，久了也就沒味道了。俗語說「三男一道沒好話，三女一道比奶子大」，怕走到哪兒都是一樣，說不上誰好誰不好。不過有兩回，一等鬧興過了，沒的胡扯了，也還滿可聊點兒正經的。要是早早就家去，碰上祖母不在倒還好，湊合著兄弟一盞燈，唸唸聖經或兄弟爲他挑的小書。可只要祖母在家，似乎就看不得我父那麼貪斯文，八下裡找些事兒來支使，叔叔有時看不過去，搶著去幹還不行。

說起來也沒啥，整天在李府幫工，晚上家來之後，挑挑水、抱抱柴火、掃掃院子、木盆裡灰淌水泡的大件兒被裡子、褥罩子，進去踩踩，清水寨寨，完了軸乾晾起來，所有這些零散活兒，大半都不是小腳娘跟文弱兄弟幹得來的，少不得要自個兒來料理料理，也花不多大工夫。可祖母差遣人的那個居心，總叫我父煩心，索性收拾收拾牀上一倒，反而啥事兒都沒了。

這一夜就是這樣，打李府回來，隔籬笆帳子縫兒，一眼就瞧見當間兒屋裡，祖母跟叔叔共盞洋油燈拉聒兒，心一煩便調頭就走。先前嗣仁拖他去沙家，還藉故推脫掉，這晉子沒處可去，只有覥著臉兒再摸到沙耀武家。

躲伏不躲伏的直鬧過了二更天，大夥兒沉下來。看看時候不早，我父提醒哥們兒，別讓沙三大娘再弄甚麼喫的上來，不如早點兒散了。正待看大夥兒意思，只李永德磤磨釘兒，人脞精力旺，也不管散了獨他還得走上二三里夜路回他東莊去，冒冒失失叶呼起來：「釀！釀！敢是紅燈照兒，釀那串紅燈籠，西南上……」大夥兒一驚，連滾帶爬，趴到城堞上張望。

我父聽了也不禁心上一動，遂知是李矮子玩詐，欠欠身子重又坐下。

果然大夥兒給哄了，齊把磤磨釘按倒底下，一個個落上去壓，揍他、搔他、要給他看瓜兒。整得小矮子直喘著告饒。

興頭又鬨起來，繞著義和拳、紅燈照，你嘴我舌各吹各的，敢都是道聽塗說，吹得過于離譜兒，不說沒人信，吹的人自個兒也只當笑話扯扯蛋。就中只肥城教堂給紅燈照降神火給燒了這個信息屬實，可也是不知歷過多少嘴巴傳來傳去傳到這尙佐縣來。那千張嘴、萬張口，就是千壺萬罐兒，添油添鹽沒個完兒——莊戶人家是不管甚麼好喫不好喫，有油有鹽兒就是上品，肥城教堂給傳成火燒紅蓮寺，多少精狸古怪都現了原形，一大鍋死人眼珠子，洋鬼子和尙脖頸掛的唸珠，就是死人眼珠子煉丹提煉出來的。末了連哪吒三太子風火輪兒也拾扨出來了。

吹到差不多，再吹也沒多大氣兒，我父肚子裡也打點出頭緒來。輪到我父，這才把個半月前三元宮親眼所見，憋了這許久的私密給掏出來。有嗣義作證，敢是更叫人信了。

可講到三元宮之前，我父還是先把聽自祖父、叔叔那裡的道理說在頭裡。

多虧大半個月前那個傍晚，父子三人在下過學的塾館裡，祖父給弟兄二人說了些奇聞和道理，我父才得化解不少悶在心裡許久的疑惑。那份喜歡兒也使我父老想找個時候，跟幾個哥們兒拉聒拉聒。

祖父先就提起高祖打那個華山眞人手上得到的兩件寶，「大秦景教流行中國碑」的搨帖和拒鐵丹。前者爲基督教最早傳入中國的記事和贊頌，已毀于牛莊家宅，祖父幸已背誦得熟，叔叔整整筆記下一大本。拒鐵丹也是我父不久前從祖父那裡聽來的，當年不管是給官家押解金銀來去盛京，或迎送海拉爾下來的名駒、押運鹽車，家下保鏢炮丁路上皆服這拒鐵丹，不單刀槍劍戟，便是前鏜裝藥的洋鎗洋炮，也都血肉之軀一樣的抵擋得住。

祖父意不在拒鐵丹如何如何，只是藉此申述一番世間太多事事物物不都是常理可解。也提到鐵鎖鎭花武標惡鬼附身，祖父爲之趕鬼的一些些參不透的閱歷，又是一樁不可以常理解的怪力亂神，直到最近才得悟出此中道理；倒是不在學識上頭怎麼去懂得，考究的竟在德性修爲上。至于拒鐵丹，道家吐納煉丹也得看道行，猶之看陰陽風水，凡是行術，總有道法與江湖之別。拒鐵丹既然能夠抵得住洋鎗散彈，天下之大，也必定還有甚麼上帝所造之物，可以提煉了來，頂得住快鎗快炮。可這都是餘事，煉丹術約已失傳，人也不能把一應指望放在這上頭。上帝的永世救恩，上帝的慈愛全能，更在天下人間之上，這才就是一切。

祖父遂又講到可以刀鎗不入的氣功。要把式的那些繞眼法兒、障眼法兒，敢都是玩假如眞，除非打算跑江湖喫那行飯，大可不必細究。可眞正練就的氣功，還是極有道理，眞而無僞。例如一根棗木扁擔，兩頭各擔在一落五塊豆腐上，運足了氣，一刀劈下去，扁擔兩斷，豆腐無損。這還不足為奇，有那種利刀削鐵如泥不是？然後換根扁擔，照樣還是兩頭各擔在方才那兩落豆腐上，這一回可不是使刀了，使的是一張黃表紙，跟這水菸袋媒子紙差不多，就那麼對疊再對疊，疊到寸把寬，拿這當刀，兩手攥住一頭，舉到當頂，運足了氣，直劈下去，扁擔一斷兩截兒，豆腐也還是無損。這就似乎不好拿常理來解了，可也決不是甚麼邪術；地道的眞本事，硬功夫。

祖父就笑問我父：「你看到的那些小鬼渣巴，拿照葵竿劈土塹，一落五塊劈到底，照葵竿無損不是？能是假的嗎？比起黃表紙砍斷扁擔，不是小巫見大巫了？那夜打老城集回來，一路上你講了那許多，又問了那許多，爺沒透一言半語兒，就是想要你自個兒歷練歷練，遇到啥難處都先儘自個兒去對付。果眞盡了力還對付不了，再去求人。不知道這向時你盡了力沒有，對付過去沒有……」

我父不知該怎麼回應爺，經祖父拿拒鐵丹跟氣功一比方，一下子就像摸黑摸了半天，眨眼間大放光明，一時倒記不起自個兒盡力了沒有，又對付過了多少。

叔叔見我父兩手攤在位子上，摳手上趼子老皮，覥不嗦嗦的含笑不語，便照實把黃巾賊張角弟兄三人行邪術終歸成不了事兒等等，講給祖父來指點。

祖父敢是挺誇獎叔叔有見識，也認定邪不勝正為天地常理，不過還是回到義和拳的功夫上來，交代弟兄倆兒要辨別眞與假，才好定出個邪與正。

那個傍晚，祖父把一個「氣」可講得透索，直到合黑兒蚊子出來叮人，惹得祖母找到學屋裡來。

我父照轉了那些道理給這幫哥們兒，也是打拒鐵丹跟黃表紙砍斷棗木扁擔講起。只是講到氣功就有些犯難了。祖父那些道理儘管聽得明白，心裡打那也硪實了；可那得換成哥們兒聽懂的話來說才行。這就像開頭彼此才認識時，自個兒這口大白話，土得可以的哥們兒常就聽不懂，老是要再說一遍，一個字一個字兒吐核兒，才把意思弄清楚。這幾年過來，一半兒是哥們兒聽慣了我父侉話，一半也是我父盡量撇著點兒口音，學些當地土腔。可算來也有三、四年那麼久，才彼此啥話都說得通；如今要把祖父那番道理講個明白，可不是換換土腔，撇撇口音就能通行無阻，是眞的有些犯難。要是頭裡這些說不淸楚，就把三元宮所見所聞照實說來，那就一準難保這般哥們兒火上加油，把他義和拳更有憑有據看做不知有多神乎其神，那才害人害己。

比方說火車和火船，過往雖曾跟哥們兒拉聒過；哥們兒信是信我父講的，可就是怎想也想不通。兩頭大牻牛拉四輪大車，就夠地動天搖，震得人家盆盆罐罐兒慄慄響，天下還有比這再大的車、能裝幾百口人？還走得比馬跑要快？那火船就更加神奇，哥們兒連海也沒見過，鐵殼兒船不沉底兒？比端午節運河上划龍船還快？

祖父講到氣功，先就拿火車火船來開頭。那對我父哥倆兒只須提到就成。打關東逃進關內來，得虧山海關到天津衛的鐵道才鋪成，一口氣坐到塘沽，六百里，除了灤州府跟胥各莊停的久，一天一夜多三句鐘就到了。不說步𨄅兒，饒是騾馬車，只好白天走，少說兩頭不見老陽兒，也得走上四、五天——又哪能一趟就坐上百把兩百口人。火船的話，那可更不稀罕，牛莊、營口、青泥窪、柳樹屯、連普蘭店海口外，隨時都瞧的多了，還曾不止一回上去停靠碼頭的火船裡玩兒過。

有個窩囊「文登屣」嘴髒又楞瓜的笑話，說有一個鄉下佬兄弟上城投靠他老哥，海口上頭一回開眼界，見識到鐵殼兒火船，楞頭楞腦問他老哥：「屣養的哥哥，你說屣養的那船是鐵打的不是？鐵的怎不沉底兒？屣養的！」那位城裡混得不錯的老哥，沒好聲氣的噌了他小兄弟：「屣養的你個二楞子，你都不瞧瞧，哪一條屣養的火船上不是一根又一根，老些根屣養的纜繩吊著？吊著還沉底兒？」

這幫哥們兒若有那麼一天親眼見到了火船，八成也強不過那對文登屣哥倆兒罷。那位碼頭上混過些日子的老哥尙且看不懂那些帆索船纜和卸貨輪繩作甚麼用，憑空跟這幫哥們兒還能講得通？

祖父講的是火車火船裡頭燒的煤炭是沒錯，可頂得跑的不是火，是跟燒水一般冒出來的熱氣。祖父講這道理給我父和叔叔聽，只有下等頭腦才會以爲硬的比軟的有力道，就是俗語說的欺軟怕硬。上等頭腦才懂得柔能克剛，比方簷水滴得穿牆根石頭、井繩能把井口磨出一道道窪溝兒來，城上青石大街給輪兒上包有蘋草辮子的獨輪車打當間兒壓出一條深溝來。講耐用，硬牙齒摽不過軟舌頭，兩三千年前，老子就發現這個道理了。莊子說得更實在——祖父吩咐叔叔找出「莊子集解」裡的一段：「故九萬里，則風斯在下矣，而後乃今培風。背負青天，而莫之夭閼者」——這裡所說的風，就是火車火船賴以行千萬里的氣。祖父岔開了話頭說：「倒是日本小鬼子叫對了，把火車叫汽車，火船叫汽船。敢是弄明白了這裡面道理，才這麼個叫法兒。」

如今是西洋人發明了用這個氣來頂住它火車火船走，就正合這個道理；硬的軟的都不及這抓不到、撓不到的氣那麼頂有力道。

祖父提醒我父和叔叔：「其實罷，咱們朝天掛在嘴上說的，力氣也好，氣力也好，都說對了，說準了。可惜咱們毛病就是只能坐而言，不能起而行，才都讓人家西洋人搶先給發明了去。這可不能光是怪咱們愣，老祖宗老早老早就已天地間咂摸出這個道理來了。要眞得找個誰來怨怨的話，就只好怪咱們後代子孫不肖。這該怎麼說，該說是夜壺掉了把兒——只剩個嘴兒了。」

不過祖父說著說著調轉過來，倒又指出這種力大無比的「氣」終還是有限。只因不問是熱氣、寒氣、淸氣、濁氣、香氣、臭氣、天氣、地氣、節氣、呵的氣、喘的氣、數不完的這些個氣，到底都還是個那把物兒，或是有形、或是有色、或是聽得到、聞得到、挨得到、覺得到。可捨此而外，還有別一種氣，玄而又玄、空而又空、無形無色、無聲無臭，甚而至于無處不在、無時不在、無所不能。祖父拿這個問起我父和叔叔：「你倆兒琢磨琢磨，這種氣兒是個啥？」

叔叔心思快，祖父話尾剛落，出口就道：「那不就是上帝？是啦。」

祖父笑笑，點頭是點了，約莫對也是對了，可就是不那麼很樂。倒是我父，只覺乎叔叔眞快又眞準，差些兒就猛拍一下腿，連呼三聲「對了」，如外再沒啥好琢磨的了。可眼看祖父瞧著自個兒，還在等他回應甚麼。

慌張間，我父情急出智，忽想到祖父一起頭就是講的氣功，便疑疑思思的試著說：「是不是爺講的氣功那個氣？」

祖父也是跟方才對叔叔的那副神情，略微有些點頭的意思，笑卻是祖父天生含笑的成色多些兒。照這勢路看，八成弟兄倆兒猜的都怕連個邊邊兒還不曾沾上。叔叔約莫也是這麼想，哥倆兒眼一碰上，叔叔縮縮肩膀，吐了下舌頭。

祖父有一下沒一下的搧著蒲扇，閑閑的東張張，西望望。這光景多半是在動頭腦想事情。

這三大敞間學屋沒別的主貴，就是一個涼爽，一個亮爣。屋前屋後四圈兒盡是夠大夠老的椿樹槐樹，東晒西晒都給擋住了。屋頂重修時，紮紮實實的紅草繕有上尺厚。窗口本也就比住家的大許多，應祖父之請，開大到兩尺寬，三尺來高，又安上可開可關的格子窗櫺。前牆約有四尺深的出廈，不怕雨打，糊的是漂白棉紙，冬裡就算嚴嚴的閉門合戶，屋裡也還是亮亮爣爣。

過好一陣兒，祖父這才自言自語的唸叨：「都不錯……都不錯……」雖像跟自己個兒咕噥，敢還是誇獎了兩個兒子。祖父看看叔叔說：「爺猜你會引出孟子『我善養吾浩然之氣』的氣。」又看看我父說：「你才唸過創世紀，爺以為你還記得『上帝以地上塵土造人，將氣吹入，亞當即成有靈的活人。』實在說來，也是難以一語道盡，就像文天祥所謂的，既是『沛乎塞蒼冥』，又是『襍然賦流形』，在天是日月星辰，在地是山川河嶽，在人就是浩然正氣了。這又要問問你哥倆兒了，在咱們基督徒又該是甚麼，說說看？」

這一回叔叔沒那麼搶，先前雖沒說錯話，可急言必失，此刻就算肚子裡已有現成的答問，也要三思而言才不致冒失。便挺禮讓的推給我父：「哥先來，我得想想。」

我父見爺在等他，只好試個試個的反問祖父：「是不是聖靈呢？」輪到叔叔，卻說：「咱想的也跟哥一樣兒，在基督徒來說，該是聖靈罷？」

祖父卻搖起頭來：「聖父聖子聖靈三位一體，該說是在上帝為聖靈。在基督徒該是『因信稱義』的信心，基督不是說過：『你等信心即如一粒芥籽之微，便是吩咐這山從此處移至彼處，也必可如願。』既然信心的能力可以移山倒海，那用黃表紙砍斷扁擔還算什麼神奇？」

叔叔聽了，不禁問道：「照爺這一說，信心不就是氣功了？」祖父忙向叔叔橫搧了兩下蒲扇：「不可那麼說『信心就是氣功』，兩下裡有相通，也有不相通。信心是信上帝為慈愛和全能的父，氣功也是出于信心，只不過信的是『不運氣辦不到，運了氣就辦得到』；氣從哪裡來，那就得苦苦練功了。咱們基督徒信的是『在人不能，在上帝凡事都能』，是借用上帝的全能。爺給花武標趕走了附身惡鬼，爺有那個能耐麼？門兒也沒門兒。怎樣才借得到上帝的全能？就是信心，信上帝有大能力。這也就是俗話所說的，「信則有，不信則無」。其實，就這信心，也還是要仰靠上帝降恩賞賜。人在這上頭不必苦苦練功，只須遵行上帝之道，為了行義，就儘管跟上帝索討信心，告借大能來用。這些，你哥倆兒早就懂得，不須多說了。」

不過祖父還是把那黃表紙砍斷扁擔的道理給我父和叔叔解說了一番。人是打一點兒小，只要懂事了，就已認命一樣，認定拿一撕就破、一疊就摺的仿紙去砍斷扁擔，無異是以卵擊石，除非老陽兒打西天出。可練成氣功的把式，就信得過只須氣運得夠，黃表紙就砍得斷扁擔。實則不問是泥丸之氣，還是丹田之氣，果眞有這麼大的神力麼？有或沒有，不好斷言；只是信得過這氣功就有這個能耐，這個近乎志氣之氣的信心，還是大有能力的，這倒可以斷言。

祖父講到這裡，把蒲扇雙手舉起，「比方這就是黃表紙疊成的劈刀，這桌沿兒就是橫擔在兩頭豆腐上的扁擔。」祖父就那麼比劃又比劃說：「比方像這樣劈下去，擱咱們平常人的話，先就認定哪興有這回事兒，結果罷，敢就是沒這回事兒。認定砍到這裡黃表紙就自個兒折了、彎了，敢就是折了、彎了，結果也就手脖兒上的力道到此爲止。可擱在有氣功的話，信而不疑，這一下劈下去，扁擔斷兩截兒，豆腐絲毫無損，手下那力道就另個樣兒，可說是這一刀下去，直有九地十八開之勢；心無扁擔，自也目無扁擔，刀下就沒了扁擔。劈到這裡，也就心無蹭蹬，手無蹭蹬，刀固非刀，黃表紙亦非黃表紙，就是拔根頭髮——哪怕連一根頭髮也不用，單憑一個眞意，這樣就一下子下去了。所謂『精誠所至，金石爲開』，就是這個意思。」

道理說到這裡，我父跟叔叔本當再也沒有不明之疑。可我父一頭聽著，一頭心裡出了個疑，靜等祖父下頭定會講到。只是祖父看看天色不早，覺乎道理也大致說透了，打竹靠椅裡起身，蒲扇拍拍蔴布短打上的紙媒子炭，拎起水菸袋這就要走了，慌得我父忙問：「那這要把式的，練了氣功，使出絕活兒，多不過爲的走走江湖，跑跑碼頭，混口飯喫；又信的是氣，不是上帝。這跟咱們基督徒好像不大搭調兒。不知道是不是還沒聽懂爺講的道理。」

祖父認眞的聽罷我父這番疑問，點頭愈點愈深，見叔叔在那裡收拾，便挪挪腳步，回我父說：「咱們邊走邊談罷。小惠你也一起。」祖父便等等走走，走走等等，一面給我父解疑。待叔叔拿個黃銅荷包鎖把塾館門上了鎖，打出廈下走出來，祖父卻在屋前空地場子上講住了腳，招來一人頭上一團虻蟲，上上下下打轉轉。

祖父挺誇讚我父有此一問。祖父首先打德與術說起，指出這難以常理通義的氣，實則都在上帝創世的天地萬物之中。聖賢從天地日月星辰的運行，發明了曆數節氣時令，以享萬世萬民、士農工商，這就是大德之術。至于走方術士，也是從天地日月星辰的運行，發明了醫卜星相；若得濟物利人，也是小德之術；至于賴以混口飯喫，那就是無德之術；若是以之損人利己，敢是敗德之術。基督徒也是一樣，不要說喫洋教的也跟賴以混口飯喫的江湖把式差不離兒，就是只圖自個兒得救上天堂的，也屬無德之徒，爲上帝所不喜。又因這般基督徒一旦攀附上教會，便就視世俗爲魔鬼世界；家國天下固不值一顧，也盡棄喜喪禮俗，親朋往來，幾至不近情理，因也無意于術。德術兩失，何以爲人？無異飽食終日，無所事事，坐以待斃，唯差一死，卻美其名曰：「永生之盼望」。

祖父因就講起基督徒的修爲——

「信心也就是信德，憑信心借用上帝的慈愛全能，正就是孔門的『以德通天』。有德則術生，比方爺給花武標這個大瓢把子趕鬼，爺既無術，也不是憑的自個兒一點點薄德，還是爲的替地方上除一大害，方圓一、二百里內境綏民安，這才是一德。有此一德，術也就因應而生，借得上帝的慈愛全能，把他花武標附身的娘倆兒惡鬼給趕走不算，還帶領了這位朵把兒毛爺皈依基督。所謂『德者得也』，看這一德倒是得到多少——千家萬戶百姓得安、徒兒法孫洗手，不是得爲良民，就是得爲招安、爺是大得聲望利于傳道；上帝也得到不少，得一惡狼化做羔羊、得一窮鄉僻壤的福音堂、得一傳揚福音的忠心僕人。這也只是可見可知的所得；未可見、未可知、乃至來日還有更多的所得。這樣不計其數的所得，興許比不上先聖先賢的大德，施善一方總算是一場小小功德。以這樣小德，就足可上帝那裡借到慈愛全能，何況大德！打這樣子來龍去脈裡你哥倆兒就該領悟到，無論大德小德，爺都無德可言，這德是在整個兒事功。打這裡你哥倆兒也該領悟到，凡事只爲自個兒一人、自個兒一家有所得，不是德——基督親口應許過，總要先求上帝的國、上帝的義；喫穿用度上帝都早有預備，不必爲這些憂慮，尤不必爲這些求。推己及人，到了爲他人求、爲家國天下求、爲長治久安的世道求；能爲他人、爲家國天下、爲長治久安的世道有所得，才是德。憑這樣信德，無人不可以借用上帝的慈愛全能，那就無事不可爲！」

叔叔還要問甚麼，張口才只提到「那爺看義和拳呢？」卻見祖母氣憤憤兒找了來，一路嗆呼著數說：「這不是鑽暈了！一個比一個鑽暈！餵蚊子這麼餵法兒……」可話頭一轉，便又衝著我父拿來出氣：「哏！飽漢不知餓漢飢，你是蹚過屎肚子了，好歹一個是你爺、一個是你兄弟耶，有疼熱罷，陪你餓肚子啊，沒人心的！人沒良心——」叔叔忙攔住那下面刺耳朵的村話：「娘，好了好了，差不多就好了……」這上頭，叔叔倒比祖父強硬多了，有用多了。

我父顧自去牽驢，逃到一旁去不要聽。祖父這一席庭訓，直把我父像通旱菸袋一樣，這麼久堵得人不透氣兒，一下子菸渣子菸油子統都通乾淨，菸袋桿兒迎著亮兒，這頭直瞅到那頭，不知有多透索透心兒。

叔叔要問祖父的是義和拳到底有德無德，我父倒是有主張。弟兄倆鋪上靠著講話，我父是咂摩著那義和拳，別管是師父老師，還是大師兄、二師兄、外帶管事兒打襍兒的，左不過江湖賣藝的都是一路貨，靠那點功夫混事兒罷了。那般童男童女，沒一個不是家貧，貪圖那點安家糧食，家裡少張嘴，外頭有嚼口，出師還有花不盡的小錢兒；裡外這麼翻個箇兒又翻個箇兒，終歸是撈口飯喫。再說那些王公大臣，還不是拿義和神團當作「官財本兒」，哪又為朝廷社稷百姓想了？跟他老城集尤二爺貪圖個長夫管帶不又是一路貨？想得到的無非都是私心裡貪圖的榮華富貴，又哪裡沾得上個德不德的邊兒！

叔叔原是要跟祖父討教的疑難，經我父這一調理，樂得直道：「這就弄通了，這就說得通了。」可我父對自個兒還不怎麼信得過，忙說要等祖父指點了才算數兒。

除了書本兒上的學問，我父搭不上碴兒；拉聒起家常來，吐吐體己的心事，哥倆兒多半無須多言，一句話說不一半兒就通了。可叔叔小上我父四歲，擱這十幾二十的年紀裡，差四歲就差許多了，通情達理的世故上頭，到底還是做哥哥的要強些。

終究是親兄弟才得這麼貼切，跟這幫哥們兒再親，當間兒多少還隔上挺厚一層。像這樣子講道說理，那就更加擋著座山。也正像爬山一個味道，上下對直了爬陡坡，能把人累死，也未必爬得上去。梯陡豎崖上總得橫裡打彎子，左拐右轉，寧可多繞些圈兒，才省大勁兒，頂得住氣力登到頂兒。河上拉縴的船伕有個唱兒：「弓背兒行山路，弓弦兒走平洋，冤枉不冤枉，但看平洋抄近路，山坡兒大盤腸……」沙耀武炮樓上這一夜，陪一夥兒媳婦躲伏去了的光棍兒哥們兒解悶兒忍躁兒，拉聒起義和拳，我父可眞是走盡了盤腸山路，矻矻嗤嗤夠累的。

我父生性嘴嚴，一向懶言語兒，只說中用的話，這一夜可叭兒叭的沒住嘴兒，長這麼大，十九年說過的話合起來也沒有這許多。

歷來沒有過的新鮮事兒還不光是這個；十六歲就卜德生牧師給施過洗，打那到今，我父也才這一夜懂得禱告靈驗，就像烏黑烏黑的夜裡打閃那麼個亮法兒。只因念到怎麼著幫這夥兒哥們兒解解事兒，懂點兒道理，總也算個小小功德，儘管自知說不清，道不明，「在人不能，在上帝凡事都能」，只此一念，黑裡也沒按規矩來，就憑信德求禱，也僅僅動一動心裡一個意思，居然有條有理，不光是講講兒一般的受聽，也衡情奪理無不應口而出，不像自個兒有本事說得上來的言語兒，眞是有些害怕起來——上帝就活活的貼在身邊爲人加力。「舉頭三尺有神明」，該就是指的這個。

想必哥們兒也挺受用罷，只除了高壽山愣大個兒，打盹兒栽了一頭，給大夥兒又嚼又搥了一通，可都一個個聽得有滋有味兒，碰上我父停下來一陣兒，還都齊聲催了起來。

# 糧草

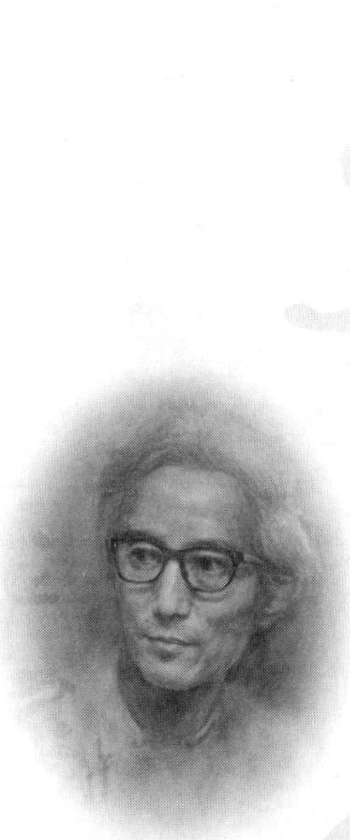

說起來還是年輕小娘們兒有福氣，躲伏躲伏，哪兒親躲哪兒去，哪兒涼快自在躲哪兒去，就說打早到晚都得忙新鞋——打靠子、搓蔴線、納鞋底兒、貼鞋面兒、裱鞋裡子、整鞋梆子、鎖鞋口兒、上鞋底兒，不定小姑子新鞋還得綉個花、奶孩子來雙虎頭軟底兒鞋……數數眞還不少活兒；可怎麼說也都躲掉所有風颼日晒，汗流如雨，辛苦勞累，三伏天熱得死人的日子。

兩相較量，男子漢可就過的不是個日子了。辛苦勞累不說——應該應分的罷，婆婆嬤嬤那些家裡襍活兒，多少得攬扒一些。婦道人做起來巧手巧腳的乾淨利落，輪到男子漢，頂天碰了頭，立地絆了腳，灶房門矮，弓著腰兒拱裡拱外，免不了還是時不時撞得火冒金星，煙燻瞎了眼，淚臉爬汊像哭嚎了一場。

像高壽山就流落得頂悽慘。他高家上無爹娘，下無弟兄姊妹，單蹦兒一對小兩口兒帶個小小子，日常裡沒人管，沒人貪伴兒搬這個，爭那個，想怎麼都由著性兒，可媳婦兒一回娘家躲伏去，一日三餐都沒了指望。媳婦兒走前也曾狠狠實實忙了些飯食留下來安家。只是就算三十整天的口糧都給掇飭齊備了，像這大熱天，啥也放不到那麼久。大麥炒麵放上一個月，不咯了也該招蟲了。酸煎餅經放是經放，卻也至多十天就到頂兒了，不絲膿也非上綠霉不可。再說罷，見天都一把把掩炒麵兒，見天一口口盡噎酸煎餅，又哪是人過的日子！可憐那麼個愣大箇兒，倉屋裡一囤囤糧食頂到屋笆，落得頓頓玉米粽子煮薄飯，還盡燒煳了鍋底兒。頓頓喝稀的怎成，瞧著叫人爲他難辛，沙耀武跟嗣仁弟兄倆兒，便時不時硬拖他家來塞頓結實的，就那麼搭把著度日。高壽山是人愣心眼醇厚，白端人家碗兒，少不得自家菜園子裡尋摸點兒新鮮來獻獻寶，再不就拿小土車兒甚麼的給大夥兒逗逗樂子，好歹都是沒有別個本事的老實人那種思報之意。寒磣是有點兒寒磣，小時就是這樣，受了人家一點兒好，沒本事報答，就翻小老雀兒給人看。眞是俗話說的沒錯兒，從小三歲看到老。

這段兒時節，湖裡當令要忙的活兒，一是打高粱葉兒，一是給地瓜耨草翻秧子。這當地土話是打秫葉子、翻紅芋秧子。

高粱穗兒一等灌漿滿實兒，顆粒差把勁兒就熟透的當口，追肥倒不必，只須把葉子打掉，免得分力兒，就地裡餘剩點兒的養分直攻到穗子上，也就足夠了。再就是高粱長到這個節骨眼兒，發熱發得厲害，高粱地裡比灶房架起大蒸籠還熱烘，葉子不打掉，就都熇黃掉，牲口不樂意喫，當燒料也不熬火。葉子打掉才高粱地裡通風散熱四處透氣兒。打下來的葉子趁青晒乾，碼成垛子，一冬裡牲口嚼咕就指望這玩意兒。鍘鍘碎，倒進槽裡餵牲口省得很，一點不糟蹋，牲口也喫了頂添膘，就數這是頭等草料。莊戶人家喜歡「一事兩夠兒」，這打秫葉子可是一事好幾夠兒，怎樣苦累也得拚這份活兒。

要說苦累，當緊還在搶活兒，加上熱得死人的那麼個火天火地。高粱葉子利倒不怎麼利，可還是刺人，不宜光脊梁幹這活兒，長袖掛子幠在身上像熻著頂老羊皮襖，一天下來管保熻出一身紅通通痱子來。

叫是叫打秫葉子，可萬不是拎根巴棍子，走進地裡東打西打。該跟耨草差不多，全靠空空兩手，一把一把去扯。只是要個巧勁兒，捽住葉根兒往下那麼一得，不興傷到包在桿兒上的葉褲子。除掉梢子上留一對葉子，打上到下一概打光。葉子打下來夾到懷裡，積成整抱了，就到地邊兒上，拿幾根葉子擰擰勁兒，就綑成了草箇子丟在那兒，等打完了再攏到地頭去上車——牛車、驢車，還是小土車兒，那要看收多收少甚麼人家了。

李府今年只種了六十多畝高粱，三個壯漢打早到晚兒釘緊了幹，倒可望三天就算幹不完，四天也用不了，今年輕快多了。

這一帶地方種的高粱不比關東拿當主糧。這裡只合是打粗的雜糧，比棒子玉米還差一等，正式正道派得上兩宗用場，一是糶給槽坊蒸酒，一是磨成粗糠子做豬食和牲口料。人是少有單獨拿當主糧來喫；便是蒸個窩窩，也須跟玉米一般，得羼個一兩成麥麵兒或地瓜麵兒，不靠這黏糊的話，那可散巴落渣兒搦不成糰兒。烙煎餅也是要掌上點小麥或乾地瓜丁丁一同研成糊子，不的話，烙成煎餅散在鏊子上，揭都揭不起來。

關東高粱米兒可是又黏又細緩，煮乾飯、熬稀飯，不輸給江南大米籽兒，還比白米多一口糧食香。那種高粱米兒，這裡倒也有，叫做黏秫秫或糯秫秫，顆粒兒泛白，又大又重，穗子一熟就散巴巴的耷落下來。要種這黏秫秫，像李府這麼多人口，也只種兩三畝就夠了，磨成麵兒包湯圓子，正月裡喫上幾頓應個景兒罷了；也是比白糯米的湯圓子多一口糧食香。

黏秫秫做的這種澄沙色紅湯圓，大都包的是紅糖餡兒，紅糖本就比白糖多一股焦香，一出鍋搶個趁熱，一口咬下去，那可燙得人齜牙扭鬼，一包香噴噴的熱糖稀，都好連舌頭也呑下肚。

我父打小就把這嗜之如命，一個湯圓足有二兩重，一頓就是十幾二十來個，到老不改此好。人都說這等黏巴巴玩意兒不易消食兒，不宜貪多。對孩童更是小心，天寒，喫下湯圓就得提防積食兒，留神別讓小人家哭哭嚎嚎，喊呼著東跑西顛，免得肚子灌風，那可不是玩兒的。我父倒是獨獨的與衆不同，不光是喫起來沒底兒，還數這些黏食頂不經餓，儘管一頓十幾二十多個不當回事兒——合上兩斤只多不少呢，卻總是撐不到下一頓飯，就又鬧饑荒，餓得慌慌的發抖。不想我也給遺傳了這麼個體質，湯圓之外尙有年糕、粽子、糍粑，莫不如是。這樣子與衆不同也未必佳，總是個毛病罷——喫別的可都不會一餓就發慌。

打秫葉子打到黏秫秫地裡，我父就不由人的犯起私念——本就是汗滴兒掉在人家地裡，可總罕有這個念頭；興許太過貪嘴這黏秫秫湯圓，打給李府上拉雇工到今，可從來不曾喫過這地裡出的黏秫秫摶的湯圓。怎麼不是？大正月裡不在自家過過十五，好捨著臉兒去端人家非親非故的飯碗兒？過過十五又不興喫湯圓子了。放在關東老家倒有指望，二月二，龍抬頭，家家戶戶總興麵條鍋裡下湯圓，叫做龍戲珠。偏生這個牢地方沒這個節，就覺乎著汗滴兒都白滴了，地也清清楚楚是別人家的地了。一頭打著比飯秫秫要肥一些、寬一些的葉子——那當中央的葉梗子也是白的，不是紅的；一頭發發饞狠，單等來日置了地，定要年年種它個十畝二十畝黏秫秫，不說頓頓都幹湯圓，天天都幹湯圓，好歹一饞起來就包湯圓，一下就下它一大鍋，趴到鍋台上，喫著添著，放開量兒噇它個滿滿騰騰，紮紮實實一肚子。

也別說，打秫葉子這樣子苦活兒，碰巧碰不巧也還是有點小樂子打打岔兒。千株萬株高粱棵子裡，免不了有那麼一株兩株不結穗子的，這當地土話叫「啞巴稭」，養分盡都倔在整根桿兒裡，長得又粗又壯，一竿兒水汁，就別說那個甜法兒，抵得上酒席上才見到的甘蔗——坐席喫喜酒，按這當地習慣，先上上來的八碟兒，叫做喜果子，不是當場就喫；賀客臉前除了碗筷盃匙，還有喜紅紙襯厚草紙疊成三角的俗謂牛角包，一碟碟喜果子大夥兒平分盛到這牛角包兒裡，各自帶回家，讓沒來赴席的家小分食，算是沾沾喜氣。喜果子多半是桂圓、核桃仁兒、蜜棗、爈白果、狀元糕、金錢餅兒、五香瓜子、橘子瓣兒、切成斜角塊兒的山楂糕、去皮油炸花生米兒。甘蔗也是一道，江南來的稀罕物兒，與桂圓、荔枝、橘子等都算是南貨，因才上得了酒席。甘蔗是削淨了皮，挺像切香腸那樣切成斜片兒，洒幾滴大紅水兒沾沾喜。所有這些喜果子，但凡能一片片、一瓣瓣疊落起來的，總都花上不知多大功夫，砌磚牆一般纍成個大半尺高矮的尖塔。上菜的夥計也得個功夫，連手帶腕到胳膊軸兒，一邊托上個三、四盤兒，穿梭兒飛跑不興一粒一片兒撒到地上。

碰上這啞巴稭，一吆呼就都順勢兒歇口氣，連葉帶褲兒撕個光，按節骨兒照蜷起的踣勒蓋兒上一摧就是一截兒，一摧就是一截兒，一人捽住一截兒，拿門牙撇淨篾皮，一個個歪著腦袋啃啃嚼嚼，咂得嗞嗞呵呵的，看上去倒像鬧牙疼。腮幫子撐得鼓鼓的，也像牙疼上火腫成那樣兒。

碰巧碰不巧兒又還有一號兒不生穗子的高粱，梢子上挑一柱比蒲棒小些的玩意兒，外表白粉粉的微似菌子，裡頭緊裹住一包子墨黑墨黑略含潮氣的粗麵子，大夥兒叫它「烏麥」，只須還未熟得裂散開來，就可掰下來喫著玩兒。甜絲絲兒、麵墩墩兒、又有些沙哩哩兒，倒也有那麼點兒滋味兒。只是寧可嫩一些才上口，過老了就同炒麵一般樣兒，又像白煮蛋蛋黃兒，乾得噎死老奶奶。

再還有臭小小子幹的好事兒，淨挑粗實打直的高粱桿兒，先把葉子從上到下打掉，連葉褲兒也一一剝個精光，只落薄薄一層白醭兒的淡青青光溜兒桿子，下一步就拿牙齒咬那上面啃出花紋兒，樂意啃個啥花樣兒就啃個啥花樣兒——要能單用兩邊兒虎牙尖尖兒下口啃才更得勁兒。可這將將啃過的牙痕兒並看不大出來是個甚麼玩意兒，單等一夜過來，打了露水，又晒上一晌午老陽兒，所有牙痕兒可就通通變成血紅血紅的條條綹綹，有的是打彎彎兒荷葉邊兒、尖來尖去的狗牙邊兒一類的花紋；有的是環著高粱桿兒啃個螺絲轉兒——那得扭住身子，牙啃在桿兒上，再繞著桿兒轉轉遊兒，夠多辛苦！這以外還有的好生細心又好有耐心，牙痕兒竟能豎也成行、斜也成行，織成網絡那麼樣又密又齊正。淡青桿兒畫上這麼些紅花紋兒，怎樣摩弄也色氣一點兒都不褪，喜歡舞槍弄棒兒的臭小小子就好二天推回去，斬頭去尾剁個兩頭齊，正合手耍他的孫猴子金箍狼牙棒，時新的就該誇口使的是義和拳齊眉棍。

高粱桿兒經這麼一捯飭，頂上穗子才灌漿，那算一粒粒全瞎了。一棵兩棵糟蹋了敢是沒甚麼大礙，可擺弄這個買賣三兒，總不止一兩個頑童；誰家高粱發箇兒發得旺，誰家合該倒個小楣，一窩小鬼頭兒和在一道兒，拱進蒸籠一般的高粱地裡也不怕熱，賽賽看誰啃出來的花紋兒又俏又出功夫。一個臭小小子擺弄上三兩株，十個臭小小子那就糟蹋一大遍。獾狗子夜裡出來偷啃高粱穗子、玉米棒子，拿手的本事就是憑牠上百斤矮巴墩墩的胖箇頭，硬騎硬壓給高粱桿兒或玉米桿兒推倒下來，按到地上啃穗子啃個半落糊渣，再去硬騎硬壓別的一株，一糟蹋就是一大遍；可興許那還比不上這幫臭小小子作的孽大。

哥們兒仨蹲在地邊兒上歪頭啃啞巴稭，打這進去三兩步，便是一大遍給啃了桿兒的高粱棵子，滿地盡是打下的葉子。將才約莫著數了數，插七插八總也三四十棵，待會兒只好拔了家去餵牲口。嗣仁倒還騰得出嘴來罵人：「日他祖亡人，該這夥小龜秧子白啃半天了！」那樣狠狠的嚼嚼咂咂啞巴稭，正就像是狠狠的在那兒嚼人；狠狠呸掉一大口渣子，也正合毒口啐人那副狠相。手上水漬漬給啃光篾皮的啞巴稭，白白淨淨的瓤子卻叫髒手給捽得上面盡是灰絡子。

打秫葉子這個活兒，怕那葉子汁多多少少染上身，乾了就絡絡道道黑跡子洗不掉，白布沾上就很顯，這哥們兒仨都穿的是青的藍的小褂褲，可眞又吸熱、又漚汗，上下身兒全都濕得掛滵滵兒像打水裡才爬上來，擰一擰準能擰滿一小龍盆子水。

嗣仁咂完了一截兒啞巴稭，又再啃另一截兒，自在得唉聲嘆氣：「也別說，日他！這個天兒啊，哏！眞叫人渾身發軟老雀硬……」嘴裡有得嚼轂兒也不肯閑著，似之乎要不時不時的嚼嚼罵罵撒撒村，就算不得是個漢子。

嗣義不像他老大潑皮；人生得靦覸懶言語兒，又一心要學我父嘴上乾乾淨淨，冷瞅瞅他老大半天，沒搭那個碴兒。

我父敢也是裝沒聽見，蹲在一旁瞧這挨肩兒胞弟兄倆兒。眞是俗話說的，「一母生出九等人，十個指頭有長短」，打這啃啞巴稭上也就看得出誰會過日子，誰不會過日子。

啞巴稭是我父碰上的，清理乾淨了葉子褲子，硬是摧成九截兒，不光是一人分三截兒正正好，長短也搭配得很公平。靠根愈近是節骨愈短，節骨愈短是味道愈甜。這嗣義跟我父性情相近，不用斟酌就順手先挑長節兒的來啃，嗣仁可正相反。要說這就注定了這一生一個是苦盡甘來、一個是甘盡苦來，怕也不鋅定；可眼前這就現鼻現眼，甜的留在後頭，嘴裡只有愈來愈是滋味兒總沒錯兒，多少有個算計罷？有道是「算盤不打一世窮」，會不會過日子打這小地方還是看得出來。無怪李府二老爹憑他那樣子少見的通達知命，這上頭仍像看不開，老是免不了要嘀咕嘀咕這個嗣仁，老是要煩心這個相貌身架最肖自個兒，卻恰恰人品眼光不肖自個兒的大兒子。

啃著啞巴稭，閑看那半邊打過葉子的高粱地，一根根桿子清清爽爽，無牽無扯的直立著，恰才拿水洗過一般的乾淨，倒像個婦道人把那披頭散髮一副邋遢相，梳理刀尺了一番，寡寡淨淨這才受看。

瞧著這片莊稼比周遭地鄰誰家的都壯實，我父就不能不服李府二老爹務農務得比誰都有爲有守，更還有品有眼力。

李府二老爹置地盡置的是薄沙田，可下肥又比誰家都捨得。像這般雜糧粗賤莊稼，家家戶戶都用的家下出的沃圾，坑裡漚久一些，漚黑糊一些就不錯了；至不濟再買批油坊打過豆油的豆餅，打過大槽香油的芝蔴餅或晃過香油的乾蔴屎，砍巴砍巴丟進坑裡一道兒泡泡漚漚，也就挺對得起莊稼，也對得起那塊地了。李府卻總是猛下大糞，不少過小麥大麥。大糞得城上糞場花大錢買來。收一場大糞也像回大事兒，忙個三兩天那是常有。粗拉條編的大簖籃，一裝就是兩三百斤，一車又一車，前拉後推，一天來回十趟八趟都有過。

頭兩年我父乍乍的還弄不來這買賣兒，儘管都是羼進灶灰晒乾的硬硬小土塊兒，不像鮮糞那麼刺鼻，可到底不是一車子饝兒罷。幹啥活兒，我父向來都不興避重就輕躲滑兒，唯獨這份兒活兒，能拉車就老著臉拉，哪怕傾著腰身使死勁兒使得手搆到地都情願。推起車來可就不是滋味兒了，滿騰騰一大笤籃好貨色，頂到鼻子跟前不到一尺遠，一趟下來，飯也不要喫了，黑了歪到舖上還鼻孔裡塞的盡是那股子氣道，熏得人睡不著，睡著了夢見一口接一口吨大糞，吨的還都是鮮的，像吨大紫地瓜，挺噎人。

這兩年才算家常多了。大糞不是打城上推回來就倒進田裡，還得攤勻了滿滿一場，好日頭再晒個兩三天，一日裡總得木銛翻它五六回才晒得透，就是騰得出手來也不興摀住鼻子幹活兒罷。接下來得套上石滾子，趕著牲口一圈重一圈慢慢壓個稀碎。也得一個長半天的工，壓壓翻翻，碾成細末子，挑下湖去，一趟趟盛進量糧食斗子，一手摟在懷裡，寶貝一樣兒，一手一把把抓來漫空撒開，不這樣就下肥下不勻淨。

啥事兒但凡習以爲常了，便沒啥幹不來。人家開糞場的還不是攤滿一場鮮糞，捧著碗炸湯麵條，蹲到一邊兒嘭嚕正緊，香得很呢不是？錢吶，抱著一斗子錢這麼撒，能不疼惜？也倒聞得出糞香了不是？加上念到李二老爹那麼疼莊稼，這可是捧著上好飯菜來請莊稼的客不是？……

照我父揣摩李府二老爹那個心廑，總覺這麼捨得下肥意思不在收成——對直了算算，下的恁大本錢本來就不上算罷，我父眞相信這位李二老爹是不忍心對待粗賤莊稼隨便打發，湊合點兒沃坂下下肥就算了。仁心到得這個地步，莊稼都無分貴賤，對人那就更是不用說了。

疼惜莊稼還不止這，逢上要鋤二遍留苗時節，這位李二老爹也總不忘提醒一聲，不問是小秫秫高粱，還是大秫秫玉米，留閰兒就要留上個尺把遠，要讓莊稼長得寬鬆自在，別受委屈。別人家可株株之間頂多留個七、八寸。要不是害怕太擠了，卡得棵棵細腿拉秧兒只顧朝天拔高，橫裡發不開身兒，籽粒就要結得又小又少，那可恨不能密像木梳篦子才趁心。

可「飯不白喫，糞不白施」，李府不問種啥莊稼，不止強過地鄰，左近幾個莊子數遍了，怕也沒誰家比得上。不知情的過路人，會說這家人家要發旺；知情的老熟人，也明知李府怎麼長、怎麼短，可就是捨不得疼莊稼疼到這樣個地步。

放眼觀看莊稼給照顧得這麼漂漂亮亮，著實夠心滿意足。想必眼見兒孫個個體面成材，約莫也就是這樣子又舒坦又得意罷。下肥下得足，留苗留得寬敞，光看眼前是眞的不大上算，非要等到收成了，也才見得眞章兒。

高粱這種莊稼，本就頂塡還人不過，從頭到根沒半點兒屈費。像李府這樣服事出來的莊稼，塡還人這上頭可更加一等。桿兒粗實又高出人家尺把，賣秫稭價錢又俏又搶手，買主多是買了去蓋房子，做笆牆心兒，捨不得當燒草；就拿咱們家灶房笆牆跟籬笆帳子院牆來說，敢都是用的李府上秫稭，三四年過來還那麼齊整，敢說一根兒斷頭都沒有。就算是當燒草，也頂得上豆桿那麼熬火。葉子又肥又厚，草笸子往那兒一擱，一眼就瞧出來與衆不同，牲口敢是又喜歡又添膘。穗子也是那麼壯實，結的籽粒又多又大，一棵穗子跟上人家一棵半，打過籽粒便是上好的掃帚檮子，紮苕帚、刷鍋刷碗的刷把子，也都比人家的又大又經用。再還有梢上結穗子的那一節兒，叫做秫稭莛子，總都長過人家上尺，用處就更多了，撇下的篾子打涼蓆，那算是頭等細貨、蘆蓆、燈草蓆、竹蓆、蒲蓆，沒哪比得上這秫篾蓆光滑涼快，精細漂亮；不滿兩尺長的莛子，蓆行可是不收，白送也沒人要。李府秫稭莛子總都足有三尺還長，蓆行收貨敢是上好價錢；便是自家釘鍋拍子上市去賣，少見這種連三尺大甑鍋都足夠蓋的貨色，鍋拍子挑去趕集，才到集口就給攔下來，來不及還價就搶到手，三五十張眨眨眼兒工夫賣個光光。

那是拿穿針蔴線把這秫稭莛子一根一根橫串成約莫見方的簾子，兩面簾子一直一橫合貼起來，再拿穿針蔴線牢牢釘上一圈兒，釘成指半厚的板子，抵得上這麼厚的木板子一般硬強，只是輕便多了。這樣子一塊不成形的板子，周邊敢是橫的豎的、長些短些的參差不齊整，末了一道活兒便是修成塊圓板子，當中間兒插根上鞋底的針錐，拿蔴線套住，另一頭套個快削刀，就看板子大小扯緊蔴線，就這麼切上一整圈兒，敢就切成一面溜溜兒圓的板子。

這傢什不管鄉下還是城上，家家戶戶都少不了它，用處可多了，不光是做鍋蓋兒，拿來擺餃子、擺湯圓、麵條、餛飩、貓耳朵……光面兒一點也不粘麵，洗刷起來也方便，再好也沒有了。而外也啥都用得著它，蓋水缸、麵缸、醃菜缸，攤在上面晒個甚麼細緩物，收乾晾濕的端進端出也都挺輕便。糧食店、豆腐舖、豆芽小販兒，就是莊戶人家，莫不是拿它揀豆子、選豆種，不用下手一粒粒數著挑，只須攤到這個表面兒盡是一道道滑溜溜兒直溝的鍋拍子上，面兒稍斜一些，輕輕的顚顚抖抖，滾圓飽實的大顆豆粒兒就爭先恐後紛紛滾下去，癟的、爛的、蟲噬空了的，便都愣在拍子上。用這個法子快得很，抵得上三五雙手數著挑挑揀揀，也省得彎腰駝背磨弄上老半天，眼也瞅花了，腰脊也累疲了。

這釘鍋拍子，我父一學就會，釘不幾張便精到得很，讓李府二老爹給誇獎成一等一的好手藝。

要緊還是到了我父手上創出了新方兒。人家一代一代傳下來的都是那麼一套，我父嫌那樣穿針蔴線硬串一根根秫稭莛子，一是太喫力，二是挺傷手，三是老把莛子撐裂了縫兒，日後很快就打那裂縫兒先斷掉，四是蔴線穿透過去，拉呀拉的，拉過刀口一般鋒快的莛子篾皮，一刮再刮，串不到一半兒蔴線早就起了毛，傷了線股子，串到末後那蔴線眼看就刮成蔴茬子，要斷不斷的湊合，日後也是很快便先打那裡斷了線散掉，補都難補。

對這些毛病，我父憑他拿這秫稭莛子配上竹籤兒做鳥籠磨來的功夫（那也是我父獨自個兒琢磨出來的，從來也沒誰拿這材料做鳥籠），但凡莛子桿上要拿穿針蔴線戳透過的兩邊，先用削刀割個小口兒，割斷篾皮縱絲絲兒再下針，這樣便所有那四大毛病全都免去了，下針一點兒也不喫力，敢也傷不到手、累不到指頭，莛子管保不裂，蔴線直到末了也還是全全和和的雙股子線兒，拉不毛。

李府二老爹不是只顧誇獎就說了羼假的虛話，憑他李二老爹老手藝，也轉回頭來學我父，還咂著嘴兒稱讚：「看是多費了一道手腳，可照老方兒，戳一針得頂針子硬抵，歪來歪去歪上老半天，拉蔴線也是嗤喇嗤喇的拉上老半天，莛子上這一割個小口兒，眞叫又省工夫又省勁兒，做起來快當多了，使喚起來又耐久經用，眞個沒話說。」不由得翹起大拇指頭撓了又撓，直捺到我父高鼻梁兒上：「行！一等一腦瓜子，一等一絕招兒手藝，將後來用不著喫死力氣飯！」

也是瞧著恁長的秫稭莛子打心裡就歡喜，遇上農閑，除了早晚把三大砂缸挑滿了水，整天可都守著旱磨盤那裡——好天就蹲到老陽地裡去擺弄，一天裡釘個六、七張鍋拍子，一冬過來，一張落一張，兩三落頂到屋笆那麼高。湊上年根歲底上個城、趕個集兒，哥們兒三四副挑子，哼哈哼哈兒，一路熱熱鬧鬧樂和著，好天氣跟上小陽春。講定了賣來的錢裡提個兩成喫喝，辣湯肉包子伍的，撐死了也一人花不上二十文小錢兒，可是一頓喫熱喝辣，過個小年兒一般的好犒食。

這跟挑秫稭上城去賣草，敢是另碼子事兒。俗話說的對，「千里不販粗」，一挑子就算兩百斤，好價錢也常不到五百文，上城不過三、五里路，光是賣力氣也賺錢，柴火算白送了。挑秫稭又比啥草料都苦，一頭十綑八綑秫稭箇子，各碼成一大綑，根子在前梢子在後，扁擔兩頭插進綑叢子裡，挑起來也還是後半段兒拖在地上，兩邊高過頭，路兩旁啥也看不到，人像卡在窄窄一條小巷口子裡。扁擔又大半擔在後脖兒頸上，硬碰硬的壓死了人，又還換不得肩，眞夠累人！

可燒料裡頭，除了木柴，這小秫秫稭還是最受城裡人家喜歡，齊整又乾淨——不像麥穰子、桿草、豆秧子，亂糟糟到處撒草。秫稭好生火，省草也是一。鄉下嫌賣草不上算，城上可又嫌燒料精貴，比不得鄉下潑實，家前屋後順手耙耙摟摟就夠燒上幾天。城裡人家除非鄉下有地，單靠論斤秤著買草，那可燒的是錢——又不是冥錢，哪是燒的草！

一回我父賣草賣到一家人家，把草箇子送進灶房裡，只見燒鍋的婦道人，手裡攥住三兩根秫稭伸進灶裡燒，傾頭瞅住灶門裡，一看就知道是讓火頭兒對準了鍋臍子燎兒。省草省到那麼個地步，瞧著挺可憐人。回來跟大夥兒說：「那哪是燒鍋，理著鳥鎗瞄準了打鳥罷。」惹得李府一大家子聽了都笑。大美姑娘也在一旁，笑得猛折下腰兒，像衝我父打個深躬兒施禮來著：「眞是的！俺大哥不出口就罷，出口撩人笑死！」臉盤兒可都憋紅了。

我父也止不住紅了臉兒，心裡好生受用。家來又講一遍，連祖母也沒防著，差點兒給飯嗆住，擦著嘴噌過來：「嘴頭子上積點兒德罷，別學那麼刻薄！」可祖父一見祖母難得對我父這樣好顏色，話頭兒上又有機可乘，便順竿兒爬：「看罷，住到城上去，一日三餐都得理起鳥鎗兒打鳥，也不知道日子好過還是不好過……」算是祖母心緒好，沒變臉，明知是調侃她老迷著要住到城裡去，只啐了一聲，愣愣才說：「那還不好？餐餐都有野味兒嘗唄！」

打完了高粱葉子，就該翻地瓜秧兒了。

這當地是地瓜叫紅芋，過了河東又叫白芋了。紅芋白芋都跟色氣無干。按色氣分，倒是可分四種，一是大紫紅芋，箇兒不大，可生得結實，煮熟了還是含點藍尾子的紫紅色，麵得很，像煮栗子，噎人，只為箇兒不大又結得少，下母籽時只下少些，當細糧喫。一是肉色紅芋，一是白紅芋，都差不多質料兒，結得又大又多，不似大紫紅芋那個麵法兒，可甜得很，吹糖人兒的糖稀、做牛皮糖、豬腳糖，都是這兩種地瓜熬煉出來。還有一種洋紅芋，白皮兒、白瓤兒，水汲汲的不大甜，也不大麵，味道上沒點兒可取，就只圖它箇兒大，又能結得很，打算多餵幾頭豬的話，就多種一些。

我父曾託祖父請教過洋人，人家可專喫洋芋，都還是打青島運過來，壓根沒地瓜這玩意兒。怎麼打聽，也沒誰清楚這洋紅芋是打哪兒傳來的種，不像近幾年來興起來的大花生，叫明了美國種。我父凡事好琢磨個道理，琢磨不出，只好瞎謅點兒甚麼哄哄自個兒，因就想到遮不住是衝它挺像洋鬼子那麼樣的愣大箇兒，才叫它洋紅芋。

瞎謅是瞎謅，說來也還是有苗有母。城上教會有對美國姐弟倆兒，都是為上帝傳道，定意不婚不嫁。有些教友調皮，背地裡都不稱梅牧師、梅姑娘，弟弟是梅大愣、姐姐梅大腚——可眞絕了，眞的是一個愣頭愣腦的愣大箇兒，一個屁股像座山，姐弟倆可地地道道的一對洋紅芋。

這地瓜本也是挺省心、挺潑實的粗賤莊稼，清明下母籽，把地窖子裡生了芽的留種地瓜起出來，栽進園子裡，到得夏至前後，約莫三個月工夫，根根秧子阤地足有丈把長，一截截兒剪成半尺長短，栽進犁高的土壟子裡，每尺把遠一棵，此後翻兩回秧子，耨耨草，四個來月光景，霜降前後就好收成了。怕就是怕栽秧時節缺雨水，新秧子一天晒下來準蔫掉，再晒一天便準死無疑。水太艱難，澆水保苗萬萬做不到，只有「搨土老爺」，棵棵秧子都攏起兩旁的鬆土給蓋住，再搨搨緊。人得蹲在壟溝裡橫著挪，一棵一棵去搨土，搶在老陽沒出前就統統幹完，土壟上不見綠秧，盡是一陀陀小土堆，是有點像一尊尊土地爺。晚上老陽下山，再把這些小土堆一一扒開，好讓秧子打打露水。這樣子總得三、四天的工夫，天一麻花亮兒，合家老小空著肚子下湖去搨土老爺；傍晚兒再合家老小來不及晚飯，一律下湖去扒土老爺。費事勞神就盡在這上頭，眞夠折騰人。

俗話說的「有錢難買五月旱，六月連陰喫飽飯」，我父是又講實在又下心，兩年下來也就認出來，五月裡跟老天要太陽，眞正還是四月下半個月，五月上半個月，一來要收油菜籽、蠶豆和兩麥，都得好太陽；二來是大小秫秫、大豆、花生、棉花、西瓜小瓜，莫不這個時節鋤草，天旱一些才功夫不白費。輪到五月底到六月，跟老天要雨，倒是單爲這地瓜一頭莊稼了。

「水滴聚滿盆，俗語成學問」，別說莊稼漢無知無識，可誰都是鼓鼓一肚子的俗語，就憑這些俗語行事，很少有差錯；還不光是按時行令服事莊稼，人情世故，做人處事，也莫不靠這應口而出整套的俗語。可我父還是自個兒拿實情來一一對證；不是存心信不過，是想更實在，別老話怎說就怎是。像五月要旱，六月要雨這兩句俗語，我父就覺出要按實情的話，把月份改成節氣，「有錢難買小滿芒种旱，夏至小暑連陰喫飽飯」才來得準，碰上閏月也沒出入。還有，要不嫌句兒拉得太長，「吃飽飯」改成「紅芋大似罎」，或許才合適——就只地瓜要雨不是?不過，後來一再品索，不改也罷，按照莊戶人家口省肚摋過日子看來，無分貧富，莫不是盡量喫褋糧，能不動主糧就不動主糧，「積穀防賤」都是從這上頭來省。有個說兒，鄉下人是「八個月紅芋，三個月番瓜」——這番瓜是朝北去叫北瓜，南方人則叫南瓜。照那麼算來，一年當中，只才一個月喫主糧就打發了。紅芋敢是常川裡當飯喫了，「喫飽飯」該還是有道理。

起先我父也不大信甚麼「八個月紅芋」，算算看，九月中收紅芋，下窖子過冬，免得凍了瓤兒煮不爛。過過年正二月，這紅芋一鼓芽兒，瓤子就長了痞塊一樣的硬了心，喫起來也水汲汲的不甜也不麵，比洋紅芋還難入口，喫了也不壓餓。這樣便連前帶後頂多有五個月紅芋可喫，怎說八個月?

咱們家這四口人，到底大半都還是城裡人家習性，地瓜從來只當點心，喫喫好玩兒，頂多粥裡下個幾截兒，且都是細細緻緻削了皮，頭尾有細筋也給斬掉，喫起來當稀罕物兒。地瓜來路多是左鄰右舍挑那俏刮些的送一筐半箕子，祖母總拿蔴繩兒拴成串串兒，吊到屋簷底下風風乾，火爐上烘烘熟，外表焦了皮兒，內裡一包稀麵兒，一頭啃開個口兒，就能一口口吸吸咂咂，剩個空皮囊兒，就別說有多甜，能把人齁死。再不就切成片兒，裹了打進雞蛋去的麵糊，拿油炸它個黃皮酥殼兒，裡面又沙又麵，一點也不輸給茶食果子。祖母可就是喜歡搗飭這些個伺候嘴兒不伺候肚子的玩意兒，算是白住在鄉下卻跟鄉情離著一大截子。

我父是要到李府拉雇工，才曉得春夏兩季帶上半個秋，但凡喫稀的，十有八九都是湯湯水水兒煮上一大鍋的地瓜乾兒，勾個糊子、粖子伍的，倒也挺可口，一咬裡頭夾層乾麵兒，比鮮地瓜壓餓多了。這麼一算，沒鮮紅芋時節就紅芋乾子當飯，可又不止「八個月紅芋」了。除此而外，況還把鮮地瓜斬碎晒乾，上旱磨研麵，羼點兒麥麵蒸出黑饝饝，甜甜的、宣宣的，不就菜也一口氣撐個飽。又或下水磨研成糊子，攪攪拌拌，澄成白白漂漂粉子，晒成乾塊兒，跟綠豆粉子分不出上下，隨喫隨拿水化了做粉條兒、粉皮兒、包角子，都是可口好菜，只不如綠豆粉條兒那麼經熬有筋道。

這麼一算，莊戶人家的喫糧裡，別說跟高粱比，便是把小麥、大麥、玉米、小米、綠豆、漿豆，統統都算上，沒哪個能像地瓜佔的分量重。可就一點不主貴，照莊稼人說，「紅芋薄地」，種過紅芋的田，地力會給拔得淨盡，二年不下大肥，別想還能種別的莊稼。也唯獨地瓜不問生的熟的爛的，壞了倒掉卻千萬不可倒進田地，倒進沃圾坑裡漚沃圾也千萬不行。好在李府捨得下肥，不單地瓜收成強過人家，自也不怕它薄了地。

時令到這中伏天，地瓜秧子就該爬有四五尺長了，漫過一條土壟又一條土壟。說這地瓜賤罷，也眞夠賤，秧子蔓到哪裡就哪裡生根，由著它一路生根紮進土裡結地瓜的話，結出來的只有指頭大小那麼幾根，老筋盤頭根本喫不得；可土壟裡老根兒也因分了力，結得又小又少。既這麼著，只有不讓這陁長了的秧子到處生根，一個大暑、一個處暑，前後兩遍翻紅芋秧子，使喚一人多高的細棍子，貼著壟溝平探過去，試著一點點撬起來——太猛會把秧子攔腰撬斷。待把根根秧子生的淺根挑出了土，這樣還不算，得趁勢兒揚起來，打左翻到右，或打右翻到左，總是要它那些鬚根兒離地遠一些。這也是又得細心、又得使巧勁兒也使力氣的苦活兒。

好在地瓜收成時節，約莫霜降前後，地裡差不多沒別的活兒了；小麥、豌豆下過了種，綠豆、芝蔴也剛進了倉，田裡只剩棉柴還沒拔回來。收成地瓜也算是一年裡末了一樁活兒，往後便有四五個月農閑，家裡家根兒零碎活兒，敢都是不緊不趕，不受風颼日晒，只擺弄些莊戶人家手藝；除了打草帽辮子、釘鍋拍子，如外也還不少，打麥稭苫、麥稭籠頭、麥稭囤子、麥稭熓子、搓蔴繩、蕢繩、玉米纓子火繩、拿高粱穗子紮苕帚、刷把子、拿棒子軟箨皮跟麥稭編蒲團、蒲墊、蒲墩子、編拉條篰籃、架筐、挎籃、箕子……本都是家常使喚的傢什，哪用那麼多，挑上城或挑去趕集，都是錢——要想好價錢，那就看材料跟手藝了。李府的上等材料，我父又件件精通、精到、精細，又多有獨創的好手藝，敢都沒話說。

起初李府二老爹沒好說找我父打長工，只跟祖父祖母打商量：「人家城上開店作舖子的招學徒去學生意、學手藝，俺這是莊戶人家來招大侄子做學徒、學莊稼。別看種地漢幹的是出死力氣粗活，眞正要把莊稼擺弄精到，可還是要心思。俺大侄子要力氣有力氣，要心思有心思，俗說『衙門錢，一陣煙兒。生意錢，六十年兒。種地錢，萬萬年』，就算日後不喫這行飯，也一技在身不求人。再說罷，將後來置地當老板，自個兒種敢是要在行，就是給作戶種，也不能太外行……」這三、四年過來，我父這邊是拜師拜對了人，李府二老爹也沒看錯人。半路出家學種地，比打小兒就摸弄莊稼的嗣仁弟兄夥兒還出活兒，還種地種得有心厪，有長進，頂得意的莫過李府二老爹了。

當初那麼商量的工夫，祖父除了覺著挺委屈了我父，倒還算洒脫，無好無不好的謝過李二老爹提拔。祖母可不然，說著說著眼淚一把、濞子一把；那倒未必是疼惜我父行業上頭就此訂了終身，傷心的還是瀰陰縣大片祖產給族戚訛了去——約莫兩三頃地，只剩祖陵不到十畝還算是在曾祖名下。故此一提到日後置地做老板，祖母就止不住簌簌簌的淚如雨下，泣不成聲：「……弄得今天要仗種地為生，咱們也不是原本沒田沒地人家，怎該落到這步田地！別怪咱罵人，『人無良心——』」祖父怕那下面罵出難聽的，忙笑道：「要怪也怪東洋小鬼兒罷——交給上天去『復仇在我，我必報應』不是？」

祖母怨是怨的瀰陰縣那般族人老戚。

從太祖闖關東，儘管發到遼東數得著的首富，只有一點不單我父不懂，祖父也都不解——那就是三代下來，都不曾在關東置過恆產。

太祖之所以未置田畝，倒可以尋出勉強說得通的一兩點道理，一是單打獨鬥初闖關東，能把馬棧赤手空拳創出那麼個局面，想來已實實的不易，興許也就沒有多少餘情餘力求田問舍了——可也還是在祖籍老家瀰陰縣置下幾十畝陵地，託付老親世誼以田地所出，代為照顧父祖墳塋祭掃，也是為自個兒終老歸鄉或身後歸葬預為安排退路。二是推算那個世代，時當嘉慶年間，朝廷尚不准關內漢人跑去旗人祖源的關東開荒屯墾，田地買賣也敢是不許。

可到得高祖創起天日製鹽，擁地數頃，雖屬租賃，且爲海灘鹽田，總還是土地有得交易了，卻仍只在祖籍老家置地，也仍爲陵地之屬，不圖指靠它生息甚麼——當然也是爲的太祖歸葬，遂又多置了百餘畝陵地。待至高祖也葬回了祖陵，曾祖也便照例又在祖籍置有百畝陵地。只有曾祖橫死，依元配大曾祖母主意，落葬普蘭店田宅之地，算是沒有再在關內老家續置養陵的田畝。

這樣子三代下來，總共在祖籍擁田兩三百畝，從來不曾收過一粒糧食，一根草料，也從來不曾交代後人究有多少田畝。兒孫至多也僅知隔一片渤海，對岸老家有那麼個老根兒，從來從來沒誰放在心上，或是見過田契地約，也沒誰算計過就算是皇陵罷，也無須兩三百畝那麼大的地面兒；頂多不過一直都挺放心，隔海的數代祖塋總不會無人修葺祭掃，以至荒失。像我祖父，偶爾跟青泥窪的大祖父、普蘭店的三祖父相聚，興頭起來也曾商量過，哪年挑個清明節、或趁遷葬曾祖父，同回祖籍地去看看。可大祖父始終脫不開身，大曾祖母年事高了，三祖父全神頂住鹽田那麼大的買賣，也是難上加難的走不開，只有我祖父，上有二曾祖母撐住槽坊，一無牽絆，也進過關、上過京，見過世面，哪兒都能說去就去。可每回弟兄仨兒這麼一時興起的商量，總只合是瞎發狠的一場空話。不過我祖父還是比一兄一弟多少有個眞心實意，也從去過老家的大曾祖母那裡得知祖陵所在，要不然，瀰陰再小也是個縣地，哪兒去找咱們華家祖陵；弄不好就兩相斷絕個乾乾淨淨了。

總歸是咱們華家累積三代的關東三片家業，一應盡是浮產。恆產則只有關內老家二三頃祖陵地罷了。

馬棧和槽坊不說，一場席捲千百里的烽火狼煙，地面兒上一光，地面兒下便也啥都不存。就算光禿禿一片廢墟的那兩塊地面兒誰也搬不走，可就有人把它佔了走。霸佔的人不是貪贓枉法的官家，不是強橫霸道的惡紳地痞——咱們遼東首富沒有勢，可有財；有財也不怕搬不動勢。要眞是貪官污吏、惡紳地痞，還眞沒那個膽兒敢動咱們華家；縱有那個膽兒，也經不住咱們硬拿銀子砸倒他。莫可奈何的還在霸佔咱們家業的人，都不是人，都是東洋小矮鬼子，就連數頃鹽田也一下子都給圈了去，派有重兵把守，劃歸它小日本兒，三四百口鹽工拖家帶眷一個也沒逃出來。官家鹽場就更別提了。

這樣子看來，倒又好像咱們闖關東的那三代先人早就未卜先知，認定關東終要丟掉給外國鬼子，因才只發浮產，不置恆產；置了恆產也在所難保，終歸還是替人家置的；也因才把老根兒紮到關內老家裡來。

可咱們老祖宗果有上百年眼光麼？要說有意紮老根兒，那就頂頂眞眞當回正事兒來辦罷，卻又不像有那個存心，也從沒把關內的田地祖傳父、父傳子、子傳孫，一路叮囑下來。只爲這樣子，才落得那麼慘。待到人亡家破，關東大片江山，竟無咱們華家立錐之地——眞是「驢馱鑰匙馬馱鎖，經不住兩條人命一把火」，逼得咱們祖父領著妻兒進關投奔老家，打算先站站穩腳步，有個老根兒，再設法打探關東家人家業續有個甚麼下落，再從長計議怎麼個善後，又怎麼個長久之計。不料一翻兩瞪眼，老家老家，牢牢靠靠的祖產，竟然只落得九畝六分徧植老松的祖陵地，再無片土是在三代先人或咱們後人哪一個名下。人家田契地約齊齊備備捽在手裡，你華延吉空空倆手，無憑無據，跑來繼誰家祖產？

那眞是呼天不應，叫地不靈，皇天后土跟誰投訴，跟誰申告這個深冤？

兩三百畝田產，居然也就不聲不響，沒吵沒鬧的那麼斷送了。那跟朝廷窩窩囊囊把他旗人祖先發跡的江山拱手割給外國沒啥兩樣兒，一般的都是瘟敗類兒孫。

祖母把這筆今世討不回來的閻王債，全都算在灞陰縣一個也不認識的那輩老親世誼頭上，敢也是對，敢也是不對；不是東洋小矮鬼子把關東打了去，又何至于投奔這從沒理會過、只是模模糊糊知道有那麼一片祖產的老家來？又何至于弄得咱們這元房四口走投無路，落到這步田地！

總還算湊合來一掛獨輪兒小土車，有限那麼一點兒隨身帶進關來的細軟銀錢，就此上路，與老家斷念絕情，也不知該當作何去向。祖父給祖陵磕上三個響頭，告罪不孝，臨出縣界，再回頭給灞陰縣下跪，狠狠磕個頭，跺跺鞋上馃土兒，發誓來日不混上個有臉有光，再也無顏來見先人祖宗。

如今我父常來品索這前前後後，歸根結底也只覺都是天意。若不拿天意來衡情奪理，關東有關東的家業，祖籍有祖籍的田產，卻怎該跑來這裡舉目無親，人生地不熟的外鄉，玩兒大糞玩兒出香頭來？

地瓜秧子一翻一大篷，趁住巧勁兒挑飛起來，一揚便是滔天的大浪花，一揚便是滔天的大浪花，迎著才爬上地面兒那一輪金紅金紅的大日頭。

但凡天意，無一不好。「小子要闖，姑娘要浪」。沈家大美有一回洗頭讓我父看到，許久總是眼前無端的一飛一飛揚起遮天的黑浪花，青泥窪外海老虎灘上每起大潮，便湧起滔天的嶕岩大浪花，一篷一篷的，晝夜不息……。

要不是天意，哪來的甚麼好闖！不敗家就已算是孝子賢孫了。

# 天子下殿走

華太平家傳

棉花炸包吐絲，莊戶人家趕收棉包這段時節，到處都在盛傳洋人打下了北京城，皇上跟太后跑反逃走，到今下落不明。

沒人相信，可人心惶惶，人人聽了就傳，直像使徒保羅書信所言，「不傳福音有禍了」，一個個賽著傳，唯恐落到人後，傳慢了有禍。還又挺有意思，儘管自個兒不相信，卻死七活八的要人家相信，不惜加油添醋，盡量講得活眞活現，也不忘交代來處有多可靠。不過相不相信，不在洋人打不打得下北京城，也不在穩坐金鑾殿的皇上跟太后用不用得著跑反。「十里路，無眞信」，北京離這裡千把兩千里，越發有理兒不去信以爲眞了。

依我祖父細察人心看來，這樣子的不輕信謠傳，也未必就可視爲「謠諑止于智者」。人心還是挺軟弱又挺詭詐，不相信，是害怕噩耗成眞；若是椿大喜信息，卻又怕那謠傳成假，狗咬尿泡——瞎歡喜一通。這就不如管它是報喜還是報憂，先來個統統不相信，留待來日應驗再說，興許噩耗成僞，也不定喜信兒成眞。

謠傳聲中，敎會似乎也關心起來，老跟聞弟兄打聽報冊來了沒有。可一經碰面，凃稼農執事那副喜形于色的神氣，卻叫我祖父錯愣，原來只爲的是「果眞屬實的話，卜牧師他幾位風快就該回來了」；且還可喜的不止于此，這凃執事眼光也挺遠大：「果眞鬧到那麼大，城下盟一定給俺敎會大有幫助，感謝神藉這大事，興旺神的敎會……」

這眞叫我祖父一愣一愣的搭不上話，不禁在禱告裡問主：「敎會跟民心可以這樣恰恰反著來麼？」儘管光緒帝只能是個無用的好人，又儘管西太后「惟辟作福，惟辟作威，惟辟玉食」，民心頗有「時日曷喪」之憤，可當眞拿這個去換來洋人燒殺搶掠不成？拿千萬生靈塗炭去換來教會興旺不成？逃去煙台的西人牧師教士回不回來也要拿城下之盟去跪求不成？……涂稼農執事的小人得志，興許不值一顧，只是難保教會中不單他涂執事一人作如是想。

教會是上帝在地上設立國度，沒錯兒。凡在主內的弟兄姊妹不分西人國人，均屬上帝國度裡的子民，也沒錯兒。然則，在上帝國度裡，可以不分中國人、外國人，可以相忘各自屬國，只是興師動衆打進人家國度來的洋人，怎該就是替天行道？怎該凡是洋人統統都是上帝國度裡的子民？中國人非得入教才算入了上帝國度，其餘幾萬萬人便都不是？合該給上帝國度派來的子民使用快鎗快炮來燒殺搶掠，這般洋卒洋將難道都是慈愛的上帝國度的「基督親兵」不成？就像當年約書亞帶領以色列人過約旦河，進入迦南，一城一城的殺盡耶利哥人、亞摩利人、赫人、比利洗人、希未人、迦南人、耶布斯人、革迦撒人，而且殺得雞犬不留麼？是上帝吩咐的麼，也這樣來殺中國人？

涂執事敢是經不住我祖父這樣子駁斥，可是只能說涂執事口拙心眼兒慢，說不過我祖父罷了；那一副口服心不服的神情，也自在我祖父的意想中。教會裡不乏涂稼農這一輩上帝國度的子民，哪得一個個去駁斥？人家正自慶幸壓寶壓中了，樂見北京城破，皇上逃命呢；正像耶利哥城那位走運的妓女喇合，也是壓寶壓中了，只因把約書亞派進城去的兩個探子藏到房頂的蔴稭裡，城破之日，遂得連同其父母、弟兄、親眷，以及所有財物，一應俱被救出城外，成爲上帝國度的子民，幸災樂禍的觀賞屠城焚城。

祖父唯有禱告裡質問上帝，窮究緊詰，是這樣的旨意麼？是這樣的旨意麼？……上帝是用馬太福音七章二十二、三兩節，垂示了我祖父：

當那日必有甚多人對我說：「主啊！主啊！我們不是奉你的名傳道，奉你的名趕鬼，奉你的名行許多異能麼？」我就明明的告訴他們說：「我從來不認識你們。你們這些作惡的人，離我去罷！」

這眞是大可畏懼的垂示，基督親口所言，不容有些許折扣。誠然，人若私心只爲一己，儘管也傳道、也趕鬼、也行許多異能，竟都可以不算數兒，到時候上帝轉臉無情不認你曾爲他做過工，反而視之爲作惡的人。當下祖父除了引以爲自惕，更還悟及駁斥無益，度人要緊；如其不然，終生碌碌，出入教堂，末了落得個作惡的人，爲主所摒棄，天上人間，悲慘冤枉莫甚于此。

等候直報、申報，說也蹺蹊，南北兩報齊心會兒似的相約都不來了。過往頂多延誤十幾二十天，這一回眼看快上一個月了，令人納悶兒，也不期而然頗有亂局之感。看來謠傳還是比報冊快得多多。

我父跟叔叔也在等報冊，祖父打城上回來，弟兄倆兒像小孩兒等大人買糖、帶喜果子回來，弄得祖父空空兩手直跟兩兒子道不是，拿好話兒哄。這天又是哥倆兒聽到串鈴響，天還大亮，來到莊子頭上迎接，卻報冊影兒也不見，又是一場空兒。祖父忙拿梁武帝的一段趣事兒哄哄倆兒子，並允等會兒天黑了來看看天象。

這段趣事兒，是祖父騎在驢上念到兩個兒子一定又大失所望，頂著兩張乾巴巴掃興的臉子，才想出來有個打發。

正史上有載，南朝中大通六年，熒惑星行進斗宿，走走停停，前後六十天之久，梁武帝鑑此天象異常，害怕觸犯了讖語，「熒惑入南斗，天子下殿走」，朕兆帝君失位或崩駕，就想出個法子破此不祥，脫掉鞋襪，赤腳下殿走上幾圈兒。孰料不久聞知北朝魏孝武帝爲高歡所反，逃奔長安投靠宇文泰，梁武帝不禁深爲前番失態感到塌台，自嘲起來：「不想他番邦拓跋氏也有命應天象——倒跟咱們漢家一般，可他拓跋修也算天子？」

叔叔到底還年幼多了，聽了祖父這一講，直笑得嚼嚼嘎嘎的，笑那個九五之尊的皇帝老子光一對大腳丫把子跑著打轉兒，像戲台子上小丑插科打諢，歪戴冠冕，肩上斜掛玉帶，提拎個龍袍前後襟兒，長脖頸一伸一搖的跑圓場兒，一圈又一圈兒，眞叫逗樂子。

我父一旁可是心期著唸書眞好，天文地理無所不知，又還有這麼多有意思的趣事兒。遂問起祖父：「是不是待會兒天黑，只要見得這個熒惑星進到南斗星裡，就可斷定謠傳皇上跑反走了？」

祖父眨了會兒眼，嘴唇不覺一再張張合合，像跟自個兒划算甚麼，抬起頭來說：「要是爺沒記錯的話，這『熒惑入南斗』，天上人間倒都有個定則，每隔二百二十一二年就一回。頂早出現在史書上的是晉懷帝失位後遇害——這個皇帝小惠約莫也不知道，可提起他上人，第五世的太祖父司馬懿，那就大大有名了，連鄉佬大夥兒也都熟識得很，中了諸葛亮空城計的不是？下一回二百二十一年後，就是將才咱們講的，那位喫齋念佛，蓋廟講經，讓達摩祖師當面指出一無功德，末了餓死在台城的梁武帝，應驗的倒是北朝魏孝武帝。再過二百二十一年，安祿山造反，輪到唐明皇了，他是懂得天象示警，天命難爲，所以隱瞞住滿朝文武百官，帶著楊貴妃、楊國忠、皇子皇孫，閑馬九百匹，天剛一矇矇亮兒，打延秋門逃走，跑去四川了。再二百二十一年，那就是南唐後主降宋。這之後，倒有兩個二百二十一二年，史書上既沒記熒惑星行踪，天子就是下殿走，也沒應在這年份上。不過崇禎帝出走煤山上了吊，倒又應在這二百二十二年上。從那到今，光緒二十六年了——」祖父停下來掐著指頭算了一陣子，算出早已超過二百二十一二年，約已三十多年。祖父笑笑說：「除非罷，熒惑星不照規矩來了；又興許皇上逃沒逃走，跟這天象不搭調了；難說，天意還是難測的。」

祖父講史講得頭頭是道，慢說我父，便是叔叔也算大半熟悉那些人物和史事，卻也還是一時跟不上趟兒，就像紮紮實實猛噇一頓飽的，也喫得有滋有味，可就是還沒化食兒，得像老牛一樣，好生倒嚼倒嚼，才好受用。不過祖父遂又斜吊吊嘴角，笑笑的略搖了搖頭，似乎在調侃自個兒，半晌兒又說：「想來這天心示警，未必都死心眼兒專拿一個異象來顯靈；老喫那一道菜，上帝也倒胃了。待會兒要是果眞見到熒惑星走進斗宿六星裡，當然十有十成可證皇上或許眞的落難，逃出京城了。可要是見不到這樣子天象，也未見得就斷定謠傳是假的，對不對？」

祖母手扶籬笆帳子門兒，又催一回祖父跟叔叔家去喫飯。祖母心緒敢情不錯，捎著點兒風情味道的招招手：「有稀罕菜呦，還不快著點兒！」剩下我父一個貼李府後場邊兒上蹓躂。

菜園四周襍樹林梢上，像是燈火照上去的落日餘暉。我父年幼時的老毛病又犯了，一路走走，一路仰臉張望，找樹梢上鳥窩兒。眼睛還是尖得很，任它枝葉多盛，鳥窩兒藏得多深，休想瞞過我父尖賽老鷹的一對利眼。

種種鳥窩兒就數黃鸝最巧最難找也最難搆得到，窩兒像個小小籃子，牛毛驢毛編結的提把兒，牢牢纏在頂梢軟枝頭上，窩兒跟上一片桑葉大小，風過林梢兒，它可只管搖搖蕩蕩好生自在，再大的風也颳不掉。一棵小麥檢枝梢上便吊著那麼個小提籃兒，夕照裡我父一眼就瞧見了。小麥檢白白青青相間的樹皮，鴿蛋那麼大的一片又一片，不時這裡剝落一片，那裡剝落一片，小石片兒一般的又薄又乾淨。我父順手摳下一片把玩著。放在年幼時，哪管它黃鸝窩兒多高多懸，不弄到手飯也不喫、覺也不睡。一回就爲的搆這小提籃兒，沖天檢三、四丈高，人已踩到再重一點就要蹬斷的細枝椏上，掙直了胳膊去扳那梢上掛著鳥窩兒的軟條，只差那麼一扠遠，就那麼小小一扠，哪肯甘心。腿比胳膊長，學著猴子伸直了腿過去，拿腳趾頭去夾，更氣人，斜眼兒看後去，只差半扠兒。這再換個架勢兒，一隻手捽住不及手脖兒粗的枝椏，一隻腳跐住樹椏巴，人撇成個大字，另一邊手腳齊伸過去，再乘著勁兒衝那邊擺，挸，死定了心今天非把這小提籃弄到手不可，手腳齊上，幾度碰到了那根軟枝條，可就是勾不住。眞是作死作活啥都不管了，可只聽喀喳一聲，腳底下的枝椏劈了，來不及收腿收胳膊，連人帶枝椏直往下栽。半腰給甚麼擋了一下，也沒能留住人，彈了彈還是兩耳生風，直掉到地上。

只好說是命不該絕，人打三、四丈高掉下來，必死無疑。要是頭朝下，腦袋必定不開花也撞進腔子裡，成了縮頭龜。萬幸保住一命，說是祖上有德罷，也是；祖上讓一根橫枝椏半腰擋一下，算是沒從樹梢上對直跌下來。祖上也叫踩斷的那一大蓬枝枝葉葉搾緊在手裡，漫空裡拉風，多多少少慢遊一點兒落到地上。最關死生一線的，怕還是祖上把姥姥家的老黑哄睡在沖天榆樹下；不是樹下隨便哪裡，要對準了我父打樹上栽下來，半腰兒給打橫的枝椏擋了下來，末了所要落地的那裡；也不是頭朝下，不是兩腳直直的落地，那都準會不死即殘，連帶的我們親手足雁行八人全都沒命；是膪肉最多的屁股著地——且用這條餵了十多年的老黑作肉墊子；老黑是救主義犬，一命換一命；臨猝狠勁咬了我父一口結實的，那也是狗之常情；可那一口咬得眞懸，緊靠子孫堂的大腿㬹窩兒裡，偏一點也又沒了我們雁行八人；祖上是連這毫釐之差也算得準；甚麼都保了，都包了。這樣的祖上眞是多要幾個。

如今敢是更要感謝上帝救命之恩；不光是我父一人要感謝。

打那往後，放上別個誰，十有八成再也不要爬樹摸鳥了；可我父越發壯膽，必死無疑也都化凶爲吉了，再沒啥可怕。權當死過了一回，往後日子是長是短，都是白饒的了。

當年的沖天榆，眼前的小麥榆，湊得眞巧，都枝梢上掛著這麼個小小挎斗一般的黃鸝窩兒。我父抱定心意儘早爲兩老跟兄弟壘個像樣兒的窩兒，仰臉瞅瞅這個廢了的空窩想要爬上去給弄下來，爺跟兄弟八成還都沒見過，給兄弟把玩把玩也不錯——來看看上帝給百鳥天生的本事，萬不是父傳子，師傳徒，磨練出來的手藝，天生的就行，奇妙得叫人自愧人不如鳥……可無意中琢磨又琢磨，只覺拿住家比方鳥窩兒也不是很妥貼。鳥窩可是只爲的下蛋抱窩生兒養女，小小鳥翅膀硬了出窩，那窩兒也就廢了，明年再壘新窩下蛋孵養小兒女，壓根兒算不得住家。百鳥中只數小燕兒與衆不同，不光是啣泥做窩兒，總在人家堂屋迎門二樑的橫椽子上像砌磚一樣，一坨坨泥丸纍上去，隔年回來時還是重歸老巢，只不過修修補補，窩裡髒舊的牲口毛換換新，便又生兒養女一場。就是這樣，單等小小燕兒出窩兒了，留下來的窩兒也就從此空在那兒。饒是風風雨雨天，一對把兒女拉拔成人的老燕兒，也都附近樹梢上、人家院心兒的晾條上湊合著歇宿，單等秋來南飛，不興窩裡躲躲。

小麥楡差沖天楡一杜直上就矮多了，也不大肯長，一人多高就分杈，滿樹盡是軟枝條。我父估了估勢頭，就算湊巧又踏空摔下來，也跌不傷人；又瞧瞧四下無人，還是褪下草鞋爬上樹去，鳥窩兒連著樹枝一起摧下來，橫啣在嘴裡，也沒打樹幹往下滑，扳住一根橫枝榜，一甩身就懸空三四尺高跳下地。

我父那種爬樹法兒，後來鄉居時也傳給了我，算是我所知道的三種法子裡頂省勁兒、頂斯文、頂快又頂耐久的了。我叫它蛙式，跟蛙式游泳差不多的姿式，不過一是豎著朝上爬，一是平著往前游。兩腿內彎，腳心相向對抵，夾住樹幹兩側，靠體重下沉，夾得愈緊。兩臂摟住樹幹，僅在穩住上身罷了，不須著甚麼力。只要兩腿一蹬直，便攀高半個身子。這時兩臂才輪到著力，抱緊一下樹幹，好讓兩腿蜷起跟上去，再兩腳底對夾住樹幹。如此反復引體上升，兩腿一蹬一縮間便爬高兩尺以上，三丈高的樹幹，也只十幾回合的一蹬一縮就攀爬到頂。人是腿勁總強過臂力，兩腿又是撐慣了身子，爬樹也就只合是平地上走走停停，蹲蹲坐坐，委實的一點也不累人。人又是腳底比掌心皮厚得多——鄉下莊稼人家更是一年當中有半年打赤腳，不管樹皮有多粗糲，蹬在腳掌底下也全都覺不出扎人。這樣的爬樹法兒，一天裡爬上爬下，便上百棵樹也算不得甚麼，管保累不到哪兒，也傷不到哪兒。

莊稼戶爬樹可不是只爲的摸個鳥蛋、小小鳥；立春前鏇樹，那活兒可不輕；桑柳榆楊不鏇不旺，老枝榜由著它發，也影罩得莊稼受害。整行整行，幾十幾百株，一一爬上去，鋸的鋸、斧的斧，總有個幾天好累的。碰上蠶過三眠四眠忙食兒，一天裡上樹採個三兩回桑，也是一棵一棵爬上爬下，閨女婦道照爬，那都是常事兒。再就是春日糧食不充裕，上樹採槐芽、槐花、榆錢兒，搭拌些襍糧塞肚子是眞的；饒是不缺糧的人家，一般的也是採了來湊合幾餐，能省一粒正糧就省一粒正糧，家常過日子貧富都一樣。只所有這些鏇樹，採這、採那，可從不興甚麼扛了梯子去上樹，別惹人笑死——也沒那麼高的梯子，就全靠爬樹了。

這跟莊戶人家蹲著幹活兒一樣，哪興帶條板凳下湖的道理！不光是不方便，當緊還是蹲著還要挪著，像割麥、割草、割花生秧子種種，都跟戲台上武大郎的矮子步差不多。這樣子蹲慣了，場上挑挑揀揀的零碎活兒也都蹲著幹，累了就地坐坐。習以爲常，以至讓人家裡坐坐、喫喫菸、喝喝茶、歇歇腿兒，也都說「家來蹲蹲罷」——家下敢是現成的大椅子、小板凳、蒲墩子、木墩子，可不管是客是主，順當得很，也還是小鳥一樣，蹲在上頭，總是蹲著比坐著舒坦。

除了我父這種蛙式爬樹法兒，此外通常還有兩種，我叫它痲花式和猴式。痲花式單靠胳膊用勁兒攀高，兩腿像雙股繩兒，一前一後摽緊樹幹，僅僅只在穩住身子，騰出胳膊好再往上攀。這跟蛙式一比，那可慢多了；還又胳膊肘兒、腳背、小腿前面的羊鼻骨，皮肉又薄又嫩，可磨得夠疼，弄不好就磨傷了油皮兒，冒黃水兒，不定冒血針兒。故此這種痲花式又慢又累人，還又不耐久，樹幹太粗也就沒轍兒了。

猴式則是四肢併用，兩手向內攀住樹幹，兩腳向外蹬緊樹幹，如此一步一步朝上爬，好處是腿臂不貼粗糲樹皮，掌心腳底都是厚皮老繭子，皮肉無傷，爬行也快，樹幹若遇傾斜些，就更有利。可人到底比不得猴子四肢等常，又體輕爪利，啥樹也攔不住牠。人就要挑了，猴式爬樹那可太細了不成，太粗了也兩手攀不住樹幹。

這光景莊子上人家大半都還沒喫罷晚飯，或是喫罷了還沒收拾利落，莊頭上只少些孩子出來玩兒，有的手上也還捽著半個煎餅饟兒，想起來才啃一口。我父手上擎著那根挑著個黃鸝窩兒的樹枝兒，門前走來逛去，等著祖父叔叔。

天是似撒黑未撒黑，西半邊都還金裡透紅，叔叔跟在祖父身後走出籬笆帳子門，走來李府後場心兒。沒等我父把黃鸝窩兒拿來獻寶，祖父就一指偏點東南的一顆有些兒泛紅的星星，說那就是熒惑星，也就是金木水火土五行裡的火星，秋後就該在那個位子。這時祖母也跟著過來，一路手遮眉際，順著祖父指指點點也在找那顆星星。

不待我父和叔叔探問南斗在哪裡，祖父惋嘆了一聲：「看來，咱們沒這個眼福了。這跟南斗星還差十萬八千里不是！」

叔叔等不及的忙問那南斗星，不想祖父指的竟是西北上，那裡勻勻淨淨的說不出是雲還是暮氣，敢是一顆星星也沒有。叔叔挺迷惑的問我祖父：「那不是一個天南，一個地北了？湊到一堆不是太不容易？」

祖父聽了笑起來：「就是說了，要是兩下裡靠得近，偏一偏就碰到一堆兒，那做皇上的不是動不動就得逃命？正就是東南到西北拉得那麼個遠法，難得一見這熒惑星跑進南斗六星，也才是個奇景，得有老天調度才會一顆神蹟不是?……」

叔叔追問的可多了，祖父一一爲之解說。原來北斗星、南斗星，俗稱就是大勺星、小勺星。南斗明明位在西北可就因位在北斗之南，所以叫做南斗。……

可等了又等，北半個天一逕沒在雲裡，這一夜終未能見到南斗。祖父雖也講了玄武七宿——斗、牛、女、虛、危、室、壁，卻連一座星宿也沒見到。

叔叔遂又問起，「東周列國志」裡，熒惑星化爲紅衣小兒，散佈兒歌，替上天儆誡周宣王的古事，「月將生，日將沒，檿弧箕服，幾亡周國。」叔叔問我祖父：「不知道那一回是不是熒惑星也跑進南斗去了。」

有沒有這個異象，敢是不可考了，祖父就叫叔叔有空時不妨查查從周幽王被弒，到周平王遷都洛陽，看看是否落在這二百二十一二年的「哏兒」上。不過叔叔這一問倒提醒祖父，忽想起去冬今春一度流傳很廣的兒歌，只記得甚麼紅燈照不紅燈照；我父和叔叔都沒大在意把它記起來，一時間父子三人湊句兒不出來；祖母也似乎模模糊糊記個影兒，瞎謅了甚麼苦不苦的，連她自個兒也搖手笑說不對不對。小腳擰兒擰到場邊兒，拉了兩個藏蒙蒙歌兒的孩子過來，問清楚了這才把那四句兒歌湊周全：

這苦不算苦，二四加十五，
滿街紅燈照，那時才眞苦。

一經閑聊起這四句兒歌，疑心是不是熒惑星化做紅衣小兒教的；儘管這莊口上朝北一無遮攔，不時來點柔柔小風兒，天還是挺悶燥，可爺仨兒齊心會兒似的光胳膊上不覺寒忧忧的有些兒發毛，好像那個作怪的紅衣小兒就在附近，不定夾在那夥兒藏蒙蒙歌兒的小鬼渣巴裡打混，又在教唱甚麼兒歌了。

四句兒歌湊齊了，可也還是左品右琢磨，總弄不出個描模。二四加十五，三十九，今是光緒二十六年，還有十三年，這就忙著示警了？只是想到這紅燈照要鬧到十來年後，越鬧還越厲害，徧處都是義和拳，那還得了！敢是那要眞苦了？

可沒挨過兩天，申報、直報全都南北兩路約齊了似的傳送來了一大抱。路途上不知擱哪兒躭誤了，時日一久，蜷縐了的、受潮了粘張的，又給堂裡同工亂翻亂扯，聞弟兄公母倆直跟我祖父道不是。三年前由原本漂白厚實的連士紙，改作現下這種油光紙的申報，又薄又脆，經不住蜷蜷縐縐，粘了又粗手粗腳的撕呀揭的，可費了半天工夫整頓。只是沒等調理整齊，就給一眼瞭過便怵目驚心的京裡信息給嚇著了。先後問斬了五位大臣，皇上給列國下了戰書，這可怎麼得了！

上一批報冊已經傳信過的日本書記官杉山彬和德國公使克林德遇害，這一批申報接著有詳聞，一是杉山彬，得悉日兵來京保護使館，驅車往迎，行至永定門，遇甘軍董福祥部自南苑入城，喝問何人，杉山彬答以日本公使館書記官，兵即提其耳，令其下車。營官喝令：『破腹！』一兵舉刀刺之，立即倒斃。日使館舁屍入城殯殮。端王為此誇讚董福祥，嘉其有膽，予以獎勉。這是上上個月中旬事。二是上上個月二十三，總理衙門照會駐京各國公使，謂據直隸總督裕祿電告，各國水師提督索佔大沽炮台，不交出則將攻取。似此各國顯已啓釁，因請各公使率同眷屬隨員人等于二十四句鐘內離京赴津，逾期則恐難保護。各公使復以各水軍逼索炮台事，實未知曉；照會限二十四句鐘爲時太蹙，請准西兵行抵京郊，決前往附之，與之同行遷赴天津；並要求翌（二十四）日午前九時，前來總理衙門面議。總理衙門接函未復。翌晨各國公使又致一函，請准用中國電線發報各國提督請西兵來京，護使赴津。稍後各國公使紛紛集議，德公使克林德欲往總理衙門探詢究竟，衆公使俱阻其行，德使不聽。行至東單牌樓，端親王載漪所統專爲對付洋人而編立之虎神營——虎食羊（洋），神降鬼——加以盤問，附近比國公使館衛士誤爲華兵挑釁，開鎗而遭還擊，克林德因而斃命，其譯官高德士傷股，下轎奔附近福音堂躲藏得免。先是莊親王載勛曾告示懸賞殺洋人，因而兵卒貪賞，有心爲之。載漪當下命將克林德梟首示衆，太常卿袁昶力爭乃止，並施棺木殮之。

申報如此據實無忌的傳報眞信已足可貴，此外更有擔當的是將朝議種種也都巨細不遺的公之于世。報云直督裕祿奏言洋人水軍力索大沽炮台，請即與諸國宣戰。太后震怒，立召軍機處開議。端親王載漪奉旨管理總理衙門，連同禮部尚書啓秀、大學士徐桐，復進呈使節團照會一件，內言請太后歸政于帝，廢大阿哥溥儁，並許聯軍入京。太后益怒洋人干政。載漪乘機奏請圍攻衆使館，軍機大臣榮祿力諫不可，太后命其退去。復徧詢諸臣，皆主戰。太后復召王公軍機六部九卿科道內務府大臣各旗都統，諭以協力報國。及宣皇上至，厲問帝意。帝答以請太后採榮祿所諫，勿攻使館，護送各使節離京赴津。唯刑部尚書趙舒翹則請明發上諭，滅除內地洋人，以絕外間。吏部左侍郎許景澄進奏：「中外締約數十年，民教相攻之事，無歲無之，然不過賠款而已。惟攻殺外國使臣，必招釁端。倘各國協而謀我，何以禦之？」太常卿袁昶奏曰：「臣在總理衙門供差有年，不信有請太后歸政皇上之照會。」不言而喻，指載漪親王等所奏使節團照會爲僞造，意圖唆使朝廷與列國交惡。載漪當即怒斥袁昶爲漢奸，太后亦叱袁昶退班。太常少卿張亨嘉也力言義和團宜勦，倉場侍郎長萃則駁斥之，指義和神團爲義民，載漪等均稱長萃言善，人心不可失。並奏董福祥甘軍善戰，勦回大著勞績，西洋夷虜不足戮也。于此，帝意終不稍動。侍郎朱祖謀力言董福祥無賴，萬不可恃。載漪叱之，廷臣皆出，載漪與協辦大學士剛毅合疏，言義民奇術甚神，雪恥辱，強中國，在此一舉。廷上乃決命兵部尚書徐用儀、內閣學士聯元、戶部尚書立山，分赴各國公使館，告勿調兵來京，否則決裂矣。次日復行御前開議，載漪再請圍攻各國公使館，太后准奏。聯元力諫不可，太后怒欲斬之，左右救之而止。大學士聯元進諫亦不聽。太后戰意已決，載漪、載勛、載濂、剛毅、徐桐、崇綺、啓秀、趙舒翹、徐承煜、王培佑等王公大臣復力贊之，五月二十五日太后終假帝旨與列國宣戰。

朝議種種，歷歷如繪，我祖父儘管存疑，不信書此文者竟如身歷其境，只是白紙黑字的開戰詔書展現面前，以及此後苦諫止戈的五大臣遭誅，其文縱屬嚮壁虛造如說部演義，卻想來雖不中也似不遠。

詔書刊佈于五月三十，西曆六月二十六日這一天的申報。一冊八頁，詔書可可的佔滿了首頁全頁。

我朝二百數十年，深仁厚澤，凡遠人來中國者，列祖列宗，罔不待以懷柔。迨道光咸豐年間，俯准彼等互市，並乞在我國傳教，朝廷以其勸人爲善，勉允所請。初也就我範圍，遵我約束。詎三十年來，恃我國仁厚，一意拊循，乃益肆梟張，欺凌我國家，侵犯我土地，蹂躪我民人，勒索我財物。朝廷稍加遷就，彼等負其凶横，日甚一日，無所不至；小則欺壓平民，大則侮慢神聖。我國赤子，仇怨鬱結，人人欲得而甘心，此義勇焚燒教堂，屠殺教民所由來也。

朝廷仍不開釁如前保護者，恐傷我人民耳。故再降旨申禁，保衛使館，加䘏教民，故前日有拳民教民皆我赤子之諭，原爲民教解釋宿嫌，朝廷柔服遠人，至矣盡矣。乃彼等不知感激，反肆要挾，昨日復公然有杜士蘭照會，令我退出大沽口炮台，歸彼看管，否則以力襲取。危詞恫喝，意在肆其猖獗，震動畿輔。平日交鄰之道，我未嘗失禮于彼。彼自稱教化之國，乃無禮横行，專恃兵堅器利，自取決裂如此乎？

朕臨御將三十年，待百姓如子孫，百姓亦戴朕如天帝。況慈聖中興宇宙，恩德所被，浹髓淪肌，祖宗憑依，神祇感格，人人忠憤，曠代所無。朕今涕淚以告先廟，慷慨以誓師徒，與其苟且圖存，貽羞萬古，孰若大張撻伐，一決雌雄。連日召見大小臣工，詢謀僉同。近畿及山東等省義兵，同日不期而集者，不下數十萬人。至于五尺童子，亦能執干戈以衛社稷。

彼仗詐謀，我恃天理；彼憑悍力，我恃人心。無論我國忠信甲冑，禮義干櫓，人人敢死；即土地廣有二十餘省，人民多至四百餘兆，何難剪彼兇燄，張國之威。其有同仇敵愾，陷陣衝鋒，抑或尚義捐資，助益饟項，朝廷不惜破格懋賞，獎勵忠勛。苟其自外生成，臨陣退縮，甘心從逆，竟作漢奸，即刻嚴誅，決無寬貸。爾普天臣庶，其各懷忠義之心，共洩神人之憤，朕實有厚望焉。欽此。

祖父讀罷，已滿面淚水。當今雖非英主，卻也絕非昏君，其受太后挾制，天下盡知。果如申報專文所傳，皇上力反與列國交惡，則此詔書無異假傳聖旨。不過其中除與洋人不辭一戰，太過血氣而輕率魯莽，此外倒泰半俱屬實情，所言幾至一字一淚，莫不令人錐心滴血。

飽受這般罄竹難書的侵凌鳥氣，不光是家國顏面盡失，國脈民命也已臨到存亡絕續的危殆之秋，戰是要戰的，只是拿甚麼打仗？就憑同日不期而集的義兵數十萬？以至仰靠五尺童子去執干戈以衛社稷？要說恃天理以對詐謀，恃人心以對悍力，敢是不無道理——且是大道；可這得問朝廷是乎立于天理而盡得人心？單論太后幽禁皇上，獨攬大權，朝中昏庸當道，忠良盡遭貶抑乃至殺害，便已毀棄天理于不顧，而況所謂義兵、所謂五尺童子，不過愚頑無知的義和神團一干徒衆，決非列國兵堅器利的對手，且已大半流為亂民燒殺搶掠，是又人心何在？以之與遼東一戰相較量，當年僅與小日本一國對戰，出師銘軍十二營、毅軍十營、盛軍十八營、嵩武軍十二營、蘆防淮勇四營、仁字虎勇五營、吉林黑龍江鎮邊十二營、神機營等不算，還調集了奉軍、鄂軍、湘軍、淮軍、桂軍、粵勇等全國師旅赴戰，尚且一敗塗地，十二艘兵船三萬五千噸，也被打得落花流水，損將一半，還給追打到山東威海衛、劉公島，北洋水軍至是而告全軍覆沒。

以二十餘萬大軍敗于日本一、二兩軍六萬餘衆，今則欲以烏合之衆，與英、德、斡、日、美、法、意、奧、荷、西、葡、瑞典、挪威等十三國開戰，豈非志在自取滅亡而何？

一盞洋油燈下，祖父與我父、叔叔爺兒仨默默閱讀申、直兩報始自五月底至七月下旬所傳朝廷諭旨、時局信息、及外國電報。而按其日期所披露者，皆為前一天隔夜之事。

**五月二十五（西曆六月二十一日）**

上諭：近日京城內外，拳民仇教，與洋人為敵，教堂教民連日焚殺，蔓延太甚，勦撫兩難。洋兵釁聚津沽，中外釁端已成，將來如何收拾，殊難逆料。各省督撫均受國厚恩，誼同休戚。時局至此，當無不竭力圖報者，應各就本省情形，通盤籌劃于選將、練兵、籌餉三大端，如何保守疆土，不使外人逞志；如何接濟京師，不使朝廷坐困；事事均求實際。沿江沿海各省，彼族覬覦已久，尤關緊要，若再遲疑觀望，坐誤事機，必至國勢日蹙，大局何堪設想！是在各督撫互相勸勉，聯絡一氣，共挽危局。時勢緊迫，企盼之至，將此由六百里加緊通諭知之。欽此。

董福祥部攻打東交民巷公使館區，並圍擊內有四三名洋兵、教民五〇〇困守之西什庫北堂——此係明神宗萬曆廿九年（一六〇一）利瑪竇所建，已歷時整三百年。昨午後四下鐘，華兵開戰，擊奧館垣牆。英使館空屋最多，西婦西孺均往該館。英公使竇乃樂曾役行伍，故各使公推其為統帥。時至九下鐘，華兵四處圍攻，彈如雨下。法公使夫婦偕西使同往英館。奧館垣牆被毀。奧法兩國兵與西勇退守法館。華兵終夜攻打，達旦方止。

京師大柵欄嬰堂病院經拳徒縱火盡燬。守堂之大人孩童二十餘，工人十餘，皆死難；一人逃北堂。

五月二十六

上諭與列國開戰，頒詔書。

京市中店舖均閉市，端王諭復開，罕有從者。

奧、比兩館被火，美國福音堂被燬。

五月二十七

上諭：現在中外已開戰釁，直隸天津地方義和團會，會同官軍助戰獲勝，業經降旨嘉獎。此等義民所在皆有，各督如能召集成團，藉禦外侮，必能得力。如何辦法，迅速復奏。沿海沿江各省尤宜急辦。將此由六百里加緊通諭知之。欽此。

昨晨六下半鐘，華兵自城上開炮，西兵不能支而退。法館中人盡往英館。意德日美斡五館早已遷空。無何，前壘火起，稅務司署亦火。既而華鎗連發，經一句鐘方止。英館東鄰被火，卒以力救得熄。鐘鳴十一下，英館北鄰翰林院起火，相距僅丈餘，火燄紛飛，墮于英館馬廄，閱兩句鐘方掩熄。法斡荷美西五館之鄰屋盡付一炬。華兵自城上開炮，彈丸入各館。時至五下，翰林院又火，烈燄墮大樹上，益危急，將樹砍倒。院中二百年來所儲極珍貴書籍悉燬。

官軍董福祥部、榮祿武衛中軍，于京城內乘火打劫。

昨拳衆置炮于西什庫天主教北堂前，放八百響，多不中。一教友中彈死，數人受傷。堂頂落數炮，堂仍屹立。法武弁恩理奪得其炮，乃止。

五月二十八

慈禧端佑康頤昭豫莊誠壽恭欽獻崇熙皇太后懿旨：神機營、虎神營、義和團民，著各賞銀十萬兩。甘軍武衛軍，前曾賞銀四萬兩，著再賞銀六萬兩。該軍士等當同心戮力，共建殊勳，以膺懋賞。欽此。

上諭：現在中外失和，需用浩繁，庫儲支絀，所有各省應解各項京餉，著即迅速籌撥解京。海道不通，票號停歇，應揀派練事之員，由陸路趲程趕解。行抵近畿，探明道路情形，妥愼管解前進，毋稍貽悞。將此由六百里各諭令知之。欽此。

上諭：日昨單牌樓頭條胡同、二條胡同、及長安街王府井一帶，有勇丁持械搶劫住户鋪户，情形甚重，當經榮祿派員緝捕，拿獲各營勇丁十一名，冒充勇丁匪二十三名，均經就地正法，號令示衆。即著統兵各員，嚴飭所屬，認眞約束兵丁，倘再有前項情形，即按軍法從事。……欽此。

華軍以十五磅大炮安放前門，轟擊英使館，中屋頂。幸在高處爆火，未有傷亡。拳衆圍攻北堂仍烈，放炮五六百響，未傷一人。西兵斃拳衆甚夥。

五月二十九

上諭：義和團民紛集京師及天津一帶，未便無所統屬，著派莊親王載勛，協辦大學士剛毅統率。並派左翼總兵英年，署右翼總兵載瀾會同辦理。即補參領文瑞，著派爲翼長。諸團衆努力王家，同仇敵愾，總期衆志成城，始終勿懈，是爲至要。欽此。

上諭：户部札放粳米二萬石，交剛毅等分給義和團民食。欽此。

昨午前十一下鐘，華兵再次攻打，呼聲雷動。英館大門洞穿百餘穴，華幹銀行及意使館被焚。

拳徒進攻西什庫北堂之東南隅，無害。旋架炮四座于北面，炮中經堂，壁爲洞穿。京中教民遷徙紛紛，教友三人道經南城，爲拳衆殺害。夜九下兩刻鐘，天主教東堂被火，艾、李二司鐸及于難。

皇城緊閉，端王派兵守之。辰刻官軍與拳徒燒天主教南堂，學生與教友之守堂者死大半。有人見兵拳縱火時，載瀾與崇禮在旁督促鼓舞。

昨夜十一下半，柵欄西堂被焚，金司鐸遇難。時勢更危，衆修女領聖事，決以身殉。

## 五月三十

上諭：李鴻章、李秉衡等各電均悉。此次之變，事機襍出，均非意料所及，朝廷愼重邦交，從不輕于開釁。奏中所稱中外強弱情形，亦不待智者而後知。團民在輦轂之下，仇教焚殺，正在勦撫兩難之際，而二十日各國兵艦已在力索大沽炮台，限廿一日二下鐘交付。羅榮光未肯應允。次日各國即開炮轟擊，羅榮光不得不開炮還擊。相持竟日，遂至不守，原非釁自我開。現在京中各使館勢甚危迫，我仍盡力保護，此都中近日情況也。大局安危，正難逆料。爾沿海沿江各督撫，惟當懍遵迭次諭旨，各盡其職所當爲。相機審勢，極力辦理，是爲至要。欽此。

昨午前十下鐘，華兵攻使館東、西、北三面。兩教教民借居肅王府，以日兵護之。意兵失防後，亦駐其間。華兵攻王府，放鎗至午後三下鐘始已。既而華兵登城，美兵逐之；去而復登者屢。時有官軍及拳徒匿王府垣下，欲掘窟入，未果。北首大橋上，華人貼一紙，大書奉旨保護使館，不准放火。子夜華兵又攻，較日間更烈，至一下鐘始息。

六月初一（西曆六月二十七日）

上諭：欽奉慈禧端佑康頤昭豫莊誠壽恭欽獻崇熙皇太后懿旨：京津各營兵丁及義和團勇，均已分別賞給銀兩。所有守衛之八旗滿蒙漢驍騎營，著賞銀一萬兩。兩翼前鋒八旗護軍，著賞銀一萬兩，由該王大臣等均勻分給。又天津軍務吃緊，在事各軍及助戰團民，均屬得力，著共賞銀十萬兩。此項銀兩著裕祿先行撥給，並飭各營團將登岸洋兵分頭堵截，不得任其北竄，一面規復大沽炮台，以固門戶。現在宋慶所部之武衛左軍，業已陸續到京，著一併賞銀十萬兩，由宋慶均勻分給，並督飭將士等同心戮力，共維大局，迅奏膚功。

欽此。

昨華兵攻斡館，終日未停鎗炮。

北堂中糧食日少，洋人日膳本三餐，自今日始減爲兩餐。

六月初二

前日上諭：昨已將團民仇教，勦撫兩難，及戰釁由各國先開各情形，諭李鴻章、李秉衡、劉坤一、張之洞矣。爾各督撫度勢量力，不欲輕搆外衅，誠老成謀國之道。無如此次義和團民之起，數月之間京城蔓延已遍，其衆不下十數萬。自民兵以至于王公府第，處處皆是同聲與洋教爲仇，勢不兩立。勦之則即刻禍起肘腋，生靈塗炭，只合徐圖挽救。奏稱信其邪術以保國，似不諒朝廷萬不得已之苦衷。爾各督撫知內亂如此之急，必有寢食難安，奔走不遑者，安肯作一面語耶！此乃天時人事相激相隨，遂致如此。爾各督撫勿再遲疑觀望，迅速籌兵籌餉，力保疆土，如有疏失，唯各督撫是問。將此電諭各督撫知之。欽此。

昨終日鎗炮不絕。初擊英館北垣，既而四面圍攻，猛不可狀，肅王府幾爲所破。西兵麕集守禦，華兵拆垣方倒，整隊欲入，日兵望準開鎗，不久即息。

昨晨有兵拳五百人，近逼北堂門首，前隊皆老人，身穿紅衣，頭戴紅帽，足登紅鞋，俗稱老道。中隊爲少年鄉民，後隊則官軍。法兵十二人發鎗齊射，少年及官軍皆遁，唯老道獨留。法兵復射之，老道多倒。蓋其自信不能傷，而今始知紿己紿人也。

## 六月初三

上諭：中外開釁以來，我皇太后迭次頒發內帑，徧給將士義團。慈恩優渥有加無已。當此時局艱危，爾將士義團等必當感激圖報，共建殊勳。其有奮勇力戰，殺敵致果者，定予以不次之賞。如有臨陣退縮，畏葸不前者，即在軍前正法，並將統兵各員嚴治其罪。現在大沽炮台已被洋人佔據，著裕祿督飭羅榮光等各營並義和團民，迅圖恢復，毋稍遷延。……勿謂言之不預也。欽此。

昨午前華兵擊英、美、斡三館，不甚力；旋攻法館，兇狠若狂。西人以火油灌麥草擲于華壘，登時發火。華兵發開花彈，落英館庭內，炮子直中洋樓，洞穿屋頂，後終夜苦戰不息。

昨北堂前火發，拳所縱也。拳又以水龍擲火油熾之，猛不可遏。九下二刻鐘，堂左側亦起大火。拳向堂頂射火箭，法兵竭力灌救，教民魚貫提水，垣外呼殺聲、歡號聲、咒詈聲如雷。至十一下鐘，拳力漸殺。是役無大害，然教民已魂不附體矣。

六月初四

昨自晨七下鐘至午後三下鐘，華兵放一百七十炮，槍聲如連珠，未稍間。各使館皆受擊。晚十下鐘，天大雷雨，炮火電火相和為虐，陰惡不可言狀。至二下鐘稍見平息。華兵穴法館垣牆，為西兵所見，斃華兵甚多。德館西兵也斃拳徒不少。上諭：李鴻章等奏「奉諭暫行停還洋款，據實核計請旨遵行一摺，據稱『洋款若停，牽動內地厘金，亦礙小民生計，轉于餉需，有害京餉，及北上諸軍餉項無從接濟』」等語，初議停還洋款，原因湊濟軍需起見，倘各海關如常抽稅，內地厘金亦不短絀，即著照所議，查照成案，按期解還歸款，用昭大信。將此諭知戶部，并由六百里諭令袁世凱，即著該撫轉電李鴻章、劉坤一等。欽此。

六月初五

昨午後，華兵放七十一炮，發鎗尤多，法館邊屋被火。傍晚，拳眾向仁慈堂放廿一鎗，無大禍。奉天拳眾大舉活動，遼陽以北與鐵嶺以南之間教堂，及東站煤廠與洋房，均盡毀。

六月初六

昨午前九下鐘，德美兵苦戰久之，不能支，遂退。兵拳自遠發鎗東西什庫北堂，不得力，尋即息。

六月初七

肅王府垣受炮攻，日兵不能守前壘，乃退。夜間美斡兵衝出，拆華兵柵欄。華兵逐漸偪近，相距僅七八丈，于是短兵相搏，殺華兵甚衆。雖大雨傾盆，華兵攻王府不稍懈。

昨終日大雨，西什庫一帶入夜鎗聲寥落。

六月初八

昨薄暮，華兵張八旗攻法館，一彈穿大門，尋即息戰。英館自夜九下二刻至三下鐘，受擊未止。美兵所守柵欄亦受攻。西什庫北堂自亂至昨日，小兒已死四十口。

六月初九

昨夕華兵攻西館，放二百炮。計各館自被圍至昨，西人死于戰者卌八：內法七、德六、意六、美六、日五、奧三、斡三、英二。

昨方哺，兵拳三面攻北堂，西兵應之，斃兵拳十四五。兵拳大怒，擁入堂前大路，法弁三喝發鎗，斃拳徒十七八人。

六月初十

華兵自皇城開炮，頗能命中。法館經堂受彈甚夥，飯廳已不能立。園中樹木多爲彈丸所折。

北堂內除西兵外，衆人一日兩次食粥，尚能半飽，惟鹽菜已盡。

六月十一

昨華兵開一百炮，放鎗頗稀。日兵衝出奪炮，未獲。華兵架炮皇城，距英館僅十五丈。通州耶穌教公理會慶四十周歲，教友二百八十餘名，遭拳衆殺害男信徒四二人、女信徒五四人、男孩二一人、女孩二〇人，總計一三七人。

六月十二

山西朔平府瑞典國教士伯瑾光夫婦、畢德生、賴生、甘公義、嘉利孫、女教士隆雅貞、祝漢生、思╳╳、冷，及歸化宣道會美國福斯伯夫婦與女等十三人，參加特別研道會。六月初一，遭旗人所領拳衆擁至攻打，放火搶劫，逃入府衙求官保護。爲官一齊收禁。六月初三官備馬車二輛，送往張家口逃出。詎車甫出頭層城門，至外城門口，忽來無數拳衆，將此西牧十三人拖下車來全部毆斃。華人教民有王選、王展、胡星等三十餘人皆毆死或殺害。

華兵放三百廿五炮轟使館，奧員多滿受彈死。兵拳縱火，西兵略退，以意炮擊退。昨拳徒以火藥納瓦壺投北堂，自四下至五下二刻投一五〇壺，幸皆未燃。竟日放三三〇炮，坍平屋二，婦孺避入大堂，午後始得稍食，多有終日未食者。鎗丸火箭飛墮不絕，二、三處火發。司炮旗人中彈死。拳徒所發火箭以鋼鐵製之，長二尺半，圓二寸，中藏火藥，尾木長五尺餘。

（直報至此日，以後斷絕。）

六月十三

慈禧太后調李鴻章重任直隸總督兼北洋大臣。李氏卸任兩廣總督抵滬。

華兵攻使館，發百餘炮，擁入法館，爲西兵殺五十餘人，餘遁。昨午刻華兵攻北堂甚急，鐘樓雖未塌，已岌岌可危。三下鐘飛來火箭，幸皆未燃。華兵二百許攜炮至皇城西北隅，意法兵全隊放鎗，華兵多倒地，餘皆遁散。夜來鎗聲仍不絕。

六月十四

昨天津衛爲列國聯軍所陷。

昨華兵發二百十餘炮，法館受損較巨。縱火拳徒藏身夾巷中，法兵悉數擊斃。夜間華兵復開五十多炮，二彈落英館。

六月十五

華兵發各使館七十餘炮，午後四十餘炮，入夜復放二十餘炮。法館及肅王府皆危甚。炮丸平飛，高與人齊，非曲躬而行不可。

上諭：現在各部院衙門當差人員紛紛告假，殊屬不成事體。著各該堂官查明，如未經告假，私行出京人員，著即行革職。其已經遞呈告假者，將來到署銷假，著將各該員前資註銷，以示懲儆。

欽此。

六月十六

昨法館附近出現種火拳徒十六名，爲西兵所殺，擒獲二徒，供稱華兵藏藥陰溝，擬轟使館。日間華兵開九十五炮，夜開二十餘炮。

仁慈堂東側大路，昨傍晚轟然一聲，路中陷一大穴，蓋拳徒掘隧至此，實以火藥發之。堂中邊屋稍有震壞，坑圓六、七丈，一土塊重千餘斤，墮一教士身上，頃刻壓斃，受傷者八、九人。深夜堂中人攜火把火油入地穴，前行頗遠未遇拳徒。

六月十七

上諭：統帶武衛前軍直隸提督聶士成，從前著有戰功，訓練士卒亦尚有方，乃此次辦理防剿，種種失宜，屢被參劾，實屬有負委任，昨降旨將該提督革職留任，以觀後效。朝廷曲予矜全，望其力圖振作，藉贖前愆，詎意竟于本月十三日督戰陣亡。多年講求洋操，原期殺敵致果，乃竟不堪一試，言之殊堪痛恨。姑念該提督親臨前敵，為國捐軀，尚非退葸者比，著開復處分，照提督陣亡例賜卹，用示朝廷格外施恩策勵戎行之至意。欽此。

昨晨八下二刻，比國參贊官擒得一拳徒，供稱目下朝中大權在端王、榮祿、董福祥手，慶王不與，亦無能為力。至是兵拳已死二千餘人。午後法兵貝育奪得榮祿所部李軍門之旗，華兵大忿，終日猛攻使館，開二百炮。

昨亭午，北堂中聞地下有斧斤聲，立派二十人掘地，橫截其道。炮聲終夜未止。昨日始食馬肉，人盡甘之，教友一日二食粥，人僅一碗。依次計餘糧尚可持廿日。日殺一騾煮粥以充眾飢。

六月十九

前日華兵開百餘炮，專擊英法兩館。午後開炮益密。及暮，兵拳雲集。少頃，地雷作，轟坍洋屋一座，武員貝葛爾及一西兵亡。拳徒衝入法館，四十年來法人所備陳設俱成灰燼。法兵于鎗林炮雨中退守北柵，齊發排鎗，拳勢稍殺。不旋踵，拳攻德館，奮不顧身，德兵殺拳衆四十許。

榮祿致書英使，大旨謂請貴大臣暫居總理衙門，俟設法送回貴國，唯不准帶西兵，請即示復，以明日午刻爲限。各使閱之疑爲詐；且館中所屬尚衆，豈可棄之。遂未允。

## 六月廿

山西巡撫毓賢于六月十三通令全省除滅洋教、洋人及教民。毓賢遂全副披掛，親率拳衆及馬步各營，先焚太原城南洞兒溝天主堂，轉至豬堂巷礦路局前，直入耶穌堂，親手劍刺洋人羅醫生要害致死，使衆細綁西人牧師、醫生、男女幼童信徒至撫署前審理。另親屠一艾主教。遂令左右競殺重賞。得四十三首級，分掛六城門號令示衆。每城門兩側懸木籠六或八具，每籠內一至三人頭不等。血脂淋漓，天熱腐臭四溢，行人力避出入城門。又曲陽拳徒于北門街殺天主教徒五十六人，皆斬剁分碎。未死教民受命至衙中領票，謂爲「奉官出教」。壽陽縣有閻氏、陳氏等多家教徒均滿門抄斬。忻州英國浸禮會，馬、任、燕等八名西人男女教士被斬。大同府應州內地會教堂被焚，甘牧師及李保利等教友四人，俱遭刀劈斧砍。

英使館中聞掘地聲，初西員不之信，嗣以法館爲地雷所毀，遂將陰溝發露，以杜不測。

是日華兵發二百四十五炮。

華兵對北堂開炮不止，自九下鐘至夕，約百四十餘響，恆中大堂之南與西南。或疑拳徒于西垣下掘地道，教民沿牆挖長溝以斷其路。鎗丸火箭相繼而至，比暮，紅火燭天如晝，夜深方熄。

六月廿一

吉林于六月十九日，二道溝火車站及城內西人醫院、天主堂等，俱爲拳徒縱火焚燬。

昨晨七下鐘，英軍官施德羅中彈丸亡。午間一人攜白旗至，投慶王奕劻致英使函，謂將嚴禁拳徒再攻使館，貴大臣亦當禁西兵放鎗。英使復云：各使館唯圖自衛，別無他意，俟兵拳不開炮、不築壘、不掘壕，各使館必不放鎗也。

六月廿二

上諭：裕祿奏天津失守自請處分一摺，直隸總督著革職留任，提督宋慶著交部議處。欽此。

上諭：各國開釁京津，各軍尚可用。唯聶士成一軍，平日第講洋操，臨敵爲洋教習所制，以至未戰先潰，委械授鉞。兵弁中有入洋教者，甚至倒干相向，甘心從逆，而其沿用洋裝洋號，動輒自相猜疑，自相鬥殺，誤國亡身，實堪痛恨。各路統兵大臣凡夙習洋操及用洋裝式、洋口號者，務即悉數更換，一律仍歸舊日兵制。其中如有入教及私通洋人兵弁，尤宜嚴加分別，認眞淘汰，俾兵爲我用，不以資敵。將此由六百里通諭知之。此諭。

昨晨華兵開廿餘炮，後靜。二華兵攜白布來，一兵曰軍機大臣榮祿大人昨日下令不准攻使館。西人不復戰。華兵有登壘者無所顧忌，告西人若公使欲致書聯軍，願効力代遞。

比晚，慶王致書各公使，大旨謂今和議將成，西兵所據城上地段，請歸還中國。英使復云：西兵所據城上地段，爲保守使館起見，未便即日交還。是日有華兵及工匠數名，攜蔬菜雞蛋等求售，居然成一小市。

## 六月廿三

上諭：袁世凱代奏善聯、許應騤請保衛使臣各摺片，春秋之義不戮行人，朝廷辦法亦豈有縱令兵民遷怒公使之理？一月以來，除德使被亂民戕害，現在嚴行查辦外，其餘各國使臣，朝廷苦心保護，幸各無恙。著即知照。欽此。

上諭：各路統兵大臣凡夙習洋操及用洋裝式、洋口號者，務即悉數更換，仍歸舊日兵制，欽此。

昨晚五下鐘，總理衙門遣章京至法使館，攜榮相書，請商和事，行禮甚恭，殷勤致候。法使答以願和與否，觀華兵攻否而知之，空言未可憑。

## 六月廿四

上諭：現在天津失陷，京師戒嚴，斷無不戰而和之理。唯春秋之義，不斬來使，月來除德使爲亂民戕害，現在嚴行查辦外，其餘各國使臣，朝廷幾費經營，苦心保護，均各無恙。但恐各督撫悞會意旨，以保使爲議和之地，竟置戰守事宜于不顧，是自弛藩籬，後患更何堪設想！著沿江沿海各省督撫等，振刷精神于一地戰守事宜，趕緊次第籌辦。倘竟漫無布置，萬一疆土有失，定唯該督撫是問。將此由六百里加緊各諭令知之，欽此。

慶親王府致書，請衆使速返天津，允以華兵護送。

六月廿五

昨京師各使集議，以不赴天津復總理衙門。中朝贈公使瓜果。法使遣一教民向華弁索法兵之屍，一去不返。

昨午前頗安。亭午，華兵反攻，群立皇城上俯擊。法、意兵升垣擊之，華兵退去。自是該段城牆爲法兵所據。

六月廿六

據日本國報傳：斡兵自六月十八由海蘭泡越界渡江，進入黑龍江省。師出有名，代清國勦滅義和拳衆。十九，斡驅海蘭泡居民至黑龍江邊。廿，斡兵以刺刀利斧砍殺，迫清國此六千居民大部分跳江溺斃。廿一，斡兵將江東六十屯清國之民，集中以火活焚。

慶王回札各使館，不准各公使與本國通電報。

前夜十一下鐘，義兵開炮擊英、法、斡三館，至昨晨六下鐘始止。

（缺廿七、八、九等三日報）

七月初一（西曆七月廿六日）

慶王函促各公使赴津，許通電報回國，經由總理衙門代辦，唯不准使用暗碼。

京師禁止民人售食物與西人。肅王府東已無人跡。

七月初三

大沽口既爲西兵所佔，各國援兵乃得源源不絕經此直抵天津衛。

昨太后贈各使館冰、麵、瓜、果，諭知京中安堵如常，使館內教民儘可出外。各公使未之信。入夜鎗聲頗密。西什庫北堂仍爲鎗炮火箭圍攻。

七月初四

昨午後華兵堵塞御河橋。入夜，鎗炮齊施，達旦不息。

七月初五

硃諭：吏部左侍郎許景澄，太常寺卿袁昶，屢受奏參，聲名惡劣，平日辦理洋務，各存私心，每遇召見，任意妄奏，莠言亂政且語多離間有不忍言者，實屬大不敬，若不嚴行懲辦，何以整肅群僚。許景澄、袁昶，均著即行正法，以昭炯戒，欽此。

七月初六

上諭：現在中外開釁，各直省軍務倥傯，所有本年恩科鄉試，如果展緩數月，未始不可舉行；第恐天氣漸寒，各士子倍形勞苦，且遠省放榜過遲，于公車亦多窒礙。著即轉緩至明年三月初八鄉試。八月初八會試。以示體恤。各省已放正副考官，即著回京供職。至庚子正科鄉試及次年會試，並著按照年分以次遞推。禮部知道。欽此。

太常寺袁昶及吏部侍郎許景澄，已于昨日初五斬首。

西什庫北堂仍爲兵拳圍攻不已。昨拳衆約五十許，以童子當前鋒，著紅衣；其後爲壯夫，著黃衣；排隊前來罵陣，並以火箭發堂中。修士賈爾訥向童子放三鎗，心甚不忍，遂止。一拳徒以開花彈擲入堂垣，未傷一人。

七月初七、初八，闕如。

七月初九

上諭：前因近畿民教滋事，激成中外兵端，各國使臣在京者，理應一律保護，迭經總理衙門王大臣致書慰問，並以京城人心未靖，防範難周，與各使臣商議，派兵護送前往天津暫避，以免驚恐。即著大學士榮祿預行遴派妥實文武大員，帶同得力兵隊，俟各該使臣定期何日出京，沿途妥爲護送。倘有匪徒窺伺，搶掠情事，即行勦擊，不得稍有疏虞。各使臣未出京以前，有通信本國之處，但係明電，即由總理各國事務衙門速爲辦理，毋稍延擱，用示朝廷懷柔遠人，坦懷相與之至意。欽此。

慶邸致書各使館，催公使回津。使館四周仍終日鎗聲不絕。使館中教民有食樹葉樹根者。

## 七月初十

列國援兵至津已逾兩萬，合上原有洋兵，總數達三萬四千左右。

急信：洋兵于天津衛及周郊地區，大事殺人放火，姦淫搶掠，無所不至，較諸拳徒不可同日而語。傳自日本電信：斡軍已佔黑河屯，攻略璦琿。六月初四攻佔陡溝子。守將滿人鳳翔與漢人程德全節節抵抗，終告不敵，鳳翔負傷，嘔血而亡。程德全已奉黑龍江壽山將軍之命，與斡停戰議和。

## 七月十一

八國組成聯軍援兵，昨自天津出發進攻北京。計日兵八千名、斡兵四千八百名、英兵三千名、美兵二千一百名、法兵八百名、德兵二百名、奥、意兵各一百名。總數一萬九千一百名。據傳尚有大批德兵二萬餘衆已至青島，不日馳赴天津。

上諭：劉坤一奏軍情緊要，請飭各省修護電線以通消息一摺，現當用兵之際，軍情瞬息千變，全賴電線無阻，消息靈通，方可統籌因應，迅赴機宜。著各直省將軍督撫嚴飭地方，迅將電線一體認眞稽察，實力保護。倘有匪徒糾衆掘斷毀壞情事，即行勒拿嚴辦，並將防範不力之員弁，從重懲處。至直隸保定及山西、陝西一帶，電線被毀尤多，著裕祿等飭屬查明地段，立即設法修復，不得稍有遲誤。欽此。

英館後屋，終夜受攻。

拳徒擲書北堂，指名將主教樊國樑等洋人交出，凡洋人財產，全體分與爾等教徒。若執迷不悟，破巢後玉石俱焚，今已掘成地雷數處，看爾等如何禦敵。末署「乾字團具」

七月十三（十二報缺）

聯軍北攻兩日間，先後佔領北倉及距天津百里之楊村。直隸總督兼北洋大臣裕祿督師中炮，傷重不治。清兵沿北運河退後。

昨子夜二下鐘，華兵擊英法斡三館及肅王府。慶王遣書則責西兵開鎗。

七月十四

遼寧拳衆進攻營口租界失利，斡兵于七月初十佔領營口海關。

清軍昨退守河西務，距京師僅兩百餘里。

七月十五

幫辦直隸軍務李秉衡，率直軍及各省勤王軍，並三千拳衆進駐河西務防守。

總理各國事務衙門函報各使館，當朝已派李鴻章爲議和大臣，籲請息兵。

前日華兵徹夜擊肅王府及英、斡使館。

七月十六
聯軍攻下河西務，李秉衡幫辦退守通州。

七月十七
各公使館獲西兵已破楊村信息。華兵終日開炮。
慶王函請面商息兵事。時既晡，華兵來攻各館，鎗炮之烈，爲從所未有。

七月十八
聯軍昨佔領通州，距京師不足百里。李秉衡自戕。聯軍計于廿一日攻入北京。
兵部尚書徐用儀、户部尚書立山、内閣大學士聯元，皆因力反與列國宣戰，于前日繫獄，昨午問斬。
申報有所理論，概云：前太常寺卿袁昶及吏部侍郎許景澄之遭處決，實因于太后御前指陳拳衆縱有邪術亦不可用，見罪于力主興拳滅洋之端郡王載漪與協辦大學士吏部尚書剛毅。許景澄及徐用儀等以請今上「乾綱獨斷」，深遭太后所忌，致遭殺身之禍。

積聚五十來天的報冊，到此爲止，可可是唱曲兒賣關子，說書壓扣子，北京城到底給洋鬼子打下去了沒有，皇上是不是眞的「天子下殿走」了，只有耐心再等下一批報冊了。可照這個勢路看，不用等祖父怎麼推斷，小弟兄倆兒也都估莫個差不多，下殿走還算好，來不及走，又或走不了，搞不好別像崇禎皇帝上了吊，從此亡給洋鬼子，那可天下大變了。明朝亡給清朝，漢滿都是中國人；亡給洋鬼子——還又是亡給八個外國的洋鬼子，活活把中國大卸八塊兒，豈不永無翻身之地？當初拿台灣打日本小鬼子手裡換回來的關東地面兒，這一回可不是讓老毛鬼子不聲不響拾了個便宜？關東算一塊，那關內還要再分七塊兒？往後就盡是洋鬼子天下了？……

祖父愣聽著倆兒子你一嘴、我一舌來憂國傷時，只管喝茶喫菸，不言語兒，也沒見有甚麼愁容。祖父這麼個神態，我父和叔叔倒似服下點兒定心丸兒，想必沒那麼完蛋，便越發往悲處扯蛋逗小話兒，聽來像是自個兒嚇唬自個兒，卻愈說愈離譜兒，似乎愈荒謬絕倫，愈斷定任怎樣惡壞也到不得那個地步。

叔叔甚至嘲笑起來，「不定梅大愣放咱們這尙佐縣縣太爺來，梅大腚就該是二老爺了，哥你說可會？」我父瞥了下祖父臉色，沒看出甚麼不悅，也就搭話說：「那大爆竹也得派個差事罷，劊子手還是仵毒子？」

哥倆兒偷窺了下祖父，聽到祖父咂了下嘴，以爲要接腔兒，卻讓祖父刮了：「小人家，別忙學著那麼吣，嘴上還是留點兒德。」

不光是梅大愣，梅大腚甚麼的挺損，那個動不動就跟人蹦起來的鮑大夫，不用說看護的，病人都照揍。給人拔牙割瘤子，都不上蒙藥，開刀房裡像殺豬，叫煩了他，蒲扇大的巴掌隨時賞個兩耳括子，那是常事兒。敢是斬斬人頭驗驗屍，都頂拿手。

祖父不管時已過了三更，還是發了話。顧忌奶奶給吵醒，嗓子壓低得有聲無響，叫哥倆兒覺著那是只可說給他二人聽的私房話，在洩漏天機一樣，最最可信不過。

「聖經上所有的老古國，埃及、巴比倫、腓尼基、猶太、迦勒底、亞述、希利尼、羅馬、還有唐僧取經的天竺印度，沒一個不是早就亡掉，有的連個魂兒都沒有。咱們中國呢，也老得夠瞧的了，果眞如今要亡掉，也算比哪個老古國都長命。老壽星喪禮要當喜事辦的，五世孫得穿大紅孝衣，看看熱鬧不！」

「可你小弟兄倆兒放心，亡不了。小惠，論語『子畏于匡』，夫子怎麼說？」

叔叔敢是順口就背了出來：「子畏于匡，曰：『文王旣沒，文不在茲乎？天之將喪斯文也，後死者，不得與于斯文也。天之未喪斯文也，匡人其如予何？』」

祖父跟手又以吟詩的味道，重又濾了一遍，仰天一呵，岸然自語：「天之未喪斯文也，洋人其如予何？八國聯軍！八十國聯軍又其·如·予·何！」

我父和叔叔可從沒見過祖父忽像變了臉一樣，祖父從沒有過那樣倨傲，那樣那樣的不馴服又大氣凜凜然。

叔叔晚年時還曾跟我提過，對這番情景記憶極深。每逢想起此情此景，總不禁從祖父的神采上親睹受困于匡的孔子當年。

祖父看看懷錶，叔叔勾過頭去報出時辰：「都十二下一刻了！」一下下工夫就學上報冊上的口氣。

祖父倦倦的擠擠眼，吩咐叔叔：「有工夫，先把這孔夫子這一段兒給你哥細講個明白。壓兩天，抽個工夫，爺再給你哥倆兒講講天是怎樣不欲喪斯文于咱們中國。時辰不早，都該歇去了。」

# 斯文在斯

華太平家傳

年怕中秋月怕半，一年又好剩不多少時日了。

一過中秋，油菜跟兩麥一先一後佈種的時令，天氣又似三四月那般寒暖不定，橫豎是天晴就熱，天陰就冷；早晚秋涼，晌午心兒可又單褂兒一件兒，也仍像夏日那樣動不動就出汗兒。這麼折騰法兒，「二八月看巧雲」，風雲多變，人也跟著「二八月亂穿衣」，單夾絨棉，一日裡扒上扒下，替換個三番兩次不稀罕。

我父棉襖饑荒的噩夢重又找上身來，慢慢用得著沈家大美那條搐腰帶搪搪一早一晚的清冷和那「一場秋雨一場寒」。

好在今年閏八月，暑往寒來往後蹭蹬了一些時日，多少給窮漢子救救駕兒。也好在春秋兩季就算同等寒暖，添減衣物上頭卻有出入，俗說「焐春晾秋」，打冬日走過來，冬衣焐到三四月還卸不利落；暑天過去，人倒一時懶得翻箱倒籠找出寒衣加身，不覺為意間，寒氣也就多抗一兩個節氣。

儘管這樣，我父凡事盡心有調理，還是早早就有了成算，這棉襖只有到估衣舖子去求。除了叔叔用「子畏于匡」幫他明白不少大道理，棉襖不棉襖的顯得寒磣，小小不言，不免要羞于出口，暫且瞞過叔叔不提；說到天下大事，也是把棉襖不棉襖的給比了下去，值不得擱在心上嘀咕。可天下大事也還沒到叫人寢食難安的地步，只不過心頭老有個甚麼膈膈癢癢。可就算非亡國不可，也犯不著先就亡身；捱冷受凍路斃了又當得甚麼？幫忙洋人來整自個兒不成？往後這棉襖要大半年的日子都離不開身，拖拖拉拉，說怎麼也沒別的可湊合。

打頭上就得瞞住祖母，一路下來謀算個棉襖就非偷偷摸摸不可。乘著給李府上城賣草，我父順便溜過幾趟下街一帶好多家估衣鋪子，很不順當。

交秋過後，俗說天火盡，卻還有「十八天地火」。秋老虎沒過到尾巴，可一入秋，估衣鋪便好生快當，夾的棉的不用說，皮毛也都滴溜打掛的亮出來。想不到生意人比他丟了棉襖的還著急，還這麼早班。

只是一趟趟去張望，夾袍棉袍皮袍皮筒子儘多，短打兒夾襖棉襖偏生少而又少，有也盡是女襖，又盡是「沒蓋官印——私（絲）的」、「三天吃不下飯——愁（綢）的」，不在貴不貴，莊戶人家就算坤道，又有兩個，也穿不得那玩意兒。

先只在鋪子門外打轉，當作等人，東張西望順勢兒溜兩眼兒，估著或許那種打粗的舊襖子犯不著掛出來招徠，不定疊在山架子上。硬著頭皮進入鋪子裡問夥計，果然沒那類貨色，五家都是一樣，剩下兩家也不必再白捨一張臉去打聽了。就中有家老闆過來搭話，我父也拜託幫忙給留著。老闆倒是誠心，相相我父身架兒，答應會給留神，可還是道了聲：「難！」

估衣鋪子裡的貨色，多半都是當典過期沒來贖的死當玩意兒。粗賤貨是押不到幾文錢，當典怕也不大肯收。要就是偷來的贓物，三文不值兩文的銷贓到估衣鋪子來。我父還曾妄想，不定見到自個丟掉的那件老棉襖——那就好了，省得祖母鬧氣；不管還能不能熬過一冬，或許著實穿不上，祖母不能不再給他淘換一件，自個兒也少生多少閑氣。可那也還是煩人，總不能跟人家鋪子咬定那老棉襖原是自個兒，上面又沒名、又沒姓，賭咒發誓也沒用，就算拉來一堆哥們兒幫忙見證，當眞一件老棉襖還衝上衙門告狀打官司？人家進貨也是出了錢的，怎麼便宜收進來，也總是將本求利，那就兩相容讓一步罷，照便宜算，假當是押出去的，這再拿冤枉錢贖回來。可哪來的錢？兩百斤才賣掉給城裡人打鳥兒的秫稭，六百來文許是湊合了，只這錢是人家的，回去就得交給李府上，過夜都不宜當。等拿到這月工錢罷，丟掉老棉襖的舊賬還是要給翻騰出來，不是活敗類也是窩囊廢。不如新買件襖——不是買件新襖，倒多少體面點兒。沒的自家老棉襖出去轉了一圈，得拿錢贖。哪興那麼冤種！

我父敗興出得城來，扁擔攬繩一放，一個人愣坐在五孔大橋青石欄上，空想那些沒影兒的懊躁心事。黃河正發大水，漲到八成槽停下來。人是想得出神，一定不自覺的滿臉愁苦罷，沒料著撩起一位城外來看水的老先生見疑，約是錯當我父親想尋無常還是怎樣，橋頭柳岸那裡招手：「小大哥，來這邊蹲蹲。」

柳岸邊口，去水三五尺高，側看大橋洞沒進水裡好有一半了。黃混混的又是大流，又是漩渦，南望那遠處小戈壁早就沉進河底。老人家跟我父扯咕的淨是人要凡事都得看開些甚麼的，又是船到橋頭自然直甚麼的。可把我父逗樂了，看那五個橋洞前盡是大漩渦、小漩渦，船到那兒不亂打轉轉才怪，還自然直呢。不過人家總是番好意，敢是捽緊點兒，別笑出來。

照說家裡別管誰，沒哪一個能愣瞧我父上身頂件兒小單褂子過冬。娘怎麼氣、怎麼嚀人沒肋巴骨甚麼的，末了還是得張羅張羅，舊的新的改的補的，不管怎樣總得湊合件啥罷？到底不是晚娘，隔層肚子不知疼熱。就算拿蘆花絮個棉襖頭兒——這當地人把那種短得蓋不住屁股的小襖叫做「撅腚橛兒」，倒挺傳神。就算是蘆花套的撅腚橛兒，不也是人穿的？凍不死人就成。

說來捱冷受凍事小，我父怕還是怕的祖母黏纏人的冷言冷語冷臉子。平時沒事兒都找著挑剔，況這個碴兒，說大眞就無大不大。別指望到得明年春暖花開就跟著開江解凍——頂少罷，總也得拖過「喫了端午粽，才把棉襖擯」，非等身上不再頂著那件礙眼的棉襖，總別承望娘善自罷休。祖母也就是這點兒好，眼不見，心不煩，啥都別讓她看到，管保天下太平。

我父橫下心要拿工錢買件舊棉襖，又也多找到個理兒——過過年好二十大歲了，該成人了，當眞自個兒切身冷暖還得賴著娘老子操心勞神！

後來又再跑了兩趟估衣鋪子，都白跑了，還是沒棉襖，弄得人沒指望，難過得起意乾脆買件棉袍子，一個月工錢，再拉幾個哥們兒湊湊看。幹活兒著實穿不得長袍短罩兒，那也不打緊，偷偷託高壽山、沙耀武他倆隨便哪個媳婦兒，剪掉下襟子，長改短方便，壓壓底襬就成，敢是費不多少針線。

也相中過兩件老大布長袍子，全都一吊錢打不住。長這麼大，從沒手心兒朝上跟誰借過一文錢——儘管哥們兒交往到這個地步，只須伸伸手，萬沒有空手擋回來的道理。打關東逃進關來，又流落到此，一路過的窮日子沒錯兒，到底自個兒不曾當家理事，總沒覺出人窮會怎麼樣。單憑沒捱過餓，沒受過凍，就只知道窮，沒嘗過窮。可如今爲件遮身棉襖沒著落，才覺到難過得酸起心來，好似跟誰站到一堆都比人家矮半截兒。老闆還是說：「難！」退出鋪子，像個花子討飯沒討到，又給門塹兒絆了下子，險些兒再一腳插進鋪子門前陽溝裡。這眞是人家俗話說的：人倒起霉來，喝涼水也給噎死了，還又放屁打到了腳後跟兒。

實說罷，添件棉襖哪算得上是樁大事！敢也不是樁見不得人的壞事罷？可跟誰都緊緊瞞住了，就這麼憋在肚子裡獨自跟自個兒一人踢蹬。本不用瞞住小兄弟的——從來從來哥倆兒誰也不曾瞞過誰甚麼。不過罷，這一回不讓叔叔知道，該是另一回事兒——或許不是有心隱瞞，是羞于開口。

我父讓叔叔給細講了一遍「子畏于匡」，先就驚異這天下大事原來人人都有一分兒——聖經上說的，施的一分兒，受的一分兒，還贅上一句：「施比受更爲有福。」爲此，就不光是聖人賢人在那兒獨撐。周文王那一分兒，孔夫子那一分兒，敢都挺喫重受累，又各自清清楚楚肩膀上得挑多沉的挑子。相比之下，百姓萬民看起來可就少誰不嫌少，多誰不嫌多；又都懵懵懂懂，哪管甚麼天下天上。可士農工商還是人各有分兒，少哪行都不成其爲天下，就是非要誰誰跟誰誰合起夥兒來，才有這個天下。不然的話，上帝單造聖人賢人就得了，何苦又費事、又多事，造出甚麼百姓萬民。

叔叔拿一首哥倆兒都會唱的聖詩來作憑證：「小莫小于水滴，匯成大汪洋；微莫微于泥沙，廣土浩無疆。」要不的話，若不是把每個世人都看做寶貝，說「上帝愛世人」，那豈不落得個賺人的空話了？人人既都給上帝這麼看重，人罷，自個兒也該要自重的；盡了本分不算，還有天下那一分兒。

打這兒我父也才認清，祖父天天不識閑兒忙的些甚麼——以前敢也知道祖父是貴人，一行一止莫不珍貴，那不是一句「給上帝做工」就能說得實在的——可跟老城集尤二爺對歪大煙舖，也是給上帝做工？若讓城上那般給上帝做工的長老執事知道了去，不啜哄洋人把我祖父趕出教會門牆才有鬼呢。

瞧著叔叔，我父不知道要怎麼疼惜，年幼巴巴的，唸得那麼多書，懂得那麼多大道理，敢是日後也要爲天下那一分兒不識閑兒忙上一輩子忙不完的大事。

這麼一比劃，自個兒忙的些甚麼跟甚麼？士農工商，種地當眞也是在幹天下少不了的一分兒麼？當眞比誰也不退板麼？可月頭忙到月尾，不過就爲的那一吊錢兒——人家李府是厚待人，不的話，實秉實還不值這一吊錢兒。眼前這又爲件老棉襖，弄得人少心無魂，做夢都夢見拿申報紙給自個兒糊棉襖，沒出息到這個地步！

過過很幾天，祖父才得空兒跟我父哥倆談起報冊上那些天下大事。

祖父這向時盡忙的是湯機房新開工招兵買馬和收新棉的事。

打下邊運到的新織機、新紡車、軋棉籽機、彈棉機，算是搶在新棉上市前，都在二十來間新蓋的機房裡架妥。人手還是照先前打算定了的主意，重又找上老城集尤二爺，把當初散了壇的小小子、小閨女給集攏了來當學徒。

大煙鬼子離不開煙舖，倒靠尤府上守寡的大媳婦，還有挺肯跑腿又挺管用的小二哥登科，挨家挨戶去說動，練義和拳的小小子，練紅燈照的小閨女、黑燈照的老嬷嬷兒，但凡能打家裡走得開的，按月八百文，外帶喫住，小小子管彈棉機、打棉籽機，小閨女老嬷嬷管大飛輪兒紡紗車，帶著上織機。城裡人大半不圖這個有喫有住八百文，鄉下可管用。有華長老做中保，尤二爺招呼——也是有心要補補前次練功練得半腰兒留下的虧空，十有八成都應了這自從盤古開天地沒有過的營生來招人。

而外祖父少不得遠至鐵鎖鎮，四鄉福音堂去託付衆教友，齊心會兒說動家邦親鄰，新棉賣給魏機房的魏弟兄，價錢提高一成，比賣給走洋票的划得來。如此盤進的新棉，估著一年紡紗織布足足有餘。

每一趟打外頭回來，總累得七死八活。忙的那些到底所爲何來呢？祖母總怨祖父整天「無事忙」。這話是說中了，也沒說中。

這一回靠小兄弟幫忙，有條有理的弄清了祖父定下的功課，我父心下就暗自打定了主意，也算立了志氣——

儘管天下大事，是不是眞的也有自個兒一分兒；可憑自個兒這塊材料，定規只有受的分兒，沒施的分兒。看看祖父罷，倒又淨爲人家忙這忙那，但得能爲自家多忙一些個——城上多少官的私的差事找上門來，閉著眼順手接一樁，日子就不是眼前這樣子。看來祖父獨在本分這一分兒上頭，怎麼說也是虧了點兒，不好單怪祖母怨這怨那。不光是祖父，身邊這個小兄弟，日後定規也是走的祖父這條路，去忙天下大事那一分兒，準又顧不到自個兒，顧不到自家。做爺的碰上他這麼個兒子，做兄弟的碰上他這麼個哥哥，使多大勁兒拉拔，總也死狗撮不上牆。轉回頭來說，碰上這樣不顧家的一父一弟，自個兒不全心全意把這個家道拾扨起來，元房四口若說個個頂鍋蓋兒沒的喫、沒的喝、那倒不至于；可終有一天日子難過不比這沒喫沒喝好不多少。這個道理明擺在臉前，再淸楚不過了。

可一父一弟偏偏又都全心全意去盡天下大事那一分兒了，對自個兒家道又不是懶，又不是滑，做兒子做哥哥的能不全都兜攬過來麼？

聖經上說是說：「無須憂慮喫甚麼、喝甚麼、穿甚麼，你等所需這一切，你等天父皆知之。你等須先求他的國和他的義，所有這一切都要賜予你等。」可天降嗎哪那個世代早過去了；憂慮是眞的無須憂慮，幹活兒可一點兒也偷不得懶，躲不得滑。不憂慮斷不是不幹活兒。祖父是眞的從沒爲飢寒飽暖憂慮過——在關東是靠祖先上人，如今是靠天父，給上帝做工，比種地還忙，秋收冬藏也沒閑過。求的是天父的國，天父的義，敢就是天下大事；有個塾館犒食著，喫、喝、穿，都不用愁，可也就只是餓不死、撐不著那麼回事兒。

只是人生在世，哪就這樣糊弄著算了？

別的不說，哥們兒裡，剩下沈長貴、李永德，都比自個兒還年幼兩三歲，親是早訂了，年前都要迎親，自個兒這還在哪兒？過過年二十大歲，親事還沒個頭，夠晚了；兄弟轉轉眼兒也到時候了——哥倆同命，也是打小就訂了親，也是給打仗打散了；按說十五六還沒頭緒，也夠不早了。可別想爺娘顧不顧得到這一層兒；顧到也沒那個能爲。

不錯，眼前有個沈家大美，再趁心合意不過。哥們兒熱心腸，正經也不正經的瞎啜哄，可討媳婦哪是靠的人家打包票？就算承蒙幫襯，討得進門，活口兒噯，討來掛到牆上當年畫兒，不吃不喝不穿的？一件老棉襖都還半懸空兒吊在那兒，差討媳婦兒十萬八千里不是？照這勢路，再打十年光棍兒也沒章程，連累了兄弟也陪著晾在那兒。

錢是一文也攢不到，見月一吊，娘這手接，那手出；祖母手頭仍舊當年那麼大邋邋，早晚拜個乾姊妹，認個乾閨女，呆定是一對二兩重銀鐲子，恰恰好兩個月的工錢。

照祖母一向那樣子行事爲人，就又很難說難盡了；祖母該是自個兒本分這一分兒和天下大事那一分兒，兩頭都不著邊兒。饒是這樣，上帝也不單沒有薄待她，給她的福氣沒誰及得上；做兒子的，生身之母又好派娘甚麼不是？只不過指望母子二人合起心來扒插扒插這個家，別讓祖父跟叔叔有甚麼後顧之憂，可那是休想了。而外還指望啥？上帝那邊兒，自有天意，強求還是聽命，出入都不大；那就討個媳婦兒，倆人兒一齊苦。多一張嘴是不錯——不定要多出多少張小嘴兒，可總是省得顧外顧不到裡，顧裡顧不到外。裡裡外外一道兒吃苦受累，也才好把一個窩兒拾扨起來。

可討媳婦兒要日後哪一天，那之前也就唯有獨自一人悶著頭幹罷。就像跟誰都嚴嚴瞞住，獨自一人悶著頭盤算添置棉襖。來日只怕注定非得這樣子不可了，單槍匹馬，不知要苦到哪年哪日。

心事一經這樣子調理出個頭緒，禱告裡算給上帝稟報清楚，當下也便立定志氣，這一生的世路大半有個模樣了。清醒明白裡，上帝也回應了我父：人既都是上帝造的窰貨——聖經上說的是器皿，各派了用場；就算一般樣的用場，同是黃釉子盆、黑釉子盆、龍盆還是沒釉子瓦盆，都是論套兒的，大盆子套二盆子，二盆子套三盆子，到五盆子也就和湯盆子大不多少，一個套一個，都是洗洗弄弄用的，一個用場，可大小之間也就有那用場之分，三盆子便多半放到舖前當夜盆子用，被窩兒裡拿進拿出方便罷。

我父便估著自個兒是個甚麼器皿，也跟上帝討了份兒差事：我就是盛飯的碗、沖茶的壺，都要頭號兒的，好伺候老的老，小的小。還要是四季厚薄不缺，棉蔴皮毛俱全的箱籠櫃櫥。我爺我兄弟只管去求你天父的國、你天父的義，吃穿用度都有我去苦了來。我父就這麼跟自個兒約定，跟上帝許下了大願。

待祖父理論起天下大事，我父心下既有了個底子，聽起來也就似乎一竅通，竅竅通。遠在天邊瞧都瞧不到的風風雨雨，旱又旱不到這裡來，澇也澇不到這裡來，心下直叮著說：爺你儘管去操心，去管那些是是非非，上帝要你管的，敢是要緊得不能再要緊。吃喝用度罷，也要緊，今時是湊合，委屈了爺，日後都找我來管了，別爲這些俗事分心。

祖父指點出我父哥倆兒沒看到的一些關節，還有一些過往的來龍去脈。首先是前年那場變法毀于一旦，當今皇上欲學日本維新，力圖變法，能跟日本一般的前後二十來年便國富民強起來。這維新也不是東洋的，中國歷來改朝換代，都是維新。不用改朝換代也有維新，像「周雖舊邦，其命維新」，周文王就把舊邦給維新了。沒有文王維新在先，武王也得不到天下；得到天下也保不住八百年那麼長久。

不料當今皇上起意維新，燒餅還沒咬個邊兒，就壞在強橫霸道老太后手裡，只爲的是害怕皇上當政，就沒她作威作福的分兒；當下把皇上軟禁起來，把幫助皇上維新的左右整得逃的逃，散的散，砍頭的砍頭，差不多是斬草除根了。從此這個老嬤嬤專權朝政，奸佞當道，打殺忠良。如今不到半個月間，連斬五位大臣，歷朝歷代有過這樣子胡來的麼？就算如聖旨所降的罪名，也犯不上死罪罷？

那一道道上諭，打的是皇上名號，試問哪一道皇上知道？可不都是地道的假傳聖旨——這一道諭示嚴令保護遠人使臣，跟著那一道諭示又飭戮力殺洋。給賞銀就老太后出面做好人，宣戰滅洋就又皇上出面做惡人。好歹神志有個三分清醒，也知這義和拳萬萬靠不住。遼東一仗，全國興師，水陸出兵，也沒打過小小一個日本，如今單憑個義和拳小兒小女血肉之軀，去跟東西洋列國搦戰，豈不是找死！鎗炮齊發，打了兩個月，連一個小小使館、一個小小教堂也拿不下來，還不知厲害；一頭拿議和哄人，一頭拿鎗炮打人，如此邦國之間一再一再失信于人，歷朝歷代可從沒有過這樣不義的朝廷。

祖父終歸了一句話：大清帝國氣數已盡，不出十年罷，清室必亡無疑。

不過祖父重申了前此給倆兒子丟下的包票：「亡不了——清室傾覆，天下仍舊，未始不是維新機運。何況天必不喪斯文于咱們中國！」

這才祖父講講明白上帝爲何不滅中國。

用聖經上的口氣來說，那是異象，祖父親眼所見、親耳所聞、心領神會，鐵案如山。最早是高祖父在世時，和拒鐵丹一同得自華山道人之手的景教碑拓帖。考究的是研過光的烏金搨本，後來得知景教本爲耶穌教唐朝古名，咱們二曾母既皈依了這門洋教，此寶也就曾祖父交給她收藏了下來。

光可鑑人的這幅烏金搨，足有一丈二尺多高，將近六尺寬，加上絹裱天地頭合起來又約五尺，懸到二樑上垂下來，底軸也才剛好離地一拳，是挺壯觀。

碑頂正中，三字一行，方峻遒勁的魏碑體，書以「大秦景教流行中國碑」。上端飾以蓮花祥雲烘托一座十字架，底邊則以百合花叢拱襯。碑文序贊爲大秦寺僧景淨所述，朝議郎前行台州司士參軍呂秀巖所書，大唐建中二年歲在作噩太簇月七日大耀森文日所立。

二曾祖母本識字不多，信教讀經倒是大有長進。可聖經大半都是大白話，跟這碑文兩碼子事。別說這罷，祖父中了秀士，二曾祖母找他講來聽聽，祖父也都喫力琢磨，仍有許多不解。碑文下方一些外國字兒，一般的也是洋人韓牧師等全都不識，也不知道是哪個番邦的番字兒。滿文就更不是——二曾祖母籍隸鑲黃旗佟氏，大腳板子，滿文倒認得比漢文還多一些。

祖父儘管打很小就跟著二曾祖母上教堂，可合著那俗話說的，「小和尚唸經，有口無心」。待到十來歲後，總是八下兒找藉口，得逃就逃，怕上教堂，氣得二曾祖母斥他：「你可真是你爺的兒子！」曾祖父敢也是不肯上教堂。但等輪到慈命來解碑文，還又拉攏來韓岳稽牧師和堂裡一些主事的聽他開講，不能不下點功夫先自解個淸楚，這才對這耶穌教眞正有個認識。

可比佛碑聖教序罷，可惜不是出自唐太宗之手。按碑序所述，這景教可是貞觀九年入的中土。首先「遠將經像來獻上京」的大德阿羅本，太宗非僅遣使宰相「房公玄齡，總仗西郊，賓迎入內，翻經書殿」，還曾「問道禁闈，深知正眞，特令傳授」，下詔「濟物利人，宜行天下」，造寺度僧，積下善業功德。高宗復于各州置寺，以至「法流十道，國富元休；寺滿百城，家殷景福」。玄宗明皇則「令寧國等五王，親臨福宇，建立壇場」，天寶初年，「令大將軍高力士送五聖寫眞，寺內安置，賜絹百疋，奉慶睿圖……」，于興慶宮修功德，「天題寺牓，額戴龍書……」。肅宗「于靈武等五郡，重立景寺」。代宗「每于降誕之辰，錫天香以告成功，頒御饌以光景衆。」德宗「披八政以黜陟幽明，闡九疇以惟新景命」。景僧並于「中書令汾陽郡王郭公子儀」麾下「雖見親于卧內，不自異于行間。為公爪牙，作軍耳目」這樣看來，自太宗而高宗、中宗、睿宗、玄宗、肅宗、代宗，以至于德宗建中年間立此碑為止，已歷八代皇朝。其後順、憲、穆、敬、文，復歷五代。依資治通鑑所記，至武宗會昌五年，「上惡僧尼耗蠹天下」——實則爲武宗師事道士趙歸眞等，聽其獻策斥佛，景、祆、回諸教同遭禁絕。乃于毀天下佛寺四千六百餘所，勒令僧尼廿六萬五百人還俗之餘，復勅「大秦穆護等祠，釋教既釐革，邪法不可獨存，其人並勒還俗，遞歸本貫充稅戶；如外國人送遠處收管。」由是而景教斷絕于中原。算是先後經歷十四代，二百一十一年，不爲不久。只是斷了也就斷了；人家佛教、回教，都又死灰復燃，熾得更旺。景教再起來，要到七百多年後明神宗時傳進天主教，才又活過來。等到耶穌教傳來中國，爲時可更晚；傳到關東，哀長老會的英國人韓岳樒、魏德爾兩個牧師到牛莊開教，算是最早的了，也已是同治初年，我祖父才三歲；後來又有一個英國牧師羅鉞漢，在牛莊待過一個時候，我祖父還記得，把小孩子叫小把戲，說的話不全聽得懂，不像先來的兩個牧師，雖帶洋腔，卻是官話。後來這羅牧師去了奉天，聽說辦了學堂。

說起這牧師不牧師的，打一小兒我祖父就聽慣了叫慣了，沒想過那是個甚麼意思。待至唸到周禮，「設官分職，以爲民極」，牧師原是個官位，可管的甚麼呢？「孟春焚牧，中春通淫」，管的是牛馬發情，跳槽配種，眞把人逗樂了。青泥窪馬棧，有的馬倌就管的是淘換良馬配種。祖父調皮，背地裡都喚牧師韓馬倌、魏馬倌，那位羅馬倌是遠去奉天了。二曾祖母不解，每聽祖父這馬倌那馬倌，八成只以爲祖父瞧不起他夥兒洋人，總瞅一眼，至多斥一聲「活脫脫就是你阿禡，遮不住你阿禡魂靈摽擱你身上！」曾祖父也是一逕都瞧不起這般紅毛子、黃毛子、銀毛子；儘管花得大把大把銀子蓋教堂——其實那也是拿銀子砸毛子，就是不要讓毛子佔上風。

講景教碑序，教義上頭有些地方晦得難解，好在教堂禮拜天長地久都在講道，自有傳授，都是牧師教士的職司，祖父就不在這上面摳摳挖挖，枉費苦思也不得解，多半含糊其詞的閃爍帶過。倒是當年這景教頗爲風光過，演說起來，極有味道。

受到貴人扶持的景教，這般貴人大半都是家傳戶曉，說書、大鼓、曲子、小戲、大戲，常都聽熟了、看熟了的英雄豪傑，祖父講來神采飛揚，一些教友和傳道聽來也是神采飛揚。

講起唐太宗，未必有幾人知道，可一提小秦王李世民，那就老熟人一樣，教友裡即刻就你言我語來提醒：「那咱們熟，不是誰嗎——你都知道的，天下第一條好漢李元霸，李世民就是他二哥，李元霸排行老四嘛，可惜年輕輕的，死太早了……」那口氣好似拉聒到姑表姨親誰家的老幾又老幾。唐睿宗罷，本也沒誰知道，可一提「李旦走國」，替他老哥報仇，討伐害死他哥的韋皇后嫂子，重又登極坐大寶，那就無人不知了。還有玄宗唐明皇嘛、太監頭子高力士嘛，郭子儀老令公嘛，談起來都無不是左鄰右舍，沾親帶故那麼近乎。教友間跟聲兒拉聒兒起來，聊起薛丁山他兒子——薛剛反唐、保唐甚麼的，都是李旦走國血肉相連的大事，高談闊論，眞夠熱鬧。教堂裡除了禱告，教友從沒這樣自由自在的大聲笑談過；儘管大夥兒留意到洋人韓牧師早已臉色不大好看，只是大夥兒興頭來了，都不甘敗興，也不忍掃別人興，只有裝作沒看到洋人臉色，喳呼更大聲。還算好，這裡不是做大禮拜的大堂；三十來個傳道士和教友，只是日日晨更禱的地方，鐘樓二層樓上。

對這麼多的熟人熟事，不好熱鬧熱鬧就算了，二曾祖母本意更不止于此。

在那些年月裡，我祖父還不曾把信不信教當過回事兒；仰承體恤慈母心意，敢是遠甚過對上帝旨意的仰承體恤。起始是在家裡，二曾祖母才一聽祖父給她講了一小段兒碑文，便叫祖父暫且打住，容她去跟韓牧師商量，挑個工夫，邀些傳道跟有閑空兒的教友來，一道兒分享分享。二曾祖母敢是才聽那麼一點點「三一妙身」，又是甚麼「判十字以定四方」，知是唐朝古碑，就一下子心領神會這傳家之寶原來又是傳教之寶，頂好能讓多些人來見識見識，自必榮主益人。祖父秉此慈母心意，說怎麼沒情沒趣，難得正正經經一報慈恩，也便盡心盡力來做。講談間，眼見慈母也和大夥兒一般的眉笑眼開，自個兒更不知有多樂和，就越發言辭間加油添醋，又是糖，又是蜜，五味俱全，逗得教堂裡過聖誕節也沒這麼歡天喜地過。

祖父心下自是有數兒，不能光是承歡，熱鬧熱鬧就算。爲這一番爲時五個晚上的開講，祖父少不得事先下了點功夫。打小兒受洗到這娶妻生子，做了十多年的信徒，這才認眞的鑽鑿到一些教旨，雖未必就此虔信，總也見到一線亮光。可一來亮得刺眼，花花的還待還醒還醒，多看看仔細，一時與這般教友講不清楚；再來是偶有一得兩得，直來直往講出來，衆教友未必領受得了。末了也就只能趁熱——趁大夥兒歡天喜地這個工夫，還就衆人胃口，也是拉拔拉拔信徒信心，當作個信息傳傳，祖父指出這些英雄豪傑，都曾上過大秦景教寺這個教堂做了禮拜，便是楊貴妃，一定也唱過聖詩、禱過告、聽過講道——這有見證，後來唐明皇跟楊貴妃都曾常川住在興慶宮，唐明皇詔來大德佶和一輩十八人在興慶宮修功德——也就是如今大正月裡的培靈佈道大會，皇上跟娘娘能不親幸道場麼？

果然諸教友聽了有趣，深感吾道不孤、上下相去將近一千二百年，古人今人統在主內合一，倍覺親切。教友裡有的自個兒對講起來：「對罷？你說，叫咱們洋教。媽拉疤子！唐明皇信的教，敢說！還洋教……」

接連五個晚上這個小小道場，二曾祖母心疼親生兒子自不必說，才虛歲十八，就這麼著比在座任誰都有才學，都有見識——連韓牧師不知道的，他都清楚得很，爲娘的那個心喜法兒，不知怎麼才好；聽著聽著，就不由得眼淚絲絲的汪在眶子裡。臨末了祖父又透了這個信兒，常時連洋人帶幾個傳道都口口聲聲辯白，咱們這是普天之下萬民的福音，絕非洋教。可世俗總是那麼叫你，教友也都給世俗叫得沒多大主張。兒子藉這碑帖，給了教友好大一顆定心丸兒，眞是功德無量，二曾祖母敢更是喜上加喜，在神在人面前臉上不知有多光彩；除了感恩上帝，不知還要跟誰感恩的好。曾祖父的牌位前唸唸有詞：「老爺子，喳星（老二）這麼成材，該你阿瑪樂了；看看這喳星又管事兒了，又有本事給上帝做功德，敢情一日三回供你棗山韃子香也沒這麼歡喜不是？……」

人前祖父喊這親生娘二娘，只母子單獨一道兒時，二曾祖母總喊祖父喳星，祖父也應聲改口喊二曾祖母娜娜，都是旗人話。二曾祖母就曾三分淒涼、七分自遣的拉起調兒哼哼：「娜娜也是喳星，小吉也是喳星。喳星生喳星，娘倆兒同一命。」二曾祖母似乎還是挺在意自個兒屈居二房；儘管兩位曾祖母親如姊妹，曾祖父也並非貪歡討妾，倒是爲的子嗣，大曾祖母一番苦心，挑挑揀揀，幫曾祖父看中個娘家遠親，鑲黃旗後人佟家姑娘。

不過咱們這位二曾祖母給討進門來，四、五年也沒見一點兒動靜。妻妾二人沉不住氣，起意再討個三房看看，瞞住當家的，偷偷買進來一個丫頭，不想曾祖父不受，加一翻兒銀兩把人打發回去。

這後來同治元年，松花江胳膊彎兒裡發大水，淹得哈爾濱到長春、鐵嶺一帶盡成澤國，淹得屯墾百姓東逃西散，一部分南來盛京遼東一帶就食，賣兒賣女，可是一場大饑荒。官府合同仕紳商家少不得賑濟的賑濟，收容的收容。咱們華家既居遼東首富，自也開倉放糧，單是普蘭店鹽場就安置下上百戶人家——四五百口子老小。

災民中有對年輕夫妻，拖著六個小子，頂大的才十一二歲，樓梯一樣兒挨肩排下來，小的還奶在懷裡，登門賣子。兩位曾祖母一商量，收個螟蛉罷，曾祖父倒是點頭了。

儘管人家六個小子任你挑，那大的兩個眼看接得上手幹活兒，不忍剜掉人家人手，也養不親；太小的又還是個奶孩兒，不大好養，且又念在「天下爺娘疼么兒」，也不忍奪人所愛。幾經商量，便收養下三歲大的老五。二千兩銀子，收做壓堂子——敢是沒有絕念一妻一妾不再生養。按輩字兒取了學名延慶，這就是咱們大祖父——大老爹。不想過到五個年頭，咱們二曾祖母一舉得男，生了我祖父，排行老二。隔年，大曾祖母像賽著來的，快上四十了，生下咱們三祖父。雖說不曾絕念于親生子嗣，一年一個這麼緊跟著來，到底還是大出意表，樂得曾祖父直說送子娘娘眞有眼色，衝咱們家三片家業，不多不少送來仨小子……一言九鼎，打那就把青泥窪馬棧歸到大祖父名下。二曾祖母一直就是掌管牛莊盛廣德槽坊，祖父敢就是槽坊小少東。大曾祖母一向主事普蘭店天日鹽場，三祖父成人之後也就把鹽場有板有眼兒接下手來。

說實在的，二曾祖母除了三門家人、掌櫃的、夥計人等喊聲二娘二奶奶，眞也沒甚麼大的二的之分。往天人家都說，華老爺子馬棧裡跺跺腳，青泥窪跟著搖一搖。盛廣德最鼎盛那個年月，眞也套得上這句老話：華二奶奶糟坊裡跺跺腳，整個兒牛莊都得跟著搖一搖。如今眼看兒子有才學，這麼管用，合該這一生一世，再沒不如意的了。

一連五天，比如擺下道場弘法，虔誠信教的咱們這位二老太，心上那股子自在，尤更不必說了。

可末了洋人韓岳穡牧師，把這場功德褒貶得一文不值。一開頭這洋人就不很樂意，起因于洋人以爲石碑就是墓碑，依據教義「讓死人埋葬死人」，爲死人營理喪葬的人既被視爲死人，其所有行徑，包括禮儀，便都屬于降服于魔鬼權勢下的迷信，應爲信徒所不齒。故雖碑冠飾有十字架，也被斥爲異端。後經我祖父糾正，略述豎碑立傳之義，加上祖父情不自禁蔑視其無知的一再嘲笑，越發觸怒了這個哀爾蘭紅毛鬼子。不過洋人儘管百般的不是，卻有一個長處，口角上怎樣爭端，少見意氣用事——或許這種異類，生成的不懂得翻臉，也不會翻臉，總是甜巴嗦嗦的笑顏迎人。末了還是拗不過咱們二曾祖母——她老人家也太是這個教堂的大施主，不能不買這個賬，終于首肯這番道場。

從頭到尾，這個洋人牧師倒是有始有終，一刻兒也沒錯過我祖父的講論。祖父敢也是明眼人，哪裡瞧不出這紅毛鬼子一逕的不以爲然——儘管那一對淡得像睜眼瞎子的銀灰眼珠子，瞧著你也像沒瞧見你的那樣神不守舍，顯得神色不定，可還是掩不住一肚子的不屑和不滿。

打洋牧師「神天宣慶，室女誕聖于大秦；景宿告祥，波斯覩耀以來貢」這段碑文指責起，耶穌基督誕生于大秦，西洋從沒有這個國。波斯是有，可朝拜聖嬰的三賢並不是波斯人。既根本沒有這個大秦國，所有「大秦國有上德曰阿羅本……」「大秦國大德阿羅本，遠將經像來獻上京……」「大秦國南統珊瑚之海，北極衆寶之山……」「大秦國有僧佶和，瞻星向化，望日朝尊……」等碑文，自都純屬無稽揑造了。

對此，祖父惱在心裡，卻笑笑的挖苦說：「你唸的書太少了。不怪，你也不認識中國傳世的古書。不知道又不懂得，還這麼信口開河的隨便亂說。大秦國，我也不是沒查考過，咱們西漢時叫它犂靬國，東漢時叫它海西國，都有過往來。那時你英國還是蠻荒之地呢——不是說你英國立國到今才一千零幾十年麼？那不是小孩兒一樣？小孩兒能知大人多少事？……」

祖父敢是要存心氣一氣這個自以爲是的洋人。年幼巴巴的居然也就能老奸巨猾，學著這洋人那樣甜巴嗦嗦的笑臉迎人，一點也不動氣的樣子，也算是以其人之道，還于其人之身。年少氣盛，自是容易爲此自鳴得意。如今記起這些舊事，才覺無聊得緊。

景敎流行中國碑那一帖搨本已在炮火裡付之一炬。好在祖父早即一字不落全都記在心上。前年把那碑文序頌默寫下來，趕在任恩庚牧師去莫干山避暑，帶去上海那邊差會總會查考查考，看看有無深究的道理。殊料秋後回來，送給我祖父一部刻本「大秦景敎流行中國碑考」，除序頌全文，並有天主教耶穌會士謝務祿、外國的駱哥博士、魏廉博士，以及前朝李之藻、徐光啓，乾隆年間畢沅、錢大昕、杭世駿等人士考注，始知此碑出土于明熹宗天啓五年。原來已有那麼多中西才識之士下過那麼些功夫，治學于此。尤以錢丈念「景敎流行中國碑跋」，把這景敎正本清源考證了一番，由而始知大秦即羅馬，敎由波斯傳入中土也確有脈絡可尋。祖父得此眞如獲至寶，感激任牧師不盡，那任牧師也越發欽敬我祖父的博學——這我祖父心中明白，只不過淵源湊巧，不期而涉獵；然而早自高祖父得此搨本，方有這番因緣，總是七八十年前，上帝即已定意要揀選咱們祖父——又因這碑序，祖父才眞正起始認識基督，則這因緣早就定在一千一百餘年前立碑之日的正月初七了。這是我祖父靈眼所見的異象之一。

曾被那位洋人哀爾蘭韓牧師斥爲異端的，尙有碑文所記的唐太宗崩殂之後，「旋令有司將帝寫眞轉摹寺壁」，以及玄宗「令大將軍送五聖（高祖、太宗、高宗、中宗、睿宗）寫眞，寺內安置」，指爲崇拜偶像。當時祖父唯覺所斥不當，無以駁正，深以爲憾而一逕耿耿于懷。而二曾祖母雖則信教既熱心又虔誠，就只是家中祖先牌位始終保住，初一十五上香燭，逢年過節則供三牲，加一道旗人棗山——小尖下厚，一尺多高排滿紅棗的發麵糕。洋人也拿咱們這位二老太太沒法子。碑文裡講到「五聖寫眞」甚麼的，二曾祖母可得意了，眉飛色舞跟牧師、傳道和衆教友諞示說：「瞧罷，沒錯兒，咱們可是遵照老祖宗的老規矩來的。」

二曾祖母所以那麼堅志不渝，敢還是守住曾祖父生前的教訓。祖父聽說過這些，當年二曾祖母爲求夫君福壽皈依了耶穌教，按教規不可拜偶像，所有舊禮祭天地、祭文聖武聖、祭祖先等等統統都要廢棄。曾祖父倒也懂得拜偶像的愚蠢不當，可天地君親師怎可拿廟裡泥胎子偶像作比？儘管跟兩位洋人牧師講道理講不通，曾祖父還是在自家裡持守祖傳的規矩；歷代祖宗牌位本是立在老根靑泥窪馬棧家宅裡，爲的無法苟同這個洋教不通人性的洋規矩，曾祖父還特意又在牛莊這邊家宅上房立了「華佟氏門中先遠三代祖宗之神位」，初一十五一日三上香，留傳子孫永世遵禮，不容中斷。

祖父對此不曾深思，唯覺曾祖父不失爲通情達理之人，彼時也已對種種教規不屑一顧。待至劫餘悟道，眞心歸主，祭事上頭的辨難就不容規避。經過持恆的祈禱與內省，得見異象，從基督的兩系家譜，發見了中國比猶太做得更好，更符上帝的心意——其他古今列國在這家譜上完全未解天意，尤未稍稍盡心；當下悟知並堅信「斯文在斯」。爾今天心屬意中國之文，差遣教會來就中國，逐中國水草而食，福音當益肥壯，末世救恩乃得大成。

爲此，定居這沙莊之後，家中重立「華氏門中先遠三代之神位」，塾館中也立下「大成至聖先師夫子之神位」，這都已是餘事，而以五經四書求解聖經難解的奧祕，莫不迎刃而解，使洋人也不能不服的這份聖工，才是我祖父一千一百餘年前即受揀選的天意之所在。

上帝這樣恩寵鍾愛中國斯文，且欲重用，則清室縱亡，社稷必仍長存。祖父重又抖著腿吟哦：

「天之未喪斯文也，洋人其如予何？八國聯軍嗎？八十國聯軍又其·如·予·何！」

# 新澳

華太平家傳

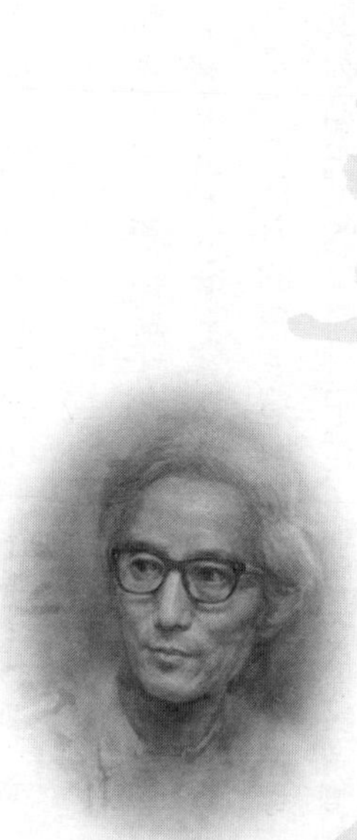

「一場秋雨一場寒，一場秋霜裌換棉」，我父跟莊戶人家一般，沒裌襖裌褲裌袍子子這玩意兒，別等甚麼秋雨秋霜，按部就班的單衣添裌衣，裌衣換棉衣，人家早就一早一晚棉襖上身了，我父重又過回頭，晚春收大煙時丟了棉襖裝硬漢，現下晚秋種大煙，又得讓人笑他賣膘——賣那一身塊塊結成肘瓜兒上好的理肌。

我父才跟叔叔學了幾首千家詩，頭一首七絕「雲淡風輕近午天，傍花隨柳過前川。時人不識余心樂，將謂偷閑學少年。」背著背著，打李府回家來，身上冷颼颼的，倒是有意無意間拼湊到自個兒身上來，先是順口冒出來：「時人不識余心苦，將謂逞能稱好漢。」樂得回到前頭改改「雲重風寒近晚天」甚麼的。

也還算心上有個底兒，棉袍子改棉襖，再熬過這兩天就可上身兒，有這仰仗才福至心靈，居然不怕人笑的哼哼起詩來。倒好像忘了前天幾家估衣舖子轉來轉去，拿不定主意的那番爲難和心酸。

一趟趟跑估衣舖子，紮邊兒就沒有短襖進貨，幾家舖子都一樣。

不光是天氣不架勢兒，一天冷一天；上城也不是天天都能當正事兒辦的說去就去。賣草、賣鍋拍子、賣麥稭墩子甚麼的，也不是天天都有的賣。還有那兩串兒打李府領來就沒交給祖母的一吊文，又沉又佔地方，藏在後院兒餵驢的草料垛子裡，上城時得裝做調理牲口料兒，後院裡磨磨叨叨的，得空就扯出錢串，慌三忙四纏繫到腰裡。買不成棉襖回來，少不得又躲進後院兒，再偷偷塞回草垛子裡。眞是「做賊心虛，放屁臉紅」，草垛子前轉來轉去邊伺著，怎看怎像裡頭藏了玩意兒，又少不得遮點兒甚麼，擋點兒甚麼，看看又像貼上「此地無銀三百兩」紙條子，趕緊再把那遮擋的傢什拿開。自個兒出力淌汗苦來的錢，倒要像做小賊一樣的偷偷摸摸不敢見亮兒。久了可眞煩兒，比幹啥活兒還累人。單爲這個也得儘快把這懸空吊在那兒的死疙瘩給解開。向來行事爲人光明正大，哪受得了這麼身心交瘁的折騰！

末末了，還只有咬咬牙，挑了件倒有六七成新的廠布深灰面兒，白大布裡子的長棉袍。穿上身試試，原主兒約莫是個矬巴墩兒矮胖子，沒等拉拉伸，胳肢窩兒一扣上鈕子，就覺出寬敞得四下裡曠蕩蕩的，底襬讓夥計怎樣往下拉扯，也只頂到小腿肚子。

那掌櫃的大痲子也過來幫夥伴說合，身裡寬敞點兒才對，好再襯些單裌衣。短點兒幹起活兒來才利落。六七成新也給說成九成新……眞是嘴巴生在那張痲臉上，由他說嗎就是嗎，怎說怎有道理。

我父心裡自有成算，短一些是眞的無妨，橫豎前後襟子都得剪去一大截兒改短褂。袖口原該包住手的，短到虎掗兒這裡倒省得捲上來一層才幹得了活兒。腰身還是寧可寬鬆些，沒甚麼襯衣那個作興，倒是種地漢子沒幾個扣鈕釦的，小襟兒往左懷裡一揣，大襟子打上頭覆過來。這麼一裹緊，再拿老粗老長的搐腰帶一圈圈繞了勒住，又結棍又暖和。可這些都還湊合過去的地方先不能講，得留著做褒貶，以備還價之需。眞眞不如意的還在這棉袍有領口，沒站領兒，委實不該——又不是夏天單褂子，沒站領兒圖的是涼快。棉袍穿上身，辮子打後領口裡掏出來，鎖鈕扣上，夥計捧過鴨蛋鏡子幫我父端詳，這一照可滑稽，活是個小丑，脖子長得像隻鵝。

好似可也找到了個碴兒，忙不迭解鈕子褪掉，像是袍子裡有條長蟲。銅鈕子黃亮亮的，不知是勤擦勤摩還是爲的要出手，現釘的新鈕子。

頂不中意要算這個沒站領兒的毛病上，又醜又光著脖子沒遮攔，捱冷受凍不朝天招涼傷風那才怪。這麼褒貶著。加上底襬那麼個短法兒，身裡曠裡曠盪，我父嘴上也挺損，連聲追問夥計跟掌櫃的：「不是挑剔，你倆都看在眼裡了，說說眞心老實話，穿得出門兒麼？穿在身上可不像個二百五紮貨？……」

這紮貨指的是紮糊舖子紮糊的紙人兒，賣與喪家燒給亡者帶去陰間使喚的金童玉女。

小夥計年輕臉皮兒薄，給逗得又笑又臊，紅臉紅到耳朵根兒。

說眞的，沒站領兒不打緊，裁下來的底襟兒想必湊合個領子綽綽有餘。到底還是爲的價錢，一吊二百文，不狠殺殺哪買得起！

毛病太多了不想要，把擔在櫃枱上的棉袍推還給夥計收進去，帶點兒喪氣的拉起架勢要走不走的。

幾家舖子看下來，也只這一件還算湊合過去，料子、新舊成色、討價倒也克己，差不多就這樣了。一吊以內的那幾件，根本陳舊得瞧不上眼兒，不定死人身上扒下來的——當典哪收那種貨色！

夥計用一吊一來留住主顧，我父回一下頭，擺出一臉不在價錢上計較的味道。心裡可直數說：十商九奸！但凡買賣，就得這麼眞眞假假——搗住眞的，露出假的；假的要騙人家當眞，眞的要假的得手。

掌櫃的超到門塹外頭，拿一吊整來攔住主顧。人罷，免不了得一望二，我父可又不甘心卡卡好帶來一吊，就儘這一吊，叫人暗裡啐這小子揀樣子弄故事，磨這半天只爲身上只這一吊錢。遂跟掌櫃的該一不二的弄清楚，這件棉袍不安個站領兒不能穿，看是舖子裡請裁縫安好站領兒再來取，還是退讓出工錢這就成交，回去自個兒再找人安站領兒。生意人樂意的是現錢現貨，銀貨兩訖，這在我父業已料定了。果然那掌櫃的假假的爲難了一下，退讓了五十文。我父邊走邊搖頭：「五十文找誰呀你大掌櫃的？人家看面子肯幹，你還沒面子拿出手罷？要末你大掌櫃的拿回去找你家大奶奶巧手兒動動針線，一文不花，咱們照一吊錢成交，壓兩天帶錢來取，彼此省事兒。」掌櫃的攔到大街心兒，假假的咬咬牙，假假的一副賠了血本兒的苦相：「好嘍好嘍，讓你一百文，湊個整數兒，行了罷？誰叫你小哥子這麼善買東西——又識貨，又還價高手！」

錢串兒繫在腰裡，小褂子遮到腰下，我父便雙手探進褂襟兒底，開寶一樣的摸摸弄弄，解開繩頭兒繫子，一小落、一小落捋出來數給夥計，數夠了九百文整，腰裡還有意撥弄得嘩嘩響，讓人估不透腰纏多少錢，面子可是掙足了。

數錢的工夫，掌櫃的叭嗒著長桿旱菸袋，拿我父當他菸絲兒品味著，說我父不像鄉下上城來的種地漢，又誇我父就算沒來頭兒，來日也定有個看頭兒；頭腦兒好，該做買賣兒人……。我父聽著沒拿當眞，生意人罷，好話又不用本錢，淨賺不賠的，順手拉拉下回再光顧嘛。可揹著包袱回來路上，心裡自在，便老揀些得意的回味回味。當眞是塊買賣人料子麼？素來也沒閱歷過討價還價像樣兒買賣，早晚替李府上趕集糶糧，那是呆的，陸陳行牌價掛在那兒。也幫忙李府掌眼兒買賣過牲口，只是喜歡牛馬驢騾大牲口罷了，買進賣出自有四蹄行那般講行兒師傅拉攏撮合。賣草賣手藝玩意兒可又不值一提，哪沾得上買賣邊兒！今讓估衣鋪子掌櫃的一恭維，一吊二百文的棉袍子能還到九百文，敢還是很行罷？其間裝模作樣兒，無師自通。果若自個兒是塊料，不禁念到咱們太祖、高祖、曾祖，一路下來都是大買賣人，二曾祖母打盛廣德槽坊頂過來，就接手掌管，經濟得頭頭是道。好幾代這麼積德下來，自個兒敢是生來就命裡有這個所長罷？那就秉此祖蔭，日後走這買賣路子。士農工商，怕是只有營商才發跡得快；一翻兩翻，莊戶人家得苦上兩三輩子；可抓個手藝、抓個買賣，當輩子白手成家就興翻上好幾翻。營生上大發跡，也才發家有巴望。家道興起來了，一父一弟也才好一無後顧之憂，放心放手去忙天下大事。

包袱皮是挑草上城就掖在腰裡帶來的，棉袍子看起來也不算大，也不算厚，打成包袱倒挺笨實，扁擔穿進去扛到脊梁上覺著挺搶眼兒，走老路怕碰見熟人嚕嗦，我父繞點路，打大、小南門外頭走火神街。還離老遠就聽到魏機房嘁哩卡嚓織布機響得一片嗚。因就想到這麼一項手藝，一下子就能呑得下幾十上百口人手，千頃田的人家也沒這個量。可見一、二十架織布機，就富過千頃田多多了。

這尙佐縣北鄉倒有一家千頃田，上兩代就奏准了掛千頃牌，免納錢糧田賦。雖說朝廷遇有急難，凡掛千頃牌的，朝廷要徵多少銀子就徵多少銀子，可這家掛了兩代千頃牌，朝廷也還沒徵過一分銀子，眞是越有越有，越富越富。千頃田到底有多大，難想。李府上兩百多畝地，東一塊，西一塊，閉上眼把那一塊一塊湊到一堆兒，千頃田卻有這五百塊大，那得怎麼去想？沒邊兒沒沿兒不是？北鄉就算不全是他一家的，一半兒也有了。這麼一划算，那這魏機房來日的財富還了得？

當初李府二老爹來拉我父一把，要教我父種地，還曾說過：「衙門錢，一篷煙。生意錢，六十年。種地錢，萬萬年。」衙門錢，我父沒考究，不知就裡。生意錢罷，咱們華家關東三代可都是掙的生意錢；太祖手上創了馬棧，高祖手上創了天日鹽場，曾祖是頂下來一家大槽坊。三代下來，早就不止六十年。若不是千年不遇的碰上那麼一場大劫大難，就算祖父祖母喫喝玩樂帶賭博，守不住那片家業，存心敗家也還夠十幾二十年踢蹬，總是遠不止六十年。可這種地錢當眞那麼經用麼？拿他李府上來說，儘管照李二老爹那個種地法兒，下大本錢，得大地利，卻又怎麼樣？翻人家一翻兒只怕還是不成；這且不說，但等二老爹百年之後，家是定規要分的，弟兄五個，一家分不到五十畝，五下裡動火倉，一下子就不是今天這個日子。再說罷，眼前還有沒帶媳婦兒的；帶了媳婦兒的也還孩子少，孩子小，孩子只有一天多一天，一天大一天，沒再置地蓋屋，光啃這五十畝地，定規是日子愈來愈不好過。哪萬萬年！不出百年也就準現原形了。

差不多也就是這些時，我父盡在心裡盤算不停——回頭看看，四個年頭下來，心沒少省，力沒少出，學種地學到能撒油菜種——只差還更細粒兒的大煙種，沒多大把穩；好歹也湊合著出得了師。李府上本也不算短我父這麼個人手，是人家行好不露痕跡，幫襯咱們落難罷了。往後但得有個別的出息，隨時辭工都行，倒省掉人家見月多開銷這一吊文——一年十二件這樣六七成新的棉袍子呢；今年閏八月，得開銷十三吊，好買薄田畝把地了。倒是祖父那個塾館，人情上還不方便說散就散。

揹著包袱繞路打莊子南頭進來，丟在沙耀武家。打李府用過晚飯過來，找耀武媳婦兒幫忙，貼身比劃了長短，袍子改襖子，加個站領兒。一百文的錢串兒，瞞過耀武，推來搡去的還是塞給他媳婦兒攢私房。我父也只說老棉襖又緊又小穿不上了，又怕讓娘操心，就這麼找沙嫂子湊合湊合，沒提老棉襖給人偷走了的丟臉事。

長改短敢是不用花多少功夫，剪掉下襬，底邊褶一道邊兒，粗針大線繑繑也就成了；只是上領子嚕嗦些兒。耀武他家裡的也說，三兩天罷了。可眨眨眼兒都五天了，有兩個晚上起風變天，還眞有點抗不住，又不好去催人家。這天晚飯過後，耐不過去，假扯飯後蹓蹓，閑蹓到耀武家門口大場上。耀武也是剛放下飯碗兒不大會兒，拉我父逛進場南菜園子裡，看看才冒芽兒的兩分地黑菜。這種貼地鋪開來長的綠得發黑的葉子菜，耐霜耐雪，地凍得棒棒硬也攔不住它花瓣兒一樣一瓣瓣兒貼地發開來。地面兒就數這玩意兒比雁來枯、雪裡蕻還長命，過得了冬，跟馬糞蓋住抽長的韭菜黃，同是冬裡兩鮮。黑菜燉羊肉，那是絕配，挑到城上可是搶不到手的好價錢。

沙耀武像怕我父錯認他在諞示本事，諞示他今冬有筆小財兒發，忙不迭說：「等冬裡俺剜點兒送給乾爺乾娘嘗嘗鮮兒——熬個羊肉甚麼的，加點凍豆腐咕嘟咕嘟，龍肉不換的。」

菜園圍住半人高的矮土牆，我父蹲在那兒看牛毛樣兒精細的黑菜芽兒，種還算撒得勻淨。天短多了，轉眼兒就要晃黑了。人站起來，先還沒怎麼，一陣小風掠過矮土牆，挺寒人，止不住抱了抱胳膊。卻見場北分明沈家大美罷，貼牆小跑了兩步，進去了沙家，懷裡像揣著點兒甚麼。

耀武身披件棉襖，小風裡也不由得把大襟兒拉拉緊，裹嚴實點兒。耀武背對住他家大門，沒看到大美去他家，像也沒覺出我父身上這麼單，站在風口兒裡。這咎子棉襖跟大美都在他沙家，外頭又一股兒一股兒小風這麼寒人，簡直個兒要埋怨沙耀武這麼少心沒肺，不讓人走去他家蹲蹲。

結果挨著家門口不進去，沙耀武拖著我父走去東鄰高壽山家裡蹲了一陣子。二天晚上才明白，一人一黑窰子大碗搶鍋炸湯豇豆麵條，沒唬嚕兩口，沙耀武就來李府上找我父，就近蹲在磨牀一頭等著，像隻家養小鳥兒蹲在跳台兒上。棉襖改好了，穿上身試試看，不合身還改得。站領兒安上了，板板正正再服貼不過，眞叫人喜歡，不知要怎麼謝過。耀武他媳婦卻說：「俺哪天才有這本事，還不是俺媽！」隨後讓耀武張起一件單褂子，伺候我父襖上再添件罩襖。我父愣癡癡的伸進一隻袖子，這才陡覺不對，哪來的罩襖？來不及褪掉，耀武眼歡手快，揹住我父另外一隻胳膊，硬穿進另外一隻袖子：「少嚕嗦，人家估衣舖子饒的，說賣給你賣貴了，良心過不去，才日他的……」

剛聽頭上，我父還信以爲眞，愈吹呼愈不像，掉轉臉來一看，只見這個藏不住心眼兒的傢伙要笑不笑，一臉的假。再瞟瞟這件罩襖，全新的粗紗老藍大布，下過水的樣子，可染漈的氣味還是有些竄鼻子。鈕子是同一塊布剪下來，繚成絲子打的菇鈕結子。買舊的，饒新的，走偏天下也沒這等好事兒；要有，那早就打破了頭，把估衣舖子都搶空了。

我父像給煙火燎上身來，還是來不及的把這全新罩襖拉扯下來。耀武他家裡的一旁端燈照著亮兒，一頭勸合：「不是俺說，剗穿棉襖罷，總不大宜當，你大哥，有個罩襖外頭護著，洗洗漿漿的省事多了。又說了，早晚肩膀子、胳膊軸子磨蕪花了，刮個口子伍的，打打補靪也都好收拾，省得傷到棉襖你大哥……」

我父敢是心裡有了數兒，八成現去扯了布，這兩天比著這件棉襖寬窄長短，趕著剪裁了這件罩褂，不定點燈熬油的趕了夜活兒。找人家幫忙改改棉襖夠欠人情的了，還又平空惹人家破費，賠上件新罩褂，這如何使得！棉襖既已穿在身上，遂即衝著耀武他媳婦兒拱手一躬到底，作了個大揖：「謝了大妹子，改天再謝過三大娘。」謝罷拔腿就走，那件新罩褂塞給了耀武：「估衣舖子饒的不是？饒給你罷。」

耀武攆到院心，把我父扯胳膊拉住：「你先聽俺說清楚，你就曉道這件罩褂你非穿不可。」耀武像吵嘴一樣，指手劃腳的罵人：「先不說別的，日他的，你不是賞了俺家裡的一百文！甚麼意思？糟蹋人不是這麼糟蹋法兒！瞅這，俺日他的，得還你一百耳巴子——」抖抖手上罩褂，塞給了我父：「乜，穿上！穿上俺就赦你一百耳巴子。這是一。這罩袍子可是俺媽出的主意。瞧不起俺，日他的，行；瞧不起俺媽，你拿去摔給俺媽。這是二。你休動，聽俺說，瞧見沒有，眼兒睜大些，這上頭菇鈕子，日他的俺數數看，一顆、兩顆、三顆……六顆，不對，俺日他怎麼雙數？坤道家才雙數不是？嘿，胳肢窩兒這亥還藏著顆，對對對，你曉道誰打的菇鈕子？誰打的？易嗎？勻勻淨淨，秀秀氣氣，七顆一般大小，小手兒多巧！日他的俺可沒這大福氣……」

我父敢是心裡有了個九成。想起頭天傍晚，親眼所見沈家大美跑來沙家，遮不住是送打好的菇鈕子來——原先心裡還有點兒納悶兒，串門子總是凊閑無事兒出來走走的，才放下飯碗兒沒多大會兒工夫，就算是手腳那麼麻利，也犯不著趕命似的跑來沙家串門子。越逗也越對了，他耀武自個兒家門口不讓人家裡蹲蹲，八成也是有意的，不想讓我父看破詭計——那可是人家眞心實意，不等事情盡善盡美總不先就忙著討人情。

要說打那菇鈕結子不易，那是眞的，又要功夫又要巧兒。先要剪出一條條一指寬布帶子，得斜著布絲兒剪下來——若順著直絲兒或橫絲兒剪，都會散了絲兒，又鬆鬆緊緊經不住拉扯。接下來把這布帶子兩側毛邊兒朝裡捲進去，接縫兒一針一線密密繚個緊，繚成燈心草粗細的長縧子。再下來就拿這縧子繞過大拇指再繞過二拇指，兩個環扣支楞在那兒，把縧子兩頭交相穿過來，穿過去；左穿這個環扣，右穿那個環扣，反覆反覆的連環套兒。然後再一個扣兒緊一個扣兒，一個環兒緊一個環兒。末了環環扣扣盡都拉緊，便結成一顆頭頭是道，條理分明的盤花小疙瘩。這樣一顆小菇鈕結子，手頭再巧，再熟練，磨磨道道得打個小半時辰——如今拿洋鐘來算，一句鐘打兩個，算是快手。還有就是打這菇鈕子得有倆講究：一是結子打成了，原本縧子上的繚線和接縫兒不興露出來，要不的話，就給笑作齜牙咧嘴兒，又不受看，又不經磨搓。二是顆顆鈕子兩頭留下的縧子，一定都要一般長短，才好釘到衣服上，要不就廢了不中用，白打了半天，不止是給人笑作小瘸子不中看。這兩樁講究可是難，眞難為她大美姑娘了。

原也不曾瞧得起成天灶前灶後忙些粗活兒的大美姑娘倒有這一手。給斗篷子釘帽箍兒、釘鬒繭護角兒，都挺細心是不錯，可到底還是粗針大線的活兒。撫弄著這些布縫打的鈕子，愈看愈覺出大美姑娘那股情意，不光是這麼精巧的手藝。瞧著瞧著那一雙巧手就在眼前，怎麼穿，怎麼引，怎麼挑鬆這個鼻子，拉緊那個環兒，十根指頭沒一根兒閑著，大戲裡拾玉鐲調理綉花線的那麼乾淨利落外帶三分俏，多少花樣兒變不盡的來去穿梭……十指連心吶，那心裡怎麼思、怎麼想，可不都順溜著十指尖尖滴溚進這環環扣扣裡？挨箇挨箇繫個緊緊的，一心只爲一個人兒，許給一個人兒，只許這一個人兒怎麼扣，怎麼解……罩襖罩在棉襖上，摸黑疊齊整，擱到牀頭上。翻過兩個身兒，還是摸索到一顆鈕子，扯近來啣到口裡，奶孩兒一樣，嘓著嘓著，不覺爲意的睡熟了。

敢是要感沙三大娘的恩，感他耀武小兩口子恩。照說一件罩襖能値幾多，也不是雪中送炭那麼緊要——沒棉襖別說過不了冬，大半個秋、大半個春，也都休想撐得住；多少年來都只剩穿光面兒棉襖過來了，沒罩襖也不是活不下去。可憑沙家這麼厚的情分，若是知道自個兒弄丟了棉襖，又得瞞著娘獨自張羅，也準定會趕件新面兒、新棉、新裡子三面兒新的棉襖送把自個兒。這還不說，沒弄清是誰出的主意，總不信她沙家婆媳二人連個菇鈕結子也打不會，卻拉住沈家大美來幫這個忙，饒上一份兒重重情意。不用說，他沙家娘仨兒是把沈家大美看做個好頭兒，看中這倆兒是再好也沒有的一對兒，好心來撮合撮合，便讓大美姑娘來添上一份兒情意，眞難爲他娘仨兒上心上意這麼成全。這才是恩上加恩，好比幫他兩人暗裡文定傳喜一般。這叫我父感恩圖報之外，還得謝謝大媒才是。

二天起個絕早，八成是新棉襖、新罩襖燒成這樣——估衣舊襖，可總是新添置的——才雞叫二遍，小窗洞矇矇亮兒，屋裡都還看不清甚麼跟甚麼，卻說怎麼也睡不回去了。想想也好，這就起牀出去，跟娘開寶一翻兩瞪眼兒，挪到晚上去罷，免得大清早起娘倆臉紅脖子粗，弄得兩肚子氣，整一長天不暢快。

輕悄兒偷偷開了屋門，出來籬笆帳子，返身彎進胳膊，把籬笆帳子門打裡頭放下橫門槓子頂住。李府上這咎子定還沒開大門，野湖裡蹓蹓罷。

襖子還眞當事兒，似乎這就徧地霜、徧地雪，也足足抗得住，袖袖手都不用袖。今兒也沒繫搭腰帶，怕勒綗了新單襖。不光是天還沒冷到那個地步，要緊還是七顆鈕子要一顆也不落掉的認眞扣扣好，待會兒還要好生謝過人家大美姑娘。

放眼野湖上，分不清夜氣還是上霧，只隔里把二里的東邊南邊兩莊子還那麼黑糊糊睡得好沉。夜來要不是陰天，瞧這冷清兒該下大霜了。

野湖上可是一點兒綠星也不見了。臉前是沈家的地，沈長貴是一張勤嘴，一副懶手，地上篩過花生的沙堆，人手再單，套上頭牲口，四畝來地，拖拖耙，不用小半個天也就耙平了。沒見過花生收成快上一個月了，這些橫豎成行，一團挨一團的小墳頭還留擱那兒晾屍現眼，也不怕丟人。

我父正還以爲這時刻裡，天底下沒誰比他還早起，黑糊糊遠處卻露出人影兒，揹著糞箕子拾糞，大步大步攛得好快，像要趕去哪兒搶甚麼。那可是個拾糞老行家——湖裡拾糞只有拾狗糞，一來大糞之外，就數狗糞肥；二來狗都有各自呆定的地點，愈是老行家，心上的狗屎窩兒愈多，用不著賊白瞪眼徧地去找——偌大野湖又哪裡走得徧、找得徧？只須記得幾處狗屎窩兒，直奔那幾處就收收拾拾小半糞箕，幹完了一天裡頭樁活兒。

單說這個，我父就自嘆還沒做到一個地道莊稼漢。種地人哪興這樣空倆手出來閑蹓躂的道理？別說老人家，小子長到十二三歲光景，就算莊頭走去莊尾閑蕩，也得挃個糞箕，胳肢窩夾根糞勺，拄著也行，有糞拾糞，有草拾草，啥也沒遇到，空著回家也沒事兒。總別眼睜睜一泡糞沒傢什收拾，那可心疼得慌，又不興下手捧來家。常時誰家大門外放幾副糞箕糞勺，那家定有幾個遠近鄰居走門子進去蹲蹲了。糞箕糞勺就是那麼不離身；可有一點，不興挃進人家家裡去。

我父弄不慣這玩意，倒也不是嫌甚麼，下肥時都能一把把抓了撒，還怕髒不成。可拾糞拾來家作啥？若是拾給李府上，還是顧個分寸的，不能巴結到那個地步去塡還人。叔叔對祖母行事爲人就常直言：「過與不及非禮也。」照這麼一說，祖父出來的話口可更重，禮拜堂講道便講過：「過與不及皆罪也。」就不知也在那兒聽道的祖母聽了懺不懺心。

這麼順腿兒閑蹓，不覺爲意蹓到了北邊兒黃河岸上。沿河岸兩頭看不到盡頭的白華華蘆花，雪地一般，煞是好看。河上遠處近處一團又一團的野鴨子，大清早正忙食兒，一隻隻不住的一傾頭就前半身栽進水裡，剩個尾巴尖兒撅朝天。這要李府炮樓上弄根洋鎗來，整把鐵砂子兒，給上一鎗不知要撂倒多少隻。可怪的是附近這幾個村兒，從沒聽說有誰打過這主意。不由得心口一熱，這玩意兒可幹。看怎麼啜哄啜哄李府上哥幾兒，等陣子閑下來，不要多，打上個十隻八隻，醃醃風風，好過個肥年——野鴨子鮮著喫那是有點腥道，可拿花椒鹽醃一醃，掛到屋簷底下風一風，野味兒到底比家味兒鮮多了，美多了。橫豎那幾桿兒洋鎗、那些鐵砂豆子、裝在小竹筒子裡的黑鎗藥、還有那些挺像一頂頂菸氈帽兒的火信帽兒，放久了不用，躲不掉要受潮、上銹，萬一要緊當口兒派上用場了，一打一個瞎火兒，那可不是玩兒的。就算試試鎗罷，照空裡打也是白搭，何如撈點兒野味來犒食犒食。

越想心越熱火，儘管時令還早，瞅空兒就引個火兒，搧搧風，還是不嫌早，啜哄啜哄哥們兒來打野。

可時辰不早了，我父腳底下加緊了點兒。趕到李府上，脊梁骨兒倒有點兒汗津津味道。不知是新襖燒的，還是命太賤，才愁著天寒了，暖上小些兒可又嫌熱起身，順手就要解鈕扣兒。可手指尖才一碰上，忙告訴自個兒，鈕子是人家大美姑娘有情有意打的，忙啥？還沒謝過人家。順手是打頂下頭那副鈕扣來解，正就是挺丟臉啣了不知有沒小半夜的那一顆。新鈕扣本就緊一些，這一濕一脹，先前扣了很幾回，走到場邊上，兩手一齊扣才扣上，這要再解開，又該摳搯老半天。自個兒身上暖烘起來，只覺別人見了也要笑他新襖沒讓錢的，穿了撈本兒，熱死人也不肯脫。

四顧找扁擔水桶，也是找大美姑娘。還是來晚了些，不知誰搶先一步去挑水了。我父索性找水桶找到灶房去，適好灶房門口碰見打裡頭走出來的大美，一手黃窰子二盆，一手水瓢，敢是院心兒去舀水。沒等我父張口，姑娘家心巧，忙說：「俺二哥挑走了，俺大哥你就別急忙了。」

大美本就生來的有些兒腫眼泡兒，才醒來沒多久，越發像夜來哭過一通，瞧在我父眼裡，可只覺好生憐恤。左近還有人，我父索性大大方方謝她辛苦打的菇鈕結子。

大美一聽忙把水瓢遮住臉，打那水瓢後面轉臉過去，直朝一房嗣仁他媳婦嚷嚷：「休叫人害臊了，臊死人了……」嗣仁家裡的愣了一下，瞧瞧大美又瞧瞧我父，立時也就明白過來：「噢，說的這？」遂拿眼睛打量了一下我父罩襖上下，拿下大美兀自罩住半張臉的水瓢，噌過去一聲：「錯嗎？才學的，打到這個樣兒，巧兒啊，還嫌，眞是的！」

大美眞還就臊紅了臉，一下子賴到嗣仁他媳婦身上：「俺大嫂就會糟蹋人，妳沒瞧見大大小小的，七個菇鈕結子七輩子老小。」手躲在下巴頦底下指指上，指指下：「妳望，肩膀窩兒那個，比起頂下頭那個，不是小重孫兒跟老太公啦！俺大哥不嫌死了，還謝人！」

我父眞服了這大美丫頭眼怎這麼尖法兒，心也忙著一慌。當眞啣濕了的這顆鈕子脹得一眼就瞧出比別的大？嚇得不敢低下頭去看了個究竟，連聲求饒的一般：「是眞的謝謝，眞的，是眞的謝謝……」簡直有點兒害怕嗣仁他媳婦老乾皮味兒的伸手過來，捏捏試試這顆老太公鈕子果眞比別的六顆都大一套兒。捏到濕濕的鈕子，那我父親就別混了。我父連連的又拱手，又打躬的再謝過幾聲，緊忙過去西院兒南敞間裡，尋摸把大掃帚掃院子。

那兩人東院子裡還在嘰呱著甚麼，竹撓帚抓在硬礓地上從來沒這麼響法兒，唰啦唰啦，聽不清那邊嘰呱些啥，瞥過一眼，大美趕著嗣仁他媳婦作勢直搥，趕進灶房裡去。八成罷，想得出的，拿我父跟大美姑娘湊著玩笑罷？不覺間心上甜絲絲兒的。

大美下得牀來就搶早飯活兒，頭都沒來得及梳梳。掃著地，竹撓帚劃出木梳梳過的細絲印兒，像正幫她大美把散散絡在臉上的亂髮青絲兒給打理打理清爽，手底下不由得體貼的放輕了，放和緩起來，怕不小心刮傷到哪兒。我父生性就是喜歡個條理，可想想大美方才那副模樣兒，倒又有些兒喫驚，那麼綹綹道道的散髮絡在白淨子觀音臉上，配上哭腫了一般的眼泡兒，不光是一樣叫人出心眼兒的疼得慌，只恨不能一把攬到懷裡，哄孩子一般好言哄哄，把眼淚粘濕的髮梢子理理清爽，再拿粗臉擦擦那張細皮白肉的觀音臉……。

可這掃院子也挺失當，掃地是輕活兒，倒是最暖人，十冬臘月凍得人跳腳，小苕帚也罷，這竹撓帚也罷，爪不幾下子，便打心口兒裡暖出來，比那烤火打外頭烤進來還管乎，沒烤到的地方照舊冰涼涼的沁人。這西院兒才掃了個大半兒，身上便給焐得不是味道。諒著一一解鈕子挺費工夫，我父沒等掃完全，拉著竹撓帚避到南敞間旱磨旮旯裡，面牆摳摳那些個鈕子，這才敢正眼比比，檢點檢點給啣濕的鈕子到底是不是脹大了許多，弄不好倒是自個兒做賊心虛也不一定。

看來添這件新襖還眞是樁大事，撇開這向時花的心機不說，平白拉扯進來恁多的又是好手、又是好心，帶襯撮合成全好事。這頭一天下來，實秉實的穿上身沒多大工夫，脫下來就一直掛到旱磨旮旯那面土牆的一根木橛子上，進進出出幹些零碎活兒，補補菜園籬笆帳子，修修鈎叉括板那些鬆了榫子釘子的把柄。但凡瞧得到時，總忍不住瞄一眼那翻過來，舊白裡子朝外，免得惹眼的老棉襖，合著是拿眼睛穿了它一天，不放心頂底下那顆鈕子乾了沒有，不住牽掛的還是晚上家去，躲不過跟祖母有場口舌。

兩天頭裡祖母就提過這個月工錢怎還沒領，我父含糊過去。晚飯過後收拾收拾，我父披上棉襖出來，倒想蹓去哥們兒誰家蹲蹲，挨個差不多了再家去，別讓祖母瞧見就少番嚕嗦。可醜媳婦總得見見公婆面，避過今兒還有明兒個，心上老嘀咕這道關卡也不是回事兒。

這幾日祖父是去北鄉官湖福音堂開佈道大會。年年秋後農閑，就輪到祖父南走北奔的忙起來。祖父不在家，倒省得夾在娘倆兒當間兒左右爲難。

祖母是素來就懂得養生，「頓飯少一口，飯後百步走，活到九十九」，信守這個已不止一天兩天。飯碗放下，就出去蹓蹓，串門子也是頂喜歡不過，一舉兩得罷；丟下來的傢什自有叔叔收拾，有時也是我父家來洗洗刷刷。這晚上回來，祖母也是不在家，碗筷怎麼的倒是拾掇清了。這叫我父鬆下口氣兒，不用對付了，西房裡倒頭睡大覺去。可接著又煩兒起來，事兒還吊在那裡，明兒個又得牽牽掛掛再拖延一天。

叔叔可也捨得打書本兒裡抬起臉來，洋油燈有些晃眼兒，往一旁推了推：「哥你昨兒還了一晚上，今兒得背兩首詩了──」約莫覺出我父跟平常有點兒不一樣，說說頓住了。我父有些靦覥起來，一時手腳沒處放，把罩袍襟子拉拉直，兩胳膊打平了抬一抬，好生尷尬說：「瞧怎樣？還有個人樣兒？」

叔叔打量著，又把洋油燈挪近些，撩起罩袍大襟子一角，端詳了一下底下的棉襖面兒裡子，又捏捏厚薄，問道：「是哥的？挺合身兒呢，怎是件舊襖？」我父長話短說，這才跟叔叔講起春天收大煙時，那件老棉襖叫人偷走了，挨到如今，不能不自個兒湊合件估衣搪搪寒，罩襖卻是沙三大娘婆媳倆現做了送的。

叔叔聽著邊皺起眉根子笑，一面像在回思回思以前那件老棉襖是個啥樣子。我父又講起添置這件舊襖，到今兒都還沒讓娘知道，估不透祖母饒不饒過自個兒瞞住她，這麼自作主張。

叔叔倒掛搭下臉來，含著埋怨的味道說：「先前那件就算沒給人偷去，不也是又窄又小，又有的地方都快爛糊了麼？娘早該給哥換新了。都過過寒露好些時了還沒見動靜，娘有啥好說！」

我父敢不是這麼想，又不是小孩兒了，連那麼大一件棉襖都看不住還不夠折的！接下來瞞人瞞鬼、花了大錢、又拐上人家破費，花工夫饒上件新罩襖，眞是一折百折，一路折下來。叔叔又操心起我父：「這又不是有意的，『老虎也有打盹時』。可哥你哪有錢吶，這要不少不是？」我父忙叫叔叔別管這些。叔叔不放心，挺喫味兒的替我父不平：「哥光掙錢，沒用過一文兒，得叫娘出才行。要是拉了債，哥哪的好還？不成，得叫娘還錢才是道理。」我父扒住叔叔肩膀直搖：「別給娘火上加油罷，『天上下雨地上滑，自個兒跌倒自個兒爬』，沒拉債，你放心好了。」叔叔拐了拐肩膀：「不成，我跟娘說，哥別搭腔兒就是，免得頂嘴。頂了嘴也成不了事兒……」

哥倆兒這麼拉咕著，聽到祖母跟誰說話，似乎還在大門外頭。祖母箇兒小，人矬聲高，嗓門兒可大著。

叔叔把我父往西房裡推，亮地看不淸暗地，不知祖母進來院子沒有，急忙間小聲囑咐我父：「行說著就來了，正是時候。哥只管裝睡，別理我跟娘說啥，裝沒聽見就是了。」

只是祖母已一路不住嘴兒的數說進來，聽出來咬牙切齒的味道，是一個人自言自語：「窮霉罷，窮得生霉罷這不是！天底下也有這種甩料，拿買棉袍的錢買棉襖，窮霉可是窮到家了！你哥呢？」

聽這口風，分明祖母串門兒轉了一趟回來——八成去了沙家，甚麼都聽來了。也罷了，省得兄弟花唇舌，也省得自個兒轉角調彎兒才說得淸楚。看這勢頭，休想拿裝睡來裝孬了。

我父貼在門帘兒裡面，沒拿定主意這就出去。只聽到叔叔軟軟的口氣：「娘又怎麼了？帶啥閑氣家來生？喏，椅子。」叔叔也該聽出來，棉襖的事祖母知道了。

拍了下桌子，很響，敢是娘拍的，藍大布門帘上影影的燈亮暗了下來，要末是洋油燈捻子給震得播下去了。

祖母接下叔叔口聲說：「閑氣兒？娘都不配做娘了，做乾娘也都不知這張臉往哪兒擱了，這還是閑氣？」

叔叔把燈捻子頂上來一些，支楞根沾到洋油的手指頭，笑著給娘消氣：「娘是母儀天下，乾閨女滿天下，怎一下這麼敗興了？」叔叔轉身去長條几那裡倒茶。天也只才寒一些，茶壺焐子就已用上了。麥稭焐子是我父上心編的，不容易一見的那麼俏刮；穿插出花兒來的紫紅高粱稭篾子，也是少見。

我父輕輕坐到舖頭上，只想但得能忍就忍忍；手又忍不住摸弄起罩襖上的鈕子。

祖母約莫很氣罷，老半晌兒才又一撮長指甲蓋兒鏘鏘的叩響著桌子，不住清清嗓子說：「你說說，這不合著是外頭人那兒去告狀，去糟蹋娘嗎？噢，妳這個做娘的，兒子捱冷受凍都不管，是妳窮得一件小襖頭兒都做不起嗎？還是這個兒子不是妳皮生肉長的？有這種娘嗎？妳不是人嘛。親兒子、濕兒子、妳都這樣，還啥的乾閨女乾閨女婿！都假情假意罷不是！……」聲氣裡竟帶著哭尾子。

叔叔陪笑出聲兒來，靠到祖母脊梁後，又捏筋，又搥腰。也才三十九還沒上四十歲的婦人，當起老太太伺候。人家是慣孩子，叔叔這是兒子慣娘了；勸解起來可又像數說孩子那麼個口氣：「娘這不是找氣生嗎？還說不是閑氣，人家哪這麼想了？娘不想想，哥還是個小小孩兒啊？缺長到短的，不自個兒去張羅，還凡事都倚靠爺娘不成？娘又不是針線活兒都拿得起來，不還是都得找人做？娘去找人跟哥去找人有啥不一樣？這一點都想不透索，還師娘乾娘呢！濕不濕、乾不乾的，都讓娘佔郊了，這樣子想不透索，也配母儀天下？娘眞是俗話說的，『聰明一世，糊塗一時』，不是我說……」

叔叔給祖母搥腰，沒稍停一下，說話給帶得一顫一顫的。我父做啥事都只能心無二用，不能不服叔叔高強，手底下做這，口上說那，說得有條有理，把娘一肚子氣說掉一半兒總有。

祖母敢也不是那麼輕易就饒過人，反口直頂著問：「還怪娘糊塗？誰才糊塗？那又何止是糊塗？你說說看，拿買棉袍子錢買棉褉，買來棉袍子剪短改棉褉，天底下打古到今有這等折騰法兒？娘跟你爺——就是咱們姓華的、姓曾的兩家朝上數，世世代代也沒有出過個蠢蛋，怎該積德這麼個二愣子！家有萬貫也經不住這麼抖、這麼作法兒。我說窮霉窮霉，窮霉帶轉向兒鑽死巷子，難道說錯了？……」

口氣不似先前那麼咬牙切齒，算叔叔有能耐降得住祖母，先前咬緊了我父不該私自添置衣服的罪過，總算鬆了口，轉到划不划得來這上頭，這就容易應付得多。

叔叔那麼殷勤的搥著腰伺候，或許也挺夠詭詐，任祖母怎樣氣不憤兒，也經不住這一拳拳給搥散掉。有板兒有眼兒的，像是剃頭鋪子推拿手藝，只差響得沒那麼脆酥。祖母沒完兒沒了的那些數說，都給搥打碎了，氣弱下來，舒坦得口聲也軟和多了。

歪在房裡大舖兒上，三番兩次我父原也忍不住要爬起來回嘴，都又算了。叔叔應承的沒錯兒，大事化小，小事化了，放心只管交給兄弟去糊弄罷。再一說，裝睡也好，裝孬也好，總歸是親生的娘親，要啥體面逞啥強？好比小時候尿炕，娘爬起來收拾，儘娘怎麼數落，抽濕的，換乾的，光屁股給揍個脆叭兒響，還自裝睡裝孬呢；小得還不會像眞正睡著了那樣自自然然的閉眼睛，眼皮兒擠出一道道皺紋兒才閉得上，就有那麼假。我父是沒那個福分，姥老早就替了娘，也還是一樣兒，屎一把，尿一把的收拾，可不正就像眼前這光景，聽任那麼數落，只有裝睡來裝孬，也是裝孬來裝睡。儘管自個兒沒多大錯，可給娘找來的煩心，約莫也合當是半夜尿炕那麼叫人著惱罷。

漸漸外間講話聲愈低愈和緩下來，有一陣子我父差不多迷糊熟了，似乎沒目眊多大工夫，冒猛子給吵醒過來，耳朵裡留下來將將聽到過不知是夢是眞的祖母在嚷嚷：「……裝死就算啦，你給我說，你哪的錢……」

我父一轂轆坐將起來，眼前兀自矇矓不清，卻已見房門那裡，大布門帘撊開半邊兒，外間晃晃的燈亮兒裡，襯出祖母黑影子，一手撩起門帘，一手插腰兒：「……你給我說淸楚，你哪的錢，嗯？……」

該不是做夢了。

可冒兒咕咚來這麼一下子，我父一時還不是很淸醒，魂兒不知蹓躂到哪兒去了。

外間，叔叔跟過來直喚娘：「妳還不放心哥嗎？難不成是哥偷來的、摸來的……」

我父這才給提醒過來，龜著腰坐那兒，兩手撐在舖沿兒邊上，愣愣的說：「棉袍子錢不是？工錢吶，一吊正，一文不多，一文不少，正夠。」話說出口才覺不對勁兒，像要存心氣一氣人；要末就是人還沒有十成到十成清醒過來。

果然祖母一聽就崩了，跳起腳來，手裡捽著的一握門帘直往腿上抽，狠得咬緊牙關嚷嚷：「你說你有多毒！有本事了！賺錢了？你有錢了？你的錢不是？樂意怎甩就怎甩了不是？人沒良心屌沒肋巴骨，少美罷，當是扣了你那一吊錢就餓得死咱們三口了？生你的霉，休想！……」

叔叔過來拽住祖母往外間哄：「不好聽，不好聽，咱們信主人家，這麼村法兒，人家聽了去可不乾淨……」

我父有點兒給弄迷糊了，明明家是靠祖父教館在養活，自個兒哪天居過這個功來？見月一吊工錢，不過貼補點兒家用，有它不多、無它不少罷了。除非一文不動，一年十二吊，四年加上兩個閏月，剛好五十吊，我父算過這個賬兒，薄田一畝三十吊上下，也才買得畝把二畝地，眞不當啥。心頭一愣睜，祖母還在房門那兒，拐開叔叔，一口連一聲的逼問：「你說，你給我說清楚，日後你打甚麼主意……」這更叫我父迷糊，日後怎麼打算，這要打哪兒說起？怎說得清楚？或許是讓祖母吵得昏頭轉向，嘴巴不聽使喚，「這月不是閏月嗎？活兒還是那麼些，多出一個月工錢，挪用一回總成罷？」自個兒都鬧不清怎冒出這種話來。

祖母重又給惹惱，嗓門兒一下子尖上去：「噢，早在這亥兒等著了？還閏月！閏月不是個月？不是三十天？不是一天天挨日子？閏月就不喫不喝了？你瞧，拿這臭話來噎人……」說說竟哭號起來，仗著叔叔打脊梁後架著，像個撒懶孩子，直朝地上墜，手又不肯放，硬把門帘嗤啦啦扯下來，兩手一下下拍腿打地，沒天沒地哭鬧起來。

我父腳底下忙找蔴鞋，沒來得趿上就跳過去，一把去扯蒙住娘倆兒裹在裡頭來去的大布門帘。沒想到一下子把兩人拖倒在地——許是門帘纏得太緊，我父猛一股子氣上來，手底下也重了些。別管怎麼罷，糟極了，這可更毒了，下起毒手了。惱得我父不知衝誰出氣——平素我父就瞧不起一個人家老是吵吵鬧鬧，不說興旺不起來，還準定要敗下去。一時裡氣衝腦門兒，只覺兩邊鬢穴一炸，猛跺一腳，渾身攢足了勁兒，死命的大喝了一聲：

「鬧——夠——了吧——！」

像把人喊翻了過來，肝腸肚肺統都一口噦盡了，屋頂笆上塵吊子也該震得嘩嘩撒了。

祖母居然一下子噤住了，也不用叔叔扶一把，攙一把，溜活得很，一咕嚕打地上爬起，人是給嚇愣了。

娘仨兒就這麼給點了穴一般，良久良久，立愣著一動不動，各自耳眼兒似還給天崩地裂那麼一聲震過後拖個尾子，哽……餘響不絕，像在老遠老遠，又近在耳根底下。不信天已這個時令了，還會有那麼長命百歲的蚊子。

一個家經不住這麼吵鬧的，我父滿心懊躁，只覺娘很過分是沒錯兒，可到底還怪自個兒興風，才惹娘這麼作浪。隨即衝祖母噗咚跪下去，要趕緊把這場吵鬧給平息了才行，喊了聲娘：「千錯萬錯都怪我錯，給娘磕頭賠不是，好罷？」

# 天啟

華太平家傳

採過棉花包子，棉棵也就枯去了，就讓它留在田裡風颼日晒自個兒乾個透。待到拔棉柴，已是歲歲壓尾的湖裡末了一道農活兒。忙完這個，便該儘早繕妥一堆堆各從其類的草垛子，圓垛方垛也各有道理。這也算樁農家大事，得好樣兒本事來整，不那麼容易，當緊這草垛子得抗得過雨雪老北風，不散不倒不受潮，才保得住一冬半春的燒草和牲口草，還得方便抽草取用，不是繕得齊整刮淨留給人看的。可這都是家前屋後場邊兒的零碎活兒，不緊不趕也就對付過去了，用不著拉人來幫忙。

忙完這些個，已是秋盡冬來，莊戶人家才告清閑，往後就只帶常了有的沒的弄點兒小手藝，敲敲打打整整農具，再不就是修修樹、泥泥牆，屋頂繕繕新草、整整籬笆帳子、緊緊門戶，「勤掃院子少趕集，牆上天天抹栝泥」，農閑農閑，也還是勤利慣了閑不住，就是這般光景。居家過日子講究的是個本分安穩，素素淨淨；只年輕小夥子才貪圖個瘋天瘋地，八下兒找耍子作樂，要不也精力沒處使，沒的早晚兒憋出事兒來。

我祖父他這麼樣走鄉串村兒一個傳教的，總是人忙他閑，人閑他忙。說是與衆不搭調兒，那也不大對。比如貨郎鼓子、灌犁灌鍋的生鐵匠，也都是一路的，愈是農閑愈忙得歡兒死。

農閑奮興大會，有培靈也有佈道，祖父要北鄉大槐樹、關湖，南鄉卜家集、鐵鎖鎮這四處福音堂，連來帶去，約莫一個月光景。培靈會我祖父是準備妥了講傳「大秦景教流行中國碑」，關乎天國與中國的信息。

自從美國牧師任恩庚受我祖父託付，將這碑文序頌攜去上海尋求方家請益鑑識，居然帶回來中西多位人士對此碑文所作的考據文章，不唯此碑得證正眞，且有這許多佐證與解說，祖父自是十分珍視，投入不知多少心血尋索琢磨。

盛唐之世，大秦國——羅馬，把這基督教傳來長安，碑文所遺的那番風景，也足堪稱之爲一時盛況；從貞觀九祀大德阿羅本遠來中土，到會昌五年武宗逼迫道教之外所有各教，可謂一時盛況，也竟歷時二百一十年，不爲不久。而這其中對照今世教會光景，最爲可慶可頌者，莫過于彼時的中西初遇，全無方枘圓鑿，扞格不合之情；直如素相神交，如逅故知，哪似今天這樣冤家對頭一般。

敢也是不好盡怪人家的不是，這般東、西洋鬼子欺軟怕硬慣了，你大清衰微到這步田地，眞是說不欺負你也是白不欺負你，人家不欺負你還對不起自個兒呢。

貞觀之治給大唐一開三百年江山，盛唐那個世代，國富民強，也是史上一個好年頭、好節氣，比如正當年兒壯像座大山的漢子，飢寒苦累扳不倒他，那副腸胃之健，生冷不忌，石頭子兒下肚都降得住。古老年頭儘管也有個三教九流十家，那三教可一個也不是個教，中國素來就沒這一門兒。到得盛唐之世，外來的這教那教可就多了。釋家佛教是個早就打天竺傳來的外教，卻都沒初唐世代大大的發旺；土生土長的道教，跟佛教學來不少本事，也湊在這個世代興盛起來；景教跟祆教、穆護（伊斯蘭）教、摩尼教一樣，盡都是外來戶，可就是從不曾視之爲外教，也都是你敬我一分，我報你十分，就像平常人家，來個人不過添雙筷子，多半都當上賓款待。如今清室氣數眼看將盡——太后當政，史上有過好結果麼？也好比身子孱弱個病秧子，忌這忌那，又口上嫌三揀四的死挑嘴，喫不下外教，還見了就厭食倒胃口，這個不喫，那個不喝，身子怎將養得起來？身子愈虛愈進不得貨，愈不進貨身子愈虛，循迴報應個沒完沒了，日後甚麼個結局就不用說了。

祖父常掛在嘴上的，「民以食爲天，就是要喫；能喫又會喫，才啥都能幹、啥都會幹——人是鐵，飯是鋼罷！」

我祖父生來就是個細緻人兒，唸書又唸得人細皮嫩肉，溫文爾雅，並不是個正當年兒壯像座大山的漢子，可就是比誰都嘴潑，不光生冷不忌，粗的細的、好的歹的，全都拾掇一肚子。常時錯過飯時兒，三更半夜回到家還空著肚子，祖母饒是醒了也不興下舖來張羅，一個人尋摸到啥就是啥。桌上剩菜剩水兒，天熱，罩上笊籬也擋不住餿掉，有時都餿得冒泡了，連這也沒挑剔，酸點兒才消食兒，唿嚕唿嚕又是一肚子，點滴不剩。鬧肚子罷？不怕，也沒那回事兒，讓他夥兒裝進肚子裡打仗去，哪邊兒贏都是我贏。嚴冬茶壺焐子久了也不管乎，冷茶氿牙，噎下一肚子冷饃黑鹹菜，咕嚕咕嚕茶壺對嘴兒灌下去。臘冬喝涼水，點滴在心頭，何止心頭就截了？脊梁骨兒從脖子一直氿到尾巴轂軸，也從來氿不出毛病。祖父便常說：「自個兒腸胃自個兒沒數兒？不信上帝給的腸胃還信得了上帝？橫直是好的就留住榮養身子，壞的都拉出去了，用不著你操心，勞那個神幹嗎？」

祖父是家教、傳教，帶常了都拿這作比仿。傳的是洋教，不把這西洋來的人情物事對付出個條理來，那還傳個鬼的教！

我祖父因此無論在家在外，不焊定只在會堂裡說教，日常裡有意無意總好勉人努力加餐飯——加的洋餐飯。還是那口邊兒話，好的壞的都只管放開量喫喫喝喝，腸胃自有腸胃道理；好的留下榮養身子，壞的拉出去。至不濟也要挑好的受用，別見洋就躲、就齉鼻子，這洋教就是極品的珍寶。

可說將這些，也只有家常聒兒拉拉，洋火、洋胰子、洋布、洋線兒、洋襪子，莫不價廉物美，方便省事，質料更沒的說處。其實上海、江南來的這些洋貨，現今大半也都是土貨了，中國自個兒慢慢兒都出得出這些貨色了。

鄉下現今都種洋花生就是個例子，前五、六年才傳過來的種，粒兒大得一顆抵上土花生三、四顆，結的又多，一泡子油。剝起米兒來不管手工、棒搥、還是磟軸壓，莫不比土花生好收拾多了。收成更是翻上三、五翻。到處搶著淘換這洋種，轉眼土花生差不多要絕了種；要不是殼兒蕭薄，易進作料，五香大料帶殼兒煮，洒點胡椒麵兒，長上點酸醋，連殼兒咂不盡的滋味，俗稱「素嗆蝦」，最是下酒美餚。洋花生就這一點比不得，油多也膩人，土花生若不靠這一點贏人，是眞的就絕種了。

還有那燈油，洋油敢是比菜油經點多了，亮堂多了，也不那麼黏溚溚的，招髒招得油糊邋遢，沾上衣裳甚麼的便洗不掉。那馬燈更不是點土蠟燭的油紙燈籠趕得上的，亮閃閃的琉璃燈罩子又經得住大風大雨。這都是有目共睹，不必多言，提醒提醒就行了。倒是除掉這些眼面前兒熟識的，還有好多的洋玩意，不是這偏僻小地方見過聽過，說了也白說，覺不到有啥貼心緊要；像火車、火船、電報、報冊、郵傳這些寶物，不下于當年李廣利獻給漢武帝的大宛汗血天馬。可講講這些，自個兒也不由得覺著像在講封神榜、西遊記，遠在天邊，吹吹好玩兒就是了，當不得眞的。或許這就叫做民智未開罷。

祖父敢是見到這般洋人更多的德性，見賢不能不思齊。只是跟人談起來，沒誰熱火這些，便是教會的長老執事，淨跟洋人腚後轉來轉去，卻未必識貨。一個講究乾淨就叫人自慚形穢。一個不服老，六七十歲不當回事，愈老愈穿花花朵朵，一身鮮豔。中國人年過五十就倚老賣老，彎腰駝背，咳咳咯咯，都說是入土半截兒了，要是有口大煙癮，越發的老早就老太爺子了。

還有一個好生看重時間，人家才眞是一寸光陰一寸金那麼愛惜。教堂禮拜敲鐘，看堂的老秦最知洋人的洋脾氣，分秒不能誤。到時候就開禮拜，不管人多人少，不管來齊了沒有，也從來不興張郎等李郎，李郎賴熱炕，按時行令，該怎麼就怎麼，沒情面不情面那回事。

這個德性只有我父得眞傳，大半輩子都是守著一架用上幾十年的德國造小鬧鐘過日子。趕集挑奶牛，揹碼子裡也嘀嘀嗒嗒走著鐘。輪到我父給地方上推戴爲鎮長，不光是鎮公所給整飭得人人非守時不可，區公所開會，我父無不準時到場——也總是頭一個到場，坐在那兒乾等。區長跟我大哥都是革命同志，區長不久發現到連自個兒也在內的這種壞毛病，當著諸鎮長和區公所的幹部直抱愧：「往後咱們得跟人家教會學習守時，糾正社會不良風氣。」到得我大哥接任區長，老區長也沒忘記交代我大哥：「你可當心，令翁那麼守時，到這亥兒鎮長得聽你區長的，回到府上你這區長可得喫鎮長的庭訓了。」

我祖父也是拿古史上體會來的教訓，人與人見賢思齊，見善則遷，國與國也是一般，較早是有周一代尙只懂車戰，從戎狄才學得馬戰。往後傳自異族物事，直至唐五代也還是來者不拒。又以中國素來只有禮教名教，算不得教——也沒有所謂的神教，因也外傳任何神教，照樣來者不拒；不唯包容，還多有造就。比如佛家輪迴之說，傳到中土，禪宗將之納入現前人世，即就儒家「君子不二過」，拖長了秧子鋪散開來，成全了佛家的往世來世全都落地生根到現世裡來，畢竟人在現世裡才有作爲，也才善業惡業有得證果。

就拿家喻戶曉的唐僧西天取經來說，最是明證。玄奘大師原本一介儒士，學道修爲，復皈佛門。當其歸屬道家，不唯不曾調回頭來排儒，且以儒學融通于道而引入人世。及其依佛，亦未曾排道排儒，反而憑其儒道深厚根基，成全儒道釋三家于一身，繙佛經于長安慈恩寺。猶之宰臣房公玄齡，奉旨賓迎大秦景僧「繙經書殿，問道禁闈」。接待異土傳寶，心正意誠，既諳人家之好，不見外，又拿來使上一番心血，投合腸胃，即就是自家添置了產業，怎不有容乃大而可大可久！

只是宋明以降，內則儒士偏萎，外則強鄰侵擾，顯見國運民脈一蹶再蹶而不振。儒士不是玄于性命氣理，便是惑于科舉名祿，各極一端不復和合。講性命氣理，一則不必力排佛學明心見性，一則不必別立理學修心養性而別立之，兩者本一，分明剽竊了人家卻不認賬，是喫喝了人家又轉回頭來怪怨人家，這就心不正而意不誠。不正則偏，不誠無物。

豈不知這明心見性也罷，修心養性也罷，結果度己雖有獨到，卻只可以內聖；無能度衆生，治平之道僅屬妄言而踏空，何能外王？那貪圖科舉名祿的，等而下之，就不值一談了。唯這性命氣理與科舉名祿兩者雖則各極一端，其與民有隔則一，抑且愈演愈甚，于農不辨菽麥，于工譏爲淫工巧技，于商訾爲市儈銅臭，益發的不屑。這可是明證宋明以後先就儒士墮入輪迴。唯其不理現世，所以原是士農工商四民一體，而士獨與衆民脫榫，以至斯文失根，幹枝無所依；又唯其歧視異己，欺生排外，器局萎小，不見他賢他善，無由思齊思遷，峻拒異土物事，一味固步自封，抱殘守缺，所以仇新泥舊而至貧薄乏生機，無花可開，無果可結。上焉者也僅獨善其身，允聖允賢倒是有甚于漢唐，卻了無兼善天下之能之德，眞所謂只須「一死完節報君恩」，哪管「蒼生塗炭遺民淚」。而下焉者只管追逐名祿，其于萬民如何，也不難想見了。

對于外來物事不識其好而不受，喫虧的是自家。兩者互爲因果，也就反復循環，輪迴爲惡了。還是那個比譬，身虛氣衰所以揀嘴挑食，揀嘴挑食也所以身虛氣衰。如此輪迴不息，終必沈疴難治。惡壞到一個甚麼地步，今日說來簡直都是笑話了。

我祖父也是打報冊上看來的見識。光緒二年頭一回造成鐵道，上海閘北到吳淞炮台灣，三十二里遠，步躂兒得日午走到日落，車馬也得兩三句鐘，火車卻三刻都不用，比那「日行千里不黑，夜行八百不明」的千里駒猶勝一籌，豈不比得上漢武帝汗血天馬那麼寶貝？又還一節拖一節，兩三百人都上得去。可就因當朝王公大臣不准有這西洋不祥怪物，報請江海關道允用騾馬拖輓，衙門才准。可行車之日，仍還是使的機關車頭來拖拉，道台大怒，星夜馳報朝廷，自個兒又沒擔待，勉強行車不到兩個月，一個兵士走在鐵道上，被火車碾死，遂以鐵案如山，認定其不祥，全部拆除。因爲是英國出資造路，朝廷還賠償了一筆巨款。到得光緒七年，才又千難萬難，得到朝廷恩准，從唐山到胥各莊造成一條十八里長的拖煤鐵道，仍不准機關車頭，只有使喚騾馬拉車。那鐵輪兒跟鐵道都因光滑平整，車行流利，六到八匹騾馬，便拖得一節節裝煤車直跑，到底也還是不得不識洋玩意兒之好。

懂得西洋之好的明達之士也不是沒有，如貴州學政嚴修，奏請開經國濟世科，考試內政、外交、理財、經武、格物、考工等項。又如工部主事康有爲，刑部主事張元濟，都曾奏請皇上籌劃變法救亡圖存，開制度局，分設法律、度支、學校、農、工、商、鐵道、郵傳、礦務、游會、陸軍、水軍等十二局，以求維新強邦。又如雖則未行，總還是前年告示行將更改科舉章程，定規鄉、會試頭場試政、二場試時務、三場始試四書五經，廢八股而替以策論。

這都是識得西洋之好的能臣獻策。其實看看東鄰日本即是一面鏡子，同治七年明治天皇繼位，力效西洋，銳意維新，不到三十年，小日本轉眼大日本，東瀛也一躍而別創出一個東洋來。維新也非今代新事，「周無舊邦，其命維新」，就那一新便開得八百年天下。論到當今皇上，也算是個銳意維新的明君罷；太后淫威下討生活，但得一朝親政，即一朝求得新黨諸才人，即就下詔廣開言路，博採衆議，大辦洋務，這幾年還眞興革了不少新政。無如終仍拗不過一般陳腐老舊的王公大臣，重又搬出老太后復行專政，幽囚皇上，康南海亡命，新黨盡遭屠戮，維新百零三日，一片好景竟就化爲一場噩夢，這僅就是前年的新事。今又王公大臣轉而啜弄起義和神團，更是徹頭徹尾的滅洋起來。只是這一下禍可闖大了。

不過天下事禍福相依，孰是孰非反而難言難盡。眞所謂「塞翁失馬，焉知非福」，而塞翁得馬，又焉知非禍。西風東漸，傳來福音是一寶；傳來維新契機也是一寶；傳來強食弱肉這種暴虐霸道，則是罪不可恕的大凶大惡。申報只報了京師大亂，燒殺姦淫，搶掠敗壞，邪惡無所不盡其極。申報設在外國租界，非議朝政了無顧礙，敢言還是仰仗了外人翼護；今外人作惡，竟也不便指名道姓何國洋兵所爲。其實那也不必，但凡出兵打來人家家裡，管你師出有名無名，能有一個好東西麼？春秋尚且無義戰，那總還限于自家人鬩牆；這外國人是喫不得一點點小虧的，如今大動干戈，兵戎相見，則拿中國黎民百姓哪會有一星星的疼熱？算他牧師、教士幾個洋人跑掉了。拿這八國聯軍作惡北京去質問，幾個牧師總不會說美國兵不興那麼亂來，兩個教士總也不會說英國兵不興那麼亂來；除非睜倆眼兒說瞎話推個乾淨。

爺仨兒把這些當作家常聒兒拉拉，我父多半是只有恭聽的分兒，到底所知太少。可就事論事，衡情奪理還是不時生出自個兒想頭。「爺說的敢是道理，諒他洋人推不掉這干係，總也不至于睜倆眼兒說瞎話。只想想，這般洋人不也有難處？像那位梅牧師，三年過假一年，不是說回國連個睡覺地方都沒有？住的是賑的人家倉屋一個旮旯兒，三餐都得自個兒張羅……」叔叔搶著說：「是啊，誰都曉得，回國過假才受苦呢。哪比在咱們這亥兒享福，洋房大院子，還男夥計女傭人使喚著……」我父忙說：「倒不止這個意思。想這批洋人擱咱們中國神氣，回他自個兒國裡去，約莫也合當是個窮和尚，誰理？誰管？他美國要出兵打誰，慢說攔不住，要拔他壯丁去當兵喫糧，跟人打仗，也得奉命行事。叫他燒殺搶掠，還不是只得照幹！爺說是不是？」

祖父敢是很賞識我父這樣子肯爲他人著想，「說的有理，人人都有難處。這般洋人在他本國當然人微言輕，上頭執政掌權的哪裡聽得到這般小民說長論短。可這些西洋列國一來在朝在野都是信徒，一兩個窮牧師沒人理，教會的能力可就大得很了；二來罷，這些國家在上執政掌權的，大半都是百姓層層推舉出來的，多多少少要聽從一些百姓公意，太過違背公意，也會給拉下台來。所以這般牧師若能使用教會權柄，攔阻在上執政掌權的出兵去打人家弱國小國，並不是辦不到。何況這些國家，報冊的論政權柄也很大，也常能左右執政掌權的主張。總歸罷，不比咱們中國，百姓全得聽從執政掌權的。遇上明君英主，才能探求民隱，為民造福；不然就拿當朝全沒法子。維新維新的叫了這多年，還不就是為的藉西術，行新政，眞正做到孟子論政所說的，『民為貴，社稷次之，君為輕。』西洋多少國家在這上頭做得早，做得得法兒；見賢思齊，見善則遷，這就非得跟人家討教臨摹不可。不過反回頭來說，你洋人牧師教士不比咱們小百姓有理沒處講，有力氣沒處使，你都不能阻止住貴國強奪豪取，暴虐霸道，己不正何以正人，還傳啥教？天職未能善盡，虧負上帝慈恩豈不深矣重矣！」

祖父談到這兒，可連連的搖頭，連連的搖起雙手，像是來不及要把適才這番話給擦掉，譏誚起自個兒來：「這不算數兒，這都不算數兒。凡事要是不懂天意，給人世間的是非恩怨糾纏住了，那就別想撕扯清楚。」遂跟叔叔說：「這就是跟你講周易講的先天八卦、後天八卦那個道理。文王後天八卦是專指咱們中國人世之理，伏羲先天八卦雖不能說概括到全世界，照今天新學識來看，至少也概括了北半球，何況更還直通天道。所以要解後天卦，一定得關照先天卦，也就是天道人世不可分，不可偏廢，定要以馬內利，天人合一。總歸一句要訣，這天道人世合則兼善，分則俱惡。爺在聖經跟五經裡尋找到會通相合的至理，就是這個。」

祖父遂又回到大秦景教碑文上來——

當年只不過一個大秦景教僧阿羅本遠來中土傳教，前後僅僅三年，太宗便詔告「濟物利人，宜行天下」，隨後也就「有司即于京義寧坊造大秦寺一所，度僧廿一人」。到得高宗，阿羅本已拜封「鎭國大法主」，教會興旺得「法流十道」（唐初劃天下爲十道，那已是景教流行全國了）；而且「寺滿百城」。若非天命成全，何至二十餘年間就能那樣子飛黃騰達？

可如今晚兒天命又當如何？

打嘉慶年間洋人首傳基督教至廣東以來，西洋列國都有各宗各派，紛紛差來不知多少傳教士，豈止九流十家——這屬英國的、那屬美國的、還有德國的、哀爾蘭的、蘇格蘭的、加拿大的……。差會更是多得不可勝數，單是我祖父所知的就有長老會、信義會、浸信會、聖公會、公理會、衛理會、路得會、宣道會、循理會、貴格會、巴色會、美以美會……還有連他西人也弄不清的許許多多差會。

就說尙佐縣這個偏僻小城，也常川的總有牧師、教士六、七、八人，牧師還又拖家帶眷，師娘也都任事講道之外的種種傳教事宜。照這陣勢兒看，天命怎樣？——聖經上有道是：揀選在主，呼召在主，差遣在主，這些成千上萬不遠千里而來的西洋傳教士，自都是主所揀選，主所呼召，主所差遣，天意不難體悟，上帝似乎很著急，迫不及的一意要把福音傳進中國，因才這樣興師動衆，調兵遣將；甚而至于不顧人世間的節氣對不對，時令合不合。

老實說，上帝豈不知中國這百年來是個甚麼節氣、甚麼時令？依皇極經世推算，乾隆九年歲次甲子至今，卦氣是數在午會姤運。姤者逅也，即就是中西兩方人事不期而遇。同治三年以來，則值訟世，而這光緒二十年起，今後十年間適居九四爻，「不克訟。復即命。安貞吉。」合當與西洋交訟不絕，天下當回復正命，有所變易，大而至于不定要改朝換代，方可不失國，倒要應驗在這上頭；清室氣數將盡，當屬卦氣所示了。

我祖父曾拿這些周易的道理與任恩庚牧師認眞的談論過——也只有這位年輕的美國牧師肯于虛心領教。別的西人一聽到甚麼陰陽八卦，立時便認定那都是卜筮邪術，甚至視爲「交鬼」行徑。占卜之術其實在聖經也常見，民數記、撒母耳記、以斯拉記等都有明文記載烏陵、土明等決疑之法，且爲上帝所常使用，此由「掃羅求問耶和華，耶和華卻不藉夢、或烏陵、或先知回答他。」的經文獲證，又如「耶和華對摩西說……約書亞……要站在祭司以利亞撒面前，以利亞撒要憑烏陵的判斷，在耶和華面前爲他求問」，這都無非是上帝跟人間交通所用的器皿，就像今日天南地北不怕千萬里，全世界都可使喚電報來交通信息，一樣的稱得上無比神奇。要說上帝只可以使喚烏陵、土明，不可用周易來與人交通，豈非膽大妄爲，人而管起上帝來了？何況依于周易推演而出的皇極經世，猶如電報，神奇是神奇，卻有道理可循可解；倒是烏陵、土明，多少近乎黃雀叨卦，銅錢搖課，怎說也興撞上撞不上、碰巧碰不巧。

西人傳教士中，卜老牧師那是圓滑，也很難得，可頂頂難得有像任恩庚這樣子通達明理，稍一解說即領會到此中意思，至少總是相信了上帝不光是猶太人的上帝，也不光是基督徒的上帝。上帝用甚麼法子跟甚麼人交通信息，人有甚麼能爲跑出來夾在當間兒左攔右擋？做主做到上帝頭上？

可到底中西風情民俗不盡相通，彼此怎樣相知還是有隔。提起清室氣數將盡等等，這位年輕牧師可瞪大了凹進深深的一對綠眼珠子，連忙四顧有沒閑人聽了去。那神情眞就是可可實實的「眼都綠了」。

我祖父從跟洋人往來到今——遠自牛莊的韓岳稽牧師起，還不曾見過天不怕、地不怕的洋人，怕颯颯成這個樣子。打那弄明白以後，才知這般西洋人士何以從來從來不談中國朝政。前此也只以爲傳道只傳天國之道，不理會地國，可碰上大英王室，美國統領種種朝政，論斷起來，大半是秕政甚于仁政，知無不言到得不顧家醜外揚，可中國當朝如今敗壞到這般地步，比起英美那些秕政惡過不止十百倍，以任恩庚那樣直言無忌挺性情的西洋人也從來從來是褒是貶決不置一詞。經我祖父藉此探問清楚了，才知原來這般西洋人東來，差傳守約中列有一條，即是嚴禁一切言行觸涉中國政事——此因中國朝廷官家差派的細作徧及家家戶戶，無所不在。中國民間俗話「隔牆有耳」、「路旁說話，草棵有人」，便足爲明證。因有這樣子嚴防，祖父才一提到氣數已盡，清室將亡甚麼的，即惹得任恩庚牧師如此畏懼，且是眞心爲的我祖父冒犯到殺頭大罪而怕成那樣。儘管該歸西洋人不諳中國國情，以致過甚其實，我祖父還是極爲感激人家。

說起官家細作無所不在，遠如秦始皇，近如雍正帝，這上頭算是嚴刻一些，卻也遠不至于到得耳目處處這般地步。我祖父就拿孟石匠修橋造反爲例，到得明目張膽那麼個地步，也才事發就逮，末了不過終生監禁而已。打那以後，祖父也才從任恩庚這裡得知廣東有個造反的孫逸仙。廣西洪秀全之後，又一個造大淸反的頭目，西洋列國已很重視這個有學問、有章程、要打倒皇帝，仿照美國造就共和國的人物。

拿周易來解說聖經，我祖父下的功夫非止一日，偶與任恩庚牧師討教，多半皆得首肯，間或也有令其訝異之處。譬如上帝何以喜亞伯祭物，不喜該隱祭物，西人只能解說預表基督爲流血的羔羊。若說預表，上帝每一作爲，莫不如禮記學記所言「大道不器」，誠所謂「聖人之道，不如器施于一物。」聖人如是，何況上帝！孔子也說「君子不器」，君子如是，又何況上帝！若說是預表但凡先知每不見容于世人，甚而至于爲世人所逼迫、殺害，則其義更廣矣。基督曾說：「大凡先知，除其本地本家之外，沒有不被人所尊敬者。」又指責文士與法利賽人爲「殺害先知者的子孫」，並提到「義人亞伯的血」，基督自身也被世人所殺害，古今中外無盡的史例俱不脫此窠臼。然而更還有一深義在，即就是周易乾卦文言象傳九五所言，「先天而天弗違，後天而奉天時」，上帝寧喜人能走在其先，亞伯當之無愧，上帝安得不喜其以頭生羔羊獻祭！

任恩庚牧師最是驚喜有此一解。聖經創世紀僅記上帝喜悅亞伯所獻其羊群中頭生羔羊和羊脂。該隱則爲種地人，獻的祭爲地裡出產的供物，上帝卻看不中。此外經上並未申明上帝何以看中和看不中，西人來解經，只能是猜測，諸如預表基督血祭、頭一個爲主流血的人、亞伯虔誠而該隱則否……多屬強詞奪理，說得過去，卻在聖經裡尋不到憑據，反而不如我祖父少年時一片天眞所作的認定。

我祖父該說是受有天命並得天啓，少年時習讀聖經便于該隱以兄長殺死二弟這一事故存疑。少年渾沌無知，唯有單憑猜想，不脫六書象形那種直感，亞伯這名字直指其人是個白白淨淨，聰明靈巧，人見人喜的文靜小子。該隱二字筆劃繁多擠塞，濁氣沉重，其人合當是個黑粗多皺紋，一副要賬臉賽似豬頭，生就沒人緣兒的絕戶頭也才會小小不言的就那麼蠻幹。上帝造出他這個人，自個兒怕都不如意，像個窰戶師傅，窰裡出了這麼個歪翹癟爪的瓦銚子。

祖父曾拿這段兒經文試問過我父他哥倆兒，兄弟二人反覆唸了這段兒聖經，敢也參不透上帝爲何單單看中亞伯的祭物，看不中該隱所獻的糧食。叔叔調皮一些，偷偷自語道：「羊肉敢是比饃兒好喫。」

我曾祖父是繼承的列祖列宗那個老味兒，二曾祖母口傳的曾祖父生前行誼，「活脫脫是個孫悟空」，越是神聖越拿不正經去侵犯，取笑禱告是「鬼咕嘰唸咒兒」，連對上帝也常口出不遜。二曾祖母就說過：「你爺果若落到上帝手裡，八成也像孫猴子那個皮法兒，如來佛掌心兒上又翻跟斗又尿尿和薄泥。」教堂裡那一套洋禮，我曾祖父一逕都搖頭不以爲然，取笑二曾祖母說：「妳也唸過幾天四書，都不記得孔老夫子講過，『獲罪于天，無所禱也』，眞正的作奸犯科，殺人越貨，靠那鬼咕嘰唸唸咒，就能脫罪了？那是個甚麼邋遢菩薩？專講人情說項？」又笑說：「這幫洋鬼子眞是化外之民，連名帶姓耶穌耶穌的，佛門是稱我佛如來，道門是稱玉皇大帝，太上老君；人而不知長幼尊卑，那麼沒上沒下的，豈非禽獸？開口閉口都是罪不罪的，這樣子禽獸才眞的是罪過！」

我祖父就不知是否也繼承了列祖列宗那個老味兒，還是父子天性，一脈流傳，儘管敬奉上帝如何虔誠，爲傳福音，晝夜奔忙；服事天父這位嚴父不敢有一分懈怠，一絲苟且；卻也有時像在二曾祖母膝下撒賴撒癡，頑皮嬉戲，那樣的承歡這位天地萬物大主宰。我父哥倆兒——又尤其我叔叔，似乎多多少少都會跟上帝來一下嘻皮笑臉。

我父心中有話沒說，叔叔卻替他道出：「這樁事故上頭看來，上帝倒有點像咱們娘親，沒道理，喜歡老二，不喜歡老大，挺偏心。哥又偏巧幹莊稼活兒，我罷，儘管沒偏巧是個放羊的，可我這麼淸閑自在，不累不苦，也跟朝天東遊西蕩去放羊差不多。所好哥不會把我宰掉就是了。」

這麼一說，敢是挺不正經；又像戳馬蜂窩，戳到父子三人心照不宣，總不要去碰的祖母偏心這碼子事——碰了只有彼此不快。

我父是噌了叔叔一聲，睞了叔叔一眼，怪叔叔不該把這碼子事給挑明了。誰知祖父一拍大腿，指頭點著叔叔，不知有多正經的說：「對，有個頭緒了！只還差把勁兒，再往深處琢磨琢磨，準就摸到上帝心事了。」

哥倆兒不由得愣了愣。祖父說是有個頭緒了，兄弟二人卻沒個頭緒了。

祖父先是笑談自個兒少年時如何無知又自作聰明，把該隱、亞伯二人名字和相貌，憑自個兒愛惡，揣摩上帝心意。儘管可笑，上帝卻叫祖父看重這個疑惑，執意要來解出這段經文，或可稱之爲授以天命了。這要到周易讀至逐漸領悟得更多更大，才在一念間發見了兩經互爲註腳，而至頓悟，一見亮光。

祖父當下盤問起叔叔，在前，上帝把該隱和亞伯他倆兒的老子娘攆出樂園時，曾給亞當怎樣降旨下令。

叔叔推給我父：「創世紀前五章，哥背得可熟！」

我父領會了叔叔好意，想了想，就揀了三節來背：

**上帝又對亞當說：「你既聽從妻子，喫了我所吩咐你不可喫的那樹上果子，地必為你的緣故受咒詛。你必終身勞苦，纔得能從地裡得喫的。地必給你長出荊棘和蒺藜來，你也要喫田間的菜蔬。你必汗流滿面纔得糊口，直到你歸了土。……」**

祖父挺樂的看看我父，遂又一路追問下去：「這是天命。天命不可違背，傳道人也一再申命，聖經不可有一字一句的更改。夏娃是領頭違背了天命，魔鬼是領頭更改了天命，亞當比較冤，米已成飯，不能不喫。夏娃、撒旦、亞當，都受到嚴苛的咒詛和懲治。將才小善背的這第二道天命，亞當兩口子可是守住了，認命了。那麼，下一代兩個兒子對待這第二道天命，是誰守住了，認命了？又是誰違背了，更改了？聽命的結果怎樣？抗命的結果怎樣？你哥倆兒說說看，不難有個斷定。」

叔叔嘴快，可沒等出口，又臨時嚥下去，惶惶的看看祖父，又惶惶的看看我父，手掩住口，接著啃起手指蓋兒不敢講了。

我父品索了好一陣兒才說：「敢是亞伯沒有聽天命，沒照上帝的吩咐種地，去放羊了。羊可不在乎甚麼荊棘、甚麼蒺藜，反而頂喜歡喫這些玩意兒。這亞伯也不用汗流滿面才能餬口，也不用終身勞苦得喫的，倒是喫肉過日子。該隱反倒聽天命，認命守他爺老行業，出死力氣種地過活兒……」叔叔這才悟過來，搶過去說：「是了是了，按講，該隱才是規矩人，本本分分聽他爺的，也是聽上帝的。可上帝反倒不喜歡，奇怪了，上帝這不是愛愛惡惡沒個準兒了?這麼看來，該隱敢是不服氣。我要是該隱的話，上帝我是怎麼不了他，把亞伯宰掉才出得了這口氣不是?」

這裡頭不少話頭好說。像近年不知打外地哪兒傳來的新種，就叫它絞瓜，乍看跟個圓圓的陶紅甜瓜差不多，一破兩半，放開水裡滾幾滾，撈上來拿筷子插進去打轉轉兒一攪，瓜瓤就攪成一綹綹長麵條，攪到後來就只剩下薄薄一層空殼兒瓜皮。白裡帶青的瓜瓤條兒脆脆酥酥，上好的涼拌菜材料，祛暑消蒸，清補佳餚。我父哥倆兒便好似一人手上半落兒個絞瓜，攪著好玩兒，越發得勁兒。可攪了半天，條條綹綹糾纏不清，找不到個頭兒，這小哥倆兒弄不清那小哥倆兒誰是誰非，誰賢誰不肖，還是要等我祖父來調理，巧配了作料拌上一盤冷碟，這才是上得了口的美味兒。

祖父到底是先已參透了其中道理，三言兩語便解個明明白白：「上帝自己個兒是個創業的，所以喜歡創業有甚于守成。這創業跟守成，在上帝的天平兩頭出入很大，亞伯抗命而創業，上帝寧可不在意他抗命，獨獨看中他創業；上帝並不因該隱聽命行事，就看中他那麼守成。瞧，這兩下裡差池多大！」

這一申明，不光是給我父哥倆兒釋放了一個大疑，由而善解天意，這道亮光且一直高照著哥倆兒往後一生長遠的道路——施比受更爲有福，也就是創比守更爲有福。

不過祖父爲防有所偏誤，還是把上帝的旨意申述得更加周延一些。爲此乃指出夏娃的抗命非爲成全，而屬敗壞；夏娃是人在福中不惜福，置身無善無惡因也無憂無苦的樂園裡，自甘墮落于善惡兩相纏鬥交鋒的塵世。其實即使兩口子不被上帝怒逐，那以後也難再安于伊甸樂園，早晚終要偷跑出來。

祖父也將這創業幫哥倆兒打點得清楚。聖經開宗明義便以「創世紀」爲首卷，人皆知這是天地萬物創始之本，是屬當然，並不悟識上帝爲何創世的所以然。人也皆知上天有好生之德，基督徒是說「上帝是愛」，也並不悟識愛與創世有何關聯。祖父得天啓，套用了中庸詞句：「喜怒哀樂之未發，謂之愛；發而皆中節，謂之創。愛也者，天下之大本也；創也者，天下之達道也。致愛創，天地位焉，萬物育焉。」這麼一來，叔叔即就領悟了。事後叔叔給我父細心的一講，我父也就明白道理了。

祖父遂又跟我父哥倆兒，用了老子所言「反者道之動」來解說亞伯的反天命。上帝之道靜靜的不動是愛，是未發；可不動則已，一動即就是個反，是個創始——在上帝是創世，在人是創業。故此亞伯的反，就是創業，是上帝之道在動。故此上帝非但包容了亞伯的反天命，且也亞伯的反，正合上帝旨意。故此，該隱獻祭，亞伯即使不獻祭，上帝還是看中亞伯，看不中該隱；因爲聖經有言：「上帝喜悅燔祭與平安祭，豈如喜悅人聽從他的教訓？聽命勝于獻祭，順從勝于公羊脂油。」而所謂聽命，所謂順從，卻有分別，一是創業的聽命和順從，一是守成的聽命與順從。兩者皆爲上帝所喜悅，只是上帝喜悅創業的聽命與順從，更勝于守成的聽命與順從。

對上帝這一心意說得又淸楚又完全的，還數周易乾卦孔子象傳所言：「先天而天弗違，後天而奉天時。」只可惜這等西洋人只領受到「後天而奉天時」的小道理，傳道也就只能傳守成的聽命與順從。

爲此上帝一定挺著急。打明代萬曆年間天主教傳入中土，起初懂得祭孔祭祖，原本合宜，能敬重孔聖，就能領受孔門這裡所傳下來的天意。在我祖父看來，摩西五經和福音四書，但得能讓中國四書五經合而爲一，互補長短，則上帝的旨意彰顯具足完全矣。

只可惜利翁過世後，天主教從教化王到傳教士莫不力斥祭孔祭祖爲偶像崇拜，四書五經也被視作異端。從彼至今將三百年，天啓中國聖賢所傳天道，竟爲此愚妄的人事所隔，一直無緣兩相匯通，如此虧負天恩，以至天道不得彰顯完全，身爲上帝的中西僕人都該難辭其咎，難脫其罪罷？

祖父這一番論斷，我父哥倆兒倒都十分受用，我父直到晚年，還在以這兩者不合，又自嘆無能爲力，而嘆惜不置，憂心不已。

上帝既見天主教會在這上頭師勞無功，空度歲月，敢是把指望轉而託付給基督教會。且看上帝呼召派遣了這麼多宗派差會和聖工的僕人——不惜一個小小縣城就安排了六、七人，七、八人，又還不顧時令合不合宜——讓這般爲主做工的差會和誓願終生服事上帝，終老中國的牧師教士，跟隨並仰仗其國入侵中國的強權而來，時令如此，這福音種籽安得不恰如基督的比喻所說，大半撒到路旁餵鳥了，撒到石頭淬土上乾死了，撒到荆棘中給擠死了……時令不利，猶如臘冬播種，大地冰封，幾近徒勞。

可儘管如此，上帝仍然執意非要福音傳遍中國不可，不如此則上帝之道不彰。身爲上帝的僕人，若尙領會不了上帝這樣焦慮的心事，倒如何能替上帝做工？做又能做何工？

我父長久盤來盤去的心事，就是拿定志氣要從家道敗到一無立錐之地的這般光景裡創業成家，只是在日日求禱中總覺這是私心，就算也爲的孝心、爲的手足之情，似乎也和娶妻生子、養家活口沒多大分別，全都張不開口跟上帝討要；不光是這樣，不敢跟上帝索求，且還怕上帝不喜，遭受天罰。今祖父既傳下了上帝旨意，喜人創業勝于守成，儘管滿心歡喜，卻還不大放心，就拿福音書裡基督跟門徒講傳天國的一個比喻，求問祖父，是不是和亞伯去做牧羊人同一個道理。祖父一聽就樂起來，深深的點了頭又點了頭。只是突又板起臉來說：「你這倒提醒了爺。前後這麼一照應，子比父可要嚴厲多了。天父對待該隱和亞伯，只不過看不中守成的，看中創業的。可基督這個比喻，藉了那個主人，對那個接下五千銀子又賺了五千，另一個接下兩千又賺了兩千，都是誇獎作『你這又良善又忠心的僕人』；對那個接下一千銀子埋在地裡，原數交還主人的僕人，那是怎麼個看待？」

我父頓都沒頓一下，接口回道：「是說：『你這又惡又懶的僕人』，奪過那一千，給那有一萬的。還說：『把這無用的僕人丟到外面黑暗裡，在那裡必要哀哭切齒。』……。」

祖父環視我父哥倆兒，「對罷，看多嚴厲！主對創業的誇獎作『又良善又忠心的僕人』，把許多事交他掌管，還跟主人同享歡樂。守成的成了『又惡又懶的僕人』，攆他滾蛋。可西人傳來的福音，正是要每個信徒都要守成的聽命與順從，你倆說這福音傳得有多偏！」

祖父遂又把這創和守照他參悟所得，給我父哥倆兒解說了個淸楚，又特重這個創——無中生有，創也；能其不能，創也；乾知大始，創也；開物成務，創也。而知子莫若父，祖父曉得我父拿那個忠僕惡僕的比喻求教之意，因道：「白手成家，平地青雲，敢也是創業，可這裡頭倒有九品十八級那麼大的差別。打天下跟王天下，就有一天一地之異；出力出汗的創業又遠不及克仁克智的創業；刻薄成家該居忠厚傳家之下。總歸仍然要回到根源上去。一品一級的創造，還是本于仁，出于愛；依此仁愛的純襍定品級。」

當下我父也便有了數兒，也是跟天許了願，來日成家定規是憑的赤手空拳；克仁克智既不是個材料，全憑出力出汗也難——那得三兩代積聚才爬得起來。估估自個兒這個能耐，怕只有上不著天，克仁克智；下不拉地，出力出汗；夾在當間兒來刻苦創業。說好那是既憑小仁小智，又須出個小力小汗兒；說歹，那該是個二半吊子。也就這樣罷，胳膊軸花了改領衣兒（馬甲）——將就著材料。但得上養得了老、下養得了小，中腰兒把就只這麼個兄弟栽培起來去幹天下大事，就像亞伯那樣克仁克智去創業，家裡能出個正一品，那就天歡地喜萬事如意了。

祖父傳道的年月不多，卻因上天恩賜特異，三分人事上的盡情盡性所下功夫，也是中、西傳教士所不爲、所不及的。這在單獨一回大禮拜的證道上倒不大費心費事，但凡給派定城鄉各堂三、五天的佈道、培靈、或奮興會，總在多日的預備裡，先將一些緊要的關節，跟倆兒子談論一遍，讓我父跟叔叔把聽不懂的、想不透的、費猜疑的，盡都一一提出來，以此試出聽道的怎麼想，領受得怎樣，補苴自個兒口齒不清的、思慮不周的、亮光不足的種種欠缺。西人立的規矩是從來不讓聽道的人反問究竟，這就違背了問道受誨之理。基督十二歲時在耶路撒冷聖殿中聽道，便是「一面聽，一面問」。

祖父跟倆兒子切磋琢磨還不算，遇上教義精髓之處，或拿中國經書來解聖經，當與不當，總要虛心跟西人牧師教士求教一番。大體說來，西人多半悟力不夠，大不能領受中國的聖賢書。像亞伯與該隱這樁公案，便只有任恩庚牧師領受得了，且表驚異，大有茅塞頓開那麼的喜悅。說來也還是這個年輕的美國牧師不似一般西人的驕氣；能虛心，即不至于瞧不起中國的經典。唯其懂得尊重，所以悟力也較其他西人高強得多。眞是如基督登山寶訓所舉的八福頭一福，「虛心者有福，因爲天國爲其所得」，其他西人幾乎全都沒有這個福分。

祖父爲這農閑頭一季的佈道培靈大會所預備講傳的「大秦景教流行中國碑」，敢是也跟我父哥倆兒先就不止談論了三回兩回；只是西人逃去煙台等地，沒法討教就是了。

碑文連同序、頌、前後落款總數一千七百六十五字，祖父以他「結體遒媚」的一筆柳體，書寫了兩幅立軸，裱糊舖子裱褙一番，即在會中張掛起來講述。大抵是落在景教傳入中土流行二百一十一年的前後光景。及至唐武宗勒令佛教僧尼還俗，連同景教、祆教、回教同時毀寺逐僧。其後佛、回復又興起，景教遂絕。依于天意不可違看來，上帝像是挺不介意景教在中國傳不傳得開來，傳不傳得下去。上帝如若執意要景教流行不絕，別說一個唐武宗，就羅馬皇帝那樣殘殺教徒無算，也攔阻不了上帝旨意要在羅馬大帝國造起一個世界頂大的基督教國。

要想參透天意，敢是不易，不過上帝也並非一個絕戶頭，不樂意世人與他相知；實在上帝是「大而無外，小而無內」，人是沒本事知道完全，可天雖不言，人還是能從「四時行焉，百物生焉」，多少參悟個一二。漢唐盛世直前，一向禮樂教化，斯文具足，景教有則不多，無之不少，從碑序所記足見皆是錦上添花，所指惡世「或指物以託宗，或空有以淪二，或禱祀以邀福，或伐善以矯人」諸病，古民皆有染患，猶太人則爲箇中之尤，獨中國宋明以後方始漸染這些惡疾，明淸尤烈，于今更敗壞得必得福音來振興華夏不可。此上帝焦慮其一也。

而基督福音歷經歐美列國傳來傳去，舊教固已墮戮窳腐，新教也愈傳愈爲偏頗不足。天道不行，上帝安得不急于福音速傳中土，使與其恩助中國聖賢所創的基業相融，得以規正而豐富。此上帝焦慮其二也。

由此也體悟得到，福音入華斷不止于如西人所自命爲施捨，卻也是求助。故而中西文明合則互惠，分則相害。

這才眞如使徒保羅的警世之言：「不傳福音有禍了！」藉此以申其義：不受福音也有禍了！並且不傳不受之禍，殃及中西，斷非獨禍中國也。

# 打野

華太平家傳

入冬近臘這一陣子，我父開的頭，哥們兒一大夥兒閑小子白天打野鴨子、打兔子，入夜打大雁、人腳獾、黃鼠狼。打野把人都打瘋了，做夢都呼兒呼兒喘粗氣兒，撒奔子蹍兔子。

打野都是使喚的洋鎗，狗是沒有哪個莊戶人家不養個一兩頭來看門的，不愁沒的使喚。可眞正夠料兒的狗不多，就算箇頭兒細長善跑，肌理壯實，不怕兔、獾、黃狼子放騷臭，單那嘴巴筒子不夠長，口張不大，要不是咬不住野物，也定會咬到了又給掙跑掉，數來數去，莊子上近三十戶人家，也只有沈長貴家的小四眼兒，李府上的老黑牠倆兒管用。

洋鎗就不是家家都有了，洋鎗總都收藏到炮樓上。洋鎗跟炮樓、炮樓跟洋鎗，比如焦不離孟，孟不離焦，兩下裡分不開來。莊戶人家總要家財到得一個地步，也才要蓋座炮樓來保身家性命。光是個空空炮樓沒洋鎗，總不能土匪馬賊來了，跑上炮樓拿尿尿刺人家，這就得靠洋鎗洋炮才頂事兒。再說罷，蓋得起炮樓的人家，敢也買得起三兩桿子洋鎗；再還有洋抬炮，箇兒又大又沉，得兩個漢子才抬得動，也不像洋鎗那樣安的有卡機、狗腿兒、彈簧這些機栝，洋抬炮只合一大堆生鐵錢，倒比洋鎗還便宜。打炮樓上口朝直下打地上，也不怕鎗子兒火藥倒空著撒下來，跟上十桿洋鎗還要厲害。

叫是叫洋鎗，可都是土造，鎗筒鎗膛就只是翻沙模子生鐵灌的。跟爆竹火藥一般樣兒的黑粒子鎗藥，逢集地攤子上就有的買，鎗子兒也是的。冬臘裡，走鄉串村兒的生鐵爐，現煉現灌鍋、鏊、犁頭，剩的鐵漿根子不夠別的料兒，就便崩個鎗子兒——拿幾個大蘿蔔，橫裡一切兩半兒個，就地挖挖窩兒，把切開的蘿蔔白兒朝上，半截兒栽進土裡，端臼子裡西瓜湯那麼鮮紅鮮紅鐵漿子，衝這些蘿蔔心兒一一溜上去，立時放花爆竹般，衝到蘿蔔瓤子上便四下裡迸散火星子，結成顆顆綠豆大小的黑鐵珠兒，那就是洋鎗用的鎗子兒。

一桿洋鎗，尋常總要備而不用的安妥二三十鎗火藥管子，管子跟打火用的紙媒子竹筒是一個式兒，只是長得多，四寸來長的一截竹管子，斜削的口兒，先裝進三四成小鐵珠兒鎗子兒，再裝六七成火藥，口上拿火紙塞緊，這就夠打一鎗。要打鎗，先把竹管子火紙塞拿掉，對住鎗口灌進去，正好顛倒過來，鎗膛裡火藥在下，鎗子兒在上，這再拿鐵通條打鎗口探進去，搗搗結實，免得鎗子兒火藥撒出來。然後扳開卡機，火信帽兒戴到火嘴子上，下面護圈兒裡一扣狗腿兒，卡機搥下來，火信帽兒打出火來，刺進鎗膛裡，火藥一炸，顆顆火紅珠兒竄出去，一出鎗口就像個嗩吶噴散開來，愈遠火團愈大。古人百步穿楊，那是拉弓射箭，洋鬼子這玩意兒三百步也有了，還又一點兒力氣也不用，只要端得平，對個準就成。

那洋抬炮比這洋鎗還省事兒，炮膛是空的，炮心兒是個一頭開口的圓鐵筒子，約莫一尺長短，比擀麵杖略粗一些。有個把手方便裝進炮膛、卸出炮膛。鐵筒子裡裝滿火藥與炮子兒——那可不是生鐵珠兒；家裡破鍋破犁頭，但凡生鐵傢什，又硬又脆，拿來搥成碎碴子便是。連同火藥裝進去，筒口用泥封住，口對炮筒安進空炮膛裡。火信是以空心麥稭灌進黑火藥，約莫寸把長，兩頭用泥封口，發炮時，這麥稭管兒插進炮心兒鐵筒靠近底子的小孔裡，火繩或火紙媒子都行，點着麥稭火信，炮火便從炮筒轟出去。這一炮足可打得牆倒屋塌，好樣兒大樹都能攔腰打得斷，那震人的動靜就別說有多驚天動地。

這沙莊上，總共五座炮樓，除掉頂西頭湯家，是個絕戶頭，也是個土肉頭，跟莊子上誰家都沒大往來，生怕跟左鄰右舍走近點兒給沾走了甚麼，他湯家炮樓上到底有幾桿洋鎗、幾架洋抬炮，誰也不曉得。頂東頭的高壽山家，炮樓裡只有兩桿從沒打過一鎗的洋鎗，火藥更不知是哪年哪月就積存那裡。經不住我父一啜哄——別到了緊要當口有鎗不會使喚，有火藥火信帽兒一鎗也打不響——打野去？敢是頓兒也不打一個，又沒有上人可顧忌，順口就應了，又還直後悔，怎的向來都沒想到「年年防賤，夜夜防賊」的這些玩意兒倒有這樂子可尋。「阿枯恰、阿枯恰，日他哥你怎那麼些個心眼子！」眞是服了我父，不知該怎麼五體投地的重謝一番。

沙耀武家炮樓裡是三桿洋鎗，一架洋抬炮。打野是洋抬炮用不上，三桿洋鎗又多了。炮樓儘管兩房合共，老媽媽凡事由著耀武，試鎗試藥又是正事兒，敢都隨他耀武的意。只有李府上，哥們兒上頭兩代人，大大小小啥事兒也不好要怎樣就怎樣，嗣仁反回頭來賴上我父：「日他祖王人的，是你打的主意，得你跟俺大說說，俺大定規聽你的……」話是眞話，情也是實情。可我父就怕仗勢兒不知進退，張口讓李府二老爹不好薄自個兒面子，不能不允他，那就沒分寸了。

莊子上就數李府炮樓裡的傢伙最多，兩架洋抬炮，四桿洋鎗，桿桿都是長筒子，打得遠。有那麼些洋鎗洋炮，那火藥、鎗子兒、炮子兒，敢也比誰家炮樓都藏的多許多。要打野的話，自數李家本錢頂厚實，叫人不能不心期眼紅。

我父推掉了，跟嗣仁實話實說，怕頂著面子，二大爺心裡不樂意，還非得點頭不可。後來嗣仁硬著頭皮去請命，李府二老爹爽爽快快一口就應了，還說：「好事兒，該派的，可就是千萬要小心留神，別傷了人。」可臨打炮樓裡四桿洋鎗都拖出來，擦擦弄弄的工夫，李二老爹獨獨衝我父囑咐：「他華大哥，數你穩重，又閱歷多，這些性命關天玩意兒，託付你，可多管著點兒他哥們兒幾個小冒失鬼……」

我父只有滿口應承的分兒，卻心裡不禁生疑，臉上也覺靦靦腆腆不大是味道。果不其然，兩天打野下來，才閑話裡聽出來，嗣仁跟他大大請命，是拉我父墊背，說我父提醒衆哥們兒，家裡洋鎗洋炮外帶火藥伍的，哪興好幾年不管，由著生銹的生銹、受潮的受潮，一旦用得著了，要緊當口鎗炮打不響，還不如拎根八棍子有用。不錯，這都是我父他親口說過的，可萬不該打著我父名號，把甚麼都套到我父頭上來。往後萬一出個甚麼差錯，落了怪罪，這我父倒不在乎；敢做敢爲就敢當罷，還怕頂事兒不成？只是你李嗣仁這麼樁小事都不敢挺腰桿兒，背地裡拿我出頭，夠不該的了；還又把我說的話販過去——呆定販不周全的，不知把正事兒歪扯到哪兒去了。換上別人誰，隨誰怎麼想，我父都不用放擱心上；唯獨李府二老爹，我父眼裡的大賢人，可一千一萬個不樂意自個兒在這麼一位長者心上有點兒推板，弄得平空打了折扣。我父是眞的挺在意這個。

嗣仁是他李府這一輩兒排行老大，哥們兒大夥也尊他爲長。可一向沒個老大材料，也沒兄長樣子，總只說是小小不言，都不去計較，這一回倒叫我父更看透了這個人，很有些灰心。打這往後，說要絕交敢是過逾了，實秉實倒也沒惱到那個地步——再還有個難處，儘管說不上甚麼「人在人眼下，不能不低頭」，也說不上誰是主，誰是奴——替他李府上幹活兒，又不是替他李嗣仁一個幹活兒；可只要在他李府上拉一天雇工，總是一天就得碰頭卡臉湊合一道，兩下裡難道老拿後腦勺兒對後腦勺兒？那就沒味道了。我父瞪住嗣仁，心下就此打定了主意：你李嗣仁滑頭沒擔待，沒膽兒頂事兒，咱們往後也就只能是嘿嘿哈哈對付局兒，皮交肉不交，彼此少牽扯就得了。

一開頭給嗣仁那麼小人的一攪和，我父心裡難免挺不自在，簡直有點兒敗興。可打野這玩意兒到底新鮮，樂子無窮，年輕人是煩是氣都擱不久，一熱鬧起來也就啥都丟去九霄雲外了。

尙佐縣這個小地方，或許沒山沒丘的緣故，一片大平陽，野物稀罕，又或許莊戶人家挺本分，鎗鎗炮炮只在保家，似乎打古到今想也想不到拿這些玩意兒打甚麼野。哥們兒讓我父這一挑起來，敢是新鮮要死，樂得像小孩子過年一般。

我父是進關四、五年來，日子裡也一直跟這打野無緣，至多下過滾籠、扯過網，捕小鳥來養養玩兒。早晚兒上誰家炮樓，不免眼饞那些個洋鎗，看看差不多都成了廢物，忍不住拿桿空鎗手上反覆把弄，捨不得放下。便是想到打野也可巧都不是那個時令，又還跟人家交淺，夠不上那麼不見外的拿人家保家的傢伙拖出去作耍，提也不曾提過打野甚麼的。

不知是生性如此，還是生在關東那種家道，習以爲常了；別說青泥漥大爺主事的馬棧，好幾代都養的一夥夥兒炮丁，長短洋鎗不知倒有多少，就是貔子窩姥姥家那邊兒，屯子裡安分守己的人家，也大半三兩桿洋鎗，防鬍子是一，可從沒像年年秋冬使喚得那麼多，打鹿、打狍子、兔子、大雁、黑貂、草狼，在行一些的也打過黑瞎子——狗熊，熊掌熊皮都是上好行貨。我父年幼時喜的是上樹摸斑鳩，屋簷底下摸家雀兒，不管是蛋是小黃口。打咱們大老爹給了他一把雙銃子，那可得勢兒了，關東「九月九，大撤手」，重陽就已田裡沒莊稼，姥姥家養的老黑，跟上小牛犢兒那麼大，那麼壯，正當年又那麼能跑，就憑這一狗一桿雙銃子短鎗，才十二歲就跟起屯子上一夥兒大人翻山越嶺去打野，帶常裡幾天幾夜不回家，姥姥全都由著他。

咱們大祖父玩馬玩鎗敢都是一把手，送給我父那把雙銃子所爲不止一端。那時馬棧炮丁多半都用快鎗了——關東叫「德鎗」。兩相較量，快鎗打得遠太多不說，鎗子兒有一槽五顆的，有一槽十顆的。一扳鎗機，鎗子兒就頂進膛，一扣狗腿兒就打出去，可眞快得乾淨利落，不像洋鎗那樣，鎗口兒倒進火藥鎗子兒，鎗條通進去搗個半天，才得打一鎗。要說快鎗也有不及洋鎗的，那就是洋鎗打出去，像個掃帚一大遍，快鎗只那麼單吊兒一顆，打不中就白打了。可那夥兒炮丁行得很，鎗法兒本都有個紮實底子，練快鎗要跟射箭一樣練個千步穿楊不難，死鎗打香火頭，活鎗打飛靶子，練不練的舉鎗就中，穿個透亮兒過，中了就沒命，又打得遠，不比洋鎗，中了或許打出蜂窩兒來，只是稍稍遠著點兒，身上穿得厚實些，任那鐵珠兒紅像點點火炭，就許連棉絮也穿不透。故此打西洋東洋傳進來這快鎗，沒經多久，原先的老洋鎗便落得只有打野的分兒。大祖父敢說就是把這不中用了的雙銃子送給我父這個大侄兒。不過也不就單單這個意思，雙銃子這把短鎗也挺貴重，鎗箍都是雕花包銀，把手嵌的有象牙、雞血紅寶石，墜著金線裹的大紅絲縧繐繐，高祖父玩過佩過，算得上傳家貨罷——傳家寶敢還談不上。可我父也不管那是個寶還是個貨，嫌那礙手，把大紅絲縧繐繐去掉，斜叉花挎在肩脖上，就那麼去打野，再合手不過，眞正的長管子洋鎗，十二歲的小子還端不平呢，那麼個沉法兒。

雙銃子短鎗，不光是輕便，使喚起來挺靈活，也是打草狼、打黑瞎子得手傢伙。俗說草狼是「銅頭鐵腦袋，越打越自在」，頭一鎗就算打個正中，照樣衝著火藥煙氣竄上來，只有雙銃子才得迎著門面再補一鎗。那黑瞎子也是一樣，老厚毛又老厚皮，頭一鎗就算打牠個渾身上下盡是馬蜂窩，也礙不著牠衝上來，咧開血盆大嘴來撲人，可正好，待牠挨近了，瞅準大嘴巴請牠喫頓辣椒蘿蔔豆兒。喫頓飽飽的，不用再喫了。

我父憑那枝本當好生收著把玩把玩的雙銃子，可從沒打到過甚麼草狼黑瞎子。鎗筒子短，敢是打不遠，便是狍子兔子也不興百步遠還不溜掉，愣等著捱鎗。可夾在表舅表姨父那般大人窩兒裡，腿腳溜活得很，渾身都有用不完的力道，從來都沒累人等了候了來就和他。追起掛了傷的狍子小鹿，我父多半還搶在前頭。攆上去補個一鎗兩鎗，給撂倒個老實的，也是常有，倒數這雙銃子頂趁手。

那昝子一跑三、五天可是常事兒。夜裡烤火睡露天，淨聽大人夥兒東扯葫蘆西拉瓢的賣嘮藥。烤兔子肉沒油沒鹽兒的，啃著滴著血水，也還是噴香噴香得要命。那些個嘮藥賣的盡是當年勇，打野碰上的七巧八怪，總吹個沒完兒，太過離奇，多半都一聽就聽出一成引子九成謅，瞎謰胡砍到前言不搭後語兒。可那一成眞章兒還是給人長見識，九成砍空兒也挺逗人樂子。

如今漫湖裡東跑西蹓的端著鎗打野，沒山沒窪兒好去，別說用不著一跑三、五天不沾家，得在外頭露宿；也沒白出黑回，多是晌午飯過後，才湊合齊了人，帶狗下湖，沒等日頭下去也就又收傢伙回頭了。除非熬夜打大雁，再不就是白天見到哪個老墳有獾子打的洞，夜來撂遠些圍著那座墳堆守住，等那人腳獾出洞。可多半落個瞎貓等死老鼠，空等一場。就是那樣，也都熬到三更天前後便收攤兒。逢到乾巴巴愣等，沒著沒落時際，我父也會時不時販些兒當年聽來的嘮藥賣一賣，給大夥兒解解悶兒。

黑瞎子，這尙佐縣叫狗黑子，只在玩把戲那兒見過。畜牲裡頭怕再沒比這狗黑子笨的了，就只會兩隻前爪扶在鼻子上耍扁擔，笨笨的把那扁擔撥弄打轉轉；再就是翻跟斗，說來也不算牠會翻兒，只不過玩把戲的拿長柄黑鐵勺，裡頭盛了爛魚甚麼的，逗得牠鼻頭不即不離的緊跟住黑鐵勺。勺子舉高些，便學著人兩腿站直了跟著走，是眞的吊胃口。勺子低下去，少不得跟著彎下身子去。勺子打那肚子底下過，再打像是穿了老套褲似的腿襠裡抽到後頭去，那牠只有窮追不捨，腦袋探進襠裡頭，不翻兒上一翻兒也不成，可憐末了還是沒撈到爛魚喫。接下去再重著來，兩腿站直了走幾步，傾下身子，腦袋著地，身不由己翻兒一翻兒。這樣子也倒能沿著圓場子邊，翻上一圈兒十來個跟斗。

黑瞎子出得這一路貨，敢是活捉爲上。打死了的話，就只有取那一雙前蹄兒做熊掌，再落一張皮；那還非得降霜下雪過後時節，熊掌才夠肥，皮生厚絨也不掉毛。

可捉活的那得老獵戶才行，下鐵夾、掏詭阱，活捉是活捉到了，可就保不住腿給夾瘸了，哪裡捽殘廢了，那可出不了手，饒是賣得掉，也價錢上推板太多。

捉活的要靠膽大心細沉得住氣，弄不好要貼上性命。短把兒雙銃子只爲防身，萬不得已才使喚得著。要緊還是幾匡指頭粗、擦了蠟的長短蔴繩。尋覓到黑瞎子，繞到上風頭兒，好讓牠迎風聞見人味兒，老遠就挨過來。人是裝死挺到地上，待牠黑瞎子鼻子觸上身，得暫且憋住別喘氣兒——著實憋得受不住，也只可慢慢悠悠不露形迹的偷換一口氣，千萬別讓胸口肚子顯出起伏來。總是裝死能裝得怎麼像，就裝得怎麼像。

就像唱本兒唱的兩將對戰通名報姓：「來者何人，老將刀下不斬無名之鬼！」這黑瞎子別說笨不笨、魯莽不魯莽的，也是一般的豪興，「老熊掌下不傷無氣之鬼」，嗅來嗅去，認準這人沒氣兒了，可得意透了，不定自以爲弄死了個人，瘋瘋癲癲繞著死人玩兒起來，撒陣兒歡兒，撂陣兒蹶子，過來舔一口死人臉，過去撥一下死人腳，樂得不知怎麼才好。等玩兒夠了，也玩兒累了，就好跨到死人身上，四蹄撐開來，恰恰把死人攔在滾圓肚子底下——幹嗎？半騎半蹲的蹭起癢兒來。

但須熬到這一步，十成就有個八成了。你黑瞎子老兄皮癢不是？別的沒有，這可現成，就給你老兄撓癢撓個夠唄。說牠黑瞎子笨嘛，就眞笨到了家，下勁給牠抓癢癢，也覺不到肚子底下你這個死人怎又活了過來。抓到煞癢處——最數抓到卵泡那一嘟嚕㦸碎兒，瞧那自暈自在勁兒罷，哼哼唧唧，哆哆嗦嗦，白沫黏涎兒滴溜打掛的固滿一嘴巴子，快活得屄都刺出來。

這工夫可不能怠慢，別等牠老兄自在到頂兒就得手底下放快著點兒，一邊抓癢，一邊騰出手來，四根粗腿一一給套上副愈拉愈緊的油瓶扣兒。套完了四蹄兒，再擂到當央攏到一個活扣環兒裡。等把這些繩繩索索調理個利落，只須攥緊那根頂粗的綱繩，給牠一個不留神，打那肚子底下連打幾個滾兒，滾到八九上十來步，把那綱繩只一抽，攢住勁兒直往緊裡拽，黑瞎子立時倒地不起，四蹄給擂到一堆兒，一動也動不得，綑豬一般綁個死死的。大夥兒這再偎上來，紮緊嘴巴子，再攬上兩道辮索子，防牠太沉給繩勒傷了皮肉。這再兩根粗槓子，穿進個十字槓，前後左右四個漢子抬了跑，輕輕快快抬下山。賣給玩把戲的，跟上一頭四牙兒壯騾子價錢。就算四、五個人分，人人也還是發了個小財兒。

講是這麼講，也講得活靈活現像回眞的；要不的話，哪興那麼周到得入情入理？可人世上又找不出多少正事歪事能那麼入情入理的周到。可見得那樣子活捉黑瞎子，躲不了還是瞎謰胡砍。許是不止一張嘴裡謅出來的，打一張嘴裡過一過，加點兒油、抹點兒鹽，長了些味道；再打又一張嘴裡過一過，再滴點兒醋、調點兒醬，就又滋味多了。我父這張嘴裡再傳出去，合著百張嘴嘗過，添上過百色作料，敢是百味俱全。那些原本不入情、不入理的碎渣巴碎末子，到此也都挑掉個乾淨了，反而比眞人眞事還要入情入理的周到，叫人不光是聽了信以爲眞，還又把聽的人一顆天生仁心給打動了，爲那頭叫人活捉了去的狗黑子可憐又抱屈。

我父但凡販過一椿嘮藥，止不住叮一聲：「這玩意兒得講鍋氣，趁熱聽才有滋味，涼了就沒意思了。」可聽的人才不那麼想，聽得有滋有味不說，品了品還又頂眞的追問這，追問那，是頭公的還是母的？公狗黑子跟沒跟來找？撇下了小狗黑秧子沒有？還又問那狗黑子公的母的怎麼叫法兒——這尚佐縣倒跟關東叫法兒差不離兒，牛是尖牛牸牛、馬是騷馬騍馬、騾子是騷騾心騾、驢是叫驢草驢、羊是騷羊水羊、水牛是牯子牸子、狗是犽狗母狗、貓是男（郎）貓女貓，只有豬、鵝、雞、鴨，才統叫公的母的。問得我父煩腔笑起來，噌了老是叮著問東問西的小矮子李永德一聲：「你這裡都叫狗黑子，那就比著狗來叫罷——犽熊母熊？像話嗎？」沈長貴緊跟著取笑過來：「丈人的，虧你李永德是個人兒，你要是個卵子，這麼墜著悶，不是把人墜死了？丈人羔子！」

打大雁也是照聽來的那些嘮藥試的。那倒還不算離譜兒，白日打飛雁，黑夜打上宿雁。打飛雁是不管頭頂過的是一字陣還是人字陣兒，打那排尾的；打掉打不掉，前頭的雁陣照飛不亂。依這個說法兒，敢是入情入理，可眞正打起來，哪那麼容易，先就得捧著桿鎗愣等，又不是地上跑的玩意兒，還可撒點兒糧食甚麼的引一引。好不容易等來了，未必正好打頭頂兒直上飛過去。就算當頂飛來罷，離了鎗搆不到，低了又來不及瞄瞄中就又飛過去了，哪還沉得住氣瞄那排尾的，來得及放上一鎗就算手腳夠痳利了。別看那麼慢悠悠飛得有多消閑自在，一鎗打不到，就算還有一桿在手，不用裝藥裝鎗子兒，跟著追也只有愈追愈遠。說是那麼說，打掉後頭的，前頭的不知道，怕也靠不大住，地上轟那麼一鎗，一二里遠都聽到，那大雁又不是聾子，不給嚇個半死才有鬼呢，還保得住陣腳不亂？

打夜裡上宿大雁也有一套說的。大雁是再合群不過——合群的飛禽走獸不稀罕，可像大雁那麼守規矩，有條理，上宿還有輪番兒打更守夜的，那就不多見，恐怕只有大雁了。還有那三貞九烈的天性，人都趕不上這種比鵝小、比鴨子大的野禽；不問公的死了母的，母的死了公的，總就不再找個公的母的來配對，守寡守到底兒。故此老古代的人拿大雁當傳喜文訂時男方送給女方的聘禮，就是取的這個意思。

夜來打上宿大雁，便在這守寡的公雁或母雁頭上打主意，說起來也是欺負好人。那些嘮藥是這麼個講法兒，整群大雁入夜上了宿，一個個腦袋盤進翅膀底下，都是一爪縮到肚底厚絨毛裡焐暖，金雞獨立睡個熟熟的，只有那守寡的守夜打更。但凡有個甚麼動靜，覺出不大安頓，這守寡守夜的便嘎嘎嘎叫喚起來，把大夥兒嚷嚷醒，腦袋打翅膀底下探出來，齊打夥兒四處聽聽瞧瞧，果若不大對，覺出有個狼呀狐狸甚麼的，或是有那打野的摸黑了來，那可不管天有多烏漆抹黑，眼頭有多不濟事兒，只有一齊拍拍翅膀，先飛起來再說。

故此夜來打雁的，得早在傍晚兒時節，就要相準了哪兒落了大雁，待天黑透了，偷摸到百來步遠，找個陝溝子、墳頭甚麼的躲下來。拿火鐮頭把火紙媒子打熸了，舉高一些繞著紅圈圈兒，百來步外準瞧得到。漫空裡不停的那麼揮著火紙媒子打轉轉，直到那隻守夜孤雁見到，嘎嘎嘎叫起來，就趕緊收起火紙媒子，靜等雁群醒來，散散落落的啼喚，好像你問我、我問你：「怎回事兒？怎回事兒？……」半天，敢是甚麼也沒見到聽到，慢慢兒也就安靜下來，重又睡回去。這再耐住性子等著，等到全沒動靜了，打熸火紙媒子，如法炮製，擎到漫空裡打轉兒，逗那隻守夜孤雁重又嘎嘎嘎把雁群喚醒。這麼反來掉去逗弄個三兩回兒，那些成雙成對的大雁給攪和得煩兒了，覺睡不好，又疑猜給促狹了，不是齊來狠啄這隻守夜的，啄得哇哇喊冤，就是發誓任牠再嚷再喳呼欺弄人，也不要又上當，只管睡回去。其實那隻守夜的孤雁更冒火，苦苦的守夜不落好，給這些成雙成對的咄得青頭紫臉，發誓便是有人端鎗來到眼前，再也一聲都不聲了。

這個當口可再好也沒有了，四下裡偷偷圍上去，守夜的大雁饒是懺覺到了，要叫不叫的，來不及出聲兒，四面八方洋鎗潑火，十幾二三十隻大雁不定一隻也飛不走，整擔整擔兒挑回來。

沙莊這裡，東北兩里光景，打黃河崖上來，好幾家人家合共的一片百把畝槲條園，秋裡條子割了編傢什，剩下一墩墩盤在地面上大半尺高的虬根。一整天喫飽了麥苗的大雁，帶常裡總是整群整群落到這榭條園來上宿。冬日光禿禿野湖上沒啥可擋擋風雪，大半尺高榭條虬根墩子，多多少少擋住些貼地的西北罡子風。那樹根墩子恰似一隻隻大雁蹲縮在那兒，雁群落進去，混混𥚃𥚃真還分不清哪是雁、哪是樹根墩子，也算是大雁藏身的好去處。除非落進了白大雁，白得惹眼，這地方叫綿羊鶺，遠看倒真有點兒像一群綿羊。

這可是打夜雁的好地方，用不著傍晚兒費神去找哪裡有大雁上宿。只這榭條園也有難處，偌大百來畝的園子，這一頭瞧不到那一頭，雁群落是落進去了，落在哪一頭哪一邊兒還是正當間兒，老遠瞧去眞還拿不穩。要用那個烽火戲諸侯法子，得在園子外舉火，太遠的話，守夜大雁不定看得到。就算看得到了，也三番兩次逗得群雁把守夜的啄得哇哇喊冤，該靠近去動手了。可偷偷摸進園子裡去，算夜不怎麼黑，地面上也還能模模糊糊看清幾步遠，徧地榭條虬根，哪分得清大雁都宿在甚麼地方？單憑方才聽到的幾陣雁聲，也難估遠多少近多少。百來畝地，對直走要大半里，怎麼瞎摸去？萬一宿在近處，弄得不好，踢到踩到了，不用守夜的叫喚，也全都驚動得飛走個光光的了。還有那一墩墩虬根，盡是割過榭條留下小鑲子一般削尖的短橛子，徧地又都細筋拉秧兒的跳根，摸黑走動難保腳底下不蹴到這些絆馬索，難保不跌到那些尖尖朝天的橛子上。果若跌了一跌，那可了不得，戳到眼睛就眼睛瞎，戳到手心兒準打手背兒透過去，戳到肚子不滋出大腸小腸來，也該傷到子孫堂。打不打到大雁不打緊，白耗了鎗藥也事小，傷到人那就紕漏捅大了。

我父就是那麼個挺有心廔的人，不光是打野這麼著老雀上頭掛鐮刀——懸蛋玩意兒要這麼謹愼小心；凡事不分大小，我父總在還沒動手前，先把甚麼都慮個周到，跟合夥兒的哥們兒一草一葉都調理全副，有難處先化解，有險先提防，不牢靠的先弄妥當，非得這樣才敢放手去幹。哥們兒久了也都學會了我父常時掛在嘴上的口頭語兒：「小心沒小心過了火兒的。」可哥們兒後半生除了我父，都沒一個成大事兒的，或許我父凡事小心歸小心，「小子要闖，姑娘要浪」，闖還是定規要闖的。別的哥們兒把小心學去了，只算保得住祖產，小心得樹葉子掉下來都怕打傷腦袋，哪還敢闖不闖的冒風險——或許那就是小心過了火兒。

小心歸小心，闖歸闖，也果然不錯，個把兩個月下來，三天兩頭哥們兒就約合著出去打一回子野，不說到底打到多少野味兒，像這麼個鎗鎗火火、性命關天的玩意賬兒，單就誰也連個油皮兒都沒擦傷過，這就該歸功事前有個萬全之計了。

比起當年我父跟的咱們那輩表舅爹、表姨爹出外打野，多多少少出個鎗走火的甚麼毛病還要穩實——我父有個表姨父兒子，就中了人家誤打，虧得離著還遠，沒中要害，鎗子兒沒打進肚子裡。可還是夠險的，扒開老棉褲，連腰帶肚子，五、六處蜂窩眼兒，一粒鎗子兒就裹一小陀兒棉花嵌在膪肉裡。荒郊野外啥也不湊手，倒還算方便，掐住拖出皮肉外頭的棉花頭兒，趁著勁兒防著別拔斷，薅草一樣連根拔出來，鎗子兒就裹在棉花裡，五、六粒鎗子兒算全都提出來了。傷口冒血，來不及燒頭髮灰敷去，就倒上黑火藥，又喫血，又殺毒，又凊住口子結了疙渣兒。那個表姨哥人生得壯，膘子厚，只合皮肉之傷；瘦一些怕就保不住鎗子兒裏住棉花一一塞進身子裡，得找獸醫來開腸破肚才行。

提防走火，火信帽兒交給不打鎗的李矮子一個人管，不到野湖鎗嘴兒都是光頭，這是一。安不安火信帽兒，狗腿兒後彎兒裡總要卡住個軟木塞子，臨要開鎗才摳下來，這是二，也是萬全。夜來打宿雁，得趁天黑兒前，把群雁落進槲條園靠東靠西還是靠南靠北，要偷看個實在；看不實在寧可不打，也不去瞎摸。那園子裡徧地跳根兒，我父可花盡了心思，獨自個兒跑去園子裡又琢磨，又試了再試，終給他找出個門道兒，吩咐哥們兒黑裡一摸進園子，每走一步都要蹺起腳尖兒，讓腳跟先著地，再腳掌踩下去；提腳也要提高一些，腳尖兒邁到前面再蹺起來，蹺早了還是難保不給跳根絆住。爲這個，大夥兒還大白天現到那槲條園子裡練腿腳；睜著眼練熟了，再閉上眼練。就便又散開來，百來畝的槲條墩子裡去找大雁糞，哪裡糞多，許就大半落在哪兒上宿，心裡好歹有個底兒。待到萬無一失了，這才把甚麼都打點全備，二更天前後，一夥六條漢子依計而行，前去打上宿的大雁。頭一回就打來十三隻，九隻當夜提回來，天亮又去找到四隻挺棒硬的，翎翅兒上霜花還沒化。

那夜月初，大晴天，一等月牙兒下去，大夥兒收拾妥當便等不及的朝槲條園開拔。風是沒風，可就是那乾晴的清冷清冷個天兒，腮幫子像一邊兒貼塊冰渣子。戴三塊瓦兔毛帽子的，把兩邊護耳拉下來，下巴頦子底下打個結。戴狗頭套兒的，整個兒拉下來裏到脖頸兒，只露倆眼兒。我父戴的是土黃駝絨捲帽，也把後半捲邊兒拉下來，護住倆耳朵，脖頸繞上好幾圈兒的大辮子，跟上好樣兒厚毛圍脖兒。就這樣也還是一個個鼻尖兒上滴溜著要掉不掉的清水濞子。我父還算好，多虧新置的大棉襖架勢兒，沈家大美姑娘那條粗粗實實的搖腰帶，裹上三圈兒一紮箍，好似兜腰圍一道土圩牆那麼緊襯，風雨不透，下邊褲腳又是紮腿帶子綁緊了的，一個熱屁暖上半天也散不了。

嘈嘈著打上宿雁夠久的，高壽山跟著大夥兒笨笨拉拉的練也都練了，試也都試了，臨到這頭一回摸黑兒上陣，倒爲夜來受了涼，癆傷鬼那樣的啃啃啃兒，咯咯咯兒，炒豆兒一般咳個沒停，大雁就算一個個都睡死了也定要給吵醒過來，大夥兒一條聲兒不許他去。這就夠叫他結巴子難過的了，還又給大夥兒尋了開心：「你奶奶的小命兒都不要了阿枯恰，這個天兒可是天寒地凍，又不是伏天，還光著腚兒土車兒上辦屣事兒？受了風寒兩腳一蹬，你奶奶的就老實了不是？」

土車兒不土車兒的倒不一定，可八成也不是好作，跟那檔子事兒脫不了干係，被窩兒亂翻騰，不閃了風才有鬼。這樣子給大夥兒消貶，老實人兒連彊住舌頭反口的本事都沒有，阿枯恰和著啃啃啃兒、咯咯咯兒，一臉沒滋蠟味兒罄著捱收拾，還送到莊頭上，愣在那兒懊悔。

大夥兒蹲到史家大墳這邊躲著，我父唸起高壽山，心上還是有點不忍，不由嘆口氣，嘆這高結巴子單蹦兒一個蹲在家，倒像隻守夜打更的孤雁了。

哥們兒裡數嗣義人實在，就公推去刺探大雁上宿地方。湖裡放青的驢騾啃飽麥苗，老陽兒回家，牲口也各自回家。嗣義捃遠了走走瞧瞧，磨蹭了大半個時辰，才算瞭到先後兩批人字陣兒落進榊條園，兩起都是偏南，搧摠搧摠落下去，可見糞多地方還眞是都在那裡上宿。偏南也就是向著莊子這一邊兒。該是唱本兒上常聽來的「天助我也」，省得老遠繞去園東、園北——多走個大半里，倒算不得回事兒，怕還是怕繞的路多，容易把大雁驚起，一飛一個光，到頭來落得一場空。

拿火紙媒子死火頭漫空畫圈兒去逗守夜大雁，我父把這改換了，改換成燈籠。沙耀武家有盞黃油紙燈籠，比起家家多半都有的紅油紙燈籠要亮得多，敢也照得遠。取火自還是火鐮頭打火，那是死火頭，黑裡畫圈子要畫許久才得惹起守夜大雁嘎嘎嘎嘎嚷嚷。往時在關東就有過火紙媒子燒到手指頭，也換不到一聲叫喚。這回吹着了火紙媒子把燈籠裡蠟燭點上，可就是活火了。果然只才舉到大墳頭上，立時楋條園那邊兒就應了聲兒，這再把蠟燭一口吹熄收起來。樂得爬到墳頭上亮燈籠的沙耀武，打上頭哧嚕一下滑下來，喊嚓兒直誇我父「神機妙算」。

待到群雁齊嘈嘈的驚起，大夥兒氣都不敢大喘的縮在墳根底下，憋笑憋得直哆嗦，像凍得打冷嗝嗤兒；那股子得意勁兒直頂吞嗓管兒，愣就是憋不住格格格兒猛要笑，不知怎麼才好。沈長貴這個急色鬼兒，等不及的把狗腿兒彎子軟木塞都摳掉含到嘴裡，這就要摸去楋條園轟上一鎗。所好火信帽兒都還在李永德小矮子插口裡。惱得大夥兒又是擰、又是踢蹬，壓得嗓眼兒裡不出聲兒直罵他：「就是摸進去，扳起卡機再摳掉你丈母娘木塞子也不遲唄，日你的這麼沉不住氣兒……」

可不麼，往下可得耐住性子好等了。大夥兒口服心服了我父，敢是非聽我父號令不可。這麼愣等工夫，只有輪換著喫旱菸的份兒。連搔搔濞子都不敢出大聲兒，擤濞子也像擠小魚兒，捏住鼻翅兒擠擠清水兒濞子，毛鞋頭上抹抹。要聊兩句，也只好像久咳成啞那麼喊嚓嚓嚓兒說私房話一樣兒。

唸起高壽山來，我父是把這個愣大箇兒結巴子比作守夜大雁，孤凋凋落單兒一個挺可憐見，只得嘆他時閉命薄。李矮子可沒疼熱，把高結巴子比作了狗——打野不都是帶狗麼？追追掛了傷的兔子甚麼的；夜來打人腳獾，太近了開不了鎗，也得靠狗圍住了咬咬扯扯；獨這打上宿大雁不光是用不著狗，還怕亂跑亂攪和，準把大雁驚走了，只得把一向跟出來打野的幾條狗各自拴在家後院兒。可憐那高結巴子倒給咳嗽拴在家裡了。

可落到沈長貴一張壞嘴裡就更沒好話了，聽他一股子不服氣的味道：「裝的，你都給矇住了。喀喀喀兒，丈人的，聽了就是假裝的，還不是一夜不壓老婆就過不去？丈人羔子他結巴子親口說過的，『阿枯恰，十七更更，阿枯恰，二十夜夜。』他丈人的，剛討過門來那咎子，一更壓一回，一夜壓五壓。這上二十了，才丈人的不如先前，一夜壓一壓，算他丈人的讓價了……」

那副小尖嗓子，壓低了下來，合是馬蒼蠅繞著耳邊兒嚶嚶，要多鬼氣有多鬼氣。

照說也該是高不成，低不就，高壽山像座山，偏他女人又是個比誰都矮的小箇子——打小就訂的親，那沒法子。人都喊他女人小廣雞兒，小不小的，一身結棍可神氣來著，挺胸蹺腚，一張嘴兒能說會道。不知是天生的，還是老看高她半個身子的男人看慣了，一張小扁臉時時都愣揚著朝天，這也在沈長貴壞嘴裡落了話把子；候著大夥兒憋住氣兒笑夠了，壞嘴又再饒上一段兒葷的：「丈人羔子的，仰臉老婆低頭漢，一個巴掌打不響，一夜不捱壓壓，丈人的也難過——老牯牛日小叭狗。婊子託生驢，還是捱壓的貨，不壓她個兩頭不冒兒不舒坦，俺日他丈人。這咎子合著壓過了、舒坦過了，遮不了又懊悔起來，不定啊，摸黑兒趕來個丈人了！」

大夥兒憋緊了笑，噌他嘴上趁早修修德，老婆還沒討進門兒，只知道拿人家嚼巴糟蹋，留神兒別都報應到他媳婦兒身上。

估估是個時候了，我父發了號令，燈籠再一回亮到墳頂上。果又惹來雁群好一陣兒喳呼。待慢慢兒靜下去，這又得一段兒工夫耐住性子愣等。

哥們兒臭到一堆兒慣了，乍乍少了個高壽山，少了份兒尋開心兒點心，遂又好話歹話拿他來嚼咕。出來時不帶他高壽山，允過只要打到大雁，哪怕只打到一隻，也準分他一條腿。那是哄他別難過，也是哥們兒義氣，況還又用了他兩桿洋鎗，一大把竹管子裝得滿滿的火藥鎗子兒，人情嘛。

等到重提這話，沈長貴倒又吊起歪兒來，逗趣兒尋他高壽山的開心：「俺日他的，不公道。俺大夥兒這亥兒手腳都凍蹩個丈人的了，他結巴子憑的啥？熱被窩兒裡阿枯恰、阿枯恰，舒坦個沒魂兒，還大腿？至多分他個腚眼兒帶塊尾巴轂軸差不多，正配上不是？他丈人的阿枯恰！」

無非是愣等這個工夫，逗樂子解悶兒罷了，哥們兒情分重，沒誰這麼小氣。當夜拎回來九隻大雁，先就高家去打門兒，還鎗還火藥，送上一隻卯有八、九斤的大雁。高壽山喜歡得嘿嘿嘿兒愣笑，喀喀喀兒猛咳，一連聲的阿枯卡，像給大紫紅芋噎得啞巴了一樣。咳嗽敢是眞的，嗣仁也是老圖嘴上快活，衝著裹緊棉襖這才露頭的高壽山他媳婦，臨走還齜了齜牙：「小嫂子，好生兒煨煨湯，給俺高大哥狠補一補。日他祖亡人的，這陰寒趁早治，久了可難纏，不是俺說。保重點兒小嫂子……」暗裡後腰不知給沙耀武掏上多少拳，這才住口。

看來萬物都鬥不過人，不管你是天上飛的、地上跑的、水裡洑的，人是飛不起來，跑罷洑水罷，也都差老遠兒。可人只要轉轉心眼兒，沒啥不能降服的。事不過三兒，墳頭上亮了三回燈籠，待到齊嘈嘈的雁群重新安頓下來，估估該好睡回去了，我父再把千萬要留神的那幾點，一一的囑咐了又囑咐，這才讓李小矮子一人給顆火信帽兒，各自再檢點檢點狗腿彎兒裡軟木塞可牢靠，安上火信帽兒，扳合了卡機，五個漢子一字排開，李矮子揹一插口火藥竹管子跟在後頭，拄著鎗通條，齊往楋條園摸過去。這一字排開有個講究，誰也不准超前去，不准左右轉身鎗口對上了人，都是提防萬一不小心走火傷到人。

走進了楋條園，一個個可像提線兒戲木頭人，抬腿蹺腳兒試著朝前挨蹭，提防地上跳根兒絆馬索。約莫著差不多是個地方了，大夥兒倒眞的齊心，瞟著左右慢慢停下來，心都搊緊了，可又越緊越像打樁那麼咚咚猛撞猛搥。前頭黑糊糊一片，瞪久一些，辨不出楋條根還是眞的大雁，似動不動的惹人起疑。人像沐在冰渣子水裡，也都不覺得了。

楋條虬根約莫兩步一行，大夥兒一人佔一道空行，相隔兩三步遠。我父居中，約好暗號，指甲蓋兒叩響鎗把子，叩兩聲，摳掉軟木塞；叩一聲，扳開卡機對對準；下回便等我父一聲「放！」了。

許久都一點兒聲息也沒有，還是不能這就衝著面前瞎放鎗。可一個個捧著鎗這麼蝦腰兒半蹲半跨的愣等下去不是個法子，胳膊腿彎兒都好累疲了。事先沒料到這個光景兒，怕只有再弄點兒動靜驚一驚，才好斷定朝左朝右，遠有多遠，近有多近，這再放鎗才免得落了空兒。

當下我父蹲到地上，左近摸了摸，想能找到塊合手土疙瘩丟出去，或許有個用。可這橛條園比哪兒都更是薄沙地，抓起一把土就能打手指椏縫兒裡漏個光，簡直跟那黃河打彎兒的南沙灘差不多少。可一想，原本是怕一點點兒動靜就把上宿雁驚走，弄得捽緊了腚筋連個響屁都不敢放，眼前近得不定抬抬腳就能踩到睡死了的大雁，還怕甚麼不敢出聲兒。就算驚起了群雁，大雁不比小家雀兒，一撣翅兒便竄個無影無蹤；身子那麼沉，一對蒲扇大的翅膀得搧揔老半天，湊合上兩根蹼爪連跑帶蹬，這才離得開地面兒，不低飛好長一會兒上不了天。行了，打醒過來呱呱叫，到笨笨邋邋飛起來，當間兒這段兒工夫，手腳再慢再鈍也都來得及理平了鎗桿兒，對準齊嘈嘈那一窩兒笨傢伙，不慌不忙的扣狗腿兒，一戽兒火煙放出去。手頭麻利的話，不說雙銃子，要是帶的兩桿鎗，這一桿打過了，興許肩膀上取下另一桿鎗，現安火信帽兒，也都來得及緊跟著再補一鎗，打那剛離了地兒的。

這一點也事先沒慮周全，下一回再來，得一人揹上兩桿鎗才得勁兒。

主意打定，我父叩響鎗把子，先兩聲，再一聲，乾脆發話：「大魯架朝前走了，哪亥兒叫，就往哪亥兒放鎗！」果然，話沒煞尾，一片鵝喊鴨叫，就在偏左約莫二三十步遠。我父還是補上一聲：「放鎗！」口說不及，五桿洋鎗齊放，眼前打閃一般火光鋪地，合響起那麼大聲像轟了一炮洋抬炮，只有一響慢了一下下，單挑兒一把火掃帚，又把人眼睛晃了下。賴不掉的，那是沈長貴。

大夥兒叫這一閃一響，眼前一黑，啥也看不見；耳邊兒嚶嚶的也像閉了氣一樣，耳鳴不止。好一陣兒這才聽到高處大雁叫，似乎為數不少。嗣仁叶呼起來：「肏蛋了，沒打到，日他祖奶奶都飛了！」

可人人都不服氣，說怎麼也不信一隻都沒打中。只愣了一會兒工夫，待耳朵眞眞透過了氣兒，前頭地上冒出大雁叫，還有翅膀噼哩叭啦亂撲拉，眼前也才還醒過來，見出比黑地淺一些的天色，背後也模模糊糊有點亮兒過來。沒想到李永德那麼機靈，跟在後頭一等鎗響，他那裡就打火把燈籠點起，緊跟著過來照亮兒。

跟估莫的差不離兒，三十來步外，燈籠擎高了照出好一片死大雁，有的還在動，撐長了脖子想叫卻叫不出，看了叫人不忍心。只聽這邊喊呼又一隻，那邊喊呼又一隻，天都給喊亮了，不忍之心還是抵不過大夥兒樂成一團兒。

沙耀武一手兩隻倒提著四隻大雁，搭平了兩胳膊亮相兒：「俺日他，這可跟做夢一樣兒——轉轉腰兒一隻，轉轉腰兒又一隻！」李小矮子燈籠提近去，照上照下，見那大散開的翅膀上有那麼藍不藍、紫不紫、又綠不綠的幾根老翎兒，認準了都是公的，順口就糟蹋起沙耀武：「你妹子的，作孽！作孽！這又不知害的人家要多少母的守寡了……」惹來沙耀武甩起血糊黏黏的死大雁抽他：「俺日他，有志氣你磩磨釘兒一隻也別要。沒你妹子的發俺火信帽兒，誰也打不響鎗。日他哥的，要報應，躲不掉你是頭一個讓你媳子守望門寡……」

憋住個把兩個時辰不敢出大聲，這可敞殼兒鬧了；加上一下子就幹到九隻大雁——不定還有沒找到的，大夥兒樂和死了。回莊子來，一路上哇啦哇啦又笑又鬧的耍貧嘴，混扯得胡天胡地。這般莊戶人家小夥子，橫豎是樂極了也罷，火兒極了也罷，嚼嚼罵罵的村話，整架筐、整篰籃，賽著你辱我、我潑你。

只有嗣義步步跟上我父學，嘴裡乾淨多了。儘管大夥兒這麼歡天喜地，啜哄著要過幾天再來下一回。我父還是有心事。眼看哥們兒滿載而歸，鎗帶子挎在肩膀上，拎著隻隻七、八上十斤許多不許少的血溚溚死大雁，怕沾衣裳，胳膊扎開來不敢貼身，走不多遠就得換換手，或是放到地上歇歇。這也事先沒慮周全，早知道帶把蔴繩頭甚麼的，兩隻蹼爪一綁，鎗筒鎗把子插上了挑到肩膀上，一桿鎗挑個四、五隻，七八隻都成。可誰也沒料到能打來這麼多，不能全怪沒慮到。

此去莊子只里把路了，我父還是喊了哥們兒停停，解下鎗帶子，一對對蹼爪綁起來，掛到兩桿長些的鎗枝上，一頭兩隻三隻挑上肩，一下子就輕快多了。樂得大夥兒直把我父又拍又打又摟又抱。莊稼漢嘴禿，生來不知怎麼謝謝人，也沒學過怎麼稱讚人，嗣仁攀住我父脖子，摟頭抱腰直咂嘴：「俺眞糊塗你華大爺，怎比俺都多個心眼兒？俺知不道的你都知道，俺想不到的你都想到，日他祖亡人的，喫啥飯俺大夥兒都怕喫不過你了！」要是還會謝謝人、稱讚人，嗣仁這已是能言善道，把大夥兒要吐的肺腑之言說到個絕頂了。

說起我父，臉皮子還是挺薄，也知會這般土土的鄉巴佬把他看作菩薩一樣，臉上掛不住，也是一般的嘴禿，回應不了人，只得忙把話插開：「要說想周到些，咱們都還忘了一樁大事。咱們折騰了這大半夜，明個一大早怕都爬不起來。送大雁去給高大箇子，可別忘了，只他起得早，叮他天一亮就帶扁擔攬繩去找漏掉的，槲條園裡要多找找，四圈兒也走郊一點兒，不定有的掙命打撲落，拖拉了老遠才倒下來……」

照嗣仁說的：「喫啥飯俺大夥兒都怕喫不過你了」——我父敢是懂得那個意思，說的是不問幹啥活兒，靠啥行業，俺大夥兒算都抵不過你了。這話往深裡品品味道，也挺叫人難過，似之乎大夥兒這麼活著只是捱日子，前頭沒啥好巴望，過一天，了一天；再怎麼幹，怎麼苦，沒啥能贏過我父這種生來就多人家一個心竅兒的命。

照實情看來，也不止只這般莊戶人家自認拗不過命，世人誰又不是差不離兒呢？教友慣把沒信道的人統稱世俗人；興許說，這所有世俗人，大半又大半盡是一個調調兒，凡事能湊合就湊合。天外有天，人外有人，事外有事；打我祖父藉舊約裡亞伯該隱兩兄弟一個創，一個守，哪個才得上帝歡心，講清了這個道理以來，我父可是受用無窮。這打野不也就是創麼？有鎗有炮的人家，從來從來沒誰想到拖出來打兔子、打大雁、打野鴨子甚麼的。沒這個想頭兒，也就沒這個本事。

叔叔是佩服他這個哥哥佩服得五體投地：「可惜咱們沒打算擱這莊子上長居久安，要不的話，日後哥都該接手李二大爺當莊主，管事兒該比李二大爺還要強，地面兒還要廣……」怕我父不信，只當是瞎奉承，又藉古書爲憑，說從前帝王秋冬狩獵，率領武將兵勇，打圍打的是飛禽走獸，可練的是弓箭刀槍、馬上馬下、兵法武藝那般功夫；直到本朝康熙帝、雍正帝、乾隆帝，也都還行這樣規矩。

我父聽了藏起得意，手掌比作板刀直砍叔叔脖子：「照你一說，我倒有坐龍墩的本事了。小心犯了砍腦袋大罪，可不是玩兒的。」

我父從來也不知皇家朝廷有這規矩，打野練練鎗法兒，敢也是練的打馬賊土匪的武藝，不正合祖父講的道理？——無中生有罷；人家沒幹過，我來幹了；辦不到的辦到了；這可都是創呢！

嗣仁自嘆抵不過我父，敢也就在這創跟守見出高下了罷？儘管惱他嗣仁打算不理這傢伙了，卻又心上不忍起來。

說眞個的，世俗人大半又大半盡是上人怎樣過活兒，自個兒也怎樣過活兒，子子孫孫也都是外甥打燈籠——照舊（舅）；前人推車壓的甚麼轍，後人敢就是順這老車轍兒矻矻孜孜往前苦，命罷。總歸一句話：湊合局兒。說的好，這是本實、本分；說的不好，可是只知照葫蘆畫瓢，依這當地土話，就該說是「以窩兒就歪」，將就過活罷，挨到不能再挨，窩兒散了，醢了，毀了，再來也還是將就著老車轍。這都不干貧富，也不干家道旺，家道敗。

可世俗人大半又大半是這個樣子，教友果眞不一樣麼？卻也不盡然。教堂裡淨教人做該隱，凡事順從上帝，交託耶穌，這個不敢碰，那個不敢動，頂好愈遠世俗愈好。分明都是照著該隱那樣子認命，似乎人一在了教，就得先學會沒出息。

信了道，把世俗上無數忌諱都廢掉，那是好事兒；上帝立下的十條誡命，那也是沒的可說，殺人、姦淫、偷盜、貪心，敢都是罪孽，無非叫人棄惡從善。可教會裡又由人來捏造許多許多忌諱，不准拜天、拜地、拜聖人、拜祖先，不准過年、過節、喫菸、喝酒、看戲、上墳、宴客——洋人倒又可以過洋年、過洋節、喫洋菸、喝洋酒。這忌諱一多，就又跟該隱一般的認命了，只守不創，也一般的以窩兒就歪。除非我祖父，所有牧師、教士、長老、執事一應人等傳教的，沒哪個傳的是教人做亞伯、做耶穌；總只教人順從交託給上帝，上帝叫幹嗎就幹嗎，把天恩埋到土裡——也還是湊合局兒。

這樣說來，是唯獨我祖父正信又眞傳了。聖經上說，信靠上帝是智慧的開端，教會裡還沒誰見出來有智慧。祖父是個智慧的人，沒錯；由祖父趕鬼，改邪歸正，一手調理出來的鐵鎖鎮花武標，也當得起是個智慧人；眼前李府二老爹，沒信教，可信天比信教的教友信主還信得眞——我祖父就說過，李二老爹這樣的大賢人，用不著跟他傳教；基督說的，有病的人才要醫生。李二老爹不光是個沒病的人，還是個智慧人。一個花武標，一個李府二老爹，就足夠叫我父相信，人有智慧，不定要唸書唸得多，聽道聽得多；信上帝也好，信天也好，上帝就是天，天就是上帝，只要信得正、信得眞，就一定得到智慧，這才是最大的天恩。

有這個人世至寶墊底子，也還是要有見識來教給人家常裡怎樣過好日子。我父若是年幼時沒玩過雙銃子洋鎗，沒跟過姥姥家那般老親世誼到山裡去打過野，怕就難得想到哥們兒炮樓上這麼些洋鎗倒能派個啥用場。

當初打青泥窪馬棧咱們大老爹那兒得了那把又包銀又鑲象牙又嵌寶石的雙銃子，天天把玩間，硬就佩服洋人心思巧，卡機連狗腿兒扣成的一套機栝，眞虧他洋人怎的想得出。再早是普蘭店鹽場有輛咱們曾祖父打紅毛洋鬼子手上買來的洋馬車，廢是廢掉了，放車屋裡只當曾祖父遺物留做念頭。逢上過年，咱們大老爹、三老爹合到一堆兒，三家大大小小總喜歡拱到車屋這輛洋馬車裡耍。這般叔伯弟兄姊妹多是爬上爬下，跳來跳去，裝新娘子的、帶新郎倌兒的、全福人兒的，頂神氣的還是爬到車轅上「唷——喔——」，抽響鞭駕馬的。興許只有我父迷上洋馬車怎會打造得那麼精巧又周到。座墊約莫半尺厚，蒙一層紫花緞，再罩一層滾上荷葉花邊兒的老藍斜紋廠布套子，靠背也是一般。小孩子儘好攥住車頂深紫烤漆橫撐子，腦袋朝下打提溜兒，兩腳一蹬車頂，來個倒栽葱兒翻滾下來，不論是小腚盤兒、後脊梁、腦袋瓜子，打那麼高摔到座墊上，別說跌不著，還把人彈了彈再接住。練的是孫猴子一個跟斗十萬八千里，那個自在勁兒，可不就是騰雲駕霧那個滋味兒。

不光是座墊靠墊這麼考究，任走多遠多久，路有多顛，不興杠得人腰疼背痛，腚給顛成四瓣兒。那後座兒一對大輪兒軸子兩頭，還各安了三條鋼弓，別管路有多壞，車有多顛多跳，想來只合船走海上那個光景，又像騎的是跑起來打浪的好馬。相比之下，三十輻拱一轂的花轂轆車，夠比小鐵車舒坦多了，可跟這洋馬車還是差老遠。還有那整個車殼兒，三面敞亮亮大玻璃窗，內襯薄紗窗，裡頭看得清外頭，外頭看不到裡頭。門窗又都嚴絲合縫兒，風雨不透。就連車門下踏腳板子不說牢靠紮實，板面兒還搥打出橫豎成行的小麻點兒，不光是圖的好花樣兒受看，還在提防腳踩上去不留神打了滑兒。心思細緻到這個地步，叫人好生服氣。

再早也還到過那位韓岳穡牧師新落成的洋樓裡，見識過洋人居家過日子喫喝拉睡那些個家私，沒一處不講究乾淨漂亮。洋牧師也不是甚麼富有人家，可憑咱們家遼東首戶，家財萬貫，跟人家小小一座兩層洋樓一較量，講舒坦自在，那可一天一地，人家現世裡就已住在天堂了。

就拿這洋鎗來說，不是洋人用盡心思造出這神奇玩意兒，別的不說，打起野來不還是得靠拉弓射箭？那就差池遠了。

讓一身不正經的嗣仁有心無心那麼一歎，惹得我父自覺揹上了個甚麼罪過。只是思來想去，所見世面不過就是那些。人也不是一出生就注定誰不如誰，誰強過誰。今是給他嗣仁家幹種地夥計，要是沒遼東大戰一場，槽坊我祖父定規不管事，二太奶奶百年後，少不得我父接下來掌理，嗣仁這塊料，要想當槽坊夥計，還與我父看不中呢。再還有瀰陰縣的祖陵地，若不是平白給族人親朋訛了去，幾頃地的大戶，要用多少雇工，也興許他嗣仁登門來求個幾畝地種種都求不到。到底誰不如誰呢？事後人人都會說那是命，事前怎麼沒人先知先見？以咱們家流落到這麼貧無立錐之地，怎可倒反過來，嘆哥們兒沒誰喫啥飯能喫不過我父？

可說起來也挺是個實情——

人世看來儘管都這麼反覆無常，可這也只算見個表皮罷。這裡頭到底該還有個海枯石爛，也終久不改變的天理在不是？

這天理應驗在我父身上的，合該是「信靠上帝，是智慧的開端」——卻一定得信得正、信得眞才行。

有這智慧做根基，加上見多識廣，又遠比主內教友和世俗人獨獨見得到洋人之長，識得清洋人之好——儘管早自咱們曾祖父就那麼討厭洋鬼子、祖父年少時訕笑洋牧師都是專管牲口配種的馬倌，到我父小哥倆兒又有失厚道的喊人家梅大愣、梅大腚，可人家高明的地方還是高明，還是得眞心實意的認這個賬兒，總要多多學學人家之長之好。我父從那些疼惜光陰、老不服老、事事考究頂眞、喫喝拉睡莫不講個乾淨漂亮種種領受到許多，又分外懂得人在今世就要活在天堂裡，窮有窮樂，富有富趣，由此也越發懂得「創比守更爲有福」，總是要自家、人家全都日子過得自由自在有巴望、有盼頭，這才是教友常掛在嘴上的、眞眞的

「榮耀上帝」。差不多罷，這就挺完備了。要問誰贏人，誰不如人，該都在這上頭見個高下了。

打上回為這新襖，我父暴了頓脾氣，祖母也似乎收斂了許多。像這樣子放著好好的覺不睡，不歸家，深更半夜還在外頭野，祖母敢是不樂。我父也並沒仰仗自個兒發過那場威，就不把祖母放在眼裡，總還是怕碰上祖母心緒壞，防著別撞上推磨磨煎餅糊子誤了事兒。八、九上十斤的大雁弄來家，祖母還是心喜的。

二天高壽山又去拾回來四隻，一身是霜，硼硬硼硬，哥們兒送上門來，死定良心非要我祖母收下一隻不可。一隻半拿花椒燜鹽醃臘了留著過年，半隻紅燒了半鍋。祖母捨不得說一聲好，就算是誇獎了——沒噌冷話罷。可還是挑剔了：

「帶點腥尾子，就這不主貴。」

祖父咂咂嚮嘴兒：「嗯，有點兒腥尾子，野味罷不是？」暗裡遞給我父一個眼色。

# 鐵鎖鎮上

華太平家傳

北鄉大槐樹和關湖兩地福音堂的培靈佈道奮興大會，先後半個月光景。風雪中祖父家來小住數日，大雪後初晴起來，便又遠去南鄉。卜家集一個禮拜的奮興大會終了，這再趕去五十里外的鐵鎖鎮。

冬陽下直朝南走，放眼還徧地都有殘雪，所有屋舍、河堤、圩牆、乃至田裡犁了養地掘起來的高高土塊，蔽陰這一面還到處積存尚未化淨的斑爛白雪。回頭北望過去，便唯見皇皇暖日普照大地，綠是綠的麥田，黃是在歇地力的耕耙地。貼地游游閃閃的汪著化凍的熱氣，遠遠瞧去流行似水。

縣裡對這卜家集以南，到鐵鎖鎮的六七十里方圓一帶，通稱南湖。與許古遠世代這裡是口大湖，年深日久沖淤了，只比平地略窪一些，可年年夏日雨量豐沛，也還是積水滿槽，深處一樣的淹得死人。到得仲秋時節，積水涸盡，便好播種小麥。上一季是端午前後收麥，跟平地貼根割麥有別，湖麥是大潑刀只收麥穗，剩下的半人深麥稭便一把火延燒成灰，不久漲水，一泡就是兩個來月。這二五一湊，倒比上糞還肥地。平地麥棵不過沒膝，這湖麥深可沒腰，可見地有多壯。

麥稭放火燒掉，不單是留灰漚肥，還爲的收了麥穰運出湖去壓根兒不合算。湖裡從來沒有人家居住，一百八十多萬畝（一萬八千多頃），俱是大戶、大寺的田產，租農佃農均爲湖岸四周莊戶人家。收割了麥穗，就在地裡築場打麥，算是五、六斗一袋的淨麥。拿兩牛、四牛拉的大車來載，各家各戶不要半個月，也得冒十天才搬運得完。要是再搬運起麥穰，再加一個月也不成。種地總是要下肥的，拉拉扒扒的把麥穰拖回去，就算賣了買糞，百斤麥穰買不到十斤糞。萬兒八千頃的田，要的大糞堆起來怕要泰山那麼高法兒，哪亥兒買得來？就算買得到，再拿大車一車車搬運湖裡去——不是搬運了去一卸就算了，還得現築場晒糞，晒乾了碾成末兒，也才下得了肥。這麼一來，少說也個把月都打不住。可要緊還在湖裡存水一涸盡，就得趕緊耙地、撒種、石滾子壓地。賣個獃，愣一愣，三兩天一誤，就錯過時令了，哪還有個把月給你蹭蹬！

祖父催驢行在這縱目倒是綠野無垠的南湖裡，除了路上遇見一些馱販來去，兩下里打個招呼，五十里地可沒見甚麼人煙，便連一棵小樹秧子也沒有——暑天若打這旱湖過，那就受罪大了。

六七十里荒蕪人煙，過湖再五、六里便是相鄰的五華縣境。拿尙佐縣城來說，八十里外這一遍敢算是偏僻邊遠之地，一向就都是響馬湖匪出沒的老窩兒——官軍鞭長莫及，又是相鄰兩縣兩不管的地面兒，招安招不來，清剿清不了。到得三年多前，大瓢把子花武標——江湖人稱朵把兒毛爺、朵子毛鬍子，招惡鬼附身，找我祖父鎭邪趕鬼，洗手歸正，手下也都招安的招安，從商的從商，務農的務農。他自個兒又信教，成起一所福音堂，這才半個縣地連同五華縣北鄉，全都平靜下來。當地鄉人逢對外人吹噓會說：「你來俺南鄉，手上敞殼兒捧著洋錢大寶，包你沒人多看一眼兒。」

當年那位殺人不眨眼兒的朵把兒毛爺，今天的花重生，儘管感恩上天赦罪救贖，無異起死回生，人世裡終還是尊崇我祖父的恩同再造。五六月間鬧義和拳，祖父還曾託了卜家集福音堂金長老捎信兒給花重生，將南鄉兩處福音堂和所有教友身家性命全都託付給他照應，並調侃了一下：「果若有何閃失，我兄面子有損事小，天父必拿我兄是問，索命索賠，如何是好？……」那花重生立即差人專程進城面報我祖父，除了請我祖父可放一百二十個心，之外還就其妻舅丁昌業與城上湯七爺合夥兒興辦的新機房，拜託我祖父就近指點帶領，鼎力幫忙玉成。

如今機房早即開工，當初幫找人手，收買新棉，我祖父倒確曾從旁幫了點兒小忙。祖父不解的是這花重生怎找到他來指點帶領。

說起那位魏七爺，不過是個平常教友罷了，機房可跟教會八棍子也打不到邊兒，這是一。要說去下邊買辦織機、紡車、彈棉機，須得借重洋人——牧師、教士之輩敢是沒這頭緒，可洋油廠、洋碱行等那般洋商，帶常來去上海、天津衛，趕集那麼方便，買賣上的門路自是多得很；教會去跟那般洋商交道疏通，也自是近乎一層，好辦事兒多了。只是買辦那些機栝，也沾邊兒不用指靠洋人；就算用得到，義和拳一鬧，所有洋人全都扔崩兒逃命去了，半個人兒都沒留下，這是二。要說我祖父出的主意，把老城集的義和拳、紅燈照、黑燈照練過半落兒神功的小子、閨女、老嬷嬷招來雇工，花重生壓根兒先並不知道我祖父還有這麼個頭緒，這是三。我祖父素與經紀交易種種行業無干，倒能幫得上甚麼忙、指出啥點子？豈不所託非人？這是四。

爲此我祖父一到鐵鎖鎮花府，寒暄一過，便動問起這個來。誰知這花重生倒說來簡單：「長老，沒求錯高人不是？恁大機房，所有師傅、夥計、學徒上百人，不是個個都戴上驢籠嘴子幹活兒了？要不是求教了長老，憑著愛心怕人吸多了布毛子，害上肺癆，換誰能想得那麼體貼周到？……」

花重生是見了我祖父心上歡喜，又知我祖父凡事歸榮耀與主，不受奉承，便恭維裡有意摻個笑話，鹹湯對淡一點兒，把人戴的口罩說作防備牲口打場偷嘴戴的柳條籠頭，惹得大家夥兒笑開來。

祖父喫水菸，喝熱茶，避開奉承，趁笑說道：「瞧我，一到這亥兒，一張嘴就忙得閑不下來。」

那都是花重生早就備妥的上好款待，菸是鳳台極品皮絲，茶是六安頭等瓜片。

這才花重生歛了歛笑臉，一副這要說正經話的神情：「長老，俺是這麼想，不曉得合不合適。信道既是換了個性命，幹起啥事兒啥行業，敢是都得跟世俗走的不一個路道。俗話說，『十商九奸』，像辦機房這麼個大買賣，俺信道的人家，能去幹奸商麼？不能。學生意得打學徒幹起，那他丁家舅子不去長老跟前幹幹學徒，學學生意，那還行？長老你說可對？」

祖父不覺動容起來，想這花重生是眞的重生了，不光是聽道、信道，還在行道；一心要把主道行於人世，百行百業都不可離道隨俗。想今日天下信徒千萬，究有幾人能這樣盡心盡性，行事爲人無分巨細務求本乎主道呢？教友中不乏生意買賣人，不乏開店作舖的，物未必美，價未必廉，甚或比世俗還摳、還苛、還圖高利；約莫獨有一點守道，禮拜天不開門兒——可那也算不得守道，只是作態罷。基督在世曾於耶路撒冷的畢士大水池旁，醫治好一個沉痾三十八年的病人，猶太人爲此要殺基督，責他安息日替人看病。基督卻對衆猶太人說：

「我父做事直到如今，我也做事。」做的甚麼事呢？行道而已。「誰在安息日見到有羊掉進井裡不去撈上來呢？」便是救一隻羊也都算做事行道了。家裡開一爿藥店，禮拜天人家急病來抓藥，你關門不理，也算守道麼？更不必說是做事行道了。

我祖父仍還是笑他花重生所託非人：「憑俺頂大的能耐，也不過叫人戴上驢籠嘴子。生意買賣，俺可門兒都不門兒。著令內弟到俺這亥兒討教，豈不問道於盲？」

花重生則連連擺手，不光是衝我祖父，跟一屋子人表白似的說：「你都看，俺長老關東那一大片家業，又是鹽田，又是槽坊，又還有騾馬棧，可都是大買賣罷？就說俺長老光顧唸書得功名，不理家務，管怎樣也是上三十年家常過日子，沒喫豬肉，也看熟了豬走。他丁家舅子找到俺來討主意，俺可是連豬都沒見過，不囑咐他去求教長老，那去求誰？再還有罷，俺長老向來有一說一，有二說二，啥也沒瞞過人。找行家討教，有的是。他魏七爺人頭兒熟，那不用說；就憑俺這個土佬，這輩子還沒上過城，也還城上大點兒商家有個三兩家夠上交情，不是沒處討教。可好商奸商，俗話說得好，『裁縫是你舅，也得賺隻袖』，哪實話跟你說？『同行是冤家』，不坑你就算客氣了，日他，還幫你出主意！」

一席話說得針針見血，衆教友無不拍腿打巴掌的隨聲附和。我祖父聽來也覺有些道理，不過還是數那開頭提出來的「不論幹的哪行哪業，信主之人總得高明過世俗之人才是道理——至低也算是信道沒有白信」這個看法最有智慧，最有亮光。我祖父緊記在心，深覺受益處不小，當下也決定這幾天奮興大會上，要挑上一場培靈會，好生釋放釋放這個要緊的信息。

花重生爾今是眞的重生並生長起來了。人中、下巴頦，連到耳根子，全都刮得青根根的好似白焦炭。那樣子乾淨，就像嘴裡出來的話語也都那麼乾淨，叫人記不起來往天那一大把少見的騷鬍子，和那一口一聲罵人的髒話——儘管一不留神還漏點兒下來。總歸是眞的洗面革新，表裡如一了。

那一大把連顴骨都包上一半的大鬍子，早在受洗前一刻兒工夫就已刮淨，那算是江湖黑道上令人聞之喪膽的「朵把兒毛爺」惡名給連根兒拔了。

不過三十剛出頭的年紀，就能把一大捧絡腮鬍子留到長可及腰，比那關老爺五綹美髯還盛過一翻兒。人見到他花武標這捧鬍子才算開了眼界。要不，還以爲只戲台上唱銅鎚的大面才有那把髯口——那可是馬尾做的假鬍子。

當初張羅他花武標受洗，我祖父顧慮容或還有案子沒勾銷，儘管洋人挺願意爲他這個大瓢把子庇護，卻爲萬全，沒讓花武標上城去，還是請來美國老牧師卜德生乘了騾車跑來鐵鎖鎮施洗。這工夫花武標尙未剃鬚，直把這位一樂起來就如孩童一般的洋牧師饞得不知怎好，發願就此留起鬍子來。施洗時卜老牧師還逗得很：「可惜剃光了；你的鬍子比辮子還長還多，要不然，這聖水該點到你鬍子上才公平。」

那位卜老牧師，也眞難爲他，處處都極力要充中國人，每逢給他引見新識，總是一旁饒上一句：「我是屬老虎的。」若正好是我祖父爲他引見，這位極力要入境隨俗的洋牧師，還會再贅上一聲，指指我祖父說：「我比他華長老大兩循；我是老老虎，他是小老虎。」可西洋人就算是個個都毛髮重，後來這位老牧師蓄鬚至今，也才最長的鬍梢子只到心口兒。那一把灰鼠皮袍子色氣的絡腮鬍子，蜷蜷曲曲的淨打彎兒，瞧著總叫人覺不出是受之父母的毛髮。

花武標捨得把厚厚實實、搐腰帶都給遮嚴了的大鬍子剃個光滑，就夠不同尋常的了；可還有更非常人所能的本事，把大煙、玩鎗、玩馬，乃至殺人越貨全都一下子戒掉個乾乾淨淨，若非神蹟，世間總沒這不止一端的奇事。

這其中最難的莫過于又大又深的那一口大煙癮。總是恣意縱慾，一無節制的緣故罷，見天一起牀，先就灌下個半茶盅調稀的大煙膏子，然後這才來得及歪到煙匟上，消消停停安享小老婆輪換著燒煙伺候。遇上打家劫舍半腰裡煙癮上來，也是灌大煙膏子救急。常人吞鴉片尋死，棗核兒大小的一個煙泡子下肚，就足夠一命歸陰，可想這個響馬頭子煙癮有多大、有多深。這口煙癮說戒就戒掉——那要上吐下瀉不止，害一場大病一樣兒，身子穰弱些怕都撐不過去的。狠狠受了一場罪，那也該是換來一條命一般的換了另一個人。不用說，這樣子常人辦不到的絕處逢生，敢是定要靠我祖父帶領他晝夜不輟的禱告，借重了神力才得到功效。

這樣子的許多神蹟奇事，風傳徧處，自是見證了上帝對這個十惡不赦的響馬頭子赦之無罪。

我祖父據此力爭，教會在西人牧師教士不得不認可後，也只好首肯這是耶穌基督的神工。嗣後又屢經這般西人跟前任知縣衙門說項疏通，過去朵把兒毛鬍子那些種種罪行惡業，終得一一銷案，概不追究。就連那十天不到工夫，一連鎗殺了四房側室，也都讓幾位洋人往返講情，終得知縣太爺念在他惡鬼附體，身不由己；再者那四個小妾冤魂也曾附從惡鬼，齊來纏身，害他抓到小鑷子就身上這裡一捅，那裡一戳，摸到食刀也身上這裡一抹，那裡一犂。刀刀都躲開要害，盡是皮肉之苦，分明這般惡鬼有意要他不死，才整得他生不如死的活活受罪，夠得上慘到極點了；也總算惡鬼報足了仇，洩足了恨。縣裡下去了仵作——不是驗屍，是驗他這活人傷痕傷疤，果然大小新舊傷口，留下了紅青紫黑各色疤痕八十四處。由是也便免了他花武標殺人償命按律處死。況他手下那幫鎗法騎術個個精到的徒兒徒孫，一一具結，大半都給安排招安，充當官軍或團練，保住南半個縣境平靜安和，說得上將功折罪。其餘嘍囉則大半歸農，也有從商，像花武標那位妻舅丁昌業，往日常川遠在上海法租界，是個安排在那邊備而不用的窩家，遇有大戶綁來的肉票，爲的萬全，便窩藏到官家管不到的租界裡。上海地面兒熟，便就跟這邊老家魏七爺開起新機房，專管採辦機器，押船走運河水路搬運上來，雇用了長江也行得的張帆黃艕子大船。停到東關口碼頭，船頭足有河堤半腰兒那麼高。

天命人事見證於一身的這位花重生，兩三年來，不義之財的浮產恆產，既都捐的捐了、捨的捨了、歸公的歸公了，便只守住本屬祖產的頃把兩頃田，本本實實做他地方上推舉的鐵鎖鎮鄉董。人本一等一的頭腦，兼之「信靠上帝是智慧的開端」，給地方排難解紛已是小事一樁，游刃有餘，無不服人孚衆；地方上造橋鋪路、救急濟貧甚麼的，好在憑他那片家業，善事也都行得起，自都帶著頭來。城上他是暫且不去走動，給官府衙門保個面子。行走頂遠的也只止於卜家集，不過爲的是早晚給那邊福音堂現身說法，做做見證。而外便哪兒都盡少走動。鐵鎖鎮上供養的福音堂，在他花重生來說，可眞算不得甚麼；反倒想再多花些心力卻都使不上去。福音堂的住持胡長老，是我祖父打城上求來的，合家都接了過來落居。胡長老是個家無片瓦的窮秀士，也樂得受此禮遇。跟我祖父一樣，花重生的厚待，福音堂也就是塾館，三二十個學生束脩，雖尙不及花府上的奉養，可到底也是爲數不薄的貼補。比起咱們一家四口，祖父不受教會一文錢俸給，那胡長老合家五口，敢是富富裕裕的殷實戶。

花重生大煙戒掉後，我祖父每來鐵鎖鎭，只見他人一趟比一趟的白大似胖起來。每一回見面，偌高偌大的箇子呼啦一聲折成三道，矮到我祖父臉前，拳頭拄到地上打個千兒：「重生給長老請安，長老萬福！」口稱的重生，是我祖父應他所請，給起的別號。

寒暄過後頂要緊的話頭敢是這一場義和拳所生事端。鐵鎖鎭雖地處偏僻，也都知道了義和拳惹的大禍，招來八國洋兵打進北京，害得皇上太后跑反跑去西京。

亂事剛過，祖父儘管從申報、直報所知甚多甚詳，可心緒不定，是非恩怨一時都還毛毛**褸褸**的不易調理清爽。事從兩來，莫怪一方。城上教會長老執事一條聲兒的向著洋人，簡直有點兒無恥，敢是不值一顧；可朝廷昏庸，所作所爲那樣子乖張，要護短也無從護起。說來道去，也只能是一場恨罷。恨洋人暴虐無道，強食弱肉；恨義和拳愚蠢無知，惹禍招災；恨朝廷昏庸闇鈍，誤國誤民；恨太后淫威專橫，斷送社稷……這樣子一恨到底，怎麼可以？人世更還有啥章程？有啥指望？仇恨只有壞事兒，啥也造就不了。況福音傳的大好信息莫不出自「上帝是愛」，人當師法於天地，行仁於人世。故此世間唯有仁愛，天人連手，才生發得出開創和成全。仇恨決然只能傳來噩耗，斷非福音。

可這又如何勸戒衆信徒化仇恨爲仁愛？如何動仁心以對八國聯軍、義和拳、朝廷王公大臣和皇太后？終歸這還是在人不能，在上帝萬事都能。縱然孔聖之仁，也只可以直報怨；唯基督之愛，始可以德報怨，當其受難彌留之際，猶為那些凌辱他、陷害他、將他釘上十字架的羅馬巡撫、希律、大祭司、衆祭司長、長老、文士、百姓和羅馬兵丁，高聲呼求：「父啊，赦免他們，因他們所作的，他們不曉得。」爾今對待八國聯軍、義和拳、朝廷王公大臣和皇太后，也便唯有從憐憫「他們所作的，他們不曉得」為發端，呼求天父赦免他們，師法基督榜樣以行仁，如此也才憐憫寬恕更在是非恩怨之上了。

我祖父把怎樣化解了老城集尤三爺的義和拳，前前後後述說了一遍過後，衆人也都曾打丁昌業那裡略知一二，今又詳盡的聽上一遍，自都感恩上帝慈愛大能，感佩我祖父斷事乾淨痲利，還又仁心仁術，連善後收拾爛攤子也都包了。

祖父謙稱過獎，堆笑說：「要不是碰巧這個時機丁家大舅爺夥上魏七爺辦起那大的新機房，難道把些小小子、小閨女、老嬤嬤，都拉去我家喫飯？一天不用——一頓飯也把俺喫垮了；善後敢也不光是喫飯這檔子事兒。可見都是天助我也，上帝做了安排，『萬事互相効力』，聖經上這麼說，也就是這麼個意思。」

國家大事，地方小事，我祖父一一的大致談過，衆人便齊大夥兒啜哄花重生也跟長老稟報一番歸家寨子義和拳如何擺平了的那樁事。花重生卻一再謙稱不值一提，一再推託說萬不能跟華長老斷事相比；說他道行差得遠，不仁不愛，全憑唬人壓人罷了。

我祖父敢是極想知道一下，便隨衆人一同催促：「彼此彼此，俺那一套不也是唬人？啥風水不風水的？盜天之術搬出來不也是壓人？救主也教人斷事要靈巧像蛇，法子不怕多，只要是造就人的，眞可以無所不用其極。所以，重生啊，你我不過半斤八兩，上帝旨意得到成全，那就一好百好。」

一場神拳鬧事，南鄉這半個縣地，我祖父只說有他花大鄉董坐鎭這個地面，花重生自個兒也拍了胸脯擔保無事，實則也眞的始終風平浪靜，安度過去。卻也還是生過事端，多虧花重生給按了下去。

照今談起來，頂吃緊的當口要算五六月間，縣上也下來過馬隊，可那不過大軍糧子跟縣裡黎太爺有點疙瘩，擺擺顏色而已。那批馬隊下來，也只到得卜家集南邊兒南湖邊兒上拉拉架勢；實說起來，不定還是讓黎太爺給擺了一道，壓根兒就是胡鬧，旣來捕風，自是影子也沒捉到一個——倒是未如我祖父所料，並不曾隨意抓幾個無辜交差邀功，那已算功德無量了；不過總還是多虧卜家集上的團練，其中盡是朵把兒毛爺的老人兒，好歹也有十來名馬兵，說好那是給人生地不熟的官軍帶路，說的不好，是有心摽住了那干吃糧的，提防亂來。他官軍多多少少有個顧忌，算沒出事兒。

可花重生若不講那一段，我祖父一輩子也不曉得。這也是他花重生一番虔誠和虛心。虔誠是上帝知道就截了，人前沒有顯示誇功之意。虛心是任人怎樣施展有爲，擺到上帝面前就著實的啥也不算。

原來早在五月間，鄰縣靠近交界那邊有個歸家寨子，不過上百戶人家，居然就成起義和拳來。只因都是清一色的歸姓一家族人，對外瞞得緊，待九九八十一天神功快要練就了，花重生這邊也才得到風聲。

義和拳既都叫明了「扶清滅洋」，大毛子、二毛子統要一律格殺，福音堂也須放火燒盡。他花重生不知歸家寨子有了義和拳還則罷了，一聲知道了可就別想瞎著眼搗住耳朵不管。在他是悔罪悔改，聽道信道以來，除了打洋人卜老牧師手上點水領洗歸到基督名下，從來想也不曾想到甚麼喫洋教，甚麼二毛子，爲此也不知道該當怎樣來對付這個義和拳，只能就素常的世道來衡情奪理：你練你的功，我在我的教；江湖上不也就是一個規矩，你走你的陽關道，我行我的獨木橋，彼此井水不犯河水，誰也沒惹了誰，幹嗎無冤無仇的你要來殺我的人，燒我福音堂？

當下花重生便星夜捎信兒喚來過往一名手下——卜家集團練一位長夫，領人去歸家集丟下話：「縣界罷，攔得住官家管，擋不住近在不到十里地的家邦親鄰都要過安穩日子，地方上也容不得施瘋作邪，撓亂人心，玩兒起槍刀棍棒。便限定三天之內，要就散夥兒，要就拉走，遲一日自有法子來收拾……。」

起先花重生也還不知撫台大人有個甚麼「死八條」，經卜家集團練給他提報這個信兒，可更安了心，認定撫台既視義和拳爲匪類，官家所不容，便更外感到氣壯，就這個「死八條」又撂下了話，尙佐縣是管不著五華縣，撫台衙門可管的全省一百單八縣，袁大人武衛右軍也大縣小縣全都駐有營盤，越縣清剿輕而易舉。你歸家寨子有種，跟自家腦袋有仇，不在乎省上「死八條」，俺倒看中得很「死八條」是個財路，只須告發就有重賞。到那時可別怪彼此軋鄰居，事先怎不招呼一聲。

一個是外縣外鄉鄉董，一個是外縣外鄉團練長夫，按理說哪放在歸家寨子人眼裡？可這個鄉董是個誰？這個長夫又是幹啥的？歸家寨子敢是不用打聽就一淸二楚，敢不買賬？

如今官的私的、軟的硬的、明的暗的全都亮出來了，喫不下也得喫。壇上師父師兄盡是外地人，無牽無掛，風聲一不對，拔腿扔蹦子一走了之，歸家寨子可是身家性命俱都不知多少代紮了根的，一筆寫不出倆樣兒歸字，跑掉一戶兩戶沒用，跑掉和尙跑不了廟，上百戶人家同宗同族，要不家家株連那才是怪。

他歸家寨子這些算盤珠子敢是一一都撥到了。果不其然，歸姓族長二天便親身過來鐵鎖鎭告罪，推罪給不懂厲害的年輕小一輩，擔保神壇打今兒就散掉。所有徒衆罷，皆是寨子門兒裡的歸家子弟，從此各歸各門戶管敎，本本分分幹他莊稼活兒。有那還要釘住師父老師把神拳習練下去的，身爲族長也攔不住，也就在這一早一晚便跟師父老師一道拉了走。待定了時辰，再來請鐵鎖鎭著人前去掌眼兒，不光是看住這般師徒離開寨子，就是卜家集那邊兒要差派人馬來押解出縣境，也莫不樂意聽從，並擺酒謝罪。

那位歸家族長末了還又捨了臉請求：「不瞞各位爺們兒，這幫師父師兄也是沒多大章程兒，離了俺那亥兒，也沒多少路好走。往南拉呢，沒的投奔，不定還有自投網羅那麼個風險；只有往北拉去，那就得跟貴縣借路。各位爺們兒罷，都請高抬貴手，放他大夥兒一馬。要是藉著熟人熟世，不能費神招呼地方上那麼一聲的話，保他師徒一夥兒打貴縣地這西南上斜插花兒借路拉出去，那就更加感恩戴德了……」

看在他歸家老族長委曲求全，一片誠意分兒上；又肯替一夥兒外地來的師徒設想那麼周全，心宅也算挺厚道了，花重生哪有不成全人家之理，除了滿口應允，索性人情做到底，送佛送上西天，著那位夫長領上個十來人馬護送出了縣境。實則也就是那位師父老師，領著大、二師兄跟使喚徒弟，不過七個大人兒，他歸家寨子並無一人相從。

沒想到鬧鬧嚷嚷了那一場，就那麼把事兒平息了下去，也只算虛驚一場罷了。

末了，花重生跟自個兒解嘲說：「看這哪值一提！都還不是往天裡嚇、詐、唬、離、抨，盡用的是世俗那一套來對付人，還又多少仗了往天那個惡名聲，叫人怵個三分！沒哪點兒過節有個信主之人的行事榜樣，甚麼重生不重生的——」

我祖父忙打斷他這話頭：「那可不焊定。將才俺借用主的教訓說過了，信主之人行事，也常要靈巧像長蟲，得花心思的。別管怎說，化干戈爲玉帛，天下美事。不來這麼一下子，等他翅膀硬了，練功出師了，他五華縣那邊不知多少教堂教友要遭劫；不定就近先來端咱們這個窩兒，那咱們怎麼對付？他義和拳多少還是有個功夫的——對付洋人不行，對付咱們二毛子倒綽綽有餘，直隸那邊官軍也都吃過虧的。可要緊還不在這上頭，咱們鐵鎖鎮也不是那麼好欺負，好歹不也八九上十來座炮樓？洋鎗快鎗敢也很有幾枝不是？——」

一位教友插嘴說：「毛有二十來桿罷——除了洋抬炮不算。」又一位教友忙追著說：「何止，光是快鎗也二十來桿都不止這個數兒。」

花重生一旁清清嗓子，大夥兒都等他來說個準數兒。待他發見衆人瞅住他，卻連忙冷冷的打發一聲：「這我倒久沒留意了。」

我祖父聽了覺著挺趁心：「可來的，要緊就在這上頭。往天咱們毛爺凡事鎗刀是問，沒鎗桿兒擺不平的事兒。如今頭一個念頭定規不在鎗桿兒上，頂後一個念頭也未必想到鎗桿兒。說來這就難了，人家燒燒殺殺頂到鼻子跟前，你又不肯動武，怎辦？一齊跪下來伸長了脖頸禱告？那叫甚麼？——引頸受戳，正趁人家心，省人家事兒，一刀一個，砍瓜切菜。可那樣子成麼？——怎麼不成呢？聖經上主不是教過咱們麼？有人打你左臉，右臉也送過去給人打；有人要你裡衣，外衣也脫下來給他；有人強逼你走一里路，你就同他走二里。以往咱們好像也談論過這檔子事兒，人一信了主，捱人欺負了，還要倒饒一份兒。該說是基督徒非這麼窩囊廢不可麼？還是心存陰險，縱容他歹人多作惡，給他多加一份兒罪？可主的教訓沒錯兒，遵照著行事也一定沒錯兒，打個七折八扣也不宜。怎辦？誰肯伸長了脖子讓人宰？那還誰肯來歸主呢？不是自找倒楣？——這倒眞叫人兩難不是？」

到底花重生不單聽過這個道，記住這個道，還又自個兒品過、行過這個道，鼓幾鼓要接過話去的樣子。祖父早覺出來了，就收了話尾等他。

花重生欠欠身子告罪：「俺不該插嘴的——長老正講道不是？可俺憋不住要就著這個求教求教長老，看俺這上頭得道沒有，也讓長老看俺有沒長進了一點兒。」

敢是再沒比這更讓我祖父樂意一聞的了。祖父傳道一向不肯苟同教會拿「只要信，不要疑」當擋箭牌，硬要會衆「只許聽，不許問」；祖父每讀到路加福音裡少年基督在殿中聽道「一面聽，一面問」的一段，便總面前顯現出一幅好不動人的畫子。那是個美好的榜樣，不解教會何時興起這個陋習。十二門徒，不也是一面聽道，一面問道麼？

儘管眼前這也不是正式正道的禮拜證道，可這也更該多聽聽信徒吐吐心事，不光是要替信徒解惑，還不定「三人行，必有吾師焉」，倒有寶貴的領受呢。於是催請花重生只管知無不言，言無不盡。

花重生又一番告罪，接過去說：「當初俺聽長老講這段兒道理時，不以爲意，心裡熱也沒熱一下。約莫也因俺一向是個罪人，一向只興俺欺負人，從沒捱人欺負過。一旦俺悔罪改過不再欺負人了，一時還沒領略到捱人欺負是個甚麼滋味。等到有一天人家不買賬，稍稍薄了俺一點兒，都還說不上甚麼欺不欺負，俺就受不了了。可一想到長老是個怎麼教導的，就只有捺住性子忍了。忍不下去就禱告，求主幫助。有時呢，禱告沒用——也不是沒用，是那口氣怎樣也忍不下去；總還是有個是非不是？」

說著停下來，四周看了眼大夥兒，似乎稍稍有點兒顧忌，這才接著說：「這事兒老早過去了，知情的也別再拉扯出甚麼人來。俺不是要翻老賬兒，派誰對，派誰不對，那又成了論斷人。俺是要借這來回省回省自個兒。說起來罷，人這個肚量也眞有限，遇到那樣子不知高低的傢伙——還不是仗著俺一回又一回退讓，儘管還沒退讓到打俺左臉，右臉也送過去的那個地步；可又說了，照俺往天那個壞性子，還等二一回？交手就把人撂倒了。可遇上那樣子無理反纏的硬訛人，誰也吞不下那口怨氣。俺禱告時就追問了主，信了你就得這麼捱人踩到腳底下也不與撐撐胳膊腿兒的麼？他小子這麼騎到人頭上屎尿，都已『不是人』了。眞的，你都別笑，跟上帝無話不說——你不說出口，上帝也曉得你肚子裡要說甚麼，不如都說出來。俺眞是罵出來了，罵那個小子『不是人』。這一罵可眞罵的好，把俺自個兒給罵醒過來，也感謝主提醒了俺。『不是人』，這就對了；人對人罷，是好是壞，當央都有一道痕兒畫在那亥兒。過了這道看不見的痕兒，那就嫌過逾了，也就甚麼……也就不是人了——」

花重生說著停下來，趔過身子把長條几上一本挺沉的聖經搆到手，匆匆翻看。翻到馬太福音五章，書頁間其實有根紙條夾在那裡，不用翻來翻去。紙條是裁了搓媒子用的表芯紙，上面沒寫啥字兒，只當記號夾在那裡。指頭畫著找那三十九到四十一節的經文，顧自咕咕嘰嘰：「將才長老引的一段兒就擱這亥兒，俺很熟。」

我祖父一旁心滿意足的瞧著，像在塾館裡賞識一名唸書唸得好的小學生。

花重生唸起這段兒經文：「有人打你的右臉，連左臉也轉過來由他打。有人想要告你，要拿你的裡衣，連外衣也由他拿去。有人強逼你走一里路，你就同他走二里。」

偏瞧了一遍一屋子人，花重生跟我祖父告個罪說：「長老就請容俺先胡摧一摧，回頭再給俺指教指教。」接著就照他的摧起來：「也算俺靈機一動罷，打耶穌恩主這三個比方裡，俺見到的都是『有人』怎樣怎樣，這三個『有人』，可有意思！也是俺將才說的那道痕兒。痕兒裡頭的是人，痕兒外邊的，那可靠不住了；說是畜牲罷，太罵人了，也還沒落到那步田地。該說是沒人味兒罷？就像俺往天無惡不作那樣，沒人味兒，沒錯。想想看罷，你打了俺右臉，你是個人；可送過左臉去給你打，你還下得了手？好手不打笑臉不是？但得你下得了手，那你可眞沒人味兒了。一個人沒人味兒了，那還算是個人嗎？敢就不是個人了。不是個人，敢就沒法子拿你當人看待了。這就是那道痕兒。俺是愈喜歡恩主耶穌每給人一個教訓，總不把話說盡，留給人各自去品味兒，也就各憑才智閱歷，各有各的造化。俺是個肚子裡連一滴滴黑墨星子都沒有的粗人，也就只能得到這麼一滴滴造化。長老，你可狠狠給俺個指點；要還覺到有那麼一滴滴可取，也幫俺給各位弟兄各位姊妹說說透索，俺是哆哆囉囉，拙嘴笨舌說不清爽。」

我祖父等不及的附掌稱好：「藉小事，講大道，太有意思了！正就是這樣子。天父上帝創造天地萬物，爲何只用六天，不用十天——十天也才十全十美罷？都是一個道理，留下一天讓人來到福音堂接手。下來這三成，就交給人自個兒去下功夫——屬你重生說的，任由人各憑才智閱歷，各得各的造化。這跟主耶穌留給人的教訓是一個樣兒，八福頭一個福兒『虛心的人有福了，因爲天國是他們的』。聖父聖子至尊至聖，猶然這樣虛心對人，凡事都留個三成給人，讓人來成全到十成，這樣也才成全了十字架功德圓滿。」

花重生這一下可樂了，兩手一捋袖子，不知有多得意：「照這麼一說，俺自個兒關上門兒琢磨的這點兒道理，敢是中？長老？」

我祖父猶在拍手，只是作勢，沒拍打出聲兒：「你這不中，還有啥中？」遂又跟衆人說：「可有一條，『刀傷藥雖好，不傷爲妙』。事後收拾爛攤子，收拾再乾淨，總不如提防那攤子爛。要是能讓人連你右臉也別打，省得再送過左臉去試他有沒人味兒，豈不更圓滿？也就是咱們老話說的，『防患於未然』。」

接下來我祖父順口給大夥兒講起「幼學瓊林」裡「曲突徙薪無恩澤，不念豫防之力大；焦頭爛額爲上客，徒知救急之功宏」那個小掌故。因道：「所以把歸家寨子拳廠給化解了，別管要的啥手腕，就算是屬你說的，使的是嚇、詐、唬、離、抨，可那是『曲突徙薪，豫防之力大』，上上之策。『信靠上帝是智慧的開端』，重生，主給你這智慧恩賜，著實寶貝；虛心是個好德性，不宜落到這恩賜上，不然的話，是把這寶貝褒貶下來了？那對主恩豈不是揀樣子弄故事了?你說可是?」

我祖父下到鄉下哪所福音堂，總都差不多這個樣子。眞正在堂裡正式正道的傳講福音，見天不過一場。一場裡掐頭去尾，扣掉一再禱告，一再唱詩，講道多半不到一個時辰——依西洋時計來算，也不過一句兩刻鐘。可聚在當住堂的長老家，或哪位寬宅大院兒教友家下，常時都是連白加夜的論道；這鐵鎖鎮地處偏僻，祖父至少也都兩個多月來一趟，越發天天聚，天天都沒完兒沒了。過了飯時兒，過了二三更天，都是常事，一點也不稀罕。

冬裡天黑得早，上燈老半晌兒了，當家娘子也不知催飯催有多少趟兒了，饝兒餾了又餾，粥也熱了又熱，菜菜水水的也一再回鍋，好不容易這才勉勉強強暫且收了場，約下用過飯再聚。

# 道可道

華太平家傳

祖父領著衆信徒唸誦創世紀第一章經文，然後從全章裡挑出重上七遍的同一句話，「上帝看著是好的」，作這頭一天奮興會的話頭。

經文是記述上帝以六日之功，創造天地萬物，每日收工，看看所幹的活，都自認是好的。最後一天把六日下來合到一起——連末了所造萬物之靈的人也在其中，看來看去還是好的。如此簡單明瞭的一句話，「上帝看著是好的」，道理卻是玄妙無窮。

「人之初，性本善」，可見得人的天性本善，本是好的，也是慈悲全能上帝天父的本意所在。因爲天地間事事物物無一不好，上帝在世人身上的所行，也凡百皆無一不好。唯其如此，也才好見證「上帝愛世人」的眞道，縱然亞當夏娃夫妻二人同被攆出樂園，也無不是彰現上帝至善的本意。

我祖父現身說法，把亞當夏娃趕出伊甸園，比作咱們華家元房四口被趕出關東一樣，同是蒙恩。

摩西遵照上帝顯靈所示，記下這些荒遠的上古之事，敢是沒有虛假，應都可信。可人在上帝面前，究竟太有限了。何況摩西是個其笨無比的傢伙——這從他不懂得「設官分職，以爲民極」，天天獨自一人給百姓審理案子，累得七死八活，又喫力又不落好，就看出這個人挺差勁兒。想想看，當時以色列人單是能打仗的壯丁就有六十萬，那所有男女老幼不是百把兩百萬？無怪他老岳父看不過去，成千上萬的百姓愣等在那裡，他自個累死了，百姓也等死了。多虧他老岳父笨不笨的，比他還強些，給他出了主意，幫他挑選出十夫長、五十夫長、百夫長、千夫長，替他分勞才把百姓治理得好。像這麼個笨蛋，由他來記下上帝的所作所爲，敢是挺不稱職；那末記漏了的、記不清楚的、記偏了記錯了的，自都在所難免。

我祖父舉了一個例子，見證摩西懂得上帝的旨意太過太過有限。

上帝把亞當夏娃兩口子攆出伊甸樂園之後，經上記的是：上帝並於樂園之東，安設天使及四面打轉的火舌之劍，把守路口，不容他二人重回樂園。這就使人發見萬物一性，萬事一理，歸結到上帝是獨一眞神，唯一眞道。

我祖父講這個道理：「比方老燕攆小燕兒，老母雞丟窩兒，至於老母狗、女貓、牿牛、水羊、草驢、騍馬這些牲口，一旦要給牠小畜類斷奶，無一不是跟上帝對待亞當夏娃一樣。這可是大夥兒日常習見的，想必再清楚不過。甚麼個光景，哪位弟兄還是姊妹，請誰講講看好罷？」

這般莊戶人，提起別的，那眞所知有限；提到餵養牲口甚麼的，一個個可再在行不過了；便爭相你言我語，諞示自個兒所知比誰都多、都眞。

說起小牛犢子，挺可憐的，乍乍不讓再咂奶，也還是叮來叮去的戀奶戀得要死。那老牿牛罷，不光是躲來躲去，不讓小牛犢子沾身，不光是彈彈蹄子把小牛犢子踢開，更還瞪一對大牛眼珠子拿角頂，拿角犅。那可不是作勢嚇唬嚇唬就算了，是來眞的，一犅能把小牛犢頂倒在地，抵住了還猛犅一氣。那老水羊對付斷奶羔子也是一樣，狠得無情無意。

驢、馬一旦斷奶，也是要猛撂蹶子踢蹬小駒子的，一樣的沒輕沒重，踢倒在地一打好幾個滾兒；火兒大起來，還拿那一口大板牙又啃又啑呢。

丟窩兒老母雞才更叫拐孤，小小雞跟在後頭走走都不行，想要挨近點兒更別想，煩起來便追著哆，啄得小小雞吱吱叫疼。貓狗也沒兩樣兒，輕則一副兇巴巴狠相兒，齜牙咧嘴的給小畜牲吼開；要還不識相兒，轉左轉右老想再叮一口乾奶，那可來狠的，按倒地上胡咬一陣、胡抓一陣，給咬得瘸條腿兒，哇哇哭著逃掉。

小燕兒是每逢春暖花開，便打南邊成雙成對兒飛來，多半人家堂屋裡朝門的二椽子或三椽子上，都還留有去年老窩兒，便啣泥來整整修修，再叼來牲口身上冬天過來擀成氈子的褪毛，窩兒裡重新鋪牀疊被。椽子上沒有舊窩兒，少不得從頭來過。窩兒裡下蛋抱窩，大抵四或五隻小小燕兒。一對老小燕兒那才辛苦來著，啣泥、壘窩、叼牲口褪毛、鋪窩，孵出小小燕兒那就更加的勞累。燕兒不喫落地食，一對老小燕兒你來我去，全得打活食兒來餵小小燕兒；不單辛辛苦苦去捉飛蟲，還得把小小燕兒的糞便一陀陀叼出去扔掉。一張張黃口嗷嗷待哺，都是塡不滿的無底兒深坑，眞夠一對老小燕兒奔波勞碌，抽空兒還得蹲到窩沿兒上，幫小小燕兒剔剔翎子、理理羽毛、收拾打點帶啄癢癢，不知要怎麼疼法兒才好。可等到小小燕兒老翎新羽長得齊備了，一對老小燕兒就動手要趕走小小燕兒出窩兒了。一旦開了頭，不管小小燕兒怎樣撒嬌撒癡賴窩兒不肯出去也不成；嚴得很，一點兒也通融不得。那有出息的，掙命打撲落，伸長了脖兒頸，搧摠一對從沒使喚過的翅膀，幾番落地，幾番振翼，死撐活捱的撲拉上別個屋頂、涼棚。有那倒楣的短命鬼，不定起起落落間，已給饞貓抓了去。有那膽小沒出息的小懶鬼，死定了不肯出窩兒，惹煩了老小燕兒，火起來叼住脖子硬扯出去；老小倆箇頭兒差不多少，本也叼不大動，起起落落，不知有多喫力才給提溜走。燕子都是在人家堂屋裡做窩兒生兒養女，人人都看在眼裡；燕子是這樣子丟窩兒，那些樹上做窩兒的飛鳥，想情也一定都是這樣。要不然，要不那麼強逼著習練翅膀學飛，那小兒小女哪天才得長大去自謀生計？俗話也說，「三歲不成人，到老驢駒子貨兒」，三歲該有個人形兒了，那亞當夏娃多大了？

聖經上沒記出這對小夫妻多少歲給攆出樂園，我祖父讓大夥兒估猜估猜看。想了想又笑說：「其實也還沒成親不是？攆出了樂園才結花燭之喜罷？夏娃只能算是童養媳婦兒，都還挺小唄。」

祖父是笑這當地土話，童養媳婦兒叫做「團兒媳婦兒」，圓頭抹腦兒長不大的那個味道。還有個兒歌，祖父拿來湊趣兒，「團兒媳婦毛冬瓜，先養兒子後成家」，可照聖經上說的那光景，想必還沒到養兒子的年歲罷？怎麼不是呢？赤身露體跑來跑去不知害臊，該有多大？一般說來，約莫小子十二三歲，閨女七八歲個光景。城上要早些，像鐵鎖鎮這麼偏僻鄉下，丫頭小子總也十歲上下，大熱天裡，還盡是渾身上下無布絲兒的精著腚東走西蕩哩。那也不大關乎貧富——再窮也不愁一條短褲衩；總是圖個涼快自在是眞的。想那亞當夏娃也合當是不見人煙的窮鄉僻壞無知小子丫頭，不到十三四歲還是不知羞恥的——興許還要晚一些，兩小無猜，別無外人，不定要到十五六歲這個譜兒。

衆教友你一嘴、我一舌，嚷嚷了半天這才安靜下來。祖父站在高處看得淸，見有個教友尖嘴兒猴腮，浮著一臉笑，硬憋得也像猴子那麼紅的臉子怕笑出來。我祖父認得他，便問：「臧弟兄，別悶頭喫獨食，有啥好笑的也分享給咱們弟兄姊妹罷？——獨樂樂不如衆樂樂唄。」

這位看樣子三十郎當歲兒的臧弟兄，給弄得挺忸怩，拗不過左右教友啜哄，只好像是連喫加喝的笑不成聲說：「俺是想的長老提起來那個唱唱兒，誚貶團兒媳子的。又記起小時私塾先生講的，唸文章要唸出虛實來，才算唸出了道行。俺唸這段經，又經長老這麼一指點，就覺乎著夏娃偷喫善惡果子敢是實的；虛的是不定那個夏娃業已『毛冬瓜』，破過瓜了，懷上了，正嫌飯罷不是？貪喫酸果子嘛。俺是這麼瞎胡猜想的，或許太對聖經不敬了。」

許多教友都給惹得偷笑的偷笑、憋笑的憋笑，有那挨肩兒坐一道兒的，暗下裡直拿胳膊肘子你拐來，我拐去，不知借這話頭又彼此怎麼個逗弄。

我祖父一頭聽著，一頭眼睛一亮一亮的，連聲兒「感謝主、感謝主」，一再稱許這位猴相兒臧弟兄。是感謝主差遣臧弟兄來指點他，也是感謝主賜給臧弟兄這智慧。祖父由衷的眞心說：「不是甚麼瞎胡猜想，有道理；虛虛實實，對了。俺畫龍，你點睛，這就對了。」

這樣子壇上壇下聲氣兒相通，也只有我祖父宏法證道才興這麼旺盛、熱鬧、人人有分兒，讓人奮興得起。

接下來，祖父便就著這虛虛實實講起。

依於我祖父過去與洋人靈修論道，即使任恩庚那麼年輕、聰明、懂得並器重中國人世，也好不到哪裡去；這般西人在聖經裡頭功夫儘管下得那麼深，可始終只能字面兒上去認識上帝。這也就是臧弟兄提出來的所謂虛虛實實，西人傳教士，就只能識得這個實，識不得盡在不言中的虛。屢屢我祖父提出一些言外之意來切磋，西人也多半不敢作如是想；比如「先天而天弗違」，深厚老道像卜老牧師，也先是聽不懂，百般的爲之辯難解惑，也舉了亞伯獻羊爲祭等例，好不容易矇矓領略了一點意思，卻大爲震驚，人怎麼可以走到上帝的前頭？豈非大逆不道！

祖父又重了一遍前一天的話頭：「所以上帝留下三成給人來成全，也是七成實，三成虛。這洋人信教也好，傳教也好，都是只能見到聖經裡的七成實，見不到這三成虛。連他以色列上帝的選民，也是一樣的不懂得上帝把這三成託付給人來成全的一番慈愛、一番心意。像過紅海、曠野裡沒喫沒喝、過約旦河跟耶利哥那些當地人打仗，所有這些該當全力盡到的人事，全都賴給上帝，像話嗎？那不是跟賴著不肯出窩兒的小小燕兒一模一樣麼？上帝就只有亡他以色列國、亡他猶大國，來試煉他，讓他學著自個兒飛、自個兒打食、謀生、自個兒去獨闖風雨，要不然，夏天去了，秋天來了，飛不去南海避寒，蹲在窩兒裡馨等餓死、凍死？上天有好生之德，怎肯讓你活活餓死、凍死？上帝定規是給所有生靈一條生路的，可這生路還是要你自個兒去闖，總不可以抱你馱你過去不是？……」

講到這裡，祖父領著會衆禱告：「感謝恩主天父，恩待咱們列祖列宗，先聖先賢，老早老早就懂得這七分天道，三分人事。善盡本分，應命天意，教給我們子孫萬代，人人都懂得盡人事，聽天命。也讓咱們今天來查考聖書，領受了恩主天父那七分明明白白告訴咱們的實意，更參悟到虛留給咱們的那三分當盡的人事。只有這樣才可以得到以馬內利的福分；天人合同，十全十美，不負恩主流血爲咱們獻祭的十字架功勞……」

祖父仍自拿這虛和實的思路，給衆信徒講道。舉的例證是十二門徒中脾氣最大，疑心也最大的多馬。當他聽到主已復活，卻說：「我非看見他手上的釘痕，用指頭探入那釘痕；又用手探入他的肋旁傷口，我總不信。」等到復活的主降臨在他面前，吩咐多馬：「伸過你的指頭來，摸我的手；伸出你的手來，探入我的肋旁。不要疑惑，總要信。」多馬只有呼喊：「我的主，我的上帝！」多馬敢是就此深信不疑了。可主基督怎麼說？哪位弟兄、哪位姊妹記得？在哪部福音裡？幾章幾節？……祖父慢慢的、細細的問，意在拖長點兒時候，讓查經多半都還不大熟的教友從容點兒找這段兒經文。

到底還是花重生，報出約翰福音二十章二十九節，祖父是本就打開了這一張等在那兒，便跟這位花弟兄說：「一事不煩二主兒，候候大家夥兒找到了，就請花弟兄唸一唸。」祖父遂又重唸了這段經文：「基督對多馬說：『你因看見了我才信；那沒有看見就信的，有福了。』」——經文是「耶穌對他說」，祖父以多馬替代了「他」，無非讓意思更清楚，怕信徒中有誰一時又弄不清這個「他」是誰。可將「耶穌」改稱「基督」卻別有來歷和心意。

當年二曾祖母皈依基督，儘管起初爲的是替曾祖父祈禱，曾祖父雖深知這二房一片恩情苦心，也任由二曾祖母拆巨金獻造教堂，卻始終瞧不順眼這個不合人倫教化的洋教，諸如禁祭天地、禁祭孔聖、禁祭祖先。「哪有口口聲聲又是耶和華、又是耶穌，那麼提名道姓直稱教主爺倆兒的道理？蠻夷之邦這般生番子，就是這麼沒教化、沒人倫、沒規矩！……」

二曾祖母敢是凡事無不順從曾祖父，除了年節照祭天地祖先，家塾照設至聖先師神位，也嫌直喚聖父聖子連名帶姓，委實的沒上沒下沒個尊卑長幼，便不問是唸經、唱詩、禱告、見證，還是跟同工同道言談，無不是稱耶和華作天父、上帝，稱耶穌作恩主、救主。待我祖父出來傳道，念及二曾祖母那樣的尊敬天地主宰、救世之主，再則也竟出於孝思，便一直遵守慈母的至意。而因懂得基督即就是彌賽亞、即就是受膏的王，並非名氏，便索性以「基督」代「耶穌」——好在兩者一韻，唱起聖詩來也還是順口。又如「主禱文」，繙過來的經文也是未能留心倫常習俗，跟「我們在天上的父」也竟那麼你你我我，地上的父猶不可那麼沒上沒下的造次。經我祖父調教出來的信徒，都已改口：「願人都尊父的名為聖，願父的國降臨，願父的旨意行在地上如同行在天上……因為國度、權柄、榮耀，全是父的，直到永遠，阿們！」

祖父跟衆教友論到這一點時，也曾舉例申明：「像我這個為主做工的佣人，算得了甚麼呢？你大夥兒尚且不以『你』來稱呼俺，總是長老長、長老短，何況稱呼咱們天地間至高的主宰！再還有像咱們為人父的，又算得了甚麼呢？可兒女也都從沒你你我我的稱呼咱們。咱們老家那邊是稱呼爺，咱們這亥是稱呼大大，都是爺長爺短的，大大怎樣、大大如何的。便是他人面前提到，也從來沒有他長他短；斯文些的謙稱家父、家嚴，尊稱人家父親也都是令尊、令嚴；家常裡也是俺爺、俺大，你爺、你大。想想看，稱呼慈愛全能的天父，怎可又是你如何如何、又是他怎樣怎樣。說實在的，咱們稱呼尊敬的人，你你他他的說不出口，咱們也沒受誰教導，也沒教導過誰，可見得都是自自然然的盡心盡意，天性就是這麼通情達理——咱們老古書『禮記』頭一句就是『毋不敬』，對人對事對物，都以這個『敬』字為先。說眞個的，這也不是制禮作樂的聖賢憑他自個兒主意，強人這麼遵守；不過是提醒咱們，人人天生的就有這分德性，別讓這分德性忘了、丟了，這個寶貝白白的捨了、不記得善用了。……」

祖父藉這十二門徒多馬的言行，申述世人太過仰仗這一對眼睛，大事小事喜用這一對眼睛來作定奪。可這一對眼睛眞管事兒麼？未必；俗話有說，伸手不見五指，黑裡這對眼睛就跟瞎了差不多，不管乎了。可這五根指頭還在不是？總不能說你伸手不見五指，就這隻手也沒有了。所以不能單憑眼睛來斷事。試想，門徒告訴多馬的，同門的師兄弟都不信，還非看見了主才肯相信主復活了，是否除了眼睛他誰都不信？基督不是也曾預言過，人子要被舉起，三日後會再復活，多馬不會沒聽到；師父說過的話都不信，還是非要看到才肯相信師父眞的復活了，又是否太仰仗這對眼睛了？

祖父重又請會衆再唸一遍，接著指出：「這又是臧弟兄說的虛虛實實了。主說：『你因看見了我才信，那沒有看見就信的，有福了。』這是一句實話，你你我我都沒有看到過救主手上的釘痕，就信了主，你你我我都是蒙福的。可那虛話該怎麼說？是不是該說：『那看見才信的，有禍了』？總歸一句話，單靠眼睛斷事，就算不至於禍害，可一定也不是福分。看來臧弟兄今兒一開頭就提出個虛虛實實，給咱們這場聚會，著實幫助很大，感謝主爲咱們這樣子安排。咱們也不妨這麼說：見到實的，不算福分；見到實又見到虛，福分才算齊備。咱們今來傳福音、聽福音、信福音，就是要傳那實的福音、聽那實的福音、信那實的福音之外，更還要傳那虛的福音、聽那虛的福音、信那虛的福音。這樣虛虛實實齊備了，咱們也才能在主的恩寵裡，得享福分齊備的全福人。」

成親大禮上，從頭到尾陪伴照應新娘子的喜婆子，和那引領新人拜天地、祖先、親長，並送房酒席的儐相，一定得請父母公婆雙全、夫婦恩愛、兒女成群又成材的「全福人」來充當主事。祖父以此期許所有信徒，而果能天道人事都全得齊備，今世來世皆福分無疆，自比人世間的全福人更加的圓熟豐滿。

再次的論起虛實，我祖父重又回到伊甸樂園裡的亞當夏娃這邊來，指出這一男一女給趕出來的時候，少說也該十四五歲了，弄不好十八九也或許有了，知道羞恥了唄。像那麼樣的老大不小，還精著腚閑遊浪蕩，一點兒啥活兒也不幹，盡賴著天父來養活，有這個道理嗎？

祖父含糊含糊的遮不住笑意上了臉：「不定就讓臧弟兄說中了，團兒媳婦毛冬瓜，上帝看看他倆生米已成熟飯，縱然還有意思讓他倆在樂園裡生兒養女，也斷乎不肯『愛之反足害之』，把小倆口兒慣成一對廢物。衡衡情也是罷，長此以往下去，養活你一對廢物事小，還得養活你兒女？好了，就算再養活你老子娘跟兒女一堆廢物，難道還得養生你世世代代、子子孫孫？上帝敢是養活得起，滿園瓜果任你大夥啃罷，啃不窮上帝的；可當緊還在養活下去到底養活出一堆啥玩藝來著？三字經不是有這麼一段麼？『犬守夜，雞司晨，苟不學，曷爲人？蠶吐絲，蜂釀蜜，人不學，不如物。』剛開蒙的小兒都懂得怎麼做人，人不幹活兒還成？」

依聖經所說，上帝最後一天造人，跟造萬物不同；造人是用泥土捏了泥人兒是沒錯，可末了特意吹了口靈氣兒，人就成了萬物之靈。上帝對人這麼恩寵，怎能容人遊手好閑、倚三靠四、喫喝玩樂，啥能耐也沒有，就只管給萬物起名字？從古到今從沒這門兒行業不是？

祖父得上帝啓示、領悟到不是眼睛所能看到這聖經中不言而喻的亮光——上帝那無邊無際，永不改變的慈愛和全能。上帝把這一對小兒女攆出伊甸樂園，本就是天地間的律則，是剛造出夏娃就已降下的玉旨：「人要離開父母，與妻子連合，二人成爲一體。」亞當夏娃無父無母，依此律則，自是要離開天父。所以有沒有偷喫分別善惡樹上的果子，他倆遲早都非離開樂園不可；離開之後，也非自謀生活不可。

這樣，豈不正像老母雞丟窩、畜牲斷奶、老小燕兒趕走小小燕兒？我祖父說：「一點兒也沒錯兒，上帝把一對小兒女攆開，正就像老母雞、畜牲、老小燕兒。可這是打比方，按理不宜這麼講法兒。怎麼說呢？這就像甚麼……咱們只能說兒女像父母，不好說父母像兒女。按理來講，別管老母雞也罷、畜牲也罷、老小燕兒也罷，可都是在命定的律則裡順從上帝的旨意，都是上帝慈愛和全能的顯靈。兒女大了，就是要離開父母，不可再倚三靠四的軟骨頭，定要頂天立地，自強不息；小則成家立業，大則造福萬民。」

只是摩西這個人，縱然不至笨頭笨腦，也是像多馬一樣，就只相信他自個兒一對眼睛。這創世紀本是上帝顯靈啓示給摩西，摩西約莫像看戲一樣，老古代的老古事，一齣齣唱唸做表打眼前過去，就像咱們戲園子裡看戲，「周公大戰桃花女」，那是周朝的。「百子圖」，那是商朝的。「孟姜女哭長城」，那是秦朝的。「蘇武牧羊」，那是漢朝的。「呂布戲貂蟬」、「關公月下斬貂蟬」、「諸葛亮招親」，都是三國的。「除三害」，那是南北朝的。「楊家將」、「秦瓊賣馬」、「汾河灣」、「三休樊梨花」、「十八羅漢鬥悟空」，都是唐朝的。「梁山泊」、「包公傳」，可都是宋朝的。「朱洪武打擂台」、「六月雪」，都是元朝的。「十五貫」、「三娘教子」、「玉堂春」，都是明朝的。咱們大清朝不也有「落馬湖捉禿子」「虮蜡廟」甚麼的麼？人能把大戲小戲兒看個百把齣，中國四五千年的老古事也就知道個差不離兒了。我祖父列過看過的大戲戲目，竟然有三百多齣；蹦蹦兒、梆子、墜子、落子、周姑子、大鼓、八角鼓等小戲兒還不算。

祖父不好不給自個兒解解嘲：「這可都是當年跟內人還在伊甸樂園裡倚靠父祖遺蔭，喫喝玩樂，不務正業，混來的本事——儘管不曾像亞當夏娃那樣精著腚跑來跑去不知羞恥，可比他小兩口還差的是俺跟內人都早已爲人父母了。所以上帝看不下去，不惜安排了一場兩國交戰，把咱們狡兔三窟——三片產業，毀的毀、燒的燒、霸佔的霸佔，家破人亡。逃進關裡，老家祖陵上兩百畝地也早讓人家吞了。你都說可夠乾淨？簡直個兒是斬草除根了。這可都只爲的對付咱們一對軟骨頭來個斷奶丟窩，逼使不知天高地厚的兩口子自立自強，不再倚三靠四。不過這比亞當夏娃給攆出樂園可要慘得太多了。可劫難愈大，恩典愈重愈深，敢是更要感謝主恩造就。不然的話，哪有今天這麼個福分！」

祖父解說他這福分，在於時時見得到上帝所昭示的異象——聖經中的言外之意；也就是實體之外的虛象，易經卦理、卦氣、卦數所本的卦象。

俗語是說，「會看戲的看門道，不會看戲的看熱鬧」，上帝擺出好戲連台給他摩西看，這摩西敢是個不會看戲的，由他記下來的這卷創世紀，便只記下了實體的熱鬧，虛象的門道他見不到，也就無從記起。

於是祖父請衆教友打開聖經，翻到創世紀三章末尾一節：「於是把他趕出去，又在伊甸園東邊安設基路伯，和四面轉動發火燄的劍，要把守生命樹的道路。」

依照祖父從西人牧師那裡得知，這基路伯不一定就是天使；若是，那就乾脆繙成天使了。可好幾位洋人，還有英國的兩位女教士，也都說不出所以然來。儘管以色列人在做施恩座時，上面有一對基路伯，也只知有兩個翅膀，可又不是飛禽，可能提防犯上造偶像的嫌疑罷，因也不知到底是個啥形。依我祖父推想，基路伯啥都不是，興許肉眼也看不見，只可以當作上帝的威嚴罷。比方說一個大將軍威風凜凜，可也不是豎眉瞪眼一副兇相。又比如衙門裡審理罪犯，衙役人等的喊堂威，粗聲低吼：「虎——威——，虎——威——……」我祖父學那哼哼堂威的腔調，收緊下巴，嗓眼兒憋出狗咬仗之前那樣子呼嚕呼嚕的發嘯，眞叫人寒毛直豎的打怵。想那大堂上審案子都在五更天前，到處烏漆抹黑像陰曹地府，囚犯腳鐐手銬押解上堂，給這麼四處八方一吼吼，那還不嚇得魂不附體、屁滾尿流？

伊甸樂園約莫只有東頭這一道路口，上帝的威嚴在這裡，加上四面打轉轉還又冒著火燄子的寶劍，想必是把守得插翅難飛，水洩不通，亞當夏娃饒是有孫猴子七十二變那麼神通，也沒法子再回園子裡去了。

摩西也就只看到了這個場面，看到他以色列人老祖宗那麼個慘法兒。這就像小小雞、小小燕兒、小狗、小貓、小牛犢子、小羔子、小駒子眼裡的老母雞、老小燕兒、老母狗、老女貓、老牸牛、老水羊、老水馬、老草驢一個樣兒，只見娘老子齜牙咧嘴，打食兒來餵牠的尖喙子轉眼變成了小鑱子、鐵鉗子；那一口白牙，把啃不動的東西嚼爛了吐出來、唚出來餵牠的，那張又熱烘又柔軟的嘴巴子，月子地裡給爬不出窩兒的小狗秧子小貓秧子舔喫掉不知多少屎屎屎；那長長的熱口條兒，一刻不閑著給小東西舔得周身油光水滑，像搽過鉋花油梳理的亮頭髮，蒼蠅落上去都會滑倒了站不住腳；那口長板牙給小傢伙嚙癢癢，仔細得虱子蛇蚤都給嗹死……，可這都一下子變成了兇器，又是吼、又是啄、又是叼、又是咬、還又加上拿角來犅、拿蹄子來彈、撂蹶子踢蹬……，昨天還乖呀肉呀心肝寶貝的疼不夠，今兒個怎就恩斷情絕到這麼個地步？怎就仇人一樣來對待？怎就翻臉不認小兒小女了？……那小兒小女遭到這樣子窮整，窮折騰收拾，敢是傷心、掉淚、一肚子委屈冤枉——可不是嗎？又沒犯錯，又沒闖禍，怎該平白無故老子娘就不要牠了？

祖父重又回到經文上來：「可不是嗎？哪兒犯了錯，闖了禍了？夏娃聽了長蟲這話：『你們喫的日子眼睛就明亮了，你們便如上帝能知道善惡』，這也沒錯兒不是？夏娃『見那棵樹的果子好作食物，也悅人眼目，且是可喜愛的，能使人有智慧』，這都不是好事兒、美事兒麼？拿咱們來比試比試，別說小時候嘴饞貪喫，就算你我這麼大人了，不還是瓜桃李棗兒人家的比自家的好喫，偷來的比買來的好喫？人之常情罷不是嗎？園子裡所有瓜桃李棗兒都是他小倆口子的，只這棵分別善惡樹的果子是上帝的，敢也就是人家的了，又敢也是比哪棵樹上伸手就摘下來的果子都好喫了——人家才多大的孩子嘛！夏娃敢是『就摘下來喫了』。也是個滿好的小團兒媳婦，並沒偷偷喫獨食，挺恩愛的，『又給她丈夫，她丈夫也喫了。他們二人的眼睛就明亮了，才知道自己是赤身露體，便拿無花果樹的葉子，爲自己編作裙子。』這不都是好事兒、美事兒麼？『羞恥之心，人皆有之』，這是孟夫子說的，小倆口子喫了上帝的果子，這才成人。孩子拉拔大了，上帝理當喜歡才是。等到上帝追問起來，亞當是說了老實話：『帝你所賜給我，與我同居的女人，她把那樹上的果子給我，我就喫了。』這也沒錯兒不是？上帝又追問夏娃，也是據實招來：『那蛇引誘我，我就喫了。』這不是也沒錯兒？咱們就算偷了人家瓜桃李棗兒給人家逮住了，也不過捱罵兩聲『喫了嘴上長疔』，了不起捱上兩皮槌兒罷了；上帝幹嗎那麼小氣？上帝是怎麼罵了這小倆口兒？罵夏娃是『我必多多增加妳懷胎的苦楚，妳生產兒女必多受苦楚。妳必戀慕妳丈夫，妳丈夫必管轄妳。』這哪是罵人吶？媳婦戀慕丈夫，丈夫管轄媳婦兒，可可的正是全福人衝一對新人說的吉祥話罷，白頭到老啦，多子多孫多福壽啦，可見上帝多慈愛無邊！」

祖父讓會衆閉上眼看看，「那光景不好像就近在臉前？上帝板緊了臉子，罵起這個親生的閨女，不就是咱們爲人父母一般樣兒，疼歸疼，管還是要管。可罵孩子罵得自個兒心疼不是？咱們這亥兒坤道家罵孩子好罵『小該死的』、『短命鬼』、『夭壽』，可做老子娘的哪個不巴望孩子長命百歲？那不過都是氣話。打孩子也是一下下比打在自個兒肉上還要疼，你當是打著好玩兒？咱們也罰過孩子不准喫飯，『都怪喫飽撐的，餓死你討債鬼也罷了！』其實哪裡忍心，孩子捱一頓餓可比自個兒餓上三天還受不住。做大大的男人家，心還硬一些兒，做媽媽的可就難了，偷偷留份兒飯菜，餾餾熱熱，偷偷把睡空肚子覺的孩子喊醒，不定還又下個雞蛋鱉子給補一補。上帝不就是這樣嗎？罵歸罵、咒歸咒、罰歸罰，天涼了，還不是現宰了頭羊——不定兩頭羊才夠料子，給兩口子一人做件皮襖；要不然，那無花果葉子夠幹嗎？——城上禮拜堂園子角裡就有兩棵無花果，不開花就結果子，麵不得兒的，還沒麵桃好喫。各位上城的話，不妨留意去看看，葉子不過巴掌大，又是豁牙露齒的花葉子，跟那種摘來洗油碗的楮桃樹葉子相彷彿，沒那麼毛絨絨的罷了，遮羞都遮不嚴，還擋得了寒？門兒都沒有。」

祖父提醒了會衆一下——也是摩西沒見到、沒記下來的虛筆留白之處：「羊是宰了，那羊肉呢？難道白白扔掉不成？萬不會那麼糟蹋東西，定還是便宜他小兩口兒了。看罷，上帝不是才罰他倆兒只准喫地裡莊稼，田裡菜蔬，怎又緊接著開了葷？喫頓羊肉敢也挺費神，沒鍋沒灶兒，紅燒清燉都別想，只有架起柴火烤——他西洋人到今也還是只知烤肉喫，別的做法兒都不會。可就這麼簡簡單單的烤羊肉，他小兩口兒也還一點都不會，少不得上帝來教他倆兒怎麼架柴火、怎麼生火。上帝豈不是自找麻煩，自搬磚頭砸自個兒腳？可不這麼樣又怎好說「上帝是愛」呢？上帝本來罰他亞當『你必終身勞苦，才能從地裡得喫的。地必給你長出荊棘和蒺藜來，你也要喫田間菜蔬，你必汗流滿面才得餬口。』可上帝還是不忍心，又不便明說，就藉著給他倆兒做件皮襖，一事兩夠，衣食都有了。莊稼菜蔬之外，肉更好喫。餵起羊來，就比耕種莊稼省事省工夫省力氣多了，勞苦也減輕多了。這可是上帝罵過了、咒過了、罰過了，於心不忍，給他兩口子多一條生路。只可惜亞當夏娃跟摩西一般的笨頭笨腦，意會不到上帝的苦心孤詣，只懂得一個表面，上帝生氣了，上帝罵他倆兒、咒他倆兒、罰他倆兒、攆他倆兒捲鋪蓋滾蛋，那就打今往後再也不要他倆兒、不愛他倆兒了。等到淚眼爬汊的回頭一看，上帝的威嚴——基路伯和四面飛轉又冒著火燄子的寶劍，嚴嚴把守，再也回不去了——傷心哪，這叫人不由得想到有那做娘的給孩子斷奶斷不掉，只好奶子上抹了黃連水、辣椒水，孩子咂一口，小嘴兒撇跟水瓢兒一樣號啕大哭起來。怎不是呢？那小倆口兒怎不認定上帝無情無義，硬把他倆兒當成仇敵一般對付了？」

祖父探問起會衆，左邊問問，右邊問問，近處遠處一一問過去：「是這樣麼？奶子上抹了黃連水，意思是不要這個孩子了？打算賣掉孩子了？不疼他了？不喜歡他了？拿當仇敵一般對付了？……」問到哪邊，哪邊都應一個不是；有個姊妹冒出一大聲：「別瞎說了！」是沒那個道理。

可照摩西記下來的創世紀，至少字面兒上是這個樣子：上帝是個叫人害怕要死的凶神惡煞，雞毛蒜皮那麼點小事兒哪值得鬧那麼大！還又都是好事，喫了那果子立時就成人了，有智慧了，分辨出善惡了，知道羞恥了，也會拿無花果葉子編衣裳了。就是上帝那些咒罵也無一不是殷殷切切的指點、託付、哄勸——天下哪有不幹活就有飯喫的道理？除非是個殘廢或是沒出息的不肖子弟罷？做媳婦的又哪個不心甘情願夫妻恩愛，依靠、體貼、伺候她男人？要說懷胎受苦、生子受苦，敢都是實情；可這也不能單獨來看，還有下文。做媽媽的要是懷孩子不疼、養孩子不疼，那怎麼能疼孩子？疼愛疼愛，不疼不愛。咱們都說疼，不說愛，著實挺有意思，恐怕只有咱們中國人最能懂得上帝的心意，才有這樣子回應。

祖父提醒衆信徒，聖經所記的，上帝不單往往不把話說盡，還常說反話。「以色列人聽不出來，咱們聽得出來。俗話說『挖樹要挖根，聽話要聽音』，就拿咱們做了媽媽的姊妹作比，都是怎麼喊自個兒孩子？討債的、短命的、小該死的、小餓鬼，不都是罵人嗎？咒人嗎？可那都是疼孩子唄！喊別人家的孩子怎不這麼喊？疼別人家的孩子疼不到這個地步唄！咱們做了媳婦的姊妹也是一樣，喊自個男人怎麼喊？死鬼、冤家、砍頭的、遊魂的，不也都是罵人、咒人嗎？可那都是對待自家男人疼得不能再疼、親得不能再親，也才喊得出口唄！不信的話，喊喊別人家的男人看看，喊得出口麼？喊得出口那就要出事兒了——怎麼疼到那個地步、親到那個地步？……」

祖父這哪是講道，袖著倆手兒趴在嵌有十字架的几案子上，跟大夥兒拉家常兒罷；那跟靠著草垛子晒太陽、圍著柴火烤火、抱著手爐腳爐焐暖，說古道今，天南地北的閑拉聒兒沒兩樣兒。

末末了兒，我祖父才把這一場拉家常兒、閑拉聒兒，歸結到這頭一天傳的福音當中心兒上：「凡是咱們在這世上所承受的、所遭遇的、所碰上的，別管是酸甜苦辣，別管是順心還是不順心，別管是福是禍，是生是死，是貧是富，是興旺是衰敗，總都無一不是上帝在疼愛咱們，要咱們自立自強於天地之間，要咱們做個地地道道『照著上帝的形象，按著上帝的樣式』所造的人。這是上帝創造天地萬物之初，就藉著以色列人又蠢又笨又不通達天理人情的祖先所昭示給世人的眞道——上帝是愛。咱們有幸生爲中國人，承受天恩最深最高最厚最廣也最久，所以最像天父的形象和樣式，也最聰明靈利、最善於察言觀色，不需上帝明言便參悟到上帝的心事，也是天父最最疼愛的孝順兒子。這從先聖先賢、列祖列宗，遺留下來這座福音堂裝也裝不下的經史子集可以見證。阿們。」

再一天，祖父才張掛起「大秦景教流行中國碑」序頌兩幅立軸，一連五天講述咱們中國跟上帝之間，如何由天人合一衍變到天人兩分；如何由士農工商四民一體衍變到士與農工商的彼此脫落；又如何中國人今天急需基督拯救的福音引領，上接漢唐，重新跟上帝修好，以期回復天人合一，四民一體的圓熟人世，再把福音眞傳、正傳到基督所期許的普天之下，至于地極。

# 遠交近攻

華太平家傳

年根歲底之際，差會和洋行的所有洋人，都分別從煙台、青島、威海衛等各地，先後瀝瀝落落的回來。就中只有梅姑娘和梅牧師姐弟二人早在入秋時節便返回美國老家去過假，要一年之久。還有任恩庚那位最年輕的牧師，打煙台直接去了上海，招請營造師傅工匠，歸期未定，怕總要隨俗的遷就那班師傅工匠，過過正月十五上元節才得一同北來。

人家洋人早在一個多月前就過過了聖誕節和洋年，以至頗有一元復始，萬象更新那麼個味道。差會方面忙著準備開春就動工蓋大醫院。美利洋行則包下了全縣城鄉信局子，也在著手擘劃，找人找地，找教會跟鏢局子合夥兒來開創。

相形之下，城鄉百姓人家可正忙年，沒誰熱心這些似乎無關痛癢、無關衣食的洋務。

教友人家儘管日常裡如何避俗，過年大事，還是馬虎不來。迎接一批批回來的洋人，好像不下于聖經上所應許的「耶穌再臨」，有的喜極而泣，不知怎麼歡慶才是。可擤擤鼻子，擦擦眼淚，只覺如今這個年越發當作「耶穌再臨」之後的「千禧年」來過了，如此也就越發理更直、氣更壯，眞是萬事莫過過年急，是好是歹都等過過大年十五再說了。于是也跟世俗人家差不離兒，沒幾個大人兒熱心甚麼大醫院、小醫院——大年下、晦氣不是？生病才上醫院，圖個沒病沒災的吉祥成麼？那信局子又幹嗎來著？十年、二十年、一輩子沒打過信也沒啥稀罕。除非人在外鄉有個三長兩短，才用得著急死活忙給家人捎個信兒；打信出去也多半是上人病重，或是等著成殮甚麼的。信了洋教百無禁忌，平常日子也眞是覺著挺好。可這是過年呀，吉凶悔吝關乎來年一整年呢，怎儘鬧這些叫人心裡頭犯嘀咕的晦氣事兒！

教會中也有少數歪脖子不大服洋人的教友，議論起來就咬譏洋人心裡有鬼——義和拳連根毛還沒碰著，便扔蹦兒二百五，一跑走就八九個月，丟下教會死活不管。末了地方上又根本沒個屁事兒，這等行徑敢是夠孬種的。如今覥著臉兒溜溜瞅瞅回來，表面裝得人五人六的，那內裡能不虧麼？別拿大醫院、信局子當褲子蓋臉了，臭哄兒臭哄兒的，越蓋越搧揔可不越沖鼻子？……這輩教友多半是挑挑兒擺攤子的升斗小民，教會裡似乎僅能找到較比知心的我家祖父，吐吐這些氣不憤兒的苦水。

別人會喝斥他們這是以小人之心，度君子之腹。在照樣免不了勢利的教會裡，包括洋人在內，這般夠粗夠俗的一輩教友，非但一向不大受到尊重，遭到鄙夷的眼光更是常事。哈利路亞！哈利路亞！學到這樣的外國話來讚美上帝，敢是很有意思，「放洋屁兒嘛！」挺新鮮。可要講夠味兒的話，那就隔上一層兒了，總不似打心底兒冒上來的歎賞。講起我祖父趕鬼伏了南鄉那個響馬大瓢把子毛鬍朵把兒，「我日你奶奶那假啊？哼，華長老那個法力，得了！」講起耶穌把附在人身上的鬼群趕進豬圈，一圈子豬發瘋起來，奔去懸崖峭壁，一頭頭都噗通噗通跳下去了，也是一口一聲的「我日你奶奶」，讚歎不絕，還帶點兒可惜。

儘管咱們華家打我祖父下來，除了祖母偶爾嘴裡不大乾淨，數徧全族四、五代，沒一個會口出穢言。可我祖父還是極懂得「我日你奶奶」比「哈利路亞」更能吐出這般市井百姓由衷的驚歎和讚揚——至於要矯正這種粗惡的村話，敢是必要的，卻又是另回事兒了。只是教會裡幾幾乎沒誰不鄙夷憎惡這種粗野下流，也沒誰能體會到那是這些無知無識的粗人最最真情的讚美。

單就是衝著我祖父懂得他們、敬重他們，這一輩教友便總與我祖父親熱，事無大小，也總找我祖父，人世裡拿主意，求天求神則代禱。過去這大半年來，這一輩教友反而打祖父這裡比大半教友更多知道不少外邊的種種光景，義和拳的鬧事、朝廷奸佞當道、洋人打進北京城的爲非作歹。縱使還遠遠說不上民智大開，各個人至少不光是一升一斗的計較一人頭上那麼一點天兒，還都懂得直隸、天津衛、北京城儘管遠在天邊兒，風還是終會颳了來，雨也都要打到頭上來，都要爲這些災難匍匐在上帝腳前誠心誠意禱告的。

祖父敢是不知哪裡說起，怎會這一輩教友給喝斥作小人之心，度君子之腹。反倒經這些升斗小民那麼一吐訴，好似給提醒了；再打量打量這般洋人，還眞就是那麼回事兒，一個個眞就是覥著個臉兒，甜不嗦嗦的厚顏回來了，不由得敬服了這般夠粗夠俗的販夫走卒之流，自有他們絕聖棄智的眞元，眼力烱烱，眞光可畏。

說的也是，要不，這般洋人一回來，怎的個個都把蓋大醫院、辦信局子，成天盡掛在口上？當作天下就只有這是宗大事來重叨不休？又怎的一字不提不問這八九個月間義和拳怎長怎短？就那麼偷偷閃開了、避開了，當初不是專爲義和拳要殺洋人才跑的反麼？

逢到禮拜天上午大禮拜、下午小禮拜，禮拜一、三、五晚上查經班，二、四、六晨更禱告會和午後教友人家探訪，乃至私下裡搭話交談，這般西人牧師、教士、甚而師娘家小，莫不把這蓋大醫院、辦信局子兩樁大事放在前頭，無非都是要所有信徒爲此禱告、捐獻、出錢出力，各盡所能。

妙在這般洋人每逢提到這些時，好似都曾事先串過供，都莫不乘機表白一番，讓人曉得過去大半年間，他洋人一大夥兒非但不曾或忘教會衆弟兄姊妹，也任誰都沒閑著專爲躲反避難，無事淨享清福；反倒比在縣裡還忙碌，不斷的修書、傳信、打電報、分頭奔走上海、天津衛、青島等地，跟各自本國本土差會和各教會去募捐、求款、接頭、張羅、招請營建包工打圖樣、聘雇各行工匠師徒……。

畢竟不是家常裡蓋蓋土屋可比，千頭萬緒，是夠繁瑣龎褋的，都不是一年半載說幹就幹的輕快活兒。可那樣老是不斷的重重倒倒噂嗬，愈只叫人小心眼兒疑猜，覺著那都愈描愈黑。

也並非我祖父怎樣高人一籌；疑猜也是照樣疑猜這般洋人做賊心虛，放屁臉紅。不過較比他人多些閱歷見識，再來還是心懷體恤。想那八國聯軍惡行昭彰，燒殺搶掠，糟蹋婦孺，到底只在京津一帶橫暴；中國是地廣人衆，率多百姓都還不知不曉，反而他洋人信息靈通，比哪個中國人都再也清楚不過。這些由外國差會差遣來爲福音做工的上帝僕人，行善積德之不及，敢是萬難附和其本國出兵攻城掠地，毀人性命，盜人家財，燒殺姦淫，無惡不作；且猶不止這些，來日必定又是割地賠款，百姓人家又不知要賠累多少。而這八國強盜放在眼前來說，有的是他英國人、美國人，說怎樣也賴不掉他卜牧師、鮑大夫牧師就是美國人，她周教士、錢教士都是英國人，能脫得了干係嗎？家國家國，一個家裡出了歹人，能說跟他全家無干？家跟國豈不是一個道理？

只是也很難講罷，同一國之人和同一家之人，到底還是有別。如若掉轉過來講，不說中國去打他英國、美國，由不得像我祖父這麼個傳道人主張打或反對打不是？就是西太后打著皇上旗號，假傳聖旨對列國宣示開戰，皇上又能怎樣？百姓更是蒙在鼓裡；祖父若沒直報、申報可看，豈不也是一點點都不知其情？

譬如那位學起花重生留起大鬍子的卜牧師，雪花花的銀鬚已經養到胸口兒——八九個月未見，似又長了不少；罕見那麼個達練老到又極通中國人情世故的西人。可碰上眼前兩國交惡種種，看得出來這位老牧師也就眞的心虛得很，人老是疙疙瘩瘩的，不問講道或個人相互搭談，似都有些藏頭露尾，閃閃爍爍，搗著蓋著的忌諱去碰到那些傷疤兒；不復往日裡動不動呵呵大笑，聲震屋瓦的那一派豪情。瞧著這種光景，我祖父便挺不自在，挺替這位一向磊磊落落的西人難過。說起來，洋人不洋人的，強食弱肉，以暴凌善，已是理所當然的霸道惡風，可做了傳道人，那心腸到底還是柔軟多了。這就不能不有體諒。

一日，教會爲大正月新年裡開奮興大會，集攏起衆長老執事，於會堂背後查經房裡共商佈道和培靈的差事分派。西人已預先通知不與，只有卜牧師給請來指引。

歷來這個爲時十或十五天夜晚的法會，幾位牧師、教士，也總分派五或七個晚間講道。這一回卻推託個乾淨，聲言他幾位西人教牧，皆將在鮑達理大夫帶領下，分頭從事擘劃千頭萬緒的醫院事務，無暇兼顧奮興大會。這老卜舉他自個兒爲例，他是分擔了跟本國和上海洽請敦聘各門大夫等事宜，只怕要很跑幾趟北京和上海，去跟總差會、各家醫院、藥廠、電報局、招商局各處接頭拉線，襍七襍八的事務可多了。

佩服敢是要佩服人家，大醫院連塊磚頭還沒砌，這麼早就要人事藥物預作安排準備了。人家這才眞是所謂未雨綢繆，眞夠按部就班，條理分明；不似咱們頭一把，腚一把，胡抓亂撓，泥蘿蔔不喫到那一段兒就不先下水洗一洗乾淨。這可得見賢思齊多學學人家。

不過照那麼一說，三頭六臂都使上了才忙得過來，卻就是挪不出一個腦袋一張嘴來領會講道，這通麼？牧師牧師，丟下羊群牧養不管，豈不是不務正業？

「有甚麼法子呢？俺這個屬馬的，生就的奔波勞碌命罷——任牧師也是一樣。」這個老卜自以為學講土話就數這個頂地道，經常掛在嘴上跟人拉近和，似乎可當百用，無往而不利。只須丟下這句土腔十足的老話，就足以抵得上前頭聲明的那些個洋理兒。

祖父懷裡抱著隻紫銅手爐，只覺得這是在哪兒泡戲園子，聽這位老洋鬼子說學逗唱，在扮他獨腳戲單口相聲。衆長老執事都給逗笑了。敢是存心捧角兒罷，瞎奉承一氣，哪裡有啥好笑來著。聽在我祖父心裡，反倒有些替他洋人這麼媚俗討好感到心酸酸的。

要說他洋人識時務，意在避避風頭，別再反洋這股熱烘勁兒上加把兒火，等避過這一陣兒再露面講道——特別是佈道會，對教外的世俗宣教，不唯福音的種子白撒，只怕原先冒了芽的苗子還會給帶壞了——類此種種都放進顧慮裡，不錯，那倒不失為明智之舉。可實秉實，又未必這樣。

打住堂的吳宏道長老那裡得知一些光景。洋人這都回來了，按說，做個住堂長老，別管怎樣，都分當將這八九個月間教會種種提報給這般西人教牧。可不止一回兩回，打算討個日子，邀齊雙方同工聚會，把這樁事兒作個交代。怪是怪的這位素來平易隨和，啥事兒都好說話的卜牧師，要不是推託沒時間，就是顧左右而言他，也總是拿蓋大醫院甚麼的話頭給岔開。那就不止是只在避過反洋的世俗民情；主內的自家人也這麼躲躲閃閃，是連逃難後的眞情實況也沒意思理會了。

這樣看來，像賣豆芽的詹老弟兄，辣湯鍋的劉瘸子弟兄等一輩升斗小民，那樣咬譏他所有洋人心虛、孬種甚麼的，還眞有個根由影兒。

像眼前這樣，他老卜替代所有西人教牧把本當分擔奮興會上佈道和培靈兩項講道的聖工，都給推個一乾二淨，又何止是心虛還是裝孬，分明是因不諳世情，妄自羞愧，患了心病。多半罷，那是各爲他本國出兵所幹喪盡天良的禍害，無顏以對此間的父老兄弟不是？

若這小人之心揣度的洋人之腹沒錯兒的話——祖父盯住這位將近花甲之年的老牧師，心上倒油然而生憐恤之情，以至不能自已。

看來這般奉上帝呼召的使徒也罷，受差會支遣的工人也罷，或如世俗所傳說的俱是其本國差派來的細作也罷，到底都該算是他國的有德之士，不幸又盡是無權無勢，不涉世事的方外之輩——調個彎兒來講，那是要寺裡的和尚、庵裡的尼姑、觀裡的道子道婆來承擔義和拳的作亂罪行，並要引咎自譴，去跟外國人負荊請罪了；那合適麼？宜當麼？

可這般西人教牧，眞就爲八國聯軍承擔罪過，引咎自譴麼？然則，那也算得上其情可憫，其意可敬，其志可嘉了；只是，又何嘗不是其迂可笑，其愚不可及！他老卜這上頭尙且道行不足，不得豁脫，其餘幾個洋人也就越發的可想而知。

輪到我祖父發話，關乎爲期十天的奮興會所有講章和日子，既已共商排定，剩下的是分派何人負擔。祖父謙沖，禮讓給衆長老挑揀，帶點戲謔的味道說：「還是照往例罷，剩多剩少我包圓兒就是了。」說著轉過話鋒，衝著斜對面兒大白鬍子，恭愼的陪笑說：「容我冒昧，跟卜牧師討教討教。這新春奮興會罷，年年例行，都已是老閱歷了，也不是頭一回生手生腳。會堂裡不算唱詩禱告，掐頭去尾，講道大半不用一句鐘光景。憑各位牧師教士深厚的靈修和和學養，無須多作準備，站上講壇也只不多那麼一大會兒工夫；各位牧師教士爲這大醫院的事兒，忙是忙，可也用不著佔用多少光陰，我看還是勉爲其難一些罷，總不至忙得連一個晚上也抽不出來。兩位牧師、兩位教士，能夠各自分擔去一個晚上，剩下的六天，咱們四個長老再攤派攤派，也才誰都勝任，也較比合宜。佈道嘛，教外人士反而喜歡聽洋人講道，也挺稀罕——『天不怕，地不怕，就怕洋人說官話』唄，事半而功倍。萬一有甚麼顧礙，就請培靈這五天裡任挑四天也好。還望卜牧師斟酌斟酌，跟鮑牧師、周教士、錢教士疏通疏通——究竟講道傳教才是正業罷？」

講這些話中間，衆長老執事似乎都很不安，康宏恩長老猛遞眼色。祖父裝作沒看見，只管貫注這位洋牧師。這也不算甚麼，這般仰靠洋人甚于仰靠上帝的同道同工，洋人說一，當然不二。可我祖父的意思，終久還是爲這般洋人好。果若如自個兒所料，是因愧對中國人，那就幫助人家開脫開脫。曹操「寧可我負天下人，不讓天下人負我」，固屬一副奸雄心腸。只是反過來的話，「寧可天下人負我，我不負天下人」，善則善，卻嫌別是一種私心；即便至善，若是陷于執著，老叫人家愧對于你，自責不已，也並沒有甚麼好。

老卜自始至終甜不嗦嗦迎著一張笑臉在聽，祖父語罷，他老卜仍自一動不動，笑臉相對，似乎還在等候——不知是等我祖父再說下去，抑或在等別的長老執事相繼進言。可那對淺灰淺灰的眼瞳不曾轉轉去看別人，便是瞅著我祖父，也像神不守舍的瞅著別的甚麼。

趁這個勢兒，幾位長老執事輪番的插進嘴來，無非幫著洋人說話，有的忙于撇清，力言同工大夥兒沒有意思要強人所難，四個長老分擔十個晚間聚會，定能頂得下來。唐金生長老爲人有些顢頇，也挺厚道，似乎以爲我祖父失言，一再打圓場，曲意辯解我祖父不是那個意思……。

既然老卜一逕未置可否，衆長老執事又體察不出我祖父眞意，祖父遂又跟這位老牧師說了：「這一回義和拳鬧事，招來了貴國跟另外七國出師打北京，也眞是一場無謂的災禍——」

這一下衆長老執事更加的不安，徐慶平執事就近拿膝蓋彎兒觸了觸我祖父。住堂的吳長老既有前兩番碰了軟釘子的待遇，給我祖父遞眼色無效，便攔住話頭說：「華長老，俺這是商量奮興會的事，是不是暫且不提這些老賬？卜牧師大忙人一個，不大好耽誤卜牧師太多時候——」我祖父忙說：「不然。儘管看起來有些走了題，可自從兩位牧師、兩位教士回來，大夥兒都覺得出來有些不大是味道。推掉奮興會講道，這裡頭有文章。事忙？恕我老實不客氣的說，只可算是個口實，是個託辭。義和拳造亂，八國聯軍打北京，兵連禍結大半都在直隸省京津一帶，遠是遠，可國跟家一個樣兒，不能說子弟遭了難，跟親長無干，只因爲彼此離得遠。這一場劫難下來，單是開火兒，雙方死了多少？叫人想起撒母耳記裡婦女誦唱的，『掃羅殺死千千，大衛殺死萬萬』。約莫義和拳殺死了洋人千千，聯軍殺死大清軍跟拳徒萬萬，殺了萬萬的敢是贏了。可別管誰勝誰敗，給殺了千千的、萬萬的，儘管不好說這些冤魂個個都該死，只是這打仗嘛還有好事兒？打仗就是死人唄。不過罪惡滔天，大惡不赦的，還是八國洋兵打進了北京城，燒殺搶掠，糟蹋婦女，盡是手無寸鐵的百姓良民呢，數目何止千千萬萬，翻上十翻兒也有了——這就無論如何也萬不可說該燒該殺、該搶掠、該糟蹋了罷？——」

一時衆長老執事幾至群情譁然，有說謠諑、傳言皆不足取信，有的歸咎給拳匪首啓戰端，也有仰仗這是在教會裡，乃把罪魁禍首全推給西太后一人……。

卜牧師則在傾聽我祖父的數說時，甜不嗦嗦的笑臉漸告收斂，只有下眼泡兒那裡尙殘餘一絲兒年久積成的笑紋。及至面對這舉座頓失斯文的爭議起來，才又回復了一些笑顏。

祖父一向都是教會中的是非人，這已不是頭一遭。別人見怪仍怪，祖父卻已見怪不怪，當下就由著大夥兒七嘴八舌，樂得喫幾袋水菸自在自在，安了菸絲，掀開紫銅手爐偎偎炭火，把紙媒子點㸐。咕嚕嚕咕嚕嚕吸上兩口，隻手罩在菸鍋子上，輕輕提出水管來只一吹，菸灰核兒就跳起來，打掌心兒彈到手爐的死灰裡，消閑得沉穩老練，乾淨俐落。

本就沒甚麼可爭議，說來說去不過重三倒四那麼幾點，經不住駁斥，祖父也無意於說倒大夥兒，叫他老卜心裡有數兒就行了。待衆家同工沒的可說了，老卜始終不置一詞，祖父收拾起喫菸傢伙，顧自接上先前的話頭說：「所以這一回奮興會不比往年例行差事，尤以佈道會，不是關上大門，不理世俗民情就截了的。要問誰先首啓戰端，該還是洋人罷。要不是捱洋人欺負倒了，何至打出『扶清滅洋』這個旗號——這且不說；是是非非，不是你我現世之人所能公正論斷的，日後自有千秋史筆，或褒或貶，庶幾不涉恩怨，況且尙有最後審判，公義可信。不過，咱們固屬現世之人，可都是大有永生盼望的基督徒，現世裡就有福分，俯仰間異象昭然，天意至明，『國要攻打國，民要攻打民』，不一定只解作世界末日不是？更該是基督再來，審判活人與死人。今逢主後一千九百整年，是一節，也是一劫；一個世代告終，又一個世代起始，是個契機，此時此際的奮興會，是否不同尋常？值得再思再想不是？」

衆人倒都意外的悶聲不響，抑且意外的盡皆盯住那位牧師頭兒，等著看洋人作甚回應，沒誰瞧我祖父一眼。

卜牧師眞像盹著了一樣，垂首注視那堆在胸前的銀白大鬍子，似乎想在那裡頭找根襍毛出來。大約這片刻的鴉雀無聲把他驚醒了，忙衝我祖父笑過來：「請再講，請再講，我在聽。」

祖父在看懷錶，遂即按合了錶蓋，清清嗓門兒說：「說起來，咱們成天個勸告世人認罪悔改，認罪悔改，可咱們難不成把自個兒給單獨放到人世之外了？天道無私，豈肯徇情？此時此際，審判台前可正是咱們做見證人的時刻，我所謂的這一回奮興會不同尋常，就是這個意思，一個大好契機，在上帝殿裡，在歸主和未歸主的衆人面前，把過去一年裡種種事端，各就所知——整年的報冊我都存了起來，各位誰要，誰招呼我一聲，我送到堂裡來，供各位卓參，等摘要報給會衆之後，要緊的是據此向天認罪求赦免，向人請罪求包涵——咱們做長老的罷，要爲義和拳殺死千千洋人，跟你美國牧師、英國教士請罪。兩位牧師、兩位教士嘛，要爲貴國的官軍殺死中國百姓萬萬，跟會衆請罪。世人皆知冤仇宜解不宜結，基督也教訓我們恨人不可到天黑。光用嘴巴規勸人不要仇恨人，那沒用。要化解，要化解仇恨才眞正行得通。這就是咱們基督徒人人當做的見證。我這淺見，不知道牧師以爲如何。」

沒等老卜啓啓齒，康宏恩長老一副和事佬笑吟吟的菩薩相兒，低眉細眼盡在老卜和我祖父二人臉上瞟來瞟去：「這個罷……華長老講的這些個罷，不該俺說，總覺乎著有點兒所謂小題大作。其實，京上出的亂子，就是當今皇上皇太后跑反跑到西京去，這麼個朝綱鬧得翻了底兒的大事，老實說，擱俺這個偏僻小縣裡，倒能有幾個人兒曉得？就是縣太爺罷，知縣知縣，知的也有限；不知者不爲罪，都不曉得也罷了，又抖出來做甚呢？越攪越餿。事兒，都過去老遠了，再從頭重提，只恐怕沒好處，盡是壞處，讓人更仇洋了——」

祖父忍不住打斷康宏恩的話頭：「康長老，事兒不僅未過去老遠，壓根兒都還沒過去，現下正還在談和不是？末了，百姓死是白死，家業蕩盡是白蕩盡，反過頭去，又不知要賠人家洋人多少銀子，又要割掉多少江山給人家洋人。想想關東一戰，東洋鬼子殺掉老百姓萬萬——先妣也在其中；北洋各軍殺掉東洋兵別說千千不到，百百也沒有，可倒賠了人家多少？兩萬萬兩銀子——你康府上十七口老小，就得承擔八兩五錢銀子，合上五五二十五，五八四十，四十二吊五百文呢，挑去上稅，扁擔夠壓折了的。舍下罷，分攤的可更重，家產百萬兩，就不折合制錢兒也得咱們關東七套馬走大車，三輛拉不完——六萬二千多斤唄。江山嘛，割去了台灣才換回遼東，可青泥窪跟旅順，到今兒不還在他東洋鬼子手上？那是把咱們關東的咽喉都掐住了。這還不算，還拐上個威海衛——卜牧師才從那邊逃難回來，可以見證，駐紮了重兵，不到賠款付清結賬不撤兵；這期間，這成千上萬的討債鬼，喫喝用度還得咱們供奉。可那才只跟一個外國打仗，就那麼個結果，如今八個外國一同來討債，怕不把咱們大清帝國八牛分屍給分掉？那還瞞得盡天下人？到那時咱們還傳教？還想跟上帝認罪？跟百姓請罪？不必等下一個義和拳再起來，只怕咱們弟兄姊妹也都要反教滅洋了——怎不呢？好啊，教咱們捱人打了右臉，左臉也送過去給人打，原來是爲的這？亡咱們國還不准還手？這個洋教不反還待何時？……」

看看舉座無言以對，祖父又接著說：「所以，仗著百姓不知實情，就隱瞞不提，那是欺民無知，愚弄衆生。『天視自我民視，天聽自我民聽』，欲掩天下人耳目，也就無異是欲掩天上神的耳目，可乎？」

祖父遂又專意衝著板緊面孔的卜牧師說：「再者，向神認罪，向人請罪，總不能單要咱們跟外國人請罪——那又成了單要咱們賠款割地給人家，咱們命賤，是死是活都是五六月紅芋——該栽的。強凌弱，衆暴寡，那是魔鬼世界裡行的霸道；咱們管不了義和拳，你卜牧師、周教士也左右不了美國官軍、英國官軍，可在基督裡有公道。把奮興會的宗旨定在咱們雙方相互請罪上——基督的教訓、保羅的書信，處處都有足夠引用的經文，『夫子之道，忠恕而已』，不愁無經可引，無典可據。如蒙牧師教士垂允，恐怕不只是分擔四個晚上講道，十個晚上也全得撥冗與會，才好身受咱們請罪。請包涵這樣子得寸進尺的不情之請——要緊的還是不這樣就不足以見證基督我主的公義。區區淺見，恭候公裁。我的意思就是這些。」

卜牧師正了正身子，打算發話。許是閉口過久，乍一張口，咂出挺響兒一聲。也別老笑洋鬼子都是些生番子，人家聽人說話從不興半腰兒裡插嘴，不等你住口，總不橫裡打斷話頭。我祖父便常拿洋人這個德性，教導咱們後人見賢思齊。

是要有番長談的意見，老卜收拾了個天官賜福的一副坐相，說一口字正腔圓的老官話，只除掉一個「人」字，ㄖㄨㄣˊ呀ㄖㄨㄣˊ的咬不準。

「華長老所言極是，在耶穌基督裡面，彼此肢體交通，本當這樣推心置腹。感謝恩主賜給啓示，也感謝華長老高明指點。

「正如義和團扶清滅洋，燒殺無辜，讓我等弟兄姊妹受盡逼迫，傷透了心；一般樣兒的，我等西人更爲八國聯軍那麼樣兇殘暴虐，罪大惡極，引爲奇恥大辱。不過，我等西人也都束手無策。不錯，恰如華長老方才所說，唯有替這般禽獸不如的魔鬼爪牙禱告認罪。

「本來嘛，在基督爲王的國度裡，我等都是他的子民，彼此都是親親熱熱的弟兄姊妹，不分國界，合成一體，不必再被世俗國界分出你等我等，也不必各爲都要成爲過去的本國承擔甚麼。只是耶穌尙未再臨之時，我等也未蒙恩召接去天堂之前，活在地上一天，就得一天要順服各自的國家和君王；耶穌體恤我等世人，也曾一再教導我等要順服那在上執政掌權的人——因爲沒有若何權柄不是上帝所賜。所以暫且你仍是你的中國人，我仍是我的美國人，這就麻煩，可也是磨練、造就。

「所以說怕就怕的是兩國一旦失和，身在美國的中國人，身在中國的美國人，日子就不好過了，哪邊才是你當順服的執政掌權的呢？中國有句老話，『寄人籬下』，沒嘗過這滋味的人，不知有多苦。寄人籬下夠苦的了，何況人家對你都沒有好顏色了，你還厚臉賴在那裡——或者是一旦交戰了，身在敵國，那可是個人質了。中國有句老話，『過街老鼠，人人喊打』，又當是何滋味？若果恰巧又是你本國不對，無理，侵犯人家，偏生你又獨獨喜愛身在此中的敵國，那要問你，又當是個甚麼滋味？」

似他老卜這等笑迷迷的慢言細語，叫人覺得非但談的不是現前的事，也跟在座的兩國人一無干係，講的聽的雙方都這麼平心靜氣，人是修行得堪稱爐火純青了。我祖父反覺自己血性了些。不過想一想，也有藉口罷，自個兒小上老卜二十整歲，不血性些還成？三十來歲的人，就那麼老成持重，豈不成了舀舀不護癢、錐錐不喊疼、鑲鑲也不出血的死木𣏾子了？教會之士對應世事都給養成鄉愿，兼之對應洋人又極盡唯唯諾諾之能事，人就生瘟了一樣，幾乏生機。怪不得即使「鄉愿亦無殺人之罪，而仲尼深惡之」，以至痛責「鄉愿，德之賊也。」老卜能夠這樣擺脫四周重重包圍的鄉愿，虛心反思，明辨是非，勇於任事，守著這般長老執事作此宣示，實在也就夠了；用不用再站上奮興會講壇，似乎也就有則更好，否則也無大憾了。

不過這位老練通達的牧師，縱不在意，但爲他西人同工，還是不得不辯解了一點，那就是差會嚴禁差傳教牧干涉所在國的任何朝政，即或行諸文字、言談，亦所不許。因而，對於當朝如何重用義和團，進而與東西洋列國宣戰，列國藉口庇護僑民與教民而出兵對陣，以至大動干戈殺伐，所有這七八個月間大變故的前前後後，四萬萬多的大清子民，興許四萬萬人都還蒙在鼓裡——只那個零頭知道個大概，但他所有洋人可都再也清楚不過。只是儘管心知肚明，卻無人願冒禁條有所論斷，出頭干涉則尤不可以。故此，即使欲將眞相透透信兒給教內同工，多少是個心意，卻也不便啓齒，以至相約，隻字不提這一場大劫大難。

教令所限這一點，在座的諸長老執事，連我祖父在內，自都體諒，有的甚而文不太對題的嘖嘖讚歎，深表感佩。但我祖父猶感不滿，覺得老卜講的實情，沒錯兒；卻不免避重就輕，嫌有對付味道。這就是老卜通達中少不掉的圓滑。

嚴禁差傳教牧干涉所在國的政事，祖父早即從任恩庚牧師那裡獲悉，是實情，不是現編、現湊合的藉口，這是眞的。可慚然抱愧的良知必定也是有的，也該是眞的，這半天大道理講了不少，卻不曾正式正道的攤開來表明表明，道歉道歉。

對這，倒也用不著疑心他洋人有意撇開正題，全不認賬。說眞個兒的，應還是他洋人習而不察的驕氣，處身在中國人裡已習於高人一等而自大慣了。就算他有意跟中國人低低頭，折折腰，也似乎有如無知的民間所傳說的，洋人兩條長腿是硬的、直的、打不了彎兒，打倒了就爬不起來——那末，不光是兩條長腿，連那裹在高領子裡的脖兒頸、挺胸凹肚的脊梁骨，敢是也都彎不下來。

祖父笑了笑，是笑自個兒像小孩兒一樣的淘氣起來，試個試個，看看能不能讓洋人低低頭、折折腰：「方才凃執事提到這一場災禍，該歸罪給首啓戰端的義和拳，我已說過，不是外國人把咱們欺負倒了踩在腳底，又怎會原本是反清復明在鬧家包子，一轉臉扶起清、滅起洋、專衝著外人幹起來？『有朋自遠方來，不亦悅乎？』咱們從來不但不欺生，還分外厚待遠人不是？顯見外國人終是禍首，這是一。再說呢，別管拳民也罷，拳匪也罷，是殺的欺負上門來、欺負到家裡來的外國人，萬不是殺到人家外國家裡去，是護的身家性命，這是二。再者，就算是義和拳首啓戰，這卻要問，是殺人千千的禍首罪重？是殺人萬萬的禍主罪輕？這是三。還有就是，今之世道，除非有一位奉上帝差遣的先知，傳下上帝聖旨，如同聖經舊約所記載，依上帝的應許，將那一方流奶流蜜之地的迦南，賜給亞伯拉罕的後裔，並佑助希伯來人殺盡迦南地上耶利哥人、亞摩利人、赫人、迦南人、比利洗人、希未人、非利士人、迦巴勒人、西頓人、耶布斯人……一時記不得那麼多，總有十幾族罷，今天上帝若是藉著先知向東西洋的外國人昭示，要將這一方四千四百多萬方里的江山交給八個外國來分掉——那可比當年以色列十二支派分得的疆土怕不幾百倍；除了美國、斡國，其他六國也都分到比他本國還要大上幾十百把倍。那在這片疆土上的漢、滿、蒙、藏、回，還有苗、夷、羌、彝，怕也不下十幾族的黎民，敢是上帝也都要幫忙痛宰。只不過要宰掉這麼多人，太難了；不像迦南地那般土著宰來輕快——多半都是一個族就只一座兩座城，一座城又只幾千口人而已，怕還抵不上咱們尚佐縣這麼小城人多勢衆。四萬萬多人，一天宰上一百萬口，也一年三百六十天都殺不完。除非天命，上帝立意要叫中國人逕自殞滅，天命不可違唄！不然的話，別說八國，再上個八國，儘他傾巢來犯，鎗刺子不夠用、東洋刀也砍捲了刃兒，拿水機關搖著掃罷，一掃一大片——東洋鬼子打關東，就幹過這玩意兒；管保他殺得手軟、人累倒了，也休想殺得盡中國人。咱們命不值錢，可就是個多，殺罷，殺不盡的……」

祖父這番又挺血性的話語，衝著老卜毫不容情，卻其實更是說給在座的自家人聽的；不是麼？總也要提醒幾位長老執事一下的，並非做了基督徒就不再是中國人了——別一跟洋人頂了面就那麼忘本、那麼妄自菲薄的看自個兒一文不值。

「提起這天命，儘管『天道無私』，可是『常予善人』。從異象來察看天意，迦南地的土著，一千一萬個不可拿來跟中國人較量。」

「各位道長，聖經都比我鑽研得又熟又透，都知道耶利哥人、非利士人、赫人那十幾族的土著，無一不是上帝眼裡的惡者。至其惡中之最，又莫過崇拜巴力、亞舍拉、亞斯他錄等種種淫亂之神，諸如把童貞室女弄去獻祭、女祭司無異娼妓淫婦。那該怎麼說——佛家道得好，指這些行徑爲闇鈍無明的惡業，正就是『忌邪的上帝』所最最憎惡、咒詛，必欲除惡務盡的淫亂之民。

「中國則不然——講道我就常常講過，咱們先聖先賢得自上帝的恩寵啓示，所創所傳的經史子集，莫不堪與聖經等量齊觀。殷商之世所崇拜的怪力亂神，到得周公制禮作樂，即就將之掃除淨盡，僅拜天地祖宗，行的是禮樂教化，不設神教。要不是佛教傳進中土，又因之引生出一個道教來，說眞個兒的，中國人到今兒也不需要去求仙拜佛，弄出個甚麼神來供奉供奉。

「說起來，中國要不是宋明以來江河日下，斯文掃地，孔門給弄成了個儒教，名教墮落成了禁忌綑綁，唸書人上焉者獨善其身，明明德而不知親民；下焉者只求做官爲宦，不知民間疾苦；要不是這樣，中國就只一個禮樂教化，祭天祀祖，具足矣！是跟希伯來一般無二，一似十誡命頭一條，除了上帝之外，別無他神，這就再好也沒有了，是上帝所最最喜悅的。

「所以說，衡情奪理，上帝寧更喜悅中國這樣察天顏、觀天色而知天，委實遠過於以色列人那樣讓上帝操心勞神，耳提面命，積聚而成這麼又厚又沉的一部大經——你當上帝樂意這樣子婆婆嬤嬤、舌敝唇焦的說破了嘴?就這樣，他以色列人也從沒好生聽話，溫良順服。咱們卜牧師最清楚不過，亡國亡了兩三千年，又流落天下各地的猶太人，給上帝懲罰整治到這麼慘絕了的地步，到今兒也還是執迷不悟，至死不肯認耶穌就是基督，不肯信耶穌就是他列祖列宗一代一代渴望的受膏者——彌賽亞救世主。

「說到這兒，還又回到老話上，『天道無私，常予善者』，漢唐之世爲止，中國禮樂教化是既明明德，又兼親民，所以止于至善，上帝固然喜之不盡；即便宋明以降，江河日下，至今上帝也顯示有些著急，欲以福音傳入中士，將養將養這個尙不至于卧炕不起的病人；就算這樣，也仍然只是病情不輕，決計沒到藥石罔效的地步，尤未惡至觸怒上帝那麼個壞法兒。有罪也非不可綰，罪還不至于死，因而上帝無意要將中國滅絕，交由八國來分屍中國。所以我也不信上帝會差遣先知宣告，要像毀滅連十個義人也沒有的所多瑪和蛾摩拉。

「故而單就咱們教會來說，異象顯示，這一場劫難，正就是堆到差會頭上的一攤炭火，是個大大的難處；不過也是試鍊我等能不能解脫地上的國與國間彼此可見不可見的界限，我等勢必要挺身而出，見證無我無私、推己及人、廣濟衆生一無差別的基督徒形象——正如經上記著說：人是上帝照著自個兒形象所造，活出基督的模樣就是回復人的元本面目，彰顯上帝的慈愛與全能。打這上頭，衆位主內同工不難明白奮興會該當怎樣定下十個晚間講傳的題旨，也不難明白其中要義何在，又是何等急迫、切身、不可等閒視之。」

祖父雖明知這樣把舉座衆同工都給壓制得無言可對，未免過分了些，乃至霸裡霸道，盛氣凌人，只這當仁不讓，爲主得罪了人，也就無可計較與顧礙了。

沒料這一席懇談，諸長老執事雖尙心存剛硬，倒是把洋人說動了，一對灰不灰、藍不藍的瞳子，怎樣視而不見似的虛空，還是一閃一閃的亮著我祖父。

卜牧師接過話去，除了重述蓋大醫院爲眼前要務，並申明蓋大醫院正就是一盡贖罪的心意和負擔。捨此而外，尚有一樁沒到時候用不著先說的大事，那就是朝廷跟列國求和時，天津衛的內地會發起，通電所有在華諸差會及教牧，不分宗派，人人簽署聯名上書給參戰國君主或統領，奏請媾和須本上帝的慈愛與基督的憐憫之旨，並權衡兩造俱有理虧之處，不合單方索討賠款賠地；縱令八國各持己見，無法齊一步調，美國所得賠款賠地也應施用于中國，宜由各差會從事籌辦學堂、醫院、濟貧等公益善業，以利宣教。

唯是此議一則僅止于聯名上書。再則，各差會于其本國固有相當勢力，但究能產生多大作用，尚在未定之天。三則八國中大半均未差傳來華，英、美、德三國執政者即便准于差會所請，尚不及半數，自難左右其他五國；邇來復聞未參戰者還有比、荷、西、葡、瑞典挪威等五國，也為其于戰亂中公私所受損害索賠；如此以三對十，越發難以使上力氣。基于如右三點，來日能否盡如人願，唯有善盡人事，求靠上帝成全。

也正因此，現今就忙著說出來，到底還不算數兒，老卜套了一句俗話說：「這才燒餅咬個邊兒，早著呢！」便沒打算讓人知道，免得口惠而不實。不過卜牧師還是當下做了決定，奮興會上果若他西人教牧須代本國責己而道歉的話，倒是良機莫失，未始不可一提，好在只在盡心盡意上頭來申述申述，表明彼等雖是英國人、美國人，誰錯誰對，乃是首先要義，決不各替本國護短。彼此既都是主內的子民，這要比甚麼都親密，都挨得緊、挨得近和。至於日後究能踐諾多少，唯有奔走關說，全力以赴，聳動他本國所有報冊齊聲鼓吹——擱在他美國，大統領都極聽信報冊提出的諫言。那也是我祖父挺著重和佩服的洋人又一長處，人家創了那麼好的典章，是眞正的「在親民」——當然，要緊還是交託給上帝來成全。

卜牧師作了這番吐露，立即深得衆長老執事的恭維，一條聲兒讚歎不絕，「感謝主！」「讚美主！」之餘，終又落到人的身上，相互感慨系之：「看看人家，替俺中國想的夠多周到！」

老卜連連擺擺空上一截兒的兩隻長袖子，笑笑的自嘲起來：「哪裡哪裡，你都過奬。想的就算周到，未必做到。」遂又喜孜孜像個要出出壞點子的頑童，低低身，雙手攏在嘴上怕別人聽了去的講起私房話：「這話哪裡說，哪裡完，別跟外人說。俺美國要眞撈到賠款，答應使在中國，俺這裡的大醫院不要多，只要爭到甩下來的小小一筆尾數兒，那就不必拉長到十五年才能大功告成。這可千萬不要出去跟人講。」

大醫院原本就打算分三批，須得十五年才可完事兒。最後要蓋起一百二十間病房，容下毛五百張病榻，還有風車送水造電，還要開辦農舍飼養奶牛、奶羊、蜜蜂、生蛋雞鴨，闢地栽培菜園、果園……足可成起自給自足一個小小集鎮。今若能從賠款中得到個尾數，那就不用十五年，三、五年內就可一舉功成。開年所要動工的，只不過是頭一個五年的規模，僅五十來間病房而已。

老卜說得心暢口順，遂也吐露了一些這五年營繕大醫院的梗概。撇開先前所置的近千畝黃河灘荒地（我祖父約略記得的是九百八十七畝多少分多少厘多少毫多少系），地銀兩千九百一十兩不算，這一動工，光是蓋四層長樓和三十間平房等空殼房屋，依在上海那邊招標估算定了的，就需銀四萬多兩，款項尚在美國各地勸募中。西曆年前雖已到手折合白銀六萬多兩，可一個齊備醫院所要添置的具材、藥材種種，就是再加上這麼多的一筆數目，也只許少，不嫌多。

如此大數目，動則萬計，只能說他外國人才弄得起來，人家那麼富有又熱心公益，眞沒的可說。放在咱們，說一個財主萬貫家私，果以一萬貫計，折合庫銀不過可可憐憐兩三千兩；若不是個善士，還一毛不拔呢。開辦那麼個大醫院——這頭一個五年，也才三停裡站個一停，就得十幾二十萬兩銀子，上百家萬貫財主傾家蕩產扔進去？那哪蓋得起！

可再一算，就更叫人心疼個死，關東一戰，賠給東洋鬼子二萬萬五千萬兩，夠蓋四五百家大醫院。照這麼看來，炎黃世代中，當今朝廷雖不至暴虐如桀紂，就算酒池肉林，窮奢極欲，說怎麼敗類也一下子作不掉兩萬萬五千萬兩銀子罷。

# 年二十兒

儘管北京城給八國洋兵鬧得個天翻地覆，皇上、太后、朝廷，全都躲反躲到西安去，義和神團也那麼不聲不響的下去了，可除了京津一帶，所有萬民百姓過的還是個太平年。

咱們家饒是挺操心國家大事，也明知尙在解和中的這場戰亂，朝廷要喫大虧，倒大楣的終究是萬民百姓，苦頭還在後頭；只是愁死了也無濟於事。「年年難過年年過，總沒有哪個給攔在年那一頭。」這是祖母說的，「咱們上無片瓦，下無寸土，錢糧捐稅都沒咱們的份兒，管它！」

家常過日子，針線茶飯、收乾晒濕，祖母一向不管，得過且過，只是逢年過節可在意得很，人家忙的甚麼年，但凡自個兒弄得來的——弄得怎麼緊力兒也不管，總要照忙。莊稼戶沒哪家不餵豬的，稍微日子過得去，大半留一口豬自家宰了過年。約莫就這玩意兒咱們家沒轍兒；家家戶戶做豆腐、蒸饅頭（要喫到年十五）、包餃子（要喫到年初五），這都要緊趕慢趕忙到三十晚上。祖母可一樣也少不得——只是咱們家這元房四口，誰在那兒忙這個年？

祖父是向來「君子遠庖廚」，士大夫罷，家事一槪不伸手的，這就一點不買祖母的賬兒。祖母也抓不到他人；敢是認定唸書人就是這樣子，也習以爲常了——實則祖父外頭奔走不大沾家，縱想幫點兒甚麼也沒那工夫。叔叔是生得靦䩄細緩，出力的活兒幹不來，地道的心有餘而力不足，頂多做個下手兒；就像打瀰陰縣南來，我父推車他拉車，有的無的做個樣子，單看那根拉繩帶常都是打彎彎兒，光是日行四五里地就叫人瞧著心疼了，哪還指望他實頂實的拉個啥車；除非上個坡兒甚麼的，長那麼點兒勁兒，意思意思罷了。祖母嘛，不是金枝玉葉也是銀枝玉葉，一對四寸金蓮，愣站都站不多大工夫。手指蓋兒日常都留的有半寸來長，那還能幹啥？一雙手細皮嫩肉，擀上個二三十張餃皮兒，手心就好又紅又腫直叫疼了。叫的是忙年忙年，終歸還得我父來擔綱兒。磨豆子、擠豆汁、羼麵、和麵、劈木柴種種出力的苦活兒，固非我父不可；便是揉麵髫子、擀餃皮兒、灶下架柴火、殺雞烀雞甚麼的，也都全靠我父從頭幹到底兒。半腰裡叔叔插花兒伸伸手，當玩兒的耍耍還差不多，不幾下子就嚷嚷手累胳膊痠了。

我父還又得兩頭兒忙。李府上體貼人，都推說人手夠，攆我父家去幫幫乾姥娘（依著嗣義媳婦認我祖母乾娘，李府上下就都比著嗣義的孩子這麼公稱我祖母）。可人家老老小小都擠在這個忙頭上，哪好臨陣脫逃，少不得眼睛放歡兒些，打坤道家手上搶過那些喫累的重活兒幹幹。年年都是一樣，總得過過祭灶（臘月二十三、四、五。禮俗上分得淸，官三民四王八五，百姓是過二十四），家家熬地瓜、熬大麥芽擀祭灶糖，抹抹灶王爺嘴巴，好讓天庭朝見玉皇大帝的灶王爺多說點好話，「上天言好事，下界保平安」，過了祭灶這才做雇工的各自回家。要不然，怎好工錢照拿，多多少少還有份兒過年的賞錢，卻就大邋邋提前蹲到家裡只顧忙自個兒的。就連幫忙紮裹紮裹旱船，儘管算作莊子上的公份兒玩意，也不大拉得下臉來，丟下李府忙年那麼多的零碎活兒不管。

要說忙起年來誰也躲不過，我祖父儘管沾都不沾這個碴兒，也還是給拉扯上。但得祖父他人在家裡在塾館，莊子上和鄰村兒上門來求春聯門對子的絡繹不絕，也夠忙鬨一陣子的。若是老等不到我祖父，便抓住我叔叔這位小二先生揮毫。叔叔也是跟祖父一般的一筆柳字，不懂書法的人或許以爲叔叔的一筆字比祖父的要俊一些。總歸是，祖父跟叔叔這爺兒倆，眞正說得上忙年，忙的倒是這些個。

忙年之所以那麼白天黑夜都不得閑——怎樣農忙也跟不上這忙年；原是爲的搞飭個喫的穿的，爲的大年初一到十五這半個月裡啥事不用幹，紮紮實實歇歇辛苦，喫好的、穿新的、玩樂個夠兒。論喫食，一日三餐都不用費事張羅，只須飯飯菜菜一併放到蒸籠裡，灶下加把火兒餾一餾就成。有那喜啃冷饃、肉凍、魚凍、雞凍、涼拌兒冷盤兒的，便連火倉也少動。

爲的啥活兒都不用幹，不光是趕在年根歲底這麼日夜忙活兒；還怕人勤利慣了，閑不住，大正月裡忌諱才叫多著，這個不能動，那個不能碰。比如鐵器罷，動食刀主血光之災，動剪子主破財，動針主害眼瘡子，舀個湯湯水水，也都使木杓子。我父常說：信主之人百無禁忌，可對這些世俗忌諱要懂得那本意都是好的；爲讓一年忙到頭的莊戶人家別再貪活兒，好生閑下手腳來養息養息，不惜拿些兆頭時運甚麼的來唬人，也算先聖先賢用的苦心了，倒不用都看作荒唐迷信。

眞正讓教會視爲迷信的還是祭拜天地祖宗。咱們家是用家庭禮拜替換了祭拜天地，無非禱告、唱詩、讀經，祖父大半把讀的經文簡單的解解。一般人家逢年過節也才祭拜天地；了不起是喫花齋的人，才初一十五上上香，莊子上可還沒有這樣人家。但這家庭禮拜，不問祖父在不在家，每個禮拜六晚上從沒遢過一回，還不算城上的大禮拜、小禮拜。這就是景教碑序所言「七日一薦，洗心反素」，要比一般人家祭拜天地勤多了。

大年夜子時前，敢是把天地祖宗一道兒來祭拜，先是家庭禮拜，然後給祖宗上香，供奉祖父自嘲的「小牢」——雞、魚（吉祥有餘）。

老倉屋改成的三間兩頭房，敢是簡陋得很。迎門後牆設一架甚麼彫飾也沒有的長條几，也沒有上漆，只是原木上擦一層桐油，平時一小半邊擱進長條几肚裡的八仙桌，也是這樣；新倒還算新，李府接濟的桑木料子，馬莊一個土木匠打的粗傢什，正黃桑木料子上了桐油，還當是羼了薑黃顏料呢。

貼後牆正中掛一幅我祖父隸書的中堂立軸，「基督救恩上帝慈愛聖靈感動與人同在世世無窮」。中堂下方居中安放一座彫有祥雲的黃楊木牌位，上書「曾華氏門中歷代先祖之位」，是趕在年前一位彫花細木匠精工製成送來孝敬我祖父的——那位祝寶康弟兄，原是家中奉養黃大仙，見天十個雞蛋供在黃大仙牌位前。一回沒喫完，剩下三個，就補上七個雞蛋湊成整數，誰知這就得罪了大仙，家下淨出事兒，下一鍋麵條，開鍋撈麵，盡是一綹一綹長頭髮，叫人噁心死。類似的作祟一日數起，不堪其擾，請來道子、道嬤子，誦經禊祓，越發兒惹惱了大仙，作怪作得坑死人，晾條上晒的被物，收被子一掀開，花緞被面兒一塗一大片薄屎，簡直不給人日子過了。後來請到我祖父，伴他禱告，其怪遂絕。感恩之餘，決志皈依耶穌，便把黃大仙的神位給架火燒掉。

可歸主之後，得有功課來做才得受洗，教會差派了傳道來家帶領唸經禱告，吩咐祖宗牌位也須一併燒掉。這挺叫這位祝師傅爲難，跑到咱們家來找我祖父。一見咱們家裡也供奉祖先牌位，才知那傳道訛傳。經我祖父開導，指點祖先並非偶像，是確有其人。上人在世要盡孝，上人去世要祭祀，這該頂自然不過。祭祀的禮儀有那不合宜的、沒道理的，譬如燒紙、焚化燒貨，送錢、送衣裳、送房子甚麼的給祖先、給過世的親人，就分明荒唐無稽，可以省掉；就是供奉個瓜果、三牲，也只是盡心而已，上人逢年過節才撈到一頓犒食，那不早就餓死了?世人也是明知上人壓根兒不會動一筷子，才捨得大魚大肉的供奉，活人跟著大喫大喝罷——看戲有看蹭戲的，這上供也只是跟著祖先喫蹭食兒不是?挺有意思的，本來是孝敬祖先，祖先捨不得受用，都省給兒孫了，這樣還是深受祖蔭恩澤，慈孝皆得成全，敢是兩全其美。

打那起，這位彫花細木匠師傅才放心唸經禱告學功課，順順當當領了洗。也打那起，有個心願，緣起是當初一見咱們家的祖先牌位就只那麼塊木座兒蒙上一層喜紅紙套子，便嫌太過寒磣湊合，發願要尋摸塊上好料子，精心彫個像樣牌位奉送，一報我祖父驅邪之恩，再報我祖父幫他開脫信教祭祖的兩全之德。儘管這樣的恩德皆當感謝救主基督，人情還是過意不去。這位祝弟兄跟我祖父敞殼兒說開過：「叫俺祖宗都不要了才能信教，俺可寧願下地獄。橫豎不信教也下地獄，信了教還祭祖也下地獄，都是下地獄的命，那又何必脫褲子放屁——多費一道手腳?不是你華長老幫俺開脫，怕就別想兩全其美，下地獄是下定了。」

這話說說也有年把了，也才不日前到底給他尋摸到兩塊好樣兒黃楊木，連夜趕工趕在年前送過來。按說這種木料稀罕是稀罕，也還沒那麼貴重，又不需多少料子。只是黃楊木長不大，歲增一寸，遇閏反退，要想尋摸個半尺寬，尺把高的整木塊，說得過火些，那比象牙還難淘換。這位祝弟兄是個實在人，事先也沒放言還要做一塊孔聖牌位。一時想要找到兩大塊黃楊木，敢是分外的難上加難，爲此也才拖上年餘之久。紅綢子包住這兩座牌位，抱著送來咱們家時，可是一聲連一聲的直告罪。

長條几當央一放上這塊雲頭海腳，黃潤光澤的牌位，眞可說是蓬壁生輝。中堂兩旁也是祖父自撰自書的大篆對聯，「高天榮耀歸于主，在地平安賜與人」。有些教友也都求了去張掛綴飾，只是供奉祖先牌位的教友人家還是少之又少。

後來我叔叔于神學院攻希臘文，懂得這「平安」二字更還廣涵「圓融」、「圓通」、「圓妙」之義，我祖父聽了吟思，愈品愈覺滋味無窮，且多悟覺，便欣然把「平安」改作了「圓熟」，還爲此作了講章，多番講道印證經文「信靠上帝是智慧的開端」。

祖宗牌位前，原先只陳設了一座錫鑄三腳鼎小香爐。我祖父嫌蠟燭氣味惡，煙子大，化油黏膩招灰，始終不用燭台。後見洋人過聖誕節用的洋蠟，又亮又乾淨，又還花樣頗多，全無氣味，才覺喜歡。任恩庚牧師懂得我祖父講的祭孔祭祖的道理之後，雖不曾主張教友祭祖，卻有體諒和尊重。一回從美國過假回來，竟送了我祖父一對纏有整串葡萄和葉鬚模塑的洋蠟燭，倒有小手脖兒那麼粗。祖父這才配上一對錫鑄兩層仰斗的燭台，也只祭祖時點一點，完了取下拿油紙包裹，收藏起來。燭身八寸高，點一回短不到一兩分，兩年下來像還是原樣兒，少說也用得上十年罷。

可今年打天棚上取下這一對洋蠟燭，外裹油紙一層層都給老鼠咬透了，有一根給啃去了小半邊。臘月二十四，人家祭灶，咱們撣塵。屋頂蜘蛛網、塵吊子，得苕帚綁到長竿子上才搆得到清除。香爐、燭台要用濕布沾上香灰擦擦亮。桌椅條枱怎麼簡陋，也還是要一一洗洗刷刷。好在這些零碎活兒都不需多少力氣，要的是細心，叔叔倒都攬過去了。祖母疼叔叔，破冰取水，手凍得腫成小饅頭，只須叔叔動手，祖母就非搭夥兒搶著做不可。那都該是叔叔好心用的詭計，也好讓祖母動動手。

等到裡裡外外打掃清楚了，就該擺設擺設。莊戶人家多多少少總要趕集買個幾張年畫、門吊子甚麼的來貼貼掛掛，圖個新氣。咱們家賴不賴的，大半都有叔叔來打扮，當央明間裡，東牆上是叔叔年年都要畫的「春、夏、秋、冬」四幅屏，西牆則是眞、草、隸、篆四條幅習書，多摘唐詩宋詞句子。這四幅屏也罷，四條幅也罷，敢都是不必裱褙的單張，拿高粱稭莛子一穌兩半兒，上下天地一釘，服貼得很。一年過來破破舊舊，招灰褪色，正好也就寫畫畫再換一套新的好過年。

是等這些都拾掇個差不多了，蠟燭台也擦得個銀亮銀亮，不想洋蠟燭給老鼠糟蹋成那樣兒，那麼等樣精巧的玩意兒，委實叫人又疼又喪氣。所好燭芯子沒傷到，貼底兒那個插籤子的深孔也還全和，插到燭台上倒是站得穩當，只好轉一轉調個向兒讓老鼠啃出缺口的一邊朝著牆裡藏醜，不很留意倒看不大出來。祖父打外頭回家，叔叔詐問有沒有甚麼不順眼地方，祖父直誇獎窗明几淨，認眞的徧伺幾遍，只挑出東牆四幅屏冬景的一幅有些偏斜，也並沒看出洋蠟燭給老鼠啃掉的那小半邊。

條几在這當地是叫供桌，果眞就是專作供奉祖先佛道等用。一般莊戶人家也都是佛道不分，馬馬虎虎聊備一格而已；不如說是當作貼貼年畫補壁補壁，過年有個新氣兒。年底趕集，年畫攤子上挑到關聖帝君就是關聖帝君，挑到福祿壽喜財五神就是福祿壽喜財五神，也有如來佛、觀世音、穿開襠褲徧示小雞雞的胖小子，捧著聚寶盆的就是送財童子，抱一條大鯉魚的就是年年有餘。別管是啥，看中一張大幅些的，就當中堂一樣張貼到堂屋後牆正當央。正歸正的還是供奉的祖先牌位，香火三牲燒紙錢，這些年畫只合是順喫流喝，沾沾祖先的光罷了。

咱們家就算是叔叔不自個兒畫畫子補壁，敢也不至弄這些年畫來供奉——那就太過分了。可家家供桌東首貼的一張三色水印的灶碼子，咱們家倒都年年換新貼上一張，只不過把上半邊的灶王爺、灶王奶奶兩口子畫像給裁去，留下下半邊中用的碼子，一年十二個月、二十四個節氣，每月大盡、小盡，上面全都有，貼在那兒挺顯眼兒，就省得時不時去翻黃曆，除非支灶、上樑、紅白喜喪挑好日子。咱們是叔叔管這檔子事兒，祖父出外傳道帶常要知道日子，我父種地跟節氣要緊，叔叔是在這灶碼子上掐掐算算，再把每個月四個禮拜天初幾十幾二十幾的日子一一記上去，就更加的頂用。這要到我童年過後興起了日曆、月曆，咱們家才不再用這種灶碼子。不過抗日戰爭中間，跑反住到鄉下，遂又入境隨俗，回復了莊戶人家一逕沿用的灶碼子，我也就學著當年叔叔的加工，除了禮拜天，還又配上陽曆月份；到底咱們一輩兒已是鄉村父老所稱的「洋學界」，有些行事須用陽曆。這與叔叔當年相去雖只三十來年，世事改變還是挺大，也挺快。

這已是咱們家落戶尚佐縣第四個年夜，元房四口圍爐守歲，佳節倍思親，少不得拉聒兒些關東老事故舊。祖父是說，單等郵傳局子開辦成了，就好打信去關東，橫豎是乾熇魚放生——有當無罷，帶常不打信，一封沒回音再來一封；青泥窪不成就普蘭店，普蘭店不成就牛莊，牛莊不成就田莊台。祖母她親娘——我父他姥姥，後來把四房個侄子過繼過來，遷到田莊台。那裡遭到的炮火比牛莊還厲害，咱們外老太跟舅老爹的住家也是片瓦無存，人也不知去向，生死不明。貔子窩那邊敢也不妨試試，就算外老太沒跑回去，貔子窩還有些老親世誼，儘祖母所能想到的熟人，也未始不可一一的試試看。

說起這郵傳局子，祖父爲人含蓄，凡事有個七八成把穩了，也還是不輕意說出來。洋油廠主事的何安東，教會裡掛名長老，從沒講過道，可沒遢過一回大禮拜，跟我祖父交往是談不上，挺熟識就是了。今洋油廠跟鏢局合夥籌立郵傳局子，上上下下可要不少人手。約莫挺信任我祖父，也興許聽到祖父替魏弟兄機房張羅過招工——這是我祖父猜測，祖父也沒追問，總之是這位掛名長老何安東，託請了祖父替他多物色些幹才，不管是城上局子，四鄉八鎮幾處大集市分局子，無不需要一個管事的，一兩個辦事的。這個洋人中僅有的一位長老，除了這一託付之外，還忒意看中了我父。或許也太不諳咱們家甚個光景，只在禮拜堂裡留意到我父，也沒看出我父是個莊稼漢。八成看準了像我祖父這樣的人家子弟，還會錯了不成。當然，不定也是爲了酬庸我祖父代爲物色人手，才指名要我父就近老城集哪裡弄個分局子。何安東也只問了個年歲，似乎篤定舉人府子弟哪興出個白丁來著，就沒管唸書唸到甚麼地步。何安東也有說的，反正招募齊了人手，都要送去府城學本事兩三個月，故此別管懂啥、會啥、能幹啥，講堂上自會調教。洋人做事是先小人，後君子——君子不君子，那還待怎麼看罷；先小人也不過就是把錢放在前頭。在洋人看來，既託付了我祖父，便都講明在頭裡，人手分出兩等來，管事的按月俸給是打五兩銀子起，辦事的則月錢二兩，爾後年年按照考成以定遞加多寡。我祖父當下便一口應允下來，只是對自家兒子謙稱要再加考量，也要估估兒子能耐，看看兒子心意。好在尚有半個月的時日才作定奪。

其實我父這差事，分明有了九成九，剩下的只在我祖父點不點頭。何安東找來教會談事情已過去五天，祖父是先儘教友子弟中探訪人才，跟家裡還一字未提。祖父口緊是一；恰巧家裡雖僅四口人，文齊武不齊，老湊不到一堆兒——要緊還是祖父自個兒老忙著正月裡的奮興會和郵傳局子的託付；再就考量到我父身上，儘管識字也不少了，到底不曾正式正道唸過書，當個管事的少不得要寫寫算算，這上頭兒子到底多少本事，祖父是眞的不知，心裡也就沒太大把穩。要是退一步弄個辦事的罷，敢是文事上不需多大本事，可又怕委屈了兒子——儘管月錢二兩起，也不賴，現下銀子折錢約合九吊上下，那是拉雇工九到十倍的工錢；再者，祖父深知這個大兒子的生性，凡事無不頂眞、肯幹、又有腦筋，果若弄到這份兒差事，必定幹得比誰都強，日後不愁不年年多加俸給月錢。就算只幹個辦事兒的，照何安東談的那些，慢慢兒熬著，也興許不多久就能熬上個管事兒的幹幹，一輩子都不愁飯碗兒。

大年夜，元房四口齊齊全全，這就是頂大的福分。團圓飯少不得招魚抹肉，豐豐盛盛，火鍋兒木炭一燒起火來，年味兒就出來了。飯後做了個小小禮拜感謝天父一年裡的恩寵照顧，算是祭拜過了天地；再給華曾兩氏祖先點燭上香，供上整雞整魚。等都收拾乾淨了，八仙桌推到條几肚子裡，剩半邊桌面在外，伺候祖父一個人烤火品茶喫年果子，少不得幾本書伴著人，也有剛才禮拜用的聖經讚美詩。這邊空地上架起尺把高的地八仙，娘仨兒張羅包水餃（莊子上叫元寶）、包湯圓，再少也要備個五天份兒的。這樣也只是用個手，用個眼睛，嘴跟耳朵可閑著，正好就邊做邊閑閑的拉聒兒。偶爾祖父也挑一首都很熟的讚美詩，領頭兒一齊唱唱。圓滿和樂，眞是美透了。

天是成全年味兒，十足的天寒地凍。堂屋門上吊著一面我父打的厚有一拳的麥稭苫子——東西房窗口也是，最暖人不過。

祖父心裡還是一再的蹭蹬，不打算專意當回大事兒把郵傳局子那個頭緒提出來，想能瞅了話頭順口引一引，不輕不重——祖父太知道祖母的脾氣，要是當回大事，又是替大房兒作打算，八成要惹祖母矯情——你說正，她來反的。祖父也打算把個九成九只說到了三、五成，可有可無，祖母或就不大在意；免得給攪和不成，又惹娘兒倆多一層怨氣。

待到過過午夜，聊起人人又長一歲，祖父數數自個兒都已三十六了，我父二十，叔叔十六——就沒提祖母業已四十整，那是祖母頂頂深惡痛絕不讓人碰的隱私。祖父一面慨嘆歲月不饒人，一面對我父抱愧起來，嘲笑起自個兒二十歲時，叔叔也都出生了。祖父沒有明說，意思還是操心我父到今親事連個影兒都沒有。

祖母立時護短起來，忙拿話打岔兒：「你可想得好，生小惠你都二十一啦，還二十，美的呢！」

祖父認錯的陪笑著：「差不多罷，照洋人算法兒唄。」遂把話頭帶過：「二十弱冠嘛，成人了，也該任事兒了，咱們到底不是莊戶人家的料兒。」祖父衝倆兒子說：「你娘也是愁著你哥倆兒別落個四條滋泥腿，辱沒了咱們書香門第。眼前倒有個小小頭緒，何長老那邊來託爺幫郵傳局子物色些人手，俸給挺厚實，飯碗兒也挺牢靠——洋人的買賣兒不是！慢說拉雇工拿那幾文乾二錢，那是一天一地不能比；饒是有個一二十畝地，自家耕種收成，也未必趕得上那個差事。咱們素來沒佔過教會一星星兒便宜，可洋人興辦的洋務，有便宜不佔也是白不佔，不比咱們跟教會，那是只奉不取——上帝回報的厚恩，都是打世間得不到的。看看罷，小善要是有這意思，爺捨捨臉給你推舉一下，不管是管事兒的，還是辦事兒的，都強似風颼日晒，『汗滴禾下土』，田地裡頭扒扯工錢。你就衡量衡量看。」

是個喜信兒罷，可來得太過冒兒咕咚，一時間，我父還趕不及拿啥傢什接在下面等；慢說怎麼個衡量法兒，就連聽懂了沒有，也似乎都不清楚。

可祖母等不及的插進嘴來：「眞是的，你這個做爺的光就沒衡量衡量，啥本事？瞎字兒都不識一個，還想喫當差的這行飯！」接著唯恐叔叔又護住我父，冒出來頂嘴兒，緊衝著我父揭短：「瞧吧，擱著這麼好的差事，不是乾瞪眼兒！當初給你請了先生來家，要你唸唸書，識識字兒，跟要你命一樣兒，動不動就跑去田莊台你姥姥那亥兒找奶喫。瞧吧，自作自受唄……」

叔叔一旁猛攔祖母話頭，攥住祖母大肥袖籠拽了又拽，搡了又搡，直噌：「娘不曉得啦，娘不曉得啦……」手搖到祖母臉上，只差沒搗住祖母那張口。

叔叔是大年夜圖個合家和樂，一勁兒學那老萊子賣小承歡；也是生來性情柔和，別管發脾氣還是心存愁苦，就是皺緊眉根也照樣笑容滿面，這點挺像祖父。叔叔賴到祖母半邊身上說：「娘別門縫兒瞧人——瞧扁了哥。娘哪知道哥三百年前就把整一本聖經唸完了，不像娘，到今兒也沒從頭到尾唸全和一遍，唸起來還到處都碰上短路的不是？前幾天不是還問我『簸箕』兩個字？是不是？娘，是不是？……」

祖母就是對叔叔沒半點兒脾氣，就近狠狠的輕搥了叔叔幾拳，給逗得噌兒一聲笑出來，還像小孩子家眞眞假假的磨牙一樣：「唸書，好事兒啊，瞞得這麼緊幹嗎啦！」叔叔忙說：「瞞吶？一點兒也沒想到要瞞誰咆，還不是娘一點兒都不想知道！稍微留點兒神也見到了，哥牀頭放本聖經是做樣子嗒？還是鎮邪的？——八成是當初哥跟唸書有仇，讓娘傷心傷透了底兒罷？」

…………………

娘倆兒你一口我一舌的這麼窮逗，我父插不進嘴，這工夫也沒聽進耳，只知道兒弟替他開脫。我父擀著餃皮兒，只管等候祖父還有下文，指望弄淸這郵傳局子到底幹些甚麼。就先前零零碎碎聽到的一點半些湊起來想想，也只知道這郵傳局子無非是替人送信，別管天涯海角有多遠，車馬舟船哪裡都能送到，算是一樁洋務，人家外國老早就有了。可就只送信不成？幹的就是南走北奔去送信？驛站一段接一段的跑馬郵傳，敢也是聽說過，「將此由六百里通諭知之」就是指的驛站不分晝夜快馬加鞭傳旨。可那是替皇上傳聖旨，除非朝廷才養得起那麼多驛館人馬。當年靑泥窪咱們家馬棧，就曾承擔過十來處驛站，都有將軍府或官廳不在少數的貼補和便宜。就我父所知，郵傳是老早就辦了，也都海口洋行、通都大邑才有，也是洋人在掇弄，偏遠小地方像這尙佐縣，天津衛的直報、上海的申報，都還是鏢局子十天半個月的順便捎來。照祖父所講，但得郵傳局子辦起來了，就好給關東不斷打信回去探聽生死下落不明的那般親族，敢是太方便了。

這倒又撩起我父心動，「小子要創，姑娘要浪」，這郵傳局子是開天闢地到今才要辦，敢是無中生有的創業，往日想來日出路總想也想不到這上頭，「創比守更爲有福」，上帝也要歡喜的——祖父就常將這話掛在嘴邊兒勸勉人。

祖父是到房裡找甚麼，我父知道祖父還有話要說，只有顧自盤算著心事。半天祖父打房裡出來，手上捽著一捲裱信紙。我父先還發愣，叔叔眼尖，瞭一眼條几上裝紙媒子的醬黃瓦筆筒裡空空的，一拍手嚷起來：「糟了這下，只說萬事俱備，只等爺家來馨過年了，單這火紙媒子沒給爺預備。」經這一提醒，我父才愣怔過來，看看餃皮兒業已積了一大落，忙說：「我來我來。」拍拍手上麵醭兒，打祖父手上接過那一捲裱信紙，要替祖父搓紙媒子。卻不如叔叔眼歡手快，一把搶走。這裱信紙比一般草紙火紙都細密兒多了，也還是經不起撕扯，我父只有鬆手。

叔叔仍似小小孩兒一般，亮亮手上裱信紙，不知有多得意，一左一右的歪一歪腦袋。可還是得勝的大方起來：「這樣子罷，我裁紙，哥搓媒子。哥來不及的話，我再幫哥搓，成罷？」

瞧在祖母眼裡，說有多心疼就有多心疼，單講享兒子承歡的話，巴不得叔叔就別長大。兒不長，娘不老。別管世上沒這回事兒，依著祖母那個強梁勁兒，假當甚麼是真的，也就真的了——眼前這不是真的還會是啥？

祖母眞還就像小媳婦兒偷瞧小郎君一樣，瞟瞟祖父，咬著舌尖兒咥啦說：「多好命呀，倆兒子爭著伺候，俺就沒這福氣兒！」祖父笑說：「這還不方便，這一桿水機關，咱們倆兒軋夥兒打罷。『夫妻本是同林鳥』，同一桿水菸袋敢是天經地義唄——有福同享，就算不享水菸之福，倆兒子爭著伺候的這個福，還是要同享的。」

祖母後半生抽起水菸來，就是打這個大年夜起的頭，使喚的是倆兒子軋夥兒搓的新年頭一根紙媒子，咕嚕嚕嚕、咕嚕嚕嚕，煙打嘴進，再打鼻孔出，在行得很，才不像頭一回喫水菸，更沒有如祖父一旁打趣說的：「不會喫水菸有仨丟人，吹不熣紙媒子一丟人，喝到菸水二丟人，吹不出菸灰核兒三丟人。」祖母一頭神神氣氣的咕嚕嚕嚕，咕嚕嚕嚕，一頭自誇又不忘損損祖父：「咱們沒喫過豬肉，可也看過人家豬走唄！」說著還拿夾在眼角裡的黑眼珠兒睨了祖父一眼，好生風情。

叔叔徒手裁紙，齊整整不下於刀裁；也匀淨得一寸寬的紙條不興有一分半分出入。裁出來的紙條，我父拿來，四條對正了疊齊，按在桌面兒上，縱著滾成捲兒，再抽出一條條來搓搓擀擀滾成細棒棒，末尾打個折兒，免得回勁兒散開來。這玩意兒本也挺簡單，可鬆鬆緊緊上頭有考究，鬆了火熣得快，抽不幾口煙就紙媒子燒完子；緊了吹不出活火頭兒。水菸袋座子上都有兩個約莫兩寸深的小銅管兒，左邊插一根銅鑷子，說是說用來捏菸絲兒安菸，沒誰用它，不如指頭捏菸絲兒，多了少了有個數兒，還可以略略揉成一小團，安進小菸鍋子裡才方便。實際這鑷子多半用來清理小菸鍋子裡積存的菸灰菸垢。右邊小銅管兒用來插紙媒子，搓的紙媒子就得和小銅管兒粗細合適，粗了插不進去，太細了插進去火還照熣，一時熄不死。不過左右那兩個銅管兒，遇上左撇子，怕就要反過來，左插紙媒子右插銅鑷子了。

一兄一弟當作個正經活兒幹，裁的裁，搓的搓，一大把紙媒子，眼看醬黃釉子的瓦筆筒兒都裝不下了；也像是在忙年，一口氣搓了約莫足夠半個月用的紙媒子。

瞅著祖母上房裡添年果子，祖父輕描淡寫的問了一聲我父字寫的如何，有沒有寫過的仿兒拿來看看。這一下把我父給問住了。寫仿兒，筆還不知道該怎麼捏，怎麼攥，哪天摩弄過那玩意兒，別叫人笑死那麼冒充斯文了罷。

叔叔倒搶過去說：「哥寫的字可不少，可都是拿手指頭當筆來著。躺到牀鋪上，只要沒睡著，手指頭從沒閑過，小老鼠啃東西一樣，涼蓆上嘁嘁哩嚓啦劃個不停，寫當天認過的新字兒……」

祖父聽著聽著，一再的動容，眼圈兒紅上來，嚇得叔叔不敢再講下去。祖父問了叔叔：「你罷，也沒想到給你哥備個本兒——」我父忙說：「別糟蹋聖人了。小惠可是叮過好多回，沒的叫人笑掉牙兒，蛋清都不蛋清了，這麼大黃子還擱那亥兒描紅模子不成！」這話帶點兒衝；幾回叔叔打塾館裡帶回來筆墨紙硯給哥習字，我父也是差不多這樣子衝叔叔。其實都是跟自個兒使氣，惱自個兒年少時不知長進——一半也是祖母偏心嘔氣，順水推舟罷。

我父口氣只要一含衝味兒，祖母就耳朵最尖，也頂在意；祖母正朝瓷盤子裡倒櫻桃酥，櫻桃大的紅珠珠，一顆顆上了白醭兒一般裹一層白糖粉末兒，滾滾跳跳響得好歡兒。沒管我父講的甚麼，就噌起人來：「你那又衝誰啦，大年三十兒的，圖個吉祥成罷！」看也沒看誰一眼，好在聲氣還算柔和——大年三十兒罷。

爺仨兒都沒搭這碴兒，祖父裝沒聽見，有心護著我父別又落了祖母怪，藉著開導以正祖母聽聞：「別介，趁早別灰心，『蘇老泉，二十七，始發憤，讀書籍』，你這還早。人家那麼晚，後來還當上皇上欽點的校書郎呢，他蘇家父子三人都是大家——有志竟成不是？指寫筆寫都是寫的筆劃兒，知道筆劃兒就成；剩下就落怎麼拿筆罷了。往後小惠幫幫忙，交給你了，別倒筆劃兒就成，打左朝右，打上朝下，就那麼回事兒。夠用就行了，又不是要練成書家。」

奉了嚴命，叔叔比誰都樂，喜孜孜的說：「咱們打鐵趁熱，不如新年開筆大吉，我去拿傢伙來。爺給哥開個頭兒，我哪好教哥甚麼─本該是父以教子，兄以教弟不是嗎？」

祖母精神有些不濟，又對寫寫畫畫這檔子斯文事兒素來都沒半點兒興致，只顧著把多半都是人家衝著我祖父人情送禮的年果子，見樣兒添一些給爺仨兒閑嚼咕，剩下的包包紮紮收藏起來──祖母向來、乃至到老，都喜歡多多益善的攢私房食兒──推說睏了要去歪一歪，水餃也不包了，丟下大片攤子就進房歇著去了。

掛到條對一旁服貼中堂綳線的小釘子上的祖父懷錶，此刻短針已走過一句鐘。

幸好祖母房裡去睡了，要不的話，守著祖母，儘管叔叔那麼心熱，又儘管祖父好生樂意等著要指點習字，我父定會犯下彊勁兒，說怎麼也拗著不幹的。我父敢也是早就對祖母心存成見──妳做娘的橫豎把我看扁了，認定我這輩子粗漢到底，白丁到底，那我又何苦假充斯文來討好獻寶，到頭來還不是白招揭短，拿張熱臉去碰冷腚……

過往這幾年，不問是找兄弟教認字、還是唸聖經，也不是立意要瞞著誰，只不過總是避開祖母，別讓祖母見到，因也連帶的就沒讓祖父知道。反正認字是自個兒得好處，幹嗎要別人知道？叔叔貼體人，也摸清了我父心裡結的疙瘩，也就從不張揚，從沒向祖父祖母邀功在教我父認字唸聖經。只有我父給誤認不識之無時，像祖母說的「瞎字兒都不識一個」，叔叔氣不平，才挺身出來替我父辯正，且把本事都歸給我父刻苦自學。

叔叔把文房四寶擺弄妥當，墨也研了，一旁伺候紙筆。祖父一字一板兒的還是打研墨教起，硯台要怎樣放，跟鼻梁對正了要有多遠，挺身坐正，墨子要如何握個鬆緊適中。要緊還在聚精會神，書寫之前就先要藉這研墨的功夫，修養個意誠心正，鼻息要跟墨硯相通合氣。功夫到的話，雖滴水成凍臘月心兒的天，這墨汁不興結冰楂子。

叔叔爲自個兒方才胡亂研墨，只顧求快，簡直有點兒毛躁，故作嚇得張口咋舌，逗趣兒掩過，心眼兒轉得夠快，忙說：「爺，咱們那塊洮硯好不好翻出來使使罷？開筆大吉不比尋常唄。」祖父先還愣怔了一下：「你倒好記性兒，不提我都忘懷了。那敢是好，去房裡找罷，記不得塞到哪去了——輕點兒，別吵醒你娘。」

叔叔就著條几上明晃晃的洋蠟燭點上洋油燈，端進東間去。桌上研好墨的這塊方硯，日常放在條几西頭，那邊牆上貼有一張叔叔畫的數九臘梅圖，冬至起，見天墨點一朵花，這三十晚上已點到五十五朵——七九頭一天，照數九歌該是「六九沿河看柳」——也有一說是「沿河看溜」，河水解凍，冰塊兒你追我趕，順水流竄，是挺有看頭。可一般來講，立春儘管多在這九天裡（「春打六九頭，窮人不用愁；春打六九尾，飢寒了無期。」），慢說關東牛莊一帶的沙河、渾河、開江還早得很；這倘佐縣算是南來夠遠的了，天也夠暖的了，老黃河封在冰底還一點動靜也沒有；還沿河看柳樹吐芽兒？門兒都沒有。到得這七九，「七九六十三，路上行人把衣擔」——也有一說是「把衣寬」，總歸是說趕路的行人走熱了，要脫掉棉襖棉袍子，擔到肩膀上、扁擔上。瞧大年三十兒這個寒法兒，頂著西北悃子，身上不添點兒厚實的，還眞抗不住，哪敢扒衣服！

那塊洮硯約莫眞的不知塞到哪去了，祖父權且先教我父怎樣執筆、怎樣運筆。俗話沒說錯，「聞不如見，見不如幹」，我父也不是沒見過人家拿筆寫字，輪到讓祖父把著手教，這才懂得五根手指頭，根根都用得上，根根各有個用場。這大拇指和二拇指先打筆桿半腰兒捏起來，跟手三拇指、四拇指一前一後夾住筆桿下半截兒，這就好隨心所欲，上下左右，永字八法：一側、二勒、三努、四趯、五策、六掠、七啄、八磔，任你揮毫，可眞神氣。可手心裡得空出一個雞子兒大，那三拇指、四拇指才得趁心如意要怎麼動就怎麼動。

竅門兒是懂了，也眼見祖父手底下龍飛鳳舞，可自個兒來，照葫蘆畫瓢，筆一拿上手，全不是那回事兒。小小一枝筆怕還沒有半兩重，卻比一把鋤頭還沉。鋤頭重不打緊，兩隻手使喚罷，這筆桿又不興兩手合著攥，筆桿也沒那麼長法兒。說重不相信，一下筆便直打哆嗦，不就像捽一根攥不過來的粗槓子那樣？懸空兒單手挑起來看看，不抖那才怪。

寫春聯對子還剩下些喜紅紙。農家除了大門房門貼對子，倉屋是「五穀豐登」、「金銀滿倉」，牲口槽上是「六畜平安」，「槽頭興旺」，碌碡、石滾子、水磨、旱磨，也無不貼上個「財源滾滾」，或倒貼個「福」、「春」一張張字方兒。今年叔叔寫的可多了，鄰近幾個村兒也都找了來，祖父不在家，差不多都叔叔包了。只有家家門楣上貼的剪紙門吊子，一溜兒四幅，風裡飄飄捲捲，才是趕集買的，多半耐上一兩個月。

咱們家就這三間兩頭房，叔叔給人家寫了那麼多，也還是手饞，便家裡可貼的地方全都寫了，驢槽、水磨，一處也沒落兒，就連隔一片大場，約莫三十弓子遠的對門兒那棵老桑樹上，也貼了張「對我生財」，惹我父笑叔叔說：「看來咱們要想發財，嗐，遠得很！」

可這些年俗，教會也都視作迷信。富貴榮華，鴻運發旺，多福多壽，招財進寶……這些個除舊布新圖圖吉祥的祝願，無異是一心貪戀世俗，甘與魔鬼同其流，合其汙，怎麼不是迷信？祖父藉機教導兒子，聖徒保羅說的「我視世事如糞土」，敢是他看破紅塵得到了解脫，卻給教會訓作四大皆空，五濁惡世，跟佛門一般樣兒，無視萬民福祉，則上帝豢養眾生，期以欣欣向榮的至愛豈不虛妄無著落了？基督徒中，就和祭孔祭祖一般，這些年俗大約也只有咱們家行之若素，可也只覺萬象更新，重新得力，一番熱熱鬧鬧盡是人世喜氣，這樣就好。

一方雕有雙龍戲水的洮硯，到底讓叔叔翻騰出來。這種蘭州府名產的洮河石硯，說貴重也算不得十分貴重，只不過出處相去遼遠，物稀爲貴，不易到手罷了。祖父曾經用過，所以識貨，城上逛校軍場估貨舖子，沒花多少子兒買下來。買來家就挺寶貝了，收起來沒大用它。

我父依照祖父指點，意誠心正的研起墨來。這墨要研到打路——墨汁中現出一圈圈乾硯底，才算研到了家，濃淡適中。我父生平頭一回研墨，只覺這和推磨差不多少，原地打轉圈兒，磨出來的糊子也罷，糁子也罷，也是要厚薄粗細適中。推磨挺熱身子，十冬臘月也照樣頭上冒汗，一層層衣服往下扒。這研墨也是，我父眞也相信祖父指點的不錯，中規中矩的這麼研下來，拐了一場磨，身上比烤火還要暖烘；人熱，敢是墨也熱，墨汁定規上不了凍。

家裡沒備甚麼仿紙，就用叔叔給人寫春聯對子剩下來大小不一的喜紅紙頭，倒也影得人臉上一團喜氣。叔叔說的好：「這才眞叫新年開筆大吉——哥又頭一回用筆，新上加新，大喜大慶，妙得很呢！」

祖父試筆，先寫下我父大名兒「華寶善」，邊寫邊提示我父留意怎麼順筆劃兒。寫罷讓我父併排坐到右邊，從頭再來，祖父這邊下一筆，我父那邊照樣子下一筆。這三個字筆劃兒都挺多，一筆一筆寫下來，「大姑娘上花轎——頭一回」，喜紅紙影得人臉紅是不錯，我父可是喜的、臊的、窘的、累的，分外紅得厲害，紅到了脖頸根兒。

我父是習以爲常，晚上一挨上鋪兒，別管怎麼累，怎麼乏，白天才認得的新字兒，總要手指按在蓆子上或褥子上，一個字寫它個十幾二十遍。華寶善這仨字兒，敢是分別都寫過，只是從沒想過湊到一堆兒來寫。今祖父一上來就敎他先習自個兒名字，寫著這才發見挺重要，一個人怎能連自個兒名字都不會寫，再就是一向都不懂得甚麼順筆劃兒，倒筆劃兒；雞爪子扒土一般，只管鋪兒上刮刮劃劃，這才懂得哪筆先、哪筆後都有規矩。再還有就是拿指頭寫跟拿筆寫，硬是兩碼子事兒；筆可沒手指那麼溜活兒，筆頭太軟了，手底下一輕一重，寫出來的筆劃兒就一細一粗，一點也錯不了。「華」字當間兒這一豎，一落筆就嫌太細。趕緊按下去一點兒，不過才稍稍著力一下下，可又頓時粗成黑墨團兒。不用說，略一提起點兒，細得又險些兒斷掉。心裡跟著一緊一緊，手也跟著一抖再抖，掌心兒哪還握得下個雞蛋，握了也準捽碎了。待這一豎下來完了，不說一扭三調彎兒，直不了，還又粗一段兒細一段兒，合上俗話「長蟲帶肚子」，那可是取笑小閨女家初學捻線兒粗粗細細不勻淨，像條蛇懷著一肚子蛋。我父不等祖父、叔叔張口——要是誇獎罷，一定帶假；照實說呢，這還是個字兒?狗爬貓抓的罷，自個兒也臉上掛不住——便大喘一口氣，搶在前頭笑起來：「這可比耪上二畝地還累得慌！」祖父叔叔也都笑開了。

可祖父還是誇獎了，只是誇獎得有分寸，頭一回唄，頭一回就寫這麼多筆劃兒的字兒，挺不容易。一回生，二回熟，沒巧兒可討，就是多練多磨。

當下祖父便交代，過初五趕集，捎回一兩本紅模子來描描。叔叔也出主意，過十五動針兒了，要給哥釘個摹帖用的九宮格兒，或是米字格兒，看買到甚麼格兒的仿紙再說了。

我父卻衝叔叔求椿事：「那就每天下晚學時，多在學屋待一下。李府上喫過晚飯我就過來，你回家，我一個留在那亥兒寫字兒。再不就趕集配把鑰匙，你儘管上鎖回家，我能開門進去就成。你看行不行？」

叔叔何等靈巧，立時就懂得哥哥意思，忙不及的點頭，怎麼說怎麼好，還替哥哥添了點理兒：「敢還是學屋那邊兒方便，筆墨紙硯，桌椅板凳全都齊備。」

哥倆兒這麼從商，祖父寫字寫起了興，像要把所有剩下的喜紅紙全都寫個完才行，似乎沒大理會哥倆兒嘀咕些甚麼。哥倆兒你知我知，明來暗去的私房體己，祖父怕就更沒留神了。

包完五拍子水餃，上牀已都四更天。寒雞半夜啼，平日就該打鳴了。人是過年過節，雞可是在數在劫，除非留種兒，家家賣的賣，宰的宰，眞就現鼻現眼的，三十晚上聽不到哪兒有甚麼雞叫。

鑽進被窩兒，我父這才得空兒好生想想品品新年這麼些新鮮事兒。做一個人，到得二十歲了，居然會寫字起來，不說比起胞弟遲了十三四年，就是比起多少都曾唸過兩三年學屋的那般臭到一堆兒的粗漢子哥們兒，這也才冒猛子覺出來自個兒一向滿是個人物頭子，卻在這上頭差人家遠了，人家多多少少總也塗塗抹抹過兩三年的仿兒。可別管怎樣，晚是晚了一大截子，到底還是自個生平一樁大事，也是新年一個好兆頭。

可眞正是個喜望的還數郵傳局子的差事，意想不到的。近兩年人長大了，不比剛到李府拉雇工，不光是凡事新鮮，也少思少想來日怎麼個了局。一輩子都拉雇工的莊家漢多得很，賣力氣喫飯也不是甚麼下賤丟人的行業，可人固屬家貧才出去拉雇工，可要緊還因男丁多，少一張嘴是一張嘴，見月反掙個幾百文回來。人家那麼幹下去，老老實實不生事端，興許老闆給找個媳婦、興許熬到個掌鞭的，一輩子也就是老闆一家人了。小老闆，小小老闆起來，少不得當老長輩來對待，養老送終也都包了。這光景一點兒也不稀罕。果若咱們家挨過三五年，叔叔成了人，得個差事，養家活口兒一應承擔過去，自個兒也未始不可就這麼拉雇工拉下去，不定李府上幫襯幫襯，現成的沈家大美，成親成家，這一輩子兩口子就賣給李府上了。遇上李府上這麼個買家，敢是賣家求不到的福氣。要能這樣子，想想也就罷了。

可李府上只須李二老爹在，從來不興甚麼上人下人那一套，何況當初本著救急救難，人家怕傷到咱們體面，轉轉彎兒只說是招我父學學種地這一行手藝，扎邊兒也沒提雇工不雇工的這碼子事。再往後看的話，三五年一過，下邊兒老四、老五也都好接上活兒了，百把兩百畝地，五條壯漢足夠扒扯的了。下邊兒三個媳婦再討進門，連沈家大美怕也做不下去。人家李二老爹可是往前看得到十年八年的眼光，三五年更不消說，到時候我父自有高就，留也留不住的沈家姑娘說怎麼也該有個婆家了。

差事要是能成，想來也不遠。料不到的，打信送信也要有個局子，我父只覺自個兒這世故閱歷還太淺，加上洋務愈來愈多；按照老八板兒想法兒，自個兒找個前程，也只有百工跟做買賣，都是手藝，學手藝就得拜師做學徒，上二十的大黃黃了，誰收徒收個大漢子來使喚？那要給師傅倒夜壺、幫師娘抱孩子的，手藝還不知哪天才傳呢。洋務帶來了從沒有過的差事，照祖父那個講法兒，只須到府城去學個三兩個月手藝就成，那敢是便宜多了。這樣看來，別管郵傳局子差事成不成，來日就怕也只有衝洋務帶過來的甚麼行業、甚麼差事，去討碗喫了。

想是這麼想，就算郵傳局子那邊差事能成，我父眞還無從知道要幹些啥活兒，頂多也只能想到騎上牲口四鄉八鎮去送信，那不是整天都得牲口背上過日子（正好不是？生性就喜歡大牲口罷）？信往哪亥兒送？再小的集市也百把幾百戶人家，一家家去打聽？……這都不必去費神了，祖父也不是輕意就保舉自家兒子去當差的那種私心重的人，一定罷——一定慮了又慮兒子是哪塊料兒，幹得來，丟不了臉，不定還信得過兒子能幹得叫人豎大拇指，才肯捨臉保舉自家兒子。

我父儘管自嘆太過無知無識，甚麼都不懂，可有個爺好相信，好倚靠，便比啥都有仰仗。兩年前，祖父那麼心熱朝廷行新政，縱使科舉廢了，叔叔白唸了上十年的書，仕途無望，祖父也開導了叔叔，無礙、無傷；上洋學堂，不光是一己的前程照樣輝煌，也足以強國強種，廣澤萬民……。我父都很記得這些，也深知祖父從洋人那裡明白了許許多多人家所以國富民強的道理。新政不新政的，其實就是洋務；新政給太后廢了，可洋務怕還是要勢在必行。祖父是那麼斷定的，大勢所趨罷；聽說洋人也是這麼看事兒。洋人現下就忙著要蓋醫院，還要再辦更大的中等洋學堂。

到底學寫字了，這是一喜，心上反反復復的打浪兒，也像波浪那樣一層層朝遠處推搡，那喜氣覺得出來通到胳膊腿兒，通到十根手指頭，十根腳趾頭。郵傳局子的差事有個指望，這又是一喜；這又一喜可是好幾個頭兒。我祖父若現下有個甚麼高就，多少還有點兒顧礙，不方便也不忍心把塾館一丟，拍拍屁股就走。我父就不妨事了，要說種地做學徒，也差不多該出師了；這一走，李府上見月就省下一吊文；我父一聲有這麼個出息，頂喜歡的恐怕還算李府上二老爹，當初拉我父來學種地，人家可像理虧一樣，再三再四的直說一千一萬個委屈了大侄子。這三、四年來還是沒斷過這麼講，不光是老掛在口上覺乎著虧待了我父，更還帶常誇獎我父是個大才，不下於望子成龍那麼心期，斷定日後華家重再發旺起來，準在我父手上。如今郵傳局子的差事但得有成，就算好事兒都落到頭上，月俸五兩銀子，那可是一步登天，卻也說不上就能靠這個發家起來，不過總是熬出頭了，兩腿兒打滋泥裡拔將出來了，那李二老爹豈有不搶在前頭樂和。

再來就該是跟沈家大美這邊兒時刻在心的情分了。

今三十兒過午，我父去李府還人家小挎斗，裡頭裝了兩拜盒也是人家送祖父的茶食，算是壓斗子底兒還還禮——這上頭祖母總是大方，也不願輸給人。我父還是要看看東家這邊兒有事兒就幫幫手，沒事就閑敘敘，也算盡盡辭歲之禮。兩天前李二老爹就已賞下紅頭繩串作兩串兒的二百文。李二奶奶送了一小挎斗黏秫秫麵兒：「粗糧，不是好東西，你大哥喜歡湯圓子的，就順手帶回去，真拿不出手。」也不知這李二奶奶聽誰多的嘴，不覺心虛起來。是眞的，這對我父比啥都寶貝。

李府上蹓這一趟，見沈家大美還在忙，斬餃餡兒甚麼的，兩把食刀，上上下下，敲的是急急風鑼鼓點兒。大年三十兒了，還忙得這樣子緊鑼密鼓，我父瞧著可是說不出的好生疼惜。

原來是祭灶一過，李府上就攆人回家過年了。攆的敢是我父和這沈家姑娘，誰家忙年都只嫌人手少，不怕人手多的。大美可賴著不肯，搶活兒幹，只管推說自個兒窮家小戶沒啥年可忙。

彼此心裡明白罷，這姑娘就是個害怕回家，能掙錢拿回去了，用不著看臉色喫家裡飯了，也還是能不家去就不家去。打這三十晚上一回家，就得半個月——其實年年一過初五，就又憋不住跑了來。新年裡活兒是沒的幹，可活兒不找人，人要找活兒總有的是，搶著灶下塡把柴火，灶上熱個湯湯水水，餾餾現成的喫食兒，一天三頓省不掉一頓，多不過不用洗洗切切、斬斬剁剁就是了。

「年過初八，再來拜年往外拉」，拜年過去了，往後就該輪換著請春酒了。儘管擺上桌的大半都還是年菜、醃臘年貨，總得多些個手腳張羅，那就更有的活兒忙了。

這樣子算起來，想到大年裡，少說要有五天那麼久看不到人。瞧著大美忙，自個兒幫不上手；又憐她家去日子不好過，就夠疼人的了；一念到就此要久久見不到她人，便不由人的心口兒一陣溜酸溜酸的，急忙調頭走遠點兒，假扯跟誰拉拉，耳朵裡可沒斷一下那邊兒緊鑼密鼓的鏘鏘鏘鏘鏘鏘鏘、鏘鏘鏘鏘鏘鏘鏘……急急風剁餃餡。

不過也說不一定，除了大年初一家家閉門闔戶躲起來團圓兒，誰也不去打擾誰，一到初二那就熱鬧了，各莊各村兒你來我往的出會，人也跟著東走西奔去趕會，彼此這兒不見那兒見。儘管各有各的伴兒，眼多嘴襍，兩下裡招呼一聲都不方便，可瞭一眼就好，看到她人一臉過年的喜氣就放心了。提防著給別人偷瞧了去，裝是要裝誰也沒看誰，眼裡在看玩會，心裡淨盤算瞅空兒瞭一眼。不管隔上多遠，她人襍在多少瞧熱鬧的男女老少當中；也不管眼前高蹺、旱船、耍龍耍獅子，還有鑼鼓傢伙也爭著亮相露臉，總是面前遮來擋去，不看不看的總歸十拿九穩隨時知道她人在哪亥兒，飛過一眼去準定落不了空。要能湊巧眼碰上眼，說不出口的心事都從那雙靈巧透了的眼神裡打閃一般傳過來，那可像冒猛子灌下一口燒刀子，燙人的火炭兒直通進心口窩兒裡。

新年喜事兒接著來，也沒擋住心裡老念著一個人。就算心無二用抱住桿筆像抱住根横樑那麼沉，一筆一劃跟在祖父一旁開筆寫仿兒——比耪地還累人，筆尖兒下照樣兒一眨一眨顯現出大美有紅似白兒的觀音臉，還有那一對小是不小，可總像將將睡醒、再不就是將將哭過一場，眼泡兒有些浮腫的丹鳳眼，最叫人心憐。祖父提到郵傳局子的差事有個頭緒時，我父也是先就想到沈家大美姑娘。別管五兩還是二兩，打一個月工錢一吊文，一下子高陞到八九上十吊；弄得好的話，二十多吊，頭一個喜的是成家有了巴望。原本那可是遙遙無期的癡心妄想，居然說來就來了——儘管挺惱自個兒私心這麼重，卻總是身不由己這麼盤算。

天這麼晚才爬上舖兒，本該倒頭就不省人事，反而翻身打滾兒沒一點兒睏意，被窩筒兒給折騰得透風活亮兒暖不起來。終也聽到老遠一聲公雞打鳴，要多孤單就有多孤單，可算是劫後餘生；也算大難不死，必有後福，留做雞種，往後就好三宮六院七十二妃，後福又是艷福。別管私心不私心罷，但得一有出頭之日，大美妹子，俺可是要定了妳。有了奔頭，就有幹勁兒，咱們一起來苦份兒家業罷。

叔叔早就睡沉了，貼近了聽，也只像小小奶娃兒那樣，一點兒聲息都聽不到。叔叔該是相書上說的「龜息」，挺主貴。

臨睡前匍匐禱告，幾番想跟上帝求求這樁婚事能成，終不好意思出口——私心能跟自個兒辯嘴，跟上帝到底打不得馬虎眼兒。自求多福罷，還是跟自個兒偷偷發願得了；但盼新年新運道，新的這一年，只願今年底三十晚上守歲，合家團圓飯，得多添一副碗筷。多出那一副好手，一個抵仨兒，忙年她一個人就包了……滿懷裡揣緊這個心願，抱緊了又抱緊，暈糊糊的，總算倒進黑甜鄉。雖黑猶甜，光天化日的反而諸多不如人意，不稱人心。

# 新春

華太平家傳

過年，可眞是樁無大不大的大事。興許只因非比尋常，不光是忌諱多，這不能說，那不能動；可破例的不正經、不規矩的玩意兒，倒又盡心盡興兒敞殼去鬧了，花樣不比忌諱少。

比方賭錢罷，說不上甚麼忌諱，只不過不是樁好事兒，平日是連玩玩的念頭也不生的，可大年裡，打正月初一起，不賭上個十天半個月，總像虧了甚麼，年也白過了。

像咱們在教的人家，吃喝嫖賭敢是都在禁例，也算是忌諱了。可大年初一，家家閉門闔戶，閑蹲在屋裡，三餐又不用費事張羅，怎來打發？早飯是水餃、湯圓，小小四口人的禮拜也做過了，也不好打早到晚淨唱詩唸經帶禱告，年年都是祖母最心熱，領著全家擲色子，一擲就整一個上半天。我父兄弟二人壓歲錢當賭本兒，贏錢沒話說，輸的話，祖父向來都還給倆兒子，祖母可一個子兒也別想欠她的，這上頭可頂眞得很。

祖母是二曾祖母那裡啥也沒學來，張羅玩骰子就總提到咱們那位老太，誰也沒老太信教信得虔誠，大年初一可非跟兒孫玩個一天半天骰子。祖母還學二曾祖怎麼吆呼：豹子豹子……四五六四五六四五六……輪到別人擲時，二曾祖母就會吆呼：么二三么二三，么二三，不拿錢……二曾祖母也是贏了兒孫的錢都給兒孫，祖父學到了，祖母就沒學到。祖母搬她婆婆出來擲色子，看是湊趣兒，卻總有些叫人疑心那是當幌子，挾曾祖母來令夫令子。

祖父早年曾經躭溺賭博，教規戒菸、戒酒、戒賭，祖父可從來都沒理會；要不是懼內，當不了連戒嫖也不理會。是到得烽火毀了家，單看菸酒還照常，就知還因家貧才把賭癮給去了。根底上祖父就從沒把人立的教規放在心上那倒是眞的。一年裡就正月初一玩這麼一回骰子，敢是可有可無，玩起來也挺興頭，祖母要玩也不能不奉陪，就這麼一回事兒。

我父則是賭興不大，下注手頭可大；叔叔賭興挺高，可是疼錢。俗話是說從賭品看得出人品，約莫有個準兒罷。咱們家這個年代的兩輩兒四口，興許打這年初一的一場賭錢裡，各是怎樣個秉性脾氣，就瞧得出大致一個端倪來。

莊子上大夥兒賭起來，花樣兒可就多了，開寶、推牌九、抹紙牌、打牙牌、擲色子、走陞官圖……小孩子家多半賭砍錢兒——叫是叫砍錢兒，砍的可是下功夫磨圓的瓦片兒，砂缸碴、瓷碗底兒都成；還有一種是四五枚的二十文錢通寶，拿槐樹豆角砸出來的黏膠，焊疊成厚厚一枚，又沉又堅實又合手，砍出去也準，本事差點兒的也都照贏。可一枚值上八、九、十文，挺佔錢的，到底少見。玩起來，土地上犂個一尺見方的小城，磨圓的缸碴瓷瓦當注子下，也有用家裡偷來的地瓜乾兒，厚薄大小差不多四五枚二十文通寶那樣子——過年就用壓歲錢的一文小制錢，一家出一枚，摞到城當央，離上十步二十步，劃一道線，輪換著拿老瓦去丟，誰把注子摻出城去誰就拿來裝進腰包兒。這是頭一輪，不大容易贏。二輪三輪下去，才是拿老瓦繞在城外看要哪邊順手就從哪邊把注子砍出城去，直到剩下空城爲止。缸碴瓷瓦啥也不值，倒總是花上功夫磨圓了的，兜回去留作下一回賭本兒。有的當場兌現，照先前就講妥的規矩，一個注幾皮槌兒，揍完了還回注子就算結賬，不賒不欠。過年砍眞錢，敢就不用這麼嚕嗦。

再有就是摻土老爺，地上豎直三塊磚，當間兒土地爺，左右各是土地爺他大老婆、小老婆，也是隔上十步二十步，輪換著拿石頭蛋兒去丟，過年時來錢的，摻到土地爺，三文錢，大奶奶二文，小奶奶一文，輸贏可比砍錢兒出入大多了。平日就來揍皮槌、扭耳朵，或是擰嘴巴子。有的手下無情，反比來錢的會生事，不是弄哭了，就是耍賴皮，不定翻臉玩惱了。

起初剛落戶，我父入境隨俗，也還沒去李家拉雇工，就曾混在當初還半生不熟，後來才要好的哥們兒一夥兒裡玩過這些，雖才十五上下，也都覺得玩這些嫌年歲大了點兒——又數著摻土老爺過逾粗魯，傷人和氣；加上這沙莊找塊磚頭比金剛鑽還稀罕，盡到耕耙地裡尋摸大塊不大容易打散掉的土塊，或偷人家托好晒乾的土墼來打成散塊兒替代磚頭，一場玩下來，把人弄得灰頭土臉，滿嘴細沙磣牙，越發沒意思，就改玩打嘎嘎兒——這當地叫打梭，規矩也有點兒出入。可這玩意兒打起來，一程一程趕，打到鄰莊那是常事，不等湖裡莊稼收利落了就玩不起來，要不的話，一棍子打出去，嘎嘎兒掉到哪片莊稼地裡去了都沒著落。一年裡頭只秋冬之交才行，眞正入了冬，一場大雪就夠十天半個月玩不成，積雪化雪都漫湖裡跑不進去。這樣子也就興頭起不來；興頭起來了，文齊武不齊的挑人又挑時令，愣愣也就冷了。再愣愣，也又過過了打嘎嘎兒年歲，眞還就沒啥可玩兒。先說打打鑼鼓傢伙算得上叫人開心的玩意兒，那眼前也便只剩這個。

差不多二三十戶人家以上的莊子，多半都有個會。只是左近多少個莊子，沒莊主的沒莊主，沒族長的沒族長，公份兒大事都由大夥兒商量著來，小事兒誰管都行。沙莊年年大正月沒少出會，可這樣子不大不小的事兒，一向都是空架子，大半是些喜歡哼哼唱唱，帶上厚臉又不大正經的年輕小夥子在那兒邀呼。生性好這玩意兒罷，大用項去大戶逗逗糧，糴了來紮箍，小小不言的就彼此掏腰包兒貼進去，終歸是說不濟該當誰來董事，誰來傳藝。

但凡有這麼個會，儘管空架子，一整套鑼鼓傢伙還是要擺在那兒；除了遇上大旱天求雨，就算是長年不用，也總不能臨時現抓來湊合——也沒處可借可挪。

沙莊上的一套鑼鼓傢伙，帶常裡都是存放在莊西頭的湯家。這湯家田畝沒李府的多，可三、四代單傳，又代代吝嗇成性，就顯得比李府日子來得殷實，莊子上眞正的首富還該數他湯家。當初置辦這套傢伙，算算也十幾上二十年了，難得他肉頭湯家肯割這麼塊肉——不知是一時糊塗大意了，還是碰巧哪裡得來了一筆橫財，四兩銀子倒出了八成，剩下兩成就由有炮樓的四家人家分攤。湯家既是大份子，這套傢伙放到他府上可看得緊，年年不過祭灶不讓人搬出來熟練熟練。搬出來熟練也得當日天一黑就如數交回他家去，還要一件件翻過來，調過去，看哪兒刮了跌了沒有，大夥兒討厭是討厭，也只好說這樣倒罷了，管過了頭總沒閃失就是了。

一套傢伙不過就那六件頭兒，大鼓、大鑼、二鑼、小鈸（這當地喚作鑔子）、大鐃、還有一面碗口大小，薄板兒敲起來清脆俏皮的小唐鑼，敢是唐朝就傳下來的。整套傢伙數這唐鑼頂小，卻人小鬼大，不光是響亮，一聲聲都像歪著脖子刁難人——成嗎？行嗎？得啦罷……倒也不是專門掃興，逗人就是了。吹糖人兒的挑子走街串巷，也是敲這式兒小唐鑼，倒又叫人覺乎著那一聲聲都酸到人牙根兒裡，甜膩膩，黏溚溚，合著是舌尖兒上挑一小坨兒糖醯那個味道，理該叫它小糖鑼。沒討到零錢買糖人兒的小鬼渣巴，啣恨找氣出，尾隨後頭喊呼：「吹糖人兒的，當龜不當？……」小糖鑼明知喫虧，賣啥吆喝啥嘛，也只好老老實實應過來：當，當當；當，當當……小鬼那一頭不如意，沒討到零錢，這一頭佔了便宜，樂得甚麼是的，就地打個滾兒都成。

這兩三年，莊會敢都是我父那般正當令的哥們兒來張羅。不問是去年的蛤蚌精（這當地喚作歪蚌精），還是今年的旱船，那女妖精、女船客，反正都是天生小嗓子的沈長貴來扮，龍長臉兒，算白淨的，也照大戲裡貼片兒，搽粉抹胭脂那麼一刀尺，還眞充得上數兒。虧他憨臉皮厚拿得出來——大男漢子一個，也不曉得怎好意思拿捏成那樣子渾身騷勁兒，也不怕丟人。

玩旱船是連野台子小戲也算不上，可還該是個騷戲，只沒周姑子那樣子露骨露肉罷了。跑馬頭的周姑子小戲，葷得能迷住小媳婦跟戲班子跑掉。這玩旱船敢是沒生過那種丟人現眼又傷風敗俗的壞事；要緊都是家邦親鄰自個兒耍弄的熱鬧，非比周姑子今東明西，一去影無蹤，跑了抓不到人。不過這也只是一；再還有那耍嘴頭子調皮撒村的戲文唱詞兒，不比不覺得，這旱船甚麼的就斯文多了。像那個一會兒搖槳又一會撐篙的老艄公唱的：

手把那船篙豎一根兒，
一篙撐進小河心兒，
水不洎兒、滑不溜、黏不津兒。
撐進漩渦兒深又那個深，
撩你小嫂打轉轉暈兒，
呦呦呦、咈咈咈、嗯嗯嗯。
小嫂小嫂妳忍忍

都怪老哥哥認錯門兒
旱船水船都不分……

放到周姑子小戲裡，有啥直說，哪要這麼搗著蓋著。少說那「豎」罷、「撐」罷，早就忍不住直來直往唱將出來了。

我父生性愛乾淨，不喜歡嘴上這麼腌臢買賣兒，饒是這些小曲兒要比周姑子乾淨多了，我父也還是嫌髒。可他人又不是那種拐孤鬼，淨一個人打單兒。哥們兒都興頭大得很，農閑裡不盡情找找樂子還行？好在單只敲敲打打鑼鼓傢伙也挺有意思。說是鑼鼓點兒，也只是個搭配，看熱鬧瞧的聽的敢還是那些唱唸做表，只熱鬧勁兒靠鑼鼓來鬧閧，別管他歪蚌精、旱船、高蹺、前走後退要跟不上鑼鼓點兒，那算要砸了。

這兩三年來，逢到年根底子練練鑼鼓傢伙，我父也給邀呼了一道兒敲敲打打，悟力強，學甚麼都不難上手，倒也糊弄會一套「老虎嗑牙兒」，一套「獅子滾繡球」。入手打的小鑔子，接下來竹簡子敲小唐鑼。這兩件響器玩起來都輕快不吃緊，跟得上就行。小唐鑼更加是點到爲止。人家大鑼大鼓猛搥猛擂，一下也慢不得，省不掉，歇口氣兒都不成；這小唐鑼才是刁鑽，不時亮一聲，像抽冷子難人一難：這不行，……溻了板眼兒不是？……重了罷？……數它是個教師爺，盡在那兒吹毛求疵的淨挑眼兒，好像誰都得聽它的。

去年的歪蚌殼子，今年的旱船架子，紮裹起來都挺費事。我父手巧，又多半無師自通。看幾眼就會，那不用說；從來沒見識過的，只須有人跟他講講，講得周不周全都不妨事，總能舉一反三；擺弄個玩意出來。那敢都是我父凡事留心，愛琢磨，又頂眞不肯馬虎那個生性罷。

前一年紮裏歪蚌殼子，就是照著打小兒沒斷瞧過人家正月出會耍的蛤蚌精那些個影子，多大多小，甚麼個料子、色氣、形狀，一一打腦袋裡找出來，現買現賣，加上多用點兒心，做出來的玩意兒還眞不賴，簡直勝過一些老行家。就看多出來的竹筋、綿紙、顏料甚麼的，拉上叔叔畫畫弄弄，大美姑娘打點流蘇繐繐，刀尺了兩對八角燈，上有蓋兒，八面都畫了畫兒，八邊底沿兒鑲的有絲絛劉海兒鬚鬚，夠瞧上老大半天的。一盞盞八角燈，拿龍頭鳳尾歪脖子杖棍挑起，場子四角那麼一站，別管白天黑夜都受看——晚上燈肚子裡點上蠟燭，敢是平添一股榮華富貴，歌舞昇平那番味道，敢是分外排場。

四盞八角燈，也虧叔叔想得出，一盞八仙、一盞八黑、一盞八龍、一盞八駿。八黑是楚霸王、張飛、閻浮天子、尉遲恭、金日禪、牛戊虎、胡判官和鬼王鍾馗，都是大戲小戲裡的花臉，莊稼人大半熟識，不比八仙生分。別個莊子都沒這玩意兒，想紮裏也找不到這麼冒尖兒人手。

年初一晚上，城上禮拜堂頭一天奮興會，又是我祖父講道，全家就我父一個人沒去。初二莊子上出會，扮老艄公的李府老大嗣仁，沒正沒經的一粗心把掛耳假鬍子銅條架子打正當中給蹩斷，鬍子全散掉，要重做一副新的，這套手藝還非得拉住我父連夜趕工不可。哥們兒跑來咱們家求情。祖父一聽這光景，就懂得要緊還在爭個莊子上的面子，萬事俱備，只差這把鬍口就出不了會。莊子跟莊子說不上賽甚麼，比甚麼，可十個八連莊，一個莊子出一個會，打初二到初九、十，個個莊子就不愁天天都有會看了，怎可光看人家的，沒的給人家看？那像儘張著一張嘴吃人家的，自個兒不請請客，可不丟臉丟死了？

祖父就想一口應允了莊子上這幫小哥們兒，可祖母臉色不怎麼妙，祖父也只好無可無不可的讓給祖母去定奪。

祖母收緊了溜薄溜薄兩片嘴，直楞起三角眼兒，一瞟一瞟　我父。礙著這幫小哥們兒面子——嗣義、耀武、又都是極孝順的乾女婿，衝這幫小輩兒，不能不點頭，卻又不甘心，就分外氣惱我父這是要脅人，搬出大夥兒來降人，不外是強逼著人非答應不可。帶上這點兒怨氣照直說又說不出口，只有賭氣衝了我父一聲：「主耶穌明察人心，橫豎你也不在乎記你一筆賬！」便臉一軸拱進房裡去。

這邊兒祖父笑迷迷的遞個眼色，送哥們兒出來，拍拍這個脊梁，按按那個肩膀，像笑祖母小事生大氣，又像笑自個兒沒章程兒，盡在不言中罷，陪到籬笆門外才說：「好生掇弄掇弄，整個莊子都光彩不是？」哥們兒千恩萬謝，祖父應對著鞠躬蝦腰，不讓人見到的扯了扯我父襖袖，放小聲兒只讓我父聽到：「主沒那麼小氣。果眞欠了賬，子債父還，都有爺了。」

那是大老實話，上帝哪那麼小氣，不做禮拜就記筆賬，那得多少天使來管賬？叫人想到堂裡那位涂執事，大禮拜過午的分班主日學，就專程到一個個班裡來清點人數。涂長老脊梁倒還沒駝到羅鍋子那個地步，帶點兒縮肩膀，這當地人是叫「吝肩子」，人又尖頭尖下巴頦，有點兒獐頭鼠目，那樣子拿桿兒洋筆，躲在一角清點人頭，總像在那兒暗算人。天使就是那個長相嗎？眼前涂執事跟天使經這一合拼，我父倒是憋不住，噌兒一聲笑出來。

老艄公的三捽白鬍子，敢是照大戲裡劉公道一輩小丑兒二字髯扮相學來的。可人家那是馬尾做的，滑溜溜，沉墜墜的，怎甩怎揉不興亂絲兒。莊戶人家哪做得起，捧著銀子也找不到哪兒去淘換，只得拿蔶紕子湊合。蔶紕比蔴紕白漂，也梳理得細。做老黃忠那種又長又厚的大白鬍子是不成，動不動就千絲萬條纏了虬了，就成俗話說的其亂如蔴。艄公戴的小丑兒二字髯那三捽白鬍子，捽捽都像山羊尾巴那麼又短又稀，亂不到哪去，亂了點兒的話，順著毛捋捋也就平整光滑了。

可說說容易，做起來不那麼簡單，材料上頭就少這個，短那個。蔶紕子擺在鄉下那可不用愁，潑實得很，整綑整綑看你要多少，就有多少，一綑子抱起來比個大漢子還猛一些，也有大漢子個頭兒那麼粗壯；假鬍子當然用不多，隨手抓一綹就綽綽有餘了。只那銅絲太難淘換，捧錢沒處買。拿竹茓來刮細了些倒也湊合。要它打彎兒的話，只須拿文火烘烘烤烤，趁熱入一入，入成了形兒，拿蔴線摽住給它定形，倒也不難。

如今說來已是前年了，蛤蚌精那個老打魚的也是戴的這種三捽白鬍子，哥們兒誰也沒弄過這買賣兒，看準我父手巧又心思靈活，又看過多少大戲，肚子裡一定有個數兒，就纏上我父，硬賴住了。我父也只好打鴨子上架，琢磨著沒吃過豬肉，總見過豬走，憑著有有無無那麼點兒記事兒——除非票過戲，看戲誰還留意那各式髯口兒是怎麼做的麼？說是記事兒，也至多記得一點劉公道、或是崇公道那三捽白鬍子大致一個樣子。待到憋不住問了祖父，倒沒想到祖父知道的可多了，甚麼馬尾（乍聽竟不解幹嗎拉扯上啥的「螞蟻」）、甚麼銅條……。鬧了半天才曉得祖父還曾票過戲，唱的鬚生行，劉備過江招親裡的喬國老。還教給我父髯口該怎麼戴，若是頂到鼻孔，換氣不方便不用說，弄不好嗆得人老打噴嚏，那還唱個啥?再就是礙著扮相兒，髯口把人中遮住了那才醜，瞧著就不是人樣兒，像個小叭狗兒。故此髯口一定得頂在上嘴唇邊兒上，口裡還得拿門牙梢兒抵著點兒才牢靠。

還算好，前年調弄這些玩意兒動手得早班。銅條既沒處可找，我父依他紮鳥籠那一手，懂得竹性，紮圓筒子式兒的鳥籠，連頂帶底兒頂少也得三道圓箍。箍子圓不圓，要靠竹苤子刮刮磨磨厚薄夠不夠均勻，厚了朝裡凹，薄了朝外凸，怎樣也圓不得。不過也不光是均勻就成，竹子都有節子，這節子就挺硬，不在厚薄，只好浸了水用火烤，烤了再入，彎到合了弧，再拿蔴線給它定住了形兒，過個兩三天，拆掉蔴線也就不再走樣子。

只是這髯口架子不像鳥籠箍子那樣，越圓越好。髯口架子兩頭得像眼鏡架子，要勾到兩耳後，這就兩個彎兒。打耳朵下來，得貼住倆腮兒，一路抹到顎骨拐子下方轉個彎兒再拱上來，然後步步緊的凸上去，墳到上嘴唇兒邊兒。這麼一來，差不多寸寸都得打彎彎兒，像個小孩兒走道兒刁歪，左撓撓，右繞繞。這麼彎來彎去，入起來就夠麻煩，火烤也掐不準尺子，定形更加的費周章，前前後後怕不花掉大半個月才算有個樣兒。拿這麼副九轉十八彎兒的空骨架子給扮老漁夫的大羅那小子試著戴，也照祖父教給的竅門兒，當中一截兒彎弧緊卡住上唇邊兒，不伏貼就修過再試，試過再修，這麼著又磨弄掉好些個時日。所好趁空兒，白蹟紕子也整得差不離兒了，拿頂密的篦子梳理了又梳理，怕比眞鬍子毛兒還要精細。待骨架子試試修修，總算靠得住了，顧到竹桿兒打磨太光滑，先密密纏一層棉線，打澀一些，再把蹟紕子一縷一縷結上套扣兒，紮紮緊襯——那可是細活兒，得看不出打結的疙瘩，弄起來只覺幹慣粗活兒的手指頭笨拉拉像腳趾頭一般不聽使喚。手指蓋兒、手指尖兒、手指根兒、還有手掌心兒，到處都是繭子、裂口子、皴硬的乾皮、手指蓋兩邊兒難免又有倒戧子肉刺兒，碰上精細精細的蹟紕子，刮了纏了虬起亂絲兒，就夠調理個老半天，眞夠人煩腔。可別管怎樣不順手，也總大功告成。完了再像剪頭一樣，剪剪理理刀尺一番，挺像那麼回事兒。剩下貼著下巴頦兒的那一捽，本該就是活的，隨著說說唱唱擺動才像眞的山羊鬍子，做弄起來反而省事多了。

把那三捽髯口做成了，這才得閑幫手紮裹那兩扇包得住人的蛤蚌殼兒。

那個工夫兒裡，天要變了，陰沉沉暖烘烘的，那叫「熓雪」，就快要下雪的兆頭。只是時令不大正，熓雪多不過一兩整天，卻熓了一天又一天，老老攢著捽著捨不得下下雪來。時節進了大臘月還不嫌冷，日子敢是好過，不凍手不凍腳，洗洗弄弄的一些年活兒倒少受罪。

事後追究起來，猜想著或許就因這種天兒潮氣重——秋冬兩季少見這樣子；兩三天沒去搭理，倒掛牆上的那副髯口，一夜過來就變成那個德性，九轉十八彎兒的竹子骨架兒，硬像睡醒一覺，出腿伸胳膊舒舒懶腰兒一般，挺成一根直豎豎毛棒棒兒，整捽的蹟紕子扎煞開來，倒像一把掃炕蓆的長刷子。

是叔叔眼尖，頭一個驚覺到，棉袍子穿一半，一隻袍袖還沒穿上，停下來直喊：「糟了，哥，心血這一下全肏蛋了！」村話都急不擇言的迸出來。我父聞聲搶進房裡，一看之下，也只愣了愣，倒沒像叔叔急成那樣子，不光是喳呼，還雙腳直跺。敢是只有叔叔頂淸楚哥哥做這副髯口倒有多辛苦，花掉多少心血。

光是疼惜也當不得啥，就和著再入入弄弄也壓根兒救不了了。帶毛兒拿火烤敢是不成，拆掉蹟紕子再重新整這副骨架子，還不如另外弄一副倒省事兒。可看這樣子也是白弄，竹子壓根兒就不成，說變調兒就變調兒，到底還得銅條才行。只這銅條到哪去淘換，怕比求王母娘娘仙草還難。

算算年根子前還有十來個集可趕，指望不大，也得靠近的這兩個集能尋摸到手才來得及。我父等不得後兒個去趕老城集，當天就拉了嗣義上城，找到校軍場，記著是極樂庵門右首一溜幾家破銅爛錫舊貨鋪子，弄巧弄不巧去碰碰運氣再說。

校軍場在北關外，四周多是戲園子、小館子、舊貨鋪子、古董店甚麼的。場子上除了一大片空地，帶常是些跑江湖的把式，唱大鼓的、玩洋片的、耍把戲的、說書的，周姑子一類的小戲也興搭個野台子唱上十天半個月。此外，周邊兒挑販、地攤、算命相面測字的都多的是，撐的大油紙傘、扯的布棚子，見天都有市面，來這逛逛蹓蹓，喫的玩的找樂子算是應有盡有，敢是比趕個集甚麼的要豐實得多。

跑徧幾家舊貨鋪子，壓根兒沒銅條這玩意兒，想尋摸個替代的也沒有。我父不死心，蹲在一堆兒銅錫生鐵熟鐵破落傢什跟前翻翻弄弄不肯走，提溜起一隻當央煙筒鏽爛掉的紫銅火鍋，轉來轉去的打量，扳扳那鍋邊兒試試牢靠不牢靠。嗣義這才一下子瞧出個苗模，暗裡拐了拐我父，喜唧唧的小聲說：「中嗳，中嗳，把這一圈兒鍋邊子剪下來，八成夠料，行嗎不是？」

眞是相知了，得到嗣義這一敲邊鼓，我父心裡實在了許多，遂又試試軟硬，便跟老闆討價錢。

老闆一嘴巴子又稀又荒的黃鬍子，笑口一開，嘴裡沒剩幾顆長牙，說話不兜風：「小哥們兒，要這嗎啦？沒瞧見，不光是煙筒爛糊了，迎亮瞧瞧，鍋底兒也淨是砂眼兒哩，漏。除了化銅，啥都不中用了。」

我父也不好意思說要買回去做啥，只管叮著問價錢。老闆直揮手：「拿去，三文不值二文的，有用就拿去。不是俺說，就怕沒的好補了。」

二人可樂死了，轉過臉去高興得直跺腳。挎個破火鍋，一路歡天喜地趕回來，得了甚麼寶貝也沒這樣歡兒。

回來忙不迭兒的找了把殘了口兒的老剪子，將那扁過雙層的鍋邊兒剪下一個圓圈圈，鉸個斷，比試比試，倒只許長，不興短。再把鋸齒一般刺手的剪邊口搥搥砸砸，軟硬正合手，好樣兒一根銅條，想扳成啥樣兒就是啥樣兒。扳成了形，再給大羅小子戴上試試，略微推推、入入、蹩蹩，得心應手，竟就把個骨架子三捏巴兩捏巴給弄得再合適也沒有了。哥們兒齊拍手，我父沒防著，肩膀、腰眼兒，捱了哥們兒好幾下子又是巴掌又是皮槌兒，那可是眞心誇讚。

誰想這副弄來不易的三捽白鬍子，銅骨架子竟讓扮艄公的嗣仁給蹩斷了。趕這又一個新春年下出會，改了玩旱船，老艄公恰好又是要戴這式兒髯口，正喜外甥打燈籠——照舊（舅），免得脫褲子放屁——多費一番手腳，偏偏到他死嗣仁手上就出了紕漏。

他嗣仁幹啥大事小事兒，都要有人跟在後頭擦腚收拾爛攤子。好生生一副過了一年還那麼新的髯口，一戴上就揀樣子弄故事，要不是嫌這亥兒緊了，就是嫌那亥兒鬆了。大羅是一張窄窄的龍長臉兒，戴得合適是沒錯；換上嗣仁天生的一張像塊木栝板子大方臉，敢是緊了一圈兒。可我父也已幫他修了又修，算很伏貼了，不知他自個兒避過臉去又怎麼胡弄了，斷掉銅骨子架，整捽白鬍子也都散掉個孫子了。哥們兒可是氣得一條聲兒猛罵，除了他老二嗣義。

罵沒用，揍人也沒用了。明初二就要出會，除非老艄公改成個不用戴鬍子的小夥子。只那唱詞裡都是「老無材」的口聲，向來也都是要扮個老艄公，不是由著人要改就改得了的。這麼著一來，還非重新掇弄一副不可。但這銅條要到哪兒尋摸去？城上校場早就百業收市了，為時又這麼倉促，壓根兒來不及了。

哥們兒罵了一頓嗣仁，卻還是信得過我父定能生出點子。起頭我父倒是無望中只想到把蹩斷成兩截的銅條看看能不能再接上，所幸那白蕢紕子也只散了一截兒，不難再續上一把紕子整整看。不想把兩個斷頭給結起來，拿堅實無比的生絲紕子纏緊了，又纏上多少道，算很牢靠。可不經載，拿下來修修，拿上去戴戴，卻因左邊短了些，鬍子老歪，連整張臉子看上去也嘴歪眼斜心不正的猛逗人笑，像給壞風掃成那樣，倒也真就是個老來騷的老艄公，一臉邪氣。

這倒也罷了，哥們兒起鬨直叫：「歪瓜裂蘿蔔，歪好歪好咆！」挑甜挑水分足，要揀生歪了的瓜，開裂了的蘿蔔，那是沒錯兒，可這歪得惹眼的一副假鬍子到底還是不像話什。壞是壞在拿上拿下的，接頭的斷口遂又鬆脫了，把我父急躁性子惹毛了，摔到地上就拿腳又踩又踩，狠心不要了。

哥們兒一個個臉黃黃的，瞅著地上不成樣兒的那一小毬兒廢物，將才還小小心心戴到嘴上試，摘下來修，當個寶兒一樣疼惜著。瞧那個德性倒像一隻白鳳烏雞，不知死了多久，皮肉爛光了，剩下幾根兒黑骨頭，幾撮白羽毛，約合半斤重的小小雞。

半晌兒，耀武咂咂嘴，強笑了笑說：「還是生個點子罷，大侉哥指點指點，大夥兒一齊動手，趕趕看。」

放在今天，做得髯口骨架子的材料可多著了，鐵的、銅的、鋁的、鉛的、合金的、乃至硬度較強的電線，哪兒都信手尋摸到。可擺在當年，管你上天入地也休想找到這些玩意兒。待到傳進中國來的洋鐵絲、洋鉛條種種，至少也還要十年八年後。

大夥兒額蓋子皮都搓熟了，苦思苦想怎麼也生不出個點子來。我父自言自語說：「晚了，還是晚了。早個十天半個月，鐵匠爐還沒歇年兒那時候，打根細鐵條，儘量搥細些，還是湊合得上……」

一聽這話，哥們兒少不得又怨起嗣仁來，罵罵嚼嚼的：「日你的，要來尿也早班罷，還乞得乾不是！」嗣仁可老實了，理屈，顧自甜巴唆唆笑笑的，只有磬捱誚撩的分兒。

瞧著大夥兒沒頭蒼蠅似的，沈長貴憋不住這股子悶勁兒，找找湊趣兒的饒饒舌：「嗣仁你個丈人的，放個屁罷，大半天都悶屁篩糠不吭氣兒了？依俺說，找截蔴繩下水浸浸，擺弄好骨架子，擱到家院露天晾著，凍個一夜過來，硬像老屌，準行！」

嗣仁給欺弄了半天沒氣兒出，可也抓到個口子透索透索，衝沈長貴噌過來：「日你祖王人的，淨出母點子——弄了半天，你不是個公的？小屄養的！」

沈長貴是苦中作樂找哏兒逗的，可凍硬浸水繩子也是大老實話。夜來天寒地凍，豆腐放到露天裡凍成石塊一樣硼硬，砸得死人。衣裳洗了掛到院子裡，凍硬了敲敲像木板子那麼呤響，褲子取下放到地上，直直站著活就是個半截兒人。可就是千萬別折別疊，要不然準定咔喳一聲斷成兩半截兒。照長貴說的，拿蔴繩泡泡水，擺弄成個犄口骨架子那個形兒，凍上一夜準夠銅條那麼棒硬棒硬。沒錯兒是沒錯兒，可那成嗎？一化凍還不又現原形一根軟蔴繩？嗣仁罵他出的是個母點子，也是說的大老實話。

商量這急如星火的大事，是在沙耀武家下。我父先前就已情急生智，打起祖父那把洋傘的念頭。

那把黑洋布洋傘，可寶貝了，任恩庚牧師打他美國帶來送我祖父的。那跟咱們油紙傘一個道理，只竹筋改用鋼筋，眞夠紮實經用。祖父祖母差不多都不曾使喚過，只撐開來給人見識見識，哪捨得撐來搪雨搪太陽。祖父出個遠門兒，「飽帶乾糧晴帶傘」，也不過驢鞍韂旁橫繫一把油紙傘就成了。那洋傘只合是個稀罕物兒，早晚拿出來——或是「六月六，晒龍衣」，晒晒晾晾，叔叔拿來轉轉旋旋當買賣玩兒罷了。

哥們兒白晾在那兒半天都拿不出主意——我父頭腦那麼靈活管用，尚且無法可想，更別說動力氣是把好手，動頭腦轉不多少彎兒的粗漢子。狠一狠心，我父到底還只有豁出去，丟下一聲：「你都別走，候著，俺去去就回。」就拔腿跑出去。

我父急急忙忙趕回家下，沒工夫磨磨道道去上燈，摸黑裡一頭拱進東間祖父母房裡，腳上還穿著毛窩兒就跐上牀櫃，探手搆到擋塵的天棚上頭瞎摸。洋傘是拿油紙一層又一層裹包嚴，再用蔴紕子兩頭紮住。瞎摸瞎摸的也還手底下有個數兒，洋傘是一頭彎把兒，一頭尖尖的像根大鐵釘，手指頭隔上幾層油紙也認得出來。只是收藏時見空兒捅進去，尖兒朝裡順當，這晗子上面壓了東西，又是倒戧著往外拔，揹住彎把兒撓撓鬆，半天才不大順當的抽出來。

叫做擋塵真沒叫錯，這麼一折騰，待油傘抽出來，動一動就嘩嘩嘩的撒下油渣渣，弄得人有點兒灰頭土臉，還有羅蛛網湊熱鬧，牽牽扯扯的，鼻孔也給迷了，直打呵嚏，嘴裡碜碜的磞牙兒。

趕來沙家，一路上隔著青布傘面兒摸弄裡頭一根根傘骨，心事挺沉的。說不定抽出一根鋼筋骨，整一把洋傘就全散了板兒。傘骨這麼硬法兒，說不定壓根兒就扳不彎，別說還想入來入去擺弄出左一轉右一拐的款式來。要不就是費上大勁兒扳個彎彎，再也休想扳直了還回原形，安回洋傘上去。說不定好生一把寶貝洋傘，捨不得用捨不得用，沒打過一回就這麼拆蹬完蛋，那才夠敗類的咧……放著奮興會禮拜不去做，在家又這麼不幹的好事兒，若照祖母那樣子狠狠的嚇唬人，這罪可要犯上雙料的了。

所幸天可憐見兒，我父捽著這把洋傘奔進沙家堂屋，一眼瞧見耀武手上直豎豎挑著根細長的黑桿兒，一見我父闖進來，裝做無事人兒的笑迷迷不言語，亮亮手上挑著的玩意兒，橫過來，兩手攥住兩頭，輕輕入了個彎弧兒，問我父：「你瞧瞧這買賣三兒，管用不？」

我父不大相信眼睛看到的玩意兒，四遭瞅了一遍衆哥們兒，一個個都那麼咧開大板牙傻笑。我父如獲至寶，一把抓過來耀武手上的那根黑桿兒，學著耀武那樣扳了扳軟硬，這才發見是根捅鎗筒子的鐵鎗條，只是少見有這麼細的就是了。

久久想不出主意，又拼著拆蹬把洋傘，再也別無他計了，得到這根鎗捅條，眞把人給樂死了。捅條是熟鐵打成的，敢是想要入成啥樣兒就入得成啥樣兒。看看手上這把寶貝洋傘，心口上可就一塊石頭落了地，樂得我父直嚷嚷：「這是誰個出的餿主意？得狠狠鞭他一頓結實的。」掂著鎗捅條一一指向衆哥們兒，好像等誰招認就給誰一頓的那個味道。

「鞭」，也是個髒字兒，虎鞭泡酒可大補，傳說比海參例席還要貴得多的就有驢鞭席。罵人一聲「鞭你」，夠村的。可入得了藥，入得了酒席，敢是多多少少文雅些，不怎麼礙口就是。

該當捱鞭的不是別人，鎗捅條指到沙耀武，只見他僞裝害怕捱揍，雙手護住腦袋告饒：「手下留情，手下留情，下回不敢了……」

先是我父奔回家去拿洋傘，前腳剛出大門，後腳沙耀武就冒兒咕咚迸出了這個鬼點子。耀武先沒講啥，悶頭奔去東屋，穿過黑糊糊的裡間，鑽到炮樓上去，一桿一桿快鎗抽出捅條來看，撿那頂細的一根，像得了個狗頭金，跑回來給哥們兒獻寶。一個個傳來傳去細看的工夫，嗣仁一調臉兒跑出去，說要家去找找看還有還細的沒有，立時好腿放到前頭，撒丫子顛回家去，到這晗子還沒見他人影兒，也不知道尋摸到更細的鎗捅條沒。

耀武這一根鎗捅條，我父拿在手上試了又試，估了又估，只好說：「馬馬虎虎，湊合罷。但願嗣仁這個罪魁禍首能弄到再細點兒的，也讓他將功折罪一下。」

愣等他嗣仁的返陣兒工夫，哥們兒留意起那把洋傘。多還沒見識過洋鬼子掇弄的這洋玩意兒。一個個傳著看，撑了收，收了撑，就著燈亮兒細細琢磨，可算開了開眼界。那青洋布面兒上紮邊兒、縫線兒、針眼兒種種，精細稠密，好樣兒針線巧手都沒這能耐。這且不說，最數那根根鐵骨架子，叫人糊塗想不透索，細得像納鞋底蔴線，試試倒有那麼個硬法兒，怎能呢？——還又說了，單這個硬法兒還不算奇，還又摧不折、又彈勁兒大得很的那股力道，才更叫人直搖頭，直歎氣兒，不能不服那洋鬼子——人家眞是能，眞的行！

一個個只顧嘖兒咂兒讚不絕口，倒沒誰想到問一聲我父怎的急急忙忙跑回家，平白提溜把洋傘幹嗎來了。待到一聽我父說要打算抽根傘骨做髯口架子，才嚇獃了，齊聲喳呼千萬千萬使不得，眞爲我父不惜毀掉這麼貴重的洋傘寶貝，感動得一勁兒罵人。沙耀武捽住收攏的洋傘，做勢要揍我父：「日他的，這才該鞭你一頓結實的！」

嗣仁還沒進屋，就聽到他人喘像個老驢。說也可憐兒，哥們兒裡就數他李嗣仁不安分，單是那張油嘴，又碎又沒好話，除非眼睛閉上，嘴才閉上。可打他鼓弄斷了那副髯口紫銅骨架子，理虧，又弄得大夥兒束手無策，他人就悶掉了，沒聲沒氣兒了，瞧誰都覥起一臉心虛，只有甜巴唆唆陪笑的份兒。直到這當口，可也撈到個戴罪立功的空子，跑回家下一下子捽來三根鎗捅條。要是洋抬炮派得上用場，也少不得壓得個屁唧唧的都能獨自一人把它扛了來。

連同沙耀武這一根鎗捅條，一齊併排放到大桌面兒上，大夥兒掌眼，比比看哪一根頂細。皇天不負苦心人，總算他李嗣仁弄來的裡頭有一根直叫細，只合地瓜粉條兒煮泡了那麼粗，敢情也軟和多了。經我父拿來試了試，點點頭，湊合了。

紕子是早就打理出一大把，白漂，拿篦子梳了又梳，細過綿羊毛，足夠三四副二字髯都用不盡。眼前到得這般時辰，毛有三更天的樣子，這可得加把勁兒，趕緊把骨架對付出來。我父估著城上奮興會禮拜該散過很有一大會兒了。不定祖父母、叔叔都已回到家，洗洗弄弄早做大夢，可這把假鬍子還八字沒一撇兒呢。

大夥兒把扮旱船女客的沈長貴攙回家去養息，明兒大清早就得紮裹紮裹搶在頭裡出會。扮老艄公的李嗣仁也本該一樣兒，早點歇著養足精神。可這骨架子得像衣服可身，鞋子可腳一樣，要伏伏貼貼可著他那張栝板子大寬臉。只是衣服量得出尺寸，鞋有紙剪的鞋樣子，獨這把假鬍子還非得他人留在這兒不可，須得隨時貼他大臉盤子比試，才知該打哪兒打彎、打哪兒翹上去，又哪兒放多長、哪兒留多短。等每入出一段兒，就得掛上臉去試試伏不伏貼。頂少也得等把骨子弄成一半兒，另外半邊依樣葫蘆，將就著可以——好在他人不正經，臉倒正經，不歪不斜，湊合著免他愣等在那兒。

大夥兒都刺弄他嗣仁自作自受，活該留在這兒熬夜。倒是耀武鐵臉豆腐心，人又是在他沙家，便去抱一扇春稭苫子來，給打個地舖，連身歪上去，別管睡不睡得著，迷盹迷盹也強似乾熬；又隨時拿那骨架子擱上臉去試試，睡沒睡著都一樣。

哥們兒這就動手來纏鎗捅條。試了又試，光靠手勁兒還是沒轍兒，非得借重榔頭鐵鎚不可。搥搥打打那動靜可吵死人。耀武他母親歇在東屋，吵不大到，西間裡睡的耀武他家裡的，那就別想闔闔眼兒了。我父催著搬家，搬去大門過道旁的灶間，耀武也就把還沒打開的麥稭苫子抱去灶房裡安頓。這邊沈長貴帶著菸茶　哩咕咚的家當挪窩兒，臨回家去沒忘記又嗝癢了李嗣仁一下：「鍋門口草窩裡湊合湊合就不錯了，還擺個丈人的甚麼舖？非要春稭苫子才停得了屍呀你！」

大夥兒分頭家去尋摸來幾把斧頭、釘鎚、鐵榔頭，顧不得大正月裡忌諱動鐵器，插手的插手，換手的換手，鐵榔頭墊在底下當鐵砧，捉對兒學那鐵匠舖子打鐵，我父比方是個師傅，小釘鎚點到哪裡，掌大鐵鎚的就跟著落鎚落到哪裡。一個點到為止，是手藝；一個下死勁兒落鎚，是出死力氣。輪到一旁歇手喫菸的，嘴也不閑著，東扯葫蘆西拉瓢的拉聒給大夥兒解悶兒。

說這是跟鐵匠舖學的，到底差人家多了。人家是靠風箱爐，鐵燒紅了，軟像麵條一樣兒，要擺弄它怎麼彎，怎麼扭，就得心應手的怎麼彎，怎麼扭。像這鎗捅條，就能把它匀匀淨淨再打細些。

季福祿窩在牆角兒一大堆豆桿子柴火裡，掌心裡攥那鎗捅條墊出的深溝，歇了這半天還沒平整，人家鐵匠舖子可是用的大鐵鉗咬住的。要不的話，風箱爐上燒得紅彤彤的鐵胚子，能拿手去攥吶？想起那鐵匠舖子總是一個師傅倆徒弟，像打的鼓點兒，不緊不慢的叮咚哐、叮咚哐、叮咚哐……趕集還在集外頭，老遠就聽到。人家就取笑打鐵的沒誰能發起來。季福祿嗝兒嗝兒笑出聲聲，打豆桿子窩兒裡直起身子說：「侴！不是俺說，李嗣仁，害死人，害俺大夥兒不光是犯忌動了鐵器，還找霉星來碰。不是那個講法兒唄，別管你鐵匠舖子拚死帶命，從白到黑兒不住手的精腚光、精腚光、精腚光……多好的手藝，多好的買賣，也都讓這個咒兒給咒窮了。㑚！從早到晚兒，一年到頭，沒二句話，一拾起活兒就那麼哭窮又唸咒兒，精腚光、精腚光……哪有不窮得叮噹響的道理？精著腚，是連褲子也沒的穿，混得夠嗆了，還又家當伍兒的全都光了，㑚！李嗣仁，你說你是不是個狗日的掃帚星，一掃就掃了這一大圈兒都跟著你倒楣！」

蹲在我父脊後，幫忙攥緊鎗捅條，兩手都震得痲痲的磁磨釘兒李永德，做出齜牙咧嘴受不了的一臉苦相，倒也有閑工夫來搭話：「那好啊，俺這可只一師一徒唄，日他妹子，你聽聽，精腚、精腚、精腚，精著腚，沒光，啥意思你知道？精著腚幹嗎來？託嗣仁福，俺哥兒今年要走他妹子的桃花運咧！別怪俺說你季福祿不識好歹。」

先前季福祿那麼數說，嗣仁只管裝死不理，李永德這一來兩句好話，他倒活過來了，順竿兒爬，惹得大夥兒可又一頓好罵。連高壽山口齒不利落，也都結結巴巴插進嘴來，先收拾李嗣仁，再回頭窩囊李永德：「阿枯恰阿枯恰，你可眞行，順著大腿摸卵子。阿枯恰也無怪你磁磨釘，只頂到俺卵子高，敢敢……是阿枯恰你滿眼都是卵子。可他李家卵子阿枯恰輪不到你龜孫子李家來摸，阿枯恰是不是？你這個李跟阿枯恰人家那個李離著十萬八千里，你還想……還想阿枯恰捧人家勞盆不是？日他妹子你小心叫他李府上阿枯恰一二十隻大腳給你踹出來，阿枯恰不是俺說……」

這哥倆兒偎到一起不成對手，一個少見那麼黑粗高大，一個少見那麼矮矬矮矬的。動起手來李永德只有閃到一旁的份兒，鬥起嘴來倒又正好反過來。不過也難說，個子小總來得溜活兒，要刁不要力道。那高壽山誇過口，「俺把你破磨釘捽到手裡，日！包你兩頭不冒。」可人大愣，狗大獃，你捽他？那得先看你逮不逮到這個比泥鰍還滑的破磨釘。鬥嘴的話，高壽山也不算正宗口吃，慢言慢語也不是甚麼毛病，不一定輸給李永德，就他那「阿枯恰」來得礙口，不靠「阿枯恰」引路，話就出不來；早晚能把這戒掉，怕誰也沒他那張嘴來得損。他哥倆兒或就像個講講兒裡講的：小燕兒仗牠伶牙利齒，要跟癩蝦蟆比比誰打一數到十數得快。結果癩蝦蟆不慌不忙照牠平日那個慢法兒，只叫了四聲「倆五一十」，結果贏了小燕兒。

把嗣仁留下來敢是留對了，他嗣仁也沒喫到甚麼虧，蜷在灶門口一堆豆桿子柴火裡，釘鎚榔頭敲打得吵死人，也沒吵到他睡得像口死豬，下巴頦都掉下來了。無惡不作的哥們兒誰都饞著想抓個甚麼玩意兒堵堵。破磨釘就說過：「俺真想放個屁請他點點。」

這邊搥打一陣兒，但得有點兒形了就掛到他臉上試試伏貼不伏貼，一遍又一遍，也沒弄醒他。只一回，鐵捅條搥打久了些有些熱，忘記吹吹涼，把他鼻尖燙了一下，才似醒未醒打了個嗝嗤，遂又黏溚溚嚼了幾嚼，還是照睡他的。

也沒算算扨弄了多久，整個骨架子總算槌打成了，只差餘下約莫三五寸多出來的一截給去掉。耀武出的點子，斧頭刃朝上放牢靠，該截掉的那道痕兒橫擔在斧口上，再拿鐵榔頭下狠勁兒砸。我父把那痕兒比劃妥當，交給耀武去辦，直到這時，我父才得空兒立起身來鬆快鬆快手腳，人是累得腳痳腿痠，直打呵欠。

把鎗捅條捺在直豎豎的斧刃子上，加勁兒猛搥。這又讓閑在一旁的破磨釘尋到開心的，說這挺像立夏騸牛。虧他有本事想到那上頭去，大夥兒都噌兒一聲笑出來，一個個都拉架子要揍他。高壽山正亮起鐵榔頭要搥下去，笑走了氣，半腰停下來，似乎閃到胳膊還是哪裡，揉著肘子罵李永德，作勢要把他破磨釘拉來騸掉。

破磨釘仗著高結巴子身手笨邋邋的不靈活，像堆草垛子尸躯五年的蹲在那兒夯鐵鎯頭，要爬起來得來丟老半天，就存心撩他，掃堂腿踡了一腳高結巴子屁股，隨即海裡蹦兒似的那麼溜活，一個翻身閃到一邊去，不知佔了多大便宜，摀住腿襠笑罵高壽山：「日你的大舅子，騙了你姐夫，不怕你妹子守活寡，難道？」

這邊催著高結巴子「大人不見小人怪」，趕快下鎚，又齊聲罵開李永德少搗蛋，才又幹起正經的。別看鎗通條粗不粗，細不細，要截斷它還不是三兩下就行了。墊在底下的斧頭給砸得陷進土地裡，挪了個窩兒又挪了個窩兒。

騸牛總是在立夏這一天。個頭長足的犍牛約莫一歲上下，不閹掉的話，野性難馴。騸起牛來也不難，不請獸醫都成，四蹄繫了扣兒，一拉就平倒下來。哪還用甚麼痲藥，只拿井裡才打上來的冷水，不住手抄水澆到卵泡上給凍痲一些就成。斧頭刃上墊兩層蔴袋，豎直了墊到卵泡底下，摸清楚卵蛋橫擱到斧頭刃上，拿根裹著幾層紅布的木棒槌，手底下高明的，對準了卵蛋只狠勁兒一棒子擂下去就成，這再把另一隻卵蛋也如法炮製，就那麼簡單。只不過往後還得些日子調養，先是卵泡腫像副豬肚子，貼上大張紅紙膏藥，牛角繫上紅布，十天半個月做不得拉車耕田輕重活兒，也不能讓牠老睡覺，得牽著到處去蹓，防著瘀血。牛臉本就天生的一副受氣相，平日不覺得，一旦騸過牽上路去蹓，就此斷子絕孫，瞧上去越發的長了臉，還又嘟嚕著厚嘴頭，張大鼻孔喘粗氣，不就是顧自生悶氣生個沒完兒麼？

搥傷的卵蛋卵泡，要不了幾天也就消腫了。往後眼見那卵泡一天收小一天。不出三兩個月，卵蛋化掉，怎麼摸也摸不出來。卵泡也後來縮到不如小孩兒拳頭大。

說來眞叫簡單，可也還是請來獸醫先生放心些。紅紙上攤的草藥熬成黑騷泥一般的膏藥，人家家傳祕方，獸醫先生就是憑這玩意兒營生的；自家騸牛也終歸要買他的膏藥，其實騸條牛也不過三升小麥，養得起大牲口的人家，誰又在意那點兒糧食！

花掉大半夜工夫，總算把這二字翳的白花花髯口給掇弄成了。喊醒李嗣仁起來戴戴試試。人是覺沒睡利索，暈頭轉向的淨煩腔；可哥們兒差不多連個盹兒也沒打，他嗣仁任怎麼嗜好閑言閑話糟蹋人，瞧一個個熬得紅眼馬狼，也就沒半點挑剔了。等戴上髯口，都還沒掛穩，就忙不迭拉起個山膀架勢，提提嗓子像要唱兩口，遂又走了氣是的，裝著醉上兩步，一拱拳：「打道回府了，嘍囉們的，後會有期。趕趟水路還來得及，先偏了衆家弟兄。喔……哈哈哈哈……」學的是大花臉那個笑法兒。

「先偏了」，是句客氣話。「民以食爲天」，家常裡彼此碰面，只要是三餐前後差不多時辰，打個招呼總一定是「喫過啦？」對應個「偏過了。」舉筷時若一旁有人，就謙謙的道一聲「先偏嘍」。瞧他嗣仁眼見新髯口做成了，得意洋洋把那夫妻敦倫之事扯了來當飯喫，眞逗，也夠損的。可他就是那麼個姦嘴，三句話不離葷腥兒，「先偏了」在他算是再斯文不過了，也只叫人笑不是，惱不是。嗣義替他老哥掛不住臉，噌了一聲「就是一張髒嘴！」說的是大實話，天到這咯子了，他那勤快麻利的大嫂不定都已套驢上磨了，又這麼個天寒地凍的冷法兒，還趕趟水路？河裡還上有尺厚的冰板兒，不知哪天才開江呢。

我父袖著手，懷裡抱著那把免了一劫的洋傘，頂著下半夜刮死人的寒氣竄回家來。先打外頭彎進手挪開那根抵住秫稭笆帳子門兒的槓子，扁身進來重把門兒閉緊抵上。摸黑深怕踢到地上順手放的盆盆罐罐，腳底貼地慢慢兒驅著挪步，像個瞎子。這再輕手輕腳試兒試的推開左扇屋門一拳寬縫兒，探手彎進去挪開擋門的木墩子，蹲著托起板門下沿兒，防著門軸太澀，跟門研窩子磨得唧唧呦呦響——像個戲台上武大郎走的矮子步。就這麼憋住嘴，大氣兒都沒敢喘一聲混進屋裡，這再回身合上門，輕托住門閂把門插上。

儘管這樣子躡手躡腳，沒弄出一些些動靜，東間房裡我祖母藉著清理嗓眼兒——不是夢裡，是醒著的那種乾咳，不外乎有意叫我父曉得——娘我清醒得很呢，你別以爲神不知，鬼不覺，誰都喫你哄了；娘我比神還靈，比鬼還精，你可領教了罷！

這樣子也就夠了，我父凡事都那麼自重，犯不犯錯從不等人指指點點就先認了的。我祖母瞎聰明，不識人，連對自個親生兒子好在哪裡、歹在那裡，也所知甚少。加上那個抓住人家小辮兒不肯輕饒過人的性子，我父這邊都已掀起西間房門帘子，還聽到背脊後祖母不甘心的撂過來一聲：「遊魂！」

大年初一，這可是挺重的一咒兒。

我父挺不滿的搖搖頭，把衝到鼻孔就要噌出來的一聲「兀兒——的！」給擋濞子一樣抽回肚子裡——若是叱出聲來，不算撒村，也夠大不敬——尤其是對上人。

除了尙佐縣這西鄉一地，差不多再沒哪個地方拿這「兀兒——的」（或「門兒——

的」）噌人。本來也只是有這個音，沒這個字兒；該說是有音無義，倒又涵義混𥙆不一，大抵是種瞧不起人的不屑口氣，近乎嗤之以鼻：「啥玩意兒嘛！」或「去你的！」「怎麼這樣子！」……這裡之所以採用「兀」字，是承叔叔指點，我的求教，叔叔覺得有趣，倒認眞的窮究起來。壓兩天，告訴我：「你那個『亡』，似乎不如叔叔琢磨出來的這個『兀』字宜當些。」叔叔說「兀」字可作「怎的」「咋」解，且還又舉了董解元《西廂記》中的一句宮詞「兀的不羞殺人也」爲例。至於前此我自個兒湊合的「亡兒——的！」，原是取其意涵「完蛋！」勉強可通，但「兀兒——的！」更切近原音「ㄨㄣㄦ——ㄉ˙ㄜ！」，遂捨「亡」而取「兀」。至於「門兒——的」，約莫是「媽的」轉音了。

且說當下我父拱進了西間房，摸到牀前，先把洋傘暫且塞進牀底藏妥，坐到牀邊兒，兩隻腳對搓掉自個兒年前新打的蘆花毛窩兒，一邊不禁心想：放著好覺不睡，眞是有福不享，防兒子還是防賊？黑窟兒裡一逕兒那麼瞪一對瞎眼兒守門戶？只爲兕一聲「遊魂」？……脫下布襪，又沒揚，又沒甩它，卻一股沖鼻子的煮蠶豆臭味兒。三十晚上洗的腳，換的乾淨布襪，不該這就——可還是插在新蘆花毛窩兒裡悶太久了罷，日常裡初更天不到就好洗腳上牀了，這好，四更多，快五更了也說不定，少說也多悶了四個時辰，四個時辰就合八句鐘頭，怪不得悶出氣味來。想著卻有點兒疑心，湊近鼻子聞聞，果然沒冤枉它。說來也奇，蠶豆這玩意兒，長上點兒鹽、桂皮大料，煮個爛爛的，叫作五香麵蠶豆，溜上兩點香油，那才叫美死了人的下酒好菜，卻就是有口腳丫巴子臭。那熓久了的腳丫巴子呢？——更數那好出腳汗、又不常洗腳換襪子的，敢是一股五香麵蠶豆的臭。

爲這腳丫巴子和五香麵蠶豆，我父跟自個兒笑起來。想想娘總是娘，自個兒也有不是。兄弟教給的《論語》有一句是「親在不遠遊」，這樣子遊魂了差不多一整夜，不是遠遊也是夜遊。別管幹了啥事，夜遊要比遠遊不正經多了，惹娘睡不著覺，也挺罪過不是？……正自這麼犯有心事，沒防著叔叔打脊後喊了聲哥。小小聲兒，可還是身上一顫。滿以爲這麼小小心心驚不到兄弟的，卻仍把兄弟吵醒了。

叔叔撐起身來，想湊近我父耳根兒說悄悄話，我父忙把他光身子按回去，把被口掖了又掖：「清冷清冷的，凍著！」趕緊三下五除二脫光衣服，鑽進被窩兒躺下，挪近枕頭說：「賠禮賠禮——才矇盹一下罷？又給吵醒了。」叔叔卻說：「愣等哥回來，好給哥報個信兒啊。」

卻原來這兒又有個放著好覺不睡，有福不享的。

叔叔摸到我父一邊耳朵，湊近來嘁嘁嚓嚓說：「哥你看罷，大年初一都歡歡喜喜的，倒要給哥報個壞信兒，眞是的——可還算好啦，早過了子時了，年初二了不是？好歹忌諱小多了。」

一聽到「壞信兒」，不由人的心裡咯噔了一下。不過，從來也沒有過甚麼好信，壞又能壞到哪去呢？要說甚麼忌諱不忌諱的，那倒好笑了。「人倒楣，忌諱多」，不遂心嘛敢是疑神疑鬼，見不得甚麼風吹草動。我父搥了搥叔叔，嗤嗤嗤差些笑出聲兒來：「咱們信主的人，百無禁忌。眞的，百無禁忌。」

只是押尾這又重了一遍，是自個兒心虛不成？叔叔倒像是挺解哥意，忙說：「是啊，姜太公在此，都能百無禁忌，而況上帝在此。可是能避開的話，心裡頭不是更坦蕩、更開敞？」

我父催起叔叔：「好了好了，咱們都不用害怕犯忌諱，你就敞敞兒報你的壞信得啦！」

隔了被窩筒兒，哥倆兒貼得不能再緊。叔叔就把奮興會禮拜散過之後，祖母怎樣拉住了那個洋人何長老打聽信局子的事，如何又把叔叔喚過去，跟何長老怎樣有失體統的硬把他朝人家信局子塞，只怕全天下也沒有一個做娘的好意思把兒子誇成那樣子，沒捧上天也捧到雲眼兒裡了。末了是叔叔從沒跟祖母拗過卻差不多翻了臉。祖母也給惹惱了，先還只怨叔叔怎那麼不識好歹，待何長老有事告聲失陪，祖母可衝叔叔發了狠話：「你別死狗搓不上牆，只管裝你的孬。真沒章程兒，怕你爺怕你哥怕成這副㞞相兒。等著瞧，娘要讓他爺倆兒得勢兒，抹脖子給你看！」

從頭到尾，叔叔都是嘁嘁嚓嚓貼在我父耳邊兒說的，說的累，聽的也累。我父只管聽著，沒插嘴。到得叔叔獨自個兒把甚麼罪過都攬到頭上，我父才趕忙搡了又搡叔叔說：「別介別介。謀事在人，成事在天，主自有安排。但凡主安排的，沒有不好的。咱們還是跪起來禱告罷，你說呢？」

# 舊的去了，新的不來

華太平家傳

大年初一，家家閉門閤戶，圖的是一家團圓，倒把人整整憋在家裡一長天。爲此這初二天剛矇矇亮兒，就無分男女老幼等不及的傾巢而出，彷彿清早打開雞圈門兒，飛的飛，跳的跳，展翅拍拍搧搧，你追我趕，呱呱鼓譟，不瘋一陣兒不去覓食。恭喜發財，恭喜萬事如意，盡揀吉祥話討綵頭，零散的爆竹不定就在身邊兒炸開來，誰都聽不清誰的，誰也都知道誰拱手說了甚麼。

依著世代傳說，「年」是食人靈獸，每隔三百六十五天出臨人間捕人而食，盤桓一天一夜方始離去。這靈獸唯怕紅色和響器，人就拿春聯條對、穿紅戴紅、鞭爆鑼鼓來驚嚇「年」獸。照此一說，到得初二「年」走了，人眞合當是劫後餘生，瞧那人人歡天喜地，全新的穿戴打扮，硬像是得慶生還，託天地祖宗福佑逃過一劫。接下來頂少也有十天半個月的喫喝玩樂，啥活兒全免了。

「年」是前牆貼後牆，癟扁肚子餓跑了——不是從來也沒誰給「年」叼了去麼？落到現世裡家常過日子來說，那是年年難過，年年也就過過來了，沒見過有誰落在年的那一邊過不過來。

說這年難過，莊戶人家任由日子怎麼艱難，只須安分守己，摳摳省省，沒大天災、大人禍，爲個年，到底湊合得上十天半個月喫喝玩樂。城上沒個恆產的人家，大行小舖，混窮把式的斗升小民，誰都一年下來少不得有賺有蝕，放貸租賑，賒押掛賬，這些通財往來，無非把錢玩活起來，一文當十文百文用，敢是強似鄉下土財主只懂得銀子裝進罈子，罈子埋進地窨子，不光是生不出孳息；氣數走了的話，一罈罈銀子化作一個個銀人兒，逕去塡還發旺走運的人家。

可這城上別管哪行哪業，一到年根歲底，沒哪家不來一場清倉清債大結算。那是個無大不大的漩渦，是富是貧莫不捲進去，個個暈頭轉向，個個鐵著臉沒容沒讓，給逼債逼得上吊尋無常的也不算稀罕。所以說一個年過下來，家禽家畜是一劫，家家戶戶是一關。債主是債討得到就是盈，討不到就是虧；債主也不定還欠別人的債，討得這邊，還了那邊還有餘，也是盈；討得這邊，拖了那邊，賴了那邊，敢是大盈。只苦那盡欠人沒人欠的，平日還可明日復明日的拖拖賴賴，到得這個急景凋年的大關，嘴巴可就禿了，怎麼推拖撒賴，三十晚上子時前硬就是個大限，萬不興允到明年那個道理。再加上過個年偏又這裡那裡都急等著度支開銷，喫喫穿穿不用說，送禮、年賞、宴客、敬老、撫孤，到處都是錢窟窿，多少錢才堵得過那些千瘡百洞？一方把關，步步緊逼；一方偷關，東躲西藏，家都不敢回。年關年關，眞說的沒錯兒，討的欠的兩邊都日子難過難熬。

討債的強手——人稱「腚後跟」，你到哪他跟到哪。你說到哪兒哪兒去想法子，他就跟在後頭，陪著一團和氣，「是了你老，省得你老再跑去小店兒，也省得我再跑一趟。」你蹲在家裡，他就有本事陪在一旁，陪到你上牀了他就坐在牀前守屍一般的打盹守著。你喫飯了，不能不客讓一下，他就萬分抱歉的：「只好擾了你老。」他也不提還債不還債那回事兒，笑迷迷的摽住你。你說：「等我湊足了就給你送過去。」他卻道：「不忙，你老，怎好勞你老大駕？再說，我空空兩手回去，老板臉色不好看。」沒半點脾氣，每一回話還都欠欠身，客氣透了，你能拿這「腚後跟」怎麼樣？可不管是偷關把關，單等大年除夕一到子夜，鐘鼓樓上一聲子午炮，千家萬戶鞭炮齊鳴，彼此好打好散，各自收兵，拜了年萬事吉祥，彷佛一場噩夢，夢醒無事，討債還債又是新的這一年年底的事了。「年」獸食人的這段鬼話，弄不好就是打這上頭編出來的。「爆竹一聲除舊歲」，不如說是「除舊債」，儘管舊債並沒除一文，總是鬆一口大氣，過過年甚麼都好說，再從頭慢慢兒過日子罷。天時是大地回春，種種都重新來過；人世順遂著天時，家家戶戶也都重新來過。

鄉下是少有這般光景，莊戶人家或許厚道多了，就算也有個年關等在那兒，還是寬鬆許多，推小土車兒碰上個高坎兒，在行的呢，早早帶點勁兒衝上去，乘勢兒輕輕快快就闖過去了；嫩手或是沒用心的，車輪抵到高坎兒才使力氣，出盡了死勁兒也休想硬碰硬憪過去，少不得退退後，再一鼓作氣往上衝。不定能一衝即過，那就再來個二鼓、三鼓。鄉下莊戶人家闖年關就配比這小土車兒過高坎兒，難處歸難處，不定那討債的還幫忙拉一把，總沒難到要去上吊尋無常。

這年關，別管關東、關內，怕連江南也都免不了一般樣兒。往日祖父祖母儘管家財萬貫，買賣上盈虧賒欠自有二曾祖母當家理事頂住，祖父祖母能不生事就是盡了孝心，還指望小兩口分憂分勞管管事麼？可祖父祖母喫喝玩樂積欠的債務才不老少呢。祖父揹的大半都是賭債；祖母那般七大姑娘八大姨的，花銷也不在祖父的賭債之下，金蘭姊妹間婚喪紅白等大禮不用說，今兒這個過生日，明兒那家孩子過滿月、過周歲，後兒又誰收乾兒子、乾閨女，哪兒不是散財撒銀子？人家酒樓、銀樓、綢緞莊、茶食店，求著你華家大槽坊少奶奶敞殼兒掛賬都來不及，還怕你老出手沒個數兒、沒個譜兒？討債討不到二曾祖母那兒，敢是都得祖父私下裡跟賬房拼當。祖父就笑過祖母：「妳那幫金蘭姊妹銀蘭姊妹，可只見金只見銀就沒見過蘭來？」

賬房卻也不是金山銀山任由不務正業的小兩口掏不盡挖不光，年根歲底躲債回不得家，唯託賬房搪來擋去，萬不得塞給討債的這個兩成、那個三成——就只是千萬別碰上個腚後跟，你躲到天邊他跟到地角；你就是還個幾成，他還是照跟：「不急，你老，眞是緊逼了你老。」

鄉居這四五年，祖母沒停過嘮叨，過不來鄉下沒滋沒味兒就是泥巴多的土日子，睽兒睽的老要搬上城去住，祖父費盡唇舌哄哄勸勸、正理歪理，免不得也拿當年身負重債讓人家逼得上天無路，入地無門來提醒提醒，也是可叫祖母遲疑一下的歪理之一——想幫祖母斷念可辦不到。

老實說罷，祖父也不光是哄、勸、詐、嚇，倒是有八成憐恤祖母一向嬌生慣養，鄉居是眞委屈了祖母，單說那細皮嫩肉又四寸金蓮，就夠暴殄了天物，心中難免虧欠。這四五年來日子不夠過，缺長少短免不了，賒賒欠欠也不在少。就只是一來算一算，散開來拉的債，每個頭兒到底有限，這家一斗，那家百文，還眞算不得債不債的；二來罷，鄉佬大夥兒都像沒把這放在心上，你不說他不提，你提他倒先自臉紅了，好似錢呀糧的借出去不興再跟人家討。就連這個，祖父也時不時半玩笑、半挖苦的拿來提醒祖母蹲在鄉下有多安居樂業。

新春頭一天的奮興會，我祖父講道即以主禱文中的「免討我等之債，猶如我等免討他人之債」爲題，舉年根歲底討債還債之苦爲例，不時引發會衆歎一聲「阿們」，對於多多少少都不免受過此苦（有的就在今晨子時也才闖過年關——不分討債還是欠債哪一方）的城上居民，可說是刺中了人心。這樣也才使得會衆切身的感到天父藉著基督捨身代償老賬，一筆勾消赦免了世人世代積欠的罪債之恩；不光是明白了道理，還更深得行道之力。

不過祖父在經文上還是作了訂正。儘管祖父並沒輕率的指出經文有所偏誤（經文不獨是不可有一詞一字的更改，一筆一劃兒也是動不得的；否則那可觸犯了離經叛道之大罪），卻有他的另解。因照經文那麼說，上帝要以人的行爲作準兒了：「你看，我們都不討人的債了，你也別討我們的債罷。」豈非人已作了上帝的榜樣？因而祖父解之爲「我們若肯免討他人之債，求天父也能免討我們的債。」像這種按義理解經，一直都遭遇到教會的非議，我祖父卻也一直堅持己見：「字面兒上明明的不妥，那就要從文理上來求通達。這中間又既經過傳譯，傳話都免不了傳錯，傳譯更難保不會有誤。」

我祖父與教會之間帶常裡時有類此的爭執，教會敢是每每搬出洋人來論斷——也敢是要請洋人來指責祖父的擅自解經之非。只是英美的聖經也並非元本，英美的教士、牧師也多半不識希伯來文元本的舊約和希臘文元本的新約，其於中文也語言上勉稱通順；文章則識字不多，解義更難，祖父與之辯解往往形同對著城牆發話，至多得到一些兒嗡嗡回應，像衝著罏口兒喳呼。圓熟如卜德生老牧師，人情世故沒說的，欲與中國民情風俗親和幾乎到得逢迎攀附的地步，如同一些長老的崇洋媚洋，而比那些長老還要中國得多。就只是一旦臨到這種經文辯解，那番圓熟的涵養可就化作躲躲閃閃、推推託託的鄉愿滑頭，一派公說公有理，婆說婆有理的無可如何；大事化小，小事化無的和事佬味道。通常是服於我祖父的理，又礙於衆長老之情——衆怒難犯罷，當衆是宣告交託上帝，以禱告平息爭執，然後再分別安撫雙方。結果難處仍自源源本本、化明爲暗的典藏完好。

叔叔自幼多在祖父身邊，目睹或耳聞這些不論之爭可多了，但也只是牽掛在心上，想替祖父分勞分憂也無從著力。這要到後來叔叔先後上了齊魯大學和金陵神學院，都是專修希臘文；且依新約原文與賽珍珠之父賽兆祥牧師共同鑽研迻譯大事，以及賽氏猝逝，叔叔獨力完成公認爲譯文善本的「一九二六本」新約全書；因於直涉原文，方見類似主禱文之例的相關解經，祖父的不諳原文卻所斷無一不中，不禁既驚且欽。而爲祖父的得承正傳，不世恩賜，唯有援用史記張良之贊漢高祖，贊祖父爲「我父，殆天授！」

這邊奮興會散會，那邊衆長老等不及的相邀並請在場的諸教士、牧師，至教堂一旁的禱告室聚會。我祖父看在眼裡，雖未受邀——也更因這個，隨即交代叔叔陪伴祖母到門房那裡等候，逕自不邀而與，去至禱告室赴會。

這種六七百人的夜晚禮拜，教堂使的是洋油打了氣的「洋氣燈」，像個倒掛的小甕子吊在屋樑上，玻璃罩裡白砂泡兒只不過拇指大小，嘶嘶嘶嘶的細響，亮起來卻如日正當中的太陽，刺眼奪目不能逼視，瞭它一下下，眼前便大團大團兒綠花花的斑爛，久久不散。偌大的廳堂頂上懸上兩盞，便像白晝一般，地上掉了繡花針兒都找得到。有那尙未信教的，還眞是衝這「洋氣燈」跑來看西洋景兒，把這佈道培靈奮興會喚作「洋燈會」。眞正的花燈會可得等到正月十五上元節。

會散過，沒等會衆散走多少，後半廳的那盞煤氣燈便打樑上鬆開穿過鐵環兒的拉繩，緩緩垂下，停在半人高的懸空裡。一時間散去的會衆又搶回來，碰得長條凳歪歪倒倒，咯咯唧唧的。只見掌事的擰了下燈旁的轉手，刺眼的賊亮頓時暗將下來，嘶嘶嘶嘶的細聲也隨即悶吭不響了，可那白砂泡兒仍自血紅血紅瞪住個獨眼。有人探近手去試試，驚呼像個小火爐，烤烤手可暖烘。好半天那紅眼馬狼才閉上，空餘一個拇指大白煞煞細網編成的砂泡兒。

叔叔走去北角門兒，漫過散落的人空兒間，只見祖母留住那位洋油廠總辦何安東長老說東道西的，叔叔便停下來，擱遠些等看，猜想祖母八成在跟那洋人打聽郵傳局子的事兒，先就心裡不甚舒坦，覺著祖母犯不著跟一些教友那樣，總溜著洋人，奉迎著洋人。不過也暗自有些徯徺，娘這回怎麼也對哥的事兒上心上意起來。儘管這樣，叔叔也還是不喜歡祖母凡事都會過了頭。人家洋人旣託付了爺幫忙物色募人，又指名要哥這個人，還要做師娘的再釘上一釘麼？人家洋人敢是深知華長老爲人正直無私，過於自重，以至內舉避親，才先就說在前面。按理說，人家是用了心，定了意的，不比隨便應承，恍惚未決，須得加把勁兒再敲敲邊鼓甚麼的。再者，這是他洋人求著咱們，那又何須去跟人家搖尾巴？

祖母一直摽住何長老，東張西望的且走且講，不知怎那麼多的話，嚕嗦個沒完兒。待祖母一瞥見叔叔，就喳呼了起來：「眞是的這個小惠，到處找你人，快來見見何長老。」

兩盞煤氣燈已熄去後半堂這盞，叔叔站在暗處，不想祖母這麼眼尖，還是給瞧見了。經那麼一喳呼，叔叔不甘不願的走到亮處。祖母忙跟何長老引見說：「這就是給長老提的，咱們家二房寶惠，書唸可多了，又一筆好字兒，過年人家都來請他寫門對子，能者多勞，忙壞了！」遂命叔叔「還不快過來給長老請請安，拜拜年！」

沒等叔叔湊近去，何長老先自拱手說：「免禮免禮，同喜同喜。」可慈命難違，叔叔只好意思意思的做勢兒打個千兒，略彎彎腿兒，隨即作揖拜了拜年：「恭喜長老，新年平安，萬事如意。」當下心想，也就是逗逗他洋鬼子罷了，別那麼計較甚麼卑躬屈膝。遂又暗笑起這是「黃鼠狼給小雞拜年」，挺佔便宜，差點兒樂得噴笑出來。

該說是遠從曾祖父那一代起，輩輩傳下來的咱們家風之一，近乎不太正經的一種嗜好罷——玩賞洋人；就像曾祖父的玩兒大牲口，祖父玩兒兔子，我父玩兒鳥、玩兒花（特別是百靈鳥和八寶花），叔叔玩兒狗（後因嬸嬸怕狗才割捨了），大哥玩貓，二哥玩兒花，到得我們和下一代玩兒的不大集中，狗曾一個時期多到二十多條，貓、魚、兔、鳥、雞（死了埋葬的）種種。因爲都是活物，所謂的「張口貨」，養而不用，更非賴以生息以助家計，所以是種玩兒，是種不太正經的嗜好。玩賞洋人，敢情不用養活（但若追踪到列強帝國主義資本主義的侵略和殖民，無論其爲軍政侵佔，還是工商貿易、傳教、辦學，還是尋覓得出人人皆多多少少出了份子供養他們的一些線索），唯就不曾利用他們、仰靠他們，只是止於玩賞，還應該是近乎不太正經的一種嗜好罷；而且相忘於溺寵或虐待，更完全無涉於輕蔑、戲弄、凌辱、玩物喪心或潛意識仇視等等。

從早先曾祖父的取笑牧師一詞兒（青泥窪騍馬棧的衆馬倌中即有牧師，專司選種選時調度交配的行家），並未礙著他老人家樂捐巨款興建牛莊大教堂，便可無言的闡釋這種不太正經的嗜好。

叔叔這個光景裡，即興的意識到「黃鼠狼給小雞拜年」自也是頂自然不過的一種觸景生情。一點也不錯，愈看愈對路，那何長老從下頷到脖兒頸根子，都跟雞冠一樣的質料，皮子奇粗，紅赤赤的一個小毛孔就是一個小疙瘩，活像拔淨了扁毛只剩細毫的雞脖子，哪是頂著人腦袋的脖兒頸？人是只在受凍時，打寒噤、起激凌，或是見到甚麼森人、甚麼蛇癢事，汗毛直豎時，才會那樣子起雞皮疙瘩。小雞碰上黃鼠狼，約莫也就是這個德性。叔叔不由得心裡一饞，呲出獠牙來，衝上去就是一口。叔叔過這新年交上十六了，個頭兒還沒怎麼發起來，人說那是心眼兒多，壓得長不高。對面兒站近了，只頂這個不算很高大的洋人胸口兒那裡，硬是要仰人鼻息的樣子去伺候人家臉色。祖母身材嬌小，敢是越發的高攀不上又越發的在那兒搆著扒著貼貼近乎。叔叔聽不進做娘的還在爲兒子吹噓得雲山霧罩——淨是些假充斯文的外行話，也好在他洋人撐死了只怕聽得懂一兩成——就顧自一旁玩賞臉前這個顯屬異類的活物，從「黃鼠狼給小雞拜年」到「九斤狸貓能降千斤鼠」，別看那麼個愣大個兒，再壯再沉的大公雞，犯到黃鼠狼手裡，下口就啃住喉嚨管兒，一聲都不響，往後一甩，拖了就溜，牆照跳，柱兒照爬。那黃鼠狼連皮帶肉合上一身骨頭，頂多斤把兩斤重罷，可就能輕輕巧巧拖走一隻九斤黃大公雞。

該怪有求于人罷，說實在的，祖母平素也是一式兒的把洋人當猴兒玩賞，每逢見到洋人穿戴長袍馬褂，或是聽到洋人冒出句俗話來，便覺著好玩兒的笑笑說，「猴兒專學人情事兒」，那是指玩把戲的猴兒穿彩衣、戴假臉子、打傘挑擔兒推小車兒種種說的。叔叔把他見過的洋人相貌約略分作兩型，一是龍長臉、凸鼻骨的老綿羊；一是凹坑眼、長人中的猴猻兒。這何安東生的一張赤紅臉兒，一對黃眼珠子，活脫脫一隻縣衙門馬號裡養的避馬瘟大馬猴。這新年裡見人就拱手的有樣兒學樣兒，可不就是戲台上大鬧天宮偷得蟠桃的孫猴子麼？只是怎樣子有樣學樣兒，四聲不全，四肢棒硬——難怪義和拳都說洋鬼子踣勒蓋兒入不彎，打倒在地便爬不起來——學樣兒也只是鏡子照人，學話兒也只合是隻八哥（這當地俗喚「八狗子」）。偏偏那鏡面兒又不平正，把人照走了像；八狗子又還沒修剪過舌尖兒。就算是最老道的卜德生牧師罷，鏡面平正多了，鏡子裡的人也穿的是左大襟兒。就像八狗子舌尖修圓了，終還是有舌無牙，口齒不清。如此這般，豈不是看看聽聽都很逗，很好玩兒？

叔叔曾經窩囊洋人咬不清「人」字兒，撇腔拉調兒促狹的謅出個四句頭兒：「我們外國ㄖㄨㄣˋ，就是不罵ㄖㄨㄣˋ。要是罵ㄖㄨㄣˋ，就是王八蛋。」本是哥倆兒偷在一道兒逗樂子的，卻像四句眞言一般，成了咱們華家家訓，居然代代傳了下來。

叔叔是齊魯畢業在家等候差事的那兩年裡，賦閑無事，設了家塾藉著教教咱們哥哥姐姐唸書自遣。教的唸的有時難免枯燥，少不得來點笑話調劑調劑，就像哄小孩兒喫苦藥，給塊冰糖過嘴那樣，四句眞言就是那麼傳下來的。到得我們這些無緣受教于叔叔的幼弟幼妹，乃至再下頭的侄輩甥輩，竟都如背千家詩，這四句頭兒可是那一千零一首。但凡一夥兒見到洋鬼子，背過臉去便拍手打掌數來寶兒一般，異口同聲起鬨數起來：「我們外國ㄖㄨㄣˋ……」不知有多樂。

叔叔候在一旁，只有裝作沒聽到自個兒讓娘誇講成那樣子，要不那可臉紅到脖兒根兒，手腳都沒處放了。娘是一直沒提到哥，叔叔還以爲從大到小挨次兒來，約莫先前已幫哥吹噓過了，這再拿二兒子來襯托襯托——不言而喻，有這麼個神童弟弟，那做哥哥的再差也退班不到哪兒去。可愈來愈走了調兒，祖母的口氣是要把叔叔也往郵傳局子塞了。這就不大說得過去，人家要的是我父，就那樣，咱們也要客氣客氣才是——自謙和致謝一番，哪興這麼得隴望蜀，得寸進尺，要把兩兒子一總塞給人家？叔叔忍不住再僞裝沒聽見，便重重的喚了聲「娘！」求著祖母不可那樣子。

那洋人轉過來盯住叔叔看，差不多就要貼上臉來，像是要仔仔細細在叔叔的皮裡肉裡五官七竅裡尋察出我祖母吹噓的神童奇才究竟在哪兒，究竟是個甚麼樣子。

也別說，人家可是一直折下身來認眞的傾聽我祖母的絮叨。先是散會的人聲嘈𠼻，接著又是叮叮咚咚的重新排齊整那些長條凳，加上洋人聽中國話非得專心一意不可，不那麼折身低就嬌小的祖母還眞不成。叔叔也比祖母高不多少。盯了一陣叔叔，這才好似蝦腰過久，挺起胸來舒了口長氣，搖搖頭說：「噢，你們中國人，眞難看出年紀，十八歲，只像我們美國十歲小孩。」我叔叔忙改正說：「十六歲，我十六歲——過這新年才十六歲。照你們外國算法兒，還沒滿十五歲。」叔叔才一張口「十六歲」，就被祖母暗中扯了扯後襟兒，先還叔叔弄不清這洋人怎會認他是十八歲，這才知道是娘跟人家謊報了兩歲。甚麼意思？只爲大兩歲才進得郵傳局子弄個差事不成？心裡一陣煩、一陣惱，不禁沒好聲氣的饒舌又饒舌，恨不得把自個兒歲數朝下拉到十歲八歲才趁心。

何長老聽了，即跟祖母抱歉起來：「華師娘，妳的二兒子太小，還太小，還太小。」

太小，太小，洋腔聽來是「太笑，太笑」，是太可笑，笑意上了叔叔臉。可我祖母卻立時掛下臉來，狠瞪了叔叔一眼，折身就要走，不過還是衝著這位洋人正眼也不看的冷笑笑說：「那就算了。算我白說，算了算了。」把洋人晾在那兒愣著，也不理叔叔，轉身就走，手還在肩上向後搧著，不住嘴的嘟囔：「算了，算了，這些生番子，洋鬼子，眞拿價錢……」

叔叔緊跟在祖母後頭，一路拾著祖母順口扔下的零碎，一路想著怎麼勸解勸解，幫祖母消氣——儘管心裡也挺不自在，一是做娘的從來從來都不曾那麼懷恨的瞪過他，一則自個兒惹了禍，傷了娘無所不用其極的慈母心。

叔叔趕到大門樓子裡，才不得不扯住祖母說：「娘，爺到裡頭有事，囑咐咱們獃這門房等一等。」散了會的人衆差不多都走光了。

祖母摔了叔叔扯她的手，顧自往外走，卻也走走停了下來，哼了一聲說：「眞是的哰，兒大不由娘！可愈大愈折了唄，書都唸到哪去了？折啊！折啊！」

依著祖母那個任性慣了的脾氣，人已氣急敗壞到這個地步，叔叔眞擔心做娘的隨時都會跌坐到就地上，搓起兩腳脖兒，扯開嗓門兒一頭號喪，一頭數落。所幸守堂的�弟兄老兩口都不在門房裡，敢是還在會堂那邊幫忙收拾。這穿堂一側的門房內也無別人，房門和內窗洞開著，裡面只一盞靠窗的罩子洋油燈，燈捻擰得很小，焰子不比一小團死火炭兒亮多少。顧著省油，也別忘了給回家的會衆照照亮兒罷——這門樓下可又是石階，又是高門塹，地上鋪磚也有幾處缺牙少齒，不陷腳也會絆腳。

叔父幾度啓齒，動動嘴又嚥了下去。娘正在氣頭上，說這也不當，說那也不宜，到底不知該怎麼起頭，勸嗎？哄嗎？先告罪求饒嗎？還是索性嚇唬嚇唬——就算拿甚麼避牆鬼、吊死鬼，也一樣降得住娘，至不濟也可讓娘禁聲一下子——老考棚，「三場辛苦磨成鬼」，死在號舍裡的考生冤魂不知多少，有名的「髒地」，只有洋教差會不在意鬧鬼不鬧鬼的，也才打官家手上撿了便宜買下來。祖母可是怕鬼怕得要命。

叔叔擔心是擔心，哄勸也想哄勸，四下無人，祖母是鬧不起來的；又還有的是，祖母再怎麼嘔氣，也獨自一個人走不出這門兒。兩頭不說，單是這中間整整一條太平街，石塊鋪的道兒，年深日久，磨通了多少鞋底兒，磨劇了少車輪辮子、多少牲口蹄兒，大大小小的青石塊自個兒也給打磨得滑不溜溜像膏了油。石塊跟石塊間不合縫兒，年久失修，這塊高出來，那塊低下去，坎坷不平。就算沒雨沒雪，沒上凍甚麼的，大白天若不看著道兒走在上頭，也都難保不滑倒，絆倒，況這咯子烏漆抹黑，走去西門裡拴驢的城汪崖，祖母憑那對四寸金蓮，沒人攙一把、扶一把，又一路下坡，還眞寸步難行。上城來時，祖母就已咒怨我父一陣了。若是我父同行充當驢伕，必定進了城門，左轉沿著城隍根的土路，繞到學堂邊門才扶祖母下驢，剩下沒幾步路就到禮拜堂了。可小叫驢只認準我祖父和我父，誰使喚也不聽。祖父看看時候不夠，得先趕去禮拜堂預備預備，只有進了城門就讓祖母下驢，交由叔叔攙扶著慢慢兒挑，祖父牽驢去城汪崖老地方拴驢。那一路祖母可把我父數落個夠，怨這大年初一我父就存心讓做娘的不順遂。叔叔只有陪上好話，勸娘此去奮興禮拜，做師娘的總要歡歡喜喜才是唄，沒的先就滿心煩愴，好像不情不願來聚會，上帝暗中察看人心，也不喜歡的。

叔叔先倒有些張皇失措，眼看祖母鬧不起來，也一個人走不出這大門，這才不慌不忙，等娘冷靜冷靜，多消消氣兒，再看怎樣來好言相哄，和事和事。

門樓過道裡兩面來風，又沒坐沒靠的；祖母小腳，愣站著要比走道兒還撐不久。叔叔索性伸進窗口，搆著擰亮罩子洋油燈，三哄兩哄把祖母哄進老闆的門房裡，安排在蒙著黑毛發亮的狗皮圈椅上坐定下來，這再茶壺囤子裡拎出瓷壺，貼外頭試試還算熱烘，便給娘倒杯熱茶，先焐焐手再說。

祖母自個兒就說過，「鹽鹵點豆腐——一物降一物」。叔叔合該就是鹽鹵，像這樣哄哄勸勸，不光是一些些小殷勤，祖母多大的惱恨，只須叔叔轉前轉後，他人在祖母眼裡，就像一大鍋沸滾的豆漿，小半勺鹽鹵澆進去，不大一會兒工夫，一團團雲塊愈結愈大，清漿歸清漿，豆腐就出來了。適才還咕嘟咕嘟翻滾，噗出鍋來，憤憤然要把鍋台也給淹掉的氣勢兒，轉轉眼就老老實實縮回去，安分守己等著變成又白又嫩的鮮豆腐。祖母坐進圈椅裡，雙手握住熱茶杯，人倒像不知有多舒坦的往後一靠，長長透一口氣，自個兒先找了台階下：「這個老闆，還眞懂得享福！」算給叔叔降住了。

叔叔袖著手，靠到祖母斜對過的木板壁上，眼看著當場戳破祖母虛報歲數，洋人面前場台，跌得可不輕，這晷子倒像全然沒有過那回子事兒。叔叔這才十拿九穩開了口：「娘，不是我說，衡情奪理罷，就算他何長老肯，他拿八抬轎來接，也還帶我半點兒意思都沒咆。要緊還是莊子上塾館，我去當差了，那爺呢？讓爺一個人整天整天困在一堆山羊猴子皮學生裡打混？也休想傳道了。要末讓塾館散了，可那怎對得起人家李府？娘的乾親家唄。再說罷，別瞧不起見月那兩石糧食，平白丟了，單靠咱們哥倆兒掙那三、五兩爛銀子？我罷，功名大事從沒敢怠怠過一點點，爲那點兒顧了喫顧不了穿，顧了穿就顧不了喫的幾兩銀子，難道十年寒窗統都前功盡棄不成？還又一說，哥一人去當差，再好也不過了；要不的話，哥一輩子拉雇工拉到底，能養家還是能給爺娘祖宗爭光？沒的哥倆兒都硬扒插上郵傳局子，人家當面不說，背過臉去能不罵咱們爺嗎？——可也逮著了，雞犬升天，得一還望二，那華師娘也該攤一份兒罷。害爺讓人背地裡指指戳戳，後脊粱怕不捅得個千瘡百洞？教會裡就數咱們華家脖頸兒正，腰桿兒硬，不就是萬事不求人麼？不求洋人，連上帝也沒求過——具足不求，無欲則剛，爺不是常這麼說來著？還有——」祖母靠在圈椅背上一直安安詳詳，至不濟瞅住罩子洋油燈賣獃，強裝沒聽叔叔在絮絮叨叨些甚麼。此刻卻撅拉一下坐正身子，也不看叔叔一眼，好像跟窗口外有個誰搭話，祖母皺皺著鼻子又撇下嘴角，一派把人瞧扁了的不滿，氣不憤兒的說道：「人家壓根兒就沒要過他華寶善，還美得很咧！又沒上過學，又不識字，誰要？誰也沒耳聾眼瞎！」

叔叔可是一愣怔，這話打哪說起。不就是昨兒夜裡守歲才講過，哥一本聖經都唸完了，叔叔不時還給我父講講論語，祖母一點兒也沒聽進耳朵；還是聽了又忘了？再者他洋人怎知我父沒上過學，又不識字？難不成我祖父扯了謊？可祖母那麼理直氣壯，若非一直都不甩叔叔一眼，叔叔眞就給唬住。

叔叔也夠調歪的，側著扭著身子窺探祖母的眼神，逗著祖母回看過來。想從那一雙看來挺厲的三角眼裡察覺出幾分假。果若娘先就跟人家狠貶了一頓哥，用二房來換人，那可比扒插著把倆兒子都往人家洋人手裡塞還要叫人搖頭。祖母帶常替她那偏心辯解：「都是娘皮生肉長的，都是這對奶頭上打滴溜兒的，我偏誰？我偏啥？」是啊，哥倆兒都是同一個肚子掉下來的，都是一對奶頭餵奶的，又沒有前爺後娘之分，怎就偏心偏到這麼個地步？叔叔趴到桌邊兒，偏下腦袋，腮幫兒貼到袖著的小胳膊上，仍然陪著笑臉問道：「是娘在人家跟前把哥拉下來的罷？也是娘跟人家說的罷？要不，那個洋人怎麼知道哥沒上過學，又不識字？」祖母變了一下臉色，拍著圈椅扶手斥說：「那是瞎話嗎？假嗎？重金請來的先生前門兒進，他後門兒出，扔蹦兒就跑去你姥姥那亥兒。有仰仗罷，跟我拗著來罷，還戳哄了你姥姥屣我不守婦道。——不是躲到姥姥脊梁後撩我這爲娘的，『啊，罵我打野，我就是喜歡打野。罵我跟唸書有仇，我就是有仇。』這是兒子對待娘親耶。兒子不是前房撇下來的，不是小老婆養的，也不是娘跟野漢子私生的。娘親娘親，就算是晚娘罷，就算是你爺外頭養的野娘們兒，給你請先生，唸書是替旁人唸哩？饒是逼得緊了些兒，也害了你嗎？好啊，你只管打野去唄，只管見了書就見了仇人唄，只管去唄，幹嗎又來討差事？……」

祖母但凡一氣起我父，少不了都是這些苦水，就只是沒有過這一回細水長流，吐得齊整有條理。是啊，對啊，一點沒錯兒，有你當年那麼對待娘，就有今天娘這麼對待你，一報還一報，不挺公道？

叔叔蜷在桌邊兒上久了些，直起腰身來舒一口長氣。過新年娘已四十了，今兒四十的娘親，還在跟十來年前不到十歲的兒子嘔這麼一口氣，叔叔軟當當靠到牆上想，娘怎還是個小孩子？便是跟洋人編出不知多少謊話，費上那許多彎彎曲曲的心思，也仍然不出小孩子玩兒的扮家家——這當地叫做「辦小飯兒」，小孩子玩來當眞，大人眼裡看來可就滑稽可笑。你假當誰，他假當誰，不都是說話嗎？騙人嗎？順這個理路追下去，那可都現鼻現眼，搗住前邊，遮不嚴後頭。這麼看來，想幹壞事兒沒那麼簡單，沒有那壞底子做根基，還就是不成。可見祖母即使存心作歹，也只能玩玩辦小飯兒。那一面那麼樣使壞，叫人生氣，叔叔還是看得出這一面玩兒的兒戲，當下也就開脫了。

可辦小飯兒是個樂子，損不到人的；哥那份兒差事呢？娘說何長老壓根兒就沒要過哥去當差，這話若是眞的，那就是爺順口瞎吹了？爺萬不是那種人。娘若眞的是在洋人面前說盡哥的壞話，嚇住了洋人不敢再要哥這個人，那也不過只圖把大房兒拉開，好讓二房兒抵那個空兒，做娘的難道連這點兒家也當不得，這點兒主也作不了？只是如今哥倆兒果眞都給掇弄得落了空，做弟弟的毫髮無損，做哥哥的可就不能說沒受到害了。

叔叔扶住祖母一步一試躑躅在又滑人、又絆人的青石街上，且走且等祖父趕去城汪崖把小毛驢給牽來。娘倆兒沒大住嘴兒，卻都各說各的。叔叔提到我父過這年都二十了，成人了，哥自個兒儘管啥都不在意，合家不能再哈哈獃獃不上點兒緊，多操點兒心。這都是叔叔憑著心眼兒靈活，繞著圈圈兒說的；娘總算心緒安穩下來許多，只可順著毛撲擼，哪還能派娘甚麼不是。就這樣，祖母也充耳不聞——至少也是一直不搭碴兒。祖母只管埋怨我父躲懶，拿翹，害她摸黑裡深一腳、淺一腳走這麼遠。這倒是實話，若是我父一同上城來禮拜，那可是個好樣兒驢伕，不管是前頭牽，後頭趕，小毛驢莫不順順當當聽他管，專走平整路面，遇上坑坑窪窪，從不興踏空兒陷了蹄兒，或是聳聳身縱過去，害得驢背上的祖母顚疼了哪兒。不光是這，也一準讓祖母騎到地頭上才下驢。叔叔是不會使喚牲口，小毛驢兒也不聽他的。祖父倒是小毛驢兒也服他，卻到底身價兒不一樣，祖母任怎麼愛耍小性兒，面子還更要緊，不好讓人家指指戳戳，又是長老，又是教學兒先生，跟在驢尾巴後頭趕腳驢兒伺候她。可祖母就獨獨對大兒子沒半點兒容讓，我父伺候得那麼周到是應該；這一趟兒沒一道上城，祖母可不念半點兒我父好處，只管埋怨我父不該這麼存心害她受苦。但凡腳底下滑了滑，蹭了蹭，總是衝口就冒一聲「這個不孝的！」連個小名兒都不提。

一路上叔叔沒停過繞圈兒給祖母進言，一面也沒停過暗自禱告。一願那位洋長老自有定見，不至輕易就讓華師一位華師娘給說動了，給嚇倒了──錯不了，要不是娘一力貶老大，褒老二，昨夜年三十兒守歲，爺才提過人家洋人叫明了要哥去當差，何至於今大年初一娘又說人家洋人壓根兒就沒要過哥這個人？禱告是禱告了，可這頭一個願就怕難以得償了，除非上帝開恩成全。

想情也是，別管他洋人還是土人，人就是人罷，連禽獸也尚且「虎惡不食子」，人家洋人難道不心裡有數兒，哪有做娘的輕易就那麼糟蹋親生兒子這個道理的？想必這華長老大兒子外表看來貌似忠厚，內裡著實的很不成器罷？哪還有比親生娘說的親生兒子壞話更叫人相信的呢？可這又好追問了，另外這一頭倒又親生娘把另一個親生兒子誇成神童一個，這又可不可信呢？其實也不干好話裡有幾成眞、幾成假，先別管親哥倆兒怎竟差得一天一地，做娘的誰不把兒子捧到雲眼兒裡看得有天高？不如說那才是天經地義，理所當然。如今弄得娘貶兒子叫人信以爲眞，娘褒兒子反能叫人體諒，這倒哪裡說起！

想到這裡，叔叔一下子喪氣得要死。娘一向由著性子行事，往天罷，母子間不過盡是些雞毛蒜皮的小小不言，了不起口舌上小起小落。今是頭一回娘使小性子使到大事上，來日哥倆兒一天大似一天，定要各奔前程，各自去闖蕩世面，立業、成家，討不到好老婆一輩子，多少世事難料難測，娘若逢事就這麼著插手胡掰，又凡事先斬後不奏，從不事先與人打打商量，照這樣下去還成？這也才叔叔懂得怎叫沒指望，懂得禱告上蒼有多要緊。

說到二一個願，那就只有巴望我祖父遇到大事該也試著多作點兒主了。

母子相伴走在青石街上，各說各話；出得城來，夫婦相伴驢上驢下，也還是各說各話。祖父亦嘆亦噌，不時冷笑笑，是那種嗤之以鼻的不屑，粗略的講那輩半吊子洋冬烘長老如何食洋不化，如何咬緊了驢腎給棒槌不換的死揹一股黏。祖父只是講講給自個兒透口氣罷，沒意思跟誰訴說，來得頭一句、腚一句，祖母便是有心聽聽，怕也摸不到頭腦。祖母講的是遇見哪位師娘，哪位乾親家，又或誰胖了、誰瘦了、誰抱孫子了……大年夜生的，落地就一生兩歲，說怎麼也攢得住個把時辰沒的數算歲數兒這麼冤枉。祖父敢是沒啥閑工夫聽這些個。何長老跨過五孔大橋，祖母才冒兒咕咚卻力持平靜的告訴祖父：「大房兒那份差事，吹了。何長老儘管沒親口講明，可話裡有話，大愣子才聽不出來。人家哪放心肥差事交把咱們？吹了也罷，沒道理再叫你拿熱臉去碰人家冷腚，就別再去找他何長老探聽怎麼長、怎麼短了，免得自討沒趣兒。你可千萬記住，咱們人窮志不窮，犯不著去跟他洋鬼子求爹爹拜奶奶……」

不知是哪根繩兒哪根線兒無意間搭上了，這叫祖父聽到了。驢上祖母沒停過嘴兒絮叨，口鼻包在左一圈、右一圈兒駝絨厚圍脖兒裡，倒扣齒的薄唇兒悶悶的絮叨敢是不怎麼響亮，也不很清楚，總還是祖父只當耳邊兒風罷。可風裡柳棉漫天飛，獨獨這一小坨兒飄進耳眼兒裡來。怎麼說？多早晚兒又跟那何安東何長老搭巴了？

出城仍有一段不太長的青石路，再來就都是土路了，人騎在牲口上平穩得多。出得土圩子門，走不多遠便上了當年孟石匠打算造反造的大條青石五孔大橋。地勢高起來，老黃河躲在厚冰底下下了蟄兒。一無遮攔那麼敞蕩的冰面上，沒風沒風也還是大橋上寒氣搧摁著人，驢蹄子踏在橋面兒青石上蹦脆兒響，又不免滑滑擦擦的顛起人來。祖父穩著驢放慢點兒走，過完了橋重又走上土路，這才把也是繞上一道又一道的圍脖兒褪低些，露出嘴來說：「敢情那挺趁心不是？昨兒夜裡剛一提這事，不是妳就覺乎不妥當？也難怪，妳都一直不曉得小善這愣小子悶著腦袋把整本新舊約都啃完了。也罷了，事成事不成都有天意，人怎麼扒插，主不成全還是白罷。」

叔叔敢是比誰都操心這，連忙欺身過來，摘下耳焐子聽清些。

巴望爺多掌管點兒主意的這個心願，撩他這半天焦躁得一時一刻都難安。

祖父但凡跟祖母搭話拉聒兒，素來都莫不陪上笑味兒，久了，慣了，就像那位老洋人卜牧師，只須一引用到聖經經句，總是立時變嗓子，抖抖的拉高了調兒，拖長了尾子。說神氣也是活現，說滑稽也挺像暗笑。祖父儘管依舊陪上笑味兒，卻居然直指祖母的不是——兒子差事吹了，正好趁心；又是甚麼兒子不聲不響唸完了一本聖經，做娘的竟至一無所知；這可都是從來從來沒說過的重話，也是硬話，委實太難得了。只是滿心喜歡的聽著，聽著，正自禁不住直感主恩，怎又沒了後勁兒，愈講愈軟和了。話是不錯，「謀事在人，成事在天」，自個兒也是萬般無奈之餘，末了把啥都交託給上天了；爺那麼圓通曠達，啥樣兒世面沒見過、嚐過、歷練過？一似孔老夫子那樣頂惱著不冷不熱溫吞水的「鄉愿」，爺在外、在教會、在紛紛攘攘這個現世，行事為人莫不頂頂眞眞，主貴就主貴在一個耿直守正，近乎聖經所說的「公義」，不愧一個完全人。可怎的一旦對應起娘來，就耳也軟、嘴也軟、心也軟，連「下有黃金」的大丈夫踣膝蓋兒也軟了？要是信了教就必得這樣子軟弱無能，那倒寧可啥也不信。

叔叔這人儘管斯斯文文，很少動氣，見生人就靦覥臉紅，又添上祖母的親傳，生得眉清目秀，細皮嫩肉的白淨柔弱，卻到底還是不脫年少氣盛，經不起甚麼風浪就攪和亂了心性，這一惱了娘，又一時惱起爺，一場好事眼睜睜弄砸了，連自個兒也怪上——不是麼，笨得沒轍兒不說，單一個懦弱無能就夠壞事兒的了。滿懷懊躁，也無心暗自禱告——「獲罪於天，無所禱也」。一時好似天下只剩哥一個親人，只這麼個哥讓他吐訴吐訴，透透冤屈。當下放快了腳步超前去，明擺著生氣給祖父祖母看；恨不能一步踏進家門，哥臉前直楞楞一跪，磕上三個響頭，替爺替娘受過賠罪。

傾聽著叔叔吐訴這些私房話，我父不時隔著被窩兒摟摟兄弟，拍拍打打，直笑叔叔怎這麼想不開，這麼迂法兒。一隻光胳膊老露在外頭，凍得鬼冷也覺不出來。

我父口裡是寬寬兄弟心，也是給自個兒找開脫，可哪那麼鬆快！口說不在意那個差事——本就像路上見到人家丟失的東西，別管值不值錢，拾起來就歸自個兒，不拾也沒少掉甚麼。道理是道理，講也講得通達，就只是見月呆定拾來一樣的三、五兩銀子，不比橫財，也不比意外之財——善財難捨，哪裡說放下就放得下？還有就是來日多少打算也都指望在這上頭，差事一吹，不是砸掉一隻飯碗兒，一棍子打碎了的可是一隻套一隻，一路大套小，整套五隻六隻的龍盆；就算是比裡外描龍上釉的龍盆賤多了的單面薄釉也都成套兒的黃窰子盆，好生的傢什又幹嗎平白無故給砸個爛糊？

昨大年夜，打祖父漏出口風郵傳局子要人用，那麼有章程，撩我父翻來覆去睡意全無，想的是眼下見月一吊小錢，就算不用一手李家來，一手遞給娘去，拼著一文錢也不使不花，一年下來也還折不上三兩銀子，想拿這成家還是立業？門兒都沒。除這而外還有啥出息？指望爺娘罷，爺娘可是上無片瓦，下無寸土。放著個大美姑娘，貌有貌，品有品，能有能，兩人不聲不響，可都有情有意；饒是這樣子，又待如何？哥們兒早就起過鬨，拍過胸脯，左不過蓋個兩間房兒，就這屋左屋右屋脊後，盡是空地，不說李二大爺，他嗣仁嗣義哥倆兒也打得下包票，打材料到把匠活兒，哥們兒全包了——小事一樁，不是大話，說到做到信得過，沒錯兒；可娶過來是個活蹦活跳活人咧，哪兩間房就天下太平來著？喫也喫屋、穿也穿屋、花用也花用這屋不成？「花喜喜，尾巴長，娶了媳婦忘了娘」，爺娘兄弟能不養活？還不止這，日後丫頭小子一個跟一個來，你能堵住門兒不讓生？爺娘兄弟三口大人兒罷，有天兄弟人上人了，還怕不養活爺娘？唯獨這丫頭小子，無窮無盡——生多少？沒個數兒；得養活到多大？沒個數兒；要害多少病？沒個數兒；要唸多少學？沒個數兒；人多了住不下，總不能老在人家地上不花材料、不花工錢蓋屋是罷？那得買多少地、蓋多少屋？沒數兒……愈想愈沒數兒，有數兒的只這一個月一吊文兒的工錢，還不叫人夠撒氣嗒！

想爺這個人，說命好也是頂尖兒命好，說倒運也是一倒到底兒。

就說命好罷，從小到大，啥都二奶奶一個人扛了去，風颼不到，雨掃不著。闖關東三代都是買賣人，到了老爹就巴望三個小子裡能出個唸書人，弄個功名榮宗耀祖。大小子是打小兒抱養來的壓堂子，根底兒就不是唸書的料兒。要說是個天生的買賣人，也早早就看出守成有餘，創業不足；那倒沒甚麼考究，祖傳的騾馬棧就一把手交給這位大爺華延慶名下。老爹過世前，眼見一幫子也都兩三代的馬倌，赤心忠膽保幼主保得個風平浪靜，產業沒添多少，可也沒損沒短，老爹沒甚麼得意的，倒還算放心。三爺延祥呢，似乎很無能——大人都那麼說。我父只記得這位三爺是個挺有小孩緣兒，整日家嘻嘻哈哈的老好人。三爺是大奶所生，沒分家前，兩代六口都居住普蘭店那個老窩，大奶奶本就是天日製鹽好幫手，老爹還在世時，鹽場裡裡外外大奶奶便已大半當家作主，日後那份兒家業順理成章都是大奶奶娘倆兒的了。三爺肯不肯唸書，大奶奶好像都不大管。就二奶奶把老爹那個心事當眞，牛莊這邊槽坊本是一家敗落得就要倒閉了的老字號，老爹盤過來交給二奶奶經營。二奶奶算得上女中豪傑，會使人，會管錢，年紀輕輕的啥事都罩得住，不幾年就把個破破爛爛老字號給整頓起來，沒停過添牲口、添酒槽、添酒把式、添夥計更不用說，那可是發了又發，把通化燒刀子獨佔的市面都給對半兒分過來了。

二奶奶那樣裡外上下都扛了去，放在爺身上的就是全心全意要兒子只管唸書求功名，家業不讓兒子動一根指頭，重金請到家下一位又一位文登先生，打點兒子「你就給我悶著頭唸書，啥你都別管！」爺也挺爭氣，秀士監生不說，還高高中了舉人，門前豎起帶斗的旗桿就是響亮亮的功名，不關功成沒成，名就沒就。大片家業，睡著喫，躺著喝，三輩子也不愁，還去做個鬼官?再去頂個狀元?

我祖母能說會道，人家奉承她能把樹上小鳥哄下來；我祖父這上頭只要願意，本事又比祖母高明不知多少。祖父拿戲文說書裡的講古跟二曾祖母扯咕，說甚麼哪吒三太子折肉還母，折骨還父，中舉也算還了生身。祖父不忘拿旗人稱呼，親親熱熱帶幾分撒嬌的喊了聲「愛嬭！」就足叫做娘的骨酥肉顫。說是把這功名報得祖宗蔭庇，父生母養之恩，還了上人，就此要現他元身本命。這佛道兩家之理二曾祖母似懂未懂，祖父遂又拿淺顯明白的聖經道理與二曾祖母說法，不外是世間榮華富貴無非過眼煙雲，當求天國之義，積財如積德，積在天國無虞蟲蛀銹蝕……。那時祖父哪信這些，二曾祖母可是虔誠得很，也就對此一說信服了。祖父是給家門立了大功，就此大魯架兒居家賦閑，篤定穩做他的飯來張口、錢來伸手、不理生計的大少爺——哪怕有朝一日兒孫繞膝也還是個老少爺、太老少爺。十七為人父，代代這麼下去，五世同堂可不難，不到七十歲罷，準做高祖父，可不高老少爺了？總歸是乙未而立之年這以前，祖父一逕是好命，好得凡事用不著他管，騾馬棧打海拉爾進牲口都是按溝子算的，一溝子多少頭，擺開來又有多大一片？不知道。照樣用不著他管的普蘭店百頃鹽田，一頃多少畝？一頃有多大？打這到哪兒？不知道。那都還情有可原罷，事不關己嘛。這槽坊呢？多少個槽？騾馬多少？夥計多少？也還是一問三不知，你倒說我這位祖父命有多好罷。

要提起倒運罷，怕也少有我祖父那麼遭難之慘，牛莊那片萬貫家私，一夜炮火過後，就剩大片廢墟上冒著幾股小煙兒。待到攙攙扒扒投奔祖籍了來，祖陵前上了供，掃過墓，才知腳前腳後都是踩在人家名下的地上；除非元房四口都蹲到墳頂上去，那才是華家的泥土，華家的野草——倒還有稀稀疏疏禿子頭毛一般的薺菜，五代五座墳上都剜了來，或許燙出來湊合一小碟涼拌。

可祖父到底是個蒙恩之人，世俗所說的有福之人。命好也罷，倒運也罷，祖母每提起這些那些，不是得意就是埋怨，祖父總是笑笑嘆口氣：「就是嘮，這個人世罷，橫豎享不盡的福，受不盡的罪——凡是上帝給你的，都是你承擔得起的。」故此落難客居在這佝佐縣黃西鄉沙莊上四、五年來，祖父既不曾爲稻粱謀花過甚麼心思，更是一些些也不曾想過甚麼求田問舍。祖母也是一般樣兒，且拿聖經上的話語來給自個兒寬心：「明日自有明日之憂，一天之難一天已足。」說來也挺夫唱婦隨，只是祖父也不時唱過：「人無遠慮，必有近憂。」不過憂的不在喫穿用度罷了。這上頭相較，祖母的少奶奶日子可比祖父的少爺長久太多——祖母後來就是享壽到八十二歲，繞膝一大窩子四代兒孫，差一些些就見到五代玄孫，她老人家想的、說的、行的、受用的，還無一不是個地道的少奶奶。喫穿用度祖父是無慮也不講究，粗糧細糧皆一般，隔夜飯菜餿了，祖母聞聞說沒變味，倒掉可惜，祖父一個人照喫，也連說沒餿。祖母則是喫穿用度從不算計，有今兒沒明兒，過一天有一天的福享便從不放過。其實也都滿合聖經的道理，祖母傳福音也是最喜歡講：「天上飛禽不種不收，也無倉房存糧，天父尚且養活。生身爲人，要比天上飛禽金貴多多了，喫喝有啥好愁？還有了，野生百合，不紡不織，所羅門王就算富貴榮華到了頂兒，穿金戴銀，也美不過百合花一朵。」可嘴講出來容易，眼前鄉居這麼個家境，三天若沒葷鮮進嘴下肚，準就要像祖父的三日不讀書那樣，自覺語言乏味、面目可憎。不過祖母她老人家是心煩氣躁，是嫌人家語言乏味，面目可憎。要說夫唱婦隨，祖母不能說是跟不上趟兒，不搭調兒；只不過裡子面子上自有差池；要說是貌合神離，也有那個影兒，卻總有些言重了罷。

好了，上頭爺娘都是一個樣兒不置家產也守不住家業慣了的，都那麼沒的指望；下頭兄弟罷還太小，儘管看來日後家道要想大興大旺，都非得仰仗這個兄弟不可，只是總不能就直愣愣乾等上十年二十年再說罷？別的都不管，單是兄弟要想功成名就，秀士、舉人、進京趕考，這一路上去，也斷不是眼前這樣子家境供濟得起。爺、娘、兄弟如此這般，那不裡裡外外、上上下下、啥都得自個兒一人來一總扛起？

要不是祖父提起甚麼郵傳局子那份兒差事——想也想不到的一樁大喜信兒，我父還好像從來沒有過那麼多的心事，那麼急躁躁的巴望甚麼。

小窗口麥稭苫子縫兒透進灰不啦唧的天光，一似大年夜守夜到五更，卻心境大不一樣。前一夜，那份十拿九穩到手的差事，引人平白生出多少打算，又多少天馬行空的睜眼大夢，才趁天明未亮前強逼自個兒目盹一下。可那是心上滿有奔頭才一點睡意也沒，也才覺沒睡到多點兒還是精精神神，大年初一起個絕早。可這開年頭一夜，前半夜盡掇弄個髩口不髩口的耗走了；這下半夜，那些打算，那些睜眼大夢，都成了水底下冒上來的氣泡泡，嘣兒嘣兒的一個跟一個都炸空了，啥都沒落。雞叫二遍才硬催兒弟睡去，落下獨自一個思來想去，盡是壞信兒留下的懊糟，空空落落，沒抓手，沒撓頭兒，人只覺乎著困乏無比，又偏偏一星兒睡意也沒有，眼也澀，口也乾，舌也燥苦燥苦的。愣等天亮，可天亮了又能等到個啥來？

# 熱鬧又冷清

華太平家傳

大夥兒憋在家門裡悶了一整天，初二清早天一亮，就像雞圈門一開，一刻也等不到一刻，大雞小雞公雞母雞，急急忙忙就是要奔出窩兒來，啥也不爲，奔出來也啥事都沒有，看出會熱鬧那還早，出了窩兒，除了放放爆仗取樂，只管一片喳呼罷了。要說是彼此情分甚麼的，那也沒到一日不見如隔三秋那麼熱乎。

可這倒也不盡然，像我父罷，一日沒見大美姑娘，可不止如隔三年。加上郵傳局子那份兒肥差事，三十晚上金光閃閃的乍露出意想不到的巴望，好像明天就能跟大美姑娘婚配成親；初一夜半這個巴望就如水泡泡一樣炸了。那份兒肥差事十有九成是吹定了，這叫我父覺著跟大美兩人一下子退開到老遠，退後到天邊兒，兩人中間不光是隔上三秋，還兩下裡梗著千山萬水，越發飢飢渴渴想見見她那個人，好似要能儘快看到大美，多少還可挽回一點甚麼。

沙耀武領著忙不迭已從湯家把鑼鼓傢伙弄出來，吆呼哥們兒先「熱熱蹄兒」，早飯一罷就得先擱莊子裡玩會。牲口要上磨、上碾子、馱糧食上路，得先牽出來活動活動筋骨，叫熱熱蹄兒。可鑼鼓傢伙一敲打，不用正式正道的出會，就整個莊子燒起火來。不單是孩童一聽到鑼鼓就撒奔子跑了來，大人也都沉不住，扯大步子踈跡。有那早飯喫的早的，端著黑窰子大碗粥，邊走邊唿嚕；有的手裡捽著捲成棒捶的煎餅，邊跑邊啃。鑼鼓傢伙好似呆定都聚在莊子當央一棵長成三層如盆景的老桑樹下這片空場子上。儘管人在屋裡或院子裡，聽聲辨位常會走了方向，出門還是辨都不要辨，踈開大步就往這棵老桑樹奔來。

男女老少就算這年沒製新衣帽，總也挑那尋常打粗省著不大穿戴的舊雖舊卻很乾淨齊整的衣帽，好生紮裹紮裹，沒的讓人瞧不起，自個兒也覺著不如人。

東天邊先是黃瓤西瓜啃剩的瓜皮。太陽還沒冒頭，約莫也快了，黃瓤西瓜眼看慢慢變成了紅瓤西瓜。

圍成幾圈兒的莊子上的人，孩童多半擠到前頭來，小小子小丫頭臉上可都胭脂點了面花，多的是眉心一顆桃紅小圓點，有的是眉心兩點，再在兩邊鬢穴、鼻尖兒、下巴頦各點上一顆。孩童一個帶頭，全都學樣兒，兩手搗在耳朵上一緊一鬆，一緊一鬆，挺稀罕聒耳的鑼鼓敲打聲一陣大一陣小、一陣大一陣小，按快了又按慢了，嘻孜孜的享受各自雖還不會敲打鑼鼓倒有本事變花樣兒，也算憑自個兒一雙小手借勢造勢尋樂子。

我父敲的二鑼，不是吃重的傢伙，剛想著大美八成不會來趕這個熱鬧了，倒是她老弟小根兒氣喘吁吁擠到裡圈裡來，手上還攥著半落白饅頭。八成不是現打他沈莊跑來罷，靠不住一大早就抓個饅頭蹓躂到沙莊玩兒來了。我父挨近去，趁個空兒，握著鑼槌的手，去捏了捏那饅頭，冷硬冷硬的，止不住問一聲：「也沒餾餾吃？」一面趕緊跟上鑼鼓點兒。小根回了他話，聽不清。我父彎彎腰，湊近了聽。小根也湊到他身邊叫道：「冷饅頭才煞食兒！」我父不禁笑起來。別瞧這小子愣哩八睜的，這句話算靈利。「煞食兒」該怎個說法兒？煞渴、煞饞、煞癮、煞癢，都有個講兒，煞食兒，也就是那個意思，卻不大有人說過。不由人的，我父多看了這小子兩眼，這話怕只有他姐那樣水葱兒一般聰明的姑娘，才出口就是巧話兒。小根兒也點了面花，是昨天點的，一夜過來，除溜掉了一些。少不得是大美給他點的面花。小子也不知疼惜點兒，護著點兒，要不然，總耐個兩三天。

打了這幾年的鑼鼓傢伙，我父還是弄不怎麼懂，我父一向是爲人正經，逢到這敲敲打打，規矩是規矩，鑼鼓點兒一點也亂不得，那是沒錯兒，可到底這是戲耍取樂，好玩兒的買賣兒。這夥兒哥們兒就不是這回事兒，平素沒一根骨頭正經，一拾　起鑼鼓，個個板硬著臉，雖說還不至於六親不認，可對每個圍觀的熟人，哪怕是自個兒老子娘，全都像素不相識的生人，別說招呼都不打個招呼，連堆點兒笑臉兒也沒有。要說這好比擺弄個甚麼手藝，納著腦袋幹活兒罷，哪還東張西望管甚麼閑篇子來著，心無二用不是？那倒也不大一定，鄉下人農閑裡也有不少手藝，編個草帽辮罷、打個草苫子罷，伐個樹啦，編個柳條筐子扁子鋪籃伍的，可都算正經活兒了罷，那才是貧嘴聒舌大好時節，沒擋著動嘴，還動手惹你惹他呢。也不都只年輕小夥子動手動腳，沒半句正經話；老人跟老人也少不得口舌上你佔我便宜，我叫你喫虧，嘴巴逗不過人，就來現的——打打鬧鬧，蹺腿掃過蹲著的人頭上拉個騷。

一個個一本正經的打鼓敲鑼擦鐃子，我父只才跟小根兒順口搭訕了下，高結巴子打著小唐鑼，就忍不住貼上耳朵來：「阿枯恰阿枯恰入他的，見……了小舅子，就……打亂……鑼了。」也虧這高壽山是個結巴，要不的話，那俏皮話還不知要多溜了。救火才打亂鑼呢。

鑼鼓敲打起來還眞叫聒人，家家來喊人回去喫飯，喊看熱鬧的，也喊敲打鑼鼓的，喊啞嗓兒也壓不住鑼鼓，有的小子就給拽住耳朵扯走了。鑼鼓歇下來，才聽見這裡叫罵：「討債鬼，當飯就休回來嚾屎肚子！」那裡喳呼：「看熱鬧，你娘的！五臟廟都不上供啦！」有的噌道：「混小子，指望牢飯送到你手裡！」……。

鑼鼓一歇下來，敲打得如醉如癡的哥們兒，板緊的臉子這才立時放鬆，像下過了神的老道子、道嬤嬤回醒過來，還了人樣兒，有說有笑的收傢伙。最累的大鼓手季福祿忙把老粗老粗的搖腰帶、三把兩把解開搭到肩膀上，敞懷兒晾汗，不斷拿袍襟子搧涼兒。

我父也不顧礙那麼些尖眼尖耳朵，忍不住揪揪小根兒乾像棒子纓的小辮子問他：「你姐擱家裡？可好？」說了方覺到這不是廢話？——敢也是大老實話兒，暗自笑起自個兒想人想成二愣子了。

莊子上一個男人家、一個小人家，少有安安頓頓守著桌子坐下來喫飯的，淨見到一手捧一大黑窰子碗的菜糠糊，一手捽著捲進沙沙鹽霜的黑鹹菜跟大葱的煎餅捲兒，串東串西，想起來嗯嚕一口糠糊，想起來歪著腦袋截一口煎餅捲兒，哪兒人多哪兒湊，俚說話講耍貧嘴逗樂子。糠糊喝完了，不定家裡孩子一旁玩砍錢甚麼的，吆喝過來把空碗端回家，再添一碗端了來。

我家還是沒法兒隨俗，哪怕一個誰在家，也還是飯菜擺上桌子，坐正了身子用飯。全家人都在，不用說，得等到齊了，坐定下來再動筷兒。

年裡頓飯總少不了喝個二兩四兩燒酒，只早飯免用——倒也不是「早酒晚茶黎明色」那個忌諱，免傷身子；儘管祖父從不考究甚麼菜下酒，可擺置起來也還挺費事的。這幾日早飯無非清水下湯圓——祖母嫌高粱黏米湯圓總是粗糧，說怎樣也要自個兒包上些白糯米湯圓，白糖豬油黑芝麻餡兒，鴿蛋大小一頓六、七個就成。高粱黏米湯圓就簡單，紅糖餡兒，下出來個個都鴨蛋大小，比雪青重一些的淡紫色氣，趁剛出鍋，一口下去紅糖稀盪得人鼻歪眼斜嘴巴直哆嗦才夠味兒。我父親饞這玩意兒，一口氣十幾二十的不當事兒，到老都還是這樣，俗說這樣的嗜好主長壽。祖父、叔叔也挺貪這個，卻至多五、六個也就膩住了。叔叔喫得開心時就逗我祖母，說皮兒也香，餡兒也香，糯米湯圓就退板多了。一面嗞兒咂的，黏嘴抹舌品香給人看。總還因叔叔很看不中祖母一些習性，全家就這四口大人兒，還動不動獨自喫小鍋飯兒。

哥們兒喫飽喝足，又影照著到處的春聯門吊子，個個紅光滿面，眞個兒就是新年裡一派歡天喜地。寒天熱食，不免清水濞子源源不絕，鼻尖兒上老偷偷滴溜著個水珠，自個兒都覺不出。這種濞水無色無臭，也沒多少黏性，積到非滴下不可時，就神不知鬼不覺，也不帶甚麼黏絲兒就叭嗒一下掉進糠糊裡，覺不出來也看不出來，除了添點鹹味兒，囫圇下肚也沒多大害處就是了。

那樣子喫熱喝辣一場過後，好像爲這一頓非比尋常的飽餐，嗞兒咂兒連打一串響亮的飽嗝不算，還附帶不少配套兒的善後餘興。單說剔牙罷，順手抓啥都是牙籤，秫稭篾子、麥稭莛子、皂角樹枝上的長葛針兒，掃帚或刷把劈根橈子都行，剔完了還夾在嘴角兒，照樣喫菸、哼小調兒、俚說話講也不掉，似乎喫了頓好的過後總得帶個樣子。有的膽不出閑手找牙籤，就用舌尖兒、腮頰肉、上下嘴唇兒，加上連咂帶吸，齊打夥兒動起嘴裡所有的傢伙來清除牙縫兒塞的殘渣子，弄得人一張臉鼻歪眼斜，齜牙咧嘴，看上去一下子狠、一下子難堪、一下子獰笑、叫疼、又像是怒氣不息，神情千變萬化，無非就是喫了頓好的。

我父趕到李府，一路拱手放不下來，跟李二老爹屈屈腿彎兒打了個千兒拜年。李府人口衆多，一片「恭喜發財」，只我父心下嘀咕「恭喜我破財還好些」，一面藏著個說妄想也不一定就是妄想的念頭——大美也該來給東家拜年才是；要拜年，這早飯一過才頂宜當。要不然，早來晚來都正趕飯食兒，不能那麼沒眼色。

南屋三間大敞房，靠東頭停著挺佔地方的那架旱船，大紅大綠彩布紮裹停當了。碾道裡嗣仁正在那邊搠飭艄公那副打扮。衣褲倒好湊合，紮到蹅膝蓋兒的長筒白布襪和細蔴鞋也都拼當妥了，頭頂那頂插花破菸氈帽也不知難爲了誰打哪兒尋摸來的，挺不容易。一身披掛齊整了，獨缺那副費去哥們兒大半夜工夫把鎗捅條搥打成架子的髯口還沒戴上，我父一時心焦起來，別又出了岔子，臨到這一刻了，要再現抓可就抓也抓不開了，便忙趕過來過問。還好，嗣仁還算曉得這玩意兒得來不易，沒敢馬虎，找他家裡的收了起來。等取過來掛上試試，叫他唱兩聲看看伏不伏貼，扎是有點兒扎嘴，害他上嘴唇兒老是瓦呀瓦的，也只好哄哄他**撐一撐**，過一會兒戴慣了就不大難受了。氣得嗣仁噌過來：「又不是戴到你嘴上，肏你的沒疼熱！」

那沈長貴還沒見他人，問了才知正躲在西間屋裡打扮。嗣義媳婦還算才過過一年沒舊多少的新娘子，胭脂粉兒有的是，而外絨花甚麼的頭飾也不少。鄉下房屋講緊襯，窗口頂大也才尺半見方，就算把防寒的麥稭苫子拿掉，西間東曬這時刻日頭直照進來，窗櫺上新年才糊的喜紅紙也還是擋光擋得暗塌塌的，人打外頭一走進房裡，乍乍的像瞎子一樣。

嗣仁嗣義哥倆兒合住的西屋三間兩頭房，外間倒是早上金黃的日頭照滿牆。嗣義媳婦把陪送嫁粧的梳裝鏡搬到這外間八仙桌上，梳裝鏡四個小抽屜一一拉開，裡頭木梳篦子簪子胭脂粉兒的傢什可不少，都儘他長貴擺弄。一旁還有三層落起來的小瓷盒兒，一層層掀開教給他，頭一層盛的是松香木鉋花泡的搽頭油。二一層內好似雨打荷葉水珠滴溜溜兒滾的水銀，經不起稍稍一動就滾來滾去，大珠珠散成小的，小珠珠合成大的，晶亮晶亮銀膏子，是殺頭虱用的。底下一層深一些，粉撲子揭開，滿滿大半盒撲鼻子香粉。嗣義他媳婦好似替長貴難為情的笑得挺害臊，半捣著口教給長貴道：「俺沈大哥，你敞殼兒直管使它，俺都使不到，擱久了也怕擱害了。這咳兒滑粉，你看這麼多，噴香噴香的，再擱些時怕都走了香味兒，還不是糟蹋了！俺沈大哥不黑，可還是粉搽厚實點兒才像個閨娘。要怕搽厚了掛不住，就先拿這邊鉋花油揉揉臉，包你粘得住……」嗣義他媳婦邊說這些，邊一陣陣兒紅上臉來。這樣子教個大男子漢搽粉抹胭脂，眞還又好笑、又臊人。

長貴依著指點，泥牆一般把張臉抹得鬼兒瓜的，像打麵缸裡剛爬出來。去年扮蛤蚌精，是耀武他媳婦幫忙打扮，可沒這麼細心，傢什也沒這麼多的花樣兒。接下來再捏了一小撮胭脂末兒放到手心兒上，兩手研了研，搽起兩邊紅腮疙瘩。嗣義媳婦還又教他指尖沾些胭脂搽眼皮兒，再還有上下嘴唇兒各拿胭脂塗個半圓點兒，合算是櫻桃小口，戲台上唱小旦兒的就是這副打扮。可這麼一來倒害得長貴翹著上嘴唇兒長長的，不敢大張大合抿抿嘴兒。嗣仁笑他是「叫驢聞騷！」——虧他嗣仁尖腚子，怎麼想到那上頭；大夥兒聽這麼一說，齊來打量，可不活脫脫就是公驢讓發情的草驢給撩得笑天的那副又癡又蠢又逗趣兒的鬼樣子。

玩旱船不光是玩的女客倌跟老艄公他倆，四面三角大旗、四面直幡子，還有四盞八角燈，鑼鼓傢伙就不算替手也得大鼓、大鑼、大鐃、二鑼、唐鑼、小鑔子，六個敲打手。而外，沙耀武是帶頭的總管，裡裡外外都得他一個人招呼調度，可不容易。去年玩會，哥們兒都推我父來帶頭，都清楚我父待人公正沒私心，幹啥都叫人口服心服，天生有這個本事。我父這上頭頂拿得準分寸，自諒是個外來戶，玩會是人家莊子上出人出錢出力，說怎麼也不肯點頭。哥們兒這個情分只有心領，推脫到後來沒法兒，才應允耀武一旁幫忙出出點子倒將就，碰到難處搭手調理調理，比仿誰誰不服調度，誰誰彆扭了，刺毛了，不聽使喚了，就居間調停調停，說合說合。去年是那麼過來的，我父像個諸葛亮、劉伯溫，讓他沙耀武去當劉備、朱洪武。一個白臉，一個黑臉，倒把十來回出會到鄰莊串門子，到城裡奉承誰家老板，都糊弄得還算功德圓滿，今年敢還是外甥打燈籠——照舅（舊）。我父這位軍師罷，有事無事都不曾出頭出角，人家也只見他打打二鑼、有時換手敲敲唐鑼、夾在鑼鼓隊子裡，有他不多、無他不少的充個數兒罷。這都是先人的榜樣，春風秋雨，滋潤咱們華家往後好幾代子孫，名呀利的讓給人去，光亮體面也從不跟人家爭呀搶呀，也從來都不曾覺得喫虧上當。

出會前這麼鬧鬧烘烘裡，我父跟大家夥兒一般樣忙裡忙外，心裡可也沒停過只想這李府上多待一會兒是一會兒，挨到李家後場上擺了一陣子隊，掛鞭也放了，鑼鼓也敲打起來了，耀武領在前頭開拔了，一時整莊子上男女老幼都聞聲趕了來，這番動靜早該傳到鄰莊近村了，終也沒見到大美姑娘半個影兒。她沈莊差不多緊挨著沙莊西頭，只十來戶人家，要人沒人，要錢沒錢，從來就出不起會，碰上這樣子鞭炮鑼鼓驚天動地響鬧起來，也見到一些沈莊上的人頭，可就是招引不來她姑娘一個人兒大駕，倒眞有點兒說奇道怪了。不知是有本事那麼沉得住氣兒，還是她家下出甚麼事給絆住了——今才大年初二，尋常忙的無非針線茶飯，收乾曬濕，年下這些可全都放下了，沒啥佔住人手的；再說，尋常裡她大美都在李府幫工，難道沒大美她人姓沈的合家就都頭頂鍋蓋兒愣捱餓不成？故此除非甚麼大事才礙住她走不出家門不是？可小根兒大淸老早就抓個涼饅頭跑來沙莊趕熱鬧，照這看，沈家也不該是出了大事的樣子。

這又好大一陣兒沒瞧見小根兒他小子，又不知暈去哪兒了，八成還夾在紛紛嚷嚷的那麼多的人窩兒裡罷。那半落「煞食兒」涼饅頭，想起想不起的半天啃不上一口，快成個捽在手上溜東遊西拿當小買賣兒玩了。先前大桑樹底下偷空問了他姐可在家時，還暗自取笑自個兒白饒舌頭，販的大老實廢話，也就沒心認眞聽鑼鼓聲中他小根兒回了啥話。有這一刻兒牽腸掛肚，早知道的話，將才眞該聽聽淸楚才是。

衝著最大份子出錢的份兒上，又是位在莊子頂西頭的湯府，照例頭一場都先到他家前場上獻寶，他湯府肉頭戶也要的是這個體面。等獻完了寶，再從這莊西往東，但凡誰家門前麥場夠耍，又放鞭炮迎會，公公平平全都要各玩兒那麼一場。

實指望沈家大美歪好也會挑個離她家頂近便的這湯家前場來看熱鬧——她大美生就是那麼個靈利又乾脆的姑娘家罷。更不用說，大半都是她紥裹的旱船艙篷四周絲絲琉璃珠打的寶絡、繐繐甚麼的，也該趕來看看她這些心血手藝。可還是眼巴巴兒白盼了這半天，直到湯府引放送會鞭炮、沙府老大房也在那頭放起鞭炮來迎會，前後夾攻的煙硝花火裡，終還是沒見她人；我父只覺腳底下踩著了黏膠，落到後尾走不動。頭場那麼近便都不來，還會挑這遠的趕熱鬧麼？想是這麼想，不由人的走走還是回頭瞭一眼隨後跟過來的大夥兒，不放心自個看走眼，瞧抹了大美。其實哪會，人家說「仇人一見，分外眼明」，男女要是兩相情願，那連眼看都用不著眼看，隨時都覺得出來芸芸衆生裡心上那個人正在哪兒。

天是眞的晴得響響亮亮，連個一絲兒颼人的紋風都沒有，可眞幫穿戴得不得不單薄的女客人沈長貴架勢兒，才更耍得歡兒，小嗓子也唱得歡兒。唱詞兒大半跟「小放牛」差不離兒，一語雙關，專送便宜給老不成材的艄公開個過癮。

問聲女客人兒家，過河敢是找婆家？
俺打河東婆家來，回門河西走娘家。
婆家不差車來不差馬，小姑爺也該來保駕。
十八媳婦九歲郎，還沒斷奶離不開媽。
小娘子十八一枝花，冷鍋冷灶沒破瓜。
公婆待俺親生女，瓜熟單等郎長大。
十世修來同船渡。
百世修來好成家。
不如彩鳳配俺這老鴰，九歲小郎讓他做乾大（爹）。

你一嘴、我一舌，就這麼對口唱來唱去，愈唱愈葷，唱到大葷地方，定有叫好的，多半是半椿小子，隨手扔進冒煙小爆仗，不定炸到女客人或是老艄公身上。有過出會出的「賣膏藥」，扮的八字鬍老頭，紅糟鼻子上架副黃銅眼鏡，翻穿皮襖毛朝外，打一把只剩骨架兒破雨傘，根根傘骨尖兒繫根粘成串兒的紅油紙黑圓心兒膏藥，破傘溜溜轉起來，串串膏藥跟著平飛起來，八字鬍老頭就唱他膏藥能治百病有多靈，數出的疑難雜症怕還不止一百種。唱到他膏藥能壯陽，小肚子只須貼一張，老雀立時變了樣：

要問能多長，賽過擀麵杖。
要問能多粗，賽過石轆軸。
要問能多硬，賽過碫磨釘。
要問能多壯，賽過紅纓槍。

……………………

一唱到這裡，便撩得看熱鬧的直叫好，爆仗就炸到翻穿的皮襖老羊毛上。所幸羊毛燒不起活火焰兒，就那樣也燒燎糊了一大片。可你是出會的，隨你扮啥角兒，爆仗崩掉你耳朵也沒好怨的，你唱的絕，扮的妙，人家給你迷上了，捧你瘋你才那麼開彩不是？那要回禮的，少不得扮女的飛個眼兒，扮男的拱拱手，作個揖，哪興翻臉甚麼的。

從莊子西到莊子東，除了李府打麥場在宅子背後，其餘六家前場算是出了六場會。小小子小閨女場場看，又記性好，六場下來大半都會跟聲兒唱了。別管那唱詞兒葷葷素素，大年裡不興罵孩子，大人也都由著這些小人家忸忸怩怩唱著還學樣兒，橫豎也不懂，小和尙唸經——有口無心。老奶奶把孫子當寶，還逢人就誇，笑得合不攏癟嘴，一口稀稀朗朗幾顆又黃又長的老牙。

扮女客人的沈長貴，人生得算白淨的，一口好牙也還算白淨，可臉上白粉搽太厚了，襯得也是一口老黃牙。嘴唇上點的胭脂經不住唱唱唸唸，六場完了也差不多正晌午，老黃牙縫兒染了些胭脂渣兒，加上人一累，不住張口喘呼，乍看像唱唱耍耍太賣勁兒，口舌冒血了。

叔叔生性安靜，小小年紀就不大喜歡趕熱鬧，長大了些越發掉進書堆子裡。饒是這大年初二，莊子上這頭一天出會，要不是衝著我父出了大力玩會，叔叔陪伴祖父祖母挨家去拜年，路過沙家小房門前場上正玩著會，只怕碰到臉上來也瞧都不大瞧的。叔叔身子發的晚，新年十六了，看上去還像個十一、二歲大小子。要他一叢叢擠進人堆裡，都是莊子上熟人，得跟這個拜年，那個招呼，生性那麼個餒孤人，先就心怯了。還是只遠遠的尋摸到一架立著的紅石轆轆，跐上去張望張望，看到哥，看到他自個兒畫的一隻八角燈，好似就不用再看別的了。

祖母倒是又喜歡熱鬧，又好事兒，公雞鬥架都要趕上前去瞧個稀罕景兒的。去年出會祖母就是從頭看到底，場場不落兒，還隨身搇隻小馬扎子，趕哪個場兒——哪怕左近鄰莊兒的，華師娘，哪個不知，誰人不曉？總給請到裡圈兒，跟蹲的蹲，坐的坐孩童一起，穩坐馬扎子觀賞，孩童不是喊乾姥娘就是喊師娘、師奶奶。單這些尊稱，祖母就樂得閉不上嘴兒。可今天一上半天，六場玩下來，我父沒瞧到大美不說，也沒見過祖母她人，八成昨夜那口氣還沒消罷。那口氣能嘔得熱鬧都捨得不看了，可見不比尋常。過年原本是大喜的好事，今年怎就一開頭這麼不順當！只怕今年這一年的日子都不好過了罷！

我父滿心的不舒服，這才似乎弄明白年下何以一頭是忌諱多，這個不可，那個不行；另一頭又是八下兒裡討吉祥。忌諱跟吉祥說來無憑無據，委實可笑。可管你信不信邪，人就是不能不在意這些個無稽之談。祖父塾館裡掛著幾幅小立軸，其中一幅上書「一日之計在於晨，一年之計在於春」，唸書人尚且在意這個，俗人那還用說？大清早起，聽到的頭一聲就是老鴰子打頭頂上叫過去，隨後連自個兒在內，到處盡是呸！呸！呸！大聲吐口水。誰都曉得呸這一聲就把烏鴉黑亮翅膀上撲落下來的晦氣吐掉了，是破牠的邪門兒。可就算應聲呸上一百口，這一整天也還是滿心疙瘩的慌，隨時等著碰上倒楣事兒。妙還妙在忌諱罷，人就信它個十成；破這忌諱，討個吉祥，人又至多只信它個三成了。上上之策還是把忌諱往好處解脫。譬如人人都信清早一出門兒碰見吉祥物就一整天事事順心如意；碰見不祥，敢是這一天裡大小總要倒個楣，有那頂眞的傢伙，就能一賭氣，這一天死也不出門兒了。可出門兒就碰見人家出殯，棺材打門前哼兒呵的抬過去，那該咋辦？沒事兒，吉祥物罷——棺材棺材，又升官又發財嘛；儘管升官發財非一日之功，這一天至少總也日子過得神清氣爽，少掉多少牽腸掛肚。這就是不當忌諱是忌諱，當下就來個逢凶化吉，轉禍為福，上上之策的好點子，強似把臭老鴰子搧呼下來的晦氣想給呸掉要靈驗多了。

譬如我祖父常掛在嘴上的「信主之人百無禁忌」（世俗老話本來是「姜太公在此，百無禁忌」），就是打根底兒上給禁忌這玩意兒連根拔掉。可我父儘管多少事上都能依著父訓去對付，大半也挺得心應手，可有時也會明知那樣才是，偏又這樣，總是身不由己，該怪自個兒無能罷。像眼前這麼一個接一個難處，一回又一回的不順遂——打昨天嗣仁把老艄公的髯口搗弄害了，臨時抓瞎；去不成城上奮興會，就夠滿心懊躁，不想又得罪到祖母；要不然，或許祖母在那位洋人何長老面前不至于把話說絕了；郵傳局子那份兒肥差事算給搗散板兒，吹定了；沒那份差事還出得了頭？仗甚麼還想人家姑娘；這一上半天沒見大美露面兒，我父總覺著她大美也通神通鬼知道了自個兒沒章程、沒指望，連熱鬧也不要來看，連面也不要見了；祖母那麼好趕熱鬧，也捨得不來看會，那口氣不知還要嘔上多早晚才能消……兩天沒到黑兒，又是開年才起頭，便這麼接二連三的諸事不利，要說今這一年還能過得順順當當，怕是很難了。心緒這麼不寧，說怎樣想拿「信主之人百無禁忌」來寬解，也除不去心頭上一陣一陣兒烏雲遮日了。

原本這個天兒響響亮亮的晴得萬里無雲，靠近這晌午時分，怎的不知不覺就起了雲，老陽兒一陣一陣兒藏起來。不光是眼前一下子暗了，也立時身上一陣兒冷颼颼的。小半天的日照，也才剛把地上曬暖了一些，可經不住一少掉老陽兒就現了原形。

像季福祿，大鼓擂得一頭大汗，老棉襖、狗頭套新棉帽子，早都扔給他媳婦抱回去了，一時可冷不到他。

沈長貴也一樣，女客人那身打扮單薄是單薄，俗話說的好，「要得俏，凍得跳」，可誰也沒他動得緊，肩掛手提大旱船，前走後退打轉悠兒，一刻不停的那麼「跑旱船」，身上熱烘得很。儘管船身左右繫著兩條大紅粗攀帶，打成十字叉兒分搭在兩肩上，有如兩副軟扁擔把整條六、七十斤的旱船挑上肩，卻不像扁擔挑子可以不時換換肩，這可兩肩都死死的墜得那麼沉，沒的輪替著歇歇。要末仰靠雙手提住兩邊兒船框分點兒力氣，可雙手另有重活兒，船頭總得一直昂起來再低下去、昂起來再低下去，那才像隨著波浪一起一伏，這也挺累人。看來倒眞難爲他沈長貴，手要動、腳要動、肩膀腰身都要聳的聳、扭的扭，沒哪根骨頭哪根筋兒不在動。不光是這些個，嘴巴舌頭喉嚨眼兒也沒一處不忙得不失閑兒，邊還要挑上去小尖嗓子不興斷氣兒、也不興大喘氣兒、可都得中氣足，有股好力道。這又跟挑重擔走長路打的號子不一樣，打號子那是配襯上腳步、喘氣，配襯上扁擔一翹一低，無非哼兒呵的吁出口聲拉長一些，把氣兒喘個均勻又受聽些兒就成。打號子也算分分心、忍忍躁兒罷，就像生了病，哼哼喲喲就能忍忍痛一般，敢是用不著跑旱船這樣子撇腔拉調，花心思去記上那麼長的唱詞兒。總歸是他沈長貴冷不著的，只許熱出汗兒的份兒，反倒叫人替他擔心，有紅是白一臉的脂粉別叫汗流下來淌出溝子，小旦的打扮沖成三花臉兒了。

再來是扮老艄公的李嗣仁，厚厚實實那一身船家大敞襖，也是寒不到他。半篷子插滿了紙紮的花花朵朵，一看就是個風流鬼；腰後繫一隻無大不大的軋腰兒酒葫蘆，是個貪杯老酒鬼（本來是船家小小孩兒才背上拴隻大軋腰兒葫蘆，免得落水沉了底兒）；算是酒色財氣四大運佔了一半兒，才那麼口沒遮攔，老好調戲人家女客人。儘管傍著旱船也是跟著前走後退打轉悠兒，也是拉長了嗓子唱個沒完兒，行當可只一把沒屁重的花槳在手，划來划去都划的空兒，怎樣也累不著人。

……………………

我父把幾個人物頭子數了一遍，也替他幾個寒寒暖暖，多少辛苦多少忙，都想了個周全。會收了，鑼鼓暫且攏至沙耀武家，旱船一些傢什送去李府，天是正式正道陰了下來。祖母是一嘔氣就不燒飯的，蹓躂幾個乾閨女家串門子，少不得乾閨女留飯。年下儘管不用燒燒弄弄，敢還是要趕去家下蒸蒸餾餾熱熱菜，要單是他自個兒一人，冷饅頭黑鹹菜就糊弄一頓了——沈小根說的，才煞食兒呢。可祖父叔叔還有兩張嘴等在家裡，那兩雙手可是找到筷子找不到碗的，不回去還眞不行。

天冷了，熱鬧冷了，人也冷，心也冷了，大年初二就這麼打外到裡一路冷下來。

# 開工大吉

華太平家傳

年過初五，大美還沒來李府上工。

按說這也算不得甚麼。城上店舖初五開市，圖的是這一天五路財神才從天庭過過年回來——財神爺不在人間，做啥買賣也沒進項。鄉下沒這考究，長工回家過年，不到十五過過燈節不來上工。眞正說來，整一個正月也田裡家下都沒甚麼活兒幹。就算閑不住，也只家前屋後收拾點兒零散活兒，修補修補菜園籬笆帳子，再不就是蹲在家裡編個筐子匾子傢什甚麼的。總要到「二月二，龍抬頭」，才都動起來。勤快人家修修犂耙枯鋤、套牛拉犂翻翻解凍的田畝，趁個好天出出糞、出出垃圾，攤到場上晒晒，牲口套上石轆轆，碾碾軋軋，調理細緩堆起來備用，過過春分地裡下肥也不嫌遲，高粱玉米要到清明才下種罷。所有這些活兒也都可早可晚，可緊可慢，不用趕死趕活。再說家下婦人閨女，不出正月不敢動針線，年前辦的飯食，不喫到正月底，也十五之前不用磨磨兒、搗碓兒，閑得難過也只能捻捻線、紡紡紗、打打蔴線、靠子，積存著等出了正月，再納個鞋底，粘個鞋梆兒，縫縫補補的都有得用。

可李府雇用我父、大美，壓根兒就不是爲的家下缺啥人手，總還是幫襯我父有份活兒幹，平白賙濟的話，咱們家也不會受的。大美是她爹娘人很甩料，嫌這個閨女命硬，剋死訂親不到一年的小女婿，整天咒咒怨怨，在家日子不好過，才拉了來拾掇些灶前灶後襍事兒。別說到了初五還沒見她人影，饒是再押個三五天，也不缺她一個人。只是過往這三兩年都不是這樣子，初二準來拜年，差不多也就此上工了，趕都趕不走。

這幾日李府上下有的沒的老記掛她大美姑娘。到得年初五，李二奶奶先就沉不住氣，領著嗣義他媳婦，提個集上老姑爺家年禮送的茶食拜盒，走去西頭小沈莊看望看望。

沈家兩口子一見李二奶奶婆媳跑來，一時慌慌張張的手腳沒處放，好似又理虧又心虛。病不輕也不是甚麼丟人現眼的醜事，兩口子卻支支吾吾，嘴裡像含根棒槌。婆媳二人一聽出個頭緒，連忙趕到東廂矮得普普通通的個頭進出都得傾傾頭的兩間小草屋裡來。

白日大晌午，窗洞夠小，外頭又遮著麥稭苫子，屋裡暗得伸手不見五指，李二奶奶叫門塹絆了一下。沈老頭趕忙退出去，扯下小窗口上的麥稭苫子，裡間倒一下子亮了許多，這才看出來，塞滿一屋的糧食囤子，罈罈甕甕多少襍物中，擠在後牆的一張軟牀上，大美蒙著頭蓋著條藍底白點點花大布的老棉被，人蜷像隻彎蝦兒。被頭邊邊露出頭頂黑髮，臉是朝著裡牆。大美她娘跟進來吆呼：「丫頭啊，二大娘來看妳了，還不麻利起來！」

李二奶奶忙擺擺手，叫她別那麼大聲。挪近前去，輕輕的偏身淺坐到軟牀框邊上——要再坐進去一點就會陷身下去，擠到大美身上。那是種長方空牀框，橫的豎的蔴繩絡成稀網的單身兒小牀，睡久了繩子掙鬆了，網子窪下去，仰面睡也一樣兜成個彎蝦兒。李二奶奶勾過手去，摸到大美額頭輕試了試，倒沒有發燒，可無意間挪挪手，覺出水濕濕的，不像汗水，人似乎醒著，怔了下，不覺趕緊縮回手來。隨即喊喊嚓嚓問道：「幾天了?也沒請先生來看看？」

兩口子又是一番支吾，說甚麼年下請先生不方便，又甚麼避避忌諱——別一開年就看病，一年都不順遂。嗣義媳婦一旁冷眼看得清楚，明明人是醒著罷，被窩靠肩膀那兒，一陣兒顫顫索索，這個時令又不興發啥瘧子，忍不住問了聲：「俺說他大姑，是咋啦？」不問還好，這一問把被窩兒裡的姑娘惹得大噎大搐搭起來，不像病得難受的那樣子。嗣義媳婦就猜是受了委屈。可做娘的拍手打掌抱怨起來：「你都看看，逗是這屣樣兒，問哪痛、哪不利索，逗是悶屁不響，淨哭，淨哭，二大娘你說不把人憋……」牙縫兒裡嗞出小小一聲嚇，又急忙收口，把「死」嚥了回去。要不是怕大年下犯忌，不知要怎樣咒生怨死。

李二奶奶也看出來這裡頭有些個疙瘩，遮不住這個烈性子丫頭受了不知多大的氣，才拗成這樣，尋常挺懂禮數的，這麼不理人，想來是氣大了，這怕比生病還麻煩。諒來當著她爹娘面也問不出個根由，只好隔層老棉被，拍拍哄哄：「俺說大美，過初五也差不多了。俺那邊事兒是沒有，也沒啥活兒等妳，要緊還是出來走動走動，跟妳些嫂子拉聒拉聒散散心。老這麼躭著不行，好好的人兒也睡出毛病來了……」

婆媳二人回莊子路上，李二奶奶忽一下揹住兒媳子手脖兒，腳下停住，前後看看近處沒人，一臉板硬的小聲說：「古怪！難道這丫頭聽到啥風聲了不成？俺可是嘴緊得很，沾邊兒也沒跟誰露過半點兒口風。那事只有天知地知，俺知妳乾娘知，任誰也不知，這孩子說啥也該知不道的。」

嗣義媳婦鬧不清婆婆沒頭沒尾這番話，天知地知二人知的都是甚麼，待要問問明白，卻見沈莊那邊莊頭上緊緊趕過來個婦道人，邊朝這婆媳倆招手。瞧去挺面熟，八成是大美她家隔鄰，方才在莊子裡彼此打過招呼——不管熟不熟識，總是要道聲恭喜發財的。婦人趕到跟前，不放心的回過臉去瞧瞧她莊子，這才說私房話的味道：「二大娘來看望沈家大美是罷？也都知道了啊？」

又來了，又是個「知道」，看來是不止天知地知二人知了。嗣義媳婦不覺趔趔身子，兩下裡看看婆婆又看看這娘兒們。到底知道的是個啥呀——婆婆這邊「知道」的甚麼還沒鬧清，又來了個沒頭沒尾的「知道」。

李二奶奶倒是愣怔了一下，一問才曉得大美年三十晚上喝了鹽滷。

女人家尋短見，無非上吊、跳井、跳河、喝鹽滷。年根歲底家家戶戶沒有不做豆腐的。磨豆沫子、擠出豆漿上鍋煮，趁著滾開，少許鹽滷點下去，豆漿結成塊兒，倒進蒲包壓壓緊，清漿擠淨了就是豆腐。城上也有拿石膏水點豆腐的，那可嫩。鄉下人家喜歡又硬又結實的老豆腐，誇口豆腐老到秤鉤兒鉤得起來秤著賣，那樣才「煞饞」夠味兒。

喝鹽滷那可不是玩兒的，喝下去就把血給凊了，血脈一不通，人也就完了。

所幸命不該絕，三十晚上守歲，人都清醒著，大美她娘覺出不對，人倒到牀上，盛鹽滷小瓦罐兒空了，一嗆呼一哭喊，隔鄰給驚動了，老閱歷的就指使大夥兒七手八腳趕緊磨豆沫子，連渣帶漿，筷子撬開嘴巴，黑窰子碗，一碗又一碗灌下去。總算察覺得早，救人又及時，小命總算留下了。

李二奶奶先是不大信，可聽到後來又不能不信，只管不住的握住拳頭一下下搥著另一張手掌，不住的咂嘴兒。回得家來，想想又還是搥一下掌，咂一聲嘴兒，除了嘆氣，啥也不說。看似疼惜甚麼，又像生了誰的氣，跟自個兒嘔上了。嚇得媳婦也不敢動問，一旁陪著也不是，走開也不是，只就近找點兒手邊閑事磨蹭磨蹭，不時瞟瞟婆婆臉色，聽候隨時使喚。

嗣仁媳婦是不知就裡，只當是婆婆生氣，諸事小心點兒。嗣義媳婦倒是從頭到尾都看在眼裡，聽在耳裡，可又比哪個都還迷糊，眼見婆婆不言不語，悶坐磨牀框上，看似晒著太陽發愣，不知心事有多重，哪還敢再問。

半晌，李二奶奶喚了聲嗣義媳婦：「他二嫂，妳過來。」壓低了嗓子吩咐說：「大美這事兒，妳可嘴上給俺收緊啡，就連妳那口子也千切千切渣字兒都別提，萬一叫他華家大哥知道了去，可要出事兒。得等俺把這裡頭鼓鼓囊囊查個水落石出再說。」

原來婆婆也有弄不清、解不開的疙瘩兒，眞叫僥傒，難怪自個兒也一頭黏漿子。嗣義媳婦連聲兒滿口應承，只差沒跟婆婆賭咒發誓——大年下這也是個犯忌，賭咒發誓總沒好話罷。可婆婆那神情、那口氣，簡直個兒好像人命關天那麼緊要，能出啥事兒？咋又華家大哥也拉扯進來了？倒把這小媳婦兒分外嚇住了。

背著婆婆，妯娌二人還是偷偷咬耳朵，琢磨這婆婆說的「鼓鼓囊囊」。總還是嗣仁媳婦緊釘著盤問，弄得做弟媳婦的瞞不住——自個兒其實也憋得要命，想找個人兒講講，透索透索，不定抽絲剝繭，搭手找出點頭緒。原想的是上了牀跟自個兒男人訴說訴說——虧得沒賭咒發誓。男人家罷，心思靈活，腦筋管用，說不準兒三下五除二就把事兒調理個明明白白。沒想到讓大妯娌揹住，給上了套兒，攢不住話，像個吝嗇鬼花錢，毛瓜秧子當錢串兒，捋下一文錢不知有多難，秧子上又是毛又是刺兒，挨到不能再挨，上了銹一樣兒惡澀惡澀的捋下一文來。可怎麼捨不得，還是一文一文的給人訛了去。

嗣仁媳婦心眼兒刁，又有些喜歡逞能，三言兩語沒套出多點兒話頭，便有了個譜兒，一下子喜上臉來，事兒看是讓她猜出來了，瞧她人不知有多神氣，有多自以爲烙害，一時反像喫緊的喝叱起人來：「俺想起來了，妳不記得，年前俺媽不是說過，想給華家大哥跟大美做個現成媒，唵?記記看?」

記是記得，嗣義媳婦心眼兒轉沒那麼個快法兒，想不到那上頭，不由得反過去問：「那跟這扯得上?」

嗣仁媳婦只顧嘴快，卻也跟著起疑，想不大出下文，好似自說自話的嘰咕：「難道他華家大哥嫌人家?是推掉這門親事，才害得人家一臊、一氣、出了尋無常那個念頭?……照說，該派不會，俺都人人看得出來不是?兩下裡早都有那個意思了，也才俺媽說是做個現成媒。妳品品看這個理兒呢?」做弟媳婦的搖搖手又搖搖手：「不對不對，不是跟妳講過了?媽說天知地知，人是只她跟俺乾娘知道……」嗣仁媳婦忙道：「那是妳不對，俺媽也是擀麵杖吹火。就不想想，她華家乾娘嘴敞留不住話，能不頭一個就跟兒子提嗎?怎好咬定她二人以外，就沒人知道了去?譬比說罷，華家大哥一口就回絕了——要是又找她大美當面講了，她大美那張臉兒朝哪放啊?還做人嗎?妳衡衡情兒，有道理沒道理。說老實話，任誰都看得出來，大美喜歡華家大哥，要比華家大哥喜歡她多多了。妳想想，她大美只要知道華家大哥嫌她，那她受得住?那不是傷心傷到底兒?敢是不想活了。」

嗣義媳婦不住搖頭，只管「不對不對」的應著，好似一旁打著呱嗒板兒來配大鼓書，可就是一時想不出甚麼道理好講。半晌兒才搭上話：「人家大哥不是那種人，萬不是那種人。就算根本不想要這門親事，也定會託人好言好語轉個圈兒推掉，哪用著自個兒找上人家閨女家當面去回絕!」

⋯⋯⋯⋯

妯娌倆兒話頭搭不到一堆兒，這一個覺著是這樣這樣，那一個認定是那樣那樣，只一點上頭兩個人一個鼻孔喘氣兒——大美尋短見跟婆婆說媒這碼子事定有牽連，可又不敢去跟婆婆打聽。直到院子裡婆婆喊人有事了，二人才心虛的趕緊應聲跑出房去。臨走，嗣義媳婦跟在後頭急匆匆撂過話來：「不敢跟媽打聽，倒是找俺個他探探華家大哥口風，或許就弄清了。」嗣仁媳婦頓了下，回頭丟個挺和善的笑眼，又瞅了下弟媳婦怨道：「早不講，那敢是再好不過！」可嗣義媳婦忽又想起得囑咐一下大嫂子，趁婆婆正在招呼兩位上門來拜年的表親，沒大留神這邊，把臨出屋的嫂嫂扯扯衣袖又拉回來，貼近耳邊說：「妳那口子嘴可敞得很，千萬休跟他提這個，傳出去怕要出事，俺說是罷？」做嫂嫂的倒是挺認眞的點了頭。嗣義媳婦還又不放心的跟住叮了聲：「千萬千萬，俺媽要知道，準怪罪俺倆兒。」

兩扇朝裡開的屋門上大紅春聯，影得兩人一個式兒的滿臉喜氣，又像心虛還是害臊成那樣子。

早船會照舊見天出一趟，這天輪到沈長貴的城上老板那裡，靠近西南圩門裡。作戶到老板家出會拜年是禮數，卻也有點兒打秋風那個意思。

正月初十，洋醫院、洋學堂是早就定下的開工日子。我祖父幫教會張羅一場喜慶熱鬧，就跟沙耀武幾位哥們兒從商，也就把沈長貴老板那邊出會日子定到這一天，算是「一事兩夠」。老板家千掛頭鞭爆迎會，千掛頭鞭爆送會，菸茶喜果子款待，還又賞下兩吊錢。出城近路該走西圩門，掐準了交午時，就近繞來西南圩門，下了大堤就是千畝大的洋醫院跟洋學堂定下的地面兒。

蓋新屋是上大樑才算好日子，洋規矩講究的可是開工這一天，喜事也在大門口的地點上來辦。教會洋牧師、洋教士、本地長老、執事人等，全都到齊了。大半都還是照本土禮俗，放鞭爆罷，也雇了一班細樂吹鼓手，只是唱詩、禱告、唸經，替換了三牲上供祭拜天地。

哥們兒算開了眼界，洋熱鬧不說，單是洋人那麼一大夥兒，男的女的都有，就夠瞧稀罕景兒瞧上老大半天，可過足癮了。古怪的可多了，單講那捲毛兒頭髮罷，白的、黑的不說，還有醬黃的、栗殼兒紅的、灶灰的、蘆花白的……碬磨釘李永德嘴順，指指點點的數說：「黑一千，黃一萬，襍毛黧花不下蛋」，拿挑揀下蛋雞的老閱歷給洋人插標叫價錢，撩高壽山「阿枯恰」了半天，扠把長小旱菸袋點著永德，啞巴樣兒說不成話，笑得擦眼抹淚。季福祿齉子，酸酸的也喜歡逗笑，說小孩兒不聽話，都拿麻虎子嚇唬，「你都望望，不盡是『紅毛綠眼睛，走路咔咔響』，地道的妖精！」洋人腳上皮做的又黑又亮看起來硬得像鐵殼兒的鞋子，也成了哥們兒眼裡騾馬蹄子。洋人衣服穿得好生單薄，無分男女裡頭都是花褂子，越老越花，這些也叫哥們兒嘖嘖稱奇。只那個大白鬍子人喊卜老牧師的，臉紅像喝醉了的酒鬼，跟所有本地的長老執事穿戴一般，平頂六合帽殼兒，長袍馬褂，足登雙臉兒大棉鞋，可個頭兒太高，年紀總在七、八十，腰桿兒還那麼硬橛子是的挺直挺直，那一身想要冒充咱們自個兒人的穿戴，也就咋看咋沒個人樣兒，更別說帽殼兒底下那個後腦勺子上還少根大辮子。

洋人又還有惹眼的一點，人高馬大，個個愣大個兒。說書的說三國，沒一個英雄豪傑不是身長丈幾丈幾的，約莫就是洋人這麼身架。可現下要想找個大門底下出出進進都得傾傾頭的高𨈖子，也了不起六尺來高罷，卻千人百人裡找不出一個兩個。他高壽山算是哥們兒裡頂高的了，只是到這般洋鬼子身旁一站，怕也比人家女洋鬼子怕還矬半個腦袋。哥們兒幾個戳哄壽山走過去比比看，給推推搡搡惹煩了，急得越發結巴：「阿枯恰、阿枯恰，人高……人高不爲富，阿枯恰多多……多穿二尺布，日他……哥的！」平常都是矮矬矮矬的李永德拿這話誚撩高壽山的，今給洋人比高比下來，壽山倒把這份禮兒轉手給洋人了。這邊季福祿接過二話去，酸哩吧咭的冷著臉說：「這別比，㑊，個兒高，吃大糞長的罷。」這把洋鬼子跟高結巴都糟蹋了，遂又把人逗起一陣兒笑。

鄉下人種地下肥，等級打底下朝上數，垃圾最退板，牛馬驢糞上一等，豬糞狗糞都是喫糧食拉出來的，敢是又上去一等，終還人糞頂肥，頂壯莊稼，比豆餅、蔴屎（搌芝蔴油沉下來的渣滓）漚的肥料還高一等，因才叫做「大」糞，那可是莊戶人家一寶，還又以城上出的糞最數頭等，花錢買都搶不到手。

洋人那一口官家大白話，也叫這一堆兒土土的哥們兒聽來惹笑，議論著那味兒是怪；沈長貴頂著一臉的油頭粉面說：「這幫洋大舅子，口音倒有點兒像東海過來的鹽販子，卯腔卯調兒，含著冤味兒。」大夥兒都應著：「是對是對。」破磨釘兒卻說：「又還像個玩意兒，你都留神聽聽，妹子的，像不像小唐鑼？話尾都繞來繞去淨打彎兒。」可他洋人自個兒人對起話來，倒又嘰哩呱啦一個字兒也聽不懂，足見那官話是硬撇出來的。嗣義難得的也接上巧話兒：「撇啥？洋屁是放的，趁熱多聞聞。」居然逗得大夥兒不由人的搗住鼻子，一邊噝噝笑。耀武這半天都沒吭氣兒，插嘴道：「還是找俺侉哥，人家懂得洋人，日他的，俺都只會胡扯八謰！」

旱船鑼鼓放在身旁，哥們兒等著上場，蹲的站的坐土窩兒的都有，就這麼閑閑的扯和，瞧著洋人品頭論腳。有稀罕景兒看，又這麼看不夠，一時倒忘了筋骨累，忘了肚子餓得慌，眼看就正晌午了。

等到祖父把我父喚過去，說是快了，叫哥們兒這就收拾起傢伙，等著上場，卻才找不到嗣仁他人，船槳空自直橛橛插在一小堆沙灰地上，好像那麼個黑粗黑粗漢子，怎一下只剩根骨頭架子豎在那兒了。

沙耀武性子躁些，急得跺腳，一個個問過來，誰也沒留神他李嗣仁哪兒遊魂去了。嗣義有點腼腆說：「俺家老大罷，他這個人是『懶驢上磨屎尿多』，不到節骨眼兒上不磨叨。」有人放馬後炮：「怪不得這半天都沒聽到他放個屁。」耀武沉不住氣，問哪個曉得這個老艄公去啥地方下椿去了，拉著架勢打算跑去找人。季福祿慢言慢語的扯閑篇子：「人家是個大忙人兒啊，這才開工罷，匈他，下地椿還早班，去埋地界了還不是！」說著才見西北角上一溜小埠頭那邊，露出花斗篷，一點一點高上來，人家那兒慢慢小停的爬坡呢。沙灰陷腳嘛，要快也快不來的。惱得耀武跺腳，著急的老回過頭去看看那邊是不是等著上場了。

半天才見他人整個爬上小埠頭，兩手還兜在襖底下繫褲帶。沈長貴都已拱進旱船裡頭整那兩根襻帶，又伸出腦袋衝著嗣義笑出一口黃牙：「日他舅子的，你這個老大，眞沒錯兒，老無材，說啥也攢到家去壯地罷，亮黃亮黃金橛子砸到沙灰灘裡，日他，眞糟蹋好東西！」

大夥兒你嘴我舌笑罵裡，他嗣仁走來拔起花船槳，倒也有現成的老話回敬過來：「管天管地，日他祖王人的，你都還管人拉屎放屁！」

……………………

一番眞眞假假的磨牙鬥嘴，輪到上場了，這才各自收拾起傢伙趕過去。

這場旱船玩得輕省，事先祖父交代過，十段只跑上三段就行了，故此也分外賣勁兒。祖父是講，讓洋人開開眼界，添添喜氣就成，橫豎洋人也看不懂聽不懂。這還是小事一樁；要緊還是地方上縣太爺差了二老爺、近鄉幾位董事出面，都帶了份兒彩禮賀喜，招來幾百口子瞧熱鬧，衆多百姓歡歡喜喜當回事兒——把這洋醫院、洋學堂看跟各自個兒都有一份兒是的那麼親熱，那就一好百好。來日醫院也罷，學堂也罷，都是要人甘願上門兒來的，免得像過往城北天主堂那樣，只見鐵殼大門整天關得嚴嚴的，叫人疑猜洋鬼子窩在裡頭不知幹啥爲非作歹的勾當，弄得以訛傳訛，甚麼殺死童男童女做藥，甚麼死了在教的善男信女要把眼睛挖走，聖餐也給說成都是叫人絕後的毒藥……。去年義和拳才鬧過，如今官民都來捧場，親親熱熱，有這麼個場面，洋人和教會是又安心，又喜樂，也對來日醫院、學堂，都滿抱喜望。就只是有那麼兩位長老當場就有閑話，說這些都太隨俗了。其實罷，平日總在洋人身前身後溜溝子奉承慣了，好像容不得這份光彩沒他們的份兒，人家做好做歹，這種人總是有話說。

這又是衝著被教會視爲過分世俗的我祖父來的。開工是樁喜慶大事，教會沒人說反話；醫院學堂要不要跟官家民間打成一片，教會也只有點頭；要緊還在洋人聽信了我祖父出的這些主意。洋人出錢，敢是洋人說了就算。接下來官廳民間上上下下去打點，教會一向唯恐沾惹上世俗，一向跟俗世斷絕來往，這些俗事敢是都得靠我祖父。去歲鬧義和拳，洋人逃光了，教會成了沒頭蒼蠅。儘管省裡袁大人「八殺戒」（俗稱也有叫作「死八條」的）硬把大槽拳匪壓下去的壓下去、趕出省境的趕出省境，可地方上小股拳壇多如牛毛，小來小去的災殃還是不少。怎說也得對應得法，貼近城廂的老城集伏萬龍開的壇，又跟縣衙門私下暗通，要不是我祖父從中奔走折衝，及時化解，城北天主堂就頭一個遭殃，城內的耶穌堂也難保倖免。世俗的亂子得靠世俗法子去破解，儘管信教的人，凡事交託給上帝，難道要學猶太人那麼小膽兒無能，等上帝爲他們把日頭停下來照亮兒打仗才打得贏？如聖經記載的「上帝爲以色列爭戰」？基督已曾親口說過，「邪惡之世無神蹟可求」。聖賢的教訓是「七分天意，三分人事」，不盡三分人事，還愣等甚麼聽天命！可那一回逢凶化吉，教會裡的長老們事後對我祖父也還是口服心不服，一副又喫魚又嫌腥，不要領情的皺樣子。

其實罷，祖父也不是甚麼了不起的能人。早年在遼東老家，沒把信教當回事兒，一則年少氣盛，一則古書讀多了，何曾把甚麼洋經洋規矩看在眼裡。總是眞心正信之後，記憶中爺與二娘（我的曾祖父、二曾祖母）都是怎樣出心眼兒幫教會興旺、幫洋人入境問俗，就成了愛主之人的種種榜樣；也是有那許多前例可援，也才處事周全，多少門道都可走。所差的只是祖父眼前這個境況，非比上人那樣家大業大，不光是出心思，出人手，還又出大筆大筆的錢財。就這樣，祖父也還是年前就有預備，自個兒掏腰包，賞給出會的哥們兒一吊文。

這也還算不得啥，喜慶熱鬧只不過一時，過日子人講求細水長流。祖父心思細，看得遠，要照顧的不是一家人溫飽就天下太平。單說蓋這醫院、學堂，多大的工啊，光是中等學堂這邊，二十來間講堂，學生住宿的房舍前後四長排，也三四十間，打算頭一步就要蓋上兩年。連醫院帶學堂都是蓋的洋房，爲此只有包給上海那邊一家營造作坊。至於洋灰、門窗玻璃、鐵管、鐵架種種材料，也盡是上海、青島、水旱兩路運過來。所有工匠師傅，不用說，本地百工都不是料兒，插不上手。祖父本意也只是想給河西一帶貧苦人家，趁農閑——便是農忙，也一家出得出來一個工，謀份兒挖地出土打地基種種出死力氣的粗活兒幹幹，工錢賺多賺少總撈得到些貼補，要緊是這一幹就是兩年，好歹跟上十來畝地的收成；至不濟，糊弄糊弄度個年年總免不了的兩三個月春荒也是好的。

可拜望了上海來的陸記營造作坊小老板一談，方知自以爲眼明手快夠早班的，卻已落到人家後頭一大截兒。

我祖父衡量著，一般教友是少有知道內情的，遮不住還是長老執事人等透出去的信兒——不定大有好處，躲在人後主使，多少包工像蠅子聞見腥味兒，不單城裡城外，四鄉八鎮也都齊打夥兒偎上來，連磚瓦窰戶也爭先恐後都來兜攬。

敢是這也不太礙著祖父盤算的主意，別人沒啥利可爭罷。那位小老板也估算粗工還是會就近招募，遠鄉來的划不來——日計工見天一百文上下，天天做滿也才一個月三吊錢左右，刨掉喫喝住宿花銷用度，落不下多少。陸記小老板一口應允我祖父，交代包工頭兒就這河西鄰近幾個莊子上去招工。我祖父只爲敲定這檔子事兒，索性跟小老板不情之請，巴望但等合同訂下來了，儘快會知我祖父誰家包的瓦工石工，他可親自去接頭：「你這是千頭萬緒大忙人一個，別分這些神。再說罷，業已包出去的工，你這兒也不方便再去管人家雇用甚麼人。

我嘛，別的不行，地面兒上人頭還算熟，這張憨皮厚臉多少值那麼幾文兒，憑這點兒薄面子，倒說得上話兒。你能儘快會知，我這邊有個頭好接，就夠幫到大忙了。」

祖父已是胸有成竹，打算事情跟包工頭說成了，就請李二老爹出面去招工，一來是借李二老爹的人望，鄰近好些個村兒，南到老城集，這個方圓裡要舉個甚麼公衆義事，調解個甚麼爭持糾紛，只須他老人家站出來說句話，沒人不應，沒人不服。這招工招誰不招誰，總沒誰說閑話。二來是李二老爹爲人公正明理，不只顧到給七鄰八舍的苦哈哈扒插個好處，也顧到人家包工頭要的是甚麼人手，萬不至把個好喫懶做，兩天打魚三天晒網的無賴漢混在裡頭撻給人家，沒的丟地方上的臉。

陸記小老板一家子信教，儘管起初只爲衝著跟洋人搭上線，有利兒攬生意才信教，後來倒也眞正歸主了。主內弟兄不外，啥話都好說。人很年輕，精明又不失本實，不大像滑頭刁鑽出了名混事兒的上海人。像陸記小老板喫洋飯，發洋財，卻也惱透洋人趾高氣揚欺弄人的那幫生意人，據我祖父所知可也不老少。加上大碼頭上世面寬，見多識廣，凡事都有一本明白細賬——祖父沒斷過南北兩地來的報册，自以爲熟知天下大事（如今晚這「天下」可不止咱們中國一國了），可比起一個蓋房子的商家小老板，可謂孤陋寡聞了。跟這位蠻子口音很重倒也官話說得挺溜的小老板，不單是打聽包工的事，談得投契，也竟天南地北盡都拉聒兒個沒完。

談起八國聯軍索討朝廷賠款，這個小老板可恨得牙癢。恨洋鬼子強橫霸道，也恨朝廷闖了大禍，一無擔待。八國聯軍可也抓緊了這個碴兒大敲竹槓，起先獅子大開口，開價白銀七萬萬兩（這我祖父倒打報冊上知道），朝廷年年歲收也才不過一萬萬兩上下。打仗的八國索討的是軍費，還有個說的，死了人又花了不少鎗藥炮彈罷；另外還有五國，不曾發過一兵一卒，也來趁火打劫，抓住啥理？慈禧老太后對「遠人」宣戰，他夥兒五國也在其內；又且他奧、荷、西、葡、挪威瑞典（兩國合一）等五王府，房屋傢什也多多少少有些損失嘛。

去歲年底前（那段時節的直報、申報至今還未傳到），討價還價結果，還好，十三國起內訌，互算損失，多了少了都在爭鬧，賠款反而減到四萬萬五千萬（去年閏八月起始講和時，就出過這個數兒），分三十九年付清。沒再節外生枝的話，據說這上半年怕就照這個數目訂約了。

十三國裡，得款最多的是斡國居首，分贓可分到一萬萬三千多萬兩。英國居四，五千多萬兩；美國居六，三千二百九十多萬兩（祖父特意關問這兩國，是因差會洋人牧師、教士，不是英國人，就是美國人）。單拿美國來說，平均每年雖只分去八十多萬兩，可加上餘債四分利，前十年連本帶利就年年都有兩百多萬兩銀子。賠給十三國的款子本息全部付清，就要九萬萬八千多萬兩。從今往後，中國不亡，也要被這天大的重債給拖垮了。能不叫人恨透了朝廷和這十三國麼？

貪圖這麼大筆的橫財，壓根兒就是漫天要價硬把人逼死的訛人嘛，訛了去也于心不安罷——就像俗話咒人的：不義之財，得到手也喫藥喫光了。十三國裡，美國還算有良心，有點兒人味兒，業已昭告天下，索討賠款僅在懲治大清王朝對外國野蠻搧戰之罪，將來所獲賠款不問多少，一概不取，取諸中國，用諸中國，悉數用在中國民間，興辦醫院與學堂。醫院給中國人治病，學堂協助開化中國人，出野蠻而入文明。

按說這是拯民疾苦和百年樹人，行的是仁道。可但凡稍明事理之士，莫不以此爲恥，堂堂文明大國，遭人目爲尙未開化的蠻夷之邦。可話又說回來，這也是朝廷昏庸無能，也才自取其辱罷。

如今各地平靜下來，逃命的洋人紛紛回到各自教會，開辦醫院學堂的款項早在亂事前就已差不多募齊，大興土木自不止尙佐縣一地。他外國人任怎麼精明厲害，總還是沒法兒肥水不落外人田，大工小匠總不能都打外國漂洋過海弄來罷；中國地面兒上蓋房子，工匠材料敢是還得找中國人。如今別管上海人、本地人，說起來是掙洋人的錢，實在倒是把朝廷給人家敲詐去的銀子賺回來。且不管他美國是否說話算話，這募來的款子總是他美國人出的，咱們掙回來一文是一文。要怎麼算這筆賬呢，上頭是中國的銀子給美國坑了去，下頭卻又美國人的銀子給中國人掙來。兩下裡賬沖賬，扯扯平，那是辦不到，可得回多少，賬上總少虧多少。再說，咱們是憑正道將本求利，掙的血汗錢，他外國可是憑的霸道、無道、歪七扭八的邪道。大家儘管同心合力來發點洋財，倒都心安理得。

陸記小老板不單心安理得掙洋人的銀子，照他這些高談闊論，就是去洋人身上挖塊肉下來，也都理直氣壯得很。我祖父到得晚年提起當年建造「仁濟醫院」和「崇實學堂」，總不忘那位已是上海首屈一指的建築公司大老板，豎起大拇指：「那個人不發還誰發！」只不知庚子賠款項下他一家倒賺回來多少。

# 春來無痕

華太平家傳

年過十五燈節，沈家大美才來上工，還是李二奶奶親自去沈莊帶來。按禮俗，按規矩，大年十五上工是正道兒，沒甚麼不對。可往年大美不是這樣，初二來拜年，就此留下來，家下眞沒啥活兒做，還不是跟李府媳婦閑拉聒兒趕熱鬧。至多李府請春酒，裡外招呼招呼女眷，年酒年餚都是現成，忙不到哪裡去。饒是正月過過一半，李府也還是歇年兒，八下兒裡找活兒，也就只是灑掃、餵餵豬、雞、看門狗，過年一身新都用不著繫圍裙。

可這半個月下來，我父的日子不好過。早晚村頭莊尾碰見沈家小根兒，當作沒事兒的順口問問，只說他姐身子不大利索，小孩子還不懂事兒，再問也問不出個啥來，多少也還是要顧礙惹人閑言閑語。

生的甚麼病、輕嗎重嗎、看先生沒有……就是問出個甚麼，又該怎樣？去看望看望罷，幫忙請請先生罷，問出病情找個偏方罷，這都不興的。若是能像小惠，跟娘那麼親，無話不說；就算不方便有話直說，也旁敲側擊跟娘點點邊鼓，戳哄娘去探探病，說不準還可跟娘一道兒轉前轉後，假裝陪在一旁，親眼瞧個究裡，該都輕而易舉。可拿我父來說，這卻此路不通。換過我叔叔，不定早就撮合大美認我祖母做乾娘了，哪還等到這個節骨眼兒，現在去跟祖母求這求那。

李府一家都是仁慈人，想必不會全不把這事放在心上——李二奶奶初五領著嗣義媳婦去看大美，過了十五又親自去帶大美，這都以後才打嗣義那裡得知——要從別個誰去打聽大美，敢是不好冒失。像嗣仁那樣沒正沒經，大嘴又敞，就不能把話把子送上門去給他販去嚼舌頭閑磕牙兒。只嗣義跟自個兒彼此體恤知心，沒啥不好開口，好歹轉個彎兒打聽打聽，總能得個眉目。託他媳婦去探探，該也不大費難。總怪這上頭太過臉嫩，生怕惹嫌，幾番跟嗣義閑拉聒兒拉近了話頭，到底還是張張口又收住。

這麼牽掛放不下，待到大美可也來上工了，才剛一塊石頭落下來；可沒落到地，就又懸空盪起。人瘦了一圈兒不說，沒了笑臉不說，原本有點腫眼泡兒的，這可眞的腫了，這也不說；當緊還是碰到我父就避過臉去，當作個大生人兒。

我父是到李家邀呼嗣義一起去南醫院上工，耳朵獨對大美尖得很，沒見人就聽見只大美才那麼乾淨的亮嗓子，像畫眉學人聲那麼圓潤，不帶一點兒絲、一點兒沙、一點兒叉。立時就像大旱天盼到了一朵雲彩，心也似給個火炭兒燙了下。

嗣義媳婦拿白大布首巾紮裹了兩個點有胭脂的白麵饅頭，兩片巴掌大的醃五花肉跟大葱黑鹹菜，繫到嗣義搐腰帶上。我父不方便再磨蹭到瞧見大美她人再走，只好牆根拾起扁擔架筐，跟著肩扛兩把鐵銛的嗣義開拔。我父從沒覺過渾身沒勁兒，像踩到粘鞋的黏膠一般拔不起腳來。可就這麼一蹭蹬工夫，大美打東院兒端隻等磨大木盆過來，眞就叫情人一見，分外眼明。我父只覺臉子一白，腳下簡直個兒有點踉蹌，上半身兒一下子血也沒了，魂兒也沒了，腦袋落下個空殼兒，偌大的個兒愣豎那兒，像跟栽得不是地方的牛椿。

大美分明也一眼就瞭到西院裡我父要走不走這個光景，頓兒都沒打一下，立時把手上平端的等磨盆豎起來端，大半個人都罩住了。說這姑娘有多機靈，像這樣心眼兒一轉，大木盆那麼一翻，就如打閃那麼個快法兒。要說蠢罷，那麼又笨又沉杉木箍成的大木盆，人家放到老黃河上，蹲到裡頭採老菱的，扛著、拎著都成，幹嗎端在手上搬哪？省勁兒的不幹，幹那喫勁兒的。可也就那麼蠢，也才正好機靈得起來。

我父裝做架筐上繫子有毛病，卸下肩來把繩扣重新打個結實。磨蹭的工夫裡，一面睸伺著，只當她半個月沒見，乍乍的有些害臊，才把等磨盆遮遮臉。手底下磨蹭些，終還是等到等磨盆底兒朝上蓋住了水磨，一張大白臉抬起來，應著西屋門前嗣義媳婦喚她，掠掠花箍兒走過去。臉是小了一圈兒，臉上板板硬，眼泡兒浮腫，像是才睡醒，又像才哭過，叫人瞧著疼死。

八成也讓嗣義看出來?夥著莊子上出的工，除了先走的，也還有五人。剛出莊頭，嗣義找著我父說，若不是他媽媽親自去帶人，大美可是死了心不要再來上工了。

我父聽了一愣怔，順口就問：「那想去誰家?還能找到比這還輕快的東家?」嗣義漫應著：「敢不是要換東家罷，俺也不怎麼清楚，似之乎嘔誰的氣還是怎麼了。」我父忙問：「跟誰?」

嗣義口說不清楚，眼睛可不是這個意思，眼神有些躲躲閃閃。我父不方便叮著再問。人家口上不爽快，想必心裡有一段兒罷，那就別不知趣了。

洋醫院和洋學堂新春開工，衝著堤上西南圩門豎起兩丈多高杉木搭的架子，釘上一面炮樓外牆那般又長又寬又高的洋鬼鐵，朱紅洋漆打的底子，儘管書上兩行約有壯髒大小的象牙白的洋漆字「基督教長老會仁濟醫院暨崇實中等學堂營建地」。只因位於城外西南上老黃河旱灘，城裡人嘴上圖個方便順口，也不管還有個洋學堂，傳來傳去都只叫它「南醫院」。排場上這麼正經八百的大興土木，小城從未見過，當作無大不大的大事。單　只為瞻仰這面鮮鮮亮的大招牌，年下東走西溜趕熱鬧看的人衆，倒平空多出一樁稀罕景來觀賞，咂嘴歎氣兒比得看抬閣架閣出會那些熱鬧還讚賞不置。要緊還是洋漆、洋鬼鐵這些物事，都是見所未見的洋玩意兒，又是這麼通天扯地個大法兒。

教會裡有些呆得很的長老執事，總不怕嚕嗦的頂眞來正名。人家哪有工夫跟你甚麼「仁濟」、甚麼「崇實」的咬文嚼字，「看了南醫院彩牌樓沒有？」人家可顧自叫人家的。那般長老執事把這以訛傳訛的無知無識，看得不知有多要緊，有的沒的對這般世俗人如此「名不正則言不順，言不順則理不直，理不直則事不成」，不是嘆氣就是鄙夷。我祖父聽了倒覺好笑有意思，寬慰這般同工道：「南醫院，叫得挺好，簡便利落，總也強似『洋醫院』、『洋學堂』那麼不中聽，『南醫院』因方定位，因位定名——名位名位罷，順口順耳，又挺有道理不是？甚麼『仁濟』，甚麼『崇實』，誰跟你跩文兒來著？得跟人家一一開講嗎？說眞個兒的，叫我開講還講不上來唄。要末，叫『濟人兒醫院』還宜當些兒，人家都懂，意思呢，可也沒走不是？」

「濟人兒」是這個地方上的土話。尋常日子裡，家下選種、擇菜、刨樹、打理莊稼甚麼的，淘換下來都該扔進沃圾坑漚肥的廢物，順手之勞抽些留著，紮成小把兒掛到屋簷底下，備而不用「濟人兒」。誰早晚生個小毛病，哪裡動不動就請看病先生，左鄰右舍誰家去討了來當藥，燉水熬湯，或服或敷，挺管用的。帶莢的癟蘿蔔種籽，治脹氣；長不成個兒的小石榴乾兒，止咳化痰還治瀉肚；棒子纓、棒子花穗，都好治消渴病；端午節午時抓到的癩蝦蟆，打嘴裡塞進塊小墨錠，風乾後取出墨錠，沾水畫痄腮，百治百驗；花椒樹幹排出的蟲屎，雞膆子裝了，治心口疼（胃病）……多得數不清，都歸神農氏和華佗祖師流傳下來的寶物。有心人家屋簷底下可盡是滴溜打掛這些「濟人兒」玩意兒。

我祖父跟上海來的陸記包工小老板談妥的招工一事，也該算是「濟人兒」。祖父把這事託付給李二老爹，李家便是左近多少莊子都家傳戶曉收集「濟人兒」藥物頂多的人家，李二老爹一口就應承下來。沙莊東鄰是前李莊、後李莊、東南錢莊、西南馬陸莊、西鄰小沈莊、大沈莊，總共兩三百戶人家。誰貧、誰富、誰旺、誰癟，就連誰勤利肯幹活兒、誰好喫懶動（李二老爹常道，「勤利勤利，一勤百利」，「受窮沒有受冤枉的」，意思是勤則富，懶則貧），他老人家都像有本兒細賬，記得一清二楚。幾番琢磨斟酌，倒也招得六七十口子——即使到得春耕農忙，總也還出得四五十個工。這當中敢還是窮戶人家居多。李二老爹為人正直坦蕩，不曾有過私心，也才內舉不避親，五個兒子裡也挑出個嗣義。我父更是頭一撥就挑中，好歹還有兩三個月農閑，幹嗎不去掙這合起來七八吊錢。就算二月底就得早班點兒拾掇糞肥甚麼的，李府也不缺這兩副人手。

起始是打地基，無非出土，塡進砂礓石，打墩子——那是三百來斤的青石墩，四孔八根粗繂繩，八條大漢一人拽根粗繂繩，合力拉得趁手，青石墩提得尺把兩尺高，一鬆手，青石墩沉沉的猛砸下去，領頭的唱三國、唱羅通掃北，其餘七條漢子和著「咳喲嗐」，有板有眼兒，一處擂個三五十下，挪個窩兒過去再來。平房儘管近百間，牆基都不怎麼當回事兒；洋人住的兩家兩層洋樓，地基打下毛四尺深，也都難不到人；唯獨貼頂南邊兒一棟四層大樓，長三百尺，寬一百二十尺，地下挖出一層樓十二尺深，不單打牆基，還打地基；別的不說，單是出土就堆起一座小山兒。說是沙灰灘，可挖土挖不到三五尺深，下面就淨是水漬漬，黏溚溚的紅花淤泥。腳一陷進去就沒過小腿肚子，使勁拔腳拔得個老鼠叫一般唧兒咂兒響。春寒料峭，泥水氿人，可不是人受的。原先照日計工算一百文一天，挺夠厚實的，幹上這份兒苦活兒才知活活的就是老話說的「錢難掙，屎難喫」。累起來就有人叶呼了：「誰個來替換罷，俺另外再貼他一百文！」也有人嚷嚷：「這哪是出土，玩二鬼拔跌（摔角）唄！」肏他奶奶日他娘的越發不絕於耳。

還算好，我父跟祖父稟報了，祖父領了陸記小老板現地來看，及時交代了工頭，是凡輪班輪到幹這份苦活兒的，一天外加五十文了事兒。

再還有打一口深井。土話說是「淘井」，按老規矩，那得花大錢請看地先生找龍脈，尋泉眼。上海來的老板、師傅人等都不講究這一套。江南水脈淺，愛在哪兒打井都成，平地挖下去三尺五尺就是一口井。可北方水脈深，先人經驗，任你下死勁兒入地三兩丈，該是乾窟窿還是乾窟窿。這口深井選在四層大樓靠東首，只看位子對就成。說法兒是入地五丈，篤定水源不絕——加上這大塊地原本是黃河古道，通得到龍宮，還愁處處不都是龍泉！

可五丈深，那就至少得挖開十丈坑口，要不的話，四圍的圓坡保不住土，隨挖隨塌。照這麼一來，定下的打井地點差不多緊貼大樓東南角上，豈不準定不成事兒？只是上海師傅拿石灰粉畫下的圓圈圈，拿大步對直走著量，折合窩起來還不到兩丈，師傅也只要出土一丈五尺深，眞有點兒胡來了。可師傅一副山人自有道理的味道，是師傅聽你們的，還是你們聽師傅的？

這般鄉下來的土佬敢是不信這個邪。起先一聽要打五丈深的水井，就笑那五丈多長的井繩，盤將起來那要多大的一堆！打一桶水又要多大的工夫？單這四層大樓住戶用的水，那就得頂住兩三個大漢輪換著日夜不停的打水才夠用——挑水的還不算。挖土又要小半圈直陡，大窰裡燒歪了的砂碗砂盆子。要到師傅領著江南來的工匠拿一種「洛陽鏟」往下打洞，一丈兩丈的通下去，七八天的光景，硬就是打下三丈多，鏟子勾上來的泥土越來越濕，越來越稀，不用說業已挖到了泉水。

那洛陽鏟其實簡單，不過是七八寸長半落兒鐵筒，通下去就帶上來半筒子泥土。竹把子約莫一丈左右，洞深竹把子短，就再接上一根丈把長的竹竿，完了再接一根，完了再接一根，挖有多深了隨時都量得出來。鄉下土佬可真開了眼界，個個稱奇不已：「這江南人眞他娘的能！」總共掏出來的泥土有限得很，裝不尖兩舖籃，推兩土車下湖上糞還比這多多了。可還是看不懂這個，土洞從口到底兒一攏通都只五寸來大，倒要咋著打水？用紙媒筒子打？別笑死人了！

鄉佬但凡抽旱菸的，身上總嘀溜打掛一套傢伙，菸桿、菸袋不用說，火刀、火石、紙媒子帶個拇指粗約三四寸長的小竹筒。火石貼緊紙媒子夾在虎口裡，另隻手拿鋼砂小板兒火刀猛擦一下火石，火星星一炸，落上紙媒子頭上黑燼，死火就生出來了。拿這死火也好，吹出活火焰子也好，都一樣點菸。那火紙媒子得保住黑燼，就只有插進竹筒子悶熄。用這小竹筒子下井打水，敢是荒唐又滑稽。

這要等到安上機關，打出無盡無休的大水來，才叫人打心底兒服了。

也是打上海運來的一根根丈把長白鋼管，頂頭包上馬尾編的密網子下到洞裡去，再一根接一根，又是鏇又是火焊，直到拄了底兒，挖土塡回去，露出地面的白鋼管約莫半人高，裝上帶有長長把手的機關，握住那鐵把手，一按一掀、一按一掀，機關一旁那個歪脖兒鐵筒子口裡，竟然像石碑帽上刻鑿的龍吐水一般，嘩啦啦、嘩啦啦……噦個沒完兒的大水柱，還帶著大喘氣兒，是個活物，簡直個把人給嚇愣怔了。天下怎有這等樣子鬼神也要翹翹大拇指的妖法兒。

說他江南人能，敢也是跟西洋人學來的。俗話說，「能得上了天」。誇他能，果不其然，不久後這洋水井上又架起四五丈高，十里外就看得到的大風車，二十八片扇葉子迎風滴溜溜兒轉，索性靠風力來打水，水管接水管，送得上四層樓，不光是用不著人力打水，連挑水抬水也免了，只一個打掃小工管管開風車、關風車，啥都用不著煩人，可那都是到四月底的事了。

眼前人工操弄機關打水，已夠離奇，這已過二月二龍抬頭日子，不少人單爲瞧瞧洋水龍跑來圍觀。這要是放在人人盡趕熱鬧的大年下閑著無事，一塊洋鬼鐵，上上洋漆的大招牌都能招徠那許多人趕來開眼界，像這種洋水龍，怕不四面八方不知多少扶老攙幼，拖大背小，擠破腦袋都要趕來瞧這稀罕景兒？

來這上工的鄉下土佬更是逢人便賊眉豎眼講這大奇事，講得兩嘴筷子冒白沫，好似那洋水龍是他自家的——其實又怎的不是呢？這條洋水龍打生蛋到抱出小龍，前前後後，來龍去脈，盡都親眼看著牠一點點長大，挖土挑土，一鏟鏟，一挑挑，一趟趟，人人都有一份兒，說咋不是各自家下的寶!?

這份兒工，我父頂頂實實幹了兩個整月（照教規禮拜天歇工，算扣除了八天），苦是眞苦，累是眞累。俗話說「春風裂樹皮」，別看春風宜人，養得個草長花開，卻就是傷人肌膚，像要把人皮颳皴了，颳裂了，好讓皮下甚麼嫩芽兒冒出來。可實說起來，也挺是那麼回事兒，年年一入冬，人都不在意，渾身汗毛可就一根根顧自緊緊盤起來，盤成比起蠶子還要小的點點；這且不說，點點上顧自生出一層薄膜小蓋蓋兒，緊護住汗毛根兒，譬比是汗毛下了蟄，冬眠躲過小雪大雪、小寒大寒，整一個嚴冬。汗毛孔給封死了風不透、雨不漏，外頭寒氣進不得身子裡，身子裡的熱氣也出不來，這樣子人才熬得過天寒地凍，交冬數九那九九八十一天。要到立春過後，身上處處刺鬧起來，倒不一定就是一冬沒洗澡的緣故，是汗毛要出蟄了。抓抓撓撓的，封住毛孔凸起像是雞皮疙瘩的小膜蓋兒脫落了，盤結了一冬的汗毛，便直如根根彈簧一般，委委曲曲支楞起來，似乎邊打著呵欠，邊舒著懶腰，揉揉眼兒醒過來。那春風敢也是像個做娘的，不忍心大聲拉氣的叫醒懶覺睡得正酣的孩兒，輕輕柔柔，只合是摸摸弄弄撓撓癢兒，把孩兒哄哄醒過來。那麼殷勤周到，數不清的根根汗毛也得一一來哄哄醒。

我父天生的一臉一身密密麻麻的黃雀斑，皮子也本就又乾又粗糙——祖母一提起這個，就像人家要算賬算到她頭上，護短似的譏誚說：「誰叫他打小就老鼓弄家雀兒玩？活該招惹來一身癩雀斑！」這話得要趁熱聽，冷了就沒多少道理。要說喫多了盡是麻麻點點的麻雀蛋，好歹那還有個譜兒，餵麻雀玩麻雀能惹來一身的雀斑，說給誰也沒人信的。

我父皮膚既生得壞，幹農活兒倒還沒甚麼，好在一入冬就閑下來，沒多少重活兒。可幹起南醫院這份兒工，春寒裡泥泥水水的踏來踩去，腳跟兒、手掌兒，便到處開裂，一道道活像一張張小嘴兒咧著叫疼，夜晚收拾清了，拿熱水泡泡手腳，一張張小嘴兒又咧著紅唇苦笑起來，血赤赤倒像小唇兒搽了胭脂。這只兩個方子好治，一是跟人家討來人腳獾油膏搽搽，潤潤皮兒；一是李府濟人兒的槐膠，槐樹幹上淌出來黏液，收下來拿小鍋兒熬稠了，趁著半熱不冷捏成一坨坨棗核兒大小的膠嘎嘎，硼硬硼硬，使喚時湊近燈焰烘烤，化了滴到傷口上，又燙又疼又煞癢兒，說不清是舒坦還是難受，齜牙咧嘴兒直哼哼。算是拿黏膠把個裂口給焊上，可治不了根，只是免得夜來被窩兒裡手腳焐暖過來，奇癢難忍，懵裡懵懂的不是兩腳對搓煞癢癢兒，就是沒輕沒重亂抓捏亂擰把，準弄得被裡子盡染上斑斑血印子。

單是這個就夠受罪的，別的苦累也便不必一一訴說了。這樣子拼死帶命，日計工是十天一關支，不缺工的話，吊把錢。兩個整月扣掉禮拜天，也還掙到六吊多，跟上李府拉半年雇工。除掉零頭留了點兒下來，悉數交給了祖父。正月裡四鄉八鎮都來請祖父去開佈道大會，祖母叔叔多半都跟了去。二月塾館須叔叔看墩兒照顧，佈道大會還是不斷，就只祖母跟著去了。正月裡家下時常無人，李府硬拉去一日兩餐，午間也是嗣義跟他一人一份兒乾糧帶著。二月裡，李府索性連叔叔也拉了去一日三餐。把工錢攢著等老兩口回家來交把祖父，祖父總是這手接，那手遞給祖母。

「還不是攢著給你討媳婦！」祖母接過錢去可從沒開過一絲兒笑臉，不言而喻，那是說「別指望我領你這份兒孝心！」還又像平白添痲煩看錢受累。叔叔聽了也挺不平，避過去噌了冷話：「天曉得，末了又不知便宜哪個乾姊妹兒、乾閨女！」

就像拗不過爺娘幫襯找親事一樣，過這個新年，不止一回，祖母把我父的親事掛在口上，「過年二十兒了，你當還小呀？你爺這麼大，都倆兒一女啦——還擱那兒哈哈怠怠的！」每回這麼唸叨，好似都是我父的錯。就像叔叔出生時，祖父明明二十一歲，夭折的姑敢是出生更晚，可祖母要那麼說，二十就是二十，誰也別想讓祖母改口。

每一趟打外鄉傳道回來，十趟有八趟都說又幫我父看中了誰家姑娘，還拉住祖父問道：「你看呢？你看黃長老他二閨女怎樣？」祖父也都應一聲「不錯，不錯。」避開祖母，祖父多半是自嘲的笑笑：「我哪留意到誰誰的幾閨女！」有時也拍拍我父肩膀說：「你還是不知道你娘秉性脾氣，『人心晝夜轉，天變一時刻』，你娘那些主意，比變天還變得快，順著她，天下太平。」

又是哪一趟打北鄉燕頭鎮回來，禮拜天過晌午，元房四口都在家，祖母沒等歇歇腳，就叫叔叔來到後院兒，我父正替麥花驢卸套上槽，給喚到堂屋裡。祖母少見那麼眉笑顏開跟大兒子講話：「這一趟幫你看中了個黎家大姑娘，你爺也掌了眼兒，可叫合適來著，就口上先訂了親，慢慢兒再正式正道辦個文定傳喜。人家一家可都是識書達禮，日子也挺殷實。五個兒子就這麼一個寶貝閨女，人家姑娘可比你強，還唸過兩年私塾，讀書解字的。針線茶飯，收乾晒濕，街坊鄰居都讚不絕口。要緊還是信主的人家，都是你爺結的果子，施的洗……」直說得這位姑娘和她一家人硬是只許天上有，地上沒處尋，一面不時的拉住祖父做見證：「不信問你爺！」

我父不吭聲兒，拾掇著插了大半個的鳥籠子，只管悶著頭拿碎瓷碴子刮他的細竹籤兒，嗤啦嗤啦快手打磨著，看來是存心不搭那個碴兒。

叔叔沏來熱茶，也打不斷祖母話頭。「娘潤潤嘴罷，哥差不多也都曉得了，娘好歇歇了。」

這也不成，祖母說說也就重三倒四了起來，看樣子是要催催我父搭個腔，進而感感爺娘之恩罷。我父心下可只扭著一點：「啥事兒不都是你說了就算嗎？還興我來討價還價不成？」只是漸漸也覺出不比前幾回，不大像祖父熟說的，你娘那些主意，比變天還變得快。敢情這一回來真的了？是的話，可要叫人煩腔。

打正月十五大美來李府上工，我父帶常的都在李府喫飯，一早一晚不見不見也見到大美三五面。起先只覺出這個姑娘好似換了個人，往日見誰都不笑不說話，更是跟誰都滿面堆笑的招呼，嘴甜出了名。喊我父都是一口一聲的「俺大哥」，不知有多親，叫人覺乎著生來就是她一個人的大哥，別人都沾不上；眞是那樣子，叔叔都不曾那麼喊過我父一聲「俺大哥」——同胞親兄弟呢。往後，漸漸也聽到點笑聲了，那種噎噎的乾淨嗓子，也淸淸脆脆亮了起來。可就是一，李府上兩進院子，從沒有內外之分，縱是上工前、下工後才來李府，總還是難免碰頭碰臉，但凡遇見了，大美不是能避則避，不巧頂了面，也沒正眼。這對我父可眞是要命的難堪，不由人不再思再想，到底是怎的得罪了人家，讓人家惱到這麼個地步。莫說再思再想，就是百思百想，怎樣也琢磨不出個根苗來。

儘管娘在那兒今天說個頭兒，明天提個親，我父都只當耳邊風兒，可總是叫人驚心。大美這邊既苦思苦想找不出個頭緒，心下只好勸解自個兒，好歹不在一時，姑娘心難揣摩，那就愣愣再說。往天那麼好過，又沒啥深仇大恨，哪就從此絕情絕意，彼此都成了生人這個道理？

可說起往天那麼好過，怎麼講？是怎麼好過？手都從來從來不曾碰一下，怎麼個好法兒？慢說跟誰都講不出口，饒是跟自個兒盤問起來，也把自個兒盤問住了。可這要怎說呢？分明兩下裡早已這個有情，那個有意，正合老話常說的，「如人飲水，冷暖自知」不是？哪還非得眉來眼去，打情罵俏，拉拉扯扯，像那戲台上唱周姑子騷戲的才算數兒？正經過日子人家，慢說小男小女各是各的玩在一道兒，桊邊兒不興有啥往來，饒是做小夫妻的，人前兩下裡多看一眼，多笑一下，都要惹上一大堆兒閑話取笑。合著難道要像嗣仁污七八糟亂戳哄的「小秫秫地裡偷偷摸摸睡她一下，睡大了肚子，日他姐的啥都別愁了！」要那樣才算相好過？……

這麼盤問自個兒，眞眞問到心坎兒頂裡層，支支吾吾的只能招供說：憐她打小訂親就訂了夭壽的短命鬼；憐她打那就給壞定名聲害死了人，沒人家敢要她；憐她爺娘八下兒裡找碴兒惡待這個命硬尅夫，找不到婆家的親生女；憐她報恩李府心切，搶活兒做搶過了頭兒，起五更，睡半夜，打一張開眼忙到閉上眼，幹起粗活兒細活兒都一個頂倆頂仨……可所有這些個，連帶的心思細，手頭巧兒，還都是外饒的零碎頭兒，盤問到心坎兒裡層又裡層，眞章兒還就是她這個人，不說她生得白大似胖，水汪汪的吊梢眼兒，那麼個俊法兒，就算她生得像人家糟蹋醜女的唱唱兒「疤扯疤，痲扯痲，盤龍嘴，菜花牙」，也還是除了她，換哪一個都不成，硬就是單要她這個人。甚麼道理都說不上，常言道「姻緣三生定」，盤問得自個兒連個退路都沒了，就只找出個口實來——那一輩子兩個人還沒好夠罷！

好在這一向都在南醫院上工，苦累打了岔兒，少想一些這份兒心事。蓋洋房這碼子玩意兒，差不多天天都有聞所未聞，見所未見的新鮮。別人只是少見多怪咂咂嘴兒，歎歎氣，過了就過了；我父可是處處都由不得自個兒的多一番心藎，找找道理，品品意思。要還琢磨不透的話，倒到鋪上也少不得翻來覆去的拚湊調理，這就分心許多。若不是這麼著，祖母又三天兩頭的提甚麼鬼親事，那可真要讓跟大美這份兒情給困死。

如今祖母玩起了眞章兒，看來裝聾作啞不成，當做耳邊兒風也難了。祖母一時一個主意，一刻一個主意，說變就變是沒錯兒，可但凡主意打定了，九牛也拉不動；要是有人拗著來，那算二九一十八頭老牛也休想讓她鬆鬆勁兒。還又說了，這婚姻大事，大到非得父母作主不可，哪興照著自個意思來的道理！

這就難上加難了。

似之乎只有一條路好奔，拐了大美跑掉，一了百了了。身無分文，又無常物，那也不怕，年輕力壯還怕餓死凍死？當年元房四口打瀾陰縣逃荒出來，還不是比叫花子好不到哪去。天無絕人之路罷，俗說「一個人頭頂一滴露水珠兒」，兩滴露水珠兒一條心，黃土變黃金，又都是有心思，有巧手，有幹勁兒，能喫苦，一勤百利……要甚麼有甚麼，討不了飯的。這麼想下去，想得心口熱熱的、燙燙的，好似這就一甩頭搶出門去，拉住大美二話不說，跑！……手底下破瓷碴子飛快的刮，一不留神，竹籤兒刮斷了，二拇指給割了一下。瓷碴子嫌它不利，拐到皮肉倒像快刀犂豆腐，眼看破口子喜孜孜的冒出血來，下口便狠狠的咂緊，連一指頭的竹皮渣渣也含了一嘴。

祖母正翻著老賬，把東洋矮鬼子打關東毀掉的貌子窩姥姥給張羅的那頭親事，也算到我父不成材的賬上。祖母自有她的一套——你不理人是嗎？娘苦口婆心說破了嘴，你頭也不抬一抬是嗎？那咱就來個嚕哩八嗦沒完沒了，叫你耳根子休想清靜！

叔叔在給祖父搓水菸紙媒子，忙扯塊火紙給哥哥洇血。我父含住二拇指不放，跟叔叔搖搖頭。我父那張臉板得能敲出梆梆響來。「娘你好歇歇了罷！」叔叔這話說有百遍都不止了。祖母臉一掛耷，咬著牙說：「你只嫌娘多嘴，就不問他這人不長耳朵！娘也是好意的？娘還是拿這嘴擱地上搓罷，說也白說，不識好歹！」

這當兒倒是娘仨兒都愣住了。祖父打院子涮清水菸袋，乾布巾邊擦著邊走進屋裡來，笑笑說：「妳也眞得歇歇了，三四十里土車兒顚到家，夠累的不是？」

好似又提起了話頭，祖母重振旗鼓，越發起了勁兒，拍了拍桌子說：「你當我不累？你當我不要好生歇歇？這麼樁大事、好事，辛辛苦苦給張羅了，享個現成的，像害了他，掛耷個驢臉給誰看？還知道好歹啵？人無良心屌無肋巴骨！……」

叔叔看不下去，忙道：「娘，有妳跟爺作主，還用哥點不點頭麼？倒要哥怎樣呢？給爺給娘三拜九叩，感恩戴德？不又幹嗎逼著哥怎樣怎樣吶？等哥答應？還是等哥不答應？答不答應由得了哥嗎？」

這一連串兒一問再問的問到底兒，倒把祖母給問住了。可不是？大事小事，慢說從來不曾跟我父從商過，連祖父也不興插過嘴。

可也沒多頓個小半晌兒，祖母又再捲土重來，跟誰搶嘴似的喳呼起來：「娘說他折料，二十大黃子了，連個媳婦兒還混不到，說錯了嗎？連姥姥給訂的親事都沒那個命，說錯了嗎？……」這麼一一說對了下去，怕要連關東那大片家業、灕陰縣那大片祖陵、那麼平白丟了，也都要賴給這個敗家星歹命的大兒子頭上了；敢是也要照樣問一聲「說錯了嗎？」也敢是誰都沒那個膽兒派給祖母「說錯了」。

祖母這麼怪罪已不是頭一回，我父對這些壓死人的惡言惡語聽得兩耳生糨子，像光腳丫子磨出糨子踩到杠橘子樹那寸把長的葛針兒上都覺不出疼。由著做娘的數說罷，數說不掉身上哪塊肉的。要就是調頭就走，一走百了。祖母就是這一點好，挺不記恨人，出去轉一圈兒再回來，大半沒事兒了。

可大美如今還會一聲吆呼就跟著跑嗎？放在先前，我父有一百個把穩，這向時僵成這樣，心下不知怎的惱著人，又百思百想找不出一絲兒頭緒，人家還肯把這一輩子都一把手交給你？別木把子火叉一頭熱罷！

這可叫人喪氣。

除掉拐她大美扔奔子一跑了之，要就還有一條路，商量嗣義傳個話，拜託李二奶奶去跟祖母提這門親事，兩人乾親家；這多年來咱們能在這兒落戶，老的開塾館，兒子拉雇工，喫住都靠他李府，這個面子不能不賣，不能不買。大美怎麼惱了，怎麼生分了，以後都好說。這事兒要這麼辦的話，還眞得宜早不宜遲，宜速不宜緩。

祖母還在數落個沒完兒，好像牲口跑熱了蹄兒，怎樣拉緊繮繩也勒不住。數落到我父見月只混到個一吊文兒，混到老也窮光蛋打到底……我父著實忍不下這口氣，憋了又憋，可這一回不是調頭一走了之；一股氣上來，把插了一半鳥籠，狠摔到地上，發起牛脾氣：

「那還討個啥媳婦兒！討來不喫不喝掛到牆上叨！」

三腳兩腳把個業已摔歪的鳥籠連踩帶蹉，喀喀喳喳一陣狂風暴雨，頭也不回，跺跺腳，大步大步奔出家門去，直把祖母、祖父、叔叔嚇得張口結舌。老半晌，三個人都不敢相看一眼，好似一下子個個都平空的心虛起來。

# 清明早霧

華太平家傳

一進三月，差不多也就清明了。一年裡打這個時節起，才算正式正道動手忙活。忙的是幾樣秋莊稼下種，蔴、蒷、番瓜、南瓜，都還只是輕快活兒，家前屋後零零碎碎，頂多幾分地，刨刨土，丟下種籽踩踩平就成，少有使喚牲口拉犂拖石滾子的。地瓜沒種籽，先要下母，也無須多大地面兒。老地瓜母得挑那個頭大些、勻淨些的、皮兒光光滑滑沒疤沒癩的、形兒板正也別彎七扭八。另外還有個譜兒，要是專給人喫的，就挑白皮紅瓤、紅皮白瓤那兩種，又甜又香又沙；還有那麵得噎死人的「大紫」，只個頭細長，長不怎麼大，不出數兒，敢是划不來，少種些換換口味兒罷了。若打算餵豬罷，就多種些白皮白瓤的，這地方叫洋白芋，愣大個兒，可出數兒著，味道要退板多多了，水漬漬的又不大甜，秋後收成了晒出地瓜乾子，也不經熬，清湯寡水稀花爛，出力漢子嫌它喫了抗不住轆——不經餓，像那路面兒不夠硬，車輪一過就陷下去，挺不出力道。待把挑出來的地瓜母埋下地，冒芽躺秧子總得到五月底。一根根長可上丈的藤秧子，一段段剪成大半尺長短，那可得拉犂堆壟，論畝論畝栽秧子，算是重活兒，時令要過過麥口了。

這春耕春種秋莊稼裡，論重活兒還數棒子、高粱——這地方叫大、小秫秫。不光是主糧裡除了小麥就數它哥倆兒，二十畝地的人家要種上十畝八畝；活兒重罷還是重在費事拉把的門道兒太多，先下肥，拿木梠劆起撥勻，再犂地翻土。撒過種再耙地，耙子像一架木梯，橫下來平放，下邊一扎遠就是一根一扎長的鐵齒，套上牲口，人站在上頭駕著牲口拉，碎土也是把種籽跟泥土拌拌勻。這還沒完，下一步得套上四、五尺長的青石滾子拿牲口拖著把地壓壓結實，免得老鴰子甚麼的飛來又刨又啄剛下土的種籽，也讓泥土愈壓緊，冒出來的芽子愈粗壯有勁兒。這就夠累人的了，可往後喫力的活兒還有的是，約莫一個月光景，一進四月，就得每隔十天鋤一遍地，頭遍間苗，二遍定苗，三遍鬆土培根，四遍耪草。種的田畝多的話，打那頭鋤到這一頭，緊接著那一頭又得鋤下一遍。到得中伏天，正當一年裡頂熱的大暑，高粱又得打葉子，一來省得葉子白白耗掉元氣，好讓地力全都供濟到穗穗籽粒上；二來高粱叢裡熱烘烘賽似灶房一般，葉子打清了好讓裡頭多多通風，免得莊稼給蒸出毛病，淨結烏墨穗子；三來一株高粱棵兒，除了梢子頂上留下一兩根小葉子，足足扯得下肥肥厚厚六、七片老葉，牲口喫了頂添膘兒。晒乾了捆成草箇子，碼成垛子，那可是半秋一冬上好的牲口草料。這麼算下來，比起大、小麥、油菜甚麼的，這棒子、高粱，雖都是粗糧，反倒得費大勁兒去服事。小麥是寒露下種，差不多全都不用去管，頂多開春地裡化凍，套上牲口，拉上青石滾子，麥地裡壓上一遍，紮根牢靠些，也免得田土耙溝耙壟高高低低，鐮刀割麥時老是礙手擋刀，也割不深，麥根剩太長，蝕耗燒草不少——其實罷，躲個懶兒，或是眞正沒空兒，少壓那麼一遍，也沒甚麼大礙。照這看來，大、小麥要比棒子、高粱，省事兒太多了。

打南醫院上工以來，早出晚歸，沒多少工夫去李府上有事無事閒蹓躂，敢也是不大見得到大美一面。棒子、高粱下種前，整糞下肥就要動手忙活兒了。我父倒是巴望趁這工夫回來李府——一來為人總要識趣兒，儘管照實講，不缺我父這把人手，連嗣義不回來幹地裡活兒都不嫌短少嘛，可不能只為見月多掙兩吊錢，就把這邊雇工丟下不管。況他嗣義是人家自家人，外頭賺錢管多管少也是人家自個兒的，家裡弟兄妯娌也都甘願多分份活兒罷。不管喫虧還是佔便宜，總不出一個家門兒——人家又沒分家不是？這上頭自個兒怎好跟他嗣義作比？

況又一心只想回來李府上工，暗自還是想顧到大美這一頭；眞的，心下挺怵著兩下裡這麼老不見面兒，久了下去，定要越來越遠，越遠越生分，末了許就不聲不響，沒鹽沒味兒斷個乾淨了。

清明這天，咱們家既沒祖墳可上，我父比平時上工起牀還早，冷水抹把臉就趕來李府後場上。

四處放眼望上一圈兒，湖裡霧重，除了不遠處有個誰，背著糞箕，拉著糞勺，霧裡大步大步拉著，奔北走去，莊裡莊外沒見半個人影。一看就曉得那是個拾狗糞的，家養的狗莊外去拉野屎，各自都有呆定的地點，俗叫「狗屎窩兒」，摸熟了幾處狗屎窩兒就不用等到天大亮再茫茫無際的野湖裡瞜東瞜西去找——那得碰巧碰不巧才找得到一泡兩泡。

李府東堂屋的後牆外，倒頭朝下一排靠上三掛小土車兒，我父一摺眼兒就挑了咱們家打瀰陰縣推來的那一掛，熟眼又熟手，使喚慣了的傢伙。腳底頂住車轂轆，伸手上去搆到倆車把子，往下一拽一捺，車身就放平了下來，推到場心兒嗣仁哥們兒這幾天拾掇妥當，整成細末兒的大糞堆一旁。怕雞來亂刨，糞堆周遭還圍了一圈兒老舊的秫稭笆子。誰家這麼早就放出圈的一窩雞，有的就來試個試個的想找找秫稭笆子哪兒有下爪子空兒。不知這糞堆裡有啥可喫的，噓散了又繞個彎子再來。

幹這些活兒，儘管隔上兩個月沒摸傢什了，一來我父熟門熟路，二來李府是個有條理的人家，收活兒時啥傢什歸到啥地方，就像狗拉野屎都有呆定的窩兒。靠近菜園那邊的草棚子裡，推著滾出一口柳條大簸籃，毛有一人高的大轂轆一般，滾到小土車旁，提口氣端起來給架到車上，端詳著挪個正。就這工夫裡，沒想到脊後喝斥過來一聲：「你那是幹啥來，快馬放下！」

七早八早就起來的李二老爹，沒聽到一點點動靜就來到跟前，少見那麼掛耷下臉來衝人，跟我父更是從來沒有過這樣。我父給衝得沒顏拉巴的嗡噥著：「這不正趕上忙活兒罷……」李二老爹沒接這杈兒，還是板著臉兒，拿長桿兒旱菸袋指指我父才拾上手的木栝：「放下！放下！去上工！」

我父一頭解下繞在脖兒頸上的大辮子，一頭半求半賴的央道：「那就甚麼……那就再壓個月，等月底鋤頭遍，咱再……咱可非回來不行。」

李二老爹那張赤紅大臉膛子沒見和緩多少下來，冷冷的丟下一聲：「到時再說！」轉臉走開，一旁拾起糞箕糞勺，頭也不回的往北湖去。糞箕挃到脊梁上，糞勺把子夾到胳肢窩兒裡，敢也是去找狗屎窩兒罷。

給李二老爹噌回來，到家，三口人都還睡得沉沉的。我父輕手輕腳收拾傢什，挑三張冷煎餅，捲上大蔥、黑鹹菜——一張路上啃，兩張留當晌午飯。一頭拾掇，一頭擂拉鼻子，止不住嘆口氣，想著這一下，嘿，又得再捱上一個月了……差點冒出聲兒來。

正待要出門兒，隔著稀疏的秫稭籬笆障子，已見嗣義一肩的扁擔筐子也正好來到門外。是李二老爹莊北走走又回家，攆他過來催著上工，交代遞個話給我父：「南醫院那邊上工，哪興說不去就不去個道理。當初俺受長老好心所託，攬下招工這檔子事兒，給人家上海老板拍過胸脯，只許你停工，不興俺遢工，從頭到尾，有始有終，不能短人一個工，誤人一天工。除非病重爬不動，那也得臨時找個人替換……」

我父聽了止不住紅了臉。這些話似聽過又沒聽過，八成李二老爹信得過自個兒，沒有緊叮過；自個兒也從沒遢過一天沒上工。想想李二老爹只要允下人家甚麼，定都認真到底兒，自個兒倒負了人家一向爲人，真該捱那一頓衝——還該衝個重的、狠的。想著想著又禁不住心裡一驚，李二老爹眼力厲害得很，瞧人瞧透到心底兒，難保瞧出自個兒偷偷還揣著另一份兒私心——明是打著旗號回來下湖幹活兒，這也不假；可暗裡還是圖的近近大美不是嗎？那不是往後都叫李二老爹把自個兒給看孬了？

我父跟嗣義一路啃著冷煎餅，東西堵著嘴，都沒再講甚麼。穿過前李莊，早霧還不曾散淨。各莊子趕去南醫院上工的漢子，像灌進油壺的油聚口，瀝瀝落落盡都攏來莊東頭斷堤這一道大旱溝的溝口一帶。許是一夜沒見，還是一夜過來鼾打沉雷睡足了，養夠精力沒處使，碰到一堆兒就罵罵嚼嚼，沒半句好話的打招呼。也有動口太村惹起動手的，追著攆著，你耨我大辮子，我拽你搐腰帶，手上扁擔、籮筐、鐵杴、爪鉤；作勢戳戳掃掃，遮遮擋擋，好不亂馬刀槍來得個熱鬧。不似傍晚兒下工回家，一路上個個累像龜孫一般直不起腦袋，嘴巴子都懶得動一動。

順著旱溝坡子下到底，就是橫跨老黃河的長長土堤，過過青石五孔大橋，走不多遠該往右手拐過去，一邊沿著河岸，一邊貼著土圩子外堤，一條彎彎大路通往南醫院。打河西過來這一路，叫明了三小里，意思是二里多，算近便。一路打打鬧鬧聒咕到這一帶，才都安穩下來，悶頭加快腳步趕一陣子。

橫豎任大夥兒怎麼樣胡鬧瞎鬧，我父和嗣義從不去撩人，也沒誰找上來撓亂，頂多一旁咧咧嘴兒拾個笑。首先他兩兒嘴裡不興帶個葷字兒，吐個村話兒，這就沒啥味道；兩人又總是一路上本本正正拉聒兒，跟誰都客客氣氣施禮招呼，人家也就不好平白隨便。

一進三月，只一早一晚還寒些，天兒到底暖和多了。河灘靠近土圩這一溜兒地勢高，不是發大水總淹不到，土質也不那麼沙，住有零星幾處莊戶人家，倒也開出莊稼地來，種上小麥、菜花、蠶豆。眼前麥苗烏溜兒黑，可見地土比河西沙莊那一帶肥多了。

嗣義那張嘴可算緊，也好也不好。直到這兩天才似老黃河化了冰，野湖解了凍，總算鬆開了口兒；卻也是我父九轉十八彎兒的繞來繞去套話兒，才不知不覺透出些口風。

我父也著實給憋壞了，打大美正月十五來李府上工，到今毛有個半月了，算來跟大美沒碰過幾回。兩下裡這麼近法兒，籬笆院子裡踮踮腳就瞧得到李府炮樓屋脊，只怨自個兒還不如那座炮樓，終日大美都在它臉前忙進忙出，大美是哭是笑，它都比自個兒看得到，聽得到。

他李府的炮樓跟莊子上另外三家樣子都有別。打外看上去，頂上頭那層，四面都各開兩口窗洞，下來一層面面居中只開一口窗洞，正好就是兩隻眼睛一張嘴，長在那麼大的龍長臉臉膛子上；再加上麥稭紅荻合繕得那麼厚實的屋頂，活脫脫就是腦門兒上留一排修剪好生齊整的劉海兒（這當地是叫「髮箍」，只因發不出「髮」這個聲兒，聽來倒成「花菇朵兒」那個意思）。炮樓這樣子生得一模一樣四面四張大臉，朝內院那兩隻眼睛一張嘴，可不是打早到晚兒時時刻刻都看得到大美她個人兒！「你可真有福！」我父時不時撂上一眼這座炮樓，心裡那麼想，偶或冒出口兒，自個兒聽到都嚇著了。

說實話，啥叫「有福」？——能看到她大美一眼，別管正臉、半臉、還是脊後；哪怕只聽到噎噎的、乾乾淨淨的小嗓子吭那麼一聲，那就是「有福」——主耶穌登山寶訓有八福，我父倒是偷偷給加上一福：凡是看到她一眼，聽到她一聲的，有福了。可不成了九福了！

只是打南醫院上工到今，簡直就跟大美中間隔座大山。就算上工前，搶在前頭先到李府去邀呼嗣義，只是多半路上、門前就碰到了，老老實實去上工。有限那麼兩回嗣義出門遲一步；匆匆進去李府大門，也沒啥可磨蹭，就又匆匆出來，大美影兒也沒見到半個。

再就是禮拜天不用上工，卻又得一家上城去，上半天大禮拜，過過晌午敲鐘，還有小禮拜——分開小班兒上主日學，查經、背金句，教唱讚美詩。大禮拜完了，總是一家四口找個小館兒喫晌午飯——多半都在東城斜對面黃家小喫舖子，多少也算犒食犒食。就算早晚兒躲個懶，推說李二老爹那邊有活兒得去幫忙，回來沙莊，有事無事蹓到李府轉轉，也跟大美沒照過幾面——八成還是存心避開我父罷，就只那麼東西兩進院子，哪興那麼藏蒙蒙兒一樣，一個蒙上眼兒，一個輕手輕腳躲到死旮旯兒裡；俗說「一個人放東西，十個人找不著」，人兒是活的，不是東西，要是存心躲著，一百個人怕也找不著。敢是也碰到過一回兩回，一個是一閃就沒影兒了；一個是不夠愣的，等還醒過來，甚麼跟甚麼都涼了，直怪自個怎那麼甩。

可就算沒那麼個上不得檯盤兒毛病，又該咋著？總不好一照面就大聲拉叫的喊住人家，不管人前人後，死七賴八忙搶上去說些從沒出過口的體己話——那可是私下裡有過琢磨，編排不老少。「加件衣裳罷，留神招涼兒就晚了……」要嘛接手搬個甚麼重東西：「我來，別閃著胳臂兒！」再不就……有過的，敢是窩在灶房裡燒鍋搗灶，沾上一後襟兒碎草截兒、麥穰屑子、帶芒麥糠甚麼的，瞧著比沾到自個兒身上還覺著刺鬧得慌，不上去給撲落撲落兒手可癢著。「大美，瞧，一脊梁草渣子，幫妳揮揮罷。」……

可實說罷，想歸想，跟自個兒咕嘰歸咕嘰，事到臨頭又滿不是那碼子事兒了，嘴也禿，手也麻，全都不聽使喚。那都是往天裡時常碰到過的，只是那略子不比這略子，那略子她大美滿口俺大哥長，俺大哥短的，叫得多甜嘴兒，就那樣也都還說不出口，伸不出手兒；這略子，兩人不知咋的一咧罷就十萬八千里，再想說說中聽的體己話兒，獻獻小體貼、小殷勤，拿熱臉貼人家冷腚倒不怕，兩下裡離著那麼個遠法兒，搆都搆不到罷。再說，那也不是叫喚得來的，再體己的話兒也經不起大聲拉叫給喳呼散了板兒。說起叫喚，打早到今兒，我父眞還連人家姑娘個名字都從來沒叫出過口。

關問大美到底怎麼回事兒，我父倒是借沙耀武他媳婦小產起的頭。跟嗣義扛著上工的傢什打莊心兒那棵老桑底下過，仰臉瞧桑芽冒有多長了，「俺大哥可早班兒！」我父給叫得一愣，見是耀武媳婦，腕上橫條扁擔，一頭一口花鼓桶渾水擱在地上，喘喘的歇著。她人沒多少血色，額頭勒一箍老青布寬帶子，立時想起才添的頭生小小子前兩天得七朝瘋糟蹋了。那不是還沒出月子地？

我父也不方便探問坤道家坐月子不坐月子的，把肩膀扛的鐵枯塞給嗣義，抓過耀武媳婦腕子上的扁擔，一蝦腰兒挑上肩，朝沙家前場快步奔過去。耀武家裡的這才愣過來，忙追上去，拉到水桶繫子，又不敢使勁兒，怕把水桶挠了，水潑灑出來，一面嚷個不停的「俺大哥，俺大哥……」我父頭也不回，噌了聲：「他耀武腿斷了還是胳膊折了？」心裡也眞有點惱著耀武，還有耀武他媽——只這話不能衝著他媳婦說，省得調唆人家婆媳不和。

耀武家裡的跟在後頭告饒是的：「不是啦俺大哥，是俺要的啦俺大哥……」我父本想挑進門，倒進水缸才罷。水桶裡數這口小底小肚子大的花鼓桶頂裝水，敢也頂沉，都是大男漢子才使喚得起。來到沙家大門前蹭蹬了一下，心眼一轉，別眞弄擰了，讓人家做媳婦兩難，只好放下，揹揹肩膀，撂句話：「等傍晚回來，咱再跟耀武算賬！」遂迎著趕過來的嗣義，接過鐵栝上工去。

打這扯咕起：「今年是咋啦？你瞧，你那口子大正月裡才消順了，結巴子媳婦年前就病病殃殃的，到今還沒大利索，……」數了一圈兒都坤道家不順遂。我父撇的是這當地土話，「消順」就是小產，算文雅的；也叫「掉肚子」，說來很難聽就是了。

嗣義剛待搭上話頭，卻叫兩個追打的傢伙衝兩人當間兒扭扭扯扯鬧過去，話就打斷了。路是貼著老黃河邊兒，水面上一波跟一波，沿岸鑲上整排唾沫般的白泡泡。前頭那傢伙給追下路旁陡坡，收不住腳，險些些一腳插進河水裡；可腳上蒲鞋也還是蹽上泥灘，一隻腳拔起來，蒲鞋留在爛泥裡，金雞獨立拄著爪鉤去搆蒲鞋。

大夥兒樂得個熱鬧看，拍手打掌叫好：

「該！該！淨看他惹貓撩狗的……」

「不屈！㑚他這就老實了，眞不屈！……」

……………

這才嗣義想起方才話頭，接下去說：「看來，今年敢莫是陰氣太盛，流年不利盡找上婦道人——」我父搧搧手，打斷嗣義話尾子：「你將好說反了，是陰氣虛，才都婦道人流年不利。」

到得這一步，話就好順順當當調個彎了：「還有，你看那個誰——那個大美，連個姑娘家也都跟著不濟，打過過年到今兒，眼看瘦了一圈兒，人沒笑臉兒，八成兒也身子不大穩實還是咋了？」

嗣義咂咂嘴，動了動唇兒，要說不說的：「俺看吶……俺看你才是八成兒甚麼……八成兒這麼久了還不知情。這麼久了，年三十兒，毛兩個月了——可不恰好整整兩個月，想不到的，喝下鹽滷尋無常，你都不知道？救固救過來了——」我父一把揹住嗣義小胳膊，喫緊得嘴巴搐了筋：「你說誰？你說她大美喝鹽滷？」嗣義不覺笑噌道：「俺這不都是在講的大美？是說罷，救固救過來了，敢是身子要喫大虧了，你說不是唦？……」

我父才聽到上半截兒話，就像呼咚一聲栽進河裡，一下子冷了下半截兒。急忙又問道：「是爲啥？是又受大大媽媽氣了？——這對牢公母倆！」

嗣義遂又收住口，黏膠粘住嘴了。我父緊催慢催：「俺？爲啥？啥逼的，年都不想過了？」

嗣義嗯嗯唧唧的，挺難爲個老實相。眼看來到南醫院了，上工的愈聚愈多，不光是河西來的，城上也有，一片嘈嘈喝喝，不少跟我父他倆兒打招呼的，老打岔兒，敢是不合適再說啥私房話兒。嗣義好似放下千斤沉挑子，喘口大氣兒說：「好啦大哥，等下工罷，回去路上俺再跟你講好不好？」

這一天不知有多長，有多難熬，我父心事可叫沉了，少心無魂，倒三不著兩的老犯小毛病，挖土挖出了石灰打的界，挖順手了，悶著腦袋還一栝一栝勁兒足得很，挖得正緊呢；過會兒該挑繕頂瓦的，也誤挑了磚，白白搬上屋頂半碼子大青磚——我父向來啥都要強過人，磚碼子一層十六塊，半碼子五層八十塊，都挑斷過扁擔的。八十塊大青磚怎麼挑上去再怎麼挑下來。挑上去只是累些，等挑下來就覺出板梯怎這麼陡法兒，又離地怎這麼高法兒，小腿肚子可不是直哆嗦。俗說「上山容易下山難」，沒想著挑磚上下也應在這上頭。

下工回到莊子上，也沒照著清早沙家門前發的狠：「等晚上下工回來，咱再來找耀武算賬！」生平頭一回說話不算話，當緊還是沒那個心腸了。

下工回來，一路上嗣義講了不少大美的事，怎樣怎樣他媳婦大年初五陪李二奶奶去小沈莊沈家看望大美、怎樣怎樣她娘老子一副心虛相兒、怎樣怎樣沈家鄰居婦人隨後打莊子趕出來告知大美尋死覓活……嗣義也就到此爲止，到底也沒講出大美爲的啥不想活。

我父品索了半天，照嗣義那個口氣、那個神情——老實人啥都擺明在臉上，瞞事也顧頭顧不著腚，斷定這嗣義肚子裡還是留住話了。不肯掏肚翻腸子往外吐，想必人家有難處，彼此都是知趣的，總不成來硬的。就說心有不甘罷，臨了我父也只有衝著嗣義齜齜牙：「你可眞嘴緊 ，咱算服了你……」瞧著嗣義連正眼也不敢看人，我父心一軟，怕這個老實頭兒心裡不是滋味兒，遂又堆上點兒笑臉哄哄：「嗐！你哥倆兒也眞是的；嗣仁老哥罷，嘴又是山東漢子開寶——那麼大敞門兒，匀一半兒給你老大也罷了。」

一心顧著體恤人，怕給人家添難爲，那就自個兒苦些罷。大美到底爲的啥不想活，回家去自個兒摩弄摩弄著，也試試這個腦袋瓜子中不中用——說孤單嘛，也是也不是；有那麼些哥們兒，幹啥都是好幫手。可任怎麼義氣，爲朋友兩肋插刀也不含糊，只個個都「鄉下佬拉屎——一直槓兒」，心眼兒老轉不過彎兒，討商量討不著啥主意，遮不住齊打夥兒一火，揎胳膊捋袖子來硬的，把大美她老子拖出來，綁到驢樁上揍一頓狠的，問他還敢不敢逼個親生閨女尋短。可那又當得了啥？又哪是玩硬的買賣活兒？別替她大美造罪了罷。

平日東聽西說的零零碎碎，我父多少也留意了些大美家怎麼個光景。她那個老子，實說也是個老實頭，至多罷，好話說出來也老那麼衝人，小沈莊上就有人喊他諢號「衝倒山」。單說這一點，讓老大大衝兩句，總也到不了尋死那個地步唄。怕還是她媽罷，也是出了名聲的碎嘴子，一句話講上百遍也不嫌俗，家裡有這麼一個嚕哩八嗦的娘，倒夠煩死人的。如外也有誰說過，他沈家任是怎麼小門小戶的，凡事都老頭子作不了主，得聽他老婆的。俗說「揚臉老婆低頭漢」，都是心機多，難纏難對付。大美她媽罷，看上去挺腰凹肚，兩眼兒好似長在額蓋子上，不大理人——這當地土話叫「大眼皮子」；可生就那副相貌嘛，也不是好意要那樣像人人都欠她兩百錢是的。難說得齊整罷，有人長相兒就是討喜，有的生來一副要賬臉，沒人緣兒。有一回我父就親眼所見，大美她媽不知爲啥找上李府來，李二老爹一向不管對老對小少見板過臉，那回我父頭一遭見識到李二老爹那麼沒有好聲氣，又是對個婦道人，一句一個嚕兒——當地土話是說「吡八二噌」，大美她媽又那麼沒眼色，瞧不出好脾氣出了名兒的李二老爹那樣子不耐煩，一股勁兒重三倒四叮住那兩句臭話。所以說，看上去能得很，卻也瞎能一個。可只爲那是大美她媽，我父一旁偷瞧著，偷聽著，倒覺得李二老爹不免有點兒過逾了，反替說不定就是日後的這位丈母娘好生難堪，又好生難過。

八成是罷，八成事兒就出在這不識相兒，不知輕重好歹的做娘的身上，怎知是咋著折磨大美，折磨得嘻嘻笑笑，勤勤快快一個好姑娘不想活了？

只是一連幾天，我父都苦笑自個兒淨鑽進黑窟子裡獨自胡撞瞎摸。前也思了，後也想了，到頭來總溺著那遍爛泥灘，跺來氽去挪不出老窩兒來。像這麼老怪老怪大美她爺娘千不該這、萬不該那，怪的得法兒嗎？當用嗎？看來自以爲高人一等的這個大腦袋瓜子（那般仁叔的草帽，哪一頂我父都戴不上），比起他幾個哥們兒一直槓兒死腦筋也多不出三兩道彎兒。

慭了一天又一天，鎮日盡在身邊兒的嗣義，該是個腰纏萬貫的吝嗇鬼兒，我父時不時睱伺這個說咋也不肯再施捨一個小制錢兒的守財奴，只覺自個兒倒成了個轉前轉後總下不下手的割包兒小扒手。嗣義那兒分明一肚子貨——可憐個老實鬼，最後下不下蛋，只好推說「講了俺媽要氣死，俺家裡非倒楣不可……」敢是再也休想還能打他那兒套出一絲一線兒口風。咋辦？自個兒又裡頭給掏空得山窮水盡；就像有時鬧氣甚麼的，肚子明明空了，又不覺得餓，草扎扎的啥都不想喫、不想喝，人是空落落的，沒處抓，沒處撓。

南醫院那邊，讓李二老爹平白屣了一頓，老老實實上工——也難怪，人家有言在先，李二老爹給人拍過胸脯，是凡他李某人替抬的工，除非病倒了，或是死了人，不興三天兩頭空出一個半個工；敢是也怪自個兒有那麼點兒存心不良；回來回來，地裡活兒兩頭不見太陽，敢是要回來忙忙才是，不能光圖賺工錢——眞心實意那是沒假，可順帶也就早早晚晚李府上轉轉了，兩三餐也都在他李府用了，好歹多看她大美幾眼，也就知足了。天天碰頭卡臉的，她大美總有理人那一天罷；老是三天兩頭的面兒也不照，敢就愈來愈生分。像這樣子早出晚歸，上工上得只覺自個兒合上那話——行屍走肉。好不容易幹六天，歇工一天，又得城上去做禮拜，那也一樣少心無魂，跟著大夥兒站起來禱告，跟著大夥兒坐下來唱詩，儘管時不時一愣怔過來，連忙提醒自個兒：你這樣子小和尙唸經——有口無心，還不如不來，少得罪些上帝，卻也拿自個兒莫可奈何。當緊還是不知多少回，鼓了再鼓氣兒，心裡這些難處總拿不出來擱進禱告裡——要跟上帝咋說？又求個啥？這些襍哩咕咚的家長俚短，自個兒都還一腦袋黏糊漿子，出不了口不是？我祖父教人禱告就常說過：甚麼甚麼都好上帝駕前求，只要你說得出口。

大禮拜過後，我父跟著一家人繞過縣衙門背後，傍著馬號邊走邊停停，貪看那馬群裡一眼就瞧出神氣鼓鼓的良駒子。走走調個彎兒，興國寺高牆外走過北、東兩面，就蹓躂到東城門。喫晌午飯，也是一個禮拜過來，一家人犒食犒食。還是多半都來光顧這家的老地方，衝著城門正對面，醬園右手的黃家小喫鋪子，今天是一人要了一碗雪裡蕻肉絲鍘刀麵，再一人兩大肉包子。一家四口一百二十文——六個大銅子兒就打發了。若照往天關東那樣子整天家招魚抹肉過的日子，別說這麼個犒食有多寒磣，可放在鄉下莊戶人家，這一百二十文小錢兒可就大了，折合小麥三升左右，磨糊子烙煎餅，大肚漢子也夠撞上十天半個月的屎肚子。饒是南醫院那邊發的工錢夠厚，苦吧勞業的一天下來，也才一百文。算來咱們一家四口上城做一趟禮拜，一頓小小犒食，加上大禮拜一人捐一個大銅子兒，可不正好二百文整？這等開銷法兒，到底還是祖父祖母往年過慣了的城裡人那種日子。

方才大禮拜一散，我父便拉叔叔到一旁咬耳朵，約合著等會兒晌午飯一罷，編個口實，下半天小禮拜就省省不去了。我父說聲「有事商量」，叔叔就估出事情很要緊，認眞得惹人笑的連連大點頭：「成！」

叔叔要想口上隨意編排個說法兒，那才方便著，何況明年二月童試，人家十年寒窗，叔他這兒一年總要罷——這可不用扯謊瞎謰，本本分分的大實情。叔叔又是爺娘膝下說啥算啥，祖母沒有不聽從的。祖母依了，祖父敢也咋說咋好，還又從旁錦上再添一朵花兒：「行，那就快馬加鞭去唄！」

我父性子任多剛強，就連爺娘兄弟也得能不求就不求；可著實悶躁夠久、憋得夠嗆的，捱過一天又一天，煩腔兒事兒不說無從下手排解排解，想往哪兒下心也都找不到一絲絲縫兒。鎭日老是無頭無緒的，到底不能不認輸自個兒扛在倆肩膀上的這顆腦袋瓜子不管估了，只有求求自家親兄弟罷。兄弟書唸的多，心眼兒不動也在那兒滴溜溜轉，又比誰都多一竅兒；只人情世故還嫌嫩些兒，倒也不妨事。就算這小兄弟也出不出多少汗兒，使不大上勁兒，單是積的這一肚子疙瘩塊兒，能沒顧忌的呼嚕呼嚕倒些出去，倒個乾淨，心裡總落到透索透索。這話又說回來，除這個親釘釘小兄弟，還找誰去？饒是嗣義那麼個細緻人兒，處的又不外，一向也算無話不講，到這喒子又餒孤、又怕事兒，話說一半嚥一半，別再指望還能打他那兒分點兒甚麼來。還再找誰？餘下那幾個哥們兒，別的事大事小都搶著幫襯，唯獨大美，頂好知道都別讓他幾個哥們兒知道；不的話，遮不住又還是來那些粗的：

「嗎？你說的嗎？憑俺倷哥你這一身，那點兒屈了他沈家？白他娘的拿本作勢了罷！……」

「給你倷哥出個好主意，你點個頭兒，俺就去找俺那口子，哄她上套兒，讓你上個現成的。哄不行，賺，賺她小屄丫頭來俺家，唆糊唆糊，炮樓好還是地窖子？俺也不在乎給人笑話幫你倷哥扯繂拉轠繩。肯，就罷；不肯，還有點子……」

「對，日他的，軟的不行，來硬的，不用你動手，俺幾條大漢還纏不倒她個丫頭蚌子，給她扒個精腚光兒，俺都四下裡拽著捽著，敞殼兒上她個妹子的，看她還反不反轠……」

像這些口沒遮攔，不入耳的撒野撒村，嗣仁、耀武、東莊那個磙磨釘兒，都沒少唚過一回又一回——那還是早些時，他哥們兒看出倷哥跟大美二人都有那個意思很一陣子了，皇上不急太監急，怪我父溫沌水兒，迂著斯文，白把好事兒錯過去了，八下兒裡搧風點火生餿點子，一勁兒拉合，戳哄。如今要是透上一點點兒風聲——她大美擱家裡撐不下去爺娘給的罪受，又這向時老是跟我父躲躲閃閃沒好顏色，生怕我父一口喫掉她的那副死樣子，那——這幫老粗漢子饒得了人？那又哪能只當吐吐心事就算了？別白白捧出她大美來給人糟蹋了罷！

就因著這樣子走頭無路，求告無門，早兩天我父就已決計要找叔叔數說數說——不管生不生得出法子來，還是只圖透透氣兒，都行。就只是試個試個總找不到合宜些兒的空兒。得等叔叔閑點兒，又還要避開祖父祖母跟別個甚麼人。往時罷，睡早睡晚差不多大工夫，先上牀的還沒睡著，哥倆兒少不得聊點閑事兒，說說私房話。可開年到今兒，哥倆兒上牀多半錯開了。叔叔除非傷個風，精神不濟，總是夜夜點燈熬油的，滿是寒窗苦讀那麼回子事兒了。我父罷，累上一長天，一合黑兒，上下眼皮兒便黏糊糊張不開了——那一天要是沒蹽到爛泥，蒲鞋沒浸到水，腳都懶得洗，等不及給小毛驢上上夜草，就癱掉一樣爬上牀，禱告禱告還沒「阿們」呢，跪著就盹過去了。倒下來一睡，那個沉法兒可不就死豬一條了。多半都是一覺到天明，難得半夜醒來，迷迷糊糊裡還聽到外間小兄弟嘁嘁嚓嚓，跟誰說私房話一般唸唸有詞兒。眞不容易，不用人叮，也沒人逼，就是那麼安順。四書五經，供案西頭兩大落，本本都得背個滾瓜爛熟。我父看在眼裡都覺得挑磚擔瓦哪算累、哪算苦；兄弟這不是唸書背書，是在那兒啃磚頭——一藍布函子裡五、六本不等，一函子一函子摞成兩落，可不就是一塊一塊老青磚，那可都要一塊一塊啃了嚼爛香進肚子的；這要一直不停的啃到明年春二月來著！

左等右等老等不到個空兒，就只有禮拜天這下半天挺合宜。饒是三里路還講不完，回莊子塾館裡，哥倆兒關上門兒再接著來。只巴望這一路別碰上個不識趣兒的二百五，釘前釘後套熱烘，窮扯咕甩不掉，那算白費心機了。

弟兄倆兒進了東城門，拐倆兒小彎兒再下坡兒（這當地把是凡上坡下坡街道統叫個怪名兒「矼垞子」，或是「矼垞上崖」、「矼垞下崖」——見於我祖父手記，尙註有「矼者石橋，垞者土丘，借此二字形其聲，字義則嫌似通非通」）。打這矼垞子下去到底，不遠就橫過縣衙門三轅門前，整條街所以就叫衙前街。打這直衝西去，走不多遠便是城門樓上懸有

「鎭黃門」黑漆塗金匾的西城門，要鎭的敢是黃河發大水罷。

城裡城外差不多的街道都是青麥條石鋪的路，街當間兒大條石，塊塊全有尺把兩尺見方，愈往兩旁街邊愈小塊兒，不過也還是抵上兩三塊青磚大。敢是不少年代了罷，塊塊青條石都讓千鞋萬履磨來磋去，日久天長全都那麼油光水滑的錚亮錚亮，逢到下雨下雪，特別這段兒矼圪子，淨滑倒人。有人滑倒了定有趕上前去拉一把，一頭還有個唸叨：「男跌陰，女跌晴，小學生跌倒放光明。」人跌到地上總因事出倉卒，由不得自個兒，那麼個防不及的狼狽樣子敢是挺難看，挺難以爲情，也挺惹笑。可給這一唸叨，打了個岔兒，反倒解了嘲兒，下了台兒。就算哪裡跌疼了，也咬咬牙硬撐著爬起來，裝作面不改色。比起那麼場台，疼點兒個那算啥！

走在這條衙前街上——市井裡沒那麼斯文，順嘴兒方便罷，都把這一帶叫作衙門口兒。教會眼裡的這個「世俗」，都還不興甚麼禮拜天不禮拜天的，衙門照舊進進出出，不知哪麼些人忙裡忙外，帶著整條街來來去去的人挨人，人蹭人，一片鬧鬧嚷嚷。這光景敢是不合適慢言細語兒講啥私房話。我父也不慌著怎樣，估謀著時候還早，還多的是，等出了城再說——就像腰纏萬貫，揮金如土花得起，眼前不必這就忙著見啥買啥瞧不上眼也不大中意的貨色。哥倆兒邊走邊拿些閑話笑談磕磕牙兒。

這矼圪子上滑倒人可是常事兒，滑倒牲口也有過，化雪天比下雪天還要難行，人畜寧可多繞繞路，能不打這兒爬上爬下就遠著點兒。任是人住在鄉下，早晚兒上一趟城，也都碰到過這類笑話看。叔叔見我父聽了開心——這向時都沒這麼破顏過，越發講著還學樣兒，東倒西歪的喝醉了一般，還碰到了人，忙跟人道不是。我父明知叔叔一心逗趣兒，十有八成都是現編的，瞎謅的，也還是領情兒，跟著笑得開懷。

要說腳下這些青石，塊塊油光水滑，都是天長地久行人鞋底硬磨出來的，這還不算奇；街當間兒一方接一方的大塊青石正當央有道深可上寸的凹槽，那就更加不知要多少多少年代來去的獨輪車才能碾出恁深的車轍溝子。屋簷水都能滴答滴答把石頭打出洞洞來，水有多軟、多甎；上城送糧送草，出城推糞推垃圾，那麼終年不斷的小土車，就算獨輪四圈兒護的有草打的輪箍辮子，車載那麼重，也夠碾壓出這道深轍溝子了。

哥倆兒倒爲這個抬起槓來——車轍溝子到底是碾壓出來的，還是人工鑿成的。

我父是猜想鋪路時，這些算定鋪到街心的大塊大塊青石，先就石匠鑿出一道三寸來寬的溝子，好讓轂轆嵌進去滾，車子才走得穩。要不的話，車行在不大平整又滑滑擦擦的石面兒上，磕磴磕蹬顛個不止，車身不穩，難保轂轆一打滑兒，仰巴拉叉的車底兒朝天，翻個結實。

推這小土車可是個功夫，我父是老閱歷。當初打灡陰縣一家四口逃荒一般流落過來，整個兒家當都在那一掛小土車上。那時我父才十六，從沒推過這種不光是使力氣，還得使巧勁兒才行的獨輪兒車，上路就是一天六七十里地。傍晚投宿下來，肩膀疼是挎在肩上的車襻兒勒的；腰眼兒腚筋疼是下半身時時都得像唱大戲的「泗州城」裡水母精那個身段兒，不住的擺呀盪呀。獨輪兒敢是比雙輪兒省勁兒又行得順，窄得只容單身兒人走的羊腸小道，人能過去，小土車就能通行無阻；只就一點，單輪兒大不如雙輪兒那麼四平八穩，隨時停，兩手一鬆就擱下來。這小土車要是兩邊兒車把手穩不住，準定東歪西斜，弄得不好要翻車的。穩住把手也不能單靠兩條胳膊，得仗腰勁兒，腿勁兒，還有兩瓣兒腚筋就別說有多忙活，左歪左扭，右斜右拐，一天下來不瘆得擰了筋才怪，坐都坐不下來，大小板凳都像滾釘板那麼剽腚，人像得了痔瘡甚麼的，得偏下身子半歪半支楞著才行。就是那樣小心又加小心，頭一天就不止一回，不是一歪把祖母滑到車邊兒，險些兒落地，就是來不及躲過個窪坑兒，屌水是的把祖母屌到路旁草窩兒裡。跌是沒跌倒，嚇倒嚇了個不輕。祖母惱得直怨兒子心眼兒不好，可一雙小腳兒趕不多遠路，還只得坐上壞心眼兒的兒子推的車兒，好心眼兒的叔叔罷，又連車把手也端不起來，又矮又沒那把力氣，頂多早晚兒高高興興，繫上車繩拉拉車，給哥哥省點兒往前推的力氣；要是拉快了，反而車把手把不穩，給做哥哥的幫了倒忙，也顛得祖母嚷嚷起來，嗓門兒都顫得直抖。

哥倆兒抬槓，那一頭叔叔抬的是拿滴水穿石作比方，說那布鞋底兒、草鞋底兒、毛窩底兒、蒲鞋底兒、蔴鞋底兒，還有雨雪天穿的桐油硬殼兒釘鞋底兒，都比屋簷水硬得很，落地也重得多了，連不大踩得到的街邊兒石頭都能磨得那麼光滑，車轂轆又該多重多硬罷——眼前恰好有掛卸光東西的空車停在街旁，轂轆四圈包的鐵箍磨得銀子一般亮，沒裹蕷草辮子。像存心算準這個當口停在那兒，幫叔叔出個憑證。這種光腚轂轆也不少見，要不是蕷草辮子磨爛掉還沒再配，定是東鄉地硬路砭才用得起的車子；放在河西沙莊那一帶沙土路，能咬進半個車輪兒，推個重物那才累死人。可這鐵箍的轂轆兒敢是這青石路的剋星，走上一趟兒就抵裹有蕷草辮子的小土車來去碾過十遍。

叔叔遂又踐起文兒來，甚麼「時之爲用大矣哉」，說歲月能把人催老了，也能把石頭催爛掉。車轂轆今兒碾過來，明兒壓過去，長年累月也照樣鑿出一道深溝來——十年八年看不出來，上百年準能磨劇下去許多了。

小城是明朝弘治年間黃河大水竄過來，城給冲掉大半落兒，人都逃東岸地勢高得多的圪子上崖一帶，重再收拾起家園。縣誌記的有正德皇帝微服出巡，路過這裡，縣太爺某某某到東關口運河崖兒接駕進城，駐到衙門裡。當時敢莫是城池街道都已造齊。這麼一算，小城毛有四百年了。四百年的工夫，這大青石還不磨劇出上寸深的車轍溝子？一百年磨劇個二分五，有個模兒了不是？

我父皺緊眉心笑怪著叔叔。是樂著兄弟一肚子學識，上知天文，下知地理；惱的是一張利嘴，黑的能說成白的。可那惱罷，也是惱得心疼的那種惱，哪裡是甚麼眞惱！

我父只好搡了叔叔一把：「去去去，跟我賣書本兒，不買！」

叔叔也跟著湊趣兒，抱頭搪胳臂的，好似哥哥抬槓抬輸了，接著就會趕上來給他個三皮槌兒。

# 黃河見底

華太平家傳

「是說眞的？眞有這個興頭兒，嗯？」

我父一連三問，要搾出叔叔是眞心要去南醫院走走，還是順口湊湊奉承。

哥倆兒走出西圩門，天好，風也好——溫風打河面兒陣陣迎面掠來，含一股水腥味兒。晌午過後，不由人的都有點兒迷迷盹盹的春懶，這水腥味可最能醒酒一樣的醒人迷盹。

三冬少雪，三春也少雨，老黃河見底兒——敢不是整河都乾了，只是河水涸得一遍一遍露出旱灘兒，盡是水草、浮萍、小歪蚌、小螺螄……黏在軟和和河泥上，有幾處旱灘接旱灘，差不多就可打河底走過河，只還會陷腳罷。照這樣再亮晴個三五天，上城就不用繞去青石五孔大橋，打沙莊對直穿過後李莊，步行過去直上西水門，不多遠就是西城門，少繞多少冤枉路。

許就是帶著水腥味兒的溫風挺給人提神，叔叔一樂和，蹦蹦跳跳下著西圩門外一小段兒慢坡。走過左手路口，跑到前頭去的叔叔，重又轉回來，拖住我父說：「哥你猜咋樣，這麼個大長天，趕回家去拱到屋裡蹲著，多沒味道！哥整天兒淨是南醫院長，南醫院短的，那麼些稀罕景兒又新鮮玩意兒，這就逛過去看看還是怎樣？也領教領教哥爲一家人苦巴勞業，造福鄉里一番汗馬功勞唄！」

說是調皮罷，可又挺正經；我父敢是樂意一同去走走，暱示暱示有自個兒在內的大夥兒這個把兩個月來汗兒沒白淌，苦沒白喫，工錢也沒白拿。可又怕躭誤兄弟啃書甚麼的——儘管那是拿來跟爺娘告假的，啃書總是不假。叔叔聽了一扭頭，嫌我父過慮了：「就當是做小禮拜唄，那還不是到家都好下傍晚兒了！躭誤啥來？」我父倒又像把南醫院當自個兒家下是的，客氣了起來：「都還沒蓋齊全罷。眞要去看的話，再壓個個把月，會許受看多了。」

末了，哥倆兒還是興興頭頭，好似走姥姥家，樂和著拐到通往南醫院的大路上。

南醫院這裡，眞是一天一個樣兒，幹得乾淨馬利快。少見一蓋就佔地幾百畝那麼大遍又是洋樓、又是整排整排大房子；敢也少見雇來本地外地百把兩百口石匠、瓦匠、鐵匠、木匠師傅；更少見打開工到今，只才緊卡卡不到兩個月工夫，北半邊學堂這廂先就蓋起個七八成。

學堂一排又一排都是平房，一排就是五大間，哪一間都跟上住家一明兩暗、三間兩頭房的堂屋那麼寬敞。平房到底省工省時兒，早早這就看得出個眉目來。

我父領著叔叔，一一指給叔叔看。禮拜天，除了打雜兒的、看磚瓦木料傢什的長雇工，到處空空曠曠見不著幾個人影兒。

學堂內，偏東、朝陽，挨在一道兒的五排平房，這就五五二十五大間。另外，沿北、沿南，又是兩排平房，比那五排更長，一排十間都不止，又是二十多間。這都叫人迷惑日後倒多少學生來上學——城北眞妙山前那所書院，右手一旁有童試考棚，加上小南門外黌學，三處合起來也連這一半都不到。這且不說，我父偏指面前偌大遍空地，整沙莊家家打麥場合起來也抵不上這麼個大法兒，問叔叔想不想得透一個學堂咋要恁大院子——估估看，少說也有個二十畝地樣子。叔叔咂著嘴兒尋思，也想不出啥頭緒：「該不是學田罷？不像要種莊稼樣子唄。」我父也說：「敢是的，學田要種莊稼養先生的；這種沙灰地，除非花生、地瓜，啥也不長。」

接這大空地往西，靠邊上蓋起兩棟兩層洋樓，是洋人住家的，也大體有個模兒了，只剩樓頂洋瓦還沒運到，橫梁直椽都已架定了，看上去倒像只剩骨架子的大畜類，脊椎骨當間兒拱起來，兩邊排下來根根肋巴骨兒，空架子單等材料到了繕頂兒，把肉長上去。

果眞也就是洋樓了，大門大窗，樓上樓下四圍繞上一圈出廈；外殼兒是這個角伸出來，那一爿凹進去，眞就是俗說的「裡曲外拐」，樓頂還又平空探出個大煙筒，全不是咱們看慣的款式兒，講究的是四合院攏個天井院兒，不問上房下房總得方方正正，堂屋定要朝陽背陰才成格局。這對我父哥倆兒，過往還在關東時，牛莊、青泥窪（大連），倒都見識過老毛子住家洋房；像這小城罷，慢說鄉下佬，饒是城上人家，怕也從來見都沒見過。

這還只是外觀，我父領著叔叔繞過些坑坑窪窪，堆堆垛垛，摸進靠南頭這棟洋樓，給看不懂啥好的叔叔一一指點出來。這內裡所有樓板、四壁、地堂、出廈走道兒，全是上海運來的一種洋灰，羼上細沙，對水和成泥，拿泥抹子泥的，就能泥成這樣光滑像面玻璃鏡子，又還石頭砌的一般硬實——拿塊石頭子兒敲敲，聽那嘣嘣響兒，就知道跟石頭沒兩樣兒。我父講給叔叔聽：「這洋鬼子就是能，你不能不服。咱們大富人家——像普蘭店鹽場那一溜三間大堂屋就是的，是拿糯米熬成黏漿，和進三合土，用那玩意砌磚牆實壁，挖窟子小賊休想撬下半塊磚頭。可那比這洋灰，還是要推板多得多了。」

叔叔看看聽聽，摸摸弄弄，又敲敲打打，只有咂嘴兒伸舌頭的份兒。

打學堂這邊朝醫院過去，這當間隔一片老寬的長院子，也算是一條大路罷，當央縱鋪一道約莫三尺寬的痲石路。早在畫地定橛子時，兩旁便已趁著打春前，栽下兩行一人來高，也是下邊運來的洋槐樹椿子——聽說能避蚊子蒼蠅又不招蟲，到今兒都長出尺把長的壯條子，翠綠翠綠，到夏天該能遮點蔭了。可就是一，從梢兒到幹兒，盡是扎人的疙針子，又因長得快，木質鬆瓤，不光是不成材料，連當柴火都又扎手，又不熬火。

醫院這邊，北東兩邊約莫三四十間平房，大致也都有模有樣兒了。只那無大不大，又長又寬的四層大洋樓，這才砌到一層半。外觀也跟所有平房、洋樓差不多，都是青磚卧砌到頂，門窗留出大空子，也是四圍都繞成一圈兒的出廈，不過比起那兩棟洋人住的洋樓出廈要寬上一倍還不止。奇是奇在那樓板，不用一根一片木材，是拿根根都有兩三丈長，大拇指一般粗的生鐵條，橫的豎的密密編成網架，下頭釘上木板托住，就在那上頭鋪上洋灰砂石和成的稀泥——就像年年都有一夥生鐵匠走莊串村兒，支起鼓風爐煉鐵，地上擺開犂頭、鍋子、鏇子各式兒沙模子，現煉現鑄。莊戶人家平日積攢的破爛傢什，只要是生鐵的，儘管拿來上秤換新的，多半得貼補點糧食給人家。洋灰稀泥戽上去，也是一個味道，就只不像通紅通紅的鐵漿子凊得快，轉轉眼兒工夫，紅一變黑就鐵硬了；可這洋灰也乾得夠快，一夜過來也石塊那麼個硬法兒。

咱們動不動喳呼個甚麼千年椿，子孫貨，人家這才真是上百年，上千年，子子孫孫傳得上好幾代家業的根基。誰見了這大遍一口氣豎起來的上百間新屋新樓，誰都不能不服了他洋鬼子就是個「能」；也不能不服了人家上海來的這幫師傅、工頭那麼凡事又手巧、又頂真；還有那位小老板，天天釘在這裡監工、指點、幹啥都那麼帶勁兒，泥裡踩，水裡蹚，頂到踣膝蓋兒不透水的長筒靴子，不住腿兒到處爬高量低兒，沒哪個死旮旯躲得過那雙長筒靴子花底印兒。

叔叔到老只要念起這位兄長，總說他一生沒見過幾人能像我父那麼有心蓋。是眞的，我父凡事打臉前一挩，便看在眼裡，留在心裡，比方牛羊駱駝倒嚼牲口，不是嘍下肚就屎屁打出去，沒停過饢上來，細細嚼，細細品，無分事大事小，總得琢磨出個道理才行。別人賣力氣，苦工錢，幹嗎還找那麼多想頭；就我父幹活兒幹得比誰都來勁兒；那麼多叫人眼花撩亂，來不及見識的新鮮玩意兒，別人來一聲「日他奶奶，『能』上天了！」咂咂嘴兒，誇一下就過去了，我父可不讓它空過。我父綳緊臉，好生正經的告訴叔叔：「瞧這些時學到的……，也不是啥本事、啥能耐，可就是挺寶貝；能學到這些個，別說一天賺上一百文，一天倒貼一百文也幹——眞個兒的，花錢買不到的寶貝！」我父敢是頂眞的，是跟親兄弟掏心挖肺的知心話兒。

再又說了，那洋樓也罷，平房也罷，窗口都像門口一般大，別人皺皺鼻子：「碰上臘冬數九個天兒，那不是清死鬼冷個妹子的！」打死了也覺不出那有甚麼好，可我父不光是看出人家好的來——門窗鑲上玻璃，嚴絲合縫兒，風不進，雨不掃，冷從哪兒來？再說門窗開的大，敞敞亮亮多透索！強似鄉下那些老屋，連炮樓打在內，哪不是日頭正當頂，窗洞不到一尺見方，打外頭乍一進到屋裡，可不是一頭插進黑窟子一般，伸手不見五指，人都成了睜眼瞎子。這且不說，像祖父借作塾館的沙家祠堂，花櫺子窗儘管大得多，糊的又是溜薄的水棉紙，太陽一甩西，就是大敞著花櫺子門，看個小點兒的字兒，也挺費眼力兒——這在我父可熟，李家用過晚飯，這個把月下工回去，都是照年三十兒晚上說定了的，儘先趕去塾館練字兒，大仿還可，寫起小仿就得湊近窗口那張書桌，老陽兒下去快得很，寫著寫著瞎巴瞜瞜的臉就不由得貼到仿紙上，混混糊糊老要揉眼睛。要嘛等天暖了，天長些，夜短些，許就老陽兒落下晚一些，屋裡也就亮多了。可人家學堂一年到晚，一天到晚，都要屋裡唸書的，總不成只唸個上半天，只唸個春分後、秋分前罷，剩下那半年幹啥去？所以這門窗開的大，人家自有道理在。

這都是我父指手劃腳一一講給叔叔聽、亮給叔叔看的，敢是有那麼點兒意思跟叔叔顯示這一向早出晚歸，不光是見月苦來兩三吊錢，要緊還在拚死帶命挺值得，蓋這醫院、學堂，該勝過修橋鋪路更積德罷——儘管自個兒幹的不過出出死力氣的苦活兒。可這樣子顯示也不是販人家洋貨、南貨過來賣給不識貨的鄉巴佬，反倒一心只想討得這個知書達理的小兄弟品品理兒，別老是一個人在那兒獨自鑽來拱去，扒扒翻翻找到手上的，自以為捧著個寶兒，不定到頭來一文不值。兄弟這上頭比自個兒強、比自個兒行，要兄弟點點頭才能算數兒，自個兒也才覺有個仰仗，心裡磁實多了。

再就是平日有心事也沒人可訴，挺悶，挺孤單，撈到個近在身邊卻又老湊不到一堆兒的親兄弟，原只想單就大美那些鼓鼓囊囊死疙瘩兒，幫忙鬆解鬆解，沒料著南醫院這邊也倒積聚了不老少該跟兄弟扯咕扯咕解解悶兒的話頭。來南醫院逛這一趟又是兄弟打的主意，我父不知要怎樣疼愛的深看叔叔一眼——知心不知心的，不是嘴上說說就算了的；叔叔把我父上工幹苦活兒這麼著當回事兒放在心上，單這一點就夠我父歎一聲弟兄之情比誰都親，比啥都深。

平日早出晚歸，一道兒來來去去摽個整天的也夠人多勢衆一大夥兒的了；可就是俗說的「朋友有千萬，知心有幾人？」能搭得上話的也只有嗣義一人。比起一夥兒愣頭愣腦莊稼漢，嗣義敢是耳聰目明多多了。不過嗣義也就只是很肯靜下心來，聽得我父講東講西罷了，可到底還是太過言聽計從了；又老那麼仰起頭，看我父不知多高多大。我父生來就不像祖母那樣軟耳根子，單喜歡聽好話，經不住人家一哄，皮都扒給人家。嗣義也不是虛心假意亂應承，就這樣我父還是不由得時不時提醒自個兒，說千說萬，別都嘴上搽石灰——白說白講了罷；一頭也心下挺難過，像李二老爹那麼個透明透亮老長輩兒，跟他老人家，話只用說個一句半句，心意就全給知道了去。看來他李府上風水都讓李二老爹一個人拔盡了罷；還五子登科呢，五個兒子一個個都像貓狗丟窩兒，給撂到後頭老遠老遠，沒一個跟得上趟兒——就中還算嗣義這個二房兒爲人本正，心眼兒稍微靈活些，倒也只能強說個「成材」就是了。憑這點兒跟他老爺子還是不能般比的；不說差上一天一地嘛，也該是一個山頭，一個山腳，也十有九成指望不了山底下終有一天翻到山頂上。

到底還是同胞親弟兄自幼一道兒長大，底細一同，又到底兄弟有的是一肚子斯文；儘管叔叔還很年幼，跟嗣義一樣嗯嗯啊啊應的多，拿出見識的少；可憑那滴溜溜轉的眼神兒，該喜的喜，該服的服，該皺皺眉毛的皺皺眉毛，沒有不是恰恰落在格兒上，不似嗣義那樣時常點錯了頭，嘆錯了氣。看在眼裡，我父就信得過這個年幼巴巴的小兄弟不光是甚麼全都聽得進耳朵，紮得進心裡，還時不時補一把，添一捏兒我父沒說到、沒說透的地方。

不單是這些，回河西的路上，叔叔那份兒興頭一時還下不去，讚不絕口的樂著今兒可算大開了眼界：「虧得福至心靈，平空跑來這一趟，要比做一回小禮拜合算多了！」叔叔重又提到那口洋井，不用井繩、桶量子，也不用絞轆軸，只捽住那把兩尺來長鐵柄子，一按一掀，就打地底下無窮無盡呼嚕出大水來。叔叔重上一遍我父方才那番話：「哥說的可對了！人家洋人也不光靠槍炮子彈打敗咱們，就憑這些洋買賣兒三兒，咱們也就認輸了！」

總還是只爲看不懂洋井這一類神乎其神的玩意兒是個啥門道罷，才這麼不能不服氣；我父重提義和拳那套神功——去年老城集贊化宮裡親眼所見的，貼了符，唸了咒，就能刀槍不入，轉轉蓮桿子變成金箍狼牙棒，也是看不懂是個啥門道。可我父總覺著這一個土，一個洋，其間很有個分別，只苦說不出道理。

叔叔連忙幫我父記記祖父交代過的教導。義和拳開壇練功，我父親眼所見，叔叔全信我父親口所講，當時哥倆兒曾爲那套神功又是苦想，又是胡猜，死疙瘩就是解不開。問到祖父，只說天地間奧妙奇事多得很，不是樣樣都可找出道理來，講出道理來。引出老子講的，可說可道的道，都不是常道。義和拳那一套，照咱們基督徒所信的道來說，那是種邪靈，出鬼作怪，差不多無所不能——不是把個兒孫滿堂，騾馬成群的約伯，沒幾天工夫就敗壞得只剩個渾身爛瘡，睡到城門洞裡的窮光蛋了?不過要分辨聖靈和邪靈，也還容易——聖靈總是造就人，成全事；邪靈總是敗壞人，毀滅事。像南鄉那位殺人不眨眼兒的朵把毛爺，我父和叔叔稱呼花大叔的土匪大頭子花武標，祖父幫他禱告趕鬼，救了一命，不單改邪歸正，還做了傳道，蓋了福音堂。那敢是聖靈動的工，十足的「造就人，成全事」，打敗了「敗壞人，毀滅事」的邪靈。

祖父藉著聖靈行的神蹟還不止這一端，祖父對我父和叔叔的教導，有憑有證的不是空話，哥倆兒自是深信不疑，可明白歸明白，信服歸信服，拿來對證一樣看不懂的洋玩意這麼多神奇，就只覺一個方，一個圓，活離活拉不扣襻兒。比方這洋井，看不懂門道，也算天地間奧妙奇事，要按聖靈、邪靈那個分辨準頭，敢是造就人，成全事，難不成所有這些洋灰、出廈、洋井，都是洋人憑著聖靈來造就、成全的？似乎又不大說得通。

哥倆兒坐到橋欄上，隔著欄杆頭上石鑿望天犼兒，還在那兒聊著洋鬼子這個那個，倒把大美的事靠後去了。橋下不知多少婦人、多少棒槌，起起落落擣衣聲，振得橋孔連連回響，像打亂鑼，打的是那種厚厚的大肚鑼。

橋欄每隔五六尺遠便一座半人高石柱子，杜頭鑿有獅子戲繡球、猴兒偷桃、還廟堂大殿屋脊兩頭瓦當上常見的望天犼兒——只知是種祥獸，長得像狗，咧嘴朝天不住的長號，似乎也該是長長、長長狼嗥那般吠叫聲。

哥倆兒聊起當年孟石匠築橋造反，眼下這座大橋著實了不起，看得出來他孟石匠糊塗歸糊塗，頂眞倒眞是頂眞，說得上鬼斧神工——又精細、又浩大，很有那麼點帝王氣象；不止是只爲搭個便橋，省得渡船不牢靠，跨過老黃河就可先拿下縣城，再一路攻打到京城。看這大橋兩頭各有大半里那麼長長的土堤大路，兩旁護堤楊柳都已成樹，長得快又壯的足有五拃粗，我父下手量過，也都是當年堆堤時栽下去的。大橋上這些精工鑽鑿出來的吉祥物，敢也不是有那份兒閑情——堂堂王業不就是打這上開頭麼？再看那橋上橋下但凡喫重所在，盡都是長三、四尺，厚、寬也都一兩尺的大青石，怎麼拖來，怎麼架上，實在是了不起的本事。

這些還都不算，更有這橋基，深得不見根底。春末夏初，多半河水涸枯，河底見天，橋孔全都露出面兒，單就是緊貼橋基南邊的大潭，從來不乾，總是清豔豔滿槽好水，靠這就能養活西半個城住戶，也便可想而知這橋基紮根紮到水下倒有多深。那種天旱水荒時令，大潭四周，五孔拱橋洞裡，上半天盡是城上婦女趁個早涼趕來這裡，搥搥打打，淸洗大件頭兒衣物、被單子、被裡子甚麼的。就那麼著，潭水照樣淸艷艷染不髒，魚蝦成群好生自在。晌午心兒裡，大太陽下火一般，拱橋洞底長年水流盪得光光滑滑的大淸石上，盡挺著橫七豎八歇午的漢子，兩來門風，加上水氣陰涼，直似神仙洞府，睏覺睏個百年不醒。

如今還在終身監禁，關在衙門大牢裡生兒養女的孟石匠，憑這千百年不倒的五孔青石大橋，倒是造反朝廷不成，造福鄉民不淺，眞合那話「有心栽花花不活，無心插柳柳成蔭」。

看看老陽歪西，時候差不多，歇腿也歇夠了，估著小禮拜許已散了，哥倆兒瞭一眼日頭，不用開口就不差先後的一齊站起身來開拔，總得趕在兩老前頭先回到家。

坐在橋欄上扯過一陣兒孟石匠，盡是些閑篇子。我父幾番想要岔開話頭，到底還是一提到人家姑娘就不免靦覥起來，老像嘴上礙著個啥，啓不了齒。挨後又挨後，總得起個頭兒，言歸正傳了罷。

這才咋也不好再挨，我父先就紅紅臉兒，忙又避開叔叔，假扯兒仰面瞧瞧結出花穗兒的楊柳條子。心裡也明知叔叔愣等他開口才好搭腔兒，縱縱身子捋下一小撮綠中帶黃的花穗兒，捧在手心兒細看，一頭結結巴巴吞吐道：「也沒啥啦，閑事兒唄……」下口吹散手上星星點點碎渣兒，吹不乾淨，兩手撲落著，嗤兒一聲笑得很乾：「咋辦呢，我這個笨腦袋瓜子不管用了，找你給我多掌個心眼兒就是。」

叔叔多聰靈啊，哪會看不出我父難以爲情這副窘樣子，嘴裡像含個扎人的老菱，不知要等到哪天才吐出殼兒來，便調皮的勾過頭來，要笑不笑的相相我父說：「猜到了，八成兒罷哥正煩著娘提的燕頭黎家那頭親事，對不對？昨兒晚不又嚕嗦了大半天——」惱得我父拿拳頭朝叔叔後心兒頂一下，噌一聲：「瞎猜！瞎精明！」叔叔給拳頭頂得一衝一衝的變了聲兒：「那就再猜另一頭唄，橫豎這頭不對那頭對，總有一頭是罷——那是沈家那位大小姐，對了罷？」說著縮縮脖子，怕後心也捱一下重的。

我父沒應聲兒，放下拳頭，半晌才平靜一下說：「也沒別的，也不是啥天大的事兒；要不是礙到咱們做人，哪有閑工夫理那些玩意賬兒！」接著把大美大年下爲何尋短、爲何挨到十五才來上工、打那到今兒，又是爲何看我父是個沾邊兒都不認得的大生人兒——再生分總也不用有意躲躲閃閃，單只避開我一個人，怕還當個大仇人罷。有過的，早晚沒料著碰上了，明明跟人家有說有笑，一見我父，老遠就背過臉去，好似恨不能趔開個十里八里，兩下頂好都別見到。

我父不禁嘆口氣：「你知道的，咱們華家向來比誰都識趣，都挺在意人家眉眼高低，哪受得了人家給你白眼看！實實說罷，這位姑娘眞不錯的，勤勤利利，脾氣也好，手頭又巧兒，挺討人喜歡；年前紮旱船，還那麼熱和，多能幹，連夜打的寶絡流蘇，你也瞧見過，多受看！可前後才幾天工夫，人還是那個人，鼻子眼睛就不是那個鼻子眼睛了。這可得先檢點檢點咱自家了，哪兒沒留神，啥話還是啥事兒把人家得罪了嗎？沒幾天嗎不是？要說時隔十年八年記不得了，還有個影兒；可就是咋想咋也想不出來有過甚麼差池……」

我父不住側過臉來，探探叔叔臉色，也用這催叔叔搭搭腔兒。看來叔叔似也有甚麼礙口，一回回只像魚喝水是的，張張口吐串兒空水泡泡又算了。

我父把這向時解不開的煩心愁悶都推到做人的難處上頭，把對大美一番情意撇開不提，敢是為的方便跟叔叔開得出口，可這又覺出兄弟好像聽不大懂，才弄得插不上嘴兒。想想也是，照這麼遮遮掩掩白講了半天，不露真章兒，倒要兄弟怎麼樣幫忙多動動心眼兒？讓他去問大美為的啥不理人？是惱了嗎？是怎麼得罪了？還是聽信誰居間說了小話兒？……那倒不是要兄弟多動動心眼兒——也沒處可動心眼，就只合是自個兒不敢，唆使兄弟去探問人家姑娘家。那可不成；自個兒膽兒小，裝孬躲在後頭，使喚兄弟出面戳哄生事兒？敢是萬萬不可，那哪還有做哥哥的體統！

這麼一想，不由得心驚，只覺好生虧待了兄弟，我父連忙攬攬叔叔肩膀，轉個心眼兒陪笑道：「還是你行，料事如神——兩頭總有一頭對，老實說，兩頭都有份兒……或許這麼說罷，兩頭逗得到一頭……沒錯兒，娘閑得難過，提啥親！弄得人煩腔兒，你清楚。煩的甚麼腔兒你更清楚。明知俺看中了一個人，啥燕頭雞頭的！那天鼓幾鼓，真忍不住要頂回去：『咱早就看中了個人，不用爺娘操這個心！』鼓幾鼓還是張不開嘴，你說為啥？將才你猜的那個大小姐，咱也跟你說了半天，就那麼不明不白變了調兒，弄得剃頭挑子——成了咱一頭熱。真的，翻兒了，平白無故，就那麼翻臉不認人，叫咱倆手空空，拿啥頂娘？能放在早先那樣……不就是年前罷，兩個來月，還俺大哥俺大哥喊得可親熱，要是那樣，早就理直氣壯一口推掉啥的哪門子親！」

話是說透了，也沒再繞彎轉圈子，卻等不到叔叔搭碴兒。叔叔生性懶言語兒，可哥倆兒但凡擠在一道兒，又沒外人在場，多半都盡聽叔叔一個人聒咕。眼前這光景倒了過來。等不到一點兒口聲，無怪我父見疑：「你這是咋啦？有難處是怎樣？還指望你來個響的　，盡放悶屁臭人你這是？」

叔叔眞個有難處的樣子，望著我父，作難得眼梢底下窪出討好小窩窩兒，溜薄溜薄又倒扣齒的嘴唇子，啞巴樣兒開合半天，才冒出聲兒：「說罷，得罪娘；不說罷，得罪哥，也得罪沈家小大姐。就這個賬兒，看哥怎麼算罷。」

我父倒讓小兄弟這麼老哩老氣給逗得噴了一口笑：「管怎麼算，賬目清了才行。要說得罪誰、不得罪誰，也不在說與不說罷。敢莫是怕咱怨起娘來？再怨，總是咱們親娘唄，做兒子的還能拿娘怎麼長，怎麼短不成？」

叔叔還是猶猶豫豫的拿不定主意，倒讓出空兒給我父品品怎又把娘給拉扯進來。難不成提親燕頭黎家姑娘這碼子事，祖母嘴敞，忙就串門子掀騰出去，傳到大美那兒了？人家避嫌才不理人了？或許不止是避嫌，若大美眞的對自個兒有那個意思，那好，敢是要含幾分惱，再幾分怨，保不住還有幾分恨；合上這一個又一個幾分，豈不湊成個八九上十成了？那可不是個滋味，差些兒錯怪了人家……可算算先後，又不大對榫兒，大美是年三十兒尋短，提親燕頭黎家在後，那是祖父大正月裡去北鄉佈道會回來，早該過過十五大美上工好些日子了。這麼一算，剛剛以爲自個兒笨不笨的，心眼兒還算靈活，勉強夠用罷，這倒又遇上短路的，又走不過去了。

叔叔眼看我父六神無主，心煩氣躁，不似平日比誰都沉穩的哥哥，不免有點著急，方才哥倆兒都悶聲不響這刻工夫，只得掂了又掂兩頭分量，看來難以兩全，肚子裡是留不住話了；加上叔叔儘管出口老哩老氣，到底還是個大孩子，沉不住氣，憋不住還是說了。

叔叔又問了一遍大美何時喝的鹽滷，敲定了沒記錯，這才說：「……那就差不離兒了。年前祭灶那天——莊子上過二十四，咱們家過的是二十三，儘管打記事兒起，咱們從來沒上供過灶君老爺，可還是照做祭灶餅，照喫祭灶糖、用祭灶糖擀的芝麻糖、花生糖。沒錯兒，記得可清楚，李家乾姨娘還說：『你都是官宦人家呀，自然過二十三啦——官三民四王八五唄。』好像凡城裡人都該是做官的，莊戶人家才是做民的。哥那天敢還是在李二大爺家幫著忙年罷，就二十三那天，李家乾姨娘拎兩隻風雞送年禮兒來，乾親家倆兒就那麼坐下來拉聒兒了。哥猜猜李家乾姨娘提到啥了——咱一聽，心裡可歡喜了！哥猜猜看吶？」

我父沒好氣兒的噓了一聲：「去！冒兒咕咚的，朝哪去猜！」

叔叔說是「心裡可喜歡了」，就該眉飛色舞，臉上卻沒一星兒喜色。「娶到那麼個嫂子進門兒，能不歡天喜地麼？」

我父聽了不由得心上咯噔一下，李二大娘跑來提親？提誰？十有九成提的沈家大美不是？可看這樣，提親好事罷，提壞了不成？料來沒啥好的了。「誰是誰啊，沒頭沒腦的！」嘴上還逞硬，裝作沒聽懂。

叔叔俯下腦袋，盯著一雙蹚在深沙土路上，嗣義媳婦年前給新做的雙臉青布鞋，盡量提著點兒腳跟，小心沒腳的細沙漫進鞋殼兒裡。好似俯首認罪的嗡噥著說：「也許……咱得擔些兒過錯，守著李家乾姨娘，給娘下不去。可那理兒明擺那兒，娘嫌人家命硬，望門妨。咱們信主人家，怎可這麼迷信？也怪咱要嫂子要得太心切，哥跟沈家小大姐又挺好的，不說天上一對兒嘛，也是地上一雙，哪兒去找這麼個佳偶天成！咱是直說了，原本也以為娘順口推託推託，別讓人家覺著咱們求之不得，一口就應允下來——當眞咱們落難了，連個媳婦兒都討不到。沒料到娘沉下臉來，噌咱：『這事兒，咳，啥迷信不迷信！寧可信其有，不可信其無，小心沒過火的。』娘那張臉眞是千變萬化，衝著李家乾姨娘笑容滿面，轉過來就一下子拉長，咬牙切齒不知有多口！」

叔叔停一下，記記當時情景。「娘是堆下好臉，跟乾姨娘又是賠禮又道不是，千謝萬謝乾親家一片好意——哥頂清楚了，與人為善，攏絡人心，娘啥都做得出來。可一旦下定了心，逆住她來，只有火上加油，更壞事兒。是怪我不識趣兒，沒顧到娘顏面——哥平素這上頭就喫過不少大虧；咱也是一時暈頭轉向，還在那兒不知高低，淨拿爺說的甚麼『信主之人，百無禁忌』來堵娘，愈堵愈噎得娘板臉板得愈硬。結果罷……哼！娘給逼得口不擇言，一時情急，扯到哥關東貔子窩姥姥家做的媒，定的親，連來帶去翻騰出一大堆兒。說著說著，遮不住自個兒也覺乎逗不上譜兒，一轉話頭倒又現編了瞎話兒，說是南鄉鐵鎖鎮福音堂有頭親事甚麼的，談的有點兒眉目了，又說哥也挺中意。這不都是睜眼說瞎話？太過離譜兒了，咱還能守著乾姨娘面前指娘全都是砍空嗎？人家乾姨娘也不是愣子，聽不出妳前言不對後語兒？咱都一旁就和得難過死了，低頭不敢看人家乾姨娘。咱們怎麼有這樣一個娘來著！」

我父愣上半晌兒，才自言自語是的嘆道：「早讓我知道這些個鼓囊也罷了，也省得錯怪了人家轉臉無情，自個兒也少瞎摸盹眼兒碰上鬼打牆一樣，老找不出一星星亮兒來……」

叔叔連忙跟我父道著不是：「哥跟娘一向都水火不容，早想透點兒個口風給哥的，就怕罷，給哥澆了水還是添了柴火，總拿不穩主意就是。你瞧，把這些販給哥，不是讓哥跟娘又多了層不舒坦？」

我父冷笑笑：「那也不是一天兩天了，也不在乎這一回火燒乾了水，還是水澆濕了火。要緊罷還在李二大娘；李二大娘就算是受沈家之託跑來做媒，就算是沈家大美也知情，提親不成，李二大娘難道把娘這邊怎麼推辭、怎麼借個口又借個口，全都連鍋端給沈家？端給沈大美？才弄得差點兒鬧出人命來？弄得尋不成短，一口怨氣發到咱身上？怎麼想，李二大娘怎麼不是搬弄是非，販老婆舌頭那種人。叫你說吶？」

哥倆兒喊李二奶奶各有各的稱呼，這裡頭有分敎，說來話長。

祖母認嗣義媳婦做乾閨女，不一定爲的喜歡這個小媳婦。咱們家是深受李府大恩大德，一時說不上圖報不圖報，祖母自有她那一套，兩家能近乎，多幾分親情，受人家過重的恩情也敢是輕上幾分。兩家既找不到濕親可結，那就結個乾親罷。祖母一生就是好這個，這上頭輕重琢磨也最會拿捏分寸，譬如跟李二奶奶拜個乾姊妹，本當直截了當，可除非人家找上來；落難之人去找人家結拜，不是高攀也是高攀。認個乾兒子嘛，人家五子登科，認誰不認誰呢？要認乾閨女的話，倒是現成，李二奶奶年過四十，老蚌生珠，壓尾來個閨女，地道的掌上明珠，就別說有多寶貝了。只是咱們家落戶當初，小丫頭才三四歲，未免乾娘太老，乾女兒太小，不襯。再說罷，婦道家過過四十歲還生孩子，要給人笑老來浪的，不是挺體面；認這麼小的乾閨女也得先掂掂自個兒多大歲數兒才是。那喒子嗣義媳婦恰好剛進門，娘家又姓曾，乾娘沾沾新娘子喜氣，轉轉運；乾閨女沒出曾家門兒，祖母屬犬，認個比兩條腿穩當的四條腿乾娘，也是大吉大利。就那麼順理成章，嗣仁媳婦也貪不上伴兒，沒小話好說。從那以後，祖母跟李二奶奶也就結了乾親家，也成了李府老小三代公稱的乾姥娘——果然兩家子一下子親了不知有多少，近了不知有多少，叔叔嘴甜，喊李二奶奶做乾姨娘，喊得可親著。只我父總煩祖母跟人家西瓜葫蘆到處扯秧子，從不肯乾這乾那的，李府進進出出，只喊他的二大娘——這當地從來沒有伯母嬸子那套叫法兒，按排行都喊嬸子幾娘幾娘，喊伯母是幾大娘幾大娘。不過吐字兒上有點兒計較，大娘這個「娘」，定要舌尖兒輕輕抵一下上嘴蓋兒，意思到了就成，似出聲又出不大聲兒。伯父叔叔也是一樣，幾大爺幾大爺，大爺那個「爺」，聽來不是幾大「夜」，就是幾大幾大，連「夜」也吞回去了。

叔叔猜了猜說：「哥說的沒錯兒，乾姨娘不是那種人，不至逢人掀騰，損到人家小大姐名聲。當時罷，就只仨人在場。除了今天跟哥說了實話，咱可沒漏過一點兒口風給誰。再就是……別管娘跟沒跟沈家去多嘴傷人，娘啥事能擱在肚子裡擱個隔宿來著？哥沒聽慣了娘口頭語兒？講了私話，還叮著人家『這可只跟你一個人講的噢，任誰也別去傳話呦』，先不管那個人傳沒傳出去，娘悄悄話哪天只跟一個人講過？那還愁不轉轉臉兒就傳偏天下了？……」

我父不知有多疼惜的盯著叔叔，按了又按矮自個兒一頭的叔叔大腦袋，哄著說：「我沒那個意思要追究出誰販的老婆舌頭，追究出來又當啥！不怪你瞞緊緊的不肯抖出來，也難爲你顧念弟兄情分，源源本本都幫我弄清楚了。早就料定找你有用，要不的話，蒙在鼓裡還不知要蒙到哪年哪月……」

說著說著倒爲叔叔還那麼矮小，自個兒又猛拔高，幫不上忙，平白心虛起來。一時岔開話頭：「咱們哥倆兒能勻勻高矮也罷了。我看吶，往後，天天幫你這樣拔拔拽拽得了。」遂用雙手托住叔叔兩邊腮骨，只一捧，就把叔叔提溜個腳不著地兒，人懸空了起來，接著還掂了幾掂，讓身子墜一墜，沉一沉。這時要是拿尺棒子量量，或許眞能長個一寸半寸。

叔叔一直都不大肯長，人都說是給心眼兒壓的。祖母儘管樂意人家這樣誇獎叔叔聰明，心眼兒多又靈活，也還是總替叔叔護短——名副其實的護「短」，說甚麼「男長二十三，女長十八只一竄」，忙啥？不忙，二十三歲才長足個兒。慢慢來，早著呢，還有六、七年好長。沒錯兒，慢慢來，說上百遍也有了，說上三、四年也有了——年年正月初一長一歲，哥倆兒脊梁貼緊門框上，照著身高畫一道墨痕兒，三年下來，叔叔難得有一年高了五分多，我父倒是五寸還不止。祖母但凡瞧見就來氣，皺皺鼻梁斥上一聲：「人高不爲富，多穿二尺布！年年淨愁你一個長袍短罩兒的，勞不勞神的你！」話是實話，何止長袍短罩兒，倆腳丫子也跟著長，虧得長年都是草鞋換蒲鞋，三冬一雙毛窩就夠了。棉鞋今年做的明年穿不上，乾脆不找那個嚕嗦。

叔叔揉揉讓我父一雙粗手給箍紅的兩旁下巴頦兒，一面擰轉脖子活絡活絡，笑怨著說：

「哪有這麼硬拔的，可十足是揠苗助長——樹苗子不肯長，硬往上提溜兒？」

歇了會兒，沙莊大桑樹在望。叔叔問我父，往後該怎麼辦，怎麼對付，能有甚麼從旁出得了力，効得了勞的。連問三遍，我父才愣睜過來，忙道：「這就好，這就行了，來龍去脈弄清楚，這就好對付。你也別再操心，咱還行。只是罷，託付你一件兒，燕頭那邊兒娘再提啥，幫咱……只好相機行事罷；也別像李二大娘提親那樣，娘啥都要面子，別再讓娘臉上過不去。咱是凡事一直犅兒，一碰就崩，你就多轉個圈兒，多拐倆彎兒，能讓那事兒吹了就一好百好。」

當然，叫人頭疼的還是怎麼解沈家大美心上那個死疙瘩兒。這一刻兒裡，只能粗枝大葉兒想到，除非託嗣義他兩口子幫忙兒解解，自個兒怕是無從下手……。

# 乘涼烤火

華太平家傳

城上郵傳局三月半開張，小城裡這可是樁大事，也是樁從沒有過的新鮮事兒。

這之前都是花錢找鏢局子傳信，多半官家差喚；商家也只是跟外地有買賣的大字號；再就是洋人——傳教的、開洋行的。傳一趟信所費不低，百姓人家除非遇上病危喪亡甚麼的，緊要招回外地親人歸鄉才用著捎書傳信，信套兒燒糊個角兒，再黏上一捽雞毛，表明事關緊要，十萬火急。

儘管郵傳局那份兒差事讓祖母硬給攪和吹了，也儘管祖父開導過「凡事成不成，都自有天父慈愛美意」，我父還是忍不住會不時想起它來。

百姓人家大半也都不大清楚郵傳局，我父也是；不過更近一層，郵傳局當差到底幹啥？——給人傳信敢是知道，可怎麼個傳信法兒？也只能想到懷裡揣個信，不是騎馬就是行船，俗說「坐船騎馬三分命」，未免太小膽兒了；不過容易出事兒倒是眞的。只是想到整天跨上牲口，人不離鞍，馬不停蹄，東奔西走，跟牲口軋夥兒討生計，那跟驢馱販子沒兩樣兒罷，雨露風雪的，辛苦是辛苦，可有生以來就好玩個大牲口——不管服侍牲口還是使喚牲口，單這一點就夠對味兒了。有時也想到這傳書送信總該比驢馱販子自在得多，驢馱販子得放單趟兒才有牲口騎，馱上糧食兩三百斤沉——數鹽最重，同樣一袋五斗，馱上三袋的話，尷弱些的牲口準壓趴了窩兒，人就只有步躂兒跟著跑的份兒。想那傳信不過幾張紙兒罷了，墊到帽殼兒裡戴在頭上可以，揣在懷裡，塞進鞍韉裡，了不起肩上搭隻褡褳兒——這當地叫捎碼子；還有個猜謎，「山上坡，山下坡，一個兔子兩個窩」，要是猜對了「捎碼子」，出謎的沒難倒人，得佔個便宜討回去，緊跟上一句，「你死俺打鐐子」，打鐐子幹啥？送葬罷

——怎說，也還是單身人兒，百把斤，就算騎的是匹兩腳伸長了拉到地的小毛驢兒，像祖父騎的麥花小叫驢兒那樣，壓不到牲口的，輕輕快快兒，任你橫騎、倒騎（學八仙張果老）、大走、小跑，由你作死作活，想咋就咋。天下哪找這份兒玩著樂著就掙銀子的行業？

直到郵傳局開張，一傳十，十傳百，大夥兒才清楚，傳一趟信只用五文錢，不管傳去千里萬里，都這個價錢。這可叫人信不過，別說那怎能夠本兒了；五個小制錢，喫兩根牛油炸鬼就上路送信？新鮮得不成話實。既然叫人信不過，連那個「郵傳局」也說來彆扭不順口，甚麼油船水船的！專管幫人送信不是？你嘴我舌，傳來傳去乾脆就叫起「信局子」。就像仁濟醫院，咬文嚼字的多彆口，也是你嘴我舌，傳來傳去乾脆叫起南醫院，也不管另外有沒有個北醫院。

信局子開張，新鮮是新鮮，可不當喫，又不當穿，家常日子裡有它不多，無它不少，新鮮勁兒風快也就過去了，沒多少人還再提它。只有我祖父罷，怕誰也沒他把這信局子當回切身大事那麼熱心又興頭，很快就從這上頭得到受用，直隸直報、上海申報，四、五天就送到，日日都有，偶爾空個一天兩天，跟手也就追上來，不必如往常那樣，隔上十天半個月，一來就是一綑兒，再新的信息也成明日黃花——該說是明月黃花，都成了舊聞。不要說南到兩廣，北到關東、口外，就是東西洋千萬里，天涯海角大事小事，頂多四、五天就傳送到眼前。這才眞叫做秀才不出門，能知天下事。

再就是一直牽掛在心，一直指望早日有了郵傳局，就有了路道跟關東青泥窪、普蘭店兩處一兄一弟一通魚雁。如今可也巴望到了，早就等不及修書給咱們大祖父、三祖父。一個馬棧，一個鹽場，都不是平常人家，不管還在不在——兵禍毀掉也罷，東洋鬼子霸佔去也罷，前後也七、八年光景，信使除非東洋鬼子、老毛子；只須當地人送信，兩處華家都算有個名聲，馬棧鹽場換了主兒，老方地找不到人，也不難打聽出流落到哪裡去了。還有，青泥窪已被東洋鬼子改名「大連」，祖父顧慮周到，特意把老地名、新地名，一併都寫到信套上。雖不能說這就萬無一失，能想到慮到的，也盡都在此了，其他只有完全交託上帝，把這放在晨夕禱告當中。

最讓祖父不放心的還是寶地關東，先日本，後斡國，一再的兵禍連天。甲午一戰，牛莊這邊家破人亡，青泥窪和普蘭店兩地手足家人音訊全無，這還只是華氏家族所遭厄難。就整個關東來說，東洋鬼子也只糜爛了大半個奉天，小半個吉林；如今倒好，老毛子十五萬大軍，把關東差不多全都霸佔了去。東洋鬼子炮火無情，毀掉的性命財產不計其數。可老毛子更加的慘無人道，炮火之餘，燒殺搶掠無所不爲，比那東洋鬼子不知要兇惡上十倍百倍，經去年八國洋鬼子那一大劫，關東還能落下甚麼，委實的想都不敢去想……。

義和拳鬧事，招來外國兵災，一場浩劫，祖父依照報冊所報信息，樁樁件件都曾記入一個本子。山東是多虧袁撫台硬壓下去。直隸方面是仰仗太后寵信，氣焰最高。山西那邊最慘，教堂全毀，本國教徒和外國教士殺害殆盡，總是巡撫旗人毓賢重用義和拳並命官軍援助之故。只是這三省遠比不上關東三省糜爛嚴重。自從去歲庚子五月二十六，太后降旨與列國宣戰，早已蔓延到關東的義和拳越發仗勢造亂，到處惹事生非，白白給老毛子出兵藉口。官家又那麼不成器，各自爲政，莫衷一是，有跟拳徒軋夥兒對付洋人的、有跟拳徒作對招討的、有跟老毛子挑釁也有不戰而降的。總歸是義和拳到處闖禍，官家跟在後頭收拾爛攤子；卻又沒本事收拾，守土不力，失地連連，終至關東大好河山拱手讓與斡羅斯帝國。

宣戰後最先是奉天一位副都統，滿人晉昌，率領官軍拳徒，一鼓氣拆毀沙河車站、鐵路、鐵橋，並打死護路老毛子。直是師出無名，不知所為何來，徒授口實與斡國老毛子軍。月初四至初六，拳徒于遼陽以北，鐵嶺以南，大事搗毀教堂、洋行、車站、煤場，多處縱火付之一炬。

六月十八，斡軍大批由海蘭泡越過國界，入侵黑龍江省境。

六月十九，海蘭泡六千餘居民被斡軍驅至黑龍江岸。翌日，慘遭斡軍砍殺，餘者投江溺斃，生還者僅二人。

六月二十一，斡軍將「江東六十四屯」一地居民驅入一寨內活活焚死。

六月底，斡軍攻佔黑河屯、璦琿，燒殺無數。

七月初四，斡軍攻大陸溝子，守將滿人鳳翔戰敗棄守，負傷而亡。

七月中旬，斡軍攻佔吉林省寧古塔、三牲等地。

七月底，斡軍攻打黑龍江省城齊齊哈爾。

八月初四，齊齊哈爾不守，黑龍江將軍滿人壽山自裁。

八月初六，斡軍進入齊齊哈爾，將衙署內銀錢貴重物品洗劫一空。

八月中旬，斡軍攻佔阿勒克楚、拉林、哈爾濱等地。吉林將軍滿人長順奉旨議和，獻土投降，省城吉林不戰而退，斡軍盡掠全省槍械彈藥及官府銀庫。

八月下旬，斡軍攻佔海城、牛莊、遼陽。

閏八月初八，斡軍攻佔瀋陽，至此而奉天全省，亦即關東三省盡皆淪于斡軍血手。

…………

有了信局子，天下大事種種信息就又快又靈通多多了。義和拳鬧的一場大亂子，多少王公大臣處斬的處斬，賜死的賜死，以息西洋列國之怒——這都是年前臘月、年後正月的舊事了；眼前則是賠償人家銀兩了，一賠就要賠個十三國洋鬼子的身家、性命、財產、軍費等等。打年前就在那裡漫天要價，其間討價還價，十三國各說各話，朝廷無人，李相國受命收拾後事，又蹲在上海不肯北上，挨到閏八月中才到天津衛，然後磨磨蹭蹭進京，直到這三月初，才敲定個總數，列國各自分贓多少種種，不到簽定合約還拿不準不變卦。

所有這些個交涉，都像逢集四蹄行買賣牲口那個味道，記流水賬一般的報冊上一天一個行情，日日都有增減出入。往天裡所知天下大事，再快也總得十天半個月，換上信局子來傳送，多則三、四天，少則隔天即至，也別說，洋人弄出來的這些買賣廝兒洋務，還不能不服人家眞「能」，眞行！

可這倒害得祖父唸報唸上了癮，天天多出一份兒不大不小的閑事兒，就像莊子上有那上城的，老來問一聲要帶個甚麼。水煙袋抽的皮絲菸，一天也少不了的。皮絲菸一買半斤——多了保不住生霉。火紙包住放進砂罐兒，蓋上蓋兒，放到牀底泥土地上，才保住菸絲兒免得受潮，也不致過乾。取用時往往連砂罐兒都懶得端出來，蹲下去揭開蓋兒，捏上一團兒塞滿水煙袋菸筒兒就行，裡頭還剩多少菸絲兒都沒個數兒。籬笆帳外人家好心的一問：「三合莊皮絲菸半斤不是，華長老？」除非近兩天才買過，多半得請人家稍等等，轉過來跑進裡間，指頭伸進砂罐兒瞎摸摸，才有個數兒回人家。莊子上三十來戶人家，但凡有誰上城總會左鄰右舍問問要捎個甚麼，又大半都會繞個道兒來問問祖父。如今又多出個城北教堂去拿報冊，碰巧沒人上城去，祖父少不得有事沒事跨上麥花驢跑一趟；偶或報冊沒到，白跑一趟兒倒也落個安心。要不然，人會沒抓沒撓，菸癮上來是的，牽掛著不知家國天下哪兒又生出甚麼事兒，卻還蒙在鼓裡。

直到目前爲止，敲定要賠十三國的總數兒四萬萬五千萬兩銀子，一時還沒有變卦。先別說當初德國要價七萬萬兩，朝廷歲入也才一萬萬兩，這四萬萬五千萬兩哪兒去哭得來！賠不出麼？先付利息罷，年利四釐，年年要付給人家一千八百萬兩利息。唸報給莊子上鄉佬聽，萬萬千萬到底是多少，哪裡弄得清！祖父給鄉佬講，洋鬼子是衝著咱們中國人口四萬萬五千萬開的這個價，不分男女老幼，一個人頭一兩銀子，像李二老爹府上老少十三口，就得出十三兩。十三兩銀子二十六石小麥，薄地三十畝不定出不出得這麼多糧食，三十畝白種，一年的收成全都便宜給洋鬼子，你說甘不甘心？這還是自家地自家種自家收個全數兒，那沒田沒地種人家田地頂多只收得一半莊稼的作戶呢？哪兒生得出人頭銀子來？咋著活命？……這話又說回來，不是義和拳鬧事兒，他洋鬼子就是存心要訛人，也嘴禿訛不出口罷。

經這麼打比方一解說，再蠢再愣再無知無識的鄉佬也都弄懂了。

衆鄉佬這就不由得不想到老城集上，李府老親戚尤三爺招來伏萬龍師徒一夥兒開的拳壇，眼看就要鬧進城去生事，要不是我祖父知道厲害，趕緊疏通了尤三爺，化解一場劫難，果眞練功有成，闖進城去燒燬天主堂、耶穌堂、洋鹼店、洋油廠，殺掉那般洋神父、洋牧師、洋教士——還有二毛子，鄉佬厚道，又敬重我祖父，都沒好說出口；那可不止這四萬萬五千萬兩銀子——這又輪到祖父不好說出口，你夥兒尙佐縣小城小郭的，放到小戥子上，那秤桿兒文風不動，休指望戥鉈子要移出個一錢兩錢的。祖父倒是提醒大夥兒，義和拳本出在咱們省裡，要是沒換上袁撫台領了武衛軍進省鎭壓，一上任三把火，定出「死八條」，處死大頭目朱紅燈，又把泰安殺死洋教士卜魯客的七個大刀會徒衆捉去斬首；要還是前任巡撫毓賢的話，加重了賠款還是餘事，先就打直隸的洋鬼子直接從青島、威海衛各地上岸來燒殺搶掠了。現成的例子，毓賢從這裡調去山西做巡撫，縱容義和拳殺盡了山西全省洋人，列國提出頭一條的「懲辦禍首」，朝廷不得不買賬，頭一個就把毓賢大年初四給斬首了。

列國開出的禍首單子，太后只得答應先將名列前茅的十名王公大臣處死。這十名有端郡王載漪，統領神機營，發配新疆禁錮。莊親王載勛，步兵統領，賜死。輔國公載瀾，統領虎神營（虎食羊——洋，神降鬼，對付洋鬼子），右翼總兵，發配新疆禁錮。惇親王載濂，削王爵。恭親王載瀅，發交宗人府圈禁。甘肅軍統領董福祥，保駕太后皇上奔逃西安有功，從輕發落，褫職解任。左翼總兵英年，問斬。刑部尙書趙舒翹，升任軍機大臣，問斬。吏部尙書剛毅，升任軍機大臣，逃往西安途中病故，追判斬刑。怡親王溥靜，發交宗人府圈禁。

此外，列國又補提四名禍首，有直隸軍務幫辦李秉衡，通州一役爲列國聯軍所敗，自殺身亡，追判斬刑。大學士徐桐，京城陷落時自縊身亡，追判斬刑。刑部左侍郎徐承煜，大學士徐桐的兒子，是和禮部尙書啓秀，同于正月初八一道兒處斬。

這輩朝中重臣遭此下場，固屬罪有應得——不是力諫重用義和神團，縱容或調唆拳徒殺洋人，燒教堂，整教徒，就是力主與列國開戰。總是無知肇禍，以至京師淪亡，黎民塗炭，朝廷不保，家國危殆，甚乃如董福祥所領甘肅軍，無異盜匪，兇殘荼毒地方無辜百姓，不下于列國聯軍暴虐無道（因護駕逃亡，輕判褫職解任，第以洋人不允，始又改判「褫職聽勘」）。只是這些懲治若由朝廷自行裁奪發落倒也罷了，卻是任聽外人威逼方始屈從，總不免令人興起備受屈辱，哀哉戚然之嘆。

大約稍堪告慰的就只有太常卿袁昶等獲平反復官。一場浩劫中，以太常卿爲首，有吏部尙書許景澄、兵部尙書徐用儀、戶部尙書立山、內閣學士聯元，還有戊戌維新被發配新疆的張蔭桓，或因苦諫義和拳團邪術不可用，或奏請免與列國遠人開戰，或力請皇上「乾綱獨斷」，對太后頗有微詞，皆先後遭斬，其忠烈可比百日維新被殺害的譚嗣同、康有溥、楊深秀、林旭、楊銳、劉光第等「六君子」。如今應洋人要脅，朝廷又一番屈從，終于去歲臘月底，一一爲之平反，「開復原官」。然而冤魂無以復生，還復的甚麼原官！也猶如懲治禍首元凶，這平反復官，若是出自朝廷——也就是老太后罷，鑒于冤案錯斬六大臣，知過罪己，昭雪誤決，倒也罷了；卻又一樣的也是出自外人威逼屈從而爲之，明明可喜的一樁大事，也令人慨嘆其可哀可悲了。

時已四月，「參星對門兒，門口蹲人兒」，俗語指的是入夜之際，參星位在正南照戶，此時儘管晝暖夜涼，披個小棉襖串門子，閑拉聒兒，不用進院進屋，門口蹲蹲冷不到哪裡去。

莊戶人家田裡、場上幹活兒蹲慣了，蹲上多久也腿腳不疼不麻，便是有板凳、有椅子上，還是像蹲在跳檯兒上的小鳥一般，蹲在板凳椅子上。平素有人打門前過，往家裡讓讓，也是招呼著：「屋裡蹲蹲罷。」都不說：「來家坐坐罷。」

傍晚閑下來，誰家門口蹲的人兒愈來愈多，大半又是我家祖父又在那兒砍大山。祖父想要跟大夥兒一道就地蹲著也不成，定有人搶回家去搬個木墩子，趴趴凳兒來，死拖活拽，也非把大夥兒公稱的「先生」按坐下來不可。

砍大山多半都是吹牛砍空兒，我家祖父見多識廣，又不時加鹽添醋，免不了編排編排，可大半還是砍的實在，一砍開頭就沒個完兒，又砍的盡是天下大事，倒也給這沙莊一帶父老兄弟開了不少民智，或許還比塾館教的四書五經更有教化之功。

說到有時輪上城上禮拜堂大、小禮拜講道，或去四鄉八鎭福音堂去傳教，這些天下大事，也都不免拿來做引子、舉例子，再不就是教內所謂的「見證」。講到這些時，會衆多半都很樂意的豎著耳朵傾聽，禮拜散了還有教友追著問東問西。

過往，小小縣城裡，城東不知城西出了事，南鄉不曉北鄉生的消息，單等口傳耳、耳傳口，傳上七七四十九天才傳到；弄不好，九九八十一天也是常事兒。再新鮮也放餿了。更別說誰還知道本省一百單八縣、全國二十八省帶上蒙藏。外國罷，也只粗略知道有個東洋矮鬼子，有個西洋紅毛、黃毛鬼子。這一回義和拳惹下滔天大禍，招來攻打咱們大淸，殺人放火不算，還把皇上、皇太后給攆跑，東洋西洋倒出來十三國。這眞是人外有人，國外有國，天外有天。單憑這，也就教友比起世俗衆生要民智大開得多多。

可鄉下的福音堂還沒甚麼，城上教會人士——那些長老、執事，就都不以我祖父講的引子、例子、見證等等爲然；明說是祖父未免過於世俗了些，這地上人世盡屬魔鬼掌權的地盤，說來道去無非主耶穌的預言，「民攻打民，國攻打國」，咱們蒙恩得救的主內兒女，幹嗎去蹚外邦人那些混水！可暗下裡嘀嘀咕咕，擺不上枱面兒見亮兒的心事，還是害怕洋牧師、洋教士見怪見罪。

照這般長老、執事平日言行爲人，私底下論斷起我祖父，必定一個鼻孔出氣，你言我語，臭味相投，指摘我祖父：你口口聲聲把人家比作五胡十六國大鬧中原神州，豈不是守著和尚罵禿驢！人家待我們不薄，把如珍似寶的福音傳入中土就夠厚恩了；人家歲歲年年打自個兒國度募來多少多少捐款，不是放賑、布施，就是蓋教堂、蓋學堂、蓋醫院；還有，人家幫咱們多少子弟平步青雲，南至江南，北至京師，去上高等學堂、大學堂、外國去留洋！就算他等國度洋軍打到咱們家裡來，也是咱們惹禍招災先動的手，人家豈不是奉了上帝差遣，替天行道，降罪來懲治收拾咱們？……

要照這個理路說下去，我祖父何止是過于世俗了些，直是逆天而行，大違天命了。教會的長老、執事這麼不以爲然，祖父也只一笑置之，笑的是自個兒也有一份。俗話有道是「寧做太平犬，不爲亂世人」，祖父比配到自個兒身上：「我要是條太平犬的話，定也是跟他幾個長老執事一般無二。沒嘗過國破家亡之痛，哪裡知道啥是個國？啥是個家？單說這個人人都戀的這個家罷，弟兄仨兒，不就數我這二房最甩料？」

大祖父罷，是個收養的壓堂子，三四歲上買來咱們華家，既原本是個另姓別人，想必天分資質先就跟咱們祖父、三祖父有別，不定元性本命就是塊做騾馬買賣的經商料子，又中用、成材、上道兒，不枉曾祖父的辛苦教誨與厚望。曾祖父過世時，祖父才五歲，三祖父四歲，儘管寵兩小兒子寵得上了天，「早晚二小子自個兒上得了馬，做爺的就閉得上眼了。」摟著三祖父在懷裡喝酒，巴著快點長大，「早晚你小子上了桌，一呼啦把這一桌子碟碗杯勺揔擼到地上，爺就樂了。」這種厚望可就不是對大祖父那麼回事兒了。

曾祖父處事為人儘管火火熱熱，豪氣萬丈，精力總使不完兒，可就是一，老認命自個兒「丙寅虎，多不過六十五」（也果眞陽壽就是那麼多），或許那正是根鞭子，抽著老人家來不及的凡事趕命一般，一天當十天幹。寵孩子、拉拔孩子，也是來不及的疼，來不及的打鴨子上架。祖父的親生娘——二曾祖母便曾數說曾祖父對三個兒子「可是個短命疼」。大祖父才只五歲剛剛紮過尾巴，就等不及的攬到懷裡，馬上馬下的東跑西溜，撒奔子大跑也是常事。沒過多少時日，便放皮韁子，任由五六歲的娃子自個兒兜韁，怎麼扯、怎麼抖、怎麼勒，大祖父生就有那個天分，曾祖父心花怒放之餘，越發傾囊涮底子把甚麼本領都醍醐灌頂，倒給這個兒子，也不管小腦袋瓜兒盛不盛得下。曾祖父享壽六十五，過世那年，仨兒子一個十三、二的五歲，三的正房大曾祖母所生，只才四歲。大祖父別說使喚牲口上套卸套、輓駕騎御，無不熟練精到；就連調理飼養，認認牙口、相相理肌、品品大跑小走、蹄拐收放，咬個價碼八九不離十兒，兩代馬倌莫不豎豎大拇指。老爺子放心的走了，靠兩位忠心耿耿老馬倌，也就把大片馬棧那份家業撐住，不煩大娘二娘去操多少心——大曾祖母要管鹽田，二曾祖母要管槽坊，兩下裡相去一隔上百里，一隔五百多里，想照顧也難。

儘管「短命疼」，大祖父成材，也趕上受教；倆小的都還在養而未教穉齡之年，就都給寵得上了天，才眞正的是短命疼。慣成啥德性，飯桌上摟在懷裡，小孩胡抓亂撓，打翻酒盅，撲落筷子，下手拖拉菜盤，不光是由著孩子，還不知有多賞識的呵呵大笑：「臭小子，多早晚你能一桌子碟勺碗簍一呼啦揔擼到地上——有種把桌子掀了，爺就樂了！」

所好小弟兄倆兒底子還不壞，又上有親娘主事，慣到錢來伸手，飯來張口，手不提四兩，油瓶倒了不扶一下，十足的大少爺。小家小戶經不住那麼招喫招饞，不事生產，不敗家也把家敗了。可家大業大，哪在乎你游手好閑！俗話「喫不窮，穿不窮，算盤不打一世窮」，那片家業非但任你喫、任你穿，喫穿不盡；金山銀山，還怕你打錯算盤，壓根兒連算盤也不打？別說喫穿，哥倆兒十八九歲光景，媳婦也討了，也做爺了，外頭三朋四友，喫喝嫖賭，少說也四分天下有其三。像那號人家，提防子弟外頭喫喝嫖賭樣樣俱全的胡來，寧可單挑上個大煙癮，一抽上鴉片，人就懶了，老老實實歪在家裡享福。抽大煙敗不了家，大片家業底子就靠這給守住。所幸兩房曾祖母，慣兒子還沒慣到這個地步就是了。

二曾祖母是信了教，儘管菸酒管不住兒子，打牌甚麼的可管得嚴，祖父也只能外頭去三朋四友摸兩圈兒，瞞著娘。窰子勾欄那些地方，祖父可是不敢，十六歲討了二十歲的媳婦兒，沒有不怕老婆的道理；祖母又是到處廣結不知多少乾姊妹兒，那可盡是耳目，祖父外頭大小事兒都休想瞞過祖母那些個「耳報神」。懼內，祖父是出了名的，又都是自個兒掀騰出去，不用假他人口舌。那樣子不打自招，反而顯得怕老婆怕得光光彩彩、瀟瀟灑灑——上等人怕老婆，下等人打老婆罷。遇上狐朋狗友黏纏著拉拉扯扯，情面難卻，吃個飯、喝個酒、打打小牌，逢場做戲無所謂；尋花問柳甚麼的，祖父就都歸給懼內這上頭，又輕易、又靈驗的退兵之計，不費吹灰之力就推脫掉。也用不著人家取笑、挖苦，自個兒先就坦坦蕩蕩，嘻嘻哈哈唸起懼內經——

「俺屬老虎，俺家裡她罷，屬狗。俺要是大她的話——大上一歲也就中了，用不著大她多少，那就一準喫定了她——」祖父總生生硬硬撇著本地口音，俺這個長，俺那個短的。「你都沒聽說過？挖窟子小賊兒鑽到人家家裡，咋著狗都不咬一聲。跟你說不信，身上都帶的有老虎糞唄，再厲害狗，聞到那股子味兒——還是乾糞呢，就嚇得大氣也不敢喘，還敢叫？可單單咱這一對公母倆，她可大俺四歲——二十歲的大姐十六歲的郎，一輩子都大不了她，一輩子翻不過身來。這叫啥？俺？叫啥？叫『虎離山』、叫『虎落平原遭犬欺』。怕老婆是命裡注定——人總拗不過命不是？那就認了罷……」

跟這幫莊稼漢拉聒兒砍大山——拉天下大事，國破家亡；也砍當年關東三輩子創下的三大片家大業大，也砍自個兒公子少爺的給驕縱成甩料瘟敗類。家醜也罷，窩囊也罷，從不遮前搗後，淨誇口吹牛給自個兒臉上貼金。饒是朝廷上犯錯，都清清楚楚一本兒賬，也照樣論長道短沒個顧礙。傷心處聽得人嘆氣咂嘴兒，惹笑時逗得人東倒西歪栽個仰巴叉兒。

這也不光是我祖父能言善道一張好嘴，雲山霧罩的亂扯湊趣兒；要緊還是土頭土腦過慣了，哪裡去找天文地理、上下古今、無所不知、無所不曉這麼個舉人老爺，又肯跟盡是泥腿子的大家夥兒稱兄道弟，無話不談。一輩子都沒出過縣境的這般鄉巴佬，更把我祖父走南闖北，見多識廣，一肚子掏不完的鼓鼓囊看做不是菩薩神仙，也是大聖大賢。

祖父憑這些拉拉砍砍，廣結善緣，敢是想也想不到要圖個甚麼。相機行事插花點兒福音和聖賢之道是有的，可從來也不曾擺個架勢兒訓誰、支使誰。大體說來還是隨窩就窩兒，鄉村父老家常過日子，喫苦受累，就只這麼點兒拉聒兒砍大山的樂和樂和——說是茶餘酒後都談不上，有哪個過日子人家見天茶茶酒酒的？無非暑天乘乘涼，冬臘烤烤火，不用請，不用邀呼，串門子碰到一起聚合聚合，少不了的俚說話講，逗趣兒散散心罷了。

就說乘涼罷，一天的苦活兒歇了，飯也飽了，澡也抹了——水太稀罕，哪興一兩桶水來泡澡？一長天下來，一身汗臭，一身泥泥沙沙，淺淺一小銅盆水就足夠抹把澡兒。大辮子盤到腦袋頂上，下身半截褲衩兒，就那麼方便，啥人也不避，當院兒來起來。大布手巾，脊梁後扯大鋸，左上右下鋸一陣兒，右上左下鋸一陣兒，再橫裡打上到下鋸一遍。抹下半身也不用脫褲子，一手提著鬆開的褲腰，一手大布手巾探進褲口前搓後擦，左搓右擦。半截褲衩兒不用褲帶，只把肥肥寬寬的褲腰打個摺兒，左右拉緊了再往下一搓就成，比繫褲帶又方便、又緊襯。上上下下抹徧了，要不打算穿草鞋、蔴涼鞋，連腳都不用洗。那一小銅盆灰水，蹦蹦濺濺剩不多少，卻也捨不得順手潑掉，抄灑到乾土地上濕濕塵、倒進沃圾坑裡漚肥，要不就澆澆牆邊兒香椿、花椒、女兒家種了染紅指甲蓋兒的夾竹桃（這當地把眞正的夾竹桃叫作柳葉桃）。一小銅盆的灰水見不到底兒，「夠壯二畝地！」說不清是自誇還是自個兒挖苦自個兒。

傍晚兒一等這些個收拾清了，就好有個人樣兒的爽快起來，肩膀頭兒上搭套喫菸傢伙，筷子長短的菸袋桿兒在前，桿兒上繫的菸荷包、火刀火石火媒子，滴溜在後，也有的拎著大秫秫纓搓成的一小圈火繩，閑蹓躂到人多的地方蹲下來湊湊熱鬧。

莊戶人家可少見搧扇子的，便是順手撈把扇子——麥稭扇、蒲扇、芭蕉扇，也只當拍拍蚊子用；蹲久了累了，扇子也好墊到腚底，就地坐下來——要是才換的乾淨白褲衩的話。可也有生就邋遢，推說是省水、省老是洗洗漿漿的，衣服沒穿破磨破，倒是天天搓搓弄弄給扯拉綯了、毛了、破了、爛了；寧願乘涼拉聒閒，搓把乾澡兒，搓出整把兒灰垢軸，淨是一根根兒兩頭尖的黑嘎嘎，壯的能有半寸來長。

再說烤火，這倘佐縣地不南不北；靠北罷，冷不到睡炕才過得冬，有個腳爐、手爐、殷實些人家主屋裡生個焦炭爐，也就打發過去交冬數九冰雪天。靠南罷，也時有滴水成凍，大雪沒膝，陰死鬼冷個天兒。這麼著，烤場火就滿當回事兒。可燒料艱難，好樣兒人家要想天天烤火也都烤不起，家口不多也屈費了燒料，整個莊子上三十來戶人家，大致上東半個十來戶，西半個十來戶（除了湯家絕戶頭、沙家老大房吝嗇鬼兒），各自輪換著，整一個月一戶不過輪上回把兩回，可天天都有場火可烤，多半就大堂屋裡，桌椅傢什盡量挪走，小板凳都少備——蹲就好罷，騰出個大光地，容下二三十口老小。烤火少有用木柴、高粱稭之類家常燒鍋的燒料；得找那火又旺，又熬火——經燒又火灰耐久，便是燒料完了，徧地紅炭還夠烘上個老半天；那可數豆桿兒跟棉花柴。只是貧苦人家種的盡是主糧，少有這兩種莊稼；家邦親鄰的熱鬧熱鬧罷，誰小氣鬼在意這個，沒誰嫌這號苦哈哈烤蹭火來著。

烤火說來是爲的取暖，連帶一場熱鬧取樂子，卻還又外帶一場洗洗乾澡兒。

三伏天裡都少有洗澡——這沙莊可眞就沙土頂潑實，沙地留不住水，別說池塘甚麼的，連個水汪也找不到，除非兩三里外老黃河裡去涮涮，那也要看整個春天下了多少雨，存下多少水，發大水總得秋後才有個滿槽。天寒地凍時節，抹把澡兒就足夠把人凍斃掉。好在農閑裡不大出汗兒，頂多婦道人家，大灶溫罐裡燉的熱水對一對，用用水；裹小腳的也只十天半個月來一回，一道道解開沒一丈也毛八九尺的裹布，溫水裡泡泡十里臭的一對金蓮（我祖母便是）；男漢子就趁這烤火工夫來把乾澡兒——也有七老八十，又生就老臉皮厚，一樣兒扒光上身，兩隻乾剩皺皺囊囊長長的癟奶袋子，滴溜打掛也不在乎，烤烤烘烘，嘻嘻哈哈，熱鬧像過大年夜守歲樣子。

莊稼漢穿的老棉袍、老棉襖、襯在裡面的單的裌的，件件都有扣有鈕，可就是沒誰那麼費事的扣上一顆鈕兒。穿上身只把右小襟朝左拉拉緊，左大襟覆到右邊來，粗粗長長的搐腰帶攔腰緊箍兒繞上兩圈兒，打個活扣兒，就那麼個省事兒，比規規矩矩扣上鈕子還貼身暖烘，幹啥活兒都利落溜活。脫衣也一樣兒省事，搐腰帶一鬆就成，眞個兒就是「寬衣解帶」，只是順序倒過來，先解帶，後寬衣。烤起火來也方便得很，一褪就褪個大光脊梁，可烤得個透透的。

這般鄉佬烤起火來，可不是一雙巴掌伸近火去那麼斯文；既脫成大光脊梁，也不只把胸脯朝著火那麼老實；但見一個個輪著上陣，大戲裡唱「滾釘板」般的武行功夫，挨近火舌頭去惹火，胳膊、肘子、胸脯，不用說，肩膀頭、後脊梁、大小腿、腳丫巴，要是沒婦道人在場，也會扒開棉褲露出腚瓣子，一衝一衝去給火舌頭舔，眼看惹火上身，給燙得齜牙扭嘴，「**嚯**、**嚯**」的窮吆呼。愈這麼著，可愈過癮；數那害疥瘡、凍瘡、濕氣的，更加的殺癢，把人舒坦死，神仙都不換，比睡浪娘們兒還快活——就那麼一燙一搓，一燙一搓，鼻歪眼斜，分不清是「嚯噝、嚯噝」還是「我日、我日」的大呼小叫，乾澡兒就是如此這般「洗」的。別管洗乾淨沒洗乾淨，回頭上了舖兒，不怕被窩多冷，不用哼哧哼哧抓抓撓撓老是翻來覆去，這一夜可有個安頓覺好睡個死。

總要到不再添柴火，烤那剩下紅通通一時不熄的灰炭，人才似乎安靜下來，喫菸的喫菸，喝茶的喝茶，慢慢再拉聒兒砍大山。

祖父打小兒過慣了關東那種一年倒有一半寒冬的日子，來到祖母「迦南」和「江南」說成一個意思的這塊不北不南的地方，單是凍得死人的嚴冷上頭，這裡就是塊「迦南美地」——且不管流不流「奶與蜜」。

祖父也不是顧的斯文體面，一是不覺冷得怎樣難以消受，再就是身上比這般莊稼漢暖烘多多了——絨襯褂、小裌襖、老羊皮袍子，不定外頭還加件邯羊領衣兒。腳上又是駱駝絨老棉鞋，襪子也是絨布縫的，絲棉褲紮著腿，緊襯得清早放個屁，夜晚鬆了紮腿帶才散出來。這還不算，祖父城上辦事兒晚了，不時也去下個澡堂子，搓背搥背，修腳捏腳全套兒來，哪還用洗個甚麼乾澡！

誰家烤火來邀，稱先生的、稱長老的，像李府上，就稱乾老爺（乾外公）。祖父不推辭，先謝了，「你先回去，待會俺就來。」心裡敢是有數兒，早去也只是一旁瞧著大夥兒赤身露體，個個亮著「滾火板」全武行，火火煙煙裡可不是閻羅殿上的火地獄？所多瑪、蛾摩拉的天火焚城？燒得人齜牙扭嘴、鼻歪眼斜。

祖父也跟大夥兒講過那些掌故，卻笑說：「看你夥兒這麼水深火熱的，倒是叫人寧可下地獄。此話怎講？你夥兒這可是快活死人，比天堂還樂和的地獄唄！」

# 鋤禾日當午

華太平家傳

都說是「杏花白，桃花紅」，說是這麼說，不光是杏、李、梨、林檎、蘋果……差不多大半果樹盛開時，都是一樹樹白雲，一樹樹白雪。或許萬白叢中一點紅，襯出桃花獨獨那麼艷紅。頂眞說來，不過花心兒稍紅，打這花心湮暈開來，愈朝外愈淡，花瓣兒邊邊已淡成粉紅，遠看也只是一樹銀紅——桃紅桃紅，怕是熟透的桃子上那種含點兒淡紫的紅罷。

莊戶人家多半都家前屋後拿矮土牆或籬笆障子圍一片菜園，圖的是方便照應——怕人偷、怕天乾、怕雜草，隨時抽個空兒就澆澆水、拔拔草，帶上兩眼兒也就看住了。

菜園牆內四周也多半栽上幾棵果樹，哄哄家裡小孩兒罷了，免得人家孩子有得喫，自家孩子一旁愣看嘴。遇上收成好，也只左鄰右舍散散；有種地主田的，送個一兩斗子上城去給老板嚐嚐新。都是沒插過枝的果樹，毛桃、棠梨、小林檎果兒，再甜再香，拿上市去賣，還是沒人要的。

莊戶人家最喜這桃樹，桃花開得最艷不說，別的果樹盡是光枝子上開花，只有桃花剛打菇朵時，枝梢上就冒芽兒了，花開起來，嬌葉兒正成形，嫩綠配銀紅，別說有多俏死人、迷死人。人笑鄉下佬土裡土氣，淨喜歡大紅大綠。那可不焊定，大紅大綠是婚嫁喜慶；家常日子裡，大姑娘小媳婦兒綉個香荷包、花鞋幫、方枕頂、貼身肚兜兒、包頭佩巾兩用大絹子，還有奶孩兒小風帽、圍嘴、襪連鞋……不管那底子啥色啥料子，也不管綉的啥花樣——喜鵲穿梅、蝶戲牡丹、花開並蒂、五蝠（福）團圓、松竹梅蘭……奶孩兒的長命百歲、花開富貴（桂）、蔥（聰明）菱（伶俐）雙全、劉海兒戲金蟾（錢）……唱本兒裡跟長蟲（蛇）蛻皮夾在一起長保鮮艷不退色的綉花絲鞋，就大宗都是嫩綠和銀紅，綉起來敢也是嫩綠配銀紅

——瞧那野台子上小生小旦、過年玩會的小放牛、旱船、高蹺、抬閣架閣，但凡小妹小娘子，不都是嫩綠配銀紅？就算白蛇青蛇穿的是白衣青衣，頭上戴的簪子攏子花花朵朵，還是嫩綠配銀紅，別的色氣可都是個陪襯罷了。

還不單是這，莊戶人家把桃樹看作避邪驅魔的吉祥物兒，桃符桃符罷，老道子、道嬷嬷、作法下神手裡攥的木劍、木棒槌，可都是桃木刻的、鏇的。菜園子裡啥果樹不種也得種上棵把兩棵桃樹護家。嬌點兒奶孩子少不得戴上副桃核兒或是桃木雕的小猴兒偷桃，穿上五綵絨線繫在胎來胖，一道又一道深溝兒的手脖兒上——只是戴久些，那五綵也就灰綹綹兒一綵也不彩了。若是懷抱嬌兒出門走親戚、走姥娘家，定得折根桃枝兒捽手裡，捽去捽回，要不就插到小土車，泥𦨴、騾車上。不那樣就一路上心裡頭不踏實。

到這三月底，青杏疙瘩大半成型了，不怕酸的饞孩子，等不及，地上拾的、低枝梢上偷摘的，嚼上頭兩口，眉眼鼻口皺到一堆兒像個肉包子。這時節，桃子晚上大半個月，小毛桃也有衣鈕大小了，躲在濃濃密密葉叢子裡。就算不躲不藏，也沒人理；桃子不到八九成熟，喫來不酸不甜像木頭，還有那一身的絨毛，才惹不起，不小心蹭到領口兒裡，散到前胸脯、後脊梁，又癢又痛又刺鬧，咋樣兒也清理不去，渾身抓紅了、抓熟了，三兩天裡不得安去，罪可不好受。

這晗子又輪到梨樹、林檎花開時節。梨木、棗木、料子精細，都是擀麵軸、蒜臼子、孩兒花棒棒之類鏇工好材料，可沒插過枝的棠梨子，個兒小，核兒大，味兒多半也單是一個酸，眞的只好哄哄饞嘴小孩兒。林檎果可會結著，滋味比起插過枝的蘋果敢是差得遠，倒還算喫得上口，就只一個不好，老招蟲。或許從幹到枝，到果子，都含的糖分重，不光是林檎果——外表看來光光滑滑，沒疤沒癩兒，常就啃上一口，啃出個來來去去活的來，黑嘴白肉探出半個身子，昂著頭曲曲扭扭，不知是重見天日樂成那樣，還是冷不防乍乍現形，不免忸怩害臊，躲閃刺眼亮光。果子這份兒德性，那樹幹樹枝也是一般，上上下下盡是蛀洞，小窟窿裡噦出來黏溶溶的肉紅渣渣，分不出來蟲屎還是打洞排出的木屑子，有的蛀洞還瀝瀝落落恰似淌血流膿。枝枝幹幹那麼的千瘡百洞，深及樹心兒，敢是啥也不中用，只合劈成木柴充燒料——就是燒火也還有個小毛病，隻隻藏在柴裡的蟲子都是一根根小爆竹；灶底火燒得旺，蟲子給燒脹了，脹到不能再脹，嘣的一聲炸得個屍骨無存。太冒失了，那動靜老叫人一驚，擔心鍋底兒給炸漏；還又不定哪會兒來那麼一下，防不勝防，抽冷子一炸，總吓人一哆嗦。

我父儘管老早就讓李二老爹一言爲定，四月初立夏，棒子、高粱鋤頭遍，就跟南醫那邊工頭告假，回來忙地裡活兒；又儘管李二老爹沒答應，也沒不答應；可才到穀雨，地裡大活兒就忙得這一頭、那一頭，黃豆、花生、棉花、爬豆、西瓜、小瓜、都得搶上時令下種，蔴間苗、番瓜壓秧子也拖不得，盡都緊卡緊擠在三、五天裡。有些輕快活兒，婦道家、閨女家，固說下得下手，像點個豆子、花生，壓壓番瓜秧——單靠老根兒喫的地力，就算結出瓜來也發不大個兒；把拖長的秧子壓進泥土裡，逢節發根，地力可就一路喫到頂兒。可這些活兒不用出大力氣是沒錯兒，正這個緣故，才更得閱歷、更得手底下活歡老練。番瓜秧子得估著哪個關節準發根，才挖土埋上去。抓不準哪些關節，白費功夫也不作數兒，弄不好把一棵棵秧子給埋死了也說不定。婦道家、閨女家，這些閱歷上大半都欠點火候，也就只能算個幫手了。

我父看不過去，決計提前幾天回來下湖。

地是李家的，拉雇工的都把這當回事兒，他嗣義小老板兒能不搶在前頭？可沒把意思說完全，就讓他父訓個狠狠的。

李二老爹罵的是兒子，倒是一罵倆兒，把我父也給拐進去：「你小子想咋樣兒就咋樣兒？湖裡活兒是俺自家的，南醫院那份兒可不是俺家的，他奶奶的要幹不幹都由著你？別個人家湖裡沒活兒？要是一個個都回頭忙自個兒的，人家南醫院不晾在那、晒在那啦？你大是跟人家作了保欵，別把你老大這張臉兒，奶奶的丟擱就地上拿腳蹉唄！……」

我父一旁也沾上了光，無味蠟巴的笑臉也不是，板臉兒也不是。事兒是自個兒起的頭，不好裝孬，裝做沒事人兒；再說罷，這裡頭也不是沒理兒可講，遂陪著笑臉搭搭訕訕說：「二大爺，不光二兄弟，也有俺一份兒——俺倒是領頭出的主意。湖裡忙起來，這是一；要緊還是南醫院那邊兒，大樓大房大都完工了，如今晚兒泥牆、刷牆、門窗桌椅油的油，漆的漆，都是人家木匠、瓦匠、漆匠活兒。咱們這一號出苦力的，也只剩下平平地、鋪鋪路、挑磚搬石頭，供濟人家鋪地砌圍牆。人手多了些，可人家陸記小老板也是跟二大爺一樣兒，招來的工不到整個清爽收工了，怕不會無情無義就把咱們辭了，趕回家喫飯。」

李二老爹倒是放下手裡草帽辮兒零活兒，冷冷聽著。

我父說：「二大爺或許還不大清楚，有些家裡眞就沒人手兒，只爲圖個一天一百文，愣把一季莊稼給荒掉。前前後後也走了不少工。好在粗活兒也一天少一天，陸記小老板明說了，都聽大夥兒自便，不強人所難。」

末了，李二老爹還是點了頭，只是囑咐：「那就儘早跟人家說清，說定這個月幹完，下個月算起回家幹活兒。萬一人手不夠，也給人家少說三兩天工夫，好去招工找替手。那才是做人個道理——先替人家想，多替人家想；自家喫不了虧的。」

事就這樣說定下來。

我父丟下見天就一百文到手——那可是百工坐席，唯獨石匠給推上上座的好樣兒老師傅，才拿得的肥工錢——心甘情願回來李府，幹一天只合三十三文三的農活兒，敢也算是「先替人家想，多替人家想」罷。只是這事沒跟家裡提過一聲。祖父到南鄉卜集，鐵鎖鎖傳道去了；叔叔是我父做啥都萬無一失，都是好！好！好！祖母罷，那可千萬提不得；遂她心的都未必討得了好，像這樣往回走，見月平白少掉兩吊錢，多大的蝕料，不給咒成瘟敗類，也定罵個自討下賤，還又少說也得數落個三天三夜；他日提起來又多出一筆揭短債。

果不出所料，四月頭一個禮拜六傍晚，打李府用過飯家來，頂面祖母就伸伸手勢，討這六天下來的六百文。我父裝聾沒聽見，拾起水桶扁擔去莊西頭土井打水。回來舀一盆還沒澄清的混水，端到後院兒空驢槽一旁抹澡。「只許人洗髒了水，哪許水洗髒了人？」俗話道的是，比這還混的，一樣身子抹個清爽。

祖母溜門子回來，又跟過來催：「明兒大禮拜，要替你月捐啦，你那還捽擱手裡過夜？能捽出個利錢來？唵？」

我父照李府一向都是月月初十打發工錢的老例子，隨口回了祖母：「不是還早？今兒不是才初五？」

祖母一愣，心眼兒倒也轉得挺快，半氣半笑的噌道：「暈頭啦你是？當你還喫他李家飯！」

也是祖母半點心思都不曾花到大兒子身上，南醫院跟李府這兩下裡，上工多早出門，多晚下工回家，帶不帶傢伙，帶不帶晌午嚼穀，可大不一樣。就連這接著五天晚飯過後才回家來，祖母也全都沒看出來。

我父只好推說南醫院那邊早沒活兒幹了，叫人家拿閑錢養閑漢？李家二房還不是也回來了？……這才把祖母口給堵住。祖母只有打那堵縫裡擠出點怨氣來：「那你不早說！攢個屁不放，瞞誰來著！」就這個話，也重了一遍又一遍，到得歪上舖去閉上眼，才閉上嘴。可莊子上還是有人南醫院去上工，早晚難免草紙包不住火，少不得再編排點瞎話搪塞搪塞。

種棒子、高粱（當地是叫大秫秫、小秫秫），都是撒種。打這朝北去，慢說鄰縣，北鄉偏北一帶，全都是耩子下種——不光是大、小秫秫，大、小麥，豆子、花生，也都是使喚耩子——約莫叫作砭地的硬土田才用這種農具，就取名「耩子」，使喚起來像輛小車兒，裡頭有套機括，推著往前走，下頭隔個大半尺打個洞，種子跟著就漏進洞裡一小撮。待土裡冒出苗子來，不是成行，就是成窩兒，鋤起地來，頭遍間苗，二遍定苗，不需甚麼老手，單鋤去瘦小虦弱的，留住粗壯的就成。像老黃河兩岸沙灘地，用不上耩子，打個洞兒不等種子下去，沙土就自顧塡回去，種子漏下去也落到浮面上。便只有撒種才行。

撒種是先使牲口拉犂，耕翻了田土，種子盛個半斗，抱在左懷裡，配著腳步，右手抓出種子，兩步一撒，一撒一片大扇面兒（左撇子的話，敢是轉個向）。看那撒種的大步大步標直了往前走，像個操洋操的小兵丁。撒完種，拉出釘耙來，像架只有五、六根的半截兒木梯子，兩根梯架上約莫半尺就是一根，把長熟鐵打的耙齒大釘。耙齒朝下啃進田土裡，拉犂得兩頭大黃牛，拉耙只要一頭——一匹驢騾也就夠了。人站在橫耙上趕牲口，把犂地抓成耙地。田也耙平了，浮面上的種子也隨著耙齒埋進土層裡。隨手使喚牲口拖起大半一個人長的青石滾子，來去壓徧個兩遍，免得老鴰子甚麼的來把種子啄了去。再來也是表土壓得愈緊，芽子拱出來愈壯——拱不出來的，活該那種子不是癟了欠豐實，就是讓蟲蛀過，走氣兒了，力道也不夠；就算硬撐著鑽出來，也細腿拉秧兒沒多大出息，頭遍間苗就給鋤頭角兒拐掉了。

農活兒裡頭頂難人的就是個撒種，說來難不難的也就只那麼一個竅門兒——撒得匀淨就成。種子出手要能撒漁網一般，別稠的稠、稀的稀，那得靠閱歷；就算種地種上十年二十年，也不定放得開手。譬如李府上罷，多半還靠李二老爹親手來撒種。還有罷，種子是顆粒愈大愈粗愈好撒得匀淨；頂難的還數那芝蔴、菜花籽、小米兒、大煙籽……種子精細精細的，汗手下去抓，恰就是俗話說的，「濕手插進麵缸裡」，手心兒手背兒盡沾的是。就算老手罷，也得對上乾砂，或是乾糞末子，拌匀淨了才合手。

我父一向幹甚麼是甚麼；要就不，要幹就又用心、又細心、又耐心，定要幹得提尖兒拔眉不輸給人。莊戶人家認命，熬個一二十年，先就菜園、地邊、小塊兒地上撒撒蔴呀蕒的粗種，再到田畝裡撒撒棒子米，一步一步試著來，一步磨練個過得去了，再試下一步。我父可不認這個命，農活兒最數難上難的撒種，那就打這上頭下手。可撒的是種子，要磨這門功，說咋也不能拿糧食來糟蹋，更別說種子是收成當口，先就精挑細選，專揀那滿滿實實，沒殘沒傷，足可進貢的上好籽粒兒，源源本本整個兒麥穗、高粱穗、大秫秫棒子……紮成把兒、連成串兒、吊到屋樑上——怕招蟲子就吊到灶房裡，讓煙炊燻黑好防蟲、防老鼠，當作寶貝疼惜，怎可隨意拿來胡作？我父凡事要強，抱定了「天下無難事」，只須用心用到家，啥都難不倒人。糧食是人的命根子，沙土可隨手就抓個滿把兒。起初當雇工，虛歲才十六，敢還是個貪玩大小子，農閑時，歲數兒差不上下的大小子淨去玩打土老爺、打嘎嘎兒、砍錢兒、洋鎗打兔子、打大雁……找不盡的樂子，我父也跟著玩兒，帶頭兒領著玩兒，可就是玩兒啥都總有時有煞，有放有收，留著幾成顧到正經的，袍襟子撊上來，兜個幾捧沙，冬裡到處盡是耕耙淨地，大步大步操洋操一般，習著撒種玩兒。邊撒邊品沙子出手，五根手指頭怎麼個張，怎麼個合，怎麼才能一把沙子撒出去，面兒開得寬，一片黃煙匀匀淨淨散了、落了。指頭輪著張合，快了慢了、早了晚了；胳膊過直、過彎；腳步大小快慢；還有迎風、順風、風大、風向……任哪一點對不上，都遂不了心。就那麼一遍又遍，不行再重來，不嫌煩，不急躁，是眞的天下無難事，再難也經不住這麼死揹、活釘、苦苦琢磨，頭兩年就棒子、大小麥、一撒二三十畝地，趕不上李二老爹高手多多了，那是沒錯兒；可比上不足，比下有餘，李府老大嗣仁都快上三十了，種地也種有十來年了，早晚兒試個三、五畝地，撒的又是大秫秫，撒得怎樣？——誰也別忙吹牛，見青兒才算數兒。青苗冒出土，才要人好看兒，擠的擠，空的空，疤疤癩癩花頭禿子。叫他嗣仁自個兒說，也只有沒滋沒味兒的份兒。李二老爹看了提提一邊嘴角冷笑笑：「這可不鬼剃頭了——種不孬，人咋著那麼孬！」

可又說了，就憑李二老爹那麼個老閱歷，老道兒老手，也休想神到撒出手的種子能像擺棋子兒一樣，粒粒種子全都周吳鄭王蹲到排定的位子上，橫看豎看斜吊角兒看，全都成行——別忘了就算那麼神，那麼齊整，還得再耙上一遍，粒粒種子少不得再來一回搬家挪舍；儘管隔鄰換對門兒，出入不大，到底由不得人；不的話，那間苗、定苗就都省了。

除此之外還有一層兒，俗話說的，「短鐵匠，長木匠」，熟鐵是愈搥愈打愈長，胚子寧可短；木頭是愈砍愈鋸愈短，料子寧可長。這撒種定要勻淨是沒錯兒，卻也寧可多撒些，密一些；多了鋤掉容易，少了沒的補，哭也哭不出一棵兒來。鋤頭遍間苗就是要把三兩棵重在一叢的新苗揀那不大成器的給鋤掉，免得擠擠挨挨連那壯實的也帶壞了。待到十天過後再鋤二遍，那就要定苗了，棵棵苗子前後左右四下裡都得離開大半尺那麼遠近才成，多出來的苗子哪怕扠把高了，小模小樣兒長得不推板，惹人憐，也得狠心給鋤掉——這大、小秫秫長成後，都說是「青紗帳」，乍聽好似颼颼小風兒挺涼爽人，那可想得離了譜兒；又數那高粱地裡，不知哪來那麼大的騰騰熱氣，晝夜都像個大蒸籠，別說走進這青紗帳裡比如一頭拱進灶房，立時烘出一身大汗，把人給燜死；就算傍著地邊路過，也都加緊些腳步躲開噴上身來的那股子沒煙沒燄子綠火把。故此定苗要是定密了，烤人烘人拿人當饝兒蒸還事小，葉子先就黃了，枯了，桿兒也蒸乾了，還想揚花結穗穗？

頭、二遍鋤倒的苗子，這當地人叫莪子，紅桿綠葉兒，白淨淨小根兒上不定都還帶有鮮錚錚玉米粒兒、高粱籽兒，拾拾攏攏收回家去，牲口嚼過一冬半春乾草料兒，可喜歡嘗這個新，喫了還又挺添膘兒，算來也沒糟蹋東西就是了。

十天一鋤，地多的人家，一遍鋤完接著又得從頭再來下一遍。儘管三遍培根，四遍清草，活兒沒前兩遍那麼細緩，多少得有些閱歷和眼力，倒是要拼上力氣，快不到哪去。這當口還又插進來黃豆、花生、棉花種種也都得鋤上個一兩遍。橫豎罷，打立夏到芒種，這三四十天，盡都讓鋤地給佔盡耗。不等喘口氣，緊跟上又是麥口、割麥、打麥，又好狠狠忙上、累上一大陣子。

我父就爲的這立夏到立秋——也是直到三伏末伏天，整年裡鄉下就數這三個來月頂忙，說怎麼也不能只爲見月多掙個兩吊文上下，就此轉臉無情，丟下李府這邊農活兒不管——要說有個計算的話，也是不花多少心思就想得到的，南醫院頂多挨到六七月，一準整個完工，多不過再掙上三四個月六、七吊錢。好了，到時那邊完工，這邊重活兒也忙過去了，你好覥著張厚臉再回李府來？

李二老爹是個仁義人，厚道人，行事爲人我父暗地裡看的多了，聽的多了。那肚量更不必說；我父識趣才自思自想那麼多，李二老爹未必曲曲拐彎把我父看成唯利是圖，見錢眼開那種人，就算心裡想到，也八成念頭一閃就過去了；饒是存在心裡又挺在意，也管保一言半語都不露，哪怕一些些兒臉色；饒是連讓人識趣點兒知難而退的心思也生不出。可人家是大人，自個兒算啥？算誰？說千說萬，總不可把人家「大人不見小人怪」那份德行拿來給自個兒拉褲子蓋臉，搽粉遮醜。

不錯，起初生念要回來，原本爲的是大美姑娘。打去南醫院上工，早去晚歸兩頭不見老陽兒，一日三餐敢是都喫自個兒的，越發難得跟大美照上一面兒，人家又是有心能躲就躲，能避就避。那樣子兩不相干的味兒，眞就休想把鬱在兩人心裡你知我不知，我知你不知，弄得兩下裡你錯怪了我，我冤枉了你的多少鼓鼓囊囊，攤開來見見亮兒，也好當面鼓，對手鑼，表個清楚明白。要能那樣的話，就算好事不成，只要各自心上乾乾淨淨，總強似各揣一本兒不白之冤的糊塗賬，怨上、惱上一輩子。

回來李府這幾天，一日三餐都喫李府的，只不過晌午飯是送到地頭上來。可早、晚飯也還是搶的一樣，磨蹭不得。李二老爹見我父那麼緊趕慢趕，常笑道：「俗說『催工不催食』，不差那會兒工夫……」多半是我父頭一個擱下飯碗，李二老爹看看家人都還掛擱地八仙矮桌上埋頭喫喝，就老是過意不去，找個頭兒留人，掰半截兒煎餅招我父過去：「來來來，幫二大爺分半個罷。」一副求人的樣子。那可是軟功逼人加餐，我父怎不曉得？待到三口兩口連塞帶香的噎完了，李二老爹手上煎餅才撕了兩小片抿在嘴裡細嚼慢嚥，分明就是硬派我父多喫點兒。

儘管晚飯過後不好碗筷一丟就走人，又總還多少有些零碎活兒得順手收拾收拾。可怎麼磨蹭，人家也是一大家子老小，一天忙過了，兩進院子裡碰頭碰臉盡是人，上哪找兩人說句話的空子？大美又還有的好忙，刷鍋洗碗，常事兒；煨煨豬食，天寒時也是常事兒；天熱時煎餅放不三天就䤁濘，太過燜熱的話，不定生出暗綠黴點兒，只得隔天就烙一場煎餅——頭一天晚上便要把上磨的糧食擇了、簸了、淘了，若是玉米，少不得還得上灶溫水浸上一夜……人家姑娘忙成那般，自個兒閑著兩手窮等，就算老得下臉來，又能磨蹭到啥時辰？一更二更……「嘆五更」小調兒那樣，數著數著苦挨？行嗎？莊戶人家有二更天還在外遊魂的麼？那是啥樣遊手好閑，歪毛淘氣兒，不務正業青皮混子？

一天一天猷猷葸葸兒過了，一天一天外甥打燈籠——照舊，拖過去一百天，兩百天，還是一樣兒。我父到底憋在心裡憋不下去，人吊在半懸空兒打滴溜兒，迷著跟大美直來直往道個清楚，表個明白，注定沒指望，總得生個點子才行。點子是有，萬不得已還是不去動它。如今走到這步田地，也只有捨下這張臉不要，求求人罷——那就先找嗣義談了，再轉託他媳婦把自個兒這一頭心事捎過去，跟她大美好生說個透索，再好生掏掏大美那一頭心事，給討個水落石出傳回來。但求兩下裡心事沒瞞沒搗——又沒啥見不得亮兒，只求都知道誰也沒虧誰，沒負誰，就一好百好。饒是回不去往天那些日子（說客客情情也是，有情有意也罷），那也認了；又饒是還討不到容讓，她那一頭心死了，這一頭也只有死了心，那也罷了。要緊還是同在李府拉雇工，儘管各幹各的，倒也像一家人一般，要都老是一照面兒就寒張臉兒，裝著誰也不看誰，誰也不認誰，那日子可太難過了。

挨到不能再挨，我父挑個晚飯後，家去挑了兩挑子水，抹過澡，再來李府找嗣義，逛到後場西頭那口青石槽，兩人跨上去，腳放進剩些碎草的石槽裡，斜吊拐兒坐到槽沿兒上，倒像兩人共一口大水盆洗腳。我父常就一個人蹓到這兒乘凉，是個小風口兒。

白天忙活兒，沒空兒；也找不到甚麼沒人兒的避靜地方，這都沒錯兒。可挑個夜晚，還是為的臉皮薄，靠黑地裡遮遮臊兒，這才是眞的——要拉的聒兒又是跟大美倆的私房話，分外來得靦覥，如何大天白日的掛得住臉兒！還又說了，嗣義老實頭一個，一向把我父看得不知多高多大，今要來求他，請託他媳婦兒，求的、請託的又是男女間私密事兒，又難保自個兒這邊兒「剃頭挑子——一頭熱」，人家姑娘跟自個兒一點兒意思都沒有——單憑往天「俺大哥、俺大哥」的叫得那麼親，那也算數兒？她大美嘴兒甜，跟誰又不那麼熱烘唄。閑話傳來傳去，七彎兒八拐的，傳話的任怎樣沒半點兒好意搬弄，酒罈蓋兒老打開、老打開，也都難免走味兒；說不定做娘的打著兒子當幌子回絕了人家，她沈家好歹有個十來畝地，人家不笑你這個外來戶上無片瓦，下無立錐，算好的了；你那明明高攀罷，還嫌好嫌歹，推掉人家不定樂不樂意的這門親事……

無意間臨時慮到這些，又差點兒打退鼓，想挨天再跟嗣義說說了。這麼多的難為，那麼多的顧忌，弄得我父半天張張合合開不開口。嗣義出門來也沒見滴溜打掛帶上甚麼，這晗子卻黑裡摸索著安了一袋菸遞過來，又摸索出火刀火石，咔嚓咔嚓打火，火星星閃眼得慌。看來這嗣義不是老手，打有十下也不止，火紙媒子才見紅。

別看這個老實頭，打火不是老手，體貼人倒是一把好手。這節骨眼兒巴嗒兩口菸兒還滿投合，心口蹦蹦跳給緩下來，跟著吐上幾口煙，不覺為意透索多了；還有澀巴巴個牙骨，像膏了車轂轆油，也滑溜了些。

我父可也開了金口：「不瞞你嗣義說，出不了口的，有個大忙兒，非得請你跟弟妹她幫幫襯不可……」

頭難頭難，開頭眞難，可一開開頭也就不難了。

要說套近乎，嗣義那口子，娘認的乾閨女，甚麼弟妹不弟妹，該喚乾妹子、大妹子才親；我父那個倔脾氣，這上頭硬就是死心眼兒，說咋也不認那賬兒。

嗣義嗓管兒裡透出不知有多興頭，連忙催道：「眞是的，俺大哥你外氣了，啥幫襯不幫襯的，咋啦？速說俺聽，速！」

平日凡事都承華大哥指點，拉一把，拽一把，都是幫襯，今可也撈到這一天，得塊狗頭金子也沒這麼歡喜。

我父先還是有點兒結結巴巴，呑呑吐吐，慢慢兒也就像騾馬跑熱了蹄兒，勒不住轠繩。大年下，大美喝鹽滷尋無常，猜是爲的李二奶奶幫她說媒，讓祖母嫌人家望門妨，又拿我父打小訂過親，我父看不中大美腫眼泡子一副苦相種種給推掉，才一惱之下不要活了……其實都是那位乾妹子說給了嗣義，嗣義守口如瓶，叫我父連瓶帶塞子都哄走了氣，才得知其中這麼多的過節。可今要拉聒這些，我父還是從頭略數了一遍回給嗣義，這才好往下訴說自個兒重重心事。

接下去我父說得有理，李二奶奶面子那麼大，我祖母都捨得薄，不用說，有多不中意大美。照這勢路看，就算想盡法子，費盡九牛二虎之力把大美娶過來，婆媳合不來那是一定。俗語道的好，「家和萬事興」，一個家裡，婆婆當家，媳婦兒理事；家不合，一事也別興罷；倒楣的還是大美，命定要受氣、受苦、受罪一輩子，那可萬萬使不得，對誰那都虧個死，虧個到底。縱算她大美曉得了實情——答不答允親事都在做娘的點頭搖頭，罪過不在蒙擱鼓裡絲毫不知情的兒子——非要跟定了我父不行，那也除非雙雙私自跑掉，遠走他鄉那條路。可撂下爺娘給誰伺候？兄弟年幼，又跟爺一般都是白面書生一個，一肚子才學，啥也不當，單是喝口水就非得求哥哥拜姐姐不可；慢提肩不挑挑子，手不拎籃子，初來這地跟人軋夥兒抬上一桶水，扁擔上桶繫子採到人家那一頭，還是壓得白面書生齜牙扭鬼，村東頭抬到村當央兒，就那麼點兒遠，叉巴兩腿像喝醉了，扁擔割肉鑿骨，不放下來歇肩兒換肩兒三、五回就抬不到家。祖母又好乾淨，水用得才叫潑實來著，從不知疼惜水有多艱難，常只娘兒倆兩口人，見天沒兩挑子四大桶水過不去，定要乾死人。碰上天旱，土井四圈兒圍著人牆，姑娘媳婦兒我父一見避開遠遠的，少不得二、三里外老黃河去挑水來。三天不吃飯餓不死人，一天不喝水可渴得死人。帶個女人跑了，渴死爺娘兄弟三口人？害娘清衣服三遍省成一遍？那是人穿得的？

討大美那要害苦了大美，還連累一家人不得安生；大美要是甘心情願跟自個兒跑，又害苦了爺娘兄弟一家子骨肉，打死了也不能那麼喪盡天良。橫豎呆定了沒的巴望，今生注定沒了這個緣分，那就只求大美知道這麼個心事，往天種種都是前生前世，往後彼此當就沒賒沒欠，比方閻羅殿上給灌下迷魂湯，託生轉世過來，前世啥都忘記乾淨。如今好比兩個生人，同來一個人家拉雇工，這才從頭認識，從頭再來相處罷——平平常常，安安分分，該都有個戒心了，不用有心冷清人家，也提防著好意熱烘誰，譬如我知道妳已有了婆家，妳也知道我已有了老丈人，打根兒裡就生不起啥念頭。

黑裡還眞的合宜掏心扒肺，無話不談——我父是眞的沒想到有一天跟誰把心底這份兒苦情給抖落得連點兒根子都不剩。末了，我父苦笑笑道：「口說容易，心哪那麼聽話——不瞞你嗣義說，人是一旦碰上這……這甚麼……就算是相思病罷，叫俺這條大男漢子，也都一灘爛泥是的，拿不起，放不下，心都給零鏇了一樣兒，咋好硬要人家姑娘家說甚麼就甚麼！可別管這些個罷，謀事在人，成事在天，這就全都託給弟妹了，全都靠俺弟妹去好言成全，好生幫她大美寬寬心，平平氣……」

黑裡看不大清，可也覺得出嗣義連連點頭的連連應著：「中！中！一定……」遂又咂咂嘴說：「就怕罷……就怕俺跟家裡她都笨口笨舌的，比不上大哥你嘴巧兒，說不那麼齊全周到……」

白煞煞大老陽兒當頭直下火，好似還挺沉的打下來，澆得人渾身冒煙兒，斗篷哪搪得住，下巴頦滴滴溚溚像屋簷水那麼掉汗珠珠，不定掉到光膀子上、鋤把子上、巧不巧掉到秫苗子上。掉到汗胳膊上覺得出，看不出；掉到乾沙地上有乾隆制錢那麼大的濕印子。

斗篷有一年了，斗篷帶子整天給汗浸透透兒的，過夜乾是乾了，還是潮糊爛醬。一戴斗篷，帶子朝下巴頦底一拉，總是刮到鼻尖兒、鼻孔兒，好那股子汗腥味兒，好比抹一層出口便臭的唾沫那股味兒。可這頂斗篷味兒不正是自個兒的，斗篷一年過來，沒見哪兒叉出一根篾刺兒，都是大美她刀尺的。

去年這晷子，立夏那天，大秤稱過人，北河涯挑來賣斗篷的，揀了一頂試試合適，大美一旁跟「俺大哥」討了去，到家先拿黑窰子碗口頂住蘆篾編的斗篷面兒、裡兒、細心磨個徧，拿手到處摸摸撲撲，沒一根跳刺兒扎手，遂又加了硬靠子裏上花布頭兒帽圈，縫上撬有四層的布帶子，尖兒子、角兒上、都釘上蠶繭殼兒護住，讓「俺大哥」置的新斗篷，戴上十年八年也綻不了尖兒，散不了邊兒……。

念到這些，我父只覺真的是心給零鏇著。

汗珠兒吧嗒吧嗒滴。要是眼淚也能這麼滴溚，倒也透索些兒，心口也少疼些兒。

# 地瓜翻秧

華太平家傳

不光是高粱、棒子得鋤上四遍，那四五十天裡，黃豆、棉花、蕪、蓂、西瓜小瓜，也都要前後鋤上兩遍——除了蕪、蓂、鋤頭遍也得間苗，別的倒只鋤鋤草就可。只是盡湊熱鬧的擠到這一個半月裡，著實手腳不識，忙壞人，累倒人。

「鋤禾日當午」，總算忙過去了，下來，不是緊接著，是小滿鋤三遍時，就已兵分兩路，收割大麥、蠶豆、油菜籽；末一遍時已到麥口，割麥、晒場、打場、揚場、進倉——種城上老板家田地的作戶，還得推車，驢馱，往城裡送糧。收麥這大票重活兒，一要搶穗子不太老到散了粒，二要搶有風有太陽個好天——頂怕的是下雨下冷子（冰雹）。死搶活搶，再怎麼順當，也得八九上十天好忙。這邊完了，可又輪到地瓜栽秧子時節，總沒鬆口氣的工夫就是了。

去冬只一場蓋不嚴地面的小雪，雪是二麥被窩，蓋了牀溜薄小棉被，覺沒睡沉，精氣不濟，籽粒差多了；穗子短，顆粒瘦得打皺，收成退板了兩三成。

莊子上一些十來畝上下的小戶人家——沈長貴就是一個，眼看要歉收定了，早有拾麥打算，搶著把幾畝地高粱、棒子鋤罷，幾畝地小麥收罷，留個人看家收戶，照顧家前屋後果樹菜園零散活兒，幫幫大戶收割，混個一日三餐、四餐，餵餵豬，小雞放宿上宿也都得留意數點甚麼的……所有合家大小上路，一架獨輪兒小土車，一頭毛驢兒，鐮刀、纜繩、鍋碗瓢勺一應俱全，直奔南湖、北湖。來回多不過半個月光景，弄得好的話，撈得到兩三石。湖麥白白胖胖才叫喜歡人兒，趕集上市也價錢俏個一兩成；拾麥拾麥，眞就是「拾」來的橫財。

待這般拾麥的人家滿載而歸，回到家來，麥口過去了，一年裡鋤地的活兒算都了結了。

夏至過後，白晝一天短似一天，黑天一天長似一天，已是五月底、六月初，田裡就只忙地瓜栽秧這份大活兒了——這當地有句坎兒「五月紅芋（地瓜）——該栽（活該）！」說栽不說種，十百種莊稼就數這地瓜生得古怪，也開花——太稀罕了，整畝地裡不定開上一兩朵制錢大小，也挺鮮錚的雪青色，近乎淡紫小花，可就是不結種。留種只有挑那沒疤沒癩光皮兒又個頭勻稱的地瓜，同收成的地瓜下到地窨子裡，寒冬地底下暖烘烘的，保住新鮮；放在地上，哪怕放在屋裡，定要凍壞凍爛糊。可一旦打春了，就得起出窨子，免得冒芽兒。地瓜一聲冒出紫芽兒可就上不了口兒，也不甜了，也不麵了，水漬漬的卻又任煮多久也有個硬心兒，嚼起來咯吱咯吱，又不是正經脆，才不是個正味兒呢。

到了清明，把留種的地瓜下進地裡，叫做下母。約莫上三個月，根根秧藤貼地長有丈把長——莊戶人家沒拿尺棒子量的作興，橫豎是毛估個數兒，兩庹合一丈，胳臂左右伸張出去，兩中指間五尺上下的長度便是一庹。地瓜母差不多空殼兒了，有的連個魂兒也找不到了。秧藤連根拔起，一截截兒剪成一扎多（約五寸多）。打算種地瓜的田畝先下糞，再打直耕成一道道半尺多高、尺把寬的長長土壟，地瓜秧兒便每隔大半尺栽一根下去，土上露出兩三片葉兒。起高了土壟，圖的是土鬆；若栽在平地，難保不擠得土下的結的地瓜發不大個兒。

別看地瓜這玩意兒只算得上粗糧賤莊稼，栽種起來可叫費事傷神。下的肥薄，還就是不成。地瓜比啥莊稼都薄地——蝕耗地力；種過地瓜的田畝，再種別的莊稼得加倍下糞補補元氣才好。地瓜下秧過後，要能來場及時雨——也不要多，有個一鋤頭兩（鋤頭放平鋤下去不見乾土），靈驗得很，原先無精打采的秧子，連葉帶梗全都活生生支楞起來，片片紫紅泛綠的嫩葉兒都是張張笑嘻嘻奶孩兒臉，撩人忍不住趴下去親一嘴兒。可要是沒雨，也只好求個陰雲遮天，別讓老陽打早到晚兒愣晒個一長天，也還湊合著保命。要不的話，瞧那垂頭喪氣，蔫巴耷拉，一副副病殃殃綹相兒，好不叫人心頭緊緊的放不下來。要能夜來也放晴，有個露水潤潤，還可稍微還醒還醒，有點氣神；可老陽一出，就又那麼半死不活，苦撐苦捱熬下去。不用多久，照那樣三天愣晒下來，包管十棵活不成一兩棵，再補也沒那麼多的秧子了。

莊戶人家過日子，一年裡頭倒有八九個月要拿這地瓜、地瓜乾兒當主糧；餵豬更少不了它——左不過再摻上鮮的、乾的地瓜葉兒，總還是地瓜身上長的。這麼說來，口糧裡少掉地瓜那還成？那得多少正糧塡這個大空？可那得咋辦？澆水罷，澆地瓜新秧子倒挺省水，一棵棵澆，不像菜園，大半都要一瓢瓢潑開去。可人畜喝的水都老是不夠，哪水來澆好幾畝、幾十畝的地瓜？除非像前、後李莊，靠近老黃河，取水近便些。只是也太少見有幾個人家出得出那麼多人力，不是十挑二十挑就管用的。還又說了，一個春加上半個夏那麼過來，老黃河水多半只有一天少一天、一天涸一天，這時節河面兒常時瘦成河心兒那一溜兒，不定還斷成好幾段兒，斷成一窪窪水汪兒，不等夏末秋後連場大雨，還有上流發大水，滾滾大流湧下來，老黃河總滿不了槽；漫過河堤淹上兩岸也不是沒有過，那一淹水可不是論畝算，要論頃論頃鬧災害——一頃百畝，看要多少莊稼遭難罷。只要河水漲得過猛，就紛紛傳來傳去，「黃河要回老家了！」黃河是打這兒遷走的，遷到渤海那邊入海，看水勢這麼波浪滔天，難保不又走回頭路。老黃河道淤得比平地低不多少，上哪盛得上眞正的黃河大水，「黃河要回老家了」，怎不叫人人都心驚膽戰，城西沿堤多少人湧來看水，看的可不是熱鬧，也不是看了就能放心，反正人心惶惶，愣等大難臨頭，半點轍兒也沒有。

沒水可救新秧苗子小命兒，莊戶人家自有點子。沒水，土可多著。地瓜秧栽下去，二天一清早先看天陰天晴。天陰無事，天晴的話，立時啥事兒都放下，合家老小齊下到地瓜地裡，一人一壟子，新苗子兩旁雙手攏起泥土把它給埋住，隨手一搦，按了個緊。就那麼一棵棵埋住，用土遮陰抗晒，這叫「搦土老爺」，壟子上一堆堆小土垛子，也挺像一尊尊土地爺、土地奶奶。這活兒還得搶著幹，搶在老陽出來前收工才行。傍晚時分，不等老陽全落，只要晒到臉上手上不那麼熱人，就又要合家老小一同下湖，一棵棵去扒開土地爺，讓新秧苗子重見天光透透氣兒，啜點兒夜露，好歹滋潤滋潤。這活兒也定要天合黑兒前搶完，等到天黑下來看不清，難保不連土帶秧子一道兒扒掉，那才壞事兒。

像這麼早搦晚扒，早搦晚扒，要是一直都是大晴天，那就少不得一直這麼搶活兒，搦土老爺，扒土老爺，一早一晚忙個不休，頂少也得忙上個五、六天，秧苗長出白嫩小根芽兒，才算保得八、九成活命。菜園裡留下的幾捽地瓜母秧子，再趕緊剪下一截截兒來，補那短命死掉的一兩成空子。

可忙過這一通，不是放心睡大覺去，單等到時候收地瓜就成。這當口沒等氣兒喘勻了，西瓜、小瓜、蔴、蘔甚麼的都趕上收成；瓜兒要上市，蔴、蘔，晒的晒，漚的漚，剝蔴絲，浣蘔紑，還有高粱打葉子，跟手又收成高粱、棒子，晒場、打場、晒糧，上囤子。那麼搶完一場又一場，急死活忙裡，還得騰出人手來服事地瓜，翻秧、拔草，六月一場，七月一場；頭一場還好，秧子三、五尺不算長，婦道、大孩子、氣力穰弱些還翻得動；二一場秧子丈把長，躲過四、五道壟子，藤秧上但凡節骨葉叉兒下頭，都生出紮進地裡深深的一捽捽嫩白細根兒。這些子細根兒一來太喫地力，喫了又沒正用，盡去發旺藤秧兒了；再來更害得老根兒底下整串兒地瓜急等著發個兒，地力平白給分走了，回不到老根兒裡頭來，白白糟蹋了。那就不能聽讓貼地躲去的藤秧兒一路上到處濫紮根兒。

老祖宗傳下來的法子眞管，拿長可一人多高，頭上稍尖些兒的細長棍子，貼地伸進藤秧子底下往上挑起來，一挑八九十來條，條條藤秧上的細根兒跟著給拔出土來。這一挑，功夫都在由著個巧勁兒，一下下試著往上挑，輕了挑不起來，重了快了都會挑斷了藤秧兒。挑起來的一大篷藤秧還不來原地放下去，要不的話，保不住落回老窩兒，剛出的根芽兒又紮回土裡，那就功夫白費了。藤秧兒要翻到另一邊，別管它折騰得底兒朝天，就是要那一撮撮白根芽兒離土遠著些，仰巴拉叉朝上，一口口細白細白的長牙兒，生疼生疼叫著天；就要那樣才行，過不兩天也便蔫的蔫了，乾的乾了。

李府家口衆多，紅芋一栽就是二三十畝。眼前這是二遍翻秧兒，盡是大男漢子幹的活兒。細長棍子一貼地插進藤秧底下，就驚起一些小飛蟲。待到打右手這邊揚起一大篷子綠網翻到左手那邊，連枯葉碎渣帶多少飛飛跳跳的螞蚱、翹翹婆、蛐蛐兒甚麼的，全都驚惶四散的逃命。遇上活兒不怎麼趕，不怎麼搶，一個下半天翻秧子過來，我父總能隨手抓上個幾十隻螞蚱，拿老驢根的長莛子當胸穿起來，一串十幾二十隻。收了活兒，好幾串兒提溜家去。

祖父祖母叔叔都喜歡炸螞蚱，一炸一大洋盤，脆酥脆酥的，下酒、零嘴，才可口著，不比炸蝦退板多少。如今有點兒存心讓祖母念念大美好處，不管搶不搶活兒、趕不趕活兒，見天弄個幾串兒家去。一塊兒幹活的李府哥們兒，順手抓來螞蚱，也都湊給我父。

莊戶人家嘴再饞，也不心期這個喫食；單一個炸甚麼，太喫油了，不幹。早晚碰上菜裡放多了點兒油，當家的都會板下臉來：「俺這還要不要過日子？喫了等著上天啦？」但凡油炸，油得沒過頭才算炸，油只染染鍋底兒叫作爊，一點油也不放就叫作乾爊。莊戶人家只喫爊出來、爊出來的東西。早晚乘著趕集，扁扁的黑窰子油壺打上半斤豆油，喫得忘了年月；記性強的會說：「不是去年黃豆開那晗子打的油麼？」炸一回螞蚱不就去掉一半啦。

大美那雙手才眞巧，心思更巧，紅芋翻頭遍秧子，伏天裡螞蚱還沒那麼多，也都抓了整串整串的。她大美才神著，螞蚱是拿又韌又細的毛菇菇長莛子，一隻隻斜胸來個活扣兒拴住，拎了幾串兒去孝敬我祖父祖母，也跟著嗣義的小孩兒喊我祖父祖母乾佬爺、乾姥娘。整串螞蚱全是活的，一串串風盪柳條兒那般飄上天去，飛得歡兒著。可就是那樣討我祖母歡心，我祖母也說翻臉就翻臉——念起這些，前頭那麼和和樂樂，後來一下子像斷掉桶箍兒，散了板兒，咋也逗不齊，攏不上了，照大美跟嗣義他媳婦兒說的，過錯我父得攬到自個兒身上，都還是自個兒壞了事兒；就算是祖母也得分擔多少，爲人子的也該一股腦兒承當過來，要不又能拿親娘怎樣？

託嗣義他媳婦兒跟大美啥話都說周全了，其實也是一說就通。別看人家姑娘還那麼年幼，可懂事得很。我祖母也罷，我父也罷，人家誰也不惱，反而有些回話倒提醒了我父：

「不是乾姥娘嫌俺，也不是華家大哥嫌俺，這俺都看出來，心裡曉得。倒是乾姥娘嫌他華家大哥，華家大哥喜歡的，乾姥娘都不喜歡。那，俺就趔遠點兒，休撩乾姥娘以為華家大哥還喜歡俺，惹人家親釘釘娘倆兒鬧氣，一家都不和順……」

大美那麼體諒人，替人想得好生周到；那些真心話兒，大半都讓說中了，我父從來都還沒有頂真想到這一層，不由人不打心底兒敬重這個小小年紀，跟自個兒一樣都沒進過一天學兒，給人看做無知無識的鄉下姑娘，心裡越發難過自個兒沒這福氣，難過自個兒還不如人家姑娘解事兒。儘管娘是那麼個性子，又那麼總使小性子，那麼個偏心法兒，可自個兒就能把甚麼都推給娘，賴給娘，用不著落一點點兒不是？她大美也說出一半罷，還有一半呢？但凡娘喜歡的，自個兒不也是不喜歡？要說老是跟娘頂著來，都是不由人的；那娘偏心使小性子，不也是不由人的？是母不慈才子不孝，還是子不孝才母不慈？追究不出來罷，饒是追究出來又該咋樣兒？倒是只為自個兒喜歡大美，娘才不喜歡大美，這才是子不孝才惹得母不慈，虧定了人家好姑娘的，歸根究柢還是自個兒造的罪，作的孽；再也莫怪這，莫怪那，先就認了罷！

大美姑娘還有一個別人少有的好——乾脆。恰似她大美說的，我祖母只為我父喜歡大美，才不喜大美，捨了李二奶奶那大的面子回絕了提媒，那就「趔遠點兒」；只是拿尋死「趔遠點兒」，敢是乾脆過了頭，可為的成全人家華家母子和順，也不怪派人家母子誰好誰不好，都是自個兒夾在當央才生事；那這尋死不光是乾脆，還落得乾乾淨淨。待到大年過了十五，才推不掉李二奶奶親自上門來帶她上工，到得李府就再也不理我父，乾脆「趔遠點兒」。惹得我父先是一團糊塗，不知哪頭逢集——是咋的得罪了人家，咋也尋思不出。等到打嗣義那兒掏出根由，原來祖母謊說我父看不中人家姑娘，回絕了李二奶奶大媒，害得大美尋死覓活，大年下差些過不過來，人家性命都險險兒貼上了，敢是把我父嘔死、惱死；人家只來個不理人，那是自然，該當的，還算人家心地厚道。可眞沒想到，祖母扯的謊兒，人家不信且不說，還把祖母動的啥念，存的啥心，摸得一清二楚，這眞叫華長老家裡一個師娘，一個年大二十的男漢子，雙雙臊個死死的見不得人——只落一點叫我父又寬心、又虧心；寬心的是大美不信乾姥娘把惡人推給我父去當，想必心裡有數兒我父一向喜歡她，不興看不中她。虧心的是這輩子再難對得起人家了。

一拐三折，弄得人神魂顛倒，多承嗣義小兩口兒當間兒傳話幫襯，兩人心事總算透明透亮兒，你知我知了。打那以後，大美敢還是照舊乾脆，照舊「趔遠點兒」，儘管還是不理我父，臉色倒不再那麼冷得人心寒；有時沒防著頂面碰上，好像和善多了——我父這麼覺乎著；且別問大美眞的放和緩下來，還是自個兒往好的去疑心。就只是剩下我父這裡還乾脆不下來，一邊是心疼著這麼個好姑娘再上哪去找？眼睜睜今生沒緣了，哪裡甘得了心！一邊是來日怎麼才能報答人家姑娘那麼知心又那麼成全咱們華家和順的那份兒情，還那一筆虧死了人家的重債。

都說是姑娘家葱白一般十隻嫩嫩手指，做不兩天粗活兒，就給做硬了、做笨了。可就算那樣，到底還是巧過男漢子多多。就拿毛菇菇拴螞蚱來比方說罷，我父一向自認手巧兒，沒啥學不會的。難如學寫大仿，打大年夜頭一回抓筆有千斤重，半年來差不多沒怎麼斷過；那麼精細精細的活兒，也沒難倒我父，如今順手順心，剩下的寫好寫不好那是另碼子事兒；算盤也是一樣，跟叔叔學完小九九了，也沒給難住；小小一椿拴螞蚱，倒難上了天。我父敢是不服輸，也不是沒用心看過大美怎麼個拴法兒，瞧倒是瞧出些門道兒，可自個兒一上手，笨笨邋邋，哆哆嗦嗦，扣兒沒打成，莛子就是折了，不就斷了。比起大美單用一手挽扣兒，挽一個是一個，沒見過甚麼折了斷了，自個兒這雙手可不像對腳丫巴？不中用又不聽使喚！眞的是沒個輕重——拴緊了勒掉螞蚱腦袋瓜子，鬆了罷，又讓那對帶鋸齒的後腿一蹬歪，水綠水綠的翅膀一搧揔，嘩兒一下就扔奔子無影無踪。毛菇菇莛子一到她大美手上，可聽話得很，粗的一頭拿牙咬住。單手巧指兒一挽一搐，就是個溜圓兒小圈圈，活扣兒、死結兒，套到另隻手裡捏的螞蚱，打那前腿兒根子前頭，斜叉花兒攔到大腿胣子，牙兒咬住的莛子那一頭稍稍往上一拉，扣兒拴得可叫合適，勒不死也跑不走。

我父也挺認眞學過，還半眞半假玩笑說：「俺這得拜妳爲師。」大美也挺認眞教過，放慢了手，一點一滴叮一聲：「不喋？……不喋？……不喋？……」不是這樣嗎？不是這樣嗎？我父只覺自個兒給教得不知有多笨，可心裡甜絲絲的不知笨得多有滋味兒。就讓大美這上頭強過自個兒罷，高過自個兒罷，倒巴不得就也教不會，就也學不會，那才老教下去，老學下去。或許就這個緣故，死定了心也學不上來。

風風雨雨都過去了；恩恩怨怨說是過去了，也算過去了，只不過該欠該還的賬還都一筆筆記在那兒。別管怎麼說，一陣子心坎兒裡滴血滴得人不想活了，血凊了下來，日子還得照舊過下去。

照自個兒老法子，念到爺跟兄弟，不是天天，也穿成串的螞蚱，繞個彎先送回家去好幾趟兒了；就算是爺不在家，兄弟不在家，盡塡還娘一個，也不是扔了；要過家常日子罷，能不事奉親娘麼？

地瓜長藤子翻沒翻過秧，一眼就看得出。地瓜葉子有兩張臉兒，朝天敢是油綠油綠裡帶點紫尾子，反面朝下可像新出爐的錫器那亮灰。藤秧給挑起來翻到另一邊，葉背兒朝天了，老陽照上去一反光，就只見一片銀閃閃的針芒四射，亮燦燦刺得人眼花。

這天幾個漢子躲到地邊兒桑樹行蔭涼底下目盹歇晌午。我父才一靠上往後斜著些的粗樹幹，瞥見身旁一撮撮毛菇菇草，又盛又壯，根根莛子大半都毛有兩尺多高，不知地邊兒上閑土怎還這麼肥；不定誰蹲這兒出過野恭，招來大螞蒼蠅生蛆，給啐麵了，灘開一大遍，養得這一大叢綠得發黑的野草，莛子梢上毛絨絨穗子也跟兩根大拇指接起來那麼長，那麼粗。

念起大美那手絕活兒，我父人也不睏，晌午也不歇了，大叢毛菇菇，送上門來叫人試試看。我父就近搆到一枝細長莛子，倒捋過去打根兒拔下來，葉褲兒剝掉，穗穗也掐去。趁嗣仁哥們兒一靠上樹幹就扯呼，全都不省人事這工夫，免得讓人一眼看得出自個兒還在黏黏叨叨放不下大美。我父把這莛子靠根的一頭咬在牙裡，尋思大美那雙巧手怎麼來、怎麼去，試著左繞一圈兒，右轉一彎兒，一頭小心防著折了，斷了，耐著性子慢遊遊試着先打個活扣兒。一回又一回，「不對不對」，差點兒冒出聲來，再重來一遍。眼看穿過一個小圈圈就成了，喫緊得手直抖，越抖越穿不準，眼也瞅花了，一個小圈圈看成三個。記不清試有多少遍，沒想到活扣兒到底給打成了，別說有多樂——也別說有多難爲情，人家大美單一隻手就一挽一個活扣兒。

可活扣兒是成了，手上沒現成螞蚱來試，拾螞蚱才是個功夫呢。牙裡咬著莛子這一頭不能鬆口，左手捏着梢子另一頭空活扣兒不能鬆手，像給點了穴一般動不得，動哪一頭都定要前功盡棄——摳持老半天才多少有些碰巧兒湊合的活扣兒。睸伺着身邊兒地上有個啥來使喚，這工夫就算左近蹦個螞蚱過來，也出不出手腳去抓，只得伸過空閑的右手，就近搆來一小根薑黃皴皮的桑枝乾棒兒，抵在地上掐頭去尾掰成螞蚱大小一截兒，套進活扣兒裡拴拴看。

哥們兒目眦一覺醒來，懶洋洋拎起翻紅芋棍子幹兒，卻已見我父老遠那一頭，一挑一面破網，打這一邊撒到那一邊，好生賣勁兒；那個乾淨利落法兒，有板有眼兒，那勁兒像，也咋都賣不光。

這天收工，走過那一排桑樹行，我父找到那個老地方，順手拔了一小把兒毛菇菇莛子，就中挑根兒短的當繫子，繞上幾圈兒紮成一綹帶着。穗子太顯眼兒，一路走去李府，一條條穗子掐掉，留着好生琢磨，熟練，把這拴活螞蚱玩意兒當個本事學上身；別管那是小丫頭、小小子玩的買賣兒，不當喫又不當喝，可多學上一技在身也不會累著人的——這是講的桌面話，藏在心眼兒裡層的才是眞意思：好歹也跟大美那麼一場，合該是小唱兒唱的「郎呀郎有情，妹呀妹有意」，還差馬虎鬧出人命來。那麼一場情意，到頭來兩下裡卻都沒落下個甚麼念頭兒；除這斗篷上有情有意縫進去大美那番巧針線，還是再留下點兒甚麼長久念頭兒罷——對，新學來的好詞兒，那叫「記念」。儘管聖經從頭到尾唸過整整兩遍，又儘管一年四季四回聖餐禮拜，都沒有留意過這個詞兒。

三月裡耶穌復活節前，我父考上聖餐——二十歲算成人了，好像說那過往長那麼大了，都還沒成個人，比如狐狸、黃鼠狼，都還沒修練成精，沒個人樣兒。頭一回領聖餐，敢是挺鮮錚兒、挺得意，跟一旁看人家吃吃喝喝就是不一樣，也才留神到老卜牧師洋腔洋調，可一個字兒一個字兒咬得又仔細、又清楚：「爾等食此餅，飲此杯，爲要記念我……」眞好詞兒，又記住，又念叨。學會毛菇菇草拴活螞蚱，也正是爲要記念今世有情意、沒緣分的大美姑娘，該當又該當的。斗篷就算不戴到頭上風吹、日晒、雨打，當個牌位供奉，也有酥了爛了那麼一天。學會大美那一手本事，用敢是一點兒也沒用，正用更說不上；活螞蚱、死螞蚱，下到油鍋一樣炸，炸出來脆脆酥酥也沒倆樣兒。可不管咋說，毛菇菇拴活螞蚱這一手絕活兒，學會了，就天下只大美和自個兒這倆人兒行，那就足夠是個長久長久的記念了。

大宗重活兒大體都忙過去了，接下來就但見棉花地裡炸包吐絮，一坨坨白雪團兒，像是摘下來就能塞進嘴裡解饞兒，又甜又麵，喫猛了還會噎人一樣。棉花、黃豆，一般人家都種的不多，收成起來都不算大活兒。毛有四個月了，我父忙活兒忙得連城都沒上過一趟兒，終還是跟李二老爹稟報了一聲——敢也是農忙裡有個半天空，跟家人一同上城，做個上半天大禮拜。

不比南醫院上工，有個禮拜天，跟上帝一同歇息一天。見月拿人家李府一吊文，要說錢掙的少，又不如那邊六天一歇工，可一年裡倒有四五個月農閑，見月一吊文還照拿，相比之下，一年頂多不過五十個禮拜天，敢還是鄉下農活兒歇閑多得多。

其實上城做禮拜，除了農忙之外，我父也還是要看自個樂不樂意。就像教會裡人人都在那兒耶穌長、耶穌短的，聽了好生刺耳，咋都那麼提名道姓一點也不覺礙口？講道的牧師、長老，都說人心就是上帝的聖殿；照那講法兒，在家禱告、唱詩、唸聖經，不也一樣？又隨時隨地都行，不用六天才去禮拜一回。實說罷，禮拜堂總就是一件不合身的衣服，儘管說不出哪裡長了、哪裡肥了，得修掉多少尺寸；可要是短了、瘦了，那只怕改不成了，得捨掉重做新的。

說起對至高至尊的救世之主提名道姓，不單教會，我祖父也弄不清是姓耶穌名基督，還是姓基督名耶穌，只能說天使告訴馬利亞，要給所生的兒子起名叫耶穌，那就八成是姓基督了。可不管怎說，只可以天使奉上帝之命傳旨，定下這個名字，基督徒是拜這救世之主爲師，徒弟不單當著師父面，就是別人那裡說到師父，也不能提名道姓罷。我父拿這跟叔叔請教：「不講別的，塾館學生張口閉口喊你華寶惠，喊你寶惠，成嗎？更別說也連名帶姓喊爺了。再說罷，爺也只是一位長老，教友他們也都沒連名帶姓喊過一聲華延吉不是？要說是他洋人生番子不懂禮數，你喊老牧師一聲卜德生看看，喊的人喊不出口，聽的人也敢是不順耳罷？怎麼獨獨就把主指名道姓喊來喊去來著？我可是喊不來，連聽也刺耳。」

叔叔一直「對了對了」的點頭應著。叔叔一肚子學識，可就是從沒想到這上頭，哥哥一提起這，兄弟才自稱「如夢初醒」，叔叔也說「耶穌耶穌的，一向說得礙口，聽得刺耳，可都是這麼稱呼，久了，順大流兒也就習以爲常，不覺爲意，虧哥提醒，這還眞該好生思辨思辨哩！」

我父對這些個，就只是覺乎著穿到身上處處不合身，要問該怎麼改，不懂得；甚麼道理，說不清楚。叔叔聽了可不然，立時引經據典起來，說咱們素來是禮義之邦，非常非常注重名諱，不似洋人生番子，比如小卜牧師的名字就是他曾祖父的，擺在咱們禮義之邦，那可大逆不道，長幼尊卑親疏遠近一亂，那還有個啥人世！

叔叔拿過小張仿紙過來，寫給哥哥看。比如孔子名丘，寫「丘」字定要少寫一劃，寫成「丘」，唸出聲兒也要唸某。無論童試、鄉試、殿試，孔聖名字要這麼寫，當今皇上名字也得記住，要忌諱。叔叔翻出書經，找到堯典裡的一段，指頭指著一字一字的唸：「乃命羲和，欽若昊天，曆象日月星辰，敬授人時。」這裡「人時」原本是「民時」，只為唐太宗名李世民，自唐以後，全都改成「人時」。叔叔因又提到佛教起先是叫「觀世音」菩薩，也是重了李世民名諱，「世」字改成啥字都不合宜，索性就去掉了，後世就統稱「觀音」菩薩了。

犯了皇上名諱，經文都得改，神佛菩薩名字也得改，想想看，倒有多重要。

弟兄二人你稱讚我有大見識，我稱讚你有大學識，哥倆兒美得很，除了說定由叔叔去跟祖父講講，當下弟兄二人來個三擊掌，打今往後定不直呼上帝聖名耶和華，救主聖名耶穌。打那以後，不管祖父有他傳道上的難處，我父與叔叔可都一言爲定，無論當衆和私下，再沒有「妄稱上帝的名」（其實是十誡命第三條），妄稱救主的名。讚美詩遇到時，用救主代替耶穌，好在「主」「穌」押韻，人家不大聽得出來。

這一番咬文嚼字，叔叔所謂的「必也正名乎」，到得叔叔唸到教會中等學校，懂得「基督」就是「主」的意思，哥倆兒遂又坦然的直呼基督了。直到二十多年後，叔叔專攻希臘文，又學希伯來文，捨和合本，依原文翻譯善本聖經，又編注串珠聖經，其間給祖父和我父家書中舊話重提，考據到以色列人起初在稱耶和華聖名時，原也是避諱說出聲來，只發子音，不切母韻，于是聲促而弱，嘁嚓如私語。那倒使叔叔思及老子道德經章十四所言：

「視之不見名曰夷（耶），聽之不聞名曰希（和），搏之不得名曰微（華）。」

不光是夷、希、微、字字子音盡同，也將上帝形而上神性道得個妙而貼切。要說新約以後，何以不避耶穌名諱，那是「耶穌」雖作人名，詞義卻是「救世」，合「基督」而爲「救世主」，希伯來文和希臘文稱呼起來，自是不成名諱。此外，所有萬國萬民皆以音譯呼之，又多半不知涵義，敢就成了名諱；西洋人許多都還闇鈍無明，不懂得名諱之禮即是其一，傳教到中國禮義之邦，除了明朝來華的利瑪竇，先即悉心鑽研中國典籍達二十年之久，深諳中國文化，自也重視名諱，因稱三位一體至高主宰爲：天、上帝、后帝、皇天、天主……做得極好；可惜也可嘆者，接替利瑪竇傳教的龍華民一反其前任，廢除先前的稱謂，改用拉丁文的音譯「徒斯」，龍華民實在是個冒失鬼，荒唐極了；還又上書羅馬教皇。聖明如康熙，原本對天主教非常親和、欽敬、了解精闢，有其詩爲證，到後來禮儀之爭，祭孔、祭祖，名諱也在其內，以至親批諭旨：

「覽此告示，只說得西洋人等小人，如何言得中國人之大理！況西洋人等無一人通漢書者，說言議論，令人可笑者多。今見來臣告示，竟與和尚道士異端小教相同。彼此亂言者莫過如此。以後不必西洋人在中國行教，禁止可也，免得多事。」

從那以後，歷經雍正、乾隆、嘉慶諸帝皆曾三番兩次禁教，不可只怪中國一方，佛教、景（基督）教、回教，種種外來的教，歷來都如入無人之境，除卻唐武宗聽信道教調唆，一一逼迫過，強使僧尼還俗，廟產充公，或驅離中土，那可是教對教的爭戰，此外完全沒有過排拒任何外教。可見不是中國文化固步自封，排除異己。不過但凡碰上外來文化與中國文化作對，甚而意欲消滅中國文化，那就必遭萬民有形無形反擊，譬如禁止祭孔、祭祖，又譬如名諱不忌，都是彰明昭著之例。

我父反反覆覆捧著叔叔家書和附在信中印出來的文章，不是不大容易懂才要一遍又一遍的細看，只因好似一道太逗味兒美餚，口裡一嚼再嚼，一品再品，捨不得一口就下去。我父只覺這個兄弟著實撩人疼不盡，喜不盡。二十多年前三擊掌那回事兒，想起那晗子彼此——至少自個兒有多無知無識，于今早就沒再放在心上，這個兄弟早已當上了神學院的教授，還再思念當年不比兒戲正經多少的那場議論，又還當作一門大學問，投進多少心血，苦讀了多少中國書、外國書，在那裡著書立說。叔叔家書也直說是當初我父先點了睛，讓他二十多年來都在畫龍，是要感謝主的恩賜，也要感謝哥的燈火照亮；至于我父全心全力供濟他唸了中等學校，唸了大學，那就只有求禱主來報答，爲人弟者只怕是盡其所能也回報不了于萬一。

叔叔那封眞可說是值萬金的家書，對我祖父更有極其重大的孝敬事奉。叔叔信上說，道德經那十四章，若單單是「夷、希、微」三字的奇妙，或只可是巧合，甚乃涉嫌牽強附會，奇妙還在這一章通篇俱是描繪造物之主、萬王之王的玄奧，句句無不言中，緊接著「夷、希、微」之後，進而申明：

「此三者不可致詰，故渾而爲一。其上不皦，其下不昧，繩繩不可名，復歸于無物。是謂無狀之狀，無物之象，是謂惚恍。迎之不見其首，隨之不見其後。執古之道，以御今之有。能知古始，是謂道紀。」

祖父除了爲我父一字一句來開講，並說與我父：「老子以『夷、希、微』名『道』，又以『道』名上帝，這和新約約翰福音開宗明義所說的『太初有道，道與帝同，道即上帝』，豈不是完全契合？這老子李聃才眞是一位東方聖者，一位大先知呢。」

祖父傳道之始，就一直自許他是以中國四書五經，諸子百家，與聖經摩西五經，福音四書，諸先知預言、使徒書信，兩相互解互證，現得叔叔這一發明，自是大爲歡喜，大受感動，又一番會通符契，當下便以之爲題，開列提要，分作四場接連著證道，除在城上大禮拜堂主日學開講，並走徧四鄉去佈道。這時出門走遠路，祖父不再騎驢，皆雇黃包車代步。用時才臨時雇來，比自家養頭驢省事多了，又不怕風雨，也舒坦得多。

這是二十多年後的後話，放下慢表。

且說我父打三月裡頭一回領過聖餐到今，一來農忙，二來不大喜歡教會許多虛假，像去扮戲，諸處都不合自個兒性情，隔有差不多四個月不曾上城去禮拜。這其間，祖母可是一而再，再而三的嘀咕、數落、挖苦，偶或讓我父頂上兩句，更是罵罵嚼嚼。原意本是催促「上廟進香」，虔敬禮拜，好事一樁，倒時常弄得母子反目，口出惡言，當是俗話說的，「菩薩面前磕三個頭，放九個屁——行善沒有作惡的多」。

換上白蔴布褂褲，戴上祖父平頂麥稭舊草帽，都是出客才這麼穿戴。扣著鈕扣，我父誚笑自個兒說：「做禮拜倒成了圖個耳根兒清淨，你說這走味兒走到哪去了！」叔叔瘟瘟的笑笑，剛一張口就給外間祖母的數落給打斷——

「天也要放晴了，老陽也要打西邊兒出了。做個禮拜像行多大善事兒是的，施捨給耶穌不是！造罪啊——阿們！阿們！」耳根兒還是清淨不了。

走出籬笆帳子門，哥倆兒衣帽整齊，乍乍的有點兒手腳沒處放。逢這當口兒，不用說的，哥倆兒都走莊後兩旁盡是金針菜墩子的小路，不大碰到人。祖父祖母都還在後頭磨蹭，反正小毛驢兒都給備妥套兒了，就讓爺去伺候娘罷。

我父笑笑說：「你不覺著『阿們阿們』的，跟『阿彌陀佛』差不多？又都是『阿』字開頭不是？」叔叔知道是指啥說的，拍了我父後脊梁一掌：「哥有時嘴上挺損呢！」我父打胳肢窩兒下抽出聖經、讚美詩，空裡亮了亮說：「說損？還有嘞，你不覺著好些教友這麼夾著，也跟夾刀燒紙去弔喪，去上廟差不多？」躲著兄弟再搥上來，兩人你追我趕起來，叔叔直喚：「更損！更損！……」

哥倆兒爲這麼逗樂子，慢說進到禮拜堂，進了城門一上太平街，走往培賢小學堂這一路上，前頭，後頭，便不斷有胳肢窩下夾著聖經、讚美詩的教友，也不斷引起哥倆兒前張後合一笑一個半死。就是禮拜當中，領會的吳長老捧著聖經上台，哥倆兒也笑，領詩的徐長老捧著詩本上台，哥倆兒也笑。摀住嘴兒怕漏出聲兒來，肩膀一抖一抖的可壓不下去。沒把人笑死，也把人憋死了。

一場沒正沒經的禮拜，可不容易撐過去。禮拜散後，爺仨兒走走停停，不斷跟走過身邊的教友招呼，單等姊妹席那邊跟人絮叨不完，又小腳走不快的祖母。一個個超到前去的弟兄姊妹也都夾著聖經、詩本——姊妹多半是裝在小布袋裡拎著，哥倆兒倒又一點兒笑勁兒也沒了。

這當兒只見高像染坊晾晒木架的大鞦韆那邊，業已充當仁濟醫院總監的鮑達理牧師，高台上走動著東張西望像在找人。一眼瞧見打龍門這兒走出來的爺兒仨，擺了擺手，一下子就打大半人高的平台上跳下，大步大步趕過來。

難怪叔叔心虛，抓住我父咬耳朵：「完了完了，給老鮑看到了，一定。」指的是兩人不知怎麼的得了笑病。

一身肉墩墩的笨大個兒，那架勢兒全不是平常散過禮拜，人窩裡隨意跟誰問聲平安那個味道。饒是靈內交通，也只與教友找到牧師。要末就是住堂長老告示會衆哪位教友家下喜喪大事，喚請放在禱告裡代爲感恩或祈求，才會禮拜一散，牧師、長老，找來賀喜、安慰，或祝福。可咱們華家啥事兒也沒。

一夥兒洋人當中，就數這位鮑牧師個頭兒又高又大，教友都說老鮑手大像蒲扇，腳大穿的是旱船。再高大的漢子——就算跟他一國的老卜牧師，站到老鮑跟前，也只頂到個肩膀兒。小矮子胡執事，又專好洋牧師身旁轉來轉去溜勾子，跟鮑牧師一比，越發成了小人國兒。叔叔早就說過，三國、水滸淨出些身長丈二的英雄豪傑，約莫就這副身架兒。

鮑牧師的大蒲扇伸過來，跟我祖父、我父、叔叔一一拉手兒，道聲平安。要是爺仨兒一齊出手，那把大蒲扇定能全都握得進去。

老鮑這一找來——敢是跟哥倆兒笑病無干，找的是我父，打商量的是祖父祖母老公母倆。這一找上來，對咱們華家可是樁大事兒，算是我父這一生當中一個大拐彎兒。

好有一比，地瓜翻秧，翻過秧兒只見一片銀撒撒，花人眼睛；反照著甩西的日頭，又是一片金光閃閃，好樣兒景致。

打這起，咱們華家才一步步興旺起來。興旺的不光是實業家產——那倒有限；人生一世，總不過圖的富貴二字，富有家値萬貫的富翁，也有學富五車之富，倒又算作貴人了。咱們華家發的寧是貴甚於富罷！

# 洋大夫管家

華太平家傳

祖父上城給鮑牧師回話，照鮑牧師所出的按月六吊工錢，說定了；我父打定主意，不管老鮑用人多急，好在八月不剩幾天了，李府上農活兒定要幹到月底——拿了人家整月工錢，差個五、六天就走人，不是做人道理；退錢給人家罷，反而兩下裡都難看，李二老爹也萬不會收——那不是罵人嗎？拿錢串子衝人家臉上摔嗎？總歸是九月初一，準到南醫院去聽差，工錢好算，這也說定了。

八月底，湖裡只剩一個油菜籽下種，一個花生收成。再過去九月，還有重活兒，大、小麥、豌豆、蠶豆下種，等地瓜收成過後，整年農活兒才算忙過去；我父爲這個還是心裡挺過意不去，也挺難過，虧欠李府大了，敢也是難再看到大美她人了。

李府今年種的花生不多，只自家食用，不圖上市賣錢，意思意思兩畝來地，三兩個人手，兩個整天就好收上場了。估算著此一去老鮑那裡當管事兒，這一生怕就跟莊稼活兒斷了緣，禁不住手底下剷土，腳底下踩篩子，只顧疼惜活兒幹得太快，幹完就沒的幹了，盡量幹得細緻，放慢下來——人說吝嗇鬼是拿毛刺瓜秧子做穿錢兒串繩，要打那長毛又長刺兒的錢串兒上抹下一文錢來可不容易。我父這幾天幹活兒就是那麼吝嗇，捨不得幹，捨不得幹，就剷去一大遍地，轉眼又是尖尖一座小墳堆兒，篩子架又得搬起來，挪個窩兒。兩畝來地的花生，三個人幹——兩人剷土，一人踩篩子，眞的不經幹。

收成花生，先要鐮刀貼地割淨花生秧，晒乾做燒料、牲口料。再用鑲上鐵口的長把兒木栝，平剷半尺深連土帶花生的田土，倒進篩子，篩去土沙，留下花生。人上架子踩那下頭腳踏子，篩子來去洸盪，時時用長把木槌搗搗篩子裡的土疙瘩。那跟磨坊踩大羅差不多，只是一個取那篩子裡的花生，一個取那羅下的麵粉。篩花生是兩人剷土，一人踩篩子，正好配得上——不大會剷土的多了，踩篩子的來不及篩；剷土的少了，踩篩的老得停下來，跳下架子幫忙剷土。大約半分地，篩下來的土會漏成一座尖尖像個小墳的沙土堆兒。尖兒頂到篩子底兒了，篩架就得搬到接鄰的另一方半分地上再篩。

嗣仁、嗣義跟我父，三人正好搭配上。不問誰踩篩，誰剷土，誰也慢不得。我父貪著幹久一些，只能在搬移篩架時磨蹭磨蹭，推來挪去，斜眼兒吊線兒，對正再對正定要篩下來聚成的小墳土堆兒打橫、打直、打斜兒，都能成行成排拉成一直線兒才行。

別小看莊戶人家盡是泥腿子粗漢，可看一家人家興不興旺，先就是田裡照沒照時令行事，再看家前家後場上打掃乾不乾淨、草垛子立得直不直、四圈兒夠不夠圓、一垛垛排開來對不對得直、最數腌臢的沃圾坑沿邊兒收拾利不利索、是不是隔著老遠就屌得瀝瀝拉拉一路撒開來……打這些上頭就斷得出個八九成。這篩花生篩下的小墳土堆兒，儘管一農閑下來，總要套上牲口耙個平整；可收成過後，要是東一堆兒、西一堆兒，擠的擠、稀的稀，大的大、小的小，一眼看過去，胡裡半差像片亂葬崗，那這個人家不敗不散也差不離兒快完了。

當初咱們家剛落戶這沙莊不久，我父還沒到李府上拉雇工，好玩兒是的幫李府麥地裡拔草，那陣數黃蒿兒最多。春草餵牲口頂添膘兒，只獨獨黃蒿兒有股蒿腥味兒，像菊臭又像芹菜汆鼻子，牲口不大肯喫，得晒蒿點兒，怪味兒散一些，牲口才肯喫，喫下去也不會拉肚子。我父跟叔叔一天下來，拔回滿滿兩糞箕子。攤開場上晒太陽，我父也沒人教，沒學誰，領著叔叔攏攤兒，根朝裡，梢向外，攏成一面小圓桌，外面套一圈兒再一圈兒，排得齊齊整整，厚薄均勻，才叫好看——野生黃蒿誰都沒瞧進眼裡，哥倆這麼一整，裡外四圈兒，圈圈都是打裡朝外顏色一層重一層，心兒是白根子，往外杏黃梗子，再外是雁來枯大豆青枝子，葉子又細又密深成萁豆那般綠中帶黃尾子，黃敢是零星小花摻在裡頭。

調理莊稼，閱歷老到成了精的李二老爹，走過來端詳又端詳，不光是像別人誇讚的「眞俊！」「眞受看！」當下告訴在場的小弟兄妯娌：「這個人家要發！風快就要興旺起來——俺說這話擱在這，你都等著看靈不靈驗……」過不幾天，李二老爹跟我祖父商量莊子上開個塾館，商量妥當了，陪笑跟我祖父說：「這還有個不情之請，想請大兄弟委屈委屈，來舍下幫個工；俺也不圖大兄弟能做多少活兒，只想借重大兄弟心思巧兒，又細心，又頂眞，帶著俺家下他夥兒弟兄學好，學善，學做人。工錢是見月一吊，不低也不算高。往後大兄弟隨時有頭緒，隨時高就，誤不了大兄弟前程——再說罷，學學農活兒，來日買地置產，別管自個兒耕不耕、種不種，先就是個行家兒，不喫虧……」李二老爹的胸襟、識人，我父一生都有那麼一個師父釘在身邊，學不盡的做人處世，凡事多有設想李二老爹該是要怎麼對待，自個兒就那麼對待，儘管不一定全都照著來，總是有道痕兒刻在那兒，起碼也得頂到那道痕兒；要是還能超過去的話，倒覺著那才是對李二老爹的一種報恩。往後年歲漸長，閱歷漸深，悟得聖經道理也多了，也受到洋人榜樣不覺爲意的造就不淺，行事爲人倒有不少高過那道痕兒——有的眞還高出一大截兒又一大截兒呢，卻也沒覺出聽你就不聽他的，聽他就不聽你的甚麼不合。

西洋來的物物事事有好有壞，敢是誰都要那好的不要壞的。斷不是義和拳那樣給抹得一抹黑，電報桿也鋸，鐵道也扒，車站也燒。敢也不是喫洋敎一輩，繞著洋人溜溜兒轉，洋屁也是噴香噴香的。這兩頭可都過逾了，有那八國出兵燒殺搶掠，有這美國牧師、英國教士，這裡辦學堂，辦醫院，都是說不齊整的，只有各歸各的罷。

就拿這花生來說罷，早先剛剛傳來時都還叫洋花生、叫番豆，如今差不多人家都種這洋種的了，就用大花生、小花生，來分出洋花生、土花生。原本千百年傳下來的土花生還眞夠小，米兒只合個黃豆粒兒那麼大點兒。論個頭兒，一顆洋花生抵上三顆四顆土花生。比如鮑牧師那個蒲大個兒，能改四個小人國兒胡執事。只是「人大愣，狗大獃」，老鮑儘管能把小胡老鷹抓小雞一般提溜起來四腿兒不著地，能像俗話說的「一把捽住兩頭不冒兒」，可腿長步子大，抵不過小個兒機靈，九轉十八拐給你打滴溜轉兒，抓不抓得到溜滑溜滑小鮎魚兒，那可不一定。洋花生不單個頭兒大，結的顆粒也多；這一個大，一個多，收成就翻上個兩翻兒三翻兒，還又出油也翻上個三翻兒四翻兒都不止，價錢更是俏多了，走洋票的有多少收多少，哪誰不爭著種？可土花生還是有人種，圖它殼薄、吸佐料、米兒含油少，喫多少也不膩。配上五香連殼兒滷，撈起來放上香油、醋，再灑少許胡椒麵兒，「素嗆蝦」，下酒佳餚。也和活嗆蝦兒一個喫法兒，連殼兒入口，咂咂吮吮，才夠味兒來著。這再像剝蝦殼兒，剝出花生殼兒來。也正爲種的人少了，物稀爲貴，一般的也都挺俏市，賣的好價錢。

說來就是這樣子了，洋人、中國人、洋花生、土花生，全都各有所長，各有所短；採長補短，彼此哈哈拍笑，不是皆大歡喜？也是老話勸世，「莫誇己之長，莫道人之短」，都是金玉良言罷！

洋花生、土花生，收成起來也有點兒不太一樣兒。土花生就是攤到場上晒乾便完事兒進倉，食用時也很少剝殼兒，都是連殼兒煮，連殼兒炒。洋花生不單晒乾，打算賣給走洋票的話，人家只收花生米兒，不收帶殼兒花生；又還非大宗不收，百把幾十斤拿不出手，人家也沒瞧進眼裡——除非有那牲口拉車的走鄉串村兒來收貨，才多的少的都不計，只價錢上退板多了。

既是大宗，幾百斤的米兒，一家子人全動手剝殼兒，手剝腫了、剝爛了也出不出來多少貨、定要先晒乾，攤得厚實些，牲口套上紅石轆轆碾壓，碎殼不傷米兒，浮掃去大碎殼兒，再拿小眼兒篩子篩，或用簸箕簸，篩去簸去碎殼渣兒。那都要很費些工。所好今年李府只收了連殼兒花生百十斤，還算輕快活兒。往後大半都是連殼兒炒了當零嘴，早晚烹個蘿蔔豆兒，年下擀個花生糖，現剝殼兒也有限。莊戶人家花生也就那麼幾種喫法兒。

去年閏月，今歲農活兒時令都次第晚了些，油菜籽下種退後去了，我父沒能等到這份活，好似掉了錢兒那麼空落落的不爽快，我父是個好動心、好戀舊的人，剩下的一兩天，湖裡活兒、場上活兒、零碎活兒，搶着、省着、攢着幹，也還是一樁樁、一件件，樁樁件件都打手底下偷偷摸摸是的溜過了，幹清爽了。心裡老是怯怯的、懸懸的安實不下來。也想跟李府上上下下一一辭個行，又覺犯不着那麼老氣，那麼拿本作勢玩起眞章兒，這又不是出遠門兒，一去三年五載；也不是家搬走了，往後見不到面了；只不過湖裡、場上、家前屋後，不再一道幹活兒罷了。可心裡老有點兒就要生離死別那麼點兒不是滋味兒。

戀的是報答不了的李二老爹一番恩情，戀的是幹了不是三天兩天、轉眼五個年頭的莊稼活兒，戀的是虧待了大美姑娘一場情意……倒是一夥兒哥們兒平日無話不說，這幾天心事又談得挺透，又定是這一生一世都要交往到底兒的相好，反而沒啥戀頭。

湖裡掌犂的打著號子，場上牽著牲口一圈圈轉著打場的也打著號子，此起彼伏。這才我父猛可兒心上蹭蹬了一下——也還不到後悔那個地步，就只是嘆嘆自個兒還不夠做個地道莊稼漢，連個號子都不會打。說起來，甚麼莊稼活兒都沒難倒過自個兒，還又幹得強過、精過同一輩兒的莊稼漢，可就是號子這玩意兒，說難罷，不難；說容易嘛，咋就不會？——實實想起來，沒別的，總怪面皮太薄，生來靦覥，拿不下臉來大聲拉氣的長嚎。

這號子，硬就是一人一個調門兒，沒誰跟誰學那回事兒。要說是隨意瞎謅胡謅，嚎到哪算哪，可又萬萬不是。那調門兒只是一口氣打著彎彎兒長嚎到底兒那麼一小段兒；要問不換氣兒能嚎多長，約莫合著「武家坡」西皮倒板兒一句「一馬離了——西涼界——」那麼長，一遍完了再重一遍。耕一個上半天的地，怕不重上個幾百遍，至多兩段接縫兒裡，夾進「呼——嘿！」喝一聲牲口。有那拉長一些的號子，也都從來沒誰能再嚎上一句原板「不由人一陣陣——淚灑胸懷——」那麼個長法兒。

這號子還又不像玩旱船、歪蚌精、小放牛……哪怕那運河上拉縴的、蓋屋打地樁的、也都扯號子，可不管唱的插科打諢、打情罵俏、還是三國、水滸、征東、征西、楊家將那些唱本兒記下來的，都有個唱詞兒；不是對唱，就是領頭的一個人唱，大夥兒「喲嘿！喲嘿！」過門兒一樣的跟著和。獨這莊稼漢號子有調沒詞兒，怎樣大聲嚎，小聲哼哼，不用牙，不用舌，都是拿嗓眼兒嗯出來。

若問幹嗎要打號子，有說牲口喜歡聽，比鞭子抽要有勁頭，讓牲口心甘情願，喫奶的力氣都使出來；有說爲的忍忍躁兒，鋤地、打高粱葉兒、收大煙土、翻地瓜秧兒，左右總有個伴兒，俚說話講，玩玩笑笑，活兒再久也不覺爲意就幹完了，可耕地、打場，都是單人兒獨幹，一幹就一個大長半天，耕地一行又一行，打場一圈兒又一圈兒，幹得遙遙無期，沒完兒沒了，沒情沒趣兒，沒拉個人來打伴兒陪著拉聒兒那個作興，那就打打號子解解悶兒罷。這麼個說法兒，要比甚麼牲口喜歡聽號子倒有個影兒，約莫不大離譜兒。

像我父到今還沒打過號子——不能說不會打，要不的話，唱起讚美詩來，怎比叔叔還洪亮、還字正腔圓？我父那樣子自以爲生性靦覥，面皮太嫩太薄，拉不下臉來大聲拉氣的長嚎，敢是有道理，到底不是個土生土長地道的莊稼漢罷。每逢做禮拜，頂喜歡的就是唱詩，可那是夾在衆人當中個個開口唱得盡興罷，就只單獨一個人怎樣也唱不來，至多哼哼給自個兒聽，還要四顧無人才行，眞的就是讚美給上帝聽的，除非四口人做個家禮拜。

其實我父沒想到的，我倒替他想到了。我父跟他那夥哥們和在一道兒，啥都合得來，直腸直肚，不大會耍心眼嘛。可一個滿口粗話，處有五、六年了，還是刺耳；一個不思不想——或許該說是頭腦一直犅兒不轉彎；這兩點都叫我父不敢領教。我父是個有心塵的人，凡事打眼前過，哪怕都已見過百遍千遍，還是止不住玩洋片唱的「仔細觀來嘛仔細瞧」，從不肯輕易放過；觀了瞧了還要嘗出別人嘗不出的滋味兒，品出別人沒去品的道理。

我父才十八歲那年，一出手掌犂，半天工夫就耕出十來畝地，快還不說，方方正正，條條理理，木梳梳出來的那般齊整，人見人誇，豈止是只圖一個好看，那才叫田地給耕透了。

再說打場罷，更不算回事兒，早就養出好樣兒眼力，幹得像把老手。說來容易也挺容易，牲口套上了紅石轆轆，攤開滿場的穗子上，牽著牲口打圈圈兒罷了。可要想幹得拔尖兒好，那就無窮無盡了，哪是只管瞎不瞪眼兒趕著牲口，打打號子，一圈圈悶著頭轉就成；不光是隨時留神牲口偷嘴、尾巴根兒要翹不翹不定要拉要尿，得眼歡手快，糞箕子尿罐兒伺候，免得髒了糧食，那就要個機靈，也咍怠不得。可這還是小事兒，轆轆得壓個均勻，滿場莊稼處處壓到還不算，各下裡壓上多少遍，要看啥莊稼；儘管用不著數數兒那麼呆板，可心裡還是要有個數兒；壓過了頭傷籽粒，壓不夠的話，糧食定要減收。這都馬虎不得，饒是說不上甚麼眼觀四面，耳聽八方，卻是五官四肢哪兒也不得閑，這麼全心全意糾著放在活兒上，可是從沒覺出有個啥悶兒要解，啥躁兒要忍。

相比起來，耕地是沒那麼一點兒閑空都沒的吃緊，行行打直，行行不稀不擠，別像長蟲爬的歪歪扭扭就成；深淺只在起行下犁，手底下按住犁把那個輕重功夫；牲口力道上也見得出來，犁頭插下去，牲口一拱脊梁，犁頭下深了；牲口走得輕快，敢是下淺了；隨手犁把子略微往後翹翹，或是朝前推推，也便深淺掐準了。但凡起了一行，韁繩左右抖抖扯扯瞄個正，這一行就放心一直耕過去，閉上眼都成；若是使喚熟了的老牛，更是讓牠顧自拉著犁走——左手牛標著耕過的新土溝兒走，右手牛一蹄蹄都踏著未耕到的硬地邊邊，不用人費心；到得地頭上，連左轉還是右拐也都顧自摸得清；人便只管下犁、起犁，就行。掛到左肩膀上的牛鞭子可少用到——又短又粗不到兩杈長的鞭桿兒掛在胸脯前，背後拖得老遠，蕒茮編的長辮子足有丈把兩丈長鞭子，少有拿來抽牲口，偶爾一段兒號子打過了，像嫌短油少鹽不夠味兒，一陣兒興起，也會揮個響鞭提提神——有人響鞭抽得好，跟打上一鎗那樣震人，湖裡傳開老遠，像還四方應起一波波回聲。

沒錯兒，耕地這活兒是叫人悶，叫人急躁些兒。只是放在我父，倒是再好也沒有，沒誰打攪，打岔兒、恰好獨自多想點兒事兒，背背聖經金句也是好的；叔叔也特爲少年失學的哥哥精選了一些四書篇章，留做寫仿兒、背記，這工夫也正好拿來背背，品品道理；再不就是心裡頭哼哼讚美詩。這麼多好活歡的，忙不過來呢，眞的就是無悶兒要解，無躁要忍。一趟地耕下來，不定又能品出些小的、大的道理，或許只是一丁點兒人世酸的、甜的、苦的、辣的小滋小味兒……只是說眞個的，那又算得上啥了不起的能爲？啥也不當用，成不了啥也沒啥主貴罷。可莊戶人家就是少的這些，才日子過不好，沒巴望，城裡人笑鄉下人是「收了糧，賣了穀，不打官司就蓋屋」，那也只日子過得殷實些人家才有閑情生點事兒神氣神氣。除非像李二老爹這麼位愛思愛想有心廑的老長輩，不光是顧家、顧左鄰右舍，前後東西鄰莊也都顧著人家遇上難處、糾紛、地鄰爭地爭陝溝子，手上忙著甚麼都放下，趕去幫人生點子、排解、拿自家糧食、田產給人墊上或是作保。那可是上百上千的莊戶人家裡也難得出出來的一個頂尖尖人物頭子。

李二老爹也是沒誰聽到他打過號子，敢是喜歡去想心思又有沒完兒沒了的心思好想，才用不著打號子解悶兒忍躁兒。

去給鮑牧師當管家的事，我父還沒正式正道跟李二老爹講明，李二老爹卻先找來搭話，歡喜不盡我父去給洋人聽差，忙說這幾年委屈了我父日頭澆汗，泥裡打滾兒，終有出頭之日。除了賀喜，倒也沒啥囑咐，沒啥不捨，平平常常的拉聒兒，反而拉到老遠老遠：「本想給你擺個水酒，一來多謝你這多少年幫了舍下多少忙，又把他哥幾個帶著正道，做人做事有個好榜樣兒。二來給你賀賀，聰明才幹到底有人看中了，也是老天有眼，你府上信耶穌信得好。再來也有給送送行意思。可這都嫌早班了點兒——舍下來日讓你府上幫忙照顧的還很多很多，可不是就此就了斷了；府上來日還有的是喜事要道賀，等多攢點兒罷；還有這送行也嫌早了，要等府上搬進城去，俺都再好生賀賀，這會子要送行，倒好像看茶送客，攆人走了……」說著呵呵大笑起來。搬上城去？憑甚麼，我父還沒想到這個。

李二老爹哈哈拍笑了一陣兒，像是說了番空話兒。收拾收拾回家來，出門沒走多遠，嗣義喚著撵上來，手上提溜個藍大布搐口袋子：「俺大大找俺交給大哥的，你非得收下才行，剛一當差要有個零用的。不多，可手邊兒不能短了……」竟是兩百文。怕當面我父難以爲情，眞難爲他李二老爹這麼誠心誠意體恤人，叫人忍不住眼淚。

搬進城去落戶？我父給一語點醒過來，人家早就料定咱們不會久居鄉下——教塾館也好，拉雇口也罷，分明是幫咱們撐過這段兒落難日子再說，料定咱們沒指望靠這營生，更別說靠這能重立門戶，興起家道。可見人家眞的就是實心兒賙濟咱們。當初要是沒碰上李二老爹一家收留咱們，錯過這個莊子沒下個村兒，難保不終有一天拖根打狗棍，捧個討飯碗，只怕還沒到那地步，餓死也捨不下臉來，那就死路一條罷。

給李二老爹家常話兒那麼一說，倒幫我父解脫一番依依不捨之情。原來也就只是平平常常罷，像當初南醫院上工一般，改個活兒幹幹罷了，咋就生離死別起來，多沒出息！不定洋差事難辦，不三兩個月又回過來喫莊稼飯。這上頭得感恩李二老爹先給我父留個退步，也得好生學學李二老爹凡事多看遠一些、周全一些。

九月初一這天，我父還是做禮拜那一套白蔴布褂褲，平頂麥稭草帽，都是拾的祖父舊衣帽。上城先繞祖母乾姊妹兒家，帶了何二嫂跟孟繁章一道去拜見鮑牧師。

這份兒差事還是上個禮拜天提的頭兒，老鮑親自找上來的——我祖母拉著人、給人拉住、拉咕沒完兒；小腳又走得慢，老鮑跟我祖父爺仨兒一一拉手，拉到我父時，另隻大蒲扇按到我父肩膀兒上說：「你就是大房兒？」一面又望了望我祖父。一口官話可溜著，放著「老大」、「大哥哥」、「大少爺」多少現成的稱呼不用，「大房兒」，咬字咬成「大蜂兒」，洋人能咬得這麼地道，無非有意耍耍神氣，套個近乎，也有點兒燒包亮那麼一手——入境隨俗罷，都是學的常時長袍馬褂雙臉布鞋兒，偏示偏示中國味兒十足的老卜牧師。

不想這鮑牧師硬是與我父有緣，打這往後，拉住我父當做身邊人兒，從管家、教官話、廚師，到學護理、幹幫手，前後五、六年。也不想這頭一回「大房兒」出了口，一直都那麼喊我父，沒怎麼改過口。

不知是這老鮑爲人直爽，透明透亮兒，一點兒也不知道跟人轉彎磨角；還是洋人都這般直來直往，乾乾脆脆不藏話；一開頭就直說，要用六千文雇用我父給他管家。工錢會一年一年的增加，中國的過年過節，還會給賞錢。這老鮑居然還套用挺地道的俗話「先小人，後君子」，講明他把工錢、賞錢，一一先說清楚，是照中國的道理行事。遂又笑笑說：「我很明白，很尊敬你們的規矩，討價還價是不是？不可以都被我說多少工錢就一定了。華長老、華師娘，還有大房兒的你，看看六千文可以不可以……」

祖父沒經祖母點頭還是搖頭示意，臉色也看不出陰晴來，不方便冒失作主，就先把話頭岔開，留個空兒好讓祖母從容些掂掂，便謙稱：「犬子多承牧師厚愛，怕是錯愛了。犬子從來沒管過事兒，管過人，也沒管過家，不曉得幹不幹得來。不如先讓他試試一個月、兩個月再說。」

祖母也才剛走近來，先頭有些話沒聽完全，這才問道：「想請教牧師，這管家是管文的嗎？還是管武的？都管的是些啥事？」

別看這位鮑牧師外貌像個粗漢，心眼兒倒挺細，看出我祖母老是站不穩的樣子，便商量能不能再走回頭，到他單身兒住的寒舍去坐坐談談。

裹了小腳就是那樣，說不上還有腳掌，全靠腳跟拄地，挺像踩高蹺兒，兩根棍子哪裡站得住，得不時前走走，後退退，挪來挪去，小腳差不多也得時不時的換腳，老有點兒挸挸的，人像站在大風裡。

繞過禮拜堂，長滿爬牆虎的院牆隔開個別院兒，那一頭雙層小洋樓，住的是兩位英國女教士。這邊一溜約莫五、六間平房，住的都是幾位單身兒洋牧師。房子改過，盡是大大的玻璃窗，面面窗裡都掛的有拉得開、拉得上的大花大朵窗帘兒。那門上也是半面玻璃窗，也是一樣花色的窗帘兒。約莫每個人住的都是一明一暗兩間房，裡頭白牆白頂，水磨磚鋪地，眞是一塵不染的乾乾淨淨，這叫我父頭一回開開眼界，這才住著舒舒服服。關東三處老家，排場敢是不消說的，傢什考究也沒話講，可饒是正堂正面四扇、六扇槅子門，棉紙油紙糊上兩層，到底比不得這玻璃窗門亮亮堂堂，好似滿屋都給老陽照徧了。當下心裡就起念，來日蓋起家舍，定要大門大窗全鑲上玻璃，也要白牆白頂，水磨磚鋪地，人住在裡頭明明亮亮，乾乾淨淨，才打裡到外神清氣爽。只是滿眼桌椅條櫈東擺一座，西放一張，斜吊拐兒的，背著門窗的，全都沒規沒矩，像才搬家進來，或是年前撣塵掃除，像什都還沒有歸位安頓下來，這一點倒叫我父搖頭了。「席不正不坐」，近日才背過的子曰。不說聖人立下規矩，單憑自個兒這麼個泥腿子也咋看咋不順眼。鮑牧師讓坐，一個小使兒給喚進來招呼茶水。不光是我父，祖父祖母叔叔也都挨挨蹭蹭坐不下來，哪是上位下位、客位主位，甚麼左為上，右為下，莊戶人家都懂都守的禮，這裡都分不出來。

方才老鮑怕還沒大聽懂我祖母問的管家是管文的還是管武的，一時沒有回應，看得出來邊走邊在琢磨，一路無話。

祖母時常有人奉承她：「華師娘妳也眞會生呵，兩位少爺一武一文，文武雙全吶……，」祖母也就順水推舟，拿這順嘴恭維看待我父跟叔叔，也無非是一個憑力氣，一個憑學識罷了。祖父聽了敢是立時便知祖母的意思，忙跟祖母解說：「咱們等鮑牧師交代這管家管的是哪些事情，再看大房兒幹不幹得來，好罷？」

鮑牧師本就是個看病先生，敢是只有他內行，幹得好南醫院總監——實際蓋這醫院、中等學堂，從動工到今，也都是他老鮑釘在那裡主事，千頭萬緒可不容易。醫院、學堂，靠西頭都隔出單家獨院兒，各有畝把地那麼大，鋪上草地，四周栽上上海運來一插就活的洋槐，沿路都是冬青夾道，修成短牆一般。當央都蓋成兩層洋樓，是給兩處總監居住。老鮑要接師娘母子過來，教友多半都聽說了。就爲這個，老鮑才急等著用個人替他照料家裡家外多少褋務。

這才老鮑說出鮑師娘母子打美國過來，此刻應在漂洋過海的大火輪船上，約莫月半先到上海，那邊自有差會迎接，著人陪送過來。眼前要辦的事是在師娘來到之前，先把那新蓋洋樓好生收拾、張羅、安置，盡量能不缺這少那，好讓師娘一住進來就能安頓下來，要像回到家裡一樣。

當然還不止這些，南醫院十月中旬開張，現正緊鑼密鼓加緊預備，最後一批中國跟洋人大夫、看護、藥師等日內都會到齊，少不得師娘來到之前，有幾位得臨時暫在總監洋樓裡住上幾天，吃、住、洗澡、洗衣，都得招呼著，也都要管家來管——敢都是指使、調度小使兒、老媽子、臨時招雇來的短工去幹。爲此，我父要肯的話，還要託咱們家幫他物色小使兒、老媽子、短工，能幹可靠就行，要咱們看中了便帶來上工，不用再找他商量。男女傭人工錢都是按月三千文——好樣兒木匠、瓦匠師傅日計一百文，大進月幹滿了也才有三千文，小月二十九天還沒這個數兒。那短工自是日計工，見天一百文。

洋人也都這麼精，外面甚麼行情全清楚，三吊錢找人，只怕擠扁了頭搶這個飯碗的人太多了。

老鮑又再交代一樁事情——鮑師娘在美國老家也學過一些中國話，只是太有限了。往後頂少也得住這住上三年五載，教會、醫院、不定哪邊得做事情，中國話要夠用的才行。爲此一等師娘安頓下來，就要請我父日常裡給師娘勤教些官話，家常話挺重要，見天唸段聖經識識字也不能少。洋人罷，上哪聽得出、分得清關東和北京兩下裡口音有啥不大一樣兒；這本地話饒是不似上海話那麼難懂，卻也得用心側耳細聽，才明白個七、八成。或許這也才是我父要比當地人多個長處給洋人看上的一點罷，要不的話，另外再特地請位先生，得會說官話，天天老遠去南醫院，要教說話，又要教識字，還眞不好找這樣的先生，教會裡就沒有誰會說官話。

當然，我祖母一聽說要教官話、教唸聖經，又不免心動，連忙要接話，老鮑站起來送客，說他儘管很急著用人，還是要咱們回到家把要做的事情，我父和男女傭人的工錢種種，統統商量定了再給回音，可以等候一兩天。

走出門外來，太陽當頂讓樹葉篩下滿地金錢，一枚落到老鮑高鼻梁兒和顴骨間，那張毛孔眞夠粗的臉膛子活似刮淨粗毛的豬頭皮。末了還開了個小玩笑：「你們有一句話說，『漫天要價，就地還錢』，對不對？你們如果覺得事情多了，錢少了，我再去向醫院交涉，要求醫院加一些。如果覺得事情少了，錢多了，你們退還給我，那非常歡迎——但是退還給我的錢，還要退還給醫院，不能放進這裡——」握著短桿兒大頭菸鍋子的手插進上衣口袋裡，空手插出來亮一亮，示意落不到他老鮑荷包裡。

有誰會嫌工錢多了要退還麼？咱們幾個都笑了起來。祖父答應明後天上城來給回音，敢是諸事都要祖母來定奪。忽然祖母嚷嚷起來：「牧師，牧師，插口裡冒煙兒了！」老鮑聽了倒也不驚，貼著口袋外面摸了摸，笑笑說：「不要緊，不要緊。」菸袋掏出來，還在冒煙兒，大拇指貼菸鍋子口兒上一撥，原來有個細網子小圓蓋兒，再一撥又蓋上了，絡絡拉拉的飄出煙絲兒來。

家去的路上，驢左身叔叔牽著轠繩，祖父傍著小毛驢兒右身走，驢背上祖母話可多了，不用回到家，事兒就分派個停當了。先要祖父跟老鮑說：「師娘學官話，唸聖經，還是小惠去教才合宜——他老鮑花大錢雇管家甚麼的，別省到咱們頭上，他請先生不得奉束脩的難道？咱們幹嗎不去掙這一份兒！問你爺倆兒，是罷？」

祖父和叔叔爺倆兒可沒吭聲兒。

老媽子呢，敢是燒飯、洗衣、打掃那些活兒，祖母有現成的人，乾女兒凌素英，人喊何二嫂，「年輕輕兒就寡婦半邊的，落下一男半女也罷，守下去也有個盼頭，當緊又沒有。可憐整天個婆家娘家兩頭來來去去，兩頭都不悅意兒。再尋個人罷，婆家不答應；守寡守下去罷，娘家又嫌委屈了。你都看看怎麼好法兒，咱們別的幫不上忙，巧了有這個頭緒，三吊錢，不錯的。拉個雇工，誰也不靠，少受多少閑氣。一個人兒花銷不大，多攢點兒，見月存個兩吊五，一年下來多少？就算兩吊整數兒，一年就是二十四吊！來日尋人，做個塡房，嫁妝夠瞧的了。就算一輩子打單兒下去，抱個孩子，不也沒啥，自個兒養自個兒老，有個晚福好享哩！」

男傭人也是現成的，「小使兒就找孟家乾妹子他小兒子去。繁章，你都曉得咄，大小惠兩歲，屬猴兒的，也上過好幾年學屋，才機靈著，能幹著，就怕小善還抵不上人家唄。」

那口氣好似要孟繁章跟我父調換一下才合適。

祖母這一番調兵遣將，頭頭是道挺拿手。總還算把招短工留給祖父，我父去打點——也是祖母沒這個頭緒，也沒把一天一百文小錢兒又幹不了幾天給看在眼裡罷。要說這一回沒拿叔叔硬塞給老鮑，換下我父，還是諒著叔叔頂不下來這份兒差事罷——叔叔生性餒孤靦覥，到今都十六了，家裡早晚來個生分點兒客人甚麼的，還能躲則躲，頂面兒躲不過去，不得不招呼一聲時，先就滿臉通紅，像個大閨女。當然，事後祖母和人提起，可不會替叔叔認輸幹不來給洋人管家，是怕叔叔年幼，怕太受累受委屈。

祖母倒像賞賜了甚麼厚恩是的，半趔趔身子問了一聲跟在驢腚後頭的我父：「看都給你張羅齊整了唄，都是好樣兒能手，沒話說罷！」

我父故意靠邊走過去，攀住橋欄石獅子腦袋，垂首看下面水流，遠處有兩條放魚鷹抓魚的小船兒，裝作沒聽到。不單不能領這份兒情，還挺惱祖母這麼一把抓。那個甚麼何二嫂，我父一點也不認識，倒沒可說的；老媽子敢是要祖母去尋摸；可那小孟，眞叫人搖頭，我父不算很熟，名聲很不好倒是知道一些，果子舖學生意，手不乾淨讓師傅打跑過。這種人來日不出漏子便罷，出了漏子算誰的賬？就算人家知道這個小孟是祖母的乾外甥，又是祖母引薦的，一筆爛賬還是算到華長老頭上的，難保教會裡不會傳開來，祖父可丟不起這個人。那就只有嚴嚴的盯著——這哪還是管家的幫手，多添了一份麻煩罷。

走過老黃河，夾溝子裡爬坡兒，叔叔藉機放慢走步，驢韁繩塞給祖母，待我父跟上來，手掩到口上說：「哥你肯？怕不好幹唄。」我父應了聲：「到家再說罷——再不好幹，還是要有人去幹不是？」叔叔有點兒嘔氣的說：「咋辦？我可不要去教甚麼，一來拉拉巴巴跑那麼遠，還要湊合人家鮑師娘啥時候有空兒；二來塾館誰管？難道就此散掉？對得住人嗎？要末單等爺在，我才能抽身跑一趟？哪如哥那麼方便就教給人家？聖經又都從頭到尾唸過兩遍，也沒啥字兒短路。哥一旦當差，想必打早到晚兒都得釘在那亥兒，隨時隨地順便教教就行。娘是想要咋樣就得咋樣兒，從不前後多慮一慮。這半天爺又一聲沒吭兒，不搭半句話兒。上回信局子那份兒差事娘給攪和吹了；這回可萬萬不要再弄得個一場空兒……」

我父也沒好搭上啥腔兒，心事不止這一樁，拿不定甚麼主意，還是那句話，「到家再說罷。」

莫可奈何，我父順口應著「到家再說罷」，實情也是，到得家來，祖父二話不說，忙跟兩兒子商量。所好一進家門，三個步躂兒的沒怎麼，一個騎驢的倒嗆呼著嫌累得慌，上房歪一會兒，吃飯再喊她起來。

我父可忙起來了，牽驢卸套上槽，這再張羅飯食——也無非就是火刀火石生起火來，把前一天晚上剩的鍋糊下鍋熱熱，葱花雞子兒一打，燴上四張油煎餅。叔叔幫忙兒收拾乾醬豆、辣椒醬、兩三小碟鹹菜上桌。忙飯這刻兒工夫，君子遠庖廚的祖父，居然也屈駕來到灶房，就著灶底燒的秫稭，咕嚕咕嚕抽水菸，有意避過祖母，爺仨兒來談談事兒。

我父只說別管怎麼，李府那邊定要幹到月底才可，算是用這話答應了老鮑那份兒差事。這一頭定了，祖父提到凌素英、孟憲章二人，問我父宜不宜當。那二人說來是給老鮑雇去的，不如說是雇來給我父調教使喚的，祖父敢是要關問關問。可祖母定規的事兒，慢說我父，便是祖父也螞蟻搬泰山，休想移動分毫。我父手背擦擦額頭汗，回我祖父說：「看看罷，事在人為還不是！」祖父體恤人，挺替祖母那麼強晃覺著對兒子不好意思，我父念在爺的分上，比這再撓人的事兒也樂意忍了。倒是叔叔的事幾次張口都沒能插上話。祖父把小鍋蓋兒上柳條扁子挪近一些，好讓我父又一波燣酥了的油煎餅鏟進去，免得滑出去了，一頭寬慰我父道：「我說大房兒，不打緊，他二人不管誰，果若幹不好，又不聽使喚，就讓老鮑或是師娘給辭掉，你娘也沒話好說不是？」鍋裡燙油不知哪落進水星星兒，一陣兒炸了又炸；祖父又像怕誰聽了去，說得很小聲，我父沒能聽完全，意思倒猜個差不多，遂道：「爺別太費神了，有甚麼難處沒轍兒的話，隨時再給爺請示就是了。倒是小惠，聽那口氣，那番道理——也是有道理；不會去教官話了，看這怎麼打理，爺說呢？」祖父頓也沒頓一下說：「你娘瞎鬧啦！」遂又跟小哥倆兒放小聲兒說：「跟你娘講理講不通，你是知道的，講通了也是白講。這爺路上想好了，明後天上城去回話，回來就說那六吊錢裡就有兩吊是束脩，小惠去嘛也行，讓他賺那兩吊，你這裡就只有四吊了——這也不是說瞎話兒，實情約莫就是這樣子罷。你娘那麼精，敢是不要上這個當，至多罵他老鮑小氣鬼嗇腚刮苦罷。」祖父難得的當著兒子面，小奸小壞的笑了笑。

飯桌上祖父板板正正又是一套，說我父二十歲就去給人管家，是嫌嫩了些。可有些才幹也是天分，命也是天生的。因就提到咱們二曾祖母，「儘管槽坊是打人家那裡頂過來的，原本就有個根基，只是眼看都要倒閉了才出手讓給咱們家的，到了奶奶手上，非但拾扨了起來，後來那麼個興旺法兒，發得賽過通化大麴呢，你哥倆兒都知道這。要問奶奶接下槽坊時多大了，也不過二十來歲，比小善你今弱冠之年，可大不上五、六歲罷。再要問奶奶學過槽坊生意沒，那更邊兒都搭不上，怕連一滴酒都沒沾過唇兒。你哥倆兒說說看，那不是天分還是啥？不是天生的那個命還是啥？」

隨後祖父又講了些二曾祖母怎樣帶人、管人、栽培人，提醒我父往後待人處事都要好生學學奶奶那樣，有威有德，有寬有緊；要有嚴父之嚴，慈母之慈；不管是嚴是慈，總是一個推己及人，愛人如己，忍讓人不止七次，要七十個七次。要能這樣的話，就算年輕輕的免不了早晚有個差池，也差不到哪去……

我父十四歲離開牛莊老家，前一年烽火戰亂裡二曾祖母遇難，我父又時常賴在姥娘家，大人的事實在知道的有限，這位二奶奶怎樣爲人，只有像這樣都是打祖父口裡得知一些片片段段。這麼說來，但願自個兒眞能有那個天分，生有那個命。

說來也好生奇巧，祖父口裡講的是二曾祖母，我父只覺得句句都講的是李二老爹，難不成所有白手成家創出家業的人，都是一個模子塑出來的？也罷了，二曾祖母早就不在人世了，記得的、聽說的，只有浮皮蹭癢那一些些；這五、六年來，李二老爹的爲人處世——創家可比二曾祖母又難上加難太多了，寡母帶著孤子逃荒到這沙莊落戶，才眞是地道的白手成家，實在是個大好榜樣，所有有意跟著學的，無意受到指引、調教的，不覺爲意給點化了的，不知倒有多少，倒有多重，那可是數說不盡——好像也不是數說不盡，是說不出來，說不上來——那要咋說呢，該像給李二老爹附了身罷——不是個好比方，可但願能那麼著就再好也沒有了，來日行事爲人都有個替代上帝的魂靈——聖經上說的是無所不在的聖靈，李二老爹的法力附在身上，加上生來的天分，生就的命，那不是比事在人爲還高一等，足可無所不爲了——這眞給自個兒壯了不小的膽。原先多多少少有些怕生，又怵怵落落不知幹不幹得來這份兒差事，爺還是行，讓他又喜又擔心了大半天，也就這麼輕輕快快放下重擔，心裡硪實多了。

飯前謝飯，祖父業已把這事放在禱告裡。飯後收拾乾淨了，祖父重又領著合家專爲這事獻上感恩，交託給上帝來成全，包括往後接下差事，幫助我父順利圓滿，給鮑牧師分勞解憂，專心去懸壺濟世，造福一方，彼此可都是榮主益人了。

閑話間還都不離眼前這樁大事。叔叔憑空提到，實在也是全家都挺迷糊又一直還沒講出口來的疑惑——那鮑牧師怎的獨獨看上我父來當這份兒差事。

元房四口同聲齊說這事來得蹊蹺。祖父首先說他事前一點兒也不知情。教內常託祖父給物色人才，是信祖父識人，世俗裡又廣結善緣；憑他舉人老爺名分，縣太爺都引進花廳晤談的；又憑他縣境內到處傳道，跑得比誰都勤，四鄉八鎮人頭敢是比誰都熟。先前給尤三爺義和拳收拾爛攤子，把一夥兒紅燈照、黑燈照的姑娘、娘們兒，給安頓到湯七爺的機房、絲房去；替郵傳局子何安東長老給尋摸人才；又幫上海陸記小老板招募土工……若照這樣老例子，果眞老鮑找來託我祖父給物色個管家，祖父還眞不會把自己兒子塞給人家。

可老鮑就那麼直不攏通衝著咱們一家四口找了上來，這中間並無何人引薦，我父又不是插頭勝臉兒惹眼之人。說到祖父，衆長老、執事、教友當中又是人人皆知獨獨不去奉迎洋大人的硬骨頭。只能說洋人都有些犯賤，你不買他賬，反而他專買你的賬，比對誰都器重你；可這也跟看上我父扯不上甚麼牽連罷。說來管家這份兒差事雖也算不上甚麼金飯碗、銀飯碗，可教會裡爭這隻至少喫得飽一大家子，又是跟洋人貼肉貼心大有好處的洋飯碗的，準定有的是；難不成那老鮑守口如瓶，誰都不讓知道就直對直找上來？……一大堆的疑惑不得解，那就只有感謝上帝，定是主的恩寵照顧，才有這樣子意想不到的成全，那可更該順從了。

這要我父在老鮑那裡幹了一陣後，才知是何安東長老、上海陸記小老闆他二人極力推薦我父給鮑牧師的。

萬想不到，那位掛名長老何安東，一則感念祖父給引薦的人才果然才德雙全，再則我父沒能當上差事，人家還一直放到心上記掛著。是老鮑託他在洋油廠裡物色個人充當管家，何安東二話沒說，華寶善，華長老的兒子，家教好，能喫苦，沒上過學塾苦讀成材……不知怎會知道那麼多。還有萬想不到的，老鮑找來陸記小老板，幫他掌眼兒一些桌椅、地毯種種傢什，哪些本地能做，哪些得去上海採購，哪些託付他陸記作坊代選代運……安頓個家實在又繁又褋，就勸鮑大夫用個管家照顧才行，老鮑告訴他洋油廠老板替他物色到華長老的大兒子，誰知那陸記小老板一聽就翹起大拇指頭；因說起華長老為人大智大慧，天下大事無不瞭如指掌，無怪是個舉人出身。長老那個兒子別看是個出力氣的苦工，倒是個幹家，他日必成大器。陸記小老板我父也沒見過幾回，見了也沒招呼過，人家倒是看在眼裡。陸記小老板給鮑牧師舉事兩樁：一是工地上遇上難處，上海來的領班都沒我父的主意高明；譬如掏挖那口風車大井，起土坑小，容不下兩三條漢子；坑坡又陡，儘管搭上釘了踩腳的排棹板子，也只能單人兒挑上挑下，白白一大堆人閑在那兒，挑土、挖土只那三、五個人幹，我父找到工頭，又找到領班，指說那像耳挖子舀一大桶量子水，哪年哪月才舀得完，一整下來出的土不夠堆個小墳。領班生不出啥點子，我父的主意是搭起架子使喚滑輪兒拉土，挑土的不必下去白佔地方，弄得調不過腚來。坑底挖土的多了人，配上拉土拉得快，地面兒上挑走出土人就多了。果然省力、省時，又來得乾淨馬力快。大夥兒都誇我父會動頭腦，我父暗下裡只偷喜自個兒記性好，那不過小時候待過青泥窪馬棧，碼頭上看滑輪兒往火輪上吊貨，打火輪上卸貨，上千斤的貨，三、兩個碼頭苦力輕輕快快就拉上拉下。是延慶大爺講的一副滑輪兒減重五成，兩副滑輪兒的話，一千斤就只有兩百五十斤重了。其實那四層洋樓蓋到三層時，就已用滑輪兒吊磚、吊洋灰和鐵柱，只是工頭、領班都沒想到罷了。

二是陸記小老板親目所睹，不止一回兩回，當午人家全都歇午，找個太陽地，避風彎兒，靠著歪著目眊兒，獨我父一個人到處走動，多是對偏僻小城還沒見過，打西洋，打上海傳過來的新鮮事物，樣樣都不放過的獃在那廂仔細看，仔細想，摸摸弄弄，敢莫是要琢磨出個道理來。像鉗子、扳手、洋灰、模板支柱、公母螺絲、風力水車架成前暫且使換的打水機、一截兒綁紮鐵架鉗斷下來的鉛條也在手上理來折去摸弄半天（其實是想到嗣仁玩旱船的那副髯口架子），就連洋槐樹秧子也蹲在那兒老半天，摸摸剛下水洗過一般的嫩葉，試試還不大戳手的嫩刺，又湊近去聞那枝枝葉葉的氣味……

這位小老板可說是明察秋毫，那些小小不言的瑣碎都給他偷偷瞧進眼裡，又看得那麼重，叫人實在想都想不到。這位小老板且跟鮑牧師說：「可惜人家農忙，工地上苦活兒也一天天少了，要不然，我真想跟華長老打個商量，等醫院學堂全部完工，帶他這位大少爺一道回上海，少許磨練磨練，就不難成個營造坊好手……」這話也曾陸記小老板跟我祖父辭行時說過，這時我父已在老鮑那裡幹管家幹得挺起勁兒，老鮑也極放心，鮑師娘別說又多趁心如意的年根歲底了。

照老話說，這是吉人天相，自有貴人扶持。照聖經看來，這是上帝開恩，主愛成全。我父把這老話和聖經捏把捏把和起來，說個簡單的，總就是一個天意罷。可天意這麼成全了打天上掉下來一般的這份兒差事，只沒成全跟大美的親事。天意拗不過去，也倒罷了罷，就此放下也罷。起先老鮑一提到要雇個女傭人時，我父立時心動了一下，忍不住想到大美，要是沒經那一場提親引起的連串兒周折，大美可真是再好也不過的剔尖拔眉一個靈巧勤利女傭人；那樣的話，兩人同出同進，同心同力做事，要有多美就有多美，日後敢也順理成章成親成家了。可天意當初沒給成全，怎麼懊躁也無濟於事，就別再去白想了罷。

祖母不管家人談這談那，一直再三再四叮著祖父，二天回話千切不能忘掉把叔叔推薦給老鮑；還又異想天開，一家四口倒有兩口給他老鮑做事，老兩口也沒閑著，都在爲教會傳道，南醫院蓋那麼多房屋，不定全家搬進去住下來，那可就此脫身鄉下這三間轉不過腚來的小草房。爲此囑咐祖父，縱然不方便直說，也要相機行事，敲敲邊鼓提醒那個憨頭憨腦的蒲大個兒老鮑。

祖父瞅個空兒，背開祖母跟小哥倆兒擠擠眼兒，應道：「那是自然，那是自然，忘記不了，妳放一百二十個心罷華師娘！」

我父跟叔叔忍不住笑又不敢笑，怕祖母發覺到要見疑——連像取笑胳肢窩夾著聖經去做禮拜跟夾著兩刀火紙去弔喪那樣，止不住笑得渾身哆嗦也硬給憋住。

領著何二嫂凌素英、孟繁章來見老鮑，報了姓甚名誰過後，老鮑俯下身來哄小孩兒一樣，指指自個兒額蓋兒說：「我這個記不淸楚，大房兒你說，我要怎樣稱呼他們——簡單的最好。」

我父想了想回道：「請牧師就喊她何嫂，喊他小孟，可以罷？」

鮑牧師指指凌素英，指指孟繁章，何嫂、小孟，何嫂、小孟，重重倒倒唸叨著。

我父可又不禁想到，要是換過大美，不知該怎麼簡單稱呼……。

# 金風送爽

華太平家傳

鮑牧師住家這一片我父用步子量出將近三畝地的大院子，蓋在當心兒偏西一些的兩層洋樓佔地不過小半畝——約合二十三方丈左右；除了四周貼著院牆五、六步一棵栽的是洋槐，所有空地盡種的是當地土話叫作「老驢耨」一種長不高的墨綠野草。

照莊戶人家看來，那麼大空地啥莊稼不好種，偏偏種起野草來。野草還用得著有意去種？要還是先前啥都不肯長的沙灰灘也罷了，這可是花掉多少多少人工挑挑擔擔——沙地嘌輪兒，牛車驢車獨輪小土車全不中用，挖來河底淤泥硬墊起大半尺厚的地面，就只為的種野草？眞是又離奇、又糟蹋了好地一大片。

醫院和學堂的地面兒原本就是片沙灘。當年老黃河水大，打這一帶拐起個小彎兒，想必長年盡在這胳膊彎兒裡打漩渦，沉積下與岸邊地勢同高的沙丘，啥也不長，只稀稀朗朗生出小禿子癩疤頭一般，這一撮、那一撮、短不過三兩寸的苗茵，拔來紮成小把兒賣給小孩兒當零食。剝開層層紅尖兒綠身白根兒外殼皮，裡面包的是洋人頭毛那樣白裡透銀透紅一絡曲髮，嫩得不搪牙兒，甜絲絲、水盈盈、才逗味兒著。小孩兒一頭剝著皮，下口啃進嘴裡嘖嘖咂咂細嚼，捨不得一下子嚥下去，一頭叫它「死人頭髮」，逗著樂子又諞示有多大膽兒——往年死囚多半押來這片沙灰灘上砍頭。誰也不信卻誰都傳著說這苗茵都是腦袋落地冒出來的血浸到沙窩子裡長出來的。小孩兒十個有十個嘴饞，才不管死人頭髮還是活人頭髮。

爲這個凶地，小孟、何嫂一聽說師娘來到以後，都要住進洋樓一旁三間平房裡，只可禮拜六晚上家去，禮拜天晚上再回來，不禁都面有難色。小孟憑個男子漢反比何嫂還要膽小，怕颯颯的拉住我父偷商量，說他情願天天起五更，睡半夜，跑來跑去，不怕辛苦勞累，也不要住到這種髒地方，看看鮑牧師能不能通融通融。我父惱得嚕道：「怎這麼沒出息！你讓何嫂一個人住這？膽兒小如鼠也罷了，連人心也沒？」

當地人叫這種凶地「髒地方」，凶死那麼些鬼魂，難保不隨時出沒。

那小孟一副脅肩媚笑，拱手作揖，逗得我父只覺這個小人太可憐，有意吓唬他一下：「照你說早出晚歸，你就不怕來早了天還沒亮，晚家去二、三更天了，那些半截甕子無頭鬼攔在路上把你掐死！實在不敢的話，你不幹也罷，要幹的人多著，搶不到手可是！」

我父對神奇鬼怪不是不信，祖父給鐵鎖鎮土匪頭子朵把毛爺花武標趕鬼在前，親眼所見義和拳符咒神功在後，還有多少想不通、想不透的古古怪怪，總不是教會一個「迷信」就能打發乾淨的——夾本聖經像夾刀火紙，把阿們阿們當作阿彌陀佛有口無心掛在嘴上的教友，又跟迷信有啥不一樣？祖父常說「信是一回子事兒，信靠又是一回子事兒。」我父長久受教以來，已給自個兒找出一個準兒，「一正壓百邪」，不光是對神奇鬼怪，對為人處世也是一樣，是我父一輩子都堅守的根本。

對此，猶憶童年每個冬夜我父晚飯後出去蹓躂回來，我們一聽那進門總跺一跺鞋土，接著有點兒像趿鞋的嚓啦嚓啦腳步聲，便雀躍而起聚攏到堂屋裡，一旁等候像嗷嗷待哺的巢裡雛鳥，張大黃口爭接打食回來的爺娘餵食，瞧著年長的哥哥姐姐七手八腳張羅，總是先把玻璃罩煤油燈拿開，免得撓倒，再把小半邊放進條几下的八仙桌搬出來，好讓四面都能圍上人。我父拎在胸前四、五隻小販兒洗淨削好，每隻橫兩刀、豎兩刀、劃成根連九椏的綠皮紫心兒青蘿蔔，放到抹淨的八仙桌上，只見我父一隻胳膊伸直到桌心兒，肥大的皮袍袖籠嘩嘩啦啦傾瀉出炒花生來，一倒就是一大堆，另一邊袖籠又倒出一大堆，這再兩手換著拍拍打打袖籠，多半還有幾粒藏在哪個夾層裡和著碎殼兒渣渣給抖出來。大家一聲聲歡呼，多少隻大手小手攬在桌邊兒防著花生蹦蹦跳跳滾掉地上。那是賣花生的小販兒稱足了秤倒進那兩隻袖籠裡的，一隻袖籠能裝進一斤多又香又酥的帶殼兒花生。

青蘿蔔就花生，或也是花生就青蘿蔔，可是佳配——花生米膩嘴，吃不幾口就膩猥了，來口青蘿蔔正好爽口殺殺膩；青蘿蔔辣嘴，辣得人嗤嗤呵呵，嚼兩粒花生米，立時就解了辣；這麼著辣殺膩，膩解辣，喫得人沒幫沒底兒。這才有嘴空出來，探問我父：「大，今夜又沒找到鬼罷吓？」多半總是二哥和六姐才會跟對兒女不假辭色的嚴父說得上閑話。

我父常就是那樣，晚飯過後出去閑蹓躂——跟洋人習來的散步，也正合老話說的養生之道「飯後百步走，活到九十九」；「找鬼」敢是順便，人家傳說的髒地方，要不是死因鎗決的刑場——民國以後都在水門和西圩門之間的河堤圩牆內行刑，就是偏僻的街巷，諸如城根子路上，只門朝城牆的半邊才有人家，敢是來往行人稀少，入夜家家閉門闔戶，就冷清極了——一肚子鬼話的大哥就講過他親身經歷，一個月明星稀深夜，走過西城根子，見到一個婦人對著城牆抽抽嗒嗒哭泣，大哥停下來勸她，天也不早了，回家去罷……一勸再勸，那個婦人一煩，掉過臉來帶著哽咽噌我大哥：「你走你的啊！」一張煞白臉，上面沒有鼻子眼睛嘴……

打咱們家搬進城，我父就養成夜來閑蹓躂習慣，算算也有三十來年了，城裡城外，人家講得活眞活現鬧鬼的髒地方，我父無不走徧，也不是逞強誇口膽子大，總就是考驗他的「一正壓百邪」罷。這「一正壓百邪」的人生歷練結果，成為留傳給我們子女的庭訓之一：「但凡誰講親見過鬼的人，你得對這個人的誠實至少要打個對折。」此所以我父不喜大哥的一個原因。庭訓之二是「你正，就是陽氣盛，啥神奇鬼怪都不敢沾你、惹你。倒是仇恨、貪心、驕傲、欺人、嫉妒那些鬼才可怕，一旦給附上身，陰氣盛了，也一定那些神奇鬼怪都給招惹上來纏住你。」說來說去總就是「一正壓百邪」的我父為人處世一個不變的根本。

小孟是哄也罷、吓也罷、挖苦取笑也罷，可口口聲聲乾哥哥長、乾哥哥短，叫得要多親有多親，就差沒下跪，只求跟鮑牧師疏通疏通，打賭他天一亮準到，天一黑就放他回去，碰不上鬼就行。

這太沒個準兒，眼前，活兒還沒幹在哪兒呢，師娘還沒來到，都只是收拾、打掃、整頓，不慌不忙，敢是由著你清早趕來，傍晚回去；可師娘來了以後，入冬又晝短夜長，一天裡多少活兒？要打多早幹到多晚？洋人過日子是怎麼個作息？誰也不知道，只等師娘來定規，要疏通也得等師娘來了再說，跟鮑牧師去求個通融，那可是嘴巴上搽石灰——白說。

活兒忙裡忙外，忙出忙進，我父倒不用親手去做甚麼出力苦活兒，可老鮑只給個大約某指點，全得自個兒一一去費心琢磨，把事兒幹個圓滿。像煙筒直通上樓頂的大廳壁爐，洋人不要燒焦炭、木炭，偏燒木柴。這也原本沒啥作難，炭行、柴行，要多少都有；可相相那壁爐，不比大灶那麼深，木柴長了粗了，不定稍不留神燒到爐口外頭來，不光是木板鋪的地怕火，腳毯也靠得很近，木柴難保沒蟲子，一炸就是四散的火星兒，羊毛織的腳毯可經不住火星兒崩上去。再說這一冬過去，總得幾百上千斤木柴才經得住晝夜不停的燒火，而外也還要一些引火枝柴棉柴，這筆錢何不讓莊子上人家來掙，價錢也定比炭行、柴行便宜得多多；這樣也好吩咐把木柴鋸短、劈細、留意柴火蟲洞，盡量把藏在裡頭大嘴白身子肉蟲磕出來，烤起火來才萬無一失——別說那火星兒能崩散幾尺遠，單那打鎗是的一聲，就冒冒失失把人吓一大跳。

我父在這些上頭可花盡心思來照應人家，不光是俗話說的「拿人銀錢，替人消災」，單憑人家漂洋過海，不遠千萬里而來這異邦外國行善做好事，就算一文工錢都沒拿，也該好生照應人家——像咱們流落到此，李二老爹和莊子上許多人家都是素不相識，何止是照應——給房子住，給塾館教、給上好工錢幹活兒，更還有親如父子弟兄的交情……人家可沒圖個、也沒落個分毫好處。

再就是花大錢也不定買得到的見識，如今掙來大錢還又掙來個眼界大開；人家花錢學官話，自個兒不花一文學到洋話。好事兒連彎個腰兒也不用就都給拾來了。怎不叫人興頭大大的，更加感恩不盡天父的厚愛成全。

陸記小老板暗中觀看，誇獎我父凡打眼前過一過的物事，總不輕意放過，仔細琢磨又琢磨，那是不錯。這兩層洋樓裡，放眼盡是新鮮物兒，單是洋門栓、洋門鎖、大門一個樣兒，房門又一個樣兒，可就夠我父反來覆去把玩個沒完兒。往後日子裡，從鮑師娘那裡零零星星學到的一些英國話，才知各式各樣的門栓門鎖，都各有個名字，大門上有個醬色扁球兒陶瓷把手的叫作Y鎖；各個房門上帶了扣榫兒的一種叫作「司普鈴」鎖。

Y是英國字一個字碼，敢是指的那個形外罷；「司普鈴」是個甚麼意思呢？鮑師娘張口結舌講不上來，四下裡溜眼兒要找啥的樣子，又想上半天，抱歉笑笑，還是不知道官話該怎麼講。想不到那麼頂眞，老鮑一回來，進屋不一會兒就出來喊我父：「大房兒，請來一下。」老鮑也沒進屋，把大門外層防備蒼蠅蚊子的紗門打開，等它顧自搧回去關上，隨後手指頭叩叩像根小管子的紗門門軸，說那裡面就有「司普鈴」。我父儘管還懂不了，也只有含糊糊點頭應了。又更想不到的，老鮑二天回家來，天天拎的大皮箱之外，還又提來一隻加上鐵箍的小木箱。我父接過來跟進屋裡，誰想老鮑平常到家就要換身家常衣褲的習性也省了。像口小棺材的木箱打開來，裡面一下子鐵器傢伙，除了看得出來的釘鎚兒、小鋸子、長長短短的洋釘，別的可都不知道作啥用的傢什。遂拉住我父湊紗門軸那裡蹲下，小拇指都比我父大拇指還粗的大手，笨笨的先把門軸上下兩個小圓球兒摳下來，放到我父掌心裡，木箱內扒拾著找出一根兒細鐵棒，插進門軸橫一排小孔裡，好似推磨一般蹩過小半圈兒，順手取下小得捏不住的銷子，又放進我父掌心兒裡，立時紗門下半邊脫了榫，卸開斜斜的縫子。門軸管子裡漏出個寸把長一黑管兒，揀起來細看，才知是快鎗拴裡鋼條打圈兒繞成的那種螺絲轉兒。老鮑指指這小東西說：「這就是『司普鈴』，官話怎麼講？」

費上這半天手腳，就只爲掏出這麼個小東西，他洋人還眞是拿啥事兒都當回事兒，叫人打心底佩服，這得跟人家好生學學。

這類螺絲轉兒敢是早就見過，青泥窪馬棧那般家勇，兩個頭目都各有一架二膛盒子炮，掛在腰裡可跩得很。盒子炮拆開來擦淨上油，鎗拴子裡就有這玩意兒，家勇叫那螺絲轉兒，拉長了，布角塞進縫子裡轉著擦，一鬆手又縮回去。可這門軸裡的螺絲轉兒不知是太硬，還是不合手，使不上勁兒，我父指甲摳住兩頭，攢住勁兒拽了拽，鬆緊是顯出一些，就不怎麼拉得開，拉得長，白白給油垢髒了手。

官話怎麼講？「螺絲轉兒」弄不清是官話還是土話，只好就這麼告訴老鮑公母倆兒，外加用手比劃，講明敢莫是那外形挺像河裡汪裡生的螺絲，就起了這個名兒。鮑師娘就近取來紙筆，打開一小瓶藍水兒，幫我父沾沾筆頭，調正了筆尖兒，找我父把字寫到紙上。

我父把紗門軸裡拆下來的零碎謄到左手攥住，接過好似銀子亮閃閃的洋筆，這可是生平頭一遭用洋筆寫字兒，可叫彆扭來著，硬像刀尖兒的筆頭，刮在紙上嗤啦嗤啦響。虧得是寫在又硬又光的洋紙上，要是仿紙，早就刮毛刮爛，加上洇水，夠一塌糊塗的了。就這樣也兩隻油垢污手給紙上盡打了指模。

我父還算機靈，一看寫得歪歪倒倒四個賴字兒，恐怕洋人未必認得出來；饒是認得出來，也未必懂得是啥意思，就又小小心心試著畫出了長殼兒螺絲。

沒想到這洋人兩口子一下就懂了，大嘆一口氣，重叨著「螺絲轉兒、螺絲轉兒……」衝我父直豎大拇指。

還有更叫倆洋人服了我父的——十月底了，天黑得早，就著門口薄薄一點兒天光，要把紗門裝回去，我父張開方才寫字畫畫兒攥著螺絲轉兒幾件小零碎兒的兩隻髒手，擋開老鮑說：「牧師，就儘我這手罷，別再髒了你手。」照著先前卸開門軸先後順序反過來，猶豫也沒猶豫，一一安了回去。待鮑師娘點起洋油馬燈，拎過來照亮，我父已小功告成，把那紗門試著開開合合，門縫兒嚴絲合縫，完全原模原樣兒，老鮑雙手翹起大拇指，衝口而出誇道：

「你眞眞是一個『大房兒』，眞眞聰明！」

鮑師娘見我父扎煞著一雙污手，沒著沒落的，連忙馬燈照著亮兒，領我父到廚下來洗手，指了指池台子上一盒洋胰子，牆上毛絨絨手巾中一條純白的，又幫忙打開水龍管兒。洋胰子噴香噴香的，只在手心兒打個滾兒，便搓出大團兒白沫來。

灶房裡乾乾淨淨，見不到一點點兒灰星子。不止是房子新，傢什新，才這麼一塵不染，單那灶門開在屋外出簷下頭，又有火煙筒、鍋灶上頭洋鬼鐵焊的大罩子也有個油煙筒，都是通到外頭，再用多久下去，該也不會像咱們鄉下灶房那樣給煙燻火燎得四壁油糊糊，屋頂黑漆漆。

何嫂正在背後收拾飯桌，兩根白洋蠟燭（咱們喪事才用的）比任恩庚牧師送給咱們家那一對還要高出個一拳左右，明晃晃的斜對拐兒一角一根，照亮滿灶房。那跟咱們莊戶人家早晚鍋前鍋後湊合一頓可不是一回事兒——兩碟鹹菜，欠欠身就撈到鍋邊兒大黑勺，鍋裡盛到碗裡，方便得很，無非稀飯、麵湯、𪍑糊、小豆腐，坐回柴草窩兒裡暖暖和和，唿嚕唿嚕燙得嘴歪眼斜，不住擤鼻子，不知有多知足心常樂。洋人飯桌擺在灶房裡可不是湊合局兒；飯桌、靠椅、桌圍、椅帔、手巾，全都一抹白（苦了何嫂，三天兩頭就要洗洗漿漿這些大的小的白罩子）。杯盤碗盞、刀叉勺匙、洋蠟燭台、花插瓶子，盡是鮑師娘打美國、上海帶過來的上好瓷器、銀器、玻璃器。可夠講究的。想想關東三個家，一個也沒這麼闊氣——興許不算闊氣，是洋人太會享福，衣食用度就是個不馬虎，不湊合，不將就。

洋胰子不光是噴香，洗起油污來像剝了層皮一般，多少皺裡，手指蓋兒縫子裡藏的灰垢，全都去除乾乾淨淨。可儘管這樣，我父還是不忍心用那雪白雪白的洋手巾擦手，所好鮑師娘上樓照顧貝貝去了，人家那麼好心不好不領情罷。

風車洋井就夠神奇了，當初地下埋進那麼多聽說是鉛做的空心兒管子，想不到就是洋井的水打到這些四通八達的管子裡。想想正二月挖這水井那段日子，眞是喫盡苦頭——爛泥裡沒斷過冰渣子，哪有那麼多鞋子賠進去，就是蘋草打的草鞋，不是賠不賠得起，穿了踩爛泥窩也不當啥。赤腳踩進踩出，那可凍到骨髓裡，腳掌腳跟凍得到處裂像小孩兒嘴，紅赤赤張著，裡頭還沒紮牙。可那一夥喫盡了凍苦，今天倒只獨自個兒來受用這水龍管兒之福，說來也挺不公平；俗話說的，「人比人，氣死人」，眞沒錯兒。

水龍管兒，該算是我父給謅的名兒。往時牛莊老家，槽坊最怕的就是火，兩掛水龍時時都裝滿了水，得至少兩個大漢一頭一個跳起來壓水，才能把水柱子打到屋頂那麼高，也得好樣兒大漢才掌得住那水龍管兒。鮑師娘問到官話該叫這甚麼時，就像「螺絲轉兒」，一向都沒有過這種玩意兒，只得想想相像的甚麼，權當官話教給鮑師娘。當下鮑師娘也就教給我父，指指水龍管兒，「哇特兒靠渴」。我父也學會了鮑師娘教人吐字兒，要把嘴頭、舌頭、門牙，怎麼張，怎麼合，怎麼動，怎麼咧……一一做給對手細看，重來倒去，說準了，說熟了，方才罷休。不幾時我父便抓到竅門兒，也覺出洋人其實嘴比咱們笨，吐音咬字我父重個兩三遍就對了，洋人總得八九上十遍；說是洋人認眞罷，倒也不一定，百遍也吐不出那個音來，最是咬不準的，像任牧師的「任」、「上帝命日頭照善者，亦照歹人」的「日」「人」……都是打死了也咬不淸的字兒。

一個教官話，學洋話；一個教洋話，學官話；可都是這麼家常家話兒隨時隨地教，隨時隨地學，可不是塾館裡那樣教的學的搖頭捥腦，唸唸背背。祖母那樣死塞活塞一心要把叔叔攉給人家去教官話，照這麼個教法兒，壓根兒就行不通罷。只有唸聖經，每天午飯過後，鮑師娘把起名叫鮑永福的三歲貝貝安排了睡晌午覺，這才下樓來，總是道一聲抱歉：「總是先生在等學生，很不好意思……」

鮑師娘倒眞是對待先生一樣，每唸聖經，總給我父備上調進白洋糖的熱茶，切成一片片烤出來，不是蒸出來的洋饅頭，塗上鮑師娘親手用林檎、沙果熬成的甜醬，再不就是熬成添上不知甚麼香料的牛油——總歸是洋人喜喫甜食，就是放鹽也只意思意思；這跟咱們口味恰正天南地北，咱們鹹菜鹹得「打死了賣鹽的」，洋人甜食甜得响嗓子，洋饅頭香是香些，可就是太泡太脂，要想喫得飽怕不容易，先就把人給响得舌頭軟了、嗓眼兒塞死了。

這水龍管兒——哇特兒靠渴，是一大奇巧古怪，除這以外，許多小奇巧古怪還有的是，一時數說不完。可一母生九等，等等不一樣兒，我父和何嫂、小盂，一不沾親，二不帶夠，三個人對這些大大小小奇巧古怪，更是各有各的一套看待。

何嫂罷，做了多少年下來，始終沒改那套老調：「這些洋鬼子！」人嘛怎可不用筷子用刀叉！小戲唱的：「正月——十五——廟門兒——開——噯，牛頭——馬面——兩邊——排——噯。」那牛頭馬面不就是一個拿刀，一個拿叉麼？「這些洋鬼子！黃毛綠眼珠兒，不是鬼是啥！」一桌圍椅帔手巾蠟燭，全都一抹白，也不討個忌諱，見天都在辦喪事不是！「這些洋鬼子！」一直都那麼看不中洋人、看不中洋玩意兒。

小孟呢，但凡頭一回不管見的啥玩意，一律來一聲「肏他！」可也就是見了便過去了，總都這一聲便打發過去，不興再多瞭一眼，多摸一下。也弄不淸「肏他！」那一聲是讚美、是噌人、還是嫉妒。壞在他不比何嫂，人家任咋瞧不起洋人，勤利、乾淨、手底下又快當，老鮑常銜她翹翹大拇指；小永福也帶得挺好，特別是鮑師娘病故後，小永福全靠她照顧，說得一口當地土話，英國話都不會講了。可這小孟，土話說的「懶腚抽筋」，十足算盤珠兒，撥一下才動一下，只要沒人看看，寧可愣在那兒發獃，拔著拔著襪草，蹲在那裡看螞蟻搬曲蟮，閑得還幫螞蟻搬一程。更要緊的還是心地不善，常使小壞，損人又不利己。有一回分派給他何嫂洗過的盤子、碟子，用白手巾一一擦乾，居然擦乾一件，四顧無人，伸長舌頭舔上一圈；再一件，擦乾了再舔一圈。說是調皮罷，也太過分；害了人家，自個也沒落到一點好處。這麼下作單巧隔著花玻璃窗和紗窗給我父窺見，走進去把擦過的一落大盤子一隻一隻拿起細看，果不其然，盤沿兒一圈水晶晶的濕印，指頭抹一抹，有點兒黏，不是沒擦乾的水。氣得我父每抹一圈兒，就往小孟腮幫上塗一塗；再塗卻沒塗到，小孟一下子矮了半截兒，直橛橛跪下去了，怕人聽到，喊喊嚓嚓央求著下次不敢了。我父給弄得惱也不是，笑也不是，還是嚇唬嚇唬這個小孟，定要告知老鮑，「不光是叫你捲鋪蓋走路，怕還要狠揍一頓——喫了你多少口水兒黏涎，能不恨死你！……」不只是嚇唬，那可是實話。

小孟眞是給嚇住了，猛作揖又磕頭，「親大哥，親大哥」的求著。嚇得簡直有點兒魂不附體的可憐相兒，但得叫得出口，也親爹都叫了。

我父敢是不會去告洋狀，只嚴嚴的規誡又規誡就算了。倒也不大是看在這小孟是祖母的人——不定還更要趁機趕掉這個不成器的小混蛋。可頭一個念頭還是別讓洋人知道了去，很丟咱們中國人的臉；再就是老鮑的火暴脾氣，這種下作犯到他手上，不把人打成殘廢也揍個半死；是眞的不敢讓老鮑知道，我父知道那個厲害，報冊上洋人打死中國人不償命不是沒有過。洋人見官加一級，打起人命官司也只有洋人包贏的份兒。

我父也眞兩難，只有自個兒多擔待，眼睛放歡些兒，勤盯勤叮，也是心不甘，情不願，不得不多護著些這個沒出息小子。

可老話說的沒錯兒，「江山易改，本性難移」，小孟經那一回驚嚇，安分了一段時日——其實只是沒出事兒；誰也不敢擔保他避著人又不知偷過多少懶，使過多少壞。有一回重又舊病復發——興許又是常時那麼下作，只不過時運不濟，給老鮑逮住了，又一樁害人落不到好的壞事兒——那大的院子，哪個牆角兒、洋槐樹叢後不行？又還有現成的沖水毛房，偏就挑上後門出簷下燒火的灶門那旁撒尿來。撒得嘩嘩響，還怕人家知不道，給老鮑大吼一聲，逮個正著，嚇得剩下半攢不住，把半邊褲腿兒濝拉濕溚溚的黏在身上。

老鮑敢是饒不過這臭小子，老鷹抓小雞一般，一把捽住後腦勺上乾草把兒辮子，腕子挽上一圈兒又一圈兒，顯示力大無窮是的一下子拎了起來。那麼個又高又大的壯個頭兒，硬是把小不點兒像隻癩蝦蟆的腳不著地懸空吊著，也像癩蝦蟆那樣四腳亂蹬猥。

我父聞聲搶過來，一看這光景，吓一跳，也立時知道這小孟又捅了啥漏子。可忽有一念閃過眼前，那是聽說過的耗牢事兒，就像臉前這樣，辮子吊起人來，頭髮連根兒把頭皮整個拔掉，人摔下來，血頭血臉，血噴光了人也完了。且不管那講的是眞是僞，還是別鬧出人命。我父忙趕上前去，抱住小孟身子朝上舉，讓那吊人辮子鬆鬆。老鮑氣急敗壞，忘了官話，一聲聲罵著一個字兒也聽不懂的洋話。這當口怕也拎不動了，放下來趁勢兒一摔，小孟頭朝下栽到地上，幸虧下半身還給我父緊緊抱住，要不然一腦袋撞到石頭一般硼硬的洋灰地上，定要頭破血流，門牙也保不住跌斷。誰知那老鮑眼明手快，一蝦腰，把小孟攔腰一勾胳膊，就夾到胳肢下面，腦袋朝後，濕掉半邊褲子的腚瓣兒，沒遮沒攔撅在老鮑腰眼兒前，蒲扇大巴掌抬高落重，活像打腰鼓那般，一下下結結實實猛揍，又快又響。只見小孟空蹬兩腿，直著嗓子大聲告饒：「俺不敢了，俺不敢了，再也不敢了……」

我父一旁白白愣瞧著插不上手。屁股好在膪肉一堆，巴掌咋揍也不妨事，就讓他狠捱一頓，好生給教訓教訓罷。只是，這麼丟盡咱們中國人的臉，著實叫人難堪，我父只覺自個兒也有一份兒——自個兒帶來的人罷，怎不無地自容，也求不了情。

還算老鮑有點人味兒，約莫也是鮑師娘面慈心軟，一旁說了好話，儘管那麼下毒手狠整了頓結實的，叫人一旁瞧著寒心，倒沒有趕他小孟走路的意思。

小孟老實是老實多了，避地裡罵罵嚼嚼可沒住過口。往後日子裡，動不動被老鮑打腰鼓兒揍一頓，不是家常便飯，也合著初一十五喫花齋罷。反正每捱過一頓，這小孟就眼淚一把濞子一把的賭咒發誓再也不要幹了；仗著洋人聽不懂，罵些髒話，卻也就只圖個嘴上出出氣罷了。人家沒攆他滾蛋，算開大恩，憑他這麼個甩料，到哪去見月混到個三吊錢？不幹不幹還是幹下去了。

起先我父還會把他拉到一旁規勸規勸，沒用，你說好說歹，他只當耳旁風，這耳進，那耳扔，都是嘴上抹石灰，白說了。對這，我父氣也不是，笑也不是，就剩個挖苦：「橫豎罷，周瑜打黃蓋，一個願打，一個願捱。一個是三天沒捱揍，手癢癢；一個是三天沒揍人，腚癢癢。」久了也給打疲了。就這麼著，居然一直幹了下去。眞叫人疑心這對冤家焦不離孟、孟不離焦；疑心他老鮑始終不提攆人，敢莫要的就是手邊兒頂好有這麼一個小賤皮，不時供他敲敲打打，揍人揍上了癮。

就這麼個小賤皮，好喫懶做又老是欠揍，直到給老卜牧師雇過去，長久調教，才算上了點兒道兒。那已是兩年後，咱們家搬進城，我父準備迎娶我母那一年。

有一回偸嘴，讓老鮑逮著，狠揍叫他把呑進去的烤雞腿吐出來，提溜兩腿倒過來控，給打成內傷，吐了好幾口鮮血。老鮑還算有個人心，送到醫院去療傷養病。那麼一來，反而因禍得福。醫院裡四個病人一房，除了傢什用器，穿著被褥，裡裡外外，上上下下，一抹白到底兒，忌諱得叫人心裡毛毛的直犯嘀咕；憑那喫了睡，睡了喫，像個老爺子讓人伺候，洋藥又沒咱們土藥那麼苦，眞是打小到今從沒享過這種福日子。

老卜牧師敢是聽到有這事兒，或許也是鮑牧師兩口子請了來——其實老卜牧師本就常來蹓蹓，看看病人，傳教，禱告，教病人唱詩解悶兒——親自跑來房裡看望，哄一陣兒勸一陣兒，又領著禱告一番兒。兩句好話一聽，小孟順竿兒爬，倒大訴起苦來，哭哭啼啼說他再也捱不了三天兩頭揍人。銜著那一大把長過腰帶的大白鬍子喊起大老爹，求著大老爹救救他。

老卜牧師跟老鮑商量過後，把自個兒使喚多年的小使兒——快上三十歲的小苗，對換小孟過去。

老卜牧師一家住在城上培賢學堂的對面不對門，也是個種滿花草大院子當央一棟兩層洋樓。小孟可眞是得救了，不單逃出老鮑大蒲扇手掌心兒，離家近多了，還又躲遠了出鬼的那個髒地方——我父也沾上光，起初為的陪著這個小膽兒鬼，一個禮拜裡總要住在老鮑這兒四、五夜；慢慢兒的小孟習慣了些，也還是常要陪他過夜。如今搬了家，租的靠近城東的三元宮大䄡院兒，早出晚歸來去南醫院，也不比來去沙莊近多少，可才搬不久這個家，諸處都要時時收拾照料，反正是早出晚歸，誤不了人家的事就行。

小孟在老卜牧師家也是幹不多久，又犯了舊病，一日洗地，傢什能動的都搬到院子或出簷下洗洗抹抹。一時尿急，就在樓門旁撒起來，反正四處無人，出簷下洋灰地上等會兒也還是要打水來洗刷的，又省得繞去樓後上毛房。誰知方才四顧無人，正尿得好生舒坦，老卜牧師不知打哪冒出來，一下子就走過身旁，哈哈一笑，把小孟嚇了一跳——是眞的跳起來。只見老卜歪起嘴角笑嘻嘻：「眞便利噢，以後，儘管都在這塊兒便利罷。」一點兒也沒生氣的樣子。

小孟跟我父講起這事兒，口口聲聲罵他自個兒丟死了人，丟了祖宗人，丟臉丟到外國去……一來是他眞的沒有存心使壞，二來像老鮑那樣揍人，愈揍愈要跟他洋人反著來，就是個不服氣。可老卜這一手，算是口服心服；給老卜那一套軟功嘻嘻哈哈一誚撩，當下臊死了人，恨不得有個地縫兒鑽進去。老鮑揍得他眞告饒不敢了，那跟喊痛喊疼喊媽喊娘一個樣兒，哪有不敢那回事兒，只發狠偏要幹下去，幹得私密，千萬別讓他老鮑逮著就是了。可老卜沒使他告饒，心裡倒大喊大叫，千聲萬聲不敢了，一頭罵自個兒不是人；是眞的賭下血咒再也不敢了。那以後，別的毛病沒見好了多少，他小孟自個兒說：「白管甚麼，至少俺明人不做暗事。俺大哥，這上頭你就放一百二十個心罷。」

給洋人當差的、雇工的教友不少，像何嫂、小孟這樣的倒不多——要不是說不出道理來的一味看不順眼洋人，就是毫沒道理的跟洋人搗蛋使壞，總是一點兒也看不到人家的好。除此而外，適好相反，大半都是把洋人看得不知多高多大，好似這般洋人都是上帝或耶穌的替身。能像我父不卑不亢對待洋人的，可少之又少。

跟老鮑一家兩大一小三口人的家常日子這麼貼近，日久天長下來，加上我父凡事莫不細嚼細嚥，細嘗細品，就像飲食一樣，榮養人的就留在身子裡，沙腳渣巴沒用的就拉出去；又像篩花生那般，草渣土疙頭篩下去，花生留在篩子裡。總還是祖父的遺澤薰陶罷，養得個好底子。祖父講道就曾拿長毛賊和義和拳為例，洪秀全那一套天父、天兄、自命天弟，實在荒唐，把路走偏得厲害；可義和拳那樣把洋教洋人看得十惡不赦，又太離譜；祖父是要衆教友莫忘咱們老祖宗執兩用中的德性，「君子中庸，小人反中庸」，長毛賊和義和拳，就都是小人行徑——小人得勢，小人當道，怎不天下大亂！將我父和叔叔教養成君子這上頭，祖父身教也言教，算是深到性命裡了；又還不止德性，像這樣對待洋人有喜有不喜的、有要有不要的，一跟祖父拉聒起來，竟然無一不準，這就信得過心裡自有個準兒作主，敢都是祖父平日教養有成了。

要問喜的、要的，不喜的、不要的，都是哪些個？當然，那哪說得清，說得齊，說得盡。倒靠祖父和叔叔幫我父調理出個根本來，截長補短——咱們土，人家洋，土洋一較量，誰長誰短不難比得出來，那就拿人家長來補自個兒短；洋人的短，不光是不要，還要當面鏡子照照自個兒——有則改之，無則加勉。

要再問我父取到人家多少長處，他老人家自個兒大約也未必說得清楚，只因那都是不覺爲意學到做到的。可我們爲子女者備受其惠，儘管言之不盡，這「家珍」數說不完，卻能取其犖犖大者，椿椿件件一一道來。譬如看來微不足道，但極其重要的日常瑣碎可太多了。咱們一向都瓜桃梨棗當作哄哄小孩兒的零食；別說當年，便是五六十年後，一家人喫水果，分給雇用的老太太，總是急忙擺手躲開：「看我多老了，留著哄哄小鳳罷！」可我父當年便從洋人那裡得知水果多有營養，多會幫助消化，多壯身子。家裡人口衆多，就說西瓜罷，都是整車整車包下來——不只是手推獨輪土車滿滿一大拷籃，且有驢車騾車拉來的；有年老黃河發大水，河西上城都靠漁船來往運糧草貨物，我父當回事兒那樣跟夥計們輪換著水門守候，竟包下整整一船西瓜，牛奶場的夥計全體出動去搬的搬、挑的挑，三間堂屋出簷底下，一溜兒碼有窗台那麼高，再沒有哪個人家這樣子，人家甚至還不懂得除了瓜果行、瓜果販子，這普通住家幹嗎像不要錢似的，一買就整船整車整擔的進貨一般？當飯喫呀！——本是噌人的臭話，卻讓說中了，咱們家還就眞的是把瓜果當飯喫唄，少說也是當菜喫罷，一日三餐，兩餐都有瓜果這一道「菜」嘛。爲的冬不缺瓜果，南院兒前進三間東屋底下，還挖了大地窖子，裡頭收進大批黃菜、黑菜、番瓜等等，還有可充水果的紅蘿蔔、紫蘿蔔、青蘿蔔、胡蘿蔔、手脖粗的甜大葱、甜又水分足的洋地瓜……都是可以熟食、涼拌、生喫的瓜果。大寒季節，地窖便又大批收藏老黃河上，用鐵榔頭破冰，泥舵拖到岸邊，挑抬回來的尺厚河冰，留待過夏消暑，冰塊、冰荷蘭水兒、手搖桶製的冰淇淋種種應市，多少小販擠破了頭兒上門來批貨——那可是清末民初，整整華北大地上，慢說小城小縣，便是通都大邑也都罕有的新興行業一項創舉。

再如家居庭院種種，也俱見多受西洋好的一面薰染，即使三十多年後，也仍顯得與小城一般人家有所不同而多新意，卻又不失祖傳本色，且是尋常百姓不須多少花費，便可享得的乾淨、清亮、安適、花木繁茂之美。

我父自從置下房屋，從洋人那裡領受並當下即立定心願要行於自家的種種，開始一一如願。廣植花木果樹，改裝玻璃門窗，都是等不及的放在頭一步。南院兒住家，北院兒養牛。北院兒貼圍牆栽植防蚊蠅、不招蟲、生長快的洋槐，不幾年就成蔭遮涼。南院兒花卉果樹爲主，北邊牆爬滿薔薇，西牆根叢叢白丁香繁盛得高與屋簷等齊，蓬開如一兩間房子大小的花棚，三春間單是這薔薇丁香便香徧河堤上幾十戶人家，鄰家姑娘們盡來討花戴。盆栽更是徧置院落周邊，且以八寶爲主——八寶正名天竺葵，有些地方名喚毛葉或臭葉海棠。我父是個忙人，大半輩子守著陪同洋人莫干山避暑路經上海買的一座德國製鬧鐘過日子，非比閑情蒔花養鳥，得圖省時、省事、易養、易活的花卉來玩兒；八寶正合忙人來養，又四季花開不絕——冬日置於室內，照樣的盛放。八寶或因品種繁多得名，我父十幾二十年擺弄過來，幼年時已見有朱紅、粉白、薑黃、桃紅、銀紅、茄紫、白邊兒粉紅心的「美人臉兒」、薑葉兒、爬藤，都已超過八種；抗戰前一年，昇平二哥去濟南公幹，竟尋得兩種珍品帶回，一是略含紅意的青藍，一是紫紅近黑，我父視爲至寶，小城淪日前均已分枝多株，已足十寶還多了。

而毀於倭寇者又何止這十寶，千寶萬寶也有了。不想甲午陰魂不散，復繼牛莊、大連、普蘭店三地家業，相去不過四十來年工夫，重又毀掉咱們南院兒、北院兒兩處家業，一樣的又是個片瓦無存。

再說南院兒果樹，那可是多采多姿，打五月到九月新果不斷，麥黃杏開頭，水分足，甜頭夠，味美不下於枇杷，七月最盛，次第有葡萄、鈴棗、桃子、黃梨、林檎、石榴、柿子壓軸——撒上石灰水，一浸兩三大缸青柿，俗名懶柿，其餘留在樹上的任其熟透（一般是支窖燻熟），霜後以竹竿梢上綁以布袋採擷，收藏地窖內保存到過年，自比人工燻出的久放不壞，甘美爽口，人間仙品。

農俗有道是「七月棗，八月梨，九月柿子亂趕集」，輪到這些果子當令，咱們家各種果樹雖只一兩棵，卻總一家人食之不盡，還要分享給前院兒房客和四鄰，那也是小城人家所絕無僅有的咱們一家。

不知該說是我父善養花木果樹，還是一個人家興旺起來，事事物物，一草一木，莫不順心如意，欣欣向榮。我父當初侍候洋人所隨時立下的許許多多心願，多半都已在自家先後因地制宜的一一實現，大約獨獨的只有一項缺憾，不是單憑一人一戶再能幹、再興旺、所能辦到的——那就是「廁所」，連帶的還有供水的難處。這就像我父儘管能言善道，一輩子也沒能把這「廁所」二字咬得準，總是說成「拆勺」，屬於地方性不易改變的口音；連帶的把洋人——至少也把飽達理夫婦的官話給教成「拆勺」，唸聖經也是「玉聖勺」、「勺多瑪城」……。

鄉居還不覺著怎樣，天大地大，人口稀少；糞便，不管是上品人糞、雞糞，次品狗糞、豬糞，下品牛糞、驢騾馬糞，都是莊戶人家一寶，疼惜不及自無厭惡之理。只是一經搬家到城裡住下來，如同糧草一樣，鄉下再貧苦的人家也比城上大富人家來得潑實寬鬆；這糞便也是一般的打發起來十分扎手。儘管不愁沒有混窮的孤寡以拾糞爲生，糞場定期到千家萬戶收買爲業——多少人家主婦、女傭，把賣糞的小錢兒當私房、外快兒；可不管使的是馬桶還是糞池、糞坑，氣味和形體都是收拾起來令人掩鼻憋氣，反胃作嘔的痛事、苦事。只是幾百幾千年向來都是這樣，人喫五穀雜糧、雞魚肉蛋，不能只進不出。命定如此，唯有認命，無盡無休的忍受。鄉下人會說，忙來忙去只爲這張嘴兒，不用費多少手腳，抓把薄泥也就把這個小洞兒堵死了，往後再也不用耕種、不用收成了。那城上人敢也會說，下頭這個小洞也不過一坨泥疙瘩就堵死了，從此以後再也不用爲此所苦（臭），可算得人生一大解脫。卻可惜只當得笑話逗逗樂子，也還是只得認命，無盡無休的忍受下去。

我父儘管一進到洋人家室，目不暇給的太多新鮮事物中，見識到洋人對這家常裡一樁說小也小，說大又太大的糞便治理得乾淨清爽，實在讚賞不已；卻因鄉下一住五、六年，不覺怎樣貼身貼心，也只打心裡服了人家罷了，等到搬城內才感到事態嚴重，甚而至於要在這上頭用點心思，禮拜天待在家裡寧可憋住一天兩夜，只小不大，要憋到禮拜一趕到南醫院，頭一件大事便是跑廁所——不一定要到老鮑家裡，醫院或學堂的公用廁所，也乾淨太多；水沖的糞池、糞坑，到底眼不見爲淨，儘管氣味還是不免有那麼一些，不似老鮑家裡，不但「乏味」，鮑師娘還不時灑些些香水精，人家如廁簡直個兒是樁享受；「萬歲爺的毛廁缸——沒你的糞（份）兒！」想必咱們貴爲皇上，也未必享受到洋人這種噴香的百花叢中出恭這份兒福分。

當然，不光是老鮑一家佔了風車大井連上水龍管兒這個光，住在城內的別個洋人，一樣也享這份兒福分，只不過另有一套兒。

我父當個管家，除了管老鮑家裡內外雜務，還有一些跟教會、其他洋人接頭的差事，報個信兒、談個事兒、商個量兒……不管是單身兒居所還是家下，都是登堂入室，也還挺受人家器重、款待。因才見識到許多不爲一般教友乃至祖父在內的長老之輩所知的洋人種種日常習俗——特別是同住一座洋樓，兩位單身兒英國女敎士，正事兒談完了，還拉住拉聒兒，天南地北，敎士拉她們英國，我父拉咱們關東。兩位女敎士說不上孤苦，少說也是極其孤單，但凡有個談得來的，便留住喫茶喫洋點心。熟識以後，我父但凡登門談事，也帶上一兩拜盒茶食，挑些不太油膩的甜點心，兩位女敎士倒也十分歡喜。待至咱們家發旺起來，每逢聖誕節、復活節，我父定跟同在河堤北頭宰牛的屠戶訂下一整條牛腿送去，也就是念其一輩子都在咱們國度裡傳敎、敎書，又不時去醫院與病人打伴兒，服侍病人，獨身到底，無兒無女，不是孤寡也是孤寡。可別的有家有道，或美國中國來來去去的洋牧師、洋傳道，我父從沒有這種人情來往。

這般洋人所居的平房也罷、洋樓也罷，我父皆曾專心的一一察看。大同小異罷，無非都是屋後和屋頂各有一方青磚與洋灰砌成的水箱。地上水箱內是按月算錢的買水，約莫盛得二三十挑河水，一旁有架挺像救火水龍的打水機括，把水從管子打到屋頂水箱裡，再走通進屋裡的管子下來，接上水龍管兒——哇特兒靠渴，餘下就統跟老鮑這邊放出喫水、洗菜洗衣洗地水、沖廁所種種用水完全一個式兒了。

據說到得江南，都是用的水糞；放在北方想也別想借重水沖。北方普徧是地勢高，水脈深，食水用水好生艱難，糞池、糞坑、馬桶都是灶下出出來的青灰敷上蓋上，算是吸收水分的乾燥劑，讓鮮糞變成乾糞，氣味淡得多，擔挑、車載也都方便多了。有個謎語「乾打雷，濕下雨，胡蘿蔔掉進麵缸裡——打一家常物事」，謎底「上馬桶」。放在江南就該是「掉進水缸裡」了。

咱們南院兒、北院兒，座落在河堤上，高過平地三兩丈以上，高過南醫院的河灘地更多，好是好在挖掘藏冰地窖丈把兩丈深也全無濕氣，可要是打井的話，那就比南醫院那口風車水井還要再往下挖上三兩丈深。風車是架不起——那得多大一筆錢！也委實犯不著。可就算安個壓水機括一樣也得挖下去那麼深，又先就要至少扒掉三四間屋、小半個院子，才能空得出打井頭一步挖個一兩丈深大坑的地方；還得拉拉癶癶老遠跑去上海請師傅、工匠，都絕不是咱們財力可及的大耗費。就算退一步改用其他洋人居處那種把水打到屋頂再引下來的法子。河水倒不用買，北院兒夥計有的是人力，有的是空兒；可也還得上海去請人，洋灰、水管、壓水機括、水龍管兒，也一樣得打上海起水路一一搬運過來。再說，那種用水法兒，見天得費上二三十挑子水，還不算北院兒飲牛、磨豆沫兒。南院兒平日兩大水缸不過六、七挑子水就足夠兩天還用不完。如此這般，敢是只有將就著，還是老老實實「胡蘿蔔掉進麵坑裡」——咱們家從來不興使用「麵缸」，只夜裡才使喚夜壺或尿盆兒。

我父可從沒死過這條心，根底上還是先要把「水」這個難處給化解才行——沙莊上的用水比城上還要艱難十分，我父一直不曾忘情，這要到宣統年間，李二老爹穿針引線，幫我父先後置下數十畝薄田，才得天從人願。先是四畝、五畝、最多一筆十畝，都還是作戶各自出牲口，出倉屋，收成二五分，為量不多，湊合得過去。等到滿了三十畝，又適好祖母娘家堂弟咱們的老舅爹，奉從祖母的親娘咱們外曾祖母，從關東逃來落戶，我父只得在自個兒地上闢出宅地蓋屋、墊場，倉屋兩大間，住屋三家分別給老舅爹和作戶安家。蓋屋墊場皆須大量用土，眞是上天成全，宅後取土不到五尺竟見濕泥，索性挖深下去，居然得到汩汩氾水的五、六個泉眼，算是鑿出一口深可三丈的水井。當時李二老爹過世，莊子上沒人主事，出力的有，出錢的無，我父一肩承擔費用，還貼上私地公用——一口井佔地有限，井口四周和來去挑水的寬路，沒有一畝也差不多七、八分地。莊子上還沒有一間磚瓦房，砌井的青磚卻用去兩百塊一碼、一共三十多碼，足夠站磚砌出三間六面牆了。為省去跟石匠訂製按尺寸現鑿的井口石一筆大錢，我父巧思選購了石匠舖現成的青石等磨盤抵用，中空兩尺半做井口綽綽有餘，四周半尺寬溝槽，潑灑的水匯聚到朝北一個出口，流到只有暴雨才會滿槽的水溝裡，終究還是滲進井裡去，可算滴水不費。打那以後，沙莊三十多戶人家，全都喫用又清又甜又再乾旱的天也泉流不止的井水，不用再去莊西土井挑到家還得白礬打上一遍才能澄清又碱鹹很重的混水。我父總算稍償一點點心願。

這井鑿成的七十年後，我這天涯海角的遊子歸故里省親，儘管更名公社生產第六隊的沙莊已有多戶人家安裝了壓水機汲水，這口老井依然健在，等磨盤的青石井口給汲水井繩長久歲月磨刈出條條深溝；井水也依然凊灩照人，照我背光的皓首華髮。

佇立井旁，便可眺望到東北方向約莫三百公尺處，一排四座土墳和洋灰塑鑄的墓碑——自東而西依次爲外曾祖、祖父祖母、我父我母、昇平二哥。鑿井的我父，就長眠於斯。走過八十春秋的雙腳，衝著這口老井……。

父母的墓碑上，下款所署不孝僅我太平一人；只因和平大哥、昇平二哥，一遭鎭壓，一被囚斃，皆走在父母之前故耳！

魚鷹

事隔八個多月，祖父除了偶然念起，久了也已不抱若何指望，甚而至於漸漸冷下來，忘卻那回事兒；萬沒想到居然冒冒偷風的接到關東田莊台祖母娘家打來的回音，令人心驚，又喜又悲。

城上禮拜堂看堂的聞弟兄，平日多少聽說過一些咱們家片片段段的身世，斷定這封家書對咱們眞的值得上萬金，又多日未見祖父上城，倒是專程跑下鄉，把這封信捎給祖父。

城上信局子三月半開張，一陣新鮮過後，城鄉百姓少有去照顧的，想也很少想到它了。大約只有咱們家當回大事，祖父連連幾天都在猛寫家書，搶在月底打出去。一封打去大連，註上舊稱青泥窪，華家騾馬棧，給咱們大祖父華延慶；一封打去普蘭店天日製鹽，給咱們大曾祖母和三祖父華延祥；一封打去牛莊廣德槽坊，給曹家駿老掌櫃轉陳咱們親的二曾祖母華佟氏太夫人；兩封打去貔子窩和田莊台，一在東大街，一在南關，都是打給過繼外曾祖母的舅老爹曾廣春。打去貔子窩東大街，是顧慮外曾祖母娘兒倆萬一田莊台過不下去，重又搬回去老家，且曾家還有不少族人仍住在那裡，躲不住七轉八彎兒有個信息也說定。打去牛莊和田莊台兩處，明知不作數兒——槽坊本就地塌土平，片瓦不存；田莊台比牛莊還更慘，整個市鎭盡成廢墟，上萬的百姓只逃出三四百人。卻萬萬沒想到外曾祖母母子婆媳三口都還在。所幸當初曾祖父、二曾祖父先後給這位親家置下西郊十來畝地，日子勉可過得下去。

關、馬和約日本原是要咱們朝廷把遼東割讓，充作軍費賠償，英、法、斡國竭力反對，才改換割讓台灣澎湖。可六、七年後今天，慢說遼東，整個關東也都等於給斡國老毛子併呑了去——甚麼大生意買賣、江河海口行船碼頭、煤礦鐵礦、糧市馬市……全都是老毛子的天下，比起東洋鬼子出兵打仗，鎗彈兵卒損失傷亡不計其數，老毛子可是不損一兵一卒，不費一鎗一彈，就蠶食鯨吞掉咱們關東無盡的寶藏精華。

外曾祖母——咱們喊外老太，三口之家十來畝地，儘管只是個微不足道的小小莊稼戶，也都受到老毛子搜刮壓搾，日子也不好過——敢是很不好過，才頭一封信就巴不得拚當拚當，投奔關內姐姐姐夫來。

咱們這位舅老爹不識字，託人修書敢是隔上一層，又簡簡短短只兩張紙還沒寫滿，一場離亂，五、六年的音信全無，哪就這三言兩語說得頭尾來著。一家人傳看看，只能連猜帶想，再加上揣摩、估算、沒味兒裡品出個味來，才得拚湊出個大約謀兒。

提到咱們華家，青泥窪、普蘭店，都離田莊台那麼個遠法兒——六七百里地，舅老爹是說，終日餬口都忙不過來，壓根兒沒那個本事跑去那麼遠探望探望，至今都還摸不清兩下裡到底都怎麼樣了。說來也是情理過得去，舅老爹的親爺親娘還在貔子窩——普蘭店附近，還在不在人世也不知道，一樣也是兵亂過後沒能去看看。這麼一說，意思好像咱們總不好怨到他。想來都是老實人說的老實話，其實打個信去試試也是不用甚麼思慮就想得到的法子，要不了幾文錢——信套上貼的是十文錢龍票，出得起罷，不像過往要託請鏢局子傳信花那麼多。只能說是這位舅老爹太笨了些，轉不過這麼點兒心眼兒。

祖母也噌了聲：「你這個舅兒，真是的，生就的傻糊糊少人一個心眼兒，毛病不在轉不轉得過來……」

信上說，牛莊那邊近多了，只隔條遼河——另外還有條小沙河，算不得是條河，那倒五年前，東洋鬼子一撤兵，外老太就命舅老爹去牛莊走走。那可眞叫人傻了眼兒，槽坊全完了，左鄰右舍也都一般樣兒，碎磚爛瓦堆子裡長滿荒草，雞毛狗種絕了跡，想打探一下咱們一家下落也找不到人問，找到人也一問三不知，猜想是咱們全家遮不住都逃去普蘭店或是靑泥窪兒了——這可又是舅老爹笨得一點兒也不用腦筋了；東洋鬼子是從那邊打過來的，誰會不顧死活，愣像撲燈蛾兒迎著炮火連天硬往那邊兒跑？要末是停火兒才逃過去的——似乎不方便說猜想咱們全家五口統統完了。卻萬沒想到親家媽遭難，也萬沒想到剩下四口逃進關內，沒回去灤陰老根兒，倒一跑就跑到天邊兒了。

那是祖父去的信上沒提回到祖林連立錐之地也沒有，才逃荒一般南來落戶；也沒提如今是個甚麼光景，僅僅報個平安罷了。

舅老爹把日子難過歸罪給老毛子搶搶掠掠，固屬實情，可也保不住別有想頭——「你舅別看傻乎乎的，八成還以爲咱們放著灤陰縣老根兒幾百畝林地不去投奔，那大片家業都不放在眼裡，靠不住……咳，靠不住估猜咱們不知帶走多少家私逃進關裡來，敢是急死活忙要投奔咱們，那算做夢了！」這可是祖母說的，別人誰也不敢對祖母娘家有半句閑話，更別提甚麼褒貶了。不過也挺怪，舅老爹，祖母的過繼弟弟，到底隔一層是沒錯兒；外老太那可是親娘，大劫大難過後，彼此好不容易接上頭了，只一個「人還活著」，就夠大善大樂，啥都不去想了，咋還有個計較？

外老太還健在，咱們家誰都沒我父樂著，打小兒就丟給姥娘養的我父，敢是比親娘親；就是舅老爹，只大我父七歲，名分舅舅，像個親哥，帶著小弟弟玩兒。舅老爹不光是笨，無能，還不大本分；正事兒隨手放到一旁，閑篇子比啥都要緊。單說玩鳥罷，誰也沒那麼全套兒，張網子、吊滾籠、下夾子、雪地枷鳥、爬樹摸黃口、草屋簷底下麻雀窩內摸那光腚裡蛋黃還沒化淨的小雛雀子……拿竹子、小秫稭莛兒插鳥籠更是拿手。所有這些子鼓鼓囊兒可盡都傳給我父了。儘管不當喫也不當喝——趕集賺個幾文兒還是有的，只太有限，比起耽誤了莊稼那太得不償失；可人總也該有事有閑，農閑裡有個買賣兒（玩物）切弄切弄，至不濟總強似聚合去打老槓、推牌九罷，只要別像舅老爹那樣子跟正經事兒顛倒過來就再好也沒有。

我父聰明靈利，跟著舅老爹學，手又靈巧，不單學得快，還比師傅得法兒、來得精到，讓舅老爹直豎大拇指，認輸。

依著我父看事，舅老爹既然急忙想要投奔關內，那就打信去接姥娘、舅舅、舅母過來落戶算了。我父問起當初咱們家到底幫外老太置下多少田地。祖父祖母少年夫妻，喫喝玩樂不盡，哪工夫過問家事，又上哪知道這片遠在田莊台南關外那塊田地一個準數兒來著，只記得好像十來畝——那要咋算？十一畝到十九畝都是十來畝，總要算算脫手過後，能在這裡置下多少地，三口之家——來日免不了一窩子兒女，夠不夠過日子，得有個算計才行。

就算先不管這些，還是打信去問問田地容不容脫手，能落得多少淨銀，再衡量沙莊附近地價，折合折合看。日子得天長地久過下去，不是走親戚，說來就來，說走就走。再說咱們罷，既要把姥娘接過來，除了要買地蓋屋，做個萬全安頓，姥娘也不好全都推給舅舅奉養；再說，照咱們家眼前這個光景看來，多個老人家多雙筷子，也還奉養得起，少說也多個親長，收乾晒西，照應個門戶，「家有一老，如有一寶」，只許對這個家好上加好；再說罷，咱們家落戶到這，舉目無親，孤門獨戶，多門親戚就是好的。相比之下，奉養姥娘有限那麼一點開銷，著實算不得啥。要說進關，當初咱們要趕去中後所才坐得上火車，如今可方便太多，去年就聽說鐵道鋪到營口、大虎山了，從那兒直通天津衛。過來那道下山東的官道，車馬不絕，隨時雇得到。較比賣地那筆銀兩，這一路上盤纏花費還是太有限了，理該沒啥難處。這都是我父看了信提的主意，一心向著姥娘、舅舅。

我父打從見月掙得六吊文回家，祖母面前說話拿主意硬持得多，祖母似乎也諸處容讓不少；要不是這樣，像今天這麼從商舅老爹種種，也就避開免討沒趣兒，盡量少惹祖母你說白的她偏黑的，還又嚕嗦沒完兒，鬧得兩下裡都生一肚子閑氣。

當緊不是個時候，祖母才在那兒咬計舅老爹存心不良，憑空盤算咱們不知帶走多少財富到江南來。我父這一提到想要迎接姥娘舅舅主意，又頭頭是道，有情有理，早就掛下臉來，躲不住又疑心這個凡事都拗著來的大兒子，又存心跟爲娘的作對了，遂嚐道：「說啥呀，平白自找那個累贅？買地，哏！先別說那一頭賣地賣不賣得出去；這一頭罷，你當是買個瓜桃梨棗，挑挑揀揀，一手交錢，一手交貨就截了，還沒見過誰把個地契房契趕集擺個攤兒擱那兒賣地賣房子不是？冒冒失失給弄了來，往哪兒安插？等人家賣地不知要等哪一天，買了地等蓋房子又不知要蓋到哪一天；咱們這三間小草房，一間一個給掛到牆上？不喫不喝嗒？不穿不戴嗒？不花不用嗒？不歪個鋪兒睡覺嗒？就是用踣勒蓋兒想，也該想到嗒，腦袋瓜子長到褲襠裡了不成，眞是嗒！」

祖母那張利嘴，誰也說不倒。就算我父多有道理、多向著、多塡還曾家這門至親，只要是我父的意思，那就一百個不是。

祖父、叔叔、敢都覺著我父有理，也是人之常情，饒是這等大事難免沒有顧慮周到，又不是逼在眼前，非得今兒明兒作了定奪，甚麼都好從長計議，沒的一口就褒貶得一文不值。祖母唏哩嘩啦數說了這一大套，也敢是無理反纏。啥都放下慢說，千不念，萬不念，總是血生肉養的娘親，再沒情分、緣分，多年來兩下裡生死不明，彼此不知賠上多少眼淚鼻子，如今一旦魚雁相通，無異陰間還陽，死裡復活，怎的一下子話頂話，倒在這麼些不關緊要的閑篇子上較眞兒成這個樣子。

其實摸清祖母脾性的話，也沒啥大不了。我父那番主意，要是打祖父口裡講出來，那得看祖母怎麼個心緒，不一定能入耳；可要是換過叔叔來講，定比祖母還會多打幾個圈圈兒——叔叔說的比祖父唱的還好聽，我父一開口，該就是老鴰子罷，聽了晦氣的。話頂到這一步，我父明知再搶白下去，只有討祖母嫌，還是忍不住揹住個死理不肯退讓——這跟得理不饒人還是有出入。幾乎就要衝口頂撞回去：「是妳親娘欸！」祖父、叔叔，一齊跟我父遞眼色，這才算了。

祖父陪笑說：「不慌，從長計議，從長計議。」叔父倒是逗起祖母來：「花喜喜，尾巴長，出閣姑娘忘了娘。」當地把喜鵲叫「花喜喜」，童謠原是取笑，抱怨做兒子的「娶了媳婦忘了娘」，倒把祖母惹笑了，「你這張嘴兒啊，要多貧就有多貧！」一面還搆過去，作勢要擰叔叔貧嘴寡舌的腮梆子。

我父斷不是個沒算計的大馬猴兒。儘管那麼著急的恨不能立時就去把外老太接進關來，實在是姥娘的恩太深，情太重，可也不是一點兒都沒衡情奪理，不自量力。放在先前只拿得李府一吊文那麼點兒錢，敢是想也別想這四口之家還能再添個三兩口人。

打從一下子掙到六吊大文，我父頭個月全數交給祖父——敢是這手接下，那手就交給祖母；當場便跟全家人商量：「往後總不能掙幾個、花幾個，好不好用一半，攢起來一半。爺束脩兩石小麥，添上這三吊錢，家常過日子，不添置甚麼，按理該夠了。關緊咱們家太沒一點根基，萬一碰上個大點兒用項，可不就抓瞎了？這見月三吊，本不當啥，可一年積攢下來，連本帶利三十七吊多，毛十兩銀子，就挺當用了不是？再說罷，咱們總不成老這樣子三間小草屋住到老——又是在人家地上；爺也難道這個小塾館教到老？橫豎都不是長久之計。又再說呢，小惠來日趕考，上城、上府、上京，總不成『鴻鸞禧』那樣，一路討飯前去罷……。」

說是意想不到罷，也是；說是意料中，也是。祖母一句也沒插嘴，只管點頭，咋說咋好，還又添上份料兒：「就是啊，除這些以外，也別忘了，你哥倆兒也都老大不小了，年頭趕的，祖產飄散光了，得看你倆兒怎麼造化了罷，萬事莫過成家急，攢是該攢點兒了。」

向來娘倆兒沒這麼通氣兒過，都說是柴米夫妻，也該是柴米母子罷。不是小看了祖母這麼勢利，十有八成還是看在這六吊文的份兒上罷；打來到這尙佐縣，到今兒五、六年了，向來就沒有過一把手六吊錢這麼大進項，布插口裡六串銅錢，一串一千文，四十來斤，祖母拎都拎不動。

我父把這六吊錢全留在家裡，看看要添置點兒甚麼。自個兒呢，只想添件長袍，兩件罩袍好替換，再來雙像樣布鞋，逛逛估衣店買個現成的，合身就成。無非是給洋人聽差，不說怎麼體面罷，總得比何嫂跟小孟整齊乾淨些。這些也都承祖母一口應允，忙著要打布插口裡取出一吊錢給我父添置添置。可一說到打下個月起，一半要拿去存留到銀號子去，果不出意料，祖母差不多要翻臉的樣子，頓時不悅懌了：「那是幹嗎？啥意思，怕放我這兒給你喫掉？想到哪去了！」

敢莫是先前沒留意我父講的「連本帶利」罷，不放到銀號子哪來的子息！

所有洋人錢財，不管是從英國、美國、還是從上海、威海衛打來的銀錢，都是存放在銀號子裡，用多少再去取多少，又方便，又牢靠，省得自個兒收這兒、藏那兒，又生子息。給老鮑、鮑師娘去取過多次銀錢，跟銀號子裡辦事的挺熟了，打聽到子息按月七厘，利上滾利——我父現打懷裡摳摸半天，掏出一搭兒摺子，翻到夾在當中的一張小紙條兒，理平了說：「瞧，這就是，銀號子算過開出來的，按月放進三吊錢的話，一年過來，還本兒三十六吊，子息一吊二百八十四文，連本帶利三十七吊二百八十四文，划得來罷？要緊還是官家銀號子，洋人都放心，咱們這算小錢兒了，更該牢靠。」

叔叔遂與祖母道：「這多好，放到娘這兒成了死錢——也成了聖經上救主講的那個又惡又懶的僕人，把老板交給的一吊錢，挖個坑兒埋進去藏起來。那個老板不是說了嗎，至少也該放給兌換銀子的，到時候也能連本帶利收回來。哥要把錢放到銀號子，可不正是那個老板的主意？」

祖母這一來，連對叔叔也惱了：「誰說娘要挖個坑兒藏起來？娘也不是城上沒人，打聽到有那放利的，放個一年何止一吊多錢的子息；至不濟邀呼人來認個會，也三、五吊不費事兒。娘是那種笨人懶人嗎？」脾氣發到連這六吊錢也不要了，「都拿去，都拿走！往後也別拿回來，這幾年靠你爺教館，咱們不也是沒餓死！……」

這一下可像搗了馬蜂窩兒，祖母每吐一個字兒，就是一隻帶鈎兒馬蜂，沒天沒地的漫開來螫人，不單照顧我父，也一樣分頭去螫祖父和叔叔。

想不到平白惹來了一肚子窩囊氣，我父只有惹不起還躲得起，走出家門邀呼幾個哥們兒到沙耀武家去拉聒兒，就便託他幾個給湊個五六百文應個急。留下的攤子只有偏勞祖父、叔叔去收拾。自個兒不在場，娘至少少生一半兒氣。

不光是添置體面點兒衣物，這十天下來是怎麼過過來的？不喫不喝不用的？本打算下一步再說——這頭一回領得的六吊工錢，除下一吊文置點兒衣裝，至少至少也還得再拿出個五百文，好跟何嫂、小孟搭上一日兩餐的飯食，另外再一百文零用。一共六百文，算摳得夠緊的了。往後罷，說是說三吊文拿回家，實數兒也只能是兩吊四百文。

實指望說出這個數兒，祖母興許嫌多，叔叔素來用錢上頭沒個譜兒，祖父多半會嫌少了些，也不須做甚麼主兒，但得能問一聲「夠嗎？」叔叔只須應承個「一百錢能幹嗎？」祖母不定發發善心，應允再加個一兩百文零用，手頭就可寬敞一些。不過這零用罷，多了多花，少了少花，不關飢寒，倒沒啥大礙；只一點，對待何嫂、小孟，不得不小氣了，這對我父為人——寧可人欠我，不可我欠人，其實也挺要緊。可沒等提到這些，祖母就惱我父寧信銀號子不信娘，要怪人得先怪自個兒，惹毛了祖母沒好處，自個兒更落不到好下場，何苦呢？

當下我父打定主意，這個月先跟莊子上哥們磨個五六百文湊合過去，往後只放個兩吊文到銀號子，整三吊拿回家。添了衣物，賭氣不跟祖母伸手，借的何嫂錢，挨到聖誕節鮑師娘賞錢一吊，才還清賬。祖母也沒再關問一聲，反而疑心我父賺的不止這六吊錢。倒是小孟替我父說了話，祖母盤問起老鮑到底給我父幾個錢一個月，那可是誰也瞞不住誰，我父、何嫂、小孟三人，都是一齊到醫院管賬的那裡去領工錢，各人各帶一口帆布插口袋子裝錢，小孟錢少數得快，總是過來幫我父就著錢串子一五一十、十五二十捋著數數兒，一文也不差。整整六千文，眞夠數一氣的——其實每一回我父都是張著插口，等著管賬的一串一串放進去，可管賬的總強要當面點清：「守信歸守信，君子歸君子——數過一千，不多就短。數錯了都不是好意的還是啊？」管賬的是個江南老蠻子。

祖母還不放心，又問我父添置那些長袍短罩的，都是哪來的錢——祖母敢是外人面前專挑漂亮話兒講，才不會那麼直不攏通有啥說啥；先裝作挺生氣兒子不聽話：「你那個乾姨哥呀，就是個牛性子，扭死了！好歹總是出門在外當差不嘛，人要衣裝，佛要金裝，給他錢叫他置點兒體面的，就是死也不肯，自個兒掙的錢不是？死定了良心不肯。也不知上哪去弄的錢，少說少說也得上整吊罷，這個扭頭！」用這個掏小孟的實話。

那時還沒到聖誕節，我父跟何嫂磨借一吊文也約定了不讓誰知道。小孟說他只好說：「這你乾姨娘儘管放一百二十個心罷，俺乾姨哥一不偷、二不搶，操那個心！」

小孟傳話傳到這，聽得出來盡是討好溜溝子，斷不是誠心誠意，眞事直說，不要讓我父給冤枉了。果然，小孟接著嘻皮笑臉試著問：「那你乾姨哥到底哪弄的錢？」

分明一臉的不懷好意，似乎我父本就有來路不明之財，他小孟這樣替我父遮掩，功勞可是不小，你乾姨哥看著辦，看看怎麼賞、怎麼謝罷——倒眞詐，好像眞有甚麼把柄捽到他手上，有的要脅，你就買買賬罷。那副歹相簡直個兒只落沒說出口：「明人不講暗話，休想瞞人了！」

我父差點兒罵出口來：「你這個小人吶！」可還是算了，拿我臭腚對你奸臉，裝著認眞的撇起當地口音道：「承你擱俺娘跟前美言了。『人不發橫財不富，馬不喫夜草不肥』，俺還眞就給你詐中了，眞就是一偷二搶沒打正道得來的橫財。你算把乾姨哥看走了眼兒，看得不知多粗多大了，小乾姨弟！」

其實哪止添置點兒衣物穿戴要花錢，如外就不喫不喝不用了麼?

我父要不是生性寬厚，氣量也不小，凡事寧可刻苦自個兒，對人總是容讓；若要眞眞計較起來，那眞不要活了，憋也把活人憋死了。

爲我父撈得這份兒洋差事——對個雇工種地漢，對個上無片瓦，下無立錐，咱們這破落戶，也算是一份小小肥差事，儘管一家人莫不興興頭頭，頭一天送到莊子東頭，卻沒一個問一聲身上帶點兒零用錢沒有，晌午飯、晚飯都怎麼喫法兒。祖父三天兩頭不是上城，就是下鄉，家用甚麼的全不管，叔叔也沒受過眞正的飢寒，祖母既不管、也管不了我父，末了就成了不理我父——好像啥都由著你，也就由你自生自滅罷。不過那麼興頭，也興許以爲這一去，一到老鮑那兒，就領到那六吊錢了。要不是把李二老爹送的兩百文裡抹下八十文偷偷掖進板腰帶插口裡，還就硬是身無分文去當差了，全天下約莫都沒這種稀罕事兒。

這天一早就噎下張半煎餅，捲的是乾醬豆子，水缸裡舀上小半瓢水咕嘟咕嘟灌下去，算打發了。可晌午飯呢？傍晚也不知啥時才得回來，弄不好還得再一頓。還多虧何嫂跟小孟軋夥兒，弄了晌午、傍晚兩頓炸湯刀切麵，多備出一份兒，強讓我父一道兒用，要不的話，得跑醫院，顛去西南圩門外，通去城隍廟、東關口的那條小街上，找個小飯鋪子湊合兩頓——買的可比自個兒做的要貴多了。可那哪是打個一兩天短工，好歹將就幾頓就打發過去的？再說嘛，啥管家不管家的，不過當個佣人頭目罷了，幹起活來還不是抱著膀子一旁看不下去，一樣幫忙打水、提水、潑水洗淨，再一一抹乾……洋人家舍打掃起來，就這麼考究；不比咱們年根歲底才來一場撣塵，除舊布新，可也無非就是大小傢什抹抹擦擦，屋頂牆角撣撣掃掃蜘蛛網、塵穗穗、泥地、磚地，哪怕講究些的羅底大方磚鋪的地，也只把平日不動，這時才挪挪位子的笨重櫃子櫥子搬開，死角旮旯統統給清除個爽利罷了；哪有這樣救火一般，一桶桶水澆個沒完兒，整整給房裡屋外洗上一大把澡。我父分內本可不幹這些出力苦活兒——頭目頭目，只須動動頭腦調撥人、使喚人；動動眼睛盯住手下，別讓偷懶躲滑就行；可不是，照規矩就該君子動口不動手，小人才動手不動口。可我父又不是個愛端臭架子的燒包，更不是那種專貪小便宜的小氣鬼；何嫂、小孟，不管是乾親濕親，同是給外國洋人做事的自家人，單憑這一點，哪還分個甚麼誰高誰下？就比方這麼說，幹活兒出力，沒啥頭目手下之分，輪到出份子上頭，不單頭目要多出些兒，也至少不可佔手下便宜。

像這樣頭一天事先沒招呼就拉去混了兩頓肚子，敢是定規沒有白囫圇兩大碗炸湯麵那個道理，這上頭不能不想到你是管家，人家二人是個工錢少一半的底下佣人。還算有這八十文在身上，當著何嫂塞給小孟。那何嫂紅著臉喝叱小孟不准收，強說小街上二十文買的刀切麵，打了半斤油，五十文夠喫上十天，葱花、細鹽更有限，焦炭又燒的是洋人的。雞毛蒜皮可憐人的一點開銷，收你大哥錢，罵人嘛……

我父正經交代兩人，今後見天兩餐少不了，就三個人軋夥兒一道兒搭飯食，就勞何嫂辦飯兒，簡簡單單就好。小孟記個賬，三天兩天算不出個數兒，十天下來就該有個譜兒了，再算一個人該分攤多少。不是一天兩天湊合局兒，誰請誰都成，長久了那還行？親兄弟明算賬，這上頭得一是一，二是二，切忌別哈理胡支的，得照家常過日子來算計。

二天我父把僅有一百二十文也全數給了何嫂。十天過來，小孟拉住我父幫忙算賬，一人該攤一百五十文，照這打得寬鬆一點，往後就每人每月五百文，萬一剩點零頭兒，就月底多道菜，犒食犒食。

其實老鮑也挺能替人想，周到又細心，飯食的事三個都好去醫院包飯，月中才算賬。可我父跑去醫院賬房一打聽，回來跟何嫂、小孟一講，慢說他二人，我父也嫌貴了些。那邊有個大灶房，足足用了上十個有男有女的辦飯食，辦給病人、中國大夫、看護、辦事的。一日四餐，任包一餐、兩餐、三餐，夜裡一頓點心專給守夜預備的。可人家都是按月算賬的，按月初十關放工錢時，先從工錢裡頭扣掉飯食錢。說起來也是省神省事，到了飯時兒，帶著一張嘴、一口肚子，走去盡飽喫，完了抹抹嘴兒走人，燒鍋搗灶省了，碗筷都不用洗——人家敢是至少也要賺你這份兒人工錢，哪有白忙的道理。照一日兩餐來算，一個月九百五十文，毛上一吊了，那比三個人軋夥兒自弄自食，差不多整整翻上一翻兒，三吊工錢要去掉三成三，無怪何嫂、小孟都叫呼著不划算——橫豎活兒再忙，小孟跑去小街買個菜，何嫂偷個空兒，熬個薄飯兒，拾掇拾掇，不大當回事兒也就把三口肚子打發了。待到鮑師娘來了過後，一日三餐，洋人從來可都不喫剩飯剩菜，餐餐剩下的零頭碎腦兒，倒比三個人的正菜還多；碰上請客、過洋節甚麼的，更夠三個人喫上好幾天，飯食錢就越來越花費有限了。差不多就跟管飯一樣了，平白每月每人省掉三兩百文。

往天待在鄉下沒啥花銷，少有手頭上緊不緊這回事兒，如今可是天天都有想不到的開銷。大街上去給鮑師娘採辦、打信、訂做個甚麼，本都可支使小孟去跑街，總顧慮這甩子手頭不乾淨，又許多事弄不清楚，只有讓自個兒兩條腿辛苦些。這一跑街，麻煩多了。有時碰上一場雨，不能老躲到人家店裡等雨停，我父又性子挺急躁，怕閑，怕誤事兒，買把油紙傘罷，這種「天有不測風雲，人有旦夕禍福」，不止遇上一回兩回，防也防得，「飽帶乾糧晴帶傘」罷，可果真大晴天夾著把雨傘跑街，那可不是當地人罵人的「窮霉帶轉向又鑽死巷子」，弄得拿回家去兩把，放何嫂那兒一把，竟成了筆大開銷，上哪想到這；不用多，一年下來夠開間傘店了。只有一個法子，免花這冤枉錢，任恩庚牧師送給祖父的那把鋼絲撐子靑布洋傘，收攏起來連著根細帶兒一扣，細像根棍兒，柄子帶個彎兒，合手又輕便，洋人出門常就提溜著，也是一派神氣，不比咱們七老八十手拄的枴杖。只是家裡拿這把洋傘當個傳家寶一般，左一層右一層油紙包著裹著，藏到東間房頂棚子上，哪天給老鼠啃爛了也就罷了。

還有腳底下一雙鞋，想不到也會煩到心上來。俗話有一說，「閑人長手指蓋兒，忙人長腳趾蓋兒」，這閑和忙也很難分淸楚，就咱們家來說，祖父、叔叔，能說都是閑人不是忙人？自個兒往天是忙人，今又是閑人了？都不對。品品這話裡味道，品出來人倒是向來把動頭腦的看成閑人，出力氣的看成忙人。倒也不是不對，是太貌相外表。動頭腦的人，肩不挑擔，手不提籃，動手也無非就是翻書、磨墨、握筆、寫字，算盤都很少去摸摸，那十個指甲怎不隨由自便猛長長。腳上罷，一層布襪一層鞋，有那講究的還裏上兩層布，又不怎麼走道兒，腳趾甲敢是長不起來。拿我父自個兒來說，過往幹地裡活兒，一年倒有四五個月赤著腳丫巴子，草鞋也省了。就算過冬穿上藾草夾著蘆花打的毛窩，套上腳也只是雙曠曠邋邋大硬殼子，走道兒像拖著靸鞋，腳趾甲無拘無束敢是猛長。這麼著或許該說是「城上人長手指蓋兒，鄉下人長腳趾蓋兒」才清楚些。可像我父這樣子，只能算半個城上人，半個鄉下人，兩頭不落好，單腳底下這個鞋子，慢說草鞋，連蒲鞋、毛窩，也不好意思人家洋樓裡穿進穿出，那就只有布鞋了。以前是上城禮拜才換上布鞋、棉鞋。這多年大半是耀武、嗣仁他倆媳婦做的；大美也做過一雙，穿上腳好生疼惜，要能兩隻腳扛到肩膀上走道兒才忍心。就算前幾年人拔高，腳長長，一雙單、一雙棉，一年也就足夠了。這可好，上城下鄉，見天不走不走也得一兩趟，一個月不到頭，不是鞋梆兒紮了翅膀，就是鞋底兒透了亮兒。鞋梆兒飛了還能自個兒粗針大線打個補靪，繚上幾針；鞋底兒透不透亮兒人家看不見，可髒了磨了襯在裡頭的布襪子，那才死要面子活受罪，非板不可了。如今不好再找耀武、嗣義媳婦兒做新鞋——見月一雙，人家也別幹別的了。你一個月掙六吊大錢，不老老實實鞋店去買鞋穿？摳人家省自個兒的？萬萬不可。就這麼著，腳底下踩來踩去，想不到踩出一筆大開銷。就算照那差的買，不一百文開外一雙也休想；便宜貨是有——紮貨店紙糊的，十二文一雙，買去火化給亡人穿的，繡花鞋、皀筒白底靴子……應有盡有。

這又得服他洋人的牛皮鞋了，漂亮、護腳、耐久經穿。可定規也是個天價，問都不用問——鮑師娘常時把一家大小三口八九上十雙黑的、白的、醬紅的牛皮鞋，搬到廊下，先乾刷掉灰沙，再少許一些盆水洗洗鞋底乾泥，等晾乾了搽一層鑽鼻子氣味的油膏，白鞋刷白粉，各種皮色搽各色油膏，瓶瓶罐罐兒一盒子。末了拿乾布打光，可亮著，照得出人影兒。過往牛莊英國牧師的牛皮鞋就很惹眼兒，那跟當地過冬也是牛皮做的烏拉全是兩碼子物，烏拉只是整塊牛皮搐成個插口，塞上烏拉草套上腳，再搐緊口兒綁到腳脖上，哪說甚麼款式、甚麼皮色。我父從沒穿過，就像沒到成年不讓穿貂皮一樣，怕熱性燒酥嫩骨出大毛病。後來在這當地重又見洋人腳登牛皮，自個兒懂得的人事也多了，挺嘆咱們婦道媳婦單爲做個鞋，一年裡六個月都忙這些，打靠子、打蔴線、厚厚的鞋底得一針一錐的納……又數那躲伏走娘家的年輕媳婦頂苦，三十來天裡，婆家人多人少，就得男女老少一人一雙新鞋背上挃回來。洋人那些牛皮鞋，斷定都是買現成的，倒叫咱們婦道家眼饞人家洋婆子好有福氣，不用自個兒一針一線那麼辛苦，忙一大家子一日三頓，還得一年到頭忙一大家子腳上穿的。如今眼見鮑師娘，動不動搬弄出一大攤牛皮鞋來，刷刷洗洗，搽搽擦擦，一忙就一個長半天；老鮑的鞋像條船，掂掂有三斤重，穿在手上清理，能把人手脖子累瘓。跟動針線不一樣，可也是另外一種辛苦。

我父一旁略瞥幾眼，也就看出竅門兒，待伸手過去幫個小忙，誰知惹得鮑師娘像隻抱窩老母雞護著一窩小小雞，張開雙臂遮住一大堆大大小小鞋子，一臉通紅，難堪的笑著直搖手：「不要，不要……」急忙忙嚷著。那副大驚小怪樣子，不知是把這刷鞋一類褋事看得很低下，不方便勞到大管家；還是護住見不得人的私房物，連何嫂都不讓沾手，才害臊成那樣——敢又是一椿洋規矩罷——就像咱們坤道人用的裹腳布，不可扯到院子裡晾竿晾繩上晒，得攤開在房裡陰乾、烤盤上烘乾。打那以後，是凡牛皮鞋的事兒，我父再也不去碰，提防著別去犯家忌諱。哪還再問人家一雙牛皮鞋多少錢！

打十月領到工錢起，錢串兒扣子也不解，整整三吊文拿回家，兩吊放到銀號子，一吊自個兒飯食都在內。家裡見不到我父在外怎麼塡飽肚子，就是見到一把把雨傘拿家來，也見到差不多一個月就是一雙新鞋穿上腳，可都沒有誰過問一聲。這叫我父覺著自己連個魚鷹都不如。嘆總要嘆口氣，倒也笑笑自個兒這隻魚鷹，還是靠著偸嘴才有氣力抓大魚罷。

往常走過青石五孔大橋，見有魚鷹抓魚的漁家撐船漂在河上，就不由得想到牛莊西關外小沙河上的舊日情景。如今兩地通得音信以後，越發思念起咱們關東的外老太和舅老爹。祖母儘管一時有點氣急敗壞，顯得無情無義，終還是母子連心，終究還是會接過來罷——也罷了，等把這個家拾掇起來，好歹有個樣兒了，也讓外老太好生享個幾年晚福。眼前三間小草房，也委實塞不進人了，別弄得外老太來這裡，日子還不如留在田莊台——房子沒給東洋鬼子全毀掉的話，三間大堂屋、東兩間、西兩間，連上大門過道還有三間小南屋，夠殷實安穩的了。

這天走過青石大橋晚了些，漁家小船繫到岸邊兒，一人一桿船篙橫挑在肩上，那上頭蹲著左三隻、右三隻魚鷹。隨著船篙一上一下，隻隻魚鷹翅膀兒一張一張的搧揔，不知是自在還是一驚一驚的站不穩。一連四挑，上坡進去西圩門。河上似有若無起了晚霧，楊柳盪起落盡樹葉的千絲萬縷細條條。

那些可憐的魚鷹，沒一隻生得體面，盡都是一身翎毛不全，不是禿頭就是禿腚。隻隻脖子上繫根小繩兒，潛進水裡，啄到小魚就私自吞下，啄到大魚得上船交給漁夫，聽賞一條嚥得下的小魚，重再跳回河裡。有那船頭上蹭蹬的，或是河面上老游來游去不肯潛下水去的，不一定就是偷懶，總讓人家喘口氣，歇上一小會兒罷，可那無情無義長竹竿子立時被打上身來。眞叫人疑心，那樣子一身破破爛爛，不定竹竿敲打掉了羽毛。

只是那魚鷹但得逮住大魚，聽讓人把大魚硬從長啄裡拔去，靠得住是定會賞條指頭那麼大的小魚。小不小的，積少成多，還是有得喫的就餓不死。明知划不來，也只有勤利些——有勤就有利，李二老爹常時掛在嘴上的金言呢。

# 西體中用

華太平家傳

我父給老鮑管家不久，就打鮑師娘那裡學來一些洋人飯菜，有鮑師娘數樣兒親口親手教給的，有留意幾眼也就學會了的——滿以爲這一來有的好學，可過些時，重來倒去，也只就那麼幾樣兒花色。總因洋人喫喝簡單，就算像樣兒請場客，請來當地所有洋人，除了何嫂做做下手，又拉我父幫忙照看，也仍然變不出多少名目；倒是這裡那裡多點上好幾根白洋蠟，幾瓶插花——打院子裡現掐的花花草草，寒天只有養在屋內的八寶花盆，托著洋盤硬就是擱到桌案當央像一道兩道大菜。咱們是待客時客氣話，「酒不夠，菸來湊」，水菸旱菸一齊敬客。洋人這是飯菜不夠，洋蠟插花花盆拿來湊。

拿咱們去比，便是家常便飯，也夠五花八門。菜館酒席甚麼的，更得學徒拜師，三把刀、二把刀，還分個白案、紅案，慢慢兒熬上二師傅、大師傅，可不是這麼稍稍留意一下就下得了手的。

單說洋人做菜的作料罷，鹽、糖、醋、胡椒麵兒，再沒別的——原也以爲這般洋人漂洋過海，老遠來到這裡，油鹽醬醋䊝七䊝八的帶不周全；鮑師娘也常嘆缺這少那，不時思念那些往日人在家鄉不覺怎樣的粗賤之物，遠離家鄉之後卻都成了再多黃金白銀也買不到的稀罕之寶。可每逢老卜牧師人等來赴席，無不咂嘴舔舌，讚不絕口，飽食到地道家鄉口味兒。可見也就是那麼點兒貨色。

說比起咱們，洋人喫喝簡單，可一點兒都沒錯兒。我父經手給定的、包的、買辦的，無非有限那幾樣兒，糧食罷，也就是麵粉、棒子米。葷的罷，牛肉差不多當飯喫，而外搭配些雞、鵝、雞蛋，豬肉只喫裡脊，要嘛牛骨、豬骨熬熬高湯——甚麼下水都不喫，倒是便宜了我父跟何嫂、小孟；何嫂佔了便宜也沒好話：「個洋鬼子，不識好歹！」素菜嘛，也只各色蘿蔔、黃菜（只喫嫩心兒）、甜葱，而外便是黃豆、豌豆、雁來枯青大豆，都是煮爛了當菜。地瓜要專挑那不甜的，寧可煮爛了再加糖，或是加鹽。淸點送上門來的這些，我父有時也不免跟何嫂那樣，暗噌一聲：「這些洋鬼子！」

倒是凡是樹上結的果子，秋後也就只有柿子、棗子、林檎、黃梨，倒是有多少，要多少，幾位有家道的洋人也都託我父替他們收買。除了每餐都當一道菜，大批都是下鍋熬成果子醬。那比咱們晒醬要省事多了，只須果子洗淨，去皮去核兒，丟進鍋裡猛煨猛熬，猛放洋糖，攪黏糊了就成。不似咱們那麼費事，先得把黃豆煮得爛熟，把家常饝兒煎餅剩頭碎腦併到一道兒，任由生霉，愈霉透愈好，丟進煮化的濃鹽水裡泡爛，拌成爛糊，一天天日晒夜收，晒晒攪攪，水氣日少一日，由稀到厚，到得稠成黏膏才成。我父也跟耀武、嗣義幾位媳婦出出主意，看看學洋人熬果子醬法子，上鍋把水氣熬乾，費點柴火罷了，省得天天盼晴愁陰，盆盆罐罐兒搬裡搬外，要上整一個月的操心勞神。可耀武家裡娘家做姑娘時，就有過用鍋熬醬，柴火也耗的有限，就只是鍋熬的醬不香更不鮮；不光是醬，所有乾菜：大白菜、豆角、茶豆、蒜苔、金針……不懂得甚麼道理，老陽一晒乾，不用口嘗，下鼻子一聞，就香死人，鮮死人。談起來就都笑開了，老陽還有這麼個好，給人又添香、又提鮮。打這晒醬又聊起天稍稍暖上幾日，醬裡便不免給蒼蠅叮了，下子生蛆了，挺惡心人。可醬園裡，滿院子大缸釀醬泌醬油，哪口缸裡要是不生蛆，就一定有毒，得把那一缸不管是醬還是醬油，統統倒掉。俗說「無商不奸，無媒不謊」，醬園店老板這一上頭，倒憑良心；要不的話，難保不喫死人，鬧出人命來。

起初飽師娘帶了三歲四個多月的永福貝貝來——洋人總把歲數算到月份，有算到天數，眞是數著日子過；咱們是日子不好過，才這麼說。幾大箱子行李之外，還有兩大提籃的乾糧。一提籃四五十鐵罐封死又加蓋兒的牛奶麵兒——這也得服他洋人能幹，能把擠出來湯湯水水兒的牛奶，做成精細白麵兒。我父一看就知道這玩意兒是個寶，比新鮮牛奶容易帶，輕便不佔地方，不怕灑了潑了漏了；又經放耐久，像咱們晒的乾貨，不怕餿了酸了臭了霉了。就只是一時還不清楚是怎麼做成，總不成太陽下硬晒的罷。瞧只兩湯勺細白麵兒，拿開水一冲就是一大盅，看要多少牛奶才做出那麼一斤不到的一小鐵罐兒。

另外一大提籃，盡是方的圓的鐵罐，裝的是方的圓的一片片兒乾餅；還有白棉紙裏住烘烤得黃亮亮的洋饅頭。幾位洋牧師、師娘、洋教士去東關口運河碼頭迎接，一道兒跟過來，除了先已準備的放糖茶葉茶，叫做烤飛的洋茶，一些咱們的茶食：桃酥、羊角蜜、櫻桃酥，飽師娘忙碌中也拿出鐵罐、紙包，讓老飽去打開款待客人。洋人還是喜歡洋玩意，可憐喫得眉開眼笑，不知有多知足。豆腐乾大，薄薄的小塊兒乾餅，一口吞得下十塊，可都個個疼惜著捨不得一口一塊，不是嘴唇一點點抿進口，就是門牙一點兒一點兒對，一點兒一點兒截。老飽夫婦倆算是挺大方，客人熱鬧過後告辭走了，一人送給一鐵罐乾餅。我父、何嫂、小孟這三人收拾客人走後零零碎碎，推辭不掉，也嘗了一兩片飽師娘讓過來的乾餅，可眞酥、眞甜、眞香，怪不得單拿嘴唇抿一抿就進了口；只是沒法子比得上咱們茶食花色多，各有各的滋味。也不怪小孟一背過臉去就搗著口挖苦說：「喫瞎屁一樣，還不夠塞牙縫兒！」

這些洋玩意兒，別管是小乾餅、洋饅頭，拿給咱們，還眞是只能當做哄小孩兒的零嘴兒，當做點心點點心兒；可洋人是把這當飯食，都是打小到大喫慣了，一日三餐少不得的嚼穀兒。別的洋人那裡，聽說都有上海那邊運來一些乾糧，也只是意思意思，當不得甚麼；也不是常川都指望那丁點兒東西就能塡飽肚子。乍乍來到這個外鄉的飽師娘，動不動就唸叨想這想那，我父一旁瞧著聽著挺難過，咱們也是流落到外鄉來，喫喝用度好幾年下來才習慣了些，敢是懂得人家苦處，便老盤擱心上想幫幫這個忙，把他洋人往後日久天長都離不開思念的家鄉喫食給生生法子，看看能做到哪裡是哪裡。

說眞的，千不念，萬不念，總念人家幾千上萬里，坐大火輪船要一個多月才能先到上海，再花上十天半個月水路才來到這——眞是報冊上西太后把洋人叫做的「遠人」。好歹人家是來傳教、治病、辦學、行善做好事的，就算稍稍盡點兒地主之誼，饒是做不到招呼人家賓至如歸，也該「拿人錢財，替人消災」，幫人家把日子過得稱心些，如意些。

飽師娘母子未到之前，敢是都先有安排。靠祖父跟洋人的人脈，我父拜望了兩位英國單身女教士、美國老卜牧師、任牧師兩家。這般洋人反而像南邊蠻子，大半都喫的大米乾飯——幫忙做飯的女佣人，都跟何嫂差不多，像看家養畜生，喫食上頭不識好歹——好的死不喫，差的反而喫個死。洋人那麼喜歡喫肉，燒了有滋有味的紅燒肉全不賞光，寧可炭火烤得半生不熟，血水滴滴嗒嗒就下口啃起來，不是生番子是啥?麵食罷，個個洋人都一個式兒將就著喫點兒鬆散一些的饝子，喫不來狠揉得有勁道的饅頭，嫌太費牙口，會把兩邊鬢穴嚼得又瘦又疼。油嘛，牛油、奶油，可都是上海、煙台、青島、威海衛各地差會傳差會傳過來的，城裡可是拿多大錢也買不到。何嫂一輩也都說，小磨香油多香，秋油、甜油多鮮，這般洋人打死了也嚐不來一兩滴，眞叫人拿他洋鬼子沒法子。

我父是眞的用了心，盡了力。小片兒乾餅和一捺就扁了的洋饅頭，別管多少，算都嘗了，品了——可不是小孟那樣，啐一聲「瞎屁」就結了。一尋摸，再尋摸，總算抓到個竅兒，洋人喜的這些小麵食，不外一是甜，二是烘烤，想想倒是跟咱們茶食較走得近。茶食裡除掉鹽條兒含點兒鹹味，可全都是甜的，只分個稍甜如桂片糕、大烘糕、狀紅糕、驢打滾兒、驢屎渣巴、金果、金錢餅、豆角酥……很甜的有交切、寸金、百合酥、桃酥、條酥、澄沙月餅……甜得咰人的像羊角蜜，寸把長的小羊角，外面滾了白糖，裡頭灌的蜂蜜，像櫻桃酥，也是滾上厚厚一層白糖、像董糖，又叫董妃糖，全是糖和芝蔴粉醅成的，還有棗泥、洋糖、冰糖做餡兒的月餅……。這麼些五花八門的茶食，又十有八成都是烘烤、油炸的。這就行了，儘管洋人不大喜歡咱們茶食，也只在味重味輕罷。再就是豬油、香油，洋人還喫不慣，就像咱們喫不慣羶味兒重的牛油、奶油——我父倒是打小在關東常喫，咱們二曾祖母又是旗人，家下這種口味兒的喫食不稀罕，我父不但喫得來，還喫得出美味兒。小乾餅、洋饅頭，敢是一入口就品出輕輕一股兒奶油香，進關五、六年，似乎這才是頭一回又聞到了羶腥味兒，硬就是喜歡。

心裡有個譜兒，跟鮑師娘討了幾片小乾餅，一個冷硬的洋饅頭。我父少言語，鮑師娘也很快就放心放手凡事都依賴我父；要下這些喫食，我父沒講要做啥用，鮑師娘也問都沒問一聲。

我父上城跑了兩家大字號的茶食店，找到大師傅一道兒來琢磨這些洋玩意兒，先看看除了小麥麵，還摻些甚麼配料兒；再尋摸怎麼個烘烤、火候。本來我父打算兜兜買賣，要是咱們能做得成，算算也有將近二十口洋人，包下來三、兩天送上門一批，不定也是一筆收入。用這個主意打動茶食店老板、師傅，事兒該好辦。誰知師傅徒弟頭一回開眼界見識到這些洋玩意兒，稀罕不得了，比起洋人還要疼惜，小乾餅也罷，洋饅頭也罷，只捏點兒渣巴黏到舌尖上來嘗，翻著白眼兒品了又品，七嘴八舌的說長道短，全不管這麼猥到一堆兒幹的啥，爲的啥，幹啥要這麼花心思。我父見這夥兒師徒興頭這麼大，也就留住話不提，免得事關生意人和洋人兩邊好惡——跟生意人玩心眼兒玩不過，洋人又不知有多挑剔，犯不著自個兒夾在當央，兩頭落怪不落好。果眞茶食師傅做得成，洋人喫得合口味兒；一邊有利可圖，一邊請託供濟，那再居間說合，願打願捱由著兩方定奪去，自個兒趁早別拉攏兩方。護著哪方，向著哪方，都不合適。

說這洋喫食都是用的小麥麵，又都是活麵，大夥兒都沒二話。可這活麵怎能發得那麼透，盡是孔接孔，洞連洞，比咱們發糰糕還發得透，到底這一手是個啥竅門兒，就各說各的了。有的說聞這洋饅頭一股酸味兒，就知道鹼放得少，麵發過了頭，敢是發得透；有的咬定是麵和得軟、和得麵，揉成的茭子上火一烤，裡頭敢都是密密的窟窿；有的先認出這種小乾餅，不管是圓的、方的、片片一樣大小，還有四周狗牙邊兒，定是一個模子磕出來的，這就保不住這發麵是對上水，打成漿糊塗，澆進模子裡再上火烘烤；還有的指說小乾餅、洋饅頭、一點勁道都沒有，可見得發成的麵沒怎麼揉，還興許揉都沒揉——「打倒的媳婦揉倒的麵」，媳婦要好生折騰才中用；麵要狠揉，不管是麵條、餃芰子、饅頭……就是要揉出勁道才中喫。

這一點倒很有道理，洋人喜喫餋子怕喫饅頭，就是喫不慣有勁道的麵食。就是牛肉，照咱們紅燒、清燉、哪怕小炒，全都挺費牙口，只有半生不熟血淋淋的烤肉塊，喫起來才顯得嫩，容易咬也容易嚼。這可又是一個竅兒。

儘管幾個師徒你能我勝，各說各的，實在罷也都說中了一點，合起幾個一點，也就全副多了；再說罷，好歹也都讓我父長些見識，學些本事。要能在這上頭多套到一些門道，說不定能跟鮑師娘軋夥兒，一頭生點子一頭試著來，一回試不成再生點子再試。想必鮑師娘樂意搭手一道兒來「謀生」罷。

我父心上早有個譜兒，把茶食裡揀那烘烤的大烘糕、桃酥（當地不知是走了音還是另有個意思，叫做「胎酥」）、金錢餅這幾樣兒，求教茶食師傅都是用啥傢伙烘烤出來。說起大烘糕，才眞該叫做茶食，喫起來非配上喝茶不可。敢是烘烤太透了，一點水分也沒有，一入口就能把一嘴的唾沫吸得乾乾的，舌頭熱燙熱燙打不過彎兒，給好淌口水的小奶徒兒當零食才再好也不過。那個硬法兒，剛長奶牙啃起來煞癢得很；剛長奶牙又口水漣漣，一天要換不知多少圍兜，有塊大烘糕啃來啃去，抵得上三、五片圍嘴子，也免得把手指頭咂得白泡泡的。我父是把這大烘糕比做生石灰塊——粉牆，和三合土都用到，一塊塊石灰窰出窰的生石灰跟石頭一般樣兒，堆成垛子拿水澆，遇水直炸直響像放鞭爆，又咕嘟嘟直冒大股白煙，乍看倒是潑水救水，大烘糕進嘴兒就是這個味道，像啃了塊生石灰，多少口水賠進去，只差沒有七竅生煙，嘣嘣兒炸響。

果然，這幾樣茶食都跟烘烤差不多，傢伙是平鍋，就像油煎包子、水煎包子、壯饝、鍋貼、豆腐饞兒那種平鍋，只是大得怕人，像面圓桌。可使喚的傢伙一樣，法子倒有講究，少說也有四種：熱鍋不放油是乾熑，大烘糕、金錢餅甚麼的都是乾熑出來的；只用少許豬油擦鍋，免得黏鍋，叫做爊；淺油叫煎，求個脆鬆；大鍋滾油，大凡叫甚麼酥的，多半是炸出來的，炸到脆那是不夠的，得酥到入口即化才行。打這些講究裡，可就找出頭緒，他洋人敢是只喜歡乾熑的喫食。臨走，我父把這些乾熑成的茶食，招呼夥計給裝上一拜盒——當地送禮，茶食都用的這種薄木盒子裝，約莫一尺長、半尺寬、三寸深，有個抽拉蓋子。喫完茶食還可裝裝小東西，塾館學生喜歡拿這裝書裝小買賣兒，裝文房四寶。我父自個兒掏腰包買了一盒提回去給鮑師娘和永福貝貝嘗嘗。

鮑師娘弄擰了，以爲我父是拿這換早上討去的小乾餅和洋饅頭，兩下裡一輕一重不般配；也別說，他洋人也是挺在意禮尙往來，抽開拜盒蓋子一看，擺放齊整的四色茶食，或許覺著禮太重了，歡喜可歡喜，只就是好生難堪的不肯收。經我父一再說清這不是禮物，先挑出一塊芙蓉糖給了永福貝貝，再把跑了兩家茶食舖子大致光景簡單說了說。鮑師娘初來乍到，官話有限，連打手勢帶畫畫，也許只懂得個兩三成，卻也會意到我父盡心盡意在爲她大小三口人打算，一知半解的一再點頭——「搖頭不是點頭是」，似乎不管哪國人，倒都一般；還有哭和笑，早晚小永福哇哇大哭，嘻哈傻笑，用聽不用看，壓根兒就分不出哪是哪國小子丫頭。

我父挺肯動頭腦，禮拜六何嫂傍晚趕回家去，我父照著那天跟幾個茶食師徒討教的，一椿椿一件件交代給何嫂，約合好二天去她家擺弄點兒喫的玩意兒。

禮拜六我父家來，天短夜長，總得燈下揀糧食、淘糧食，上磨推個二升小麥糊子——禮拜天，祖母不管上不上城做禮拜，守安息不可烙煎餅，糊子刮進大號龍盆，端去李府，託他嗣義媳婦明兒上鏊子，給乾娘一家烙煎餅。二升小麥烙得出八斤煎餅，約莫五十張，足夠祖父、祖母、叔叔三口喫上一個禮拜還有剩的。不光是嗣義媳婦，李府上下也都說，乾姥娘三口人都那麼斯文，能喫多少呀，不說鳥食，貓那點食兒也就足夠了，哪犯著二升糧食還研磨搗碓的，又是外頭聽差六天回來也夠累的。他李府都是驢拉磨，累不到人。可怎麼說，我父還是不肯。託她嗣義媳婦都夠勞動人家了，耗費人家燒料也夠過意不去了。再說，他李府從來不喫純小麥煎餅；棒子米、高粱米，有時還夾上地瓜丁磨糊子。可祖母非小麥煎餅不能下嚥，讓人家單單為你家這二升糧食套驢上磨，先得清磨，完了又得洗磨，可費事大了。但得自個兒會烙煎餅這一手，也就連她嗣義媳婦都不用去麻煩了。

大禮拜散過後，我父也沒跟祖父祖母去小喫，就直奔大南門外，釁學後巷子何嫂娘家來。等會試著擺弄些洋喫食，躲不住有碎的、壞的、沒做成的，拾拾掇掇也就墊墊空肚子了。

照道理來到凌家，該喊這凌素英一聲乾姐姐的，我父怕來這一套，乾脆連何嫂也不喊了。凌家老小都猥來，像等看變戲法兒一般等開眼界，我父也索性一律不喊，弄得只覺自個兒好生不懂禮數。

何嫂還是不錯的，機靈、好記性，手底下乾淨利落。我父交代的沒一項忘掉、弄錯、臨時亂抓甚麼。先看發麵，扒開了窟窿，裡頭勻勻淨淨儘是密密麻麻小孔兒，麵算發得很透；那軟硬也正好——做洋饅頭興許合宜，小乾餅只怕硬了，那也不大礙事，待會使碱過後，再多對點兒水也就成了。

碱水備好了，我父大致也會使碱，只是碱要略欠一點兒，保住稍微含點兒酸尾子，這就得靠何嫂拿捏了。

碱水澆到發麵上，澆到哪裡哪裡泛黃，要把這碱水調勻，向來都是羼羼揉揉，我父就提醒何嫂，洋人怕有勁道，怕費牙口兒，就盡量別羼別揉，只有五根手指頭插進麵糰裡邊拌邊搦。接下來做饅頭芰子，也輕輕揉出個形兒——不如說兩手對著摑幾摑兒，摑出個形兒也就行了。

何嫂倒是全聽我父的，咋說咋行，就只是老不甘心的呸上一聲：「這些洋鬼子！」

鏇子燒熱了，怕粘鏇子，擺上芰子前，還是拿烙煎餅使喚的油搨子把鏇子面兒擦上一遍。芰子多遠擺一個，得估算發麵烤過後能發多大來排行子——對這，凌家老人家也都說不準；一向都是上籠蒸的，從來沒用鏇子烤過。蒸和烤，發個兒有沒有大小，誰也沒把穩。

爲這個拿不定主意，未免太離譜兒，我父不管那些，動手把芰子一個個移上鏇子，一邊跟何嫂說：「橫豎這頭一回罷，成不成還在倆仨兒，寧可擺稀一些。照理，烤的要比蒸的發個兒小點兒；可麵和得覅，芰子膧，個兒怕要發大些兒。別管了，一回生，二回熟，不成再來，豁出去罷……」

鏊子上頭蓋上麥稭編的籠頭，斟酌著還是用文火爲宜，火烈了只怕饅頭底下烤糊了，整個還沒熟。此外，我父約合大夥兒心裡存個數兒，看看多久工夫才火候正好。何嫂她妹子倒出主意，點根香做個準兒。可白出主意了，凌家都是教友，家裡缺的就是個香。

本來蒸饅頭都有個準兒，籠裡冒的蒸氣沖到屋頂大樑，連帶的屋笆上烏黑的塵吊子也讓蒸氣撓得飄飄甩甩的，那就十拿九穩饅頭蒸得透熟透熟了。再說，就算蒸過頭了，籠下的鍋裡水熬乾了，饅頭也萬糊不了。

我父還是估摸得對，芰子只雞子兒大小，麵瓤得癱癱的站不起來，烤出來卻有卡過來的細瓷飯碗大，虧得擺得挺稀，沒哪兩個粘住。火候上只能大約謀靠著鼻子，籠頭邊縫兒剛冒出氣兒，就個個沉不住氣起來，「饞貓鼻子尖，餓狗聞上天」，可都尖著鼻子等著聞香，生怕一下子冒出糊味兒來。就這麼喫緊的守著、看著，只差沒拿出架勢，瞧誰搶得頭一手揭開那面稭麥籠頭。

誰也沒聽過、沒見過饅頭是烤出來的，不是蒸出來的。焦香才一飄出那麼一絲絲兒，何嫂頂溜活，先就搶上去，一手抓住籠頭繫子，身子趔開來怕被熱氣給呵到，這才轉過臉來問一聲：「要不要這就閃籠？」我父看大夥兒沒誰應個可不可，估摸下該熟了，就是欠點火候，發麵還有一半，還有二回，拚就拚了罷。開寶一樣，我父爽快喝了一聲：「好，掀開！」

都以爲火候嫩了些，一見發得那麼大，不由得一齊呼出聲來。可都知道定很燙手，還沒誰敢下手去拿。何嫂眼明手快，抓了把鍋鏟過來，輕輕剷一個，翻到一旁小桌上。試出沒粘鏊子，剷得順手，索性手底下加快，一個個剷到小桌上，一邊還數著數兒，無來由那麼喜孜孜的忙起來。沒數到一半兒，就有等不及的下手捏去一個，給燙得這手換那手，那手換這手，嗤嗤呵呵的又吹冷，又聞香……

我父一旁冷眼瞅著，也聽到說是熟了，味道有點兒酸；也看到一個個給燙得歪嘴斜眼；可心事早又轉到別處去。瞧那烤成的饅頭大小扁圓跟那洋饅頭簡直沒多少出入，本來心裡全沒半點兒底子，這可是給瞎矇瞎矇恰恰巧矇得八九不離十兒。只是根柢上還差得太多，烤出的饅頭底兒焦黃焦黃，有的還糊出黑斑斑，虧得狠狠心狠對了，開寶再晚一會兒，只怕個個都烤黑了腚。可這倒不打緊，要命的是這個賴相兒跟人家洋饅頭恰恰反過來，洋饅頭是面兒上烤得油光光的焦黃焦黃，底兒倒不怎麼變色。我父也怪起自個兒不實在；原也想到過，放在鏊子上烤，該跟平鍋裡煎水煎包子、豆腐饞、鍋貼差不多，都是貼下面一面兒亮黃，各面都還是熟麵那個色氣。適才何嫂一掀籠頭，沒等蒸氣散盡，便已見到滿鏊子白糊糊一個一個不知該叫它啥，儘管大小扁圓跟洋饅頭可像著——憑的甚麼巴望能烤出來跟洋饅頭一個樣兒？枉想不是？

下一籠還是照烤了，候到一聞到焦香就把籠頭掀開，我父連忙一一細看烤出來的饅頭底兒，倒是一個糊斑黑點都沒有，嘗味道也跟洋饅頭又近乎點兒，興許二一波發麵放那兒稍久些，多醒了會兒，發得更足。

我父斟酌了下，好歹還是挑出五個大小圓扁差不多的烤饅頭，又沒疤沒癩冒充的假洋饅頭擱進小挎斗，蓋上何嫂找來洗得雪白雪白的手巾，提去南醫院。

不晴不陰，俗話叫「白眼子天」，這種天氣冬裡清冷，夏裡悶熱，好在灶房裡折騰這整整下半個天，倒不覺出怎麼個冷法兒。可一出西南圩門，就不由得縮縮脖子，挎斗挪到胳膊彎兒裡，兩手袖起來。

這一路上我父心裡怏怏的——原本打算挎上一小斗子地道的黃亮亮洋饅頭，這個樣兒簡直拿不出手，眞就是獻醜了。只是讓鮑師娘嘗嘗，或許指點指點該怎麼來兩面烘烤——他洋人一定有個法子的；想到這兒，靈機一動，兩面烘烤，先前咋沒想到？那就鏊子上別用籠頭蓋，改用平鍋。平鍋翻過來蓋上去，上面放上灶門出出來的復炭，上下兩面夾攻，興許還烤得快一點兒，不怕不把饅頭面兒烤出亮黃來。下個禮拜天再去何嫂家試試看，要是平鍋不夠深，卡上去壓住芰子發不起來，就上下都用平鍋，準夠高了——上兩寸，下兩寸罷，高椿饅頭也沒那麼高罷？我父還打袖籠裡抽出一隻手來，比劃一下四寸有多高。可還要看平鍋借不借得到，借不到兩口，就先用一口當蓋子試試再說。試成了，不怕鮑師娘捨不得錢買平鍋。琢磨到這，我父腳底放快，一邊心裡禱告，皇天不負苦心人罷，感謝上帝賞賜給一副好頭腦。法子是人想出來，不管有時也想的是母點子，總是不停的想，上帝不給聰明還是不成。

鮑師娘接過我父害臊拿不出手的挎斗兒，才一掀開白手巾，不知是眞的還是裝出來的，聞見帶點兒酸氣的焦香，就連呼好呀好呀，等不及就捏出一個湊近高得好似不大通順的鼻尖上，猛吸猛擂的聞，接著掐下一小塊兒放進嘴裡。我父害怕給過於誇獎了，拼命找話說，都是褒貶這洋饅頭做得怎麼差、怎麼賴、怎麼怎麼難喫……鮑師娘倒一勁兒搖頭，不幾口就喫掉一個，一邊拿出盤子來盛另外那四個，輕手輕腳像怕捏扁了、捏破了那般仔細。看神情該是眞的喜歡又疼惜。

我父原本是先不讓鮑師娘知道，等試成了再來獻寶。可相差這麼大，即便路上想的點子也挺通的，只是多想幾想，兩口平鍋對扣著，上下燒火加炭來烤，按理十有八成九成可行，只是這個點子還是不免有點兒毋；想他洋人沒這麼個笨法兒，家常裡做起來也太費事了，一定會有個好法子，有個可以把洋饅頭烤得兩面兒黃的傢伙，這就得老老實實跟鮑師娘求教了。

鮑師娘沒等我父仔細說清楚，先就從櫥櫃裡找出個扁圓鐵罐子，上面貼紙上印的有不少英國字，用銀湯勺柄子撬開挺緊的鐵蓋兒，剪破裡頭又一層錫紙袋子封口，湯勺舀出少許像泥土乾粒子的東西，官話夾著英國話，再加上指手劃腳，半晌才讓我父弄懂，大約是用來發麵的東西，該沒錯兒。

咱們發麵用的是「老麵頭」，發麵下碱前，揪出一小坨兒，搓成長條纏在筷子上，像隻長蟲繞上一根竿兒往上爬。那叫老麵坨，連筷子隨意插到牆上哪裡，聽讓它自個兒乾掉。下一面再發麵，就拿它泡成稀湯，和到麵裡，算是發麵引子。萬一忘掉留這一坨老麵頭，下回發麵時，就只有左鄰右舍借誰家的來用，那就下碱前留個兩坨，一坨還給人家，一坨自個兒留著。

我父把咱們發麵這一套，用了九牛二虎之力，說唱做表都施出去了，還把何嫂下房裡泡洗衣服的洋碱拿來，比劃著麵發透了，要化上碱水和進去，要不的話，會酸得上不得口——

敢是要做出給酸死了的模樣兒，眼鼻口耳眉五家搬到一堆兒擠緊了。鮑師娘倒也懂得，還分外誇讚咱們中國話才說得很對很對——我父指的是發麵叫做「活麵」，不發的麵是「死麵」；靈機一動找出舊約聖經以色列人出埃及，上帝吩咐摩西叫百姓多做「無酵餅」帶著做乾糧。鮑師娘將英國字聖經找到這一段，弄清楚無酵餅是死麵，酵餅是活麵，樂得直拍手，一邊重叨著：活麵、死麵，活麵、死麵……這一樂，似乎一下子跟咱們近乎多了，好像把她美國搬家搬到咱們中國做近鄰了。

談到使用甚麼傢伙來烘烤，洋人煎雞蛋餅子、煎死麵（其實是和成黏糊子）餅、肉餅，都是用的平鍋，不過小得很，還帶著長柄子。我父比劃出一口大平鍋，把帶來的假洋饅頭拿一個放進小平鍋裡，探問怎樣才能烤出兩面黃兒。鮑師娘不知怎樣比劃，加上有限的官話，著實說不清楚，只有拿來紙筆，邊畫邊講。可也才剛剛看出洋藍筆勾出來的一點梗概，帶點斜坡兒的圓筒子，我父猛擡起額頭來，邊笑著自罵自：「蠢豬！蠢豬！」倒叫鮑師娘愣住，手底下也停住了筆。

蠢豬，是惱自個兒光想到茶食舖子，沾邊兒也沒想到還有個燒餅爐。他洋人是把摑成的茭子貼到上口粗一些，下口細一些的鐵筒子裡，當間兒煨上炭火烘烤；燒餅爐大體都是口小、底兒小、鼓腰兒的半人高砂缸改成的——靠近缸底兒開個三、四寸見方小門兒，留著通氣、出爐灰；要火強就敞開，不定還得搧幾扇子，要火溫靜些——文火，也叫慢火，就堵上。缸裡泥上一圈兩寸來厚的三合土，半腰兒裡橫嵌出鐵箅子，又叫爐釘，焦炭火就生在這上。燒餅刷層少許糖稀水兒，撒上芝蔴，背面兒濕點兒水，貼到四周光光滑滑三合土上，敢是個個面兒都烤得亮黃亮黃。我父直怨自個兒先前搓疼了額頭，只想到茶食舖子，就是一點兒也沒想到這燒餅爐才眞管用。可一面又好生歡喜，不用再迷著甚麼鏊子、平鍋，這燒餅爐準保比　子平鍋成得了事兒；一旦烤成了洋饅頭，他老鮑夫婦倆兒、還有永福貝貝喫得稱心如意，那就戳哄著買口燒餅爐來家用，不定別的洋人也看著眼饞，一家買上一口，就此迎刃而解洋人在咱們這兒喫不到洋饅頭的苦處。

燒餅爐大半都只趕個早市。城裡人大多不喫早飯，只喫早點，像燒餅、油條、朝牌、豆汁兒、胡辣湯、油煎包兒、水煎包兒……花樣多的是，就算不全買著現成的喫，家下熬個粥、小米稀飯，搭配兩三早點，更是常見。可一等日上三竿，差不多也就一一收市了。

我父找到西城門裡一家燒餅舖子老板打聽清楚，約好時候來借爐子一用，提到炭火錢，人家認得我父是華長老跟前老大，忙擺起兩手推辭：「哪這麼貪財啊，你這太外氣了。爐裡又不用現生火，多把焦炭敷上去就中了。」算是欠份兒人情。

這邊跟鮑師娘商定了，頭一天先用洋麵引子把麵發起來，指點何嫂和個軟硬適中，加上些奶油甚麼的配料。二天看看日頭多高，客廳掛鐘九句半光景，領著何嫂進城，挎籃裡包上一層又一層布手巾的發麵糰，怕天冷把發麵又凍死回去。

這又是再一回來試著烤洋饅頭，帶著何嫂可不一定指望她下手揉芰子甚麼的，只是就算一旁袖手愣看，總也得從頭看到尾才是。試成了，往後就都是她何嫂家常活兒了——像咱們蒸饅頭、烙煎餅，不是天天，總也三兩天來一回罷。免不了的，何嫂一路上還是不服那口氣，老不住嘀咕：「哪興發了麵不下鹼這個道理，等著瞧嘛，看酸倒誰個大牙——俺可是倒不了牙，正好看笑話唄……」

趕的正是個時候，末了一爐燒餅剛一個個拿扁頭火剪鉗出爐。燒餅面兒上撒滿芝蔴，瓤兒裡有葱花、板油小丁丁兒，剛打爐口裡鉗出來，熱噴噴那股子衝鼻子香，別說有多撩人嘴饞掉口水。

何嫂放快手腳，打挎籃裡捧出一垛子發麵糰，擱到人家收拾乾淨的大案板上，還有一碗乾麵醭，忙著揉麵揪芰子。這晷子又輪到何嫂有價錢了，瞞示她有多在行，老板娘想搭把手幫幫，給她搪開了，大聲拉氣的跟人說這洋饅頭不光是要上火烤，芰子還不能多揉，生麵也不能揉進去。那麵糰稀軟稀軟的，碰上就黏手，生麵只當乾乾手來用。這麼多的說法兒，又這一把那一把頭頭是道的好生熟練，別人一旁看熱鬧，還眞不敢隨便下手幫忙。

老板招呼過幾個顧客，抽個空兒過來看。案板上一轉眼工夫，倒是排成兩行芰子，數數有十來個，遂道：「上爐了。妳忙芰子，俺來貼。」何嫂不放心，挪過來看看爐子裡，嫌火不夠旺；又豎起三根指頭比劃，交代老板，至少要三指寬貼一個，防著發開來老黏成「一對雙雙」……老板直點頭，一邊說他會加炭，一邊應著：「敢是的，敢是的……」

我父看看何嫂從來沒有這麼大的興頭，手腳好生伶利；燒餅舖子老板這麼熱心，手底下熟練利落；那就讓何嫂去露一手，老板這份人情也讓他賣到底罷，自個兒乾脆讓到一邊，袖著手閑著。這樣也好，瞧瞧貼燒餅手藝——抓起個芰子兩手丟個來回，免得粘手，右手水碗裡一沾，拍拍芰子底兒，探進爐口裡，對準位子，稍稍使點巧勁兒那麼一摀，就釘到爐壁上。老板貼近爐口，半邊臉給爐火烘出桃紅一片，像搽了胭菇朵兒。老板原來是個左把捩子，我父一旁瞧出來，忍不住調理一下自個兒左右手，意思著右手抓過芠子，左手插進水碗裡一沾，拍拍芠子底兒，還是要右手握住芠子探進爐口裡；若用左手，笨不邋邋的像隻腳丫巴，一定拶不準位子。

老板娘打後頭搬來兩張骨牌凳兒，讓我父跟何嫂坐坐等，是要好一會兒罷。兩個婦道家拉起聒兒，夥計也湊近來聽。給洋鬼子拉雇工，敢是稀罕，都在問這問那，問洋人晧勒蓋兒到底彎不彎得下來，洋人身上是不是一股子羊騷味兒，還有的聽說洋鬼子天一黑就啥也看不見了……只差沒問洋人是不是用嘴喫飯了。我父聽著倒不覺得有啥可笑，立時也就想到過去義和拳不知編排了多少這些傳聞，如今還到處陰魂不散。不過有這些個探問，可見還是對那些傳聞半信半疑罷。

老板又一回掀開爐口蓋子看，香味可是傳出來了。我父也搶過來探望，只見個個發起來，發得很是那個樣子，也眼看慢慢兒黃了起來，心裡可眞一喜，忙招呼何嫂圍上來瞧瞧。爐口兒小，只容一人湊近去，只見幾個腦袋雞喝水一般，低下去飲飲，揚起來嚥嚥，一頭看，一頭擂著鼻子猛聞個不停。老板娘卻皺皺鼻：「香是滿香，怎有點兒酸巴唧唧的……」似又覺出不該這麼長短人家，不好意思的急忙掩住嘴。我父瞭一眼先前扭著說「看酸倒誰個大牙！」的何嫂，這當口合該趕上來搭老板娘這個腔兒，老板娘這不正跟她一個鼻孔出氣兒麼？沒想到何嫂反倒裝做沒聽見的樣子。猜不出何嫂咋這麼彆扭，眞是「人心晝夜變，天變一時刻」。

老板照我父前一天跟他講的洋饅頭種種，挺行家的估量十有十成定叫洋人合口合意。那神氣兒像喫過洋饅頭，做過洋饅頭，不知有多仰仗：「放心啦，華小先生，俺這燒餅爐還從沒出過推板貨兒嚐！」實說起來，不過借他燒餅爐一用；肯捨得送這份兒人情，就夠幫大忙了，哪還要他擔保啥不成。人說「喫哪行，怨哪行」，苦奔勞業的，打燒餅這行飯，餓不到人是不錯，可也斷定發不了人，混個溫飽罷了；倒還肯這麼「三文錢買頭小毛驢兒——自誇其得（德）」，說來也挺難得了。

臨要出爐，老板還是招呼我父、何嫂，走前去瞧瞧。撲鼻一股子酸香不消說，炭火照得饅頭紅通通一片。可人眼還是厲害，像能把火光剔掉不要，單單看得出圓鼓鼓的好生亮黃——頂真說來，該是醬黃深一點，栗殼黃淺一點。炭爐烤冷饅頭就烤得出這麼個色氣。

老板捲捲袖子，拾起爐邊扁頭火剪，嘎嗒嘎嗒空鉗兩下，比方是摩拳擦掌，拿本做事的要亮一手絕活兒那股子勁兒。何嫂也趕緊把案子上襍七襍八的什物收拾乾淨，讓出空來，一副打掃門庭，抹桌擦椅子，恭候貴客光臨的味道兒。

這一回似乎信得過押寶押到準贏這一邊，心喜多了，敢更是急等著開寶。火剪鉗出頭一個洋饅頭，冒著熱氣，老板常年打火剪上接剛出爐的燒餅接慣了，也不怕燙手，翻來覆去看一眼從來還沒見過的這麼個玩意兒，親手遞給我父：「不假罷，華小先生。」那意思是沒騙你罷。說著順手捏了下，饅頭上按出個小窪窩兒，遂又還回過來。老板得意道：「你望，多脂和，不甕捍罷！」那口氣好似這玩意兒從頭到尾都他一人弄出來的，這一功該歸他一人。

我父接過來，還眞燙手，忙換幾個手指尖兒頂住。色氣是全對了。底兒一圈黃印子，也不錯。可這個形兒有點甚麼……不是周而正之那麼個圓法兒，往一邊偏了些兒。不過稍一端詳，也就明白了，麵和得太軟，芰子貼上爐壁免不了要往下墜。要不拿火烤，由著往下墜的話，末了包會墜成老太太的奶袋子——耀武他老媽媽，莊子上數得著的幾個老潑皮，三伏天熱到頂兒，不光是夜裡，就是大天白日，也光著上身，兩隻奶袋子長過褲腰帶，活兒照幹，簸起簸箕來，甩上甩下的，半樁小子紅著臉，不敢拿正眼看。可儘管焦炭爐火夠旺，連墜是墜，連烤是烤，到得半生半熟定了型兒，才不再下墜，卻也還是成了這副德性，餵著奶的奶膀子——坤道家也挺叫人迷糊摸不透。做姑娘時手脖腳脖兒都害臊不肯多露一點兒；一旦開過臉，辮子握成髻子，做了媳婦兒，就變成另個人；待挺個大肚子，不知多有身價兒，當衆扣著扣不上的鈕子，衣襟一拉再拉，賑示肚子大得可以；等到娃兒一出生，那張臉一下子就有城牆厚，別管有人無人，大敞懷兒，扒出奶膀子餵奶，似乎全天下只數做娘的大。

這剛出爐的洋饅頭，太像餵奶的奶膀子，我父不覺臉紅，藉著燙手，忙把幾根手指尖兒頂著的熱饅頭半扔半擱脫手放到案板子上。老板一轉眼工夫，已出爐七、八個亮黃亮黃如假包換的熱饅頭。有幾個倒正圓多了——敢是爐子裡靠肩膀那一圈兒，爐壁斜坡兒朝下，芰子面兒正對著炭火，下墜也是直墜，不是偏墜、斜墜。

這工夫，何嫂已一頭吹吹冷，一頭掰開一個熱騰騰饅頭，兩半再掰兩半兒，讓給幾個人分嘗。我父取過一塊兒，先就見到軟兒裡發孔兒又密又勻淨，正是這個樣子。咬了一小口細賞，除了一冷一熱、一乾一軟有別，味道還眞沒兩樣兒。

「成了！」我父合十大歎一聲：「謝主隆恩！」忘掉一旁還有別人，聲音裡金颯颯的像打閂那麼亮法兒。

崇實學堂早有籌劃，年前總算課堂、住舍全都完工。入冬便已聘定了先生，也招收了學生。萬事齊備，單等過過大年十五就開堂了。照老說法只有塾館「開館」，如今既是學堂，敢是得叫「開堂」，這倒惹人說的聽的都覺好笑，總會想到甚麼開膛破肚。

倒也沒甚麼吉不吉祥，犯不犯忌；洋學堂嘛，開的是洋人膛，破的是洋人肚——老百姓人家說不上啥仇啥恨，也沒啥定意瞧不起洋鬼子，只就是把洋人當個稀罕物兒瞧罷。洋人倒個楣，活該，樂著呢，當個笑話看；洋人神氣、得意，也用不著紅眼，只當是匹難得一見、挑尖拔眉的牲口觀賞觀賞，比如一匹高頭駿馬，油亮亮上下一根兒襍毛都沒；或是一頭鋼叉角大哞犍，牛犢領垂到踣膝蓋兒，一步一昂腦袋，一步一抖聳；或是馬號養的半人高大馬猴，眼神兒機靈靈那麼溜活兒，跟人沒兩樣兒；可擠擠挨挨圍住看個不夠，頂多也就是咂嘴讚歎，嘖嘖稱奇罷了罷。

洋學堂當家的不叫堂主、堂長甚麼的，倒是叫起學監。這學監是位美國牧師梅克堪，愣大個兒，還猛過老鮑大半個頭，只沒那麼橫梁著就是。這位梅牧師還有個妹子，人稱梅姑娘，兩人像一對雙生，像極了——咱們看洋鬼子本就覺著千人一面，何況又是兄妹。可還有相像的，老哥不娶，妹子不嫁，教會裡稱讚他兄妹是「全身事奉」，事奉上帝，也事奉世人。可在咱們這裡，不管教裡教外，也並不落好——男大當婚，女大當嫁罷，要人人都這麼著，不是絕子絕孫絕了人種了麼？別來罵了罷。叔叔有時嘴上也挺損，叫他梅牧師梅大愣，叫梅姑娘梅大腚，傳神極了。信徒都不怎麼敬重，教外的「外邦人」就更加的不用說了。

祖父去冬就給學堂聘定當四書先生了。

祖父舉人出身，衆長老裡功名最高，脫籍舉人除了仕途失據，學問可是分毫無損，教會學堂敦聘教習，怎麼數也數祖父頭一名。這四書先生月俸番圓四塊——銀子三兩六、七，算來要比鄉下塾館束脩二石糧食折合制錢多出五、六吊。可塾館是塾館，除了麥假十天、伏假三十天、年假二十天，而外，天天打早到晚都是個整天。學堂另是一套規矩，一年裡冬假一個月，伏假兩個月，這就比塾館多出一個月的假；一個禮拜又只上學五天半——禮拜天也只上半天做個大禮拜，過午就沒事了；四鄉的學生禮拜六晌午回家去，連這大禮拜也省掉。學堂裡又是論堂來算，一句鐘一堂，上半天和下半天各三堂，祖父分到的只是每天早上兩堂，一個禮拜也才十二堂，別的堂課自有別的先生教，有英文、有算學、有厚生、化學、地理、歷史，還有聖經，五花八門可多著，只是，教四書佔的時間最多，洋不洋的，這上頭倒還差強人意——四書五經，總是立國根本罷；若只聊備一格，裝點裝點門面，祖父說他「給多少銀子，還興咱們不樂意唄！」

塾館跟學堂兩下裡比著衡量衡量，沙莊塾館橫豎都由叔叔大學長看老墩兒，教唸教背，改改文兒，圈圈仿兒，祖父這兩年只是早晚開講才到館裡，爾後教起洋學堂，一樣還是教得土學堂。只是這裡頭哪能三言兩語就作了斷，除非祖母那樣由著性子要怎樣就怎樣，不管甚麼說不說得過去。

塾館丟不丟手呢？丟手罷，欠的情多了，當初李二老爹人家是救咱們急，湊出這個塾館可不容易，祖父叔叔爺倆兒拍拍腚，說走就走了，怎麼收這個攤子？不光是沙莊十來個學生；還有左近三四個莊子二十來個學生，人家要把這筆賬算到李二老爹頭上的，儘管也不關甚麼言而無信，有頭沒尾，到底一手摀不住衆口，誰都生張嘴，再閑的閑話也用不著花錢買鹽，咬嫉你洋學堂錢多，拔腿就走，那也沒賴屈了人。要緊還是李二老爹，咱們丟下塾館，我父又早就給洋人當差了，不管圖的近便，還是進項也多了，用不著再蹲在鄉下，搬上城去一走百了，閑話傷到李二老爹擱這方圓十來里的人望，那才忘恩負義來著。可不丟手罷，拿祖父為人來說，先就死定不肯腳踏兩條船，土錢洋錢都往荷包兒裝？那哪是做人的道理，更不配做主的兒女、主的工僕。

避開祖母，祖父招呼我父叔叔躲進下了學的塾館，就這兩難——難以兩全其美，跟小哥倆打打商量。

「過一冬，長一葱」，是說冬至過後，白晝一天長一天。大葱橫著算，粗的一寸，細的也有半寸，剛過過五九，進到六九，少說也晝長多出兩尺兩三寸了，可老陽還是早早鑽熱被窩兒去了。塾館裡黑燈瞎火兒，爺仨兒圍著祖父書桌三面坐，先趴下腦袋禱告，祖父領禱跟上帝討旨意，也是把心事說跟小哥倆兒聽，祈主成全，求個兩全其美，面面俱到。

我父或許就是信徒所說的，受到了聖靈感動，「阿們」完了，桌邊兒給方才伏首禱告呵出一片潮氣，正心裡暗笑自個兒怎這麼粗漢一條，忙拿袖頭兒除溜除溜，就這一刻兒工夫，只覺靈機一動，不拿他塾館束脩不就得了；由不得猶疑便頭一個開了口：「照爺心意，先別管咋說，塾館一準得顧著，不能說走就走，丟下不管。可顧要顧到多久，也難咬定一個期限，謀著罷，多則一年——也緊力兒了只怕；半載也還說得過去罷。這一年半載裡，咱們騎馬找馬，多早晚引薦個先生來接手，咱們再多早晚走。爺不貪拿雙份兒，單拿學堂那邊俸銀，就算將後來搬上城去賑房子住，也夠頭兒了。這邊這份束脩罷，咱們明裡照收，暗裡統攏了錢，一文不花，存到銀號子裡，就算半年罷，連本帶利十幾兩銀子，捐給地方上，足夠蓋個三兩間通間屋當塾館，省得老借他沙家祠堂借個沒期限，想必這幾個莊子都樂意；咱們也算走得清清白白，乾乾淨淨，也管保沒誰背後罵咱們，指破咱們脊梁蓋兒，後大襟兒。看看爺的意思罷。」

說著工夫，叔叔直搭巴著「對……就是了……可是好……就這麼了……」半晌，祖父給水菸袋安菸絲兒，一面清清嗓子說：「好，長大了，有心蓋，有條理，情理都顧得挺周到，就這麼著罷。」

我父身上帶的有洋火，不等祖父去摸火刀火石，嗤啦一下擦燿了火，照著祖父取出火紙媒子點上。

祖父喫了一袋菸，又重了句：「長大了。」不知有多寬慰。遂又問道：「也喫菸了罷？」八成是見兒子身上帶了洋火，有這個猜想。

我父倒有點兒難爲情起來，正碰上祖父喫二袋菸，火紙煤子吹出活火，遂著喫一口、吸一口、火焰兒一跳兩三寸高，我父只覺乎臉給照得一紅一紅、一熱一熱，支吾道：「老鮑罷，各式各樣兒十幾根洋菸袋——就那種大頭小身子的，都見過，直桿兒的、彎桿兒的、帶蓋兒的，不帶蓋兒。出門都用帶蓋兒的，喫著喫著往插口裡一塞，直冒煙兒都燒不到衣裳……」說說著倒忘了幹嗎要嚕嗦這些，叔叔一旁提醒了下：「老鮑送了哥哥洋菸袋，我猜。」我父笑起來，噌道：「怎這麼機靈，給你猜著了。送了根兩截槓兒彎脖兒的，擰得下來，方便通菸油。還送了包洋菸絲兒，黏巴漬漬的，說是搓了蜂蜜甚麼的。我也是瞎叭嗒，喫不出好兒來。」重又不好意思打袍子兩邊暗插口掏出方才說的彎脖兒洋菸袋、襯有銀紙的一包洋菸絲兒，放到桌心兒，「就這玩意兒，聞比喫倒香。」

果真就一下子撲鼻子甜裡帶點兒酸的香氣，叔叔拿近了猛搐鼻子聞，大舒一口氣：「逗味兒，逗味兒，聞著嘴饞嚁！」叔叔逢到喫著美味，兩片薄唇便不由得叭兒叭兒咂出脆響，這工夫空空一張嘴兒也竟饞饞的咂出聲兒來。我父不知有多心疼這個比人多出個心竅兒的親弟，手上洋菸袋輕敲了叔叔腦門：「又讓你機靈著了；照老鮑說的，他美國就有人拿這掩到嘴裡嚼，咂那個汁子，倒省得動火倉，也一樣兒過癮。」只聽叔叔連呸幾聲，誤喫了啥壞東西，嗤嗤呵呵的叫苦：「辣死我了，辣死我了……」八成我父方說著美國鬼子拿這菸絲兒嚼著過癮，叔叔就摸黑捏進嘴裡嘗起來，祖父呲兒一聲笑道：「真是的，小廟兒小鬼兒經不起大香火——也別說，照這看，人家那才叫『喫菸』唄。咱們是說慣了不覺著有語病，喝茶也是喫茶、喝酒也是喫酒，這菸更離譜兒，明明吸的、抽的、說呵的也還通，就是跟『喫』沾不上邊兒——別說你這個小鬼兒，就算爺這根老菸槍罷，你說捏一撮菸絲塞進嘴來喫，斷了三天癮也辦不到，兩檔子事兒罷……」

「喫」不成，就吸罷，抽罷，呵罷，洋菸袋菸鍋子可眞大，水菸袋整一菸筒子皮絲菸塞進去也只夠一兩袋罷——喫水菸，那可夠六七十袋也不止。祖父頭一口就給嗆到，連呼「太惘了！太惘了！這哪是人喫的……」忙還給我父道：「這洋鬼子！張飛賣刺蝟——人強貨扎手，開頭就喫這號硬菸，將後來只怕菸癮夠瞧的……」

我父待要給自個兒圓圓場，找個說法兒，他老鮑不過讓人嘗個洋新鮮——沙耀武去南醫院找我父，哥倆兒蹲在下房換著菸袋喫菸談心，讓老鮑瞧見，好似可也找到自家人，不知道有多興頭，回屋裡就掂出一把洋菸袋、一包洋菸絲、一盒洋火，遞給我父。照好說，教會忌菸，洋人裡就他老鮑一個，長老裡就我家祖父一個，今又無意中發見還有人在；照不好的說，遮不住還是顯示他洋玩意兒高咱們土玩意兒一等。再說，這兩年跟莊子上哥們兒蹲到一堆兒，有的沒的也喫它一袋兩袋玩玩兒，從來不知道啥叫上癮。老鮑送的這套喫菸傢伙，差不多也是一樣，隨身帶著，想到想不到的掏出來摸摸弄弄，把玩把玩，實在是精巧，牛角的桿兒連嘴，菸鍋子是木頭刻出來的沒錯兒，可甚麼木頭這麼硬，火燒不糊，也不燙手，怎麼也琢磨不出天下會有這種樹，那要長得多慢、要幾十上百年長成材，才木質這麼個緊法兒？人前也興亮亮，傳來傳去細看，也都卯不透甚麼樹上採的材料。反正玩兒的比用的有意思，少有正模正樣裝菸點火當回事兒的抽它。

想把這些小小不言的零碎，拿來跟爺談閑心談談，免得爺——還有弟，錯認自個兒才當不幾天洋差，就這麼不識慣的揚倖起來。還有，照我父看來，祖父早過了「不學好兒」那個年歲，不喫個菸、喝個酒，反像沒成人，白活了；自個兒這才二十，就忙著「不學好兒」喫起菸來，多少總覺得拿不下臉來，壯不起氣兒。

可我父回味回味，祖父儘管操心菸癮不菸癮的，那口氣聽不出甚麼不悅意兒，也就算了，還怕給親爺冤枉麼？

祖父咕嚕了兩袋水菸，接著又書歸正傳，回到起先的話頭上：「說你長大了，對事對人都這麼顧慮周到，就夠不容易了；可打這情理再上去，還有屬靈那一層，難為你了，胸襟那麼開敞，『盡其在我，不求人知』。主也有一樣的教訓，『右手行善，莫讓左手知情』。做人能做到這一步，可成聖人了。起先，不瞞你哥倆兒說，爺給個沒想通的念頭一直廝纏住，解開不來。塾館是能再教下去，不能半路上撂下不管；可只顧有了那邊月俸，這邊束脩萬萬不可再收，又難在李二大爺萬萬不肯讓咱們白教下去。這可不是小來小去的半斤皮絲八兩酒，你推我讓，可受可不受；李二大爺又是那麼天生的德威服人，誰都拗不過他那份兒情義。只這不得不照收下來見月兩石糧食，說怎也良心過不去，跟主也沒的交代，又還有人言可畏也不能不顧忌點兒。眞是前怕馬狼後怕虎，虧你幫爺點撥了一線亮光；沒錯兒，拿就拿了，咱們攢住，一文不花銷，存到銀號子裡，良心安了，跟主也有交代了，要說衆口難掩罷，也用不著瞻前顧後，『路遙知馬力，日久見人心』，這日久罷，再久也久則一年，少則半載，捱閑話，就算捱罵，不也就那麼一年半載罷。好！就這個主意，就這麼了……」

當下爺仨兒沒再多費神，就這麼商定了。

這事兒沒讓祖母知情，也是爺仨兒不用明說，全都心裡有數兒。祖母只是瞎精明，瞎逞能，瞎拿主意，記性又不管用，輕易就瞞得過去。要不的話，用這個找祖母拿主意，那可要窮攪和個沒完沒了，會把事兒撐得四分五裂，沒個了局兒。就算拼拼湊湊出來，不是個母點子，也是個餿主意，成不了事兒。

對這緊鑼密鼓，就要開膛了的崇實中等學堂，我父可是滿心火炭兒一般熱烘，只是四顧周圈，人人都該把這當樁無大不大的大事兒，似乎沒誰像自個兒「剃頭挑子一頭熱」——別說何嫂、小孟這號兒的對啥都沒心腸，就是一些挺有學識的教友，給請去當先生的祖父一輩，還有那幾個洋人，也都沒我父這麼心切。

好些時以來，進進出出的，我父總情不自禁多繞幾步路，彎去學堂那邊走前走後，轉轉看看。多少木匠、油漆匠、花匠，天一亮幹到天撒黑兒的趕活兒，差不多見天都有見所未見過的新鮮事兒可瞧。早先是打造一套套連成一體的小書桌小椅子，一律都是鐵榆料子，可夠又沉又紮實的，使個幾十上百年的子孫貨，看出洋人辦事挺實在。還有那學生住宿的房舍裡，盡是上下兩層的架子牀，獨睡的小空地倒能睡上兩個人，騰出的空地又恰好夠擺兩人用的長書桌，眞能省，也眞虧他洋鬼子鬼心眼兒想得出；可新鮮是新鮮，我父總覺眼熟，一時想不起來哪裡見過，回家跟祖父閑談，才給提醒小時候跟爺到營口去，上過靠岸的一艘洋火輪兒，迎接一位哀爾蘭國來的洋牧師。船是挺大，跟好幾間房屋那麼長、那麼寬；可到底船是船，陸地是陸地，幾間房屋大，卻要住上六七十口人，船艙裡分出一個一個小隔間，一個裡頭要塞進四個人睡覺——海洋上要走個把月，不睡覺還成？容下兩個人就夠擠得頭碰頭，腚挨腚的了，可使的就是上下兩層的架子牀，兩張當間兒緊卡卡一個人走動罷了。祖父還又提醒我父：「不知道你還記得不，洋火輪上那些船伕住的房兒，還睡的上下三層牀唄，兩層當間兒只才尺把高，都不知道是怎麼打橫裡滾進去的。俗話說『喫屁也別想逮住熱的』，那睡下頭的倒穩嘅到剛出籠的熱饅頭……」

連上小椅子的小書桌，都是桐油油上兩遍；所有玻璃門窗框、兩層木架牀，可都和醫院那邊一般樣兒，漆的純白洋漆。這洋漆跟咱們油漆是兩碼子玩意兒，各有所長，各有所短。洋漆反光不透亮，再賴的材料也漆上一層洋漆就遮盡了醜；上好的材料上不得洋漆，那太屈費了，非得咱們油漆，又密又緊的條條紋路才保住；那些紋路可是畫不出、描不來，有花有草，有山有水，由人想是甚麼奇景就是甚麼奇景。這都看得出門道，也都品得出情理。可有些就一瞧再瞧也懂都懂不得；像那些講堂門口掛上白洋漆底子、黑洋漆字的木牌，寫的是一、二、三級，級級又分出甲號、乙號講堂，就不懂怎麼是級，怎麼是號。只有請教她鮑師母。

要說自個兒教她鮑師娘官話教得還不錯——老鮑就沒斷過誇獎我父，好幾位洋人也都說她鮑師娘官話學得好、學得快，可鮑師娘跟自個兒學到的，眞比不得自個兒跟鮑師娘學到的多得太多；人家多麼個聰明靈利，咬字咬得準，還又記性一等一，學過的就不忘，硬要自個兒來說教得好，那可是給自個兒臉上貼金。

鮑師娘不光是教我父英國話教得勤，單是日常閒談拉聒兒，人家都用的官話，又還有意無意帶出多少外國洋事，不知有多滿滿騰騰。總是人家一個婦道人書唸的多，學識好，天文地理無所不知，無所不曉，譬如攤開了地理圖，中國在哪裡，尙佐縣在哪裡，關東牛莊、青泥窪、普蘭店都在哪裡，她鮑師娘兩口子的老家各在哪裡，一淸二楚，這都不用說，頂奇的還是腳底下這個地竟然是個大球，拿了雞蛋來比仿老陽、良月、地球，擺來擺去，咱們這裡正午，她美國老家就是三更子時……地是個大圓球，倒也是許久就曉得有此一說，只為太離奇，想不大通，也就沒理這碴兒，經鮑師娘拿雞子兒這麼一比劃，懂得了其中道理，便也輕易就相信了；對上帝的大能更加順眼。從鮑師娘那裡學來那麼多，兩下裡一比，自個兒拿了人家錢財，能教給人家的好生寒磣；沒給人家一文錢，倒是學來那麼多見識，還眞不公平唄。

學堂這邊還沒開堂，不過早晚繞過去走走瞧瞧，就有那麼多看不懂、想不通的洋買賣兒，一向也給看成上通天文、下曉地理、一肚子知古老道精的胞弟，也都一問三不知；祖父那裡給聘了先生，洋學堂種種也只知道了粗枝大葉，自顧記得何日何時上得講堂，怎樣一年裡給一級講完論語，二級講完孟子，外帶一年四回考試就得，別的都不用管；又還父子二人不是日日碰得到面，放著個鮑師娘隨問隨答、有問必答、一問三答、不問也找著我父說說談談，有這麼位現成的好先生，敢是凡事都去求教了。這還不算，反更現販現賣，鮑師娘那兒販來，這邊賣給叔叔，偶爾爺倆兒難得碰到又都有閑空，拉拉聒兒工夫，祖父不由得又詫又喜這個大兒子懂得的學堂種種，反比自個兒當先生的又多、又周全，又還有獨自個兒看法兒，不止是「長大了」那句誇獎所能道盡的。

儘管培賢小學堂辦得有年了——咱們家到這落戶前小學堂就在那兒了。可哪工夫理這個，學堂跟塾館不就那麼回事兒罷，先生教書，學生唸書。禮拜堂在小學堂裡是不錯，可做禮拜都是放假的日子，各講堂閉門閣戶，小學生都給帶進禮拜堂排排坐，打盹打得前張後合，東倒西歪。如今見了崇實學堂間間講堂門上牌子標出的一級、二級……才想起小學堂講堂的一二級合堂、三四級合堂、五級、六級，倒給弄糊塗這幾級幾級怎麼個分法。從鮑師娘這裡才得知跟自個兒胡猜的恰恰反過來，原來級數愈多愈高一等，遠不是日常所說的剔尖兒拔眉才叫「一等一」。這小學堂要唸六年，一年升等一級；中等學堂只唸三年；再上去高等學堂兩年；往後再上去就是四年大學堂了。照這樣可得一口氣唸上十五年，才算出師成材出外去當差。算起來似乎要比咱們多耗許多年月罷——咱們五、六歲開蒙，私塾唸完四書五經，該合著小學堂了，可用不著六年罷，過過十歲，不到十四，就能幼童生考秀才，考中了進黌學（縣裡黌學便在大、小南門外），或許合上這中等學堂。接上去中了舉人、中了進士、興許就合上高等學堂、大學堂出身罷。不過洋學堂十五年唸成書，那是呆定的，咱們這塾館、黌學、爾後寒窗苦讀、拜師苦學……這一路就要看各人造化了。那絕頂聰明的沒到二十歲就中進士，算不得啥稀罕；不過也有考上一輩子，臨老還是個童生，那也不少見，要不也不會有那副取笑挖苦人的對聯——叔叔給我父講對「對子」舉的一個例子：

行年八十尚稱童　可云壽考
到老五經猶未熟　眞是書生

叔叔給我父開講：「壽考本意是恭維人高壽，譬如郭子儀，人家就恭維他『大富貴，益壽考』。書生罷，當然就是咱們常說的白面書生，百無一用是書生的那個書生。這副對聯不單字面對上，平仄對上，工工整整，妙還妙在別有所指，壽考含意『壽星還在考功名』，書生也成了『五經唸不熟，到老了書還那麼生』。這樣才面兒裡子雙股兒窩囊人……」

可一經鮑師娘往細處講，我父才弄清楚單用唸書花的年月長短來較量長短可不合宜。

比起洋學堂，咱們塾館從頭到底，無非教的唸的不出四書五經、加上些詩詞歌賦，寫個大仿小仿，頂多再學學算盤，能寫寫算算就是好樣兒了。洋學堂學的就多多了。這四書五經——洋人敢是聖經，祖父講道稱作摩西五經，福音四書，學堂裡只算一門。拿小學堂來說，除了經書外，還有筆算、珠算、博物、體操、手工、畫圖、唱歌唱詩等門。中等學堂除了這些，還要學英文、厚生、化學、物理，筆算要學幾何、勾股、代數等門。咱們是唸一陣子書去考個秀才，唸一陣子書去考舉人，再唸一陣子書去考進士。除了秀才只夠教教塾館，舉人、進士，都只中一個用，大小放個官當當。洋學堂可不一定，各門就是各本事，到得大學堂，各唸各自挑選的專門，出了學堂，更是各憑所學，去做各行各業，不只做官一條路；一技在身，一樣出人頭地，是眞的行行出狀元，能富能貴，飛黃騰達全憑眞才實學。咱們學手藝，像生意、石匠、木匠、瓦匠、油把式、酒把式……文的像看病先生、看地理先生、看命先生、訟師（這當地俗稱「黑墨嘴兒」）、書隸種種，可都得拜師父當學徒，這跟塾館、黌學、縣考、府考、鄉試、殿試、全不相干。可洋學堂倒把這些文的武的各行各業一一變成各門各類的書本，盡都收攏進去，當做學識傳授。像鮑牧師就是在大學堂裡學看病，學了七年，比咱們倒要年月少多了，三十郎當歲就給人看病，還帶病家不敢領教的呢——四十留鬍，嘴上無毛，辦事不牢，別說把命交給他了。她鮑師娘學的是看護，也是大學堂裡學上三年就出師了，如今爲的家務事和永福貝貝，才脫不開身去當看護；南醫院像這一號的，女的有美國兩位，中國四位，頭戴白首巾，除了布料兒細緞，折出來的樣子不大一式兒，簡直就是孝首巾，病人病家瞧著都心裡挺忌諱，犯嘀咕又說不出口。這六位給公稱某姑娘、某姑娘的看護，也都專門學堂或大學堂出身，二十來歲罷，也都跟醫生差不多少，打針、拔牙、換洋膏藥甚麼的全來。這麼看的話，洋學堂倒又費時少多了。

鮑師娘爲教我父多識一些洋務，許多事例裡還特意拿仁濟醫院和崇實學堂蓋成的大片平房樓房來解說。那是上海那邊長老會總會管的，可動用了不少出身專門學堂、大學堂、留洋的各樣人才——中國人、外國人都有。頭一步先要查看地基，不單要丈量地面兒長闊大小高低，還得鑿地打洞，探出地底下土石鬆緊軟硬，把這些仔仔細細畫出圖形，列明尺寸，寫成文書，帶回上海交差，這要好幾種人才。上海總會那邊要把打算蓋出多少房屋，作啥用場，連同地基文書，交給營造作坊，畫出各種房子圖形，尖頂平頂，門窗多大多少，計算各樣材料、人工、水路、電路，各項價錢，一一精打細算，總會再跟營造作坊仔細商量，定了案之後，兩方派出總管、監工，按照圖形尺度規格動工，又是好幾種人才同心合力來一步步籌劃。大約各層監工以上人才，莫不是學堂教導出來。打這上頭就可明瞭辦學堂有多要緊，可說是國計民生一個根本。

等到全盤弄懂了洋學堂原來是這麼回子事兒，這才見到了眞章兒，兩下裡一比，各有長短是不錯，洋學堂似乎好過塾館許多。這樣子多了個見識，該多虧鮑師娘的教導；可我父又不由得責怪自個兒在這上頭粗心大意了。祖父一向都當做一日三餐般少不掉的看報，每逢報冊上有甚麼要緊些的消息，總不忘提醒哥倆兒也留意一下。朝廷有些大臣奏議要快辦、大辦學堂，似乎好有三兩年了，因也不止一回兩回祖父提到這個，報冊打開指點給哥倆兒看。初時我父不大明白那有甚麼好留意的；也曾閃過個唸頭，學堂敢是井水會犯河水？頂了塾館這個行業?可饒是兩下裡犯沖，祖父不是嫉心挖肚那種人，更沒打算這一生就老死在鄉下這個小塾館。像這樣看似遠在天邊兒不大貼身的閑事，儘管祖父一再要哥倆兒看看的這樁消息，連兄弟也都沒怎麼在意，自個也便過過目就算了。如今懂得學堂的好，才知祖父凡事都像高手下棋，多看到好幾步。

我父沒再叮著求教鮑師娘這中學堂出師過後，是考舉人、貢士，還是進士。一來諒她鮑師娘儘管洋務無所不知、無所不曉，大半還不大懂咱們求功名的道兒上這一套；二來想那洋學堂裡教這教那，四書只不過當中一門學識，又天天只唸上個一句鐘的——塾館裡從早到晚唸了背、背了唸，都上百人考不考得中五十個，「行年八十尚稱童」，洋學堂學生哪還夠趕考甚麼鄉試、會試、殿試的料兒!趕早兒別蠢人蠢問惹人笑話罷。

只是這功名到底還有用沒用；功名跟學堂兩下裡各是各的還是有你沒我，有我沒你；這對祖父教館能一點兒也不相干?怕還是只怕多多少少要礙到兄弟求功名罷?

來年歲在壬寅，二月童試縣考，四月府考，正月就要覓請廩生作保，去到縣衙禮房報名。也因整天當差不在家，老覺著爺跟兄弟沒事人兒一般，沒甚麼動靜。知子莫若父，叔叔四書五經功夫到底咋樣?從來沒聽到祖父操心勞神窮唸叨過。倒數我父有些牽牽掛掛。也不是不放心叔叔，學堂有那麼些個好兒，要能唸學堂又能求功名，豈不兩全其美?在爺跟兄弟面前就算是蠢人蠢問也沒啥顧忌——本來就又笨又沒學識罷；何況我父向來都認定凡是甚麼好的，就該讓這個兄弟比誰都先得到——自個兒可是這一輩子跟塾館、跟學堂都注定沒緣了。

沒料到祖父聽了一拍大腿，衝口而出：「大哉問！大哉問！」聽那口氣是誇獎，猜那意思是「問得好！問得好！」挺不好意思自個兒不是那麼蠢蛋一個。不想祖父倒是道得乾脆：「一旦大辦學堂，科舉敢是勢在必廢——說不上水火不容，誓不兩立，只是甚麼……只是淘優汰劣罷。」

祖父一要長談，總要先咕嚕兩袋水菸潤潤嗓管兒才行是的。「老話說『萬般皆下品，唯有讀書高』，這話也對也不對。對的是讀書長見識，不讀書無知無識。前人世世代代傳承下來的閱歷精華盡在這書本兒裡，『生也有涯，學也無涯』，書中寶藏可是學不盡、取不竭的；又最數大聖大賢留下的經典，天地至道，人世根本，修身齊家治國平天下，全都在此。從書裡學到這些，才德自然上品。可不對的是自從科舉大興，八股當道以來，讀書就只為科舉，科舉就只為功名，功名就只為做官，做官就只為啥呢？只為榮華富貴、高官厚祿罷了，哪還甚麼『唯有讀書高』，高在哪咳兒？不過，照今天這個世道看來，一向給看成『下品』的這個『萬般』，可都讓學堂巨細不漏的統統拾掇起來，咱們教會常說的行話『分別為聖』，各立專門，編纂成書，都不再是下品。要學本事，就非得來從書裡學到。比如罷——聽說教會已在南京辦了農事專門學堂。看罷，來日也得讀了許多農事書才能把地種好。泥腿子莊稼漢給看成下品，可學了農事專門，怎麼把地種得更好，糧食出得更多——你都還記得，大前年春荒，教會放糧的美國小麥，顆粒又白又胖，一粒跟上咱們兩粒兒；聽他老卜牧師說，他美國小麥穗子上連扎人的麥芒子都不長了——咱們不是喜歡嘗新，灶底下燒綠麥穗子喫嫩麥粒兒來著？那就不愁給長了倒刺兒的麥芒子卡住吞嗓眼兒了。那就是人家農事專門用了些方法，把麥種淘換了又淘換，發明出來的。說是人定勝天也不爲過，把上帝造化的萬物，下了功夫給琢磨得更好，才眞正討上帝歡心的。照這麼來看，可不是榮主益人麼？可不是『唯有讀書高』麼？這才是洋學堂的無量功德。再說，洋學堂能造就出各式各樣人才，百工齊頭併進，才是國富民強之道。這上頭，東洋小鬼兒比咱們早走一步，又很上道兒，按部就班走的正途，敢是小日本兒轉眼就大日本起來。關東那一仗，人家是整套兒來打咱們半套都不套兒，單憑大把銀子買來現成的堅船利炮——儘管噸位重過人家，炮筒粗過人家，沒用。打不過人家，打得一敗塗地，一點兒也不冤枉。」

祖父比我父還把學堂看得更高強，眼光也更遠、更大、更寬闊，我父也就不管叔叔不在場，也不顧忌冒不冒失，便直勃攏統問到——也是試著提提主意：「這樣的話，那就不如讓小惠去上學堂算了。是不是一等找到先生來接下塾館，小惠就去崇實學堂上學，也別甚麼功名不功名的了。爺不是說過，咱們家多少代下來，從沒出過個做官的料子——總共就爺一個中了功名，只不過想能咱們華家有個舉人就罷了。就算沒打過那場仗，安安實實還在關東，爺不也是一點做官的想頭都沒麼？小惠罷，聰明絕頂是有的，一肚子學識是有的，可生性那麼餒孤，靦腆、到今十七八歲了，見了生人還臉紅；興許再大些，臉皮沒這麼嫩，性情難能有甚麼大改變，只怕也不是做官料子……」

祖父聽著不斷點頭蝦腦兒，一再張口想接過話去，我父只好收住話頭。

祖父道：「都說的對，看事兒想事兒也都挺準的，疼你兄弟處處都替他想，小惠就算一肚子學識，到你這麼大時，也未必能如你看得遠，想得透。沒錯兒，官家就是眞心實意要大辦學堂，廢掉功名，也不是三兩年裡就能行得成的。可小惠改去上學堂，不在塾館有沒有人接手，一來學堂另是一套，不比塾館學生，隨時隨意進學出學那麼自由自便。學堂得一級一級來，一級一年不多不少；錯過了今春開堂，就得再等明春。二來罷，小惠來年縣試府試院試就算一路都考中了，也進了黌學，可下一步呢？後年癸卯鄉試敢是來不及趕上，再過去得等到丙午年，那要打今兒起，四年以後了，到時候還辦不辦鄉試，只怕十有九成沒指望。就算苟延殘喘再湊合一回，那會試呢？丁未年都靠不住了，還撐得到庚戌年？又得再過四年？十有十成是早就停辦了。這些個爺可都細算過，也跟小惠從商過。照這麼推算，能中個舉都已掛邊掛碴兒玄得很了；可那又咋樣？像爺這麼個德性，動不動還舉人老爺罷，只落得個上不上，下不下，高不成，低不就的二半吊子，除了當當窮酸教書先生還有啥轍！還等來日半伯老大了，再熬到個舉人大挑，賞你八品九品一官半職？那還是人幹的？不是寒酸透頂慘到底兒了！」

親如父子，我父眼中祖父大半還是當年牛莊槽坊那位大少爺，凡事大邋邋含而糊之的都不大放在心上，原來爲了兄弟前程，也有這麼些精打細算的心機。

祖父倒像是挺賠不是的說：「你罷，事兒又忙又重，天天早出晚歸，給他老鮑管家，盡力不說，還花盡心思，不然也不會他夫婦二人一見面，就二話不說，直誇獎不盡你靈巧能幹，凡事又用心、又忠心。這也是給咱們華家爭光、給咱們中國人爭氣。說到你兄弟前程，既有了安排，也就不去煩你。就這樣，你也還沒少了替他操心，又這麼挺有見識，眞難爲你了——你那把洋菸袋帶在身上？拿出來抽罷，光看我這咳兒一袋又一袋的喫。」

我父給讓得靦靦腆腆，忙推託說還沒癮，能不喫就不喫了。其實就是後來抽上了癮，終我祖父一生，我父始終沒當著祖父面前抽過一袋菸。

祖父遂又笑道：「放心罷，就算咱爺們兒懈怠些，你娘向來都把小惠捧在手心兒呵著疼的，還會涼到麼？早就在那兒緊叮慢叮了。是這麼打算的，跟你說罷，來年二月起，你兒弟定規要去趕考的。憑小惠這幾年悶聲不響下的功夫，打縣考到院考，不說場場案首連中個小三元嘛，縣前十、府前十、可九成把穩靠得住。等中了秀才，除非院考前十去進府學，去就去了；若是留在縣學，到時候憑這就可直進崇實學堂唸上三級一年，然後再上府城去唸高等學堂。往後再看情形唸不唸大學堂罷，那還要再壓個四、五年唄，到時候再看了。這都得指望你能把這個家道拾掇起來，有能耐供濟才行。小惠是個地道書生，不把書唸出來，可一點能爲也沒有，不靠你還成？」

這讓祖父說中了，兩年後叔叔到府城去上高等學堂，我父不光是把攢在銀號子的存錢提光，還挑著行李步躂兒陪叔叔一百七十里路趕了兩天。

祖父想想又說：「小惠去縣裡府裡趕考罷，也是個閱歷，不的話也屈費了十年寒窗不是？再說，不定就是壓尾的一年童試了；行有千百年的科舉，眞說不定打他這兒就壽終正寢了。」

這也讓祖父說中了，大清光緒三十一年，歲在乙巳，科舉廢除，這一年該輪到的童試也敢是就此停辦了；叔叔也果然成了縣試最後一名案首的童生——因病以致未能趕上府考、院考，只算是個三成三的秀才龍。

往後我父愈多知道這洋學堂內情，愈是視為人間至寶，到得一種嗜好，一種入迷地步。他日不止是供濟了叔叔去到府城考進也是教會創辦的齊魯大學；連同前房嬸嬸撇下的兩個姐姐，雁行十人，一總進到學堂唸書，由著誰肯唸上去誰就唸上去。最盛時期七、八個兒女在學，單是培賢中小學、縣立中學，一開學繳錢，家裡夥計整袋整袋銅板扛去學堂，不知情的路人奇怪的拉著問：「這哪打的多大會呀，一得就這麼多的會錢？」家裡咱們這一輩兒統喊三叔的老夥計（其子也是我父供濟讀到商職，引薦到仁濟醫院做上一輩子會計管賬），人是又風趣又吊歪，一本正經拍拍肩上錢口袋，逗人家說：「對，學堂得的會，敢是個大會，百把兩百家打的會，俺這才只一家的會錢唄！」

可那個年間，咱們華家還沒怎麼發起來，談不上富有，單說我父我母兩口子，避著高堂二老、兒女，還有夥計，頓頓都只呑煎餅捲糊鹽，渴了舀缸裡涼水咕嘟咕嘟。儉省到那個地步，只為的祖父母外地去傳道，喫穿行李豐豐實實；子女上學體體面面；夥計強強壯壯好幹活兒。自個兒不刻苦還刻苦誰？

還不單只這些摳摳省省，咱們華家落居這尚佐縣還不到十年，一沒族人，二沒親戚，可說還是孤門獨戶，就這樣也左鄰右舍，鄉下那夥兒結拜弟兄，莫不時常數說我父的不是。先便不以為然的是「姑娘家唸個啥書？唸了啥用？終歸終是人家的人罷……」饒是小子嘛，如今又沒功名了，唸那麼多書做啥？但得寫個信、春聯伍的、算算賬，不就足夠了！年年納給學堂一大袋、一大袋那麼些錢，夠置多少地的！就連通達明理的李二老爹，也居然專程上城來規勸我父：「當差嘛，不養老，不養小。買賣吶，有賺也有賠，有起也有落，哪一行都是今天喫香了，明個無市了。獨這田地從來不誑人哄人，萬人抬不走，人生在世啥靠得住？獨這田地才是不動根基，衣食住行都在地上不是？俺爺們處世素來仁義爲先，經俺手給你大哥置點兒地，還興強買強賣？還不是有當無，無當有的薄田才是俺們兒下得了手的，你大哥敢是放心睡大覺。有你一句話，俺就幫你帶常了留意，早晚有那零頭碎腦兒的三五畝不嫌少，十畝八畝不嫌多，撂在那兒也別去管，俺家哥們兒給你收拾，糧草對五給你大哥送上城，鍋上灶下都有了，只就一個富不了，可也窮不到，有點兒根基，圖個心裡硪實，就百好千好了……」

李二老爹爲人實在，八下裡替咱們想得周全，句句實言。單講這番情分，就不能不感念萬千的領情。往後遇有李府小哥們兒上城來會知，眞就是三畝五畝的拼當拼當，口省肚挪擠出大小錢，有時缺頭少尾，李二老爹不是拍胸脯跟賣主打保票，就是先給墊上一些。我父看都不用下鄉去看，啥都給辦個齊全，只到成契擺酒，邀來賣主兒跟地鄰簽名畫押，才到地上丈量下樁，陝溝地界只須李府小哥們淸楚就行。後來連地找作戶也都替我父包了，可見不只爲他李府多得些田畝分種，好從中圖利，才老戳哄我父置地。不光是新置的地給拉攏了新作戶；原先李府接下的田地，也都一旦找到合適的作戶，一一讓出來。李二老爹給引薦的作戶，也都是老實可靠，安分守己的莊戶人家；又都是各自一無寸土，定會全心全意耕種咱們家的田畝。往後長久的年月裡，這些作戶跟咱們都像一家人，從來沒有過更換作戶甚麼的。

不到十年工夫，就這麼的零打碎敲，也竟置到七十畝薄田——其中只有十畝勉強每畝年產一石糧的好田，也只是含沙少些罷了。實則置到四、五十畝田時，我父便已打算到此爲止。一則已很知足，二則打洋人那裡長來更多見識，把來想個全盤通達，自成一套，眼光也養得看遠看大了。聽說李二老爹臥病在牀，我父連忙趕去鄉下探望，除了力勸並接去南醫院住進病房醫治，也順勢稟報一番心事。先是感念指點幫忙置下那些田地根基，足夠老兩口來日養老，不用再貪得無厭。再就是吐訴吐訴少與外人聊起的知心話：「別人罷，由人怎麼看、怎麼想、怎麼說，那都不用理會，唯獨你老人家，定要好好兒稟明一下，算跟二十多年來救急又救貧，照顧舍下無微不至的長輩有個交代，讓你老人家覺到好心沒有白費，總算還有點兒出息。恩是下一輩子也報答不了，但得你老人家覺得這大恩沒丟進水裡連個泡兒都不冒，興許心上寬慰些——」

李二老爹連聲直說「那可不對……那可不對……」我父剛一歇口氣，便接過話去：「也不用，也不用。俺是個莊稼佬兒，只認種地，別的啥都不中，也就只能幫你弄點沙地薄田。可你呢，識文解字就是不一樣，又給洋人當差見多識廣，凡事你看到人家看不到的，想到人家想不到的，休問對不對，單這個就高明過人，信得過你就中。」

瞧著李二老爹憋不住要咳不咳的撐著想坐起來，我父掃過一眼，連忙抱過放在那邊腳頭兒的一個長長的方頭枕，稍稍扶起老人家，枕頭墊到脊後靠著，半晌兒才安頓下來。生就赤紅大臉膛的剛強壯漢子，經不住身子這麼一穰弱，也就黃著臉不住喘呼了。這樣子也算不得甚麼伺候，甚麼服事，老人家一頭聲聲告罪：「讓你這麼個貴人、這麼個忙人，跑下鄉來看俺，得罪了，多有得罪了……」一頭嘆道：「歲月不饒人呦，不服老還是不行；人一上點兒年紀，你瞧，多蝕！連這麼點兒小毛病都抗不住……」

這年李二老爹不過才剛年過六十五，身子一下子說衰就衰下來，合著那俗話「英雄只怕病來磨」，我父禁不住一陣陣酸上心頭。就這樣也還是不忘關問咱們家上面兩老、下面八小，還有遠在南京大學堂教書的叔叔一家，個個不漏的一一都放在心上惦記。問到咱們家上自大哥，下到二哥，當中還有大姐到四姐，現下都分別上了培賢小學堂、培賢女子中學堂、崇實中學堂，不由得皺緊兩道濃眉：「那不是六個小姊妹都上了學堂？都要一直上上去？你那位兄弟上了大學堂，都把你給累得七死八活了，你這副挑子可千斤萬斤沉不是唄，那都得多大開銷！」老人家敢是不知咱們家還有三叔和另外一個夥計的兒子也都我父供濟上學，也是一直上上去，上到職業學堂，一個學的會計，一個學的吹玻璃，後來成了大師傅。

我父正好就順勢兒給李二老爹稟報道：「可不就是二大爺操心的。也跟置地一樣子，挺喫力，挺費勁兒。還好罷，牛奶生意做起來了，往後定會越來越輕省，你老人家放心罷。說起這個，像嗣仁老大、沙家耀武老弟、還有幾個哥們兒，也都帶常拿好言規勸過，要是省掉學堂那些花費，到今幾十畝上頃的地都在名下了。話是句句忠言，都是熱心腸為我好。可無奈這個世道大變了，就像功名都能廢掉，皇帝都能廢掉，從古到今向來都沒這一二十年裡變得大，又變得快。將後來下頭這一輩兒起，可都得靠學識來成家立業，也都得靠自個兒單槍匹馬去闖天下。實說罷，二大爺，當初關東沒那場大亂的話，舍下有個大槽坊那座金山銀山喫喝不盡的靠山，敢是過的福日子。可家父罷，仗著上有咱們家能幹奶奶一手撐天頂在那兒，家母呢，也是仗著姥姥就這麼個寶貝閨女，拚掉大半邊家業底子陪送過門的嫁粧，兩口子少年夫妻賽著喫喝玩樂，牌九麻將啥賭博都來。咱們小哥倆兒罷，也都沒正沒經，瞎混胡來沒人管。不說金山銀山終究要給喫個空，先就這元房四口飯來張口，錢來伸手，油瓶倒了都扶也不扶，一個個都養成廢物——家父萬萬不會去教啥書。家母也別想鏌子前煙熏火燎一烙就一個長半天煎餅。舍弟也是一樣兒，哪肯像這幾年專心一意死啃一肚子書。我這大老粗瞎字兒不識半個，啥本事都沒，哪去苦學啥識文寫字，更喫不得那個苦耕耘耙鋤，蒙你老人家賞口飯喫，教給種地服事莊稼牲口這套功夫。說甚麼祖產、嫁粧，不過養得兒孫個個倚三靠四，懶骨頭的懶骨頭，敗家星的敗家星，枉費了天地生我養我……」

講著講著，不覺爲意的背後不單李二奶奶，兒子媳婦偎來一屋子人——沈家大美早就名聲不好，行人做塡房了。

李二老爹聽得出神，這也才留意到一家人擠擠挨挨進來房裡，遂道：「都聽到了罷，你華家大哥講的這些可是寶貝，好生兒聽著，多長長見識。」

我父倒有些害臊起來，忙讓讓大夥兒找個座兒，不好獨自一人大模大樣坐著。這才又接上話頭：「你老人家說的沒錯兒，這田地罷，可是萬人抬不走的家業根基，人世大本。可那是太平盛世，家家戶戶都有百年打算；眼前這個亂世就難說難道了，饒是沒出不成材的敗家兒孫，也未必保得住。這一二十年來沒平靜過一天，不是南軍打北軍、北軍打南軍，就是東洋鬼子、西洋鬼子打過來，還有大刀會、小刀會、日日防盜，夜夜防賊。像城上太平街馬愣子家，你老人家敢都知道，倆孫子給綁票綁去上海外國租界，他馬家八十頃地賣了一大半，不是還沒贖回來？田地夠用就成，蒙你老人家照顧，幫了大忙置這四五十畝，足夠足夠了，多了反倒招災惹禍。陪送閨女出門的嫁粧也是，更加耐不長久，縱算你金銀珠寶、大八件兒、小八件兒，馬桶腳盆全都齊備了，就像家母當年那大片嫁粧，件件都是上好料子，百年不壞的子孫貨，還沒等咱們小弟兄踢蹬漂散了，東洋鬼子一把火就燒個精光。爲上人的哪個不一心想把兒女拉拔成材，再把一輩子血汗豐豐實實留給後人呢，可留下來的一則養了懶漢廢物，弄不好慣出一堆敗類，再則財產嫁粧未必不朽不壞，末了躲不住徒勞一場，枉費心機，枉給兒孫做馬牛，更害兒孫做牛馬……」

李二老爹一直點頭：「你大哥哥這些話，一點兒也不假，句句實在，又有見識。光僅俺這莊稼人，眼裡看到的就那麼大點兒，除了土裡地裡扒扠個生計，你當是還有啥本事！敢是也就把腳底下踩的這些土坷垃、泥塊子、看做命根子樣兒，看有天那麼高、天那麼大。要說受了它苦，受了它害，那是有的，喫炒麵兒還得賠唾沫不是？你大哥哥說的那些天災人禍、肉票罷，敗家罷，大軍糧子派糧派鎗派伕子罷，都是實情實話，可幸虧還有土地多少擠得出，擰得出油水不是？不的話，不是等死？也多謝你大哥哥幫俺開開眼界。這多少年常都去下邊，下邊比俺這些老土開通，不嫌棄的話，有空來鄉下看看莊稼，也過來坐坐，給俺多講點新鮮，學人家那是休想，能知道有人日子過得好，也就安心有個奔頭了。」

有人日子過得好，不紅眼兒？反倒安心有個指望？除非李二老爹才有這麼個肚量罷，寧可人人都行，都有出息，自個兒退板點兒倒不在意。

也叫李二老爹說中了。這裡把黃河北岸統叫上邊，長江南岸統叫下邊。下邊無論是貧是富，都喫的大米子兒，單這就俗傳成「上有天堂，下有蘇杭」，遇上荒年，逃荒只有直奔下邊去找口飯喫，不興往上邊逃的。李二老爹口裡的「開通」，便是指的江南人不那麼守舊

——說好是大方，說歹是隨便。江南的姑娘家、婦道家、站店擺攤兒挑挑子吆呼，啥行業都有份兒。可老北方就是上街買買菜，連扯個綢緞布匹都是男人家採辦。這麼著也才有走街串巷溜莊子貨郎挑兒，搖著卜嚨咚、卜嚨咚波浪鼓，閨房用的針頭線腦、花粉胭脂、角攏頭油……送上門來，閨女媳婦才省得上大街去拋頭露面，門裡門外就好挑挑揀揀了。趕趕廟會、逛逛燈會，一年裡頭只有大正月裡才開開閘門，放風放風。

江南人開通嗎？比起洋人，那還是守舊多了。瞧李二老爹挺有興頭——李二奶奶也說：「你二大爺就是念著念著你府上一家子人。瞧，見到你大哥哥，他就去了三分病，精神大好了。」那就索性再拉拉罷。「過去那八、九年罷，給洋人當差，錢是好掙，苦是苦下幾文，積蓄也積蓄了點兒，倒很有限；那當口也學會不少洋人飯食，不是自吹，做得挺精到，要是混到大城市去，就算不用開家洋館子，做個洋廚子也是個肥活兒，可這沒啥了不得；如外又跟隨洋人跑去江西廬山、浙江莫干山去躲夏避暑，上海更是跑過不少趟兒，世面閱歷也夠見多識廣了，可這也還是不算個啥；比這些個都寶貝萬分的還是太多咱們素來沒有的，人家外洋才有的好。比方說罷，咱們老話是說『積穀防賤，養兒防老』，可人家養兒女養到唸成了書，長成了人，就不管了，就讓兒女一肚子學識，一身的本事，單打獨鬥去闖天下，連男婚女嫁都由著兒女自個兒去，沒本事就打光棍兒，做老閨女，別管怎麼，自個兒養活自個兒總行。做爺娘的下半生只忙自個兒的，到老不靠別人，連兒女也不去倚靠。兒女肯盡孝的話，也只是情分，萬不讓兒女挨苦受累；咱們也有老話說『久病床前無孝子』，人之常情罷，硬派那是忤逆不孝，也沒道理，上人也是要體恤小的的。別看不給兒女留遺產、陪嫁粧，似乎太沒情意；可就得那樣，才能個個剛剛強強、體體面面，凡事成了敗了自個兒作主，不用倚三靠四過一輩子。這才人人都是有用的人……」

老人家沒再點頭稱是，臉上似乎也黯淡了些。這也難怪，這麼陡轉，能把人擰了筋兒，扭岔了氣兒。我父連忙把話往和緩處說：「早先業已給你老人家稟報過，承你老人家關愛，府上哥們兒也沒少費心，操勞幫襯扒扯了那些地，屬我麼，也只當是留著養老罷，等到上了歲數，牛奶生意做不動了，兒女各奔前程，不要他姊妹哪個來養活兒，老兩口——就算爺娘高壽還在，啃這四五十畝，足夠足夠了。身後呢，就捐出去作學田，給這一帶好生辦個學堂。你老人家操心用到學堂去花銷太大了，說實在的，口省肚摳，是很喫力，可那都不外是給兒女置地辦嫁粧罷。有了學識在身，好壞都看他們自個兒了；那才眞正誰也搶不去、奪不走，敗壞不了，終身受用不盡，更害不到他們的祖產、嫁粧。」

不光是給那麼一位鄉人崇敬的長輩稟報自個兒這些「開通」念頭和主意——興許也能寬慰寬慰一向器重自個兒的這位長輩，勉強算得上也是一種報答罷，不單只是盡盡心。

我父終其一生，眞的就是一步一個腳印兒那麼做，就像覺得到李二老爹的靈魂時時刻刻在盯住自個兒所作所為，不曾鬆過一口氣——即便祖父故世後，我父也不曾這樣子覺得。

# 朱西甯作品出版年表

## 小說類

| 書名 | 出版社 | 出版時間 |
| --- | --- | --- |
| 大火炬的愛（短篇） | 重光文藝出版社 | 四十一年六月 |
| 狼（短篇） | 大業書店 | 五十二年十二月 |
| | 皇冠出版社 | 五十五年十一月 |
| | 三三書坊 | 七十八年九月 |
| | 遠流出版公司 | 八十三年三月 |
| 鐵漿（短篇） | 文星書店 | 五十二年十一月 |
| | 皇冠出版社 | 五十九年四月 |
| | 三三書坊 | 七十八年七月 |
| 破曉時分（短篇） | 皇冠出版社 | 五十六年二月 |
| | 三三書坊 | 七十八年十二月 |
| | 遠流出版公司 | 八十三年二月 |
| 貓（長篇） | 皇冠出版社 | 五十五年十一月 |
| | 三三書坊 | 七十九年八月 |

| | | |
|---|---|---|
| 第一號隧道（短篇） | 新中國出版社 | 五十七年十月 |
| 畫夢紀（長篇） | 皇冠出版社 | 五十九年八月 |
| | 三三書坊 | 七十九年七月 |
| 旱魃（長篇） | 皇冠出版社 | 五十九年四月 |
| | 三三書坊 | 八十年三月 |
| 冶金者（短篇） | 仙人掌出版社 | 五十九年四月 |
| | 晨鐘出版社 | 六十一年四月 |
| | 三三書坊 | 七十五年十月 |
| 現在幾點鐘（短篇） | 阿波羅出版社 | 六十年二月 |
| 奔向太陽（短篇） | 陸軍出版社 | 六十年十二月 |
| 非禮記（短篇） | 皇冠出版社 | 六十二年五月 |
| 蛇（短篇） | 大地出版社 | 六十三年七月 |
| 朱西甯自選集（短篇） | 黎明出版社 | 六十四年一月 |
| 春城無處不飛花（短篇） | 遠景出版社 | 六十五年五月 |
| | 三三書坊 | 六十八年五月 |
| 將軍與我（短篇） | 洪範書店 | 六十五年八月 |
| 春風不相識（長篇） | 皇冠出版社 | 六十五年八月 |
| 八二三注（長篇） | 三三書坊 | 六十八年四月 |
| 獵狐記（長篇） | 多元文化公司 | 六十八年七月 |
| | 三三書坊 | 七十三年二月 |

| | | |
|---|---|---|
| 將軍令（短篇） | 三三書坊 | 六十九年一月 |
| | 遠流出版公司 | 八十三年三月 |
| 海燕（短篇） | 華岡出版社 | 六十九年三月 |
| 林森傳（長篇） | 近代中國出版社 | 七十一年六月 |
| 七對怨偶（短篇） | 道聲出版社 | 七十二年八月 |
| 熊（短篇） | 皇冠出版社 | 七十三年七月 |
| 牛郎星宿（短篇） | 三三書坊 | 七十三年八月 |
| 茶鄉（長篇） | 三三書坊 | 七十三年十月 |
| 黃粱夢（中篇） | 三三書坊 | 七十六年七月 |
| 新墳（短篇） | 文藝風出版社（香港） | 七十六年八月 |

## 散文類

| 書名 | 出版社 | 出版時間 |
|---|---|---|
| 鳳凰村的戰鼓 | 台灣省新聞處出版部 | 五十五年七月 |
| 朱西甯隨筆 | 水芙蓉出版社 | 六十四年六月 |
| 曲理篇 | 慧龍文化公司 | 六十七年九月 |
| 日月長新花長生 | 皇冠出版社 | 六十七年十二月 |
| 微言篇 | 三三書坊 | 七十年一月 |
| 多少煙塵 | 台灣省訓團 | 七十五年六月 |

# 我們今生是這樣的相聚

## ——寫父親西甯先生住院的一段時光

朱天心

父親於三月二十二日清晨五點三十分，決定離開我們了。

之所以說決定，是因爲依父親的病況，有好幾次都足可以鬆口氣自由自在而去，只因爲看我們瞎忙一通的念念不捨，盛情難卻的只得咬咬牙撐過。

例如三月十八日，爸媽結婚四十二周年的第二天清晨，輪值守夜的妹妹天衣從醫院急電我們趕去。

急急進了住了五十天，熟悉如家的萬芳醫院一〇六六病房，父親盤腿坐起在床，渾身大汗淋漓，張口大喘，兩眼大而渙散，片刻沒認出趕至的我們，竟至不能言語，我握住父親的手掌，心底近乎斥責的大喊：「怎麼會弄成這個樣子！」

那是父親罹病以來唯一我們感覺到父親受苦的一次，我們鎭日圍床抓緊父親的手，兩眼盯牢他的眼睛，時而放聲痛哭，不准他離去……。

也許父親看我們嚇壞了，覺得這樣的離法不妥，便決定暫緩幾日。

暫緩不走的數日，父親除了堅持大小便自理因此必須起床外，大多躺在床上，清醒時與我們有一句沒一句的交談，內容無關交代什麼，實則他也無甚牽掛執念；此外較昏睡迷濛時，他望著光影變幻的天花板圖案，時而說出清楚但奇怪的觀察結論，往往，隨即我們與父親同時笑起來，父親會加一句：「剛才又老年癡呆了。」但我相信，他看到的世界，已經是言語難以形容的了。

也就在那日，我們簽了放棄急救同意書，並抽空回家準備父親喜歡的舊衣舊褲、夜裡改成兩人陪父親……，終至必須面對最後的一刻了。

其實從父親在榮總趙灌中主任關照、李毓芹主任非常認眞密集的檢查下，被證實罹患肺癌末期，我們就無時無刻不在揣摩、想像，甚至好奇最後的那一刻。

先用很多的哲言哲語或各式宗教教義來冷卻燒得火旺高熱的腦子，也曾經尋求初民或早期文化的詩歌，希望自己能單單純純如先民們一樣，有一套不涉愛別離苦的簡單態度，好比古埃及人刻在陶片上的：

死亡今天就在我面前，
像荷花的芬芳，
像酒醉後坐在河岸上；
死亡今天就在我面前，

像沒藥的香味，
像微風天坐在風帆下；

也好比阿茲提克族的：

不是真的，不是真的，我們來此居住，
我們只是來睡覺，
我們只是來作夢。
我們的父親只是昨天打獵失手沒有回來。

終至整理出一種自覺很理性冷靜的態度：我們陪父親這段是送君千里終須一別，便好好的一起走過這一程罷。

理性的女兒走在街上，一個熟悉的街景、一道美味的餐點、一場有趣的朋友談讌……，當場淚如雨下，因爲父親無論如醫生們判斷的可再活兩個月或至一年，他都不再可能享受這些了，父親明明還好端端的在醫院，但與我們漫長未來的生活已開始徹底斷開了。

年初，我們經趙可式女士、德桃基金會的蘇蓮瓔、好友楊良雄伉儷不約而同的介紹，我們和父親接受台大腫瘤科陳敏鋑和周志銘醫師（他亦是萬芳醫院血液腫瘤科主任）擬定的醫療計畫，接受新藥「健擇」Gemzar 的化學治療。

直至父親離去前一周，也就是呈現有疑似感染之前，沒有人相信父親接受過七次的化療，父親的一頭銀髮一絲未掉，左肺的小型細胞腫瘤也較數月前縮小，父親氣色精神甚佳，有時一頓飯可吃掉鼎泰豐的小籠包一籠、雞湯一盃和半份八寶飯。我們的十樓病房視野甚佳，有陽光的日子，父親在臨山景的窗畔或一樓的咖啡館邊吃下午茶邊看報或斷續看《孫立人傳》，一定不錯過的是《商周》和《新新聞》上CoCo的漫畫，躺床上時就拿黃寶蓮的《簡單的地址》隨意翻到哪頁看個幾段。

一度，我們錯覺，父親會這樣一直好下去，直到痊癒。

但當然也有兩次化療之間的谷底期，通常爲期二三日，父親會口腔潰爛只能吃流質食物，有時紅血球指數會掉得較低，體力衰、喘，這種時候，簡直覺得日月無光，有幾次輪我班，我沮喪得找藉口不敢去醫院。

平日，我們一天好幾回的沿病房長廊散步，加起來該有個兩三公里的腳程。醫院長廊四端，皆可看到捷運，可看到我們家後十來層新建的大廈住宅，可看到福州山公墓，我最不喜歡在公墓那端憑窗，同樣的，大多是重症病房的十樓，大概每一兩天就會有人掛掉，那過程既熟悉又從不例外的叫人心驚，先是走廊上狂奔雜遝的腳步聲、護理人員迅速搬弄儀器和彼此呼叱聲、隨後病房門口站一堆老老小小疲倦的家屬、再然後就會十分靈敏的翩然出現兀鷹似的葬儀社人員……，哭號聲、線香味、誦經聲……，不幸和父親的散步日課裡次次沒錯過，我不知道父親什麼心情，更想當場拉他掉頭而去。

一次父親精神很好，邊走邊勾頭打量處理後事的病房，我問父親：「雖然我們的情況好得很，離那情況遠得很，但看了會不會有感觸？」

父親搖頭：「完全不覺與自己有什麼關係，更就談不上恐懼什麼的。」

我竟然不滿意父親的回答，再追問：「那做爲一個寫東西的人呢？也沒有感觸嗎？」

父親乍然表情生動起來：「那可就多了，而且還觀察到眞不少！」

是我熟悉的對待創作巔沛必於是、造次必於是的父親，是大春所言「不厭精細」的父親。

因爲有了十八日的震撼演習，我們於父親沉酣並乍然鼾聲停止那一刻起，沒有痛哭，沒有拉住父親不准他走，我們在他身畔唸他喜歡的聖經經句、哼聖歌，我們在他耳邊說：「大，我們很捨不得你，可是這一陣子還是辛苦了，就自由自在去吧，去見爺爺奶奶，做做家裡的老么。你只是先爲我們探探路，早晚我們要去的時候，想到你在我們就都不害怕了。」

三個女兒不同，我並沒法打心底說出宗教的話語，三年半前父親膀胱癌，天衣問過父親有沒有想過死後的世界，父親說，大概是在天父腳邊繼續做他喜歡的事例如寫小說。那樣的畫面於我簡直太迪士尼卡通了，完全不能說服我。我當然沒如此告訴父親，但我的不馴服多年來一定叫父親多少不安吧，我不僅從來沒告訴父親我從宗教出走的心情，我甚至幾度在談到某某朋友的宗教信仰時，屢屢把話題轉向父親，質疑他：「一不貪念所以必須割捨，二心中平和，我不知道你爲什麼需要宗教信仰？」父親沉吟著，幾次答「是啊。」

一直到女兒盟盟有陣子反覆看印第安那瓊斯第三集《聖戰奇兵》，哈里遜福特演的兒子質疑譏笑一輩子在書齋裡做考古工作的父親冒生命危險要去尋回聖杯的舉動是「老天爺！Jesus Christ！」輕蔑的話聲沒喊完，父親啪一記耳光重重劈下，史恩康那利演的父親說：「我打你褻瀆神明。」看了我呆半天，好險幾次應該、而沒有被父親這麼做。

叫父親不安的不只這些，父親一生對待朋友晚輩完全是日照大地似的照好人也照壞人，於是我又常常批評某人如何如何不值如此相待。我還小的時候，父親尚會提醒，除了神沒有人有資格論斷其他人。我大大的不以爲然，一次次表達自己想法：人生在世如不能快意的對好人好、對壞人壞，那還有什麼意思。我甚至妄想說服父親：「如果不想法辨認出魔鬼，天使來的時候你豈能認得出？」

當然我一定是過慮了。在小說中能如此淋漓盡致描述人性幽微晦暗的父親，在現世中豈會是沒能力銳利洞察人生的人？父親離去的短短一日，我們接到能打進來的數十通電話中，那些我以爲不該那麼熟或好些年沒來往的父親同輩晚輩的痛哭失聲，我在想，也許父親與人際遇一場的款款深情和從不去評估不去計較的純眞誠懇，可能有不同於我老愛窮究是非黑白、害怕被欺騙蒙蔽的價值吧，我很覺惘然。

父親的兩次癌症皆被醫生診斷是菸齡長達五十年的緣故，但父親畢竟在膀胱癌治癒後戒了，只因我們叮嚀「這樣才能與（比父親大九歲的）姑姑長久一年一會」，因此有探病的友人痛怪抽菸一事，父親笑笑不語，事後說，他喜歡女婿材俊的說法，材俊也在三年前戒菸，最好奇的莫過阿城，阿城問材俊戒菸的感想，材俊說：「像告別一位老朋友。」

三月廿八日的追思儀式會場，我們會放大一張王信十來年前爲父親拍的與老朋友的合照。

這麼一場過後，我最想、而明知不可能的，就是問父親：「欸，在那麼重要的時刻裡，到底到底，是什麼感覺？」

過往，父親一定會「不厭精細」的道來：「其實根本不像我們想的……」「沒想到……」「我看到……」我好想問他，當我們在他耳邊低語、唸經句，而他從門口走過並勾頭觀察一番後會怎麼說，會不會說，還不錯，那樣的告別相送，挺好的……，那個媽媽的斑白頭髮看起來可能原先是染的，不知爲什麼現在不了，他們家可能也養了流浪狗，個個衣服上沾的盡是……，不過挺好的女兒們，挺好的一家人。

我從來對前世今生那類書和說法甚反感，覺得是叫人懶惰過活的鴉片，因爲什麼都可放棄計較、努力，只因爲反正是「前輩子欠他的」。但是，我們做小孩的一個個都長到那麼老了還一直不願離開父母別住，種種原因之外，我竟然以爲，老久老久不知多少百年前，我們一定是遭滿門抄斬的一家，而那材俊、盟盟是江畔曾收留庇護我們因致也遭累的打魚父女，是故我們今生是這樣的相聚，不捨得分離。

——三月廿三日萬芳醫院

# 做小金魚的人

## ——讀《華太平家傳》

朱天文

盟盟做完功課又伏到茶几上不起身了，是用明彩粉亮的牛奶筆在深色紙材上畫昆蟲或蜥蜴，工筆的程度到了像做珠寶鑲嵌。她畫過一隻蜥蜴，斑斕得如卡第亞佩飾，叫人好想拿來別在胸前。每每這時候，盟盟的阿姨跟盟盟母親互望一眼，心底嘆氣：「上校又在做小金魚了。」

上校當然是《百年孤寂》裡的奧瑞里亞諾·布恩迪亞上校，打了二十年仗，最後重拾少年時代做小金魚的技藝，整天埋在屋裡把金幣打成鱗片。他專心串鱗片，裝紅寶石小眼睛，錘打魚鰓，安上魚鱗，以此忘掉戰場上的失意。因爲工作太精密弄壞了眼睛，坐姿亦壓彎了背脊，短短一段日子他老得比打仗那些年還要快。盟盟母親很可憐盟盟坐姿愈加不良，近視愈發加深，總想辦法拉她出去走路做户外運動。

盟盟的公公過世了，生前正寫著的《華太平家傳》已達五十五萬字（這個字數最早是由盟盟透露出來的），報社希望能先刊載一部分，打電話來給盟盟的阿姨，並請寫一篇導讀。盟盟阿姨好想婉拒這件事，理由很簡單，她根本沒有看過這部巨著（如字面所示，字數巨大的著作），她非常害怕在父親那浩瀚的文稿書堆裡根本找不到這五十五萬字的蹤影。她也許三十歲以後就不大看父親的新作了，小說是看到《春風不相識》那個時期。

她從小讀父親的手稿長大，寫《八二三注》時她念高中，放學回家愛跑上樓翻父親桌上的稿子，看父親一夜過來又寫了些什麼，千百餘字的，她總嫌太少不過癮。後來她也開始寫小說，成了父親的同業，眼光日益變得挑剔。後來，她感覺到這位同業的創作力正在傾斜——若非朝向衰頹的那一方傾向，也至少是，停頓了。這樣的感覺讓她忽然回到女兒的身分，回到小時候忠實讀者的崇拜眼光，「不許美人見白頭」的，她閃躲了一下眼光，把臉迴避過去。這一閃躲，一迴避，十數年過去了。

此間她大概知道父親進行已久的長篇寫了又毀，毀了又寫，白蟻吃掉三十萬字的時候，全家人也把它媲美成「百年孤寂」式的荒謬好笑。甚至到了父親癌病住院，家人們慢慢建設起父親終須離去的心理準備時，也從來沒問過這部巨著的下落。巨著是一個抽象概念在烏何有之鄉擺著似的，代表毅力、勇氣，以及屬於已逝世代裡才有的那種愚執。與其說它是作品，不如說是父親總體人格的表徵。這表徵，她認爲將漸成傳奇，而文本的巨著也許眞被白蟻吃掉了不復存在。

現在報社說要刊登巨著，天啊巨著在哪裡呢？

盟盟帶阿姨到公公房間，靠陽台紗門裡側的帶輪輕型檔案櫃，最底下兩層抽出來，一層五冊共十冊手稿整整齊齊的就在那裡。五百字稿紙，一百頁訂成冊。一度盟盟極關心公公寫了多少字，公公答應她寫到某個字數時讓她標頁碼，盟盟翻給阿姨看，九〇〇頁、九九九頁、一〇〇〇頁，都是她的大大拙拙的鉛筆字。翻動中扇出來陳年的貓尿騷味，巨著，一點不難找的就在那裡。

盟盟再帶阿姨下樓，在沙發一角桌几底下搬出個盒子，常見的那種吉慶紅的茶葉禮盒，打開來，還有散裝未成冊的手稿，一〇六六頁，半張沒寫滿。還有若干紙本筆記，就逐件檢點起來。盟盟說：「有一個叫寶惠的活到最老。」便翻開一本硬殼筆記簿指給阿姨看，高興說：「是他沒錯，八十五歲。」

簿子開始是祖先及活人的年表，橫向列著名字，直行列著包括公元、干支、清紀、民前和民國的紀年。往上，推到一八六二年，壬戌，同治一年，民前五十，廣德五十七歲，蕭氏三十二歲……往下，截至一九九七年，丁丑，民國八十六年，海盟十一歲符容六歲。年表製得像手風琴那樣可以展開收摺，座標縱橫一目了然的生死簿。

年表之後，錄著章號、章題、頁碼、章字數、總字數的表格，一頁盡覽在內。盟盟說：「這是公公研發了幾次才成功的。」耐心解釋著之前研發失敗的表格，卻怎麼也無法使阿姨懂得。

表格之後有半頁鄉縣地名，半頁金蘭譜。有數行長老執事，洋人名字，小吃種類，馬群保丁，一頁戲台楹聯。寥寥幾筆民初物價：肉包子、一枚小銅元（十文），賣鮮草一斤、二文，瓦匠工、一日一百文，二十文大銅板、民十四年始用。再有封底黏附一張信紙，是老家還在種地的親族手繪寄來的農事作物節氣旬期一覽表。此外，就也沒有其他資料了。

盟盟的公公最後幾年搬到樓下寫稿，起初是爲了方便於接聽電話，應付掛號郵件或送米的修燈的，並且幫盟盟錄影平劇，接盟盟放學回來，祖孫倆看戲吃點心。漸漸，客廳的沙發一角成了他們的老窩，公公盤腿窩坐沙發裡寫稿，稿紙夾在壓克力板上就著椅子扶手當書桌來寫。人往人來，貓逐狗奔，皆不妨礙他在那裡安靜寫字。有一陣子，他受託編輯《山東人在台灣》，發函收信，剪修大頭照片貼牢，瑣碎不堪的個人生平資料他也刻字那樣的一點一點謄錄著。家人看見十分生氣，認爲是工讀生即可勝任的工作爲什麼要他來做，嚷著交給認識的誰去電腦處理吧，尚待付諸行動，厚厚一本磚書已經印好出版了。客廳一角的老窩，變成了奧瑞里亞諾·布恩迪亞上校的銀飾工藝坊。

於是盟盟阿姨翻開《華太平家傳》手稿看著，看不幾頁她抬起頭，萬分惆悵的對盟盟母親說：「好看吔。」

這裡有她早年讀父親小說時的充實感，飽滿，有趣。

她惘然面對，若父親是像人們陳述的八〇年代以降被台灣文學社會遺忘，那麼近二十年來，他在做什麼？想什麼？

《華太平家傳》開筆於民國六十九年，十年裡七度易稿，八度啓筆，待突破三十萬字大關時，全遭白蟻食盡。他重起爐灶第九度啓筆，就是眼前這部手稿了。他像奧瑞里亞諾·布恩迪亞上校後來不再賣出小金魚，卻仍然每天做兩條，完成二十五條就融掉重做起。

手稿裡充滿了實物實事和細節，它們經常離題，蔓生。寫上一頁又一頁的如何種鴉片割鴉片，如何喜鵲築巢，如何神壇練拳，著迷其中不再記得歸途。父親似乎跟卡爾維諾一樣清楚，離題是一種策略，爲繁衍作品中的時間，拖延結局。是一種永不停止的躲避，和逃逸。躲避什麼呢？當然是死亡。

手稿的開章叫〈許願〉，從一個五歲小孩和他的銀鈴風帽寫起，末尾後設的插進一段關於擇九九重陽日第九度啓筆事，「數不過九，於此祝告上蒼，與我通融些個，大限之外假我十年，此家傳料可底成……」卡爾維諾說，如果直線是命定的，兩點之間最短的距離是直線，那麼偏離，就能將此距離延長。如果這些偏離變得更迂迴糾結，更複雜，以至於隱藏了本身的軌跡，也許時間就會迷路，而我們就繼續隱藏在我們不斷變換的偏離之中。

是的，是那段她感覺到父親創作力傾頹的時期，父親已默默的在選擇偏離，偏離當代一切正在進行的潮流，這項舉措，讓他的寫作生命延長了十年。

父親屬丙寅虎，盟盟整整晚公公一甲子，家裡兩隻丙寅虎。命理曾有一說，丙寅虎，活不過六十五，但父親已七十二。有一天當馬圭茲熱淚如傾的下樓來，他的太太看見說：「上校死了嗎？」這一天，工藝坊的錫桶裡共有十七條小金魚。

——一九九八年三月二十六日

# 看電聯車的日子

劉慕沙

夫妻倆同屬獅子座，一個獅子頭，一個獅子尾。男獅縝密安靜，是個外冷內熱的暖水瓶；女獅熱情敏感，卻少心思，是個健康寶寶。他們是朋友裡第一個成家的，兩人的家打一開始便成了那票大兵哥兒們休假時的歇腳處，也是當年南台灣愛好文學的小伙子們共同織夢的巢窩。日子雖窮，吃喝起來，大碗盛湯，大塊吃肉，幾可媲美梁山泊。

他是亦夫、亦父、亦師、亦友的攙扶她，勉勵提攜她，待她也正式正道展開日本文學翻譯工作，他更成了她一部全方位的活辭典。

調職國防部舉家北遷之後，演講，文藝營，爲各類文學獎擔任評審，開辦軍中文藝，與找上門來的青年交談（兩人戲稱是文藝營的售後服務），佔去他大塊創作時間。有愛惜他的朋友勸他不該把過多時間耗在年輕人身上，他卻答以當年做爲流亡學生的他們這輩，對文學滿懷熱情的抱負，也孜孜埋首於創作，只差能夠爲他們點睛，使其茅塞頓開的前輩或良師；

推己及人，想到不定他某時某一句話能夠發生開竅的作用，或某次評審中發掘出的某部作品因而造就出一個新的作家，他就不覺是在虛擲生命了。

他勤勞成性，自奉甚儉，而也能欣賞孩子們放縱情趣的一面，且樂於看到朋友們在另一半大鍋大灶的大手筆之下盡興的吃喝。他包容所有接近他的人，諄諄提醒小輩多看別人長處，少計較他人短處，因爲日頭照好人，也照壞人。每見欠成熟的伴侶和女兒臉紅耳赤的拌嘴，他就拿郭子儀的話勸她：「老的不老，小的不小。不聾不啞，怎做翁姑？」

他被宣判確實是肺癌的時候，家人著實慌亂了一陣。穩定下來，孩子們組成一個照護團隊，以理性的態度，敵愾同仇共赴這場家難。（吃苦不要有苦相，是他們的家風。）她們排班輪流看顧，各人任内鉅細靡遺的記錄血壓、體溫、如廁狀況、幾點鐘服過什麼藥、吃喝了什麼食物，比賽著以能叫老爸多吃下一點東西爲樂。一家子都是老饕、大胃王，老爸不作化療，舌頭不潰瘍，可以戴假牙的日子，她們就帶著各家美食，把病房變成開心的野宴。

家人管理他的起居，要他吃這個，喝那個，要他這樣，要他那樣，他都柔順到令人心酸的配合著。有次他對來訪的小輩自嘲，早一點回天家也沒什麼不好，省卻刷假牙、洗澡種種麻煩事。

女兒擔心來自信仰上的豁達削減了老爸的求生慾，不時挑一些問題刺激他：「大，你想不想家？」

「家？哪個家？」他的語氣，顯出他根本沒有意識到這件事。好好的過日子，哪來什麼想不想家，難不成女兒是文學性的遙指黃河岸邊，麥田裡葬有先人的那個家？

「大，寫到一半的那個長篇，你著不著急？」

「也沒什麼，也許主認爲有人會寫得比我更好。」

大夥兒還拿小他一甲子，同屬丙寅虎的孫女兒盟盟來拴住他。祖孫倆一同欣賞相聲、平劇，一起蒔花種草，共度過無數黃昏。「盟盟在等你回家替她錄電視平劇哪。」他聽著，也只是平和的笑笑。

他眞就不寫了，甚至記了數十年的日記也宣告停格。有一回他倚坐病床，老伴在旁揉搓他原就削細的腿，想問他何所思，卻覺語言是多餘的；想爲他唱首詩歌，也嫌戲劇化。他變得陌生而遙遠，她第一次眞眞實實的感覺到他將離開她，再也不會回頭了。

從醫院返家的路上，她佇立冬夜空無一人的捷運月台上，萬念俱灰，在心底嘶喊：「你我是共負一軛的良伴呀，怎麼可以撇下我一個人說走就走！」

就在八十七年三月二十二日清晨五點半，那人眞就卸下重擔，回去他天父的身邊了，沒有爲他的賴皮向倚靠了他大半輩子的妻子說聲抱歉。

他病中居住的萬芳醫院十樓，走廊有個角落可以俯瞰每五分鐘來去交錯的兩班電聯車，以及馬路上熙來攘往的人群。醫院與捷運橋之間叢生大片綠毒毒的皂角樹林，風起處，洶湧波動，叫人錯覺某種吃人的千年怪獸就要現身。爲了鍛鍊體力，輪值的家人總要陪老爸推輪椅圍著兩翼樓房廊道走上一大圈。臨捷運的這扇窗口，他們習慣駐腳，目送電聯車一班又一班交錯而過。瞥見他動了動輪椅扶手，她總說再送一班吧，巴望他多站一會兒，多添一點腳力，哪怕短短的五分鐘也好。

車廂裡乘載著寥寥無幾，卻也一枝草一滴露的各樣人生。這對白髮夫妻（從他臥病開始，她就不再染髮，趕著與他白頭偕老），俯瞰腳底風景，沉默中生命的時光一點一點流逝。此刻他們或許正在為相共過的歲月倒片，或許設想有朝一日如何在天家相見；也或許什麼都不思不想，他輕輕按住老伴手背的那隻手，只是單純的央求她：「我好累，巴不得趕緊躺回床上去休息。」她很想告訴他：「到時候你可要來接我喔，你知道我是個不認路的睜眼瞎子。」但出口的卻是：「黃春明寫過看海的日子，有天我們也許可以寫篇看電聯車的日子。」

攜手同行的伴侶走了以後，有段時期，打單的女獅子時常從相距一站的自家來到醫院十樓，佇立這扇看得到電聯車的窗口。

她還才三個月大時，便由外婆接去鄰鎮撫養，每年春節，外婆帶她回鄉，擱到父母家，自行前往西邊河壩那一頭的老家祠堂祭祖。那年她四歲，一心急著找外婆，兩個哥哥便趁大人忙亂的當兒，牽她手離開家，單憑一些模糊的記憶要去找外婆。三個小蘿蔔頭來到西邊河又高又長又窄的木板橋上，大的那個顫顫危危過了橋，小的兩個卻擱淺橋當央，趴在木板上嚎啕大哭。如今，她兀立醫院高處，兒時那種孤獨、無助、恐懼、絕望，排山倒海而來，更多的是自責和懊悔。

近些年來，哪怕有天大理由，為什麼沒有好好去閱讀他晚期的作品？謙遜的他，即使守著晚輩，也極少陳述意見，他可曾感到落寞？他給她的最後諍言是叫她不要太在意，別把自己弄得太累，一針見血道出了她太在乎客觀眼光的毛病。是她拘泥於世俗的一面，掣肘了他的創作能量麼？他曾對女兒說還好媽媽是個沒心思的人。什麼意思？是說一個人缺乏心思，悲傷也沉澱不下來，她將復元很快的忘記他，如此他這個老伴兒就可以沒有牽掛的走了？這得好好兒問問他，她想。後來女兒提及老爸曾回憶，他與她隔著千里時空談戀愛時，相約同日同時同刻，同步哼唱《霍夫曼故事》裡那首船歌。她哭了。爲什麼不早說？早知道的話，再怎麼戲劇化，也要再唱一遍給他聽「啊，良夜，五月之夜，體恤愛你的心……」

然而來不及了，來不及問，來不及唱，人就走了。

她苦澀的反芻著與他相共的時光，從日常起居而做人處事、而寫作靈修；對內有他照拂鼓勵提升，對外有他遮蓋抵擋，天塌下有他頂著。什麼共負一軛，四十餘載迄今，她只是可恥的賴在他馱負的軛把上，她是一頭不長進的懶獅子。

如今該是還債的時候。上帝給了她上好的福分，她錯失學問的機緣在先，又白白糟蹋了人格成長的機會。上帝收回了祂派來扶助她的器皿，叫她自己站起，尋摸著前行罷，哪怕跌撞得鼻青眼腫。

整整一年，在衆多親友和小輩關懷之下，她活得似乎平和寧靜，哀傷似已遠去，精神上卻千瘡百孔賽似遊魂。任急切的女兒如何搧火激將，也都遲遲未能振作。直到他付出了半生心血的《華太平家傳》即將付梓，她分擔校對工作，情況有了轉機。

她以贖罪的心情一個字一個字的讀著，讀著，驀然回首，那人就在燈火闌珊處。原來相隨大半輩子的伴侶並沒有離去，他從沒有放下與她共負的軛把。他透過他的心血結晶，娓娓向她傾訴，諄諄開導她、指引她，一如他生前所做的那樣。他仍是家人和學子們心目中善心誠實的君子，溫柔的強者——因爲柔和謙卑，不易折斷；因爲深沉自信，不易受傷。

妻女們發現，儘管五十多萬字僅占老爸預期要寫的四分之一，但他一生所信守、且身體力行的理念，宗教的（基督教中國化、西體中用、教義如何在民間扎根），家國的（想要讓子孫承傳的家風和中國文化），全都涵蓋了。若再寫下去，那將是文學部分的無限想像和延伸，這個，已然有女兒女婿們同樣勤勤懇懇的在堅持。難怪他不著急，那麼樣坦然而了無遺憾的停筆，他並未離開攜手同行四十二載的妻子，也難怪他沒有說一聲抱歉。

記下這些，是想要提醒丙寅幼虎之輩的年少兒孫，學習自立要趁早，也不要錯失任何長進的機緣。再就是告慰關切他們的親朋好友，她挺過來了，儘管那人宛在身旁，她也不再倚三靠四，叫大家爲她操心。

無論如何，該是睡獅奮起的時候了。

——一九九九年三月十五日

聯合文叢 248

# 華太平家傳

作　　者／朱西甯
發 行 人／張寶琴

總 編 輯／初安民
主　　編／江一鯉
編　　輯／張清志
美術編輯／周玉卿　戴榮芝
校　　對／林其煬　余淑宜

法律顧問／理律法律事務所
陳長文律師、蔣大中律師

出 版 者／聯合文學出版社有限公司
地　　址／台北市基隆路一段180號10樓
電　　話／(02)27666759・(02)27634300轉5107
傳　　真／(02)27491208(編輯部)・27567914(業務部)
郵撥帳號／17623526 聯合文學出版社有限公司
登 記 證／行政院新聞局局版臺業字第6109號
網　　址／http://unitas.udngroup.com.tw
E-mail:unitas@ms4.hinet.net
unitas@udngroup.com.tw

印 刷 廠／成陽印刷股份有限公司
總 經 銷／聯經出版事業公司
地　　址／台北縣汐止鎮大同路一段367號三樓
電　　話／（02）26422629


出版日期／2002年2月 初版
定　　價／800元

Published by Unitas Publishing Co .,Ltd.

Printed in Taiwan

ISBN 957-522-368-3（精裝）

國家圖書館出版品預行編目資料

華太平家傳／朱西甯著. -- 初版. -- 臺北市 :
聯合文學. 2002〔民91〕
面 :　公分. --（聯合文叢 ; 248）

ISBN 957-522-368-3（精裝）

857.7　　　　9100283